Juliet Hall unterrichtet Schreiben und organisiert Literatur- und Musikfestivals in West Dorset. Zu den liebsten Reisezielen der Britin gehören Italien und Portugal, wohin sie die Leser ihres dritten Romans entführt. Bei Bastei Lübbe erschienen von der Autorin bereits DAS ERBE DER TÖCHTER und EINE LETZTE SPUR.

Weitere Titel der Autorin:

Das Erbe der Töchter
Eine letzte Spur

Juliet Hall

EMILYS SEHNSUCHT

Roman

Aus dem Englischen von
Barbara Röhl

BASTEI
LÜBBE
TASCHENBUCH

BASTEI LÜBBE TASCHENBUCH
Band 16 040

1. Auflage: Juni 2011

Vollständige Taschenbuchausgabe

Bastei Lübbe Taschenbuch in der Bastei Lübbe GmbH & Co. KG

Deutsche Erstausgabe

Titel der englischen Originalausgabe: »A Bridge in Time«

Titelillustration: getty-images Deutschland GmbH
Umschlaggestaltung: Kirstin Osenau
Autorenfoto: Privat
Satz: Urban SatzKonzept, Düsseldorf
Gesetzt aus der Garamond
Druck und Verarbeitung: GGP Media GmbH, Pößneck
Printed in Germany
ISBN 978-3-404-16040-2

Widmung

Für Grey

Die erste Brücke

1. Kapitel

Joanna saß auf dem verblichenen rosaroten Bettüberwurf und schaute auf den Koffer hinab, der zu ihren Füßen stand und sie vorwurfsvoll anzusehen schien. Schon gut. Sie hatte ja nicht geplant zurückzukommen, oder? Ihr ganzes Leben lang hatte sie nur vorwärtsgestrebt. Aber nun war sie wie eine Brieftaube nach Hause zurückgekehrt, als hätte sie sich nie von Mulberry Farm abgenabelt. Verdammt! Wahrscheinlich passiert so etwas, wenn das Leben einem übel mitspielt.

Mit der Hand strich sie glättend über die Tagesdecke, die nach dem künstlichen Frühlingsduft eines Weichspülers roch. Ihre Familie bewirtschaftete diesen Hof seit Generationen. Er schmiegte sich tief in die schützenden Täler und Hügel der Warren Down in Dorset, genau wie sie ihn in Erinnerung hatte. Dieses Mal unterschied sich ihre Rückkehr jedoch von all den anderen Gelegenheiten, bei denen sie in Begleitung von Martin heimgefahren war. Joanna hatte das Gefühl, wieder ein Kind zu sein. Sie streckte die Hand aus und zog den Vorhang beiseite. Draußen gab es keine Laternen; es war stockfinster.

Zu Hause. Seit sie als freie Journalistin in London lebte und arbeitete, seit vielen Jahren also, hatte sie stets etwas verächtlich auf ihr Elternhaus herabgeschaut – wie auf etwas, dem sie erfolgreich entkommen war, etwas, was zwar einen Wert besaß, dem sie jedoch entwachsen war. Trotzdem war sie nun hier. In einem Sturm lief man eben als Erstes den Heimathafen an.

Einem schrecklichen Sturm.

Joanna hörte, dass Harriet unten in der Küche umherlief, mit Töpfen klapperte und laut mit Mutter redete.

»Sie kommt gleich runter. Mach kein Theater!«

»Aber wo ist Martin?«, gab Mutter leicht quenglig zurück. »Joanna besucht uns so gut wie nie ohne Martin.«

Eine gute Frage. Joanna stand auf, legte den Laptop auf ihre alte Frisierkommode, deren weiß gestrichene Holzplatte immer noch die Spuren des grellen Make-ups ihrer Teenagerjahre trug: violetter Lidschatten, schwarzer Kajal und goldener Highlighter. In dem leicht angelaufenen Spiegel der Kommode erhaschte sie einen Blick auf sich und fuhr sich unwillkürlich mit der Hand ans Haar. Sie hatten ihren Glanz verloren, alle beide. Das Leben hatte ihnen zugesetzt. Aber die alte Joanna musste doch noch irgendwo da drin sein, oder? Trotz allem.

Mit Martin war es in dem schmalen Bett stets zu eng gewesen. Außerdem war er nicht der Typ, der einen so fest hielt, dass man nicht herausfallen konnte.

Über dem Bett hing das Bild von der Brücke. Es war immer da gewesen, und Joanna gefiel der Gedanke, dass es über sie wachte. Die Brücke stand irgendwo in Italien, vielleicht in Venedig. Das Gemälde hatte einen verschnörkelten Goldrahmen, und manchmal, wenn morgens die Sonne darauf schien, glänzte er vor der blassgelben Tapete.

Die Brücke war aus Holz und überspannte das Wasser in einem perfekten Bogen. Die Sonne stand tief an einem silberblauen Himmel, und Licht und Schatten sprenkelten das Wasser. Joanna hatte keine Ahnung, wer es gemalt hatte – die Signatur war ziemlich unleserlich –, obwohl sie meinte, es könne *Emily* heißen. Der Familienname begann mit einem S. Sie hätte es gern gewusst; es schien von Bedeutung zu sein. Aber eigentlich zählte nur, dass dieses Bild ihr ein Gefühl von Ruhe schenkte. Joanna war froh, dass Harriet es nicht abgehängt hatte.

Sie sollte eigentlich nach unten gehen. Zögernd zog sie die Tür hinter sich zu und schlich instinktiv vorsichtig über die Treppe. Sie wusste, welche Stufen knarrten – die vierte von unten und die zweite von oben –, und trat über sie hinweg, weil sie einfach noch ein paar Minuten allein sein wollte. Sie wollte ... Eigentlich wusste sie nicht so genau, was sie wollte.

Als Joanna sich am Geländer festhielt, kam es ihr so vor, als habe sich die weiße Farbe immer schon in Blasen abgelöst und als sei das gesamte Haus in einem zeitlosen Raum erstarrt. So hatte es damals schon ausgesehen, wenn sie samstagnachts, lange nach Mitternacht, dieselbe Treppe hinaufschlich, nachdem ihr Freund Jez sie nach Hause begleitet hatte. Sie hatten stets ein entlegenes Pub auf dem Land besucht, wo man Joanna Shepherd, erst sechzehn Jahre alt, nicht kannte.

Am Fuß der Treppe warf sie einen Blick auf die alte Standuhr und flüsterte: »Eins, zwei, drei, ich komme!« Ein Spiel aus ihrer Kindheit – ihre und Harriets Version des Versteckspiels. Meistens hatte Joanna ihre Schwester nicht gefunden ... Die Uhr würde gleich die volle Stunde schlagen. Perfekt. Als der Westminster-Schlag ertönte und in der Diele widerhallte, huschte Joanna lautlos aus der Haustür.

Draußen hielt sie inne und sog die Nachtluft ein. Gott, war es hier finster! Die Nacht auf dem Land war so viel dunkler als anderswo. Das war schon immer so gewesen, auch damals. Joanna wartete, bis ihre Augen sich an die Dunkelheit gewöhnt hatten.

Jez pflegte sein Motorrad oben an der Straße abzustellen, und sie gingen dann das letzte Stück zu Fuß und knutschten ununterbrochen. Seine Hände wanderten nicht zufällig umher, sondern deckten eher systematisch jeden Quadratzentimeter ihres Körpers ab. Joanna lächelte. Sie hatten immer eine gute halbe Stunde für die hundert Meter gebraucht, und wenn sie die große Scheune erreichten, mussten sie sich stets für diese letzten verzweifelten, diamanthellen Augenblicke in den Schatten der breiten Holztür drücken, die Sinne zum Zerreißen gespannt. Blindes Tasten, schweres Atmen in seiner festen Umarmung; sein männlicher Geruch nach Motoröl, Leder und Nikotin – völlig anders als alle Gerüche auf der Farm. Berauschend!

Selbst die Erinnerung sorgte jetzt, zwanzig Jahre später, dafür, dass Joanna sich schwach fühlte. Sie presste die Handflächen gegen die Tür hinter sich und spürte die kalte Oberfläche.

»Siehst du denn nicht, was für ein Mensch er ist?«, pflegten ihre Eltern zu nörgeln.

Doch.

»Begreifst du denn nicht, dass er nur das eine will?«

Ja, ja, genau. Ahnten ihre Eltern denn nicht, dass sie es auch wollte? Sie war wie besessen von ihm; nun ja, höchstwahrscheinlich vor Begierde.

Joanna schloss die Augen und sehnte sich plötzlich danach, dieses alte Gefühl noch einmal zu erleben. Irgendwie, dachte sie, wird vielleicht alles besser, wenn ich es wieder einfange. Hinten auf Jez' Motorrad hatte sie sich an seine Taille geklammert wie eine Klette. Ihre Haut war vom Fahrtwind taub gewesen, ihre Augen tränten, und ihr Haar flatterte im Wind. Gott, das war der Himmel! Jungs. Motorräder. Sex. Am Samstagnachmittag Tanz im Viking Café zu Songs aus der Jukebox. Aber das war Vergangenheit.

Über den seitlichen Weg ging sie zum Teich und zum Maulbeerbaum. Es war ein Wunder, dass sie sich je abgenabelt, die Uni besucht und sich so in ihr Studium gekniet hatte, dass sie gute Noten erzielte. Besonders wegen Jez mit seinen blonden Locken und sexy blauen Augen. »Wie, du willst nicht mit in den Pub, Baby? Was ist denn los mit dir?«

Los war natürlich, dass Joanna schon damals gewusst hatte, dass sie nicht hierbleiben würde. Jez und alles, wofür er stand, waren nur eine Station auf Joannas Reise. Sie hatte nicht gewusst, wo sie endete, aber sie hatte gewusst, dass diese Reise sie aus Dorset hinausführen und von Jungs wie Jez trennen würde. Für immer.

Und so war es auch gekommen. Oder?

Der Teich war umgekippt, das Wasser wie Gelee. In ihren knöchelhohen Wildlederstiefeln stapfte Joanna durch das feuchte Laub unter dem Baum und wünschte sich, sie hätte Gummistiefel angezogen. Sie war auf dem Land. Und der Maulbeerbaum, so herrlich wie immer, breitete stolz die Zweige aus. *Herbst?*, schien er zu sagen. *Warum sollte ich etwas darum geben, wenn ich ein paar Blätter verliere? Im Frühling wachsen mir ja neue.* Wenn es für den Rest von uns auch so einfach wäre!, dachte Joanna.

Harriet hatte sie mit dem Pick-up vom Bahnhof abgeholt. Sie hatte es vermieden, Joanna anzusehen, und Martin kaum erwähnt; ob aus Taktgefühl oder Gleichgültigkeit, konnte Joanna nicht einschätzen. Sie hatte keine Ahnung, was in Harriet vorging. In den alten Zeiten hatte sie so oft versucht, zu ihrer Schwester durchzudringen. Aber irgendwann hatte sie es wohl aufgegeben. Harriet war unnahbar, unerreichbar und unergründlich.

»Wir müssen uns zusammensetzen«, hatte Harriet gesagt. »Wir müssen über Mutter reden.«

Joanna hatte zugestimmt. Doch inzwischen fragte sie sich, warum sie überhaupt hier war. Sie hatte genug eigene Probleme.

»Wie geht es ihr?«, hatte sie sich auf der Autofahrt erkundigt. Als ihr Vater gestorben war, hatte ihre Mutter nicht nur den Ehemann verloren. Audrey hatte selbst immer mehr nachgelassen, sodass schließlich alle Arbeiten auf der Farm an Harriet und den Hilfskräften hängen blieben, deren Anzahl stetig abnahm. Mutter war exzentrisch geworden, seltsam.

»Ziemlich schlecht«, gab Harriet zurück und nahm eine scharfe Linkskurve, sodass Joanna gegen die Beifahrertür geschleudert wurde. »Diese Woche waren es zwei Maler und Anstreicher, jemand, der den Abfluss frei machen sollte, und ein halber Klempner.«

Joanna rieb sich den Ellbogen. Die Fahrkünste ihrer Schwester hatten sich nicht verbessert; sie nutzte das Autofahren immer noch als Abfuhr für all ihren Zorn und ihre Frustration. »Ein halber Klempner?«

»Er ist nicht vorbeigekommen, aber er hat angerufen. Drei Mal.«

»Aha.« Mutter rief Handwerker an, damit sie vorbeikamen und einen Kostenvoranschlag für sie aufstellten. Dann konnte sie ihnen Tee kochen, Kuchen vorsetzen und mit ihnen reden. Das Bedürfnis nach männlicher Aufmerksamkeit verzehrte Audrey, und sie war von ihrem Aussehen besessen. Aber leider lebte Mutter auch in der Vergangenheit.

Joanna setzte sich auf die Bank unter dem Maulbeerbaum und lauschte dem Wind, der in den ausladenden Zweigen murmelte; sie erinnerte sich, wie Harriet und Vater die Äste geschüttelt hatten, bis die Früchte abfielen. *Du bist noch zu klein, Joanna. Harriet kann das machen.* Mutter, wie sie mit fleckigen Fingern Maulbeeren aus den Netzen klaubte. Sie kochte ein süß-scharfes Gelee daraus, so dunkelrot, dass es fast schwarz wirkte.

Joanna wusste, dass Mutter einsam war; sie brauchte Menschen und ... Sie schaute in die stille Dunkelheit. Mulberry Farm lag ziemlich abgeschieden – das nächste Dorf war gut fünfzehn Minuten Fußmarsch entfernt.

Joanna drückte sich immer noch vor ihrer Pflicht.

»Jo-anna ... Liebes ...?« Die eindringliche Stimme ihrer Mutter. Sofort hatte Joanna ein schlechtes Gewissen. Gott, ging das schnell! »Komme schon!«, rief sie.

Dann Harriets Stimme: »Joanna, wirklich, was schleichst du da draußen herum?«

Ich denke über die Vergangenheit nach, antwortete Joanna lautlos und stand von der Bank auf. Obwohl das gefährlich werden kann. Aber das ist immer noch sicherer, als an Martin zu denken ...

2. Kapitel

Perfekt geschminkt und völlig unpassend in eisblauen Chiffon und silberne Stilettos gekleidet, wuselte ihre Mutter um Joanna herum, als sie sich zum Abendessen an dem großen alten Tisch in der Küche setzte. Joanna konnte sich sehr gut vorstellen, wie Audrey Handwerkern den Tee im besten Porzellan servierte und die Gutsherrin spielte, obwohl Mulberry Farm in Wirklichkeit vollkommen marode war und weder Harriets Einkommen noch die Rente ihrer Mutter reichten, um Handwerkerrechnungen zu bezahlen. Arme Harriet! Joanna spürte einen Anflug von Mitleid mit ihrer Schwester. Das war bestimmt nicht leicht: Mutter zog die Männer in ihr Spinnennetz wie Fliegen, und Harriet durfte sie wieder herausklauben und zusehen, wie sie sie loswurde.

Mutter redete nicht um den heißen Brei herum. »Wo ist Martin?«, fragte sie.

»In London.« Und was vielleicht noch wichtiger war – was dachte Martin? Was fühlte Martin – jetzt, wo seine Frau nicht mehr da war? Zehn Jahre Ehe waren eine lange Zeit. Joanna schniefte, und Mutter sprang blitzschnell darauf an.

»Was ist, Liebes? Habt ihr euch gestritten?« Wenn man es nicht besser wusste, klang sie fast wie eine normale Mutter.

»Nicht wirklich.« Letzte Woche hatte sie im Radio gehört, dass Streit eine Beziehung lebendig halte, weil er zeige, dass man noch aneinander hänge. Aber Joannas Meinung nach traf das Gegenteil zu. Sie und Martin hatten oft Streit. Und das konnte einem die Liebe gründlich verleiden.

Joanna fühlte sich zerschlagen. Sie hatte das Gefühl, orientierungslos dahinzutreiben. Sie schaute auf ihren Ehering hinunter. Verschlungenes Gelb- und Weißgold. An dem Tag, als Martin ihn ihr überreicht hatte, war er so unsicher gewesen. Er hatte nicht gewusst, ob er es richtig machte, und gefürchtet, dass sie ihm einen Korb geben könnte. Genau das hatte sie an ihm geliebt, seine Verletzlichkeit. Ach, Martin! Sie runzelte die Stirn. Heute wirkte er überhaupt nicht mehr verletzlich.

Harriet verteilte Suppe in große Schalen, die sie eine nach der anderen auf den Tisch stellte. Die Flüssigkeit dampfte.

»Hühnersuppe«, erklärte Harriet. Sie begann, dicke Scheiben von einem Leib braunen Vollkornbrots abzuschneiden.

»Hmm. Riecht köstlich.« Mit einem Mal wurde Joanna klar, wie hungrig sie war. Sie hatte heute kaum etwas gegessen. Aber ... Hühnersuppe? Doch hoffentlich nicht von einem der Hühner auf der Mulberry Farm? Ihr lief es kalt über den Rücken.

»Aus dem Supermarkt, von Morrisons«, sagte Harriet, die ihre Gedanken erraten hatte. »Wir hatten gestern Brathähnchen.«

»Oh.« Joanna aß einen Löffel von der heißen Brühe. »Ich brauche nur etwas ...« Was? Zeit für mich, wahrscheinlich – das wäre zumindest ein Anfang. Sie tauchte das dicke Stück Vollkornbrot in die Suppe. »So eine Art Pause«, sagte sie.

Harriet warf ihr einen scharfen Blick zu und bestrich ihr Brot mit Butter – ziemlich aggressiv, wie Joanna bemerkte. Was ihr wohl durch den Kopf ging? Wäre es denn so schrecklich, wenn sie eine Weile wieder hierher zöge?

»Bleib, solange du möchtest!«, erklärte ihre Mutter großmütig. »Es ist wunderbar, dich hier zu haben.« Sie beugte sich vor, und Joanna erhaschte einen Hauch von ihrem Parfüm. Süß und blumig, beinahe unschuldig.

Aber in der Sekunde, als das Lächeln ihrer Mutter wich, sah sie so alt und die Haut in ihrem Gesicht so papierdünn aus, dass sich tief in Joanna etwas Undefinierbares regte. Es war wie eine Verschiebung, eine Umkehr, eine Wehmut, die sich in die Liebe mischte. Joanna wusste, dass ihre Mutter sie nicht verurteilen würde. Sie brauchte niemandem mehr Rechenschaft abzulegen; und niemand würde ihr Grenzen setzen. Gott, das war beängstigend. »Danke, Mutter«, sagte sie. Sie aß noch einen Löffelvoll. Harriet hatte reichlich Pfeffer hineingetan; seit Jahren hatte sie keine so gute Suppe mehr gegessen.

»Solange es dir nur gut geht«, meinte ihre Mutter betrübt.

»Ja«, antwortete sie. »Mir geht es gut. Ich bin mir beinahe sicher.«

Harriet betrachtete sie skeptisch. »Nimm noch etwas Brot!«

»Okay.« Joanna bediente sich und tunkte damit das letzte bisschen Suppe auf.

»Schließlich haben wir jede Menge Platz.« In einem ihrer plötzlichen Stimmungsumschwünge lächelte Audrey ihre Töchter an. »Wir könnten sogar den Dachboden zu einem Arbeitszimmer für dich ausbauen.«

Harriet zog eine Augenbraue hoch. »Mutter ...« Unausgesprochen hing das Wort *Handwerker* in der Luft.

Aber Audrey hatte Blut geleckt. »Ich habe da kürzlich mit so einem netten Mann gesprochen.«

»Mit wem?« Harriet verschluckte sich und hustete. »Was für ein Mann? Wann hast du mit ihm geredet?«

Joanna schaute zwischen den beiden hin und her. Vielleicht war es Harriet nicht bekommen, all diese Jahre ohne einen Mann zu leben. Ob sie überhaupt schon einmal einen Mann gehabt hatte – so richtig? Joanna glaubte es nicht. Sie vermutete zwar, dass ihre Schwester schon einmal Sex gehabt hatte. Schließlich war sie neununddreißig, da war alles andere undenkbar, oder? Aber nicht als Teenager, da war Joanna sich ziemlich sicher. Während sie selbst in der Auffahrt mit Jez geknutscht und ihn nach einem Abend, an dem sie aus gewesen waren und Starkbier getrunken hatten, in die große Scheune gezerrt hatte, war Harriet ... Nun ja, sie war immer zu Hause geblieben. Hatte mitgeholfen. War ein braves Mädchen gewesen, bemüht, es Vater recht zu machen.

»Wie wäre es mit *Handy Andy*?« Audrey runzelte die Stirn. »Mal überlegen. Oder *Luke's Lofts*?«

»Denk nicht mal dran, Mutter!«, knurrte Harriet. Sie sammelte die Suppenteller ein. Niemand sonst war in der Lage, so bedrohlich abzuräumen. Als sie das Geschirr auf die Spüle stellte, warf sie einen Blick nach draußen, runzelte erneut die Stirn und zog dann das Rollo so heftig herunter, als wolle sie die Nacht aussperren – oder was immer dort draußen sein mochte. »Sei nicht albern!«, setzte sie hinzu, obwohl nicht ganz klar war, mit wem sie sprach.

Joanna beobachtete sie. Harriet war damals verklemmt und angepasst gewesen, und sie war es immer noch. Joanna dagegen hatte nie einen Pfifferling darum gegeben, es ihren Eltern recht zu machen. Ihr war es nur um ihren Spaß gegangen.

Harriet bückte sich, öffnete die Backofentür und zog einen Fruchtauflauf mit Streuseln heraus.

»Rhabarber mit Ingwer.« Sie brachte ihn herüber, und Joanna sah, dass am Rand des Crumble rosafarbener, klebriger Rhabarbersaft herausquoll. An einigen Stellen waren die Streusel verbrannt, und die taten ihr irgendwie leid.

Joanna hatte mehr Spaß gehabt als ihre Schwester. Das war noch so etwas, was Harriet ihr wahrscheinlich nicht verzeihen konnte. Joanna lehnte sich auf dem Stuhl zurück. Aber es war wohl kaum ihre Schuld, dass Harriet sich nie für Jungs interessiert und sich damit begnügt hatte, auf der Farm zu helfen und an ihrem Vater zu kleben.

Joanna hatte nie hierher gehört, nicht so wie Harriet. Joanna hatte sich vielleicht besser amüsiert – aber sie war bei ihrem Vater immer die zweite Wahl gewesen, nie die Nummer eins.

Sie schaute auf ihren Nachtisch hinunter.

Half es einem dabei, einen Weg nach vorn zu finden, wenn man zurückging? Joanna war sich nicht sicher. Sie würde zwangsläufig irgendwann nach Crouch End heimkehren, und selbstverständlich musste sie mit Martin reden. Aber jetzt noch nicht. Sie hatte noch nicht entschieden, was sie tun wollte.

Nach dem Ritual des Abwaschens flüchtete Joanna sich nach oben in ihr Zimmer und an ihren Laptop. Sie würde mit der Kolumne für die nächste Woche anfangen: *Wenn der Mann, den Sie lieben, Ihnen Blumen schenkt…* Nicht, dass Martin das getan hätte – jedenfalls seit Jahren nicht mehr. Das einzig Gute an den schlimmen Dingen war, dass sie großartiges Rohmaterial für Artikel abgaben.

Joanna sah sich in ihrem alten Kinderzimmer um. Merkwürdig, wieder dort zu sein, wo sie angefangen hatte. Sie fragte sich, ob sie verrückt werden würde. Hoffentlich nicht. Sie loggte sich ein.

Eine E-Mail von Toby, ihrem Redakteur. Nichts von Martin. Sie öffnete Tobys Nachricht.

Jo, Darling … Kannst du irgendwann diese Woche mit mir zu Mittag essen? Wir müssen über etwas Neues reden, das sich gerade ergeben hat. Ein interessantes Projekt… Ach, und sieh zu, dass dein Reisepass gültig ist. Tx

Pass? Joanna spürte einen Anflug von Aufregung. Sie sehnte sich nach einer Abwechslung. Nachdem Martin eine erhebliche

Gehaltserhöhung erhalten hatte, hatten sie sich vor einem Jahr darauf geeinigt, dass Joanna ihre Festanstellung als Journalistin aufgab. Dadurch war sie frei, an etwas Innovativerem, Aufregenderem zu arbeiten, etwas, was eine größere Herausforderung bedeutete. Etwas Langfristiges, was sich später finanziell auszahlen würde. Doch abgesehen von ihrer Kolumne und freiberuflichen Artikeln für mehrere Zeitschriften war dieses »Etwas« bis jetzt ausgeblieben.

Vielleicht war dies ja die richtige Zeit ... Aber unter diesen Umständen? Joanna musste zuerst ihr katastrophales Privatleben in Ordnung bringen. Sie drückte auf »Antworten«.

Ich bin in Dorset und ein bisschen angebunden. Kann ich dich in ein paar Tagen anrufen?

Toby antwortete sofort. *Nein, kannst du nicht, verdammt! Das ist wichtig. Es wird dir gefallen.*

Joanna griff nach ihrem Handy. Toby gehörte zu den Menschen, die vierundzwanzig Stunden am Tag erreichbar waren. Außerdem war er einer dieser kostbaren schwulen Freunde. Jede Frau sollte so einen Freund haben.

»Was ist das Problem, Darling?«, erkundigte er sich.

»Nichts«, antwortete sie nicht ganz wahrheitsgemäß. »Es ist nur schwierig, im Moment wieder in die Stadt zu fahren. Kannst du mir nicht einfach sagen, worum es geht?«

Er seufzte laut. »Joanna!«

»Ja?«

»Hast du mich gebeten, etwas Besonderes für dich aufzutun oder nicht?«

»Habe ich, aber ...«

»Und liegt Dorset oder wo immer du bist, in der Nähe einer Bahnlinie und der Hauptstadt?«

»Ja, schon, aber ...«

»Dann treffen wir uns am Donnerstag um halb eins in unserem Stammlokal«, fauchte er, »oder ich vergebe den Auftrag an jemand anderen, der nicht tausend Einwände hat. Okay, Darling?«

»Okay.« Er hatte ja Recht. Sie drückte das Gespräch weg. Natürlich konnte sie innerhalb eines Tages nach London und wieder zurück fahren. Ihre Karriere war jetzt wichtiger denn je. Sie würde nicht zulassen, dass Martin sie ruinierte.

Sie ging hinunter in den Küche, um sich ein Glas Wasser zu holen. Dort war es ruhig und warm. Sie setzte sich in den alten hölzernen Schaukelstuhl in der Ecke und dachte an ihren Vater, wie er, die Hemdsärmel bis zu den Ellbogen hochgekrempelt, auf den Steinfliesen der Küche mit ihrer Mutter Walzer getanzt hatte. Langsam begann sie sich zu wiegen.

Solche Sachen passierten nicht aus heiterem Himmel, oder? Wenn man genau hinsah, konnte man die Gründe, die Wurzeln finden, aus denen alle schlimmen Dinge erwuchsen. Da war dieser Abend gewesen, an dem sie Freunde zum Essen eingeladen hatten. Schlimm genug, dass Martin gelächelt und gelacht und mit Hilary geflirtet hatte. Und die hatte die Brüste vorgestreckt und zurückgeflirtet. Aber als Joanna den Pudding hereinbrachte, hatte sie gesehen, wie Martin die Hand auf Hilarys Knie legte. Nur für einen winzigen Moment, aber das war einer dieser Augenblicke gewesen, in denen die Zeit stillzustehen schien. Die Art von Augenblick, in dem man einen Menschen betrachtet und sich eine Menge Fragen stellt. Und das tat Joanna. Sie hatte auch genug getrunken, um Dinge offen auszusprechen, schwierige Fragen, die sie nicht stellte, wenn sie nüchtern war. Gefährliche Fragen. Wahrheiten. Zum Beispiel: *Was soll aus uns werden, Martin, aus uns beiden?*

Es hatte schon vorher angefangen. Mit Martins spitzen Bemerkungen über ihre monatliche Zeitschriftenkolumne *Das aufregende Leben über dreißig*. Es hatte damit begonnen, dass er länger arbeitete und sie weniger gemeinsam unternahmen. So, wie solche Dinge oft ihren Anfang nahmen – mit einem weniger freundlichen Lächeln.

Sie wiegte sich ein wenig schneller. Und dann ... Dann ...

Zwei Tage nach dem Essen war das gewesen. Statt wie üblich in der British Library zu recherchieren, war sie früh nach Hause gegangen, mit Blumen im Arm und schwungvollem Schritt, um etwas Besonderes für Martin zu kochen, ein romantisches Abendessen für zwei; ein Versuch, dieses flüchtige Etwas zurückzuholen, was offenbar irgendwie verlorengegangen war.

Joanna trank ihr Wasser und schloss die Augen. An diesem Nachmittag hatte sie das Gefühl von Veränderung, das in der Luft lag, beinahe riechen können. Oktober ... Schon wieder Herbst; eine Jahreszeit, in der sich manche Wesen auf den Winterschlaf vorbereiteten und andere erwachten. Es ging nicht an, weiter alles vor sich herzuschieben und Dinge hinzunehmen, die nicht richtig waren, einfach das bisherige Leben weiterzuführen, obwohl man wusste, dass man es verloren hatte – dieses Gefühl der Gemeinsamkeit. Man musste etwas unternehmen. Sie und Martin hätten so viel mehr haben können. Es war noch nicht zu spät.

Sie war den betonierten Weg hinaufgegangen. Hatte den Schlüssel ins Schloss gesteckt und die Tür aufgestoßen, die widerstrebend knarrte. Die Feuchtigkeit, dachte sie. Und hielt inne. Etwas in der Diele war anders als sonst. Sie runzelte die Stirn. Über Tag gehörte das Haus so sehr ihr allein, dass sie wusste, wenn etwas nicht stimmte.

Dann hörte sie etwas. Wie seltsam! War das Musik? Sie spähte die Treppe hinauf. Martin hatte gemeint, dass auf dem kaffeebraunen Läufer der Schmutz nicht zu sehen wäre. Sie berührte das geschnitzte Geländer. Martin?

Automatisch hatte sie die Schuhe ausgezogen. Hatte ihre Handtasche zu Boden gleiten lassen, war aus ihrer Jacke geschlüpft und hatte sie an den Haken neben der Tür gehängt. Die Garderobe war ein Holzpaneel aus einer alten Schulumkleide – das erste Stück, das sie sich gemeinsam gekauft hatten.

Natürlich war er bei der Arbeit. Trotzdem rief sie nach ihm … »Hallo? Martin?«

Und dann war ihr aufgegangen, wie still es war – und doch lauter als jedes Geräusch. Eine vollkommene Stille, die zuvor nicht da gewesen war. »Martin?« Einbrecher, dachte sie. Eine Sekunde lang fühlte sie sich versucht, geradewegs wieder aus dem Haus zu rennen, aber das erschien ihr dumm. Wie könnte sie ihr Heim Einbrechern überlassen, ohne auch nur den Versuch zu machen, sie aufzuhalten?

Sie hob die Tasche vom Boden auf. Ihre Finger schlossen sich um das Handy in der Außentasche. Da erkannte sie, was in der Diele so anders aussah. Es war der schwarze Kleiderhaken in dem Hohlraum unter der Treppe, gleich neben der Küchentür, der einem sofort ins Auge fiel, sobald man das Haus betrat. Manchmal ließ sie ihre Handtasche in dieser Ecke, wenn sie sie nicht auf den Küchentisch warf; manchmal nur ihre Schlüssel.

An dem Haken hing eine Jacke. Eine cremefarbene Lederjacke. Sie gehörte weder ihr noch Martin. Und ganz bestimmt keinem verdammten Einbrecher. Sie hatte diese Jacke schon einmal gesehen. Genauer gesagt vor zwei Tagen, am Abend. Sie wollte nicht daran denken, aber manchmal hatte man einfach keine andere Wahl.

Schließlich stand Joanna aus dem alten Schaukelstuhl auf und stieg die Treppe zu ihrem Zimmer hinauf. Tobys Vorschlag kam ihr in den Sinn: etwas Neues. Das könnte aufregend werden.

Sie schaute zu dem Gemälde mit der Brücke auf, das über ihrem schmalen Jungmädchenbett hing. Vielleicht war es genau das, worauf sie gewartet hatte.

3. Kapitel

Herrgott, das machte wirklich süchtig! Harriet schaltete den Computer aus und schob den Drehstuhl vom Schreibtisch weg.

»Was machst du bloß immer vor dieser Kiste?«, fragte Mutter sie manchmal. »Ich kann mir das wirklich nicht vorstellen.«

Und das war auch gut so. Was Harriet tat, war ihr Geheimnis und ging nur sie allein etwas an. Ihre Mutter durfte es nie erfahren. Sollte Mutter, Joanna oder sonstwer jemals die Wahrheit herausfinden, würde sie vor Verlegenheit sterben.

Zeit, ins Bett zu gehen. Gähnend reckte Harriet sich. Der Herbst war eine arbeitsreiche Zeit; die Früchte aus dem Obstgarten mussten gepflückt werden, und alles Mögliche andere war zu erledigen. Heute Morgen war der Küchengarten der reinste Sumpf gewesen. Es war eine reife Leistung gewesen, den Blumenkohl und den Brokkoli zu ernten und zur Auslieferung fertig zu machen.

Es fiel ihr schwer, den Raum zu verlassen, den sie insgeheim immer noch Vaters Arbeitszimmer nannte und in dem sie beide so oft zusammengesessen hatten. Sie hatten gelesen, geredet und die Welt außerhalb von Mulberry Farm in eine Ordnung gebracht. Irgendwie war er in diesem Raum noch anwesend; sie hätte schwören können, dass sie seinen Pfeifentabak roch und die raue Wolle seines braunen Lieblingspullovers fühlte. Sie schluckte heftig. Er fehlte ihr immer noch so …

Das Arbeitszimmer war Harriets Zufluchtsort, doch nun wartete hier nicht mehr ihr Vater auf sie, sondern ihr Computer. Zum Glück hatte sie den angeschafft, als ein wenig Geld übrig gewesen war. Sie hatte über der Gebrauchsanweisung gegrübelt und sich in die Bedienung hineingefuchst und sich einen Internetanschluss besorgt. Jetzt verhieß der Computer mehr denn je Flucht, ja er war inzwischen so etwas wie ein Rettungsanker.

Harriet verließ den Raum und schloss die Tür. Joannas Zimmer lag nebenan. Sie blieb im Flur stehen und spitzte die Ohren. Doch sie hörte keinen Laut, kein Anzeichen dafür, dass ihre Schwester überhaupt da drin war. Aber sie war da. Wie lange sie wohl bleiben würde? Sie wollte ja nicht einmal erzählen, was passiert war oder warum sie hier ist.

»Das kommt ein wenig überraschend«, hatte Harriet im Pick-up gesagt, nachdem sie ihre Schwester am Bahnhof abgeholt hatte. »Ist alles in Ordnung mit dir?«

Joanna hatte gelacht – ein wenig hysterisch, Harriets Meinung nach. »Prima«, hatte sie geantwortet. »Alles bestens.«

Alles bestens? Harriet hatte auf weitere Erklärungen gewartet, jedoch vergeblich.

Harriet schnalzte mit der Zunge. Freute sie sich, ihre Schwester zu sehen? Ja und nein. Das war bei Joanna schon immer so gewesen. Seit vierzehn Jahren wohnte sie nicht mehr hier, aber das Zimmer war genau wie früher immer noch »Joannas Zimmer«, als warte es auf die Rückkehr ihrer Schwester.

Auf der anderen Seite des Hauses, zum Hof hinaus, befanden sich das Bad, Harriets Zimmer und … Harriet rümpfte die Nase, als der vertraute, klebrig-süße Duft aus dem Zimmer ihrer Mutter über den Treppenabsatz kroch. Ein Eau de Cologne mit einem moschusartigen Lavendelduft, überlagert von dem Geruch der Antifaltencreme, die ihre Mutter sich hartnäckig zweimal täglich in die Haut rieb. Die Creme hieß Tranquility, obwohl der Geruch dick und erstickend war und mehr an verdorbenes Marzipan als an Geruhsamkeit erinnerte. Harriet schloss die Tür zum Zimmer ihrer Mutter. Man sollte meinen, mit sechsundsiebzig könnte Mutter ihre Falten hinnehmen.

Kümmere dich um deine Mutter!, hatte er gesagt. *Versprich es mir!*

»Ja, Vater«, hatte sie geantwortet.

Und hatte sie das nicht getan? Im Haus standen noch die Möbel aus ihrer Kindheit, und Harriet gefiel es so. Erinnerungen hatten so eine Art, sich in diesen alten Stühlen und Tischen, Uhren und Bücherregalen einzunisten wie Holzwürmer. Man konnte die staubigen Oberflächen berühren und beinahe wieder in der Vergangenheit sein. Jedenfalls konnte Harriet das.

Besonders die alte Standuhr erinnerte sie an das Spiel aus ihrer Kindheit: Verstecken, aber mit Zeitlimit. Traditionell hatten sie ihr Spiel fünfzehn Minuten vor der vollen Stunde begonnen. Eine von ihnen blieb bei der Uhr stehen, während die andere davonrannte, um sich zu verstecken. Nach fünf Minuten durfte diejenige, die mit Suchen an der Reihe war, anfangen. Wer sich versteckte, musste unentdeckt bleiben und dann wie durch Zauberei an der Uhr auftauchen, und zwar genau dann, wenn sie die Stunde schlug, und keineswegs früher, und aus vollem Hals »Eins, zwei, drei, ich komme!« rufen.

Bei der Erinnerung musste Harriet grinsen. Sosehr Joanna es auch versucht hatte, sie war nie auf Harriets liebstes Versteck gekommen, und Harriet hatte sich immer geweigert, es ihr zu verraten. Ein kleiner Triumph vielleicht, aber … »Eins, zwei, drei, ich komme!«, murmelte sie. Joanna war immer leicht zu finden gewesen: entweder in dem alten Kuhschuppen oder in der großen Scheune.

Harriet betrat ihr Zimmer. Seufzend streifte sie die etwas runzlige Strickjacke ab. Konnten Strickjacken Runzeln kriegen? Diese schon. Dann zog sie die alte und ziemlich biedere Baumwollbluse aus und ließ den Rock fallen. Sie verzog das Gesicht, faltete alle Kleidungsstücke zusammen und legte sie auf den kleinen Stuhl aus Eichenholz. Sie war zu lange aufgeblieben – das tat sie immer –, die Sitzungen am Computer waren zu einer Sucht geworden. Sie brauchte sie, konnte es kaum abwarten, bis sie an den PC kam, zappelte nervös herum, während er hochfuhr, und geriet in Panik, wenn die Verbindung unterbrochen wurde. Doch sie war sich bewusst, dass sie nie zufrieden war. Jede Sitzung wurde hektischer – eilig tippte sie E-Mails, entzifferte die kleine Schrift oder setzte die Brille auf, um die Bilder genau zu betrachten.

Hektisch, aber nicht verzweifelt, wies sie sich streng zurecht. Sie zog ihren Baumwoll-BH aus – neue Unterwäsche war eine Extravaganz, die sie sich nicht leisten konnte. Und streifte die – herrje, so vernünftigen – Unterhosen ab, die ziemlich genau so aussahen wie alle anderen in ihrer Schublade. Nach jeder Sitzung am Computer blieb ein Gefühl der Leere in ihr zurück, denn sie erreichte ja nichts, oder? Irgendetwas hielt sie davon ab.

Harriet schlug die Tagesdecke zurück. Jeder wäre da nervös. Jeder, der noch nie … nun ja, der noch nie … Und das war wahrscheinlich auch alles, nur die Nerven. Beklommenheit. Vielleicht sogar die nahenden Wechseljahre. Ach, Himmel … Nein, dazu war sie noch zu jung, oder? Sie legte ihr Nachthemd auf dem schmalen Bett aus. So wenig Zeit nur noch. Hatte sie doch zu lange gewartet? Und was hatte sie daran gehindert? Ihr Versprechen gegenüber Vater. *Psst, ganz ruhig!*

Alles in Ordnung. Angst? Oder lag es an der Isolation, an dem Mangel an Gelegenheiten? Sie war ständig so beschäftigt, dass ein Jahr rasend schnell ins nächste überging und sie stets staunend registrierte, dass schon wieder ein neues Jahrzehnt angebrochen war. So unmerklich war sie von der Jugend ins mittlere Alter gerutscht, dass sie bald wahrscheinlich ebenso schnell weiterstolpern würde.

Schwer vorstellbar, wie sie diesem Leben entkommen könnte. Den ganzen Sommer über hatte sie für die Sommerfrischler gebacken – so nannte ihre Mutter jedenfalls die Gäste. Für Harriet waren sie die *verdammten Touristen.* Sie hatten das Glück – anscheinend war es eines –, dass die Wanderwege am Hügelmassiv des Warren Down, die über die Klippe zum Leuchtturm und hinunter zur Warren-Bucht führten, in der Touristeninformation von Pridehaven gut beworben wurden. Und es war auch ein Glück, dass es weder am Strand noch im Dorf Cafés gab, die ihnen Konkurrenz gemacht hätten. Das hieß, dass die Wanderer nach einer Tasse Tee dürsteten, wenn sie Mulberry Farm erreichten – und ein Stück Apfelkuchen nach Dorset-Art mit Sahne war eine willkommene Dreingabe. Manchmal waren alle Tische und Stühle besetzt, und die Besucher hockten sogar auf der Bank und auf dem grasigen Ufer beim Maulbeerbaum. Kinder rannten umher und warfen manchmal sogar Steine in den Teich. Hätte Harriet nicht so viel mit dem Backen zu tun gehabt, wäre sie wütend über dieses Eindringen in ihre Privatsphäre gewesen.

Im September, als die Tage kühler wurden und keine Besucher mehr zum Warren Down kamen, hatte sie erleichtert aufgeatmet und ihre Aufmerksamkeit den Bäumen im Obstgarten zugewandt – und dem Einwecken, Entsaften und dem Kochen von Marmelade, die sie an den Dorfladen verkaufte. Und natürlich mussten der Küchengarten und das Gemüsebeet in Ordnung gebracht werden. Das Bio-Gemüse, das sie an Bloomers und das Pub im Dorf verkaufte, sorgten für einen großen Teil ihres bescheidenen Einkommens, und zwar das ganze Jahr über: von Spargel, Babyartischocken und frischen Kräutern im Frühling bis zu Kohl, Brokkoli und Blumenkohl im Winter. Über den Winter dachte Harriet allerdings nicht gern nach. Im Winter fühlte sie sich noch einsamer als sonst und wusste noch weniger, was sie mit Mutter anfangen sollte.

Seit wann genau war die Sache mit Mutter eigentlich so festgefahren? Harriet seufzte. Woher sollte sie das wissen? Im Gegensatz zu Joanna war sie nicht zur Universität gegangen. Stattdessen war sie auf der Farm geblieben und hatte sich um alles gekümmert. Wie war sie in dieser fernen Vergangenheit eigentlich auf die Idee gekommen, dass dieser Zustand vorübergehend sein könnte? Hatte sie wirklich geglaubt, Joanna – die vom Glück begünstigte Joanna – käme zurück nach Warren Down und übernähme die Verantwortung? Natürlich nicht. Vor Verantwortung hatte man Joanna immer bewahrt. Sie hatte schließlich ein Leben. Sie wurde geliebt und beschützt. Außerdem kannte sie sich mit der Arbeit auf einer Farm nicht aus. Sie wusste nichts über die schwierigen Dinge des Lebens – wie auch? Sie war zu jung. Im Gegensatz zu Harriet hatte Joanna nie etwas versprochen. Sie war frei und konnte tun und lassen, was sie wollte.

Als Harriet ihren Frotteebademantel von dem Haken hinter der Tür nahm, sah sie, dass ein Lichtschimmer von ihrer Nachttischlampe schräg auf den Spiegel fiel. Sie hielt inne. Ihre Hand sank herab, und der Bademantel fiel zu Boden. Jetzt sieh dich an, dachte sie. Schau dich bloß an!

Nackt stand sie vor dem großen Spiegel. Das Licht war trübe, beschönigte aber dennoch nichts. Trotzdem ... Sie schob die Hände unter die Brüste. Nicht übel. Sie fühlten sich weich und voll an. Sie wackelte ein wenig mit ihnen. Nicht groß, nicht klein, aber wenigstens keine Spur von einem Hängebusen, was mit neununddreißig nicht übel war – oder? Sie drückte sie zusammen. Wenn sie ihre Brüste so hielt, hatte sie ein großartiges Dekolleté. Mit dem richtigen BH könnte sie einen tiefen Ausschnitt tragen und damit durchkommen. Womit durchkommen? Dem Eindruck von Jugend? Wohl kaum. Und wohin sollte sie in einem solchen Kleid gehen? Sie ließ die Hände sinken. Und mit wem …?

Eine Möglichkeit war Hector. Ob das sein echter Name war? Harriet zog die Nase hoch. Es klang wie jemand aus einer Kindergeschichte; wie ein Mann, der alte Dampfloks fuhr oder in einem Dorf irgendwo in Schottland Post austrug. Sein Profil behauptete, er sei fünfundvierzig, aber sie hatte sein Bild eingehend studiert – um genau zu sein, zwanzig Minuten lang –, und Harriet fand, dass das Gebiet zwischen Oberkiefer und Ohrläppchen verdächtig nach einem Lifting aussah. Außerdem hatte er einen manischen Blick.

Harriet strich sich mit den Händen über die Hüften. Sie war nicht schlank, aber dick war sie auch nicht. Natürlich, wenn sie ausatmete, hatte sie einen kleinen Bauch, aber das war schließlich bei jedem so – sonst müsste man ja durchbrechen, wenn man wieder einatmete.

Charles war der zweite Bewerber. Sie standen seit über einem Jahr in Kontakt. Er war irgendeine Art Forscher, was … ähem … interessant war. Sie drehte sich zur Seite, um ihr Hinterteil zu überprüfen. Zu groß, wahrscheinlich. Aber gab es nicht auch eine Kultur, die Frauenhintern verehrte – je runder, desto besser? Außerdem: Was war falsch an Wissenschaftlern? Sie waren gut sortiert, logisch und nicht unbedingt sonderbar.

Harriet wackelte mit den Hüften. Wie vorauszusehen, wabbelte ihr Hintern noch lange weiter, nachdem alles andere zur Ruhe gekommen war. Eigenartig war allerdings die knollenartige Kopfform des Forschers – als hätte er so viel Hirn hineingestopft, dass kein Platz mehr für ein Gesicht geblieben war. Trotzdem, Harriet mochte intelligente Männer, und es machte ihr nicht viel aus, jedes Mal im Wörterbuch nachzuschlagen, wenn Charles ihr eine E-Mail schickte; wenigstens erweiterte sie so ihren Wortschatz, was nicht schaden konnte, da sie die meiste Zeit über hier festsaß und bis auf Mutter den ganzen Tag niemanden zum Reden hatte.

Sie öffnete den Mund und schnitt sich selbst eine Grimasse. Okay, sie sah wütend und müde aus, ihr Haar war kraus und zeigte erste Spuren von Grau. Wahrscheinlich sollte sie mehr auf ihr Äußeres achten. Aber irgendwie kam immer alles andere dazwischen, sodass sie nie richtig Zeit dazu fand. Aber trotz einiger Linien, die abwärtsführten – sie verwahrte sich gegen das Wort »Falten« –, waren ihre Zähne in Ordnung, denn sie bearbeitete sie an den meisten Abenden mit Zahnseide und benutzte sogar eine elektrische Bürste. An den Zähnen konnte man eine Menge über den Stammbaum erkennen – und nicht nur bei Pferden. Charles' Zähne sahen ziemlich gut aus – für einen Akademiker. Er lebte in Portsmouth und versuchte seit einiger Zeit, sie zu treffen, aber Harriet war vorsichtig. Sie wollte nichts überstürzen.

Tatsächlich spielte sie dieses Spiel – wenn auch nicht immer mit Hector und Charles; da waren auch andere gekommen und gegangen, längst gelöschte und vergessene Profile – seit drei Jahren, ohne sich jemals mit einem der Männer getroffen zu haben. Denn alles in allem war das doch eine ziemlich gefährliche Art, einen Partner kennenzulernen, oder? Und konnte man wirklich über das Internet eine sexuelle Anziehung oder Seelenverwandtschaft erkennen? Nicht, dass sie

Vollkommenheit oder auch nur Glück erwartete. Sie wollte etwas anderes. Sie wollte einfach einen Mann. Einen anständigen Mann. Jemanden, mit dem sie ...

Oder vielleicht auch nicht. Manchmal war sie sich nicht sicher, ob sie überhaupt einen Mann wollte. Manchmal hatte sie ganz einfach entsetzliche Angst.

Wenigstens, dachte sie, habe ich keine nennenswerte Zellulitis. Aber Dynamic Dating – das sich in ihrem Fall ungefähr so dynamisch bewegte wie eine Schnecke auf Valium – brachte sie nicht weiter, weil sie zu viel Angst hatte, um sich vorzuwagen. Und daran musste sich etwas ändern. Ihre Zeit musste kommen, bevor ihr keine Zeit mehr blieb. Sie war fast vierzig und musste sich bewegen. Vorzugsweise vorwärts.

Der dritte Bewerber war Malcolm, ein Schweinebauer aus Ost-Devon. Malcolm hatte offensichtlich Pluspunkte – auch er war auf einem Bauernhof aufgewachsen, daher passten sie in dieser Hinsicht zusammen, und er wusste absolut alles über Schweine. Aber im Lauf der Zeit war das Harriet doch mehr und mehr als Minuspunkt erschienen. Sicher, sie musste die Tiere im Moment versorgen, aber sie war sich nicht sicher, ob sie sich Schweine in ihrer Zukunft wünschte; sie standen jedenfalls ganz bestimmt nicht unter der Rubrik »Träume« in ihrem Profil. Sie fragte sich, ob Malcolm ihr je eine E-Mail schreiben würde, in der keine Schweine vorkamen? Anscheinend nicht. Harriet konnte sich nicht vorstellen, was er für einen Ehemann abgeben würde. Besser gesagt, sie konnte es, und da lag das Problem.

Sie hob ein Bein und überprüfte, ob ihr Oberschenkel wackelte. Nicht allzu schlimm. Jedenfalls nicht merklich, wenn sie ging. Sie hob den Arm. Offenbar speicherten Frauen in den Oberarmen Fett, das man unmöglich loswurde, solange man es nicht in Muskeln verwandelte. Winkfett nannte man das. Aber trotz all der körperlichen Arbeit, die sie tat, hörten ihre Winkarme nicht auf sie, sondern wabbelten beide unheilverheißend. Sie inspizierte ihre Achselhöhlen. Hmm. Wann hatte sie schon Zeit, sie zu depilieren ... oder wie nannte man das? Die Farm hielt sie den ganzen Tag auf Trab. Und Mutter. Tja, Mutter ...

Nach Vaters Tod hatte es angefangen. Damals hatte sie auch den Traum zum ersten Mal gehabt. Aber Harriet wollte nicht an den Traum denken.

Harriet wurde klar, dass mit jeder Woche, die verging, ihre Chancen, die Liebe zu finden, schwanden. Oder auch nur eine Verabredung zu treffen. Das Problem war nicht nur, dass Hector, Charles und Malcolm möglicherweise Trost in den Armen und den E-Mails einer anderen finden würden. Die Sache war eher die, dass Harriet nicht jünger wurde. Mit allen schrieb sie sich seit Monaten und wusste über diese Männer inzwischen mehr als über ihre eigene Schwester. Sie konnte es nicht länger hinausschieben. Ja, allmählich wurde es wirklich Zeit.

Harriet fuhr mit den Fingern über ihren Rumpf, von den Schultern über die Brüste, vorbei an ihrem Schambein und dem dichten Haarbüschel dort, bis hinab zu ihren weichen weißen Oberschenkeln. Würde je wieder ein Mann diesen Körper berühren? Und wer würde es sein? Hector? Oder Charles? Malcolm?

Sie hatte die Wahrheit ein wenig gebeugt – *ich bin Mitte dreißig und habe einen eigenen Hof, daher kann ich mich schlecht frei machen* –, aber wenigstens hatte sie ein Foto neueren Datums eingestellt, damit sie ungefähr wussten, womit sie zu rechnen hatten. Aber welchen von ihnen sollte sie zuerst treffen? Sie runzelte die Stirn. Charles steckte momentan bis zu den Schlüsselbeinen – jedenfalls hatte sie seine »Clavicel« so verstanden – in akademischen Papieren, und Malcolm würde immer gleichermaßen eingespannt sein, nur dass der Grund in seinem Fall Schweinemist war. Also Hector …

Ich bin seit drei Jahren verwitwet, hatte er erklärt. *Aber jetzt bin ich bereit, mich einer anderen zu schenken.* Harriet hatte das ein wenig zu religiös geklungen – sie ging Männern aus dem Weg, deren Profile auf irgendwelche fanatischen Überzeugungen oder Satanismus hindeuteten. Außerdem mied sie die Sternzeichen Jungfrau oder Schütze. Aber sie würde ihm eine Chance geben. Vicllcicht sahen seine Augen im richtigen Licht ja normal aus.

Sie trat ans Fenster und zog den gelben Vorhang zurück, der seit ihrer Kindheit dort hing. Die Nacht war still, der Himmel so bewölkt, dass man den Mond kaum sah. Der Hof unter ihr schlief ruhig. Die Schweine wühlten nicht, die Hennen liefen nicht raschelnd in der kleinen Scheune aus und ein oder kratzten im staubigen Boden. Heute Morgen hatte sie in den Nestern in der kleinen Scheune nur fünf Eier gefunden. Was hatten die Rhodeländer bloß? Sie bekamen jetzt zwar weniger Licht – schließlich war es Oktober –, aber sie hatte schon damit gerechnet, dass sie noch eine Weile legten. Vielleicht hatten sie Stress? Warum nicht? Jeder war heutzutage gestresst. Vielleicht schlich dieser verdammte Fuchs wieder herum. Wie auch immer, von fünf Eiern am Tag wurden sie nicht reich – selbst wenn auf den Schalen die Stempel »Bio« und »Freilandhaltung« prangten.

Als sich ihre Augen an die Dunkelheit gewöhnt hatten, konnte sie vor der großen Scheune den unförmigen Holzhaufen gegenüber dem Kuhstall und auch die Umrisse des uralten, seit Jahren nicht benutzten blauen Traktors erkennen.

Sie öffnete das Fenster und schaute hinaus. Der Maulbeerbaum zeichnete sich verschwommen ab. Er wachte über den Hof und war ein unverzichtbarer Teil dieses Orts und von

Harriet. Er hat schon alles gesehen, dachte Harriet. Sie atmete tief ein. Frische Nachtluft auf dem Bauernhof. Herrlich!

Es wird nur noch ein paar Stunden so ruhig bleiben, dachte sie. Sie trat zurück; doch dabei zog eine Bewegung draußen ihren Blick auf sich. Der Mond war hinter den Wolken hervorgekommen, und sein Licht erhellte den Hof. Der Schleier hob sich. Jetzt konnte sie alle Gebäude deutlich erkennen, sogar die Pflastersteine auf dem Hof und eine Schubkarre, die sie …

Herrje. Harriet erstarrte. In der Nähe des alten Kuhstalls stand ein Mann auf dem Hof. Ein Mann, der einen Mantel und eine Brille trug. Er schien zum Haus aufzuschauen, hatte sie aber offenbar nicht entdeckt. Oder doch? Herrgott. Und sie war nackt. Rasch drückte sie sich neben das Fenster, riss die Vorhänge wieder zu und spähte an ihnen vorbei, um festzustellen, ob sie sich das Ganze eingebildet hatte. Den Mann nur eingebildet hatte.

Sie hatte schon früher den Eindruck gehabt, etwas gesehen zu haben – vorhin, als sie mit den anderen in der Küche war –, aber sie hatte es auf ein Spiegelbild im Fenster oder ihre Einbildung geschoben. Jetzt wusste sie Bescheid. Das war kein Trugbild und auch keine Einbildung, obwohl der Mond immer noch seinen unheimlichen Schein warf. Und obwohl der Mann nun verschwunden war.

4. Kapitel

Für Oktober war es warm, in der Sonne sogar fast heiß. Sie traf Toby vor der Weinbar an den Markthallen. Er saß an einem rot gedeckten Tisch unter einem cremefarbenen Sonnenschirm und sprach vornübergebeugt in sein Handy. Was sonst. Vor ihm standen eine Weinflasche – halb leer – und zwei Gläser, von denen eines halb voll war. Komisch, dachte sie, diese Sache mit halb leer und halb voll. Genauso merkwürdig fühlte es sich an, schon wieder zurück in London zu sein.

»Hi, Jo, Darling.« Er bedeutete ihr mit einer Handbewegung, sich auf den Stuhl gegenüber zu setzen, und goss Sauvignon in das leere Glas. »Ja, ich rufe dich zurück, sobald ich Bescheid weiß. Sofort. Ja, ich bin schon dran.« Er verdrehte die Augen an Joannas Adresse.

Sie schenkte ihm ein Lächeln, das »kein Problem« bedeutete. Er gehörte zu diesen Männern mit fein gemeißelten Zügen und weichem Haar, das zum Streicheln einlädt, bei denen man den Umstand verflucht, dass Homosexualität existierte. Oder so.

»Sicher, klar.« Er stand auf und lehnte sich zum Nachbartisch hinüber, um sich eine Speisekarte zu schnappen.

Sie ließ die Jacke von den Schultern gleiten und drapierte sie über die Stuhllehne. Es war sehr angenehm, im Oktober noch draußen sitzen zu können. Auf der anderen Seite des Platzes spielte ein Mann Gitarre. *Got a Black Magic Woman.* Die gefühlvollen Klänge erweckten in ihr den Wunsch, sich zurückzulehnen, die Augen zu schließen, sich zu entspannen und alles, was mit Martin passiert war, zu vergessen.

Lunch in Zacherellis Weinbar verkündete die Speisekarte in geschwungener Schrift. Toby telefonierte immer noch. »Hmm.« Sein hellblaues Hemd stand am Hals offen, und ein paar dunkle Haarbüschel lugten heraus. Sein Aftershave – das berauschend war – wetteiferte mit den Düften von frischem Kaffee, Parmesan und Bier. Und gewann.

Joanna schaute in die Karte. Das Menü war pseudoitalienisch, und zu allem wurde Rucola serviert.

»Bye-bye.« Toby hatte jetzt zu telefonieren aufgehört und sah sie mitfühlend an. »Schwierige Phase, Darling?«, erkundigte er sich. Schwule Männer waren so einfühlsam. Verdammt, sie verstanden einfach, wie sich Frauen fühlten. Aber andererseits, fiel Joanna auf, hatte Toby auch nicht zugelassen, dass ihre schwierige Phase seine Geschäfte beeinträchtigte.

»Schrecklich.« Sie stießen mit den Weingläsern an.

»Willst du darüber reden?«

Joanna schüttelte den Kopf. Er hatte Recht. Geschäft war Geschäft. Und sie hatte heute Morgen schon ihrer Freundin Steph das Ohr abgekaut, am Telefon, auf der Zugfahrt hierher.

»Würdest du ihn denn verlassen?«, hatte Steph gefragt. »Ist es schlimm genug, um zu gehen?«

»Ich glaube, das habe ich schon getan«, hatte Joanna gesagt. Zumindest hatte sie einen Koffer gepackt und Martin erklärt, sie fahre nach Hause. Hatte sie ihn verlassen? Wollte sie das überhaupt? Und wenn sie es schon getan hatte – was sollte sie jetzt tun?

»Und, hast du den Artikel geschrieben?«, wollte Toby wissen.

Ja. Aber was ist nun mit deinem interessanten Projekt?,

dachte sie. »Mach ich das nicht immer?« Sie kramte ihn aus der Tasche und reichte ihn ihm. Sie hatte ihm den Artikel am Vorabend auch per E-Mail geschickt, aber jeder Autor, Agent oder Redakteur, den sie kannte, hielt lieber einen Papierausdruck in der Hand.

Während er zu lesen begann, lehnte sie sich zurück. Es war schön, draußen zu sein. Wie immer herrschte in Covent Garden reges Treiben. Das Karussell drehte sich langsam, und daneben wachte ein Blumenverkäufer über eine Schubkarre mit lilafarbenen Iris und goldgelben Sonnenblumen. An der Ecke warf ein Jongleur silberne Kegel in die Luft, während auf der anderen Straßenseite ein Mann Theaterkarten lautstark verkaufte. Es war ein lebhafter Ort zum Mittagessen. Tobys Büro lag gleich um die Ecke.

Joanna hatte Toby kennengelernt, als sie damals im Team von »Mutter und Kind« arbeitete; er war der Redakteur gewesen, sie seine Assistentin. Für diese spezielle Zeitschrift waren sie nicht wirklich ein Traumpaar gewesen, da sie keine Kinder hatte und Toby schwul war. Ob sie und Martin jemals Kinder haben würden? Tja. Das kam wohl darauf an, ob sie ihn nun verlassen hatte oder nicht.

Toby war ein brillanter Redakteur gewesen und hatte ihr im Lauf der Jahre viel beigebracht. Jetzt hatte er die Finger in allen möglichen Verlagsprojekten, und sie war Freiberuflerin. Und immer noch arbeitete sie gern für ihn und lernte auch weiterhin von ihm. Niemand verstand sich besser darauf, aufs Wesentliche zu kommen.

»Wir fangen hier an.« Er zeigte auf den dritten Absatz und zog einen schwarzen Füllfederhalter aus der Hemdtasche. Ehrlich, Toby war der Einzige, der noch mit Tinte schrieb. »Und das hier lassen wir weg.«

Joanna sah zu, wie er ihre sorgfältig formulierte Eröffnung

wegstrich. Verdammt. Er hatte recht. Sie griff nach ihrem Glas. Wenn Toby in Redigierlaune war, brauchte sie immer Flüssignahrung von der alkoholischen Sorte.

Er schnalzte mit der Zunge und nahm eine weitere Änderung vor. Sie hatte keine Zeit gehabt, richtig daran zu arbeiten, das war das Problem. Nein, das eigentliche Problem war, dass sie entdeckt hatte, was Martin so trieb.

»Ist in Ordnung.« Toby schob den Artikel zur Seite.

Was für ein Lob! Joanna stieß den Atem aus, als die Kellnerin auftauchte. Jetzt würde sie vielleicht herausfinden, worum das alles ging. »Und...?«

»Einen kleinen Salat«, sagte Toby. »Mit Tomaten und Mozzarella.« Er blickte auf. »Ist alles bio?«

Die Kellnerin zuckte die Achseln. Sie sah aus, als sei sie erst zwölf.

»Herrgott noch mal«, brummte er. »Und ich schätze, wir werden Tafelwasser zu dieser gotterbärmlichen Plörre trinken müssen. Wahrscheinlich voller verdammter Chemikalien.«

Manchmal war er ein Miesling.

»Ich nehme die Linguine mit rotem Pesto und grünem Salat.« Joanna warf dem Mädchen ein Lächeln zu.

Toby streichelte Joannas Hand. Nett, obwohl sie wusste, dass es rein platonisch war. Wahrscheinlich sehnte sie sich verzweifelt nach menschlicher Berührung. Wie jämmerlich! »Ist etwas zwischen dir und Martin passiert?«, erkundigte er sich.

»Das könnte man so sagen«, antwortete sie.

Im Haus in Crouch End hatte sie in die Stille hineingelauscht. »Martin?«

Als sie nach oben gegangen war, hatten die Beine unter ihr nachzugeben gedroht. Die Schlafzimmertür war geschlossen. »Martin?«, sagte sie noch einmal. Sie konnte die eigene Stimme kaum hören. Ihre Hand lag auf der Türklinke. Aber... sie rang um Beherrschung, nahm dann die Hand weg. Nein. Sie würde nicht hineingehen, um sie auf frischer Tat zu ertappen. Das war eine zu üble Farce, ein Klischee. Sie würde es nicht ertragen, die beiden zu sehen. Weil es kein absurdes Theater war, sondern die Wahrheit, oder? Und sie hasste verdammt noch mal absurdes Theater.

Jetzt trank sie noch einmal von ihrem Wein. Warum zum Teufel war Martin mit ihr nicht in ein billiges Hotelzimmer gegangen? Um Himmels willen! Hatte es ihm eine Art perverser Befriedigung verschafft, es in ihrem gemeinsamen Schlafzimmer, in ihrem Ehebett zu treiben? Sie konnte es sich nicht vorstellen. War sein Leben mit ihr denn so langweilig, dass er solche Risiken eingehen musste? Respektierte er sie denn so wenig?

»Eine andere Frau?« Toby ließ ihre Hand los, um ihr Wein nachzuschenken.

Joanna war vage erstaunt darüber, dass sie das erste Glas schon geleert hatte. »Ja, allerdings.«

Sie hatte sich natürlich gefragt, wie oft er sie schon betrogen hatte. Und nicht nur wegen der Essenseinladung und Hilary. Sie hatte das schon oft überlegt, aber es war immer so leicht gewesen, den Gedanken wegzuwischen. Dumme Joanna! Martin war eben Martin. Er war gesellig und freundlich. Er interessierte sich für Menschen – hauptsächlich für Frauen; er mochte Menschen, ganz besonders Frauen. Es hatte nichts zu bedeuten.

Aber die Realität hatte sich deutlich anders angefühlt, als sie erwartet hätte. Heftiger und schmerzhafter. Wie oft war das schon passiert? Wie oft, während sie montagnachmittags in der British Library saß? Sie war so vorhersehbar, ein solches Gewohnheitstier …

»Bastard!«, murmelte Toby. »Der Mann muss doch verrückt sein.«

»Danke.« Sie hatte eine Vision von sich und Toby, wie sie in fünf, zehn oder sogar zwanzig Jahren am hellen Mittag vor einer Weinbar saßen: zwei alte Säufer, die die Welt an sich vorüberziehen ließen.

Jeder wusste, dass es schlecht war, schon am Mittag zu trinken. Jedenfalls schlecht für den Rest des Tages. Besonders auf leeren Magen. Reiß dich zusammen!, ermahnte Joanna sich. Das hier soll angeblich ein Geschäftsessen sein. Sie schlug die Beine übereinander und strich den Stoff ihrer Hosen glatt. Sie aß mit einem Redakteur in Covent Garden zu Mittag. Sie war eine berufstätige Frau – eine erfolgreiche berufstätige Frau, und sie stand kurz davor, dass man ihr einen interessanten, anspruchsvollen Auftrag anbot. Nicht wahr? Was machte es da, dass der Rest ihres Lebens auseinanderfiel?

Toby musterte sie scharf. »Du brauchst nicht immer tapfer zu sein, Darling.«

Joanna hielt seinem Blick stand. Wirkte sie leidend? Vorhin, als sie vom Bahnhof Waterloo hergekommen war, hatte sie sich in ihrer eng anliegenden schokoladenbraunen Hose, der leichten Wildlederjacke und mit dem geknoteten jadegrünen Seidenschal als Farbtupfer trotz allem selbstbewusst gefühlt. Was mit Martin passiert war, brauchte nicht das Ende der Welt, ihrer gemeinsamen Welt zu bedeuten. Dann hatte sie auf dem Weg aus dem Bahnhof in die spiegelnde Oberfläche eines Schaufensters geschaut und einen braunen Fleck aus Jacke und Hose, ihren braunen Bob und traurige Augen erblickt. Eine verschwommene Gestalt. Okay, sie war nicht schön, nicht einmal hübsch. Aber sie hatte etwas – sie hatte immer gewusst, dass sie etwas Besonderes hatte. Oder? Das Problem war, dass Martin aufgehört hatte, es zu sehen. Daher war sie nicht einmal mehr sicher, ob es noch da war.

Toby zog Papiere aus seinem Aktenkoffer. Er konnte innerhalb einer Nanosekunde vom Persönlichen zum Beruflichen wechseln. »Wo bleibt bloß das verdammte Essen?«

Joanna rümpfte die Nase. Besser, es kam bald, sonst wäre sie zu betrunken, um es noch zu sich zu nehmen. »Und …?«, versuchte sie es noch einmal. »Was ist jetzt dieser Vorschlag, von dem du gesprochen hast?«

»Ah ja. Galileo will ein paar Broschüren für Touristen herausgeben.« Er breitete einige Faltblätter auf dem Tisch aus. »Und da habe ich an dich gedacht.«

»Ein Reiseartikel?« Bisher klang es nicht so anspruchsvoll, wie sie gehofft hatte. Oder auch nur entfernt aufregend. In der Vergangenheit hatte sie etliche Reiseartikel für unterschiedliche Zeitschriften geschrieben, aber heutzutage fiel es schwer, etwas Neues zu finden. Hinz und Kunz reisten durch die Welt, und jeder wollte darüber schreiben, von Rucksacktourismus in Thailand bis zu Shopping-Wochenenden in New York.

»Nein, das trifft's nicht.«

Essen und Wasser kamen, und Toby fiel über seinen Salat her. Ihr fiel auf, dass er einen neuen Ring hatte, eine Art goldenen Liebesknoten. Sie schaute auf die eigenen Hände hinunter, auf ihren Ehering und den Amethyst, den Martin ihr zu ihrem dreißigsten Geburtstag geschenkt hatte und der von einem so dunklen Violett war, dass er fast schwarz wirkte – allerdings nicht in diesem Licht. Waren sie da noch glücklich gewesen? Sie war sich nicht sicher. Wann hatten sie eigentlich aufgehört, etwas gemeinsam zu unternehmen? Wann hatten sie sich unterschiedliche Freunde zugelegt, und wann waren sie auseinandergedriftet?

Sie hatte sich vom ersten Moment an von ihm angezogen gefühlt. Sie hatte in der Uni-Kantine in einer Schlange gestanden, in seine blauen Augen gesehen und den Wunsch verspürt, ihn ganz einfach zu umarmen. *Wie wär's, wenn du uns einen*

Platz freihältst und ich den Kaffee besorge?, hatte er gefragt. Und gezwinkert.

Es war leichtgefallen, mit ihm zu plaudern, ihn in der Disco zu treffen, in seinen Armen zu tanzen und ihn auf der Wiese vor dem Wohnheim zu küssen, das in der Dunkelheit dreizehn Stockwerke hoch über ihnen aufragte. Leicht, sich in ihn zu verlieben, als sie entdeckte, dass er gar nicht so selbstbewusst war, wie er vorgab, sogar leicht, ihn zu heiraten, weil sie sich inzwischen niemand anderen als Ehemann vorstellen konnte. Alles lächerlich einfach. Aber jetzt … Genau die Dinge, die sie zueinander hingezogen hatten, schienen jetzt die zu sein, die sie auseinandergebracht hatten. Passierte das immer so? Mit der Fingerspitze berührte sie den dunklen Amethyst. Momentan lief Tobys Liebesleben eindeutig besser als ihr eigenes.

»Es ist für Touristen-Informationen im Ausland«, erklärte Toby. »Sie haben einen ganzen Stapel von dem Zeug bestellt. Und es soll ganz prominent herausgestellt werden.« Er wedelte mit den Broschüren, die jetzt mit Wein und Wasser bespritzt und mit Mayonnaise- und Pesto-Flecken übersät waren. »Es bedeutet gutes Geld. Und eine Chance zu reisen. Eine fantastische Gelegenheit, Darling.«

Joanna sah genauer hin. Rundwege durch Städte, Flusskreuzfahrten, dort, wo berühmte Gebäude am Ufer standen, so etwas. Sie versuchte ihre Enttäuschung zu unterdrücken. »Wohin ins Ausland denn?«, fragte sie.

»All die Städte, in die Leute so reisen.« Er zuckte die Achseln. »Du weißt schon, diese verdammten, albernen Städtereisen, bei denen du die Hälfte der Zeit auf dem Flughafen festsitzt und den Rest in Kunstgalerien Schlange stehst. Sieh dir die Routen der Billigfluglinien an. Schau, wohin sie fliegen. Venedig, Prag, Budapest, Barcelona. All diese Käffer.«

All diese Käffer. »Und worüber genau soll ich da schreiben?«

Toby spießte das letzte Blatt Rucola auf. Ein Wunder, dass er nicht ständig unter Magenverstimmung litt. Wann würde die Menschheit endlich erkennen, dass Rucola eigentlich nicht besonders genießbar war? »Sie suchen noch nach einem Thema.«

Aha. »Sie wissen also nicht, was sie wollen?« Vielleicht war das ja die Herausforderung daran.

Toby fasste sich an die Nase. »Sie werden es wissen, wenn wir es ihnen sagen, Darling.«

»Nur dass das klar ist.« Sie zwirbelte auf ihrem Löffel ein paar Linguine zusammen, und Toby warf ihr einen seiner berühmten Blicke zu. »Du willst, dass ich in verschiedene Städte überall in Europa fliege und mir ein Thema einfallen lasse?«

»Einen roten Faden.«

»Okay, einen roten Faden.« Sie steckte die Pasta in den Mund und kaute. Nicht *al dente*, sondern ein vollgesogener Papp. »Ich soll also entscheiden, was ich damit anfange, etwas schreiben und mich darauf verlassen, dass Galileo uns das Ergebnis abnimmt?«

»Ach, sie werden es haben wollen, Darling.« Toby schob seinen Teller weg. Kein Wunder, dass er so schlank war. »Sie flehen uns an, den Auftrag anzunehmen, und sind bereit, im Voraus zu bezahlen. Ich sage dir, das ist ein solides Angebot.«

So etwas hatte sie schon öfter gehört. Aber wenn es so weit war, Taten zu bekennen und Vorschüsse zu zahlen, dann lösten sich die Versprechungen von Häusern wie Galileo in der Regel auf wie Butter in der Sonne. Herrgott, sie brachte ihre Metaphern durcheinander. Besser, sie riskierte keinen Wein mehr.

»Wie viel?«, erkundigte sie sich. »Ich kann es mir nicht leisten, einem Wolkenkuckucksheim nachzujagen.« Schon wieder die Metaphern. Nicht gerade jetzt. Nicht jetzt, da sie auf sich gestellt war. Falls sie es war.

Toby nannte eine Zahl. Eine hohe Summe. »Für die ersten drei Broschüren«, erklärte er. »Und dann …« Er ließ die Worte in der Luft hängen, zog eine schwarze Lederbrieftasche aus dem Aktenkoffer und wählte eine Kreditkarte aus.

Gott, das war verlockend. Aber Joanna seufzte. Sie hatte sich selbst etwas vorgemacht. Wie in aller Welt sollte sie diesen Auftrag annehmen? Wenn sie ins Ausland verschwände, würde sie ihre Eheprobleme nicht lösen, noch wäre sie Harriet eine Hilfe bei Mutter. »Im Moment habe ich zu viele Verpflichtungen, Toby«, sagte sie.

Er warf ihr einen wissenden Blick zu. »Und was für Verpflichtungen sind das?«

»Da ist zunächst mal meine Mutter«, gab sie zurück, und der Knoten in ihrem Magen zog sich vor Schuldgefühlen zusammen. »Dann Harriet und … äh … Martin …«

Sie beschloss, direkt nach Dorset zurückzufahren, wie sie es versprochen hatte. Dann würde sie entscheiden, was sie wegen Martin unternehmen sollte.

»Überleg doch nur, Darling«, drängte Toby. »Daraus könnte sich alles Mögliche entwickeln. Und es würde dir guttun, eine Weile wegzukommen.«

Warum? Waren ihre Artikel langweilig geworden? Sie starrte ihn an.

»Weg von Martin.«

Ach ja, Martin. Er hatte immer noch nicht versucht, Kontakt zu ihr aufzunehmen. Wuchs seine Liebe mit der Entfernung zu ihr, oder war sie eher aus den Augen, aus dem Sinn?

Joanna nahm die Broschüren und blätterte sie durch. Beneidete den Glückspilz, der durch Venedig, Prag und die anderen Städte spazieren würde. Bei dem Gedanken spürte sie einen

Anflug von Aufregung; die Vorstellung, wegzukommen, etwas Neues zu erleben, über all diese Städte zu schreiben, auf ihre eigene Art. Aber wie sollte sie das machen? Sie hatte Probleme, denen sie sich stellen musste. Das war kein Projekt für ein, zwei Wochenenden, sondern es erforderte eine Reihe von Recherche-Reisen, die sie lange von Großbritannien und ihren Problemen fernhalten würden. »Ich kann das nicht, Toby«, meinte sie. »Danke für dein Angebot. Aber es ist nicht der richtige Zeitpunkt. Das ist einfach unmöglich.«

»Okay.« Toby zuckte die Achseln.

Aber sie hatte nicht vor, sich deswegen schlecht zu fühlen. Wahrscheinlich hatte er eine ganze Liste von Leuten, die er fragen konnte. Sie küsste ihn zum Abschied. »Danke für das Essen«, sagte sie. »Es war sehr schön.«

»Denk noch einmal über den Job nach, Darling!« Er warf ihr einen wissenden Blick zu. »Und wenn du es dir anders überlegst, ruf mich einfach an!«

5. Kapitel

Am Nachmittag des folgenden Tages kochte Harriet in der Küche Pflaumenmus und hing dabei Tagträumen nach. Darin kam eine Frau oder besser gesagt ein Mädchen vor, das einst Zeit und Lust gehabt hatte, sich mit einem Buch auf die Holzbank unter dem Maulbeerbaum zu setzen und dem Wind in den Blättern zu lauschen ... Bis es an der Hintertür dreimal heftig klopfte und sie so erschrak, dass ihr der Holzlöffel in den Topf fiel.

»Jemand zu Hause?« Ihr wurde klar, dass sie trotz allem vergessen hatte, die Hintertür abzuschließen. Ohne auf eine Aufforderung zu warten, stapfte ihr Nachbar Owen Matthews über die hintere Veranda herein.

Harriet fischte den Löffel heraus. Warum konnten die Leute sie nicht einfach in Ruhe arbeiten lassen? Und sie musste ihre Nervosität beherrschen. Es gab keinen Grund auf Erden, warum jeder, der an die Tür kam, ein Verrückter sein sollte, der ihnen nachspionierte. Ja, schon ... Aber wer war dann dieser Mann gewesen, der gestern Nacht auf dem Hof gestanden und zu ihrem Fenster heraufgesehen hatte? Irgendein Herumtreiber – oder Schlimmeres?

»Komm rein!«, sagte Harriet. Ein wenig kurz angebunden vielleicht, und außerdem überflüssig, da Owen bereits drinnen war, seine schlammverkrusteten Stiefel auszog und sie an der Tür stehen ließ. Riesige Querfeldeintreter.

Als Erstes hatte sie heute Morgen Joanna zum Bahnhof Axminster gefahren.

»Du bist doch gerade erst angekommen«, hatte Mutter gejammert.

Joanna wirkte nervös – dabei hatte sie nicht einmal den Herumtreiber gesehen, oder? »Ich treffe mich mit meinem Redakteur«, erklärte sie. »Danach komme ich sofort zurück.« Als versuche sie, sich selbst davon zu überzeugen.

Harriet hatte die Achseln gezuckt. Joanna konnte tun, was sie wollte, und hatte es auch immer getan. Sie konnte auftauchen und wieder verschwinden, wie sie Lust hatte. Joanna hatte Glück.

»Tag, Harriet.« Owen war mit seinen ungefähr fünfundvierzig immer noch ein großer starker Mann, doch seine Schultern waren gebeugt, als habe das Leben ihm mehr als einen heftigen Schlag versetzt. Und so war es auch. Er hatte mit seiner Farm, die ein Stück weiter an der Straße lag, immer gut verdient. Doch vor Jahren hatte seine Frau ihn verlassen, und wie Mutter orakelte, hatte sich Owen nie davon erholt.

»Owen, was kann ich für dich tun?« Harriet rührte ein wenig kräftiger durch die Pflaumen. Sie musste zugeben, dass sie nur schwer ohne Owen zurechtkommen würde. Als Harriet nach einer Möglichkeit gesucht hatte, mehr Geld zu verdienen, hatte er ihr geholfen, den Schweinestall einzurichten. Jetzt lieferte er ihnen die drei oder vier Wochen alten entwöhnten Ferkel und half ihr später, die gemästeten Schweine auf den Markt zu bringen. Und er war immer da, wenn eine Sicherung repariert oder ein Regal aufgehängt werden musste und Harriet nicht damit fertig wurde. Als sie dringende Reparaturen am Haus durchführen mussten, hatte er ihnen Land abgekauft – eigentlich den Großteil davon. Die entlegenen zwei Felder, damit sie den Holzbock bekämpfen und einen Teil der großen Scheune neu decken konnten, und das nähere, kleine Feld, damit sie den neuen Holzofen kaufen konnten.

Vielleicht grollte sie ihm deswegen. Sie konnte nichts dagegen tun.

»Mach einfach weiter mit dem, was du gerade tust«, sagte Owen. Als ob ihr etwas anderes übrig bliebe. »Tu, als wäre ich gar nicht da.«

Hmm. Sie beschloss, ihn beim Wort zu nehmen, und wandte sich erneut den Pflaumen zu. Als sie heute Morgen vom Bahnhof zurück war, hatte sie sich die Bügelwäsche vorgenommen. Ein Stapel mit dunklen T-Shirts, Jeans und Pullovern – ihre eigenen Sachen – und ein hellerer, rutschigerer mit Seidenblusen, Chiffonkleidern und Röcken, einschließlich gestärkter Petticoats, und Angorajacken – die von Mutter. Joanna war glücklicherweise nicht lange genug geblieben, um Bügelwäsche zu erzeugen. Mutter, überlegte Harriet, war noch nie jemand gewesen, der in Jeans und Gummistiefeln lebte; aber in den lange zurückliegenden Tagen, als Vater noch lebte, hatte sie sich wenigstens praktisch gekleidet. Harriet erinnerte sich an dicke Winterstrümpfe und eine Kittelschürze und an Sommerkleider aus Baumwolle, die in der Taille eng saßen und glockig bis unters Knie fielen.

Wann hat Mutter sich verändert?, grübelte Harriet, während sie in den Pflaumen rührte. Aber sie hätte keinen einzelnen Moment nennen können. Nach Vaters Tod hatte sie einen kleinen Zusammenbruch erlitten, eine lange Trauerzeit durchgemacht und sich nach und nach von allen Hausarbeiten zurückgezogen. Im Alter war Mutter kindlicher geworden, bedürftiger und noch verzweifelter auf Bewunderung aus als früher. Harriet hatte dieses Verhalten eigentlich nie hinterfragt. Aber dieses Jahr war es noch schlimmer geworden.

Die Pflaumen hatten lange genug geköchelt. Sie brachte sie zum Kochen und rührte immer noch, damit sie nicht ansetzten. Pflaumenmus bedurfte hundertprozentiger Aufmerksamkeit.

Über die Schulter warf sie Owen einen Blick zu. Sie wusste, dass er gern nach ihnen sah – zwei Frauen, die allein lebten. Aber jetzt war kein guter Zeitpunkt dazu.

»Ich komme wahrscheinlich unpassend?« Er ging weiter gleichmäßigen Schrittes in der Küche umher. Owen schien zu groß für jeden Raum zu sein, in dem er sich aufhielt. Sie schätzte, dass er ins Freie gehörte.

»Nein, nein.« Harriet wischte sich die Hände an der Schürze ab. Es war ein alter Kittel von ihrer Mutter, fleckig und an der Schulter zerrissen, aber vor Owen kam es wohl kaum darauf an. »Aber Eier habe ich erst morgen wieder.« Mit dem Handrücken ihrer freien Hand schob sie sich das Haar aus den Augen. Sie musste es heute Abend waschen. Durfte sich nicht gehen lassen. Obwohl sie sich manchmal nichts lieber wünschte.

Bei einem früheren Besuch hatte Joanna vorgeschlagen, sie solle sich ein paar Strähnchen färben lassen. Harriet hatte gespürt, wie die Finger ihrer Schwester leicht durch ihr Haar fuhren.

»Vielleicht kastanienbraun«, hatte Joanna gemeint.

Harriet war zusammengezuckt. Niemand berührte ihr Haar. Nicht mehr seit Vater, der ihr immer über den Kopf gestrichen und ihr dann einen sanften Gutenachtkuss auf die Schläfe gegeben hatte.

Nacht, Schatz.

Nacht, Dad.

Schlaf schön, träum süß!

Du auch.

Harriet schniefte. Sie hatte den Traum nicht jede Nacht, aber doch so oft, dass er sie sogar in ihren wachen Stunden verfolgte.

»Und wovon soll ich das bezahlen?«, hatte sie von Joanna wissen wollen. Ihre Schwester hatte ja keine Ahnung. Strähnchen, ausgefallene Haarschnitte. Joanna lebte in einer anderen Welt.

Trotzdem hatte Harriet bei ihrem nächsten Besuch in Pridehaven vor dem Salon Hair Magic gestanden. Hatte das Geld vom Verkauf der Schweine in ihrer Tasche berührt und über Joannas Vorschlag nachgedacht.

Nach dem Bügeln hatte sie Mutter nach Abbotsbury gefahren – und das war wieder so eine Geschichte ...

»Ich bin nicht wegen Eiern gekommen.«

»Ach?« Sie spürte, dass er hinter ihr stand und über ihre Schulter in den Marmeladentopf sah. »Und warum dann ...?« Noch halb auf die Pflaumen konzentriert, drehte sie sich zu ihm um. Vielleicht hatte er ja den Eindringling gestern Nacht gesehen, wusste möglicherweise vielleicht sogar, wer er war. Vielleicht ...

Nachdem sie gestern Nacht den Schock darüber überwunden hatte, dass jemand vor dem Haus stand und zu ihr hinaufstarrte, war sie mit sich zu Rate gegangen. Sollte sie sich etwas anziehen, nach unten schleichen, ein Messer aus der Küchenschublade schnappen, die Hintertür aufreißen und den Fremden stellen? Sie zitterte. Oder lieber nicht? Der Plan hatte seine Schwachpunkte. Wenn sie die Hintertür aufschloss, würde sie dem Verrückten – denn das war er offensichtlich – Zugang zum Haus und zu Mutter gewähren, gar nicht zu reden von Joanna. Außerdem hätte sie wahrscheinlich viel zu viel Angst, um das Messer festzuhalten, und erst recht, damit auf jemanden einzustechen. Sie hatte überlegt, ob sie ihre Schwester wecken sollte – die vielleicht glauben würde, sie sei verrückt geworden, würde Dinge sehen und ihre Fantasie durchgehen lassen – oder sogar Mutter. Letzteres bedeutete wahrscheinlich eine Regression in ihre Kindheit, als Mutter eine ganz andere, verantwortungsvollere Person gewesen war.

Dann hatte sie erwogen, die Polizei zu rufen. Aber als sie im Wohnzimmer noch einmal verstohlen hinausgesehen hatte, war da nichts Ungewöhnliches mehr gewesen. Sie konnte sich nicht dazu aufraffen, bei irgendeinem offiziellen Idioten, der Neongelb trug, eine Aussage zu machen und frühestens in zwei Stunden ins Bett zu kommen. Und sie musste an Mutter denken.

»Du kommst mir ein wenig angespannt vor, Harriet«, bemerkte Owen. »Ich wollte nur hallo sagen.«

Harriet behielt zugleich das Mus und Owen im Auge. Wusste er etwas? War sein ruhiges Äußeres vielleicht nur ein Bluff? Sofort verwarf sie den Gedanken. Er war kein Mann, der andere täuschte. Gestern Nacht war sie auch versucht gewesen, ihn anzurufen – sehr sogar. Die Vorstellung, wie er mit seiner Flinte auftauchte, war ihr beinahe verlockend erschienen – was sogar noch besorgniserregender war als ein Verrückter auf dem Hof, weil es zeigte, welchen Grad an Verzweiflung sie erreicht hatte. Dann hätte sie Owen eine Tasse Tee kochen und sich seine eindringlichen Warnungen vor Fremden anhören müssen und den Rat, sich einen Hund anzuschaffen. Er war schon immer der Meinung gewesen, dass sie sich einen Hund zulegen sollten, aber er hatte ja keine Ahnung, wie Mutter reagiert hatte, als vor zwei Jahren Flossie, ihr alter Border Collie, gestorben war. Aber der Gedanke, einfach ins Bett zu gehen, war Harriet … nun ja, noch verlockender erschienen.

Der Dampf aus dem Marmeladentopf stieg ihr heiß ins Gesicht. Harriet blinzelte. Joanna konnte es nicht abwarten, nach London zurückzufahren, Mutter würde sich nur übermäßig aufregen, und Owen würde darauf bestehen, zweimal pro Nacht auf dem Hof zu patrouillieren. Als Nächstes würde er womöglich, ohne anzuklopfen, in ihr Schlafzimmer platzen.

Heute Morgen, bevor sie Joanna zum Bahnhof gefahren hatte, war sie, ziemlich beklommen und mit der Axt vom Holzhacken bewaffnet, überall umhergegangen und hatte keine Spur von dem Eindringling entdeckt. Niemand hatte sein Nachtlager in einer der Scheunen aufgeschlagen – und wenn, dann hatte er sämtliche Spuren verwischt. Also würde sie niemandem davon erzählen; zumindest nicht, ehe es noch einmal passierte.

Owen schnüffelte beifällig. »Das riecht gut, Harriet«, meinte er. »Sehr gut.«

»Danke. Ich stelle dir ein Glas zurück.« Sorgfältig schöpfte Harriet den Schaum ab, der an die Oberfläche stieg. Der Laden im Dorf würde ihr den Großteil des Muses abnehmen, aber einen Teil würde sie für das Café und den nächsten Sommer aufbewahren. Die Flüssigkeit kochte jetzt stark, und sie musste weiterrühren, damit sie am Boden des Topfes nicht anbrannte. Das Zeug war heiß. Sie dachte an Hector und die E-Mail, die sie später schreiben würde, und unterdrückte ein Kichern. Was Mutter wohl dazu sagen würde? Und Owen oder Joanna?

»Kann ich etwas für dich tun, wenn ich schon einmal hier bin? Mir ist aufgefallen, dass einer eurer Zäune umgekippt ist.«

Aus dem Augenwinkel bemerkte Harriet, dass Owens dicker marineblauer Pullover an den Ellbogen gestopft werden musste. Außerdem hatte er einen Mistgeruch mit in die Küche gebracht, der so gar nicht zu dem angenehm säuerlichen Duft ihres Pflaumenmuses passen wollte. »Danke, wir kommen schon zurecht«, versetzte sie, ehe sie sich Einhalt gebieten konnte. Warum konnte sie nicht einfach nett sein? Wahrscheinlich war er seit Sonnenaufgang auf den Beinen, hatte seine Kühe gemolken und was nicht noch alles. »Eine Tasse Tee?« Das war das Mindeste, was sie tun konnte.

»Das ist mal ein Wort.« Er rieb sich die Hände und setzte sich an den verschrammten Eichentisch, der wahrscheinlich so alt wie das Haus war.

Als Mutter noch in der Küche gewaltet hatte, war sie der Dreh- und Angelpunkt gewesen und der Tisch ihr Zentrum. Mutter hatte Teig darauf geknetet, Harriet und Joanna hatten ihre Hausaufgaben darauf gemacht, Vater hatte sogar die Zwiebeln darauf getrocknet. Er hatte Flecken von Tinte, Öl und rotem Maulbeersaft und war eingedellt von Mutters Fleischwolf und hatte Scharten von Küchenmessern. Aber er war so stabil wie immer.

Harriet dachte an Joannas Blitzbesuch, Mutters Fahrt nach Abbotsbury und den Fremden, Verrückten, Eindringling. In letzter Zeit gingen hier einige sehr eigenartige Dinge vor.

»Du wirst ihn dir allerdings selbst machen müssen.« Mit einer Kopfbewegung wies sie auf den Einmachtopf, in dem das Mus jetzt kräftig dampfte. »Wie du siehst, habe ich alle Hände voll zu tun.«

»Ja, sicher.« Sofort sprang Owen auf, um Wasser in den Kessel zu füllen, und Harriet nahm eine Untertasse aus dem Gefrierschrank, tropfte etwas Mus darauf und inspizierte es genau. Komm schon, mach. Der Klumpen warf ein paar Falten, und sie stieß ihn mit dem Löffel an. Das Mus schien fertig zu sein. Jetzt war es so weit ... Sie warf einen Blick auf die Arbeitsplatte. Sterilisierte Marmeladengläser, durchsichtige Abdeckfolie, Kreise aus Wachspapier, Gummibänder, selbstklebende Etiketten und so weiter ... Herrgott, Marmeladekochen war ein solcher Umstand. Trotzdem ... Sie wischte sich die Hände an der Kittelschürze ab ... Es gefiel ihr.

Hinter ihr wuselte Owen herum und machte Tee. Er wärmte die Kanne vor, stellte die Tassen hin und goss sogar Milch in das kleine blaue Kännchen. Eigentlich ein sehr angenehmes Gefühl, Seite an Seite mit jemandem zu arbeiten, dachte sie. Bei ihr und Mutter war das nie so gewesen, nicht wirklich. Auch früher nicht …

Okay. Die fünfzehn Minuten, die das Mus sprudelnd kochen musste, waren vorüber. Sie schnappte sich die Topflappen und hob den Einmachtopf an den Griffen hoch. Er wog eine Tonne, aber sie kam einfach nicht mit Schöpfkellen und Trichtern zurecht. Sie stellte sich breitbeinig hin und begann, Mus in das erste sterilisierte Glas zu gießen.

Owen goss ebenfalls ein – den Tee. Sie fühlte es mehr, als sie es sah, spürte seine Konzentration und seine Entschlossenheit, nichts zu verschütten. Genau wie sie. Das Mus strömte in das Glas wie flüssige Lava, heiß und durchdringend duftend. Sie schmeckte das süße, fruchtige Aroma hinten in der Kehle. Aber die Ironie der Situation entging ihr nicht. Sie kämpfte mit dem schweren Marmeladentopf, und Owen bemühte sich, ihre zarte Teekanne nicht in seinen Pranken zu zerquetschen.

»Owen, wie bezaubernd …« Ihre Mutter, herausgeputzt mit einem geblümten himmelblauen Plisseekleid, stand in der Tür und streckte die Hand aus, damit man sie ergriff und küsste. »Schön, einen Mann im Haus zu sehen.«

»Hallo, Audrey.« Owen grinste und nahm gehorsam ihre Hand.

Er war ein netter Mann. Harriet stellte den Topf einen Moment auf dem Herd ab und wischte sich die Stirn. Und Mutter gab sich die allergrößte Mühe, so viele Männer wie möglich anzulocken.

Männer. Ihr kam ein Gedanke. »Wohnt zufällig gerade jemand bei dir, Owen?«, fragte sie. »Ein Freund? Oder Verwandter? Ein Mann?«

»Nein«, gab er zurück. »Nicht dass ich wüsste.« Stirnrunzelnd sah er sie an. »Warum fragst du?«

»Ach, aus keinem besonderen Grund.« Vielleicht hatte sie sich alles doch nur eingebildet. Oder eine optische Täuschung? Sie packte den Einmachtopf fest und goss weiter Mus in die vorgewärmten sterilisierten Gläser. Fünf, sechs, sieben, acht – jetzt war sie richtig in Schwung. Außerdem wurde der Topf natürlich leichter. Nein, sie hatte es sich nicht eingebildet. Nicht beide Male. Für Fantasie war Joanna zuständig, sie war schließlich Autorin. Wenn man Mutter zuhörte, hätte man meinen können, niemand anderer als Jo dürfe so etwas haben.

Sie legte ein kreisrundes Stück Wachspapier auf jedes Glas, befestigte die Folie darüber mit einem Gummiband, beschrieb die Etiketten und klebte sie auf. Fünfundzwanzig Gläser. Gar nicht übel für einen Nachmittag. Mit dem Holzlöffel kratzte sie die Wände des Einkochtopfes ab, spritzte Spülmittel hinein und setzte den klebrigen Topf vorsichtig in die Spüle. Dann drehte sie das heiße Wasser auf. Wenn Marmelade erst einmal antrocknete, bekam man sie kaum noch ab.

Gesprächsfetzen drangen zu ihr.

»Natürlich bist du immer willkommen ...« Mutter.

»Also, wenn du dir sicher bist ...« Owen.

»Joanna würde sich so freuen, dich zu sehen ...« Mutter.

»Es macht doch keine Mühe, für eine Person mehr zu kochen ...« Wieder Mutter.

Als ob sie das Essen selbst kochte! Harriet hörte zu schrubben auf. Verdammt und noch mal verdammt! Ihre Mutter hatte Owen gerade zum Abendessen eingeladen. Damit er Joanna sah. Heute Abend. »Jo ist nach London zurückgefahren«, erinnerte sie ihre Mutter. Wer wusste schon, wie lange sie wegbleiben würde? Und natürlich würde Harriet mit den Auswirkungen leben müssen, die ihre Versprechungen auf Mutter hatten.

»Ach.« Die Hand ihrer Mutter flog zu ihrem Mund. »Hatte

ich dir das nicht erzählt?« Sie schenkte Owen ein gekünsteltes Lächeln.

»Erzählt?«

»Joanna hat angerufen, als du im Obstgarten warst.«

»Und?« Die Hand in die Hüfte gestützt, stand Harriet da und wartete.

»Sie nimmt den Zug um drei Uhr fünf.« Pause. »Und ob du sie vielleicht vom Bahnhof abholen könntest?«

Grrr! Was wollten nur alle von ihr, sie frühzeitig ins Grab bringen? Von der Arbeitsplatte aus lächelten ihr die ordentlich aufgereihten Marmeladengläser zu. Eine schöne Partie, eindeutig ein Erfolg. Nun ja. Dann würde es eben Lammeintopf geben. Mit jeder Menge Kartoffeln. Prima.

Sie nahm die Kittelschürze ab. Owen und Mutter plauderten und achteten nicht auf sie. Aber es war nicht prima. Was wurde aus ihren eigenen Plänen für heute Abend – bedeutungsvolle Kommunikation am Computer mit Dynamic Dating? Was wurde aus dieser schwülen und verführerischen E-Mail, die sie den ganzen Nachmittag über im Kopf komponiert hatte? Aus ihrem Leben?

Sie sehnte sich danach, ihren Kopf irgendwo hinzulegen. An einen Platz, der kühl und weich wie ein Frühlingsabend war. Wo jemand die Arme um sie schlingen und sie in den Schlaf singen würde. Irgendwo, wo es weder unruhige Träume noch verrückte Stalker oder spinnerte Künstler gab, weder Schweine, Hennen noch Gemüse. Nur Frieden und vielleicht die Möglichkeit, allein zu sein.

Harriet sah auf ihre Uhr. Keine Chance. Zeit, Joanna vom Bahnhof abzuholen.

6. Kapitel

Als Harriet am Bahnhof von Axminster vorfuhr, entdeckte sie Joanna sofort; eine einsame Gestalt in Braun, die merkwürdig zerbrechlich wirkte. Sie beobachtete, wie Joanna sich mit einer Geste, an die sie sich aus ihrer gemeinsamen Kindheit erinnerte, ins Haar griff. Joanna war nervös. Harriet blinzelte, als von … nun ja, von irgendwoher plötzlich Mitgefühl in ihr aufwallte.

Harriet winkte, aber ihre Schwester wirkte gedankenverloren. Sofort verdrängte der Ärger jedes Mitgefühl. Warum kam sie nicht herüber? War sie blind? Wer konnte einen roten Transporter übersehen, auch wenn er schlammbespritzt war? Mit der Handkante schlug sie auf die Hupe.

Joanna zuckte zusammen und eilte herbei. »Danke, Het. Ich dachte schon, Mutter hätte vergessen, dir Bescheid zu sagen.«

»Nein.« Nur beinahe. Harriet machte auf der Beifahrerseite Platz. Eine feuchte, haarige Decke, ein leerer Eimer, ein paar fingerlose Wollhandschuhe … Sie warf die Decke und den Eimer nach hinten. »Tut mir leid, es ist ein bisschen unordentlich.«

»Macht nichts.« Aber sie sah, wie Joanna die Nase rümpfte, während sie sich anschnallte.

»Und es riecht ein bisschen«, setzte Harriet hinzu. »Das Landleben … Du weißt schon.« Letzteres klang ein wenig brüsker, als sie beabsichtigt hatte. Das Meiste, was sie zu Joanna sagte, schien diesen Ton anzunehmen.

»Ich erinnere mich.« Joanna zuckte zusammen, als Harriet die Tür zuknallte. Mit Pick-ups musste man energisch umgehen.

Harriet ging um den Wagen herum zur Fahrerseite und stieg ein. Sie war sich ihrer schlammbespritzten Jeans und Gummistiefel bewusst. *Diese Großstadtpflanzen*, dachte sie. Manchmal fiel es ihr schwer, sich vorzustellen, dass sie zusammen mit Joanna groß geworden war und ihre Schwester jemals auf dem Hof gelebt hatte. Joanna war schon seit Jahren in der Stadt heimisch. Ab und zu kam ihr Joanna furchtbar distanziert vor, und sie konnte kaum glauben, dass sie überhaupt ihre Schwester war. Hatten sie einander jemals nahegestanden? Sicher, sie hatten zusammen gespielt, zusammen am Küchentisch gesessen und sogar ihre Meinungen über die jungen Männer, die auf dem Hof arbeiteten, ausgetauscht. Früher einmal. Aber das alles schien so lange her zu sein. Jetzt trennten sie Meilen – geographisch und in jedem anderen Sinn –, und manchmal empfand Harriet nichts als Groll darüber, dass Joanna entkommen, dass sie frei war. Was immer ihrer Schwester in London widerfahren sein mochte – frei war sie trotzdem.

Sie legte den Rückwärtsgang ein, lenkte den Pick-up vom Parkplatz und fuhr zur Hauptstraße zurück.

»Zu Hause alles in Ordnung?«, fragte Joanna. Sie schien sich verbissen auf den Verkehr vor ihnen zu konzentrieren. Harriet hoffte nur, dass sie nicht in Tränen ausbrechen würde.

»Geht so.« Harriet dachte an Mutter, Owen, den Fremden auf dem Hof. »Heute Morgen hat Mutter mich gebeten, sie nach Abbotsbury zu fahren«, begann sie.

»Ach, ja?«

Es hatte geregnet, und der Asphalt war rutschig gewesen, was für den Pick-up allerdings kein Problem bedeutet hatte.

Er war zwar ein Spritfresser, aber er war verlässlich und klebte auf der Straße, egal, wie der Untergrund aussah. Harriet würde um nichts auf der Welt auf den Wagen verzichten. »Sie war ein wenig heimlichtuerisch«, erklärte Harriet. »Ich dachte, sie wolle sich einfach nur in den Kunstgalerien umsehen.« Sie war nicht besonders erfreut darüber gewesen. Schließlich hatte sie genug zu tun. Aber andererseits waren sie und Joanna sich einig darüber gewesen, dass Mutter ein Hobby brauchte. Ablenkung. Und Kunst könnte genau das Richtige sein.

Sie drosselte das Tempo und nahm die Kurve im zweiten Gang. Die Hügel zu ihrer Linken waren grün und glänzten im Regen. »Aber als ich sie dann in der High Street abgesetzt habe …« Sie hörte, wie ihre Stimme schrill wurde. Sie musste ruhig bleiben.

»Was denn?« Jetzt klang Joanna besorgt. »Was ist passiert, Het?«

Harriet beschleunigte. Je schneller sie wieder zu Hause waren, desto besser. Joanna war ihre Schwester, aber vielleicht war sie nicht die Richtige, um ihr das zu erzählen – nicht in ihrem gegenwärtigen Gemütszustand. Trotzdem, sie musste es ihr jetzt sagen. »… ist sie zu einem großen Kerl mit einem komischen Bart gelaufen.«

»Einem komischen Bart?«, wiederholte Joanna.

»Ja.« Einem äußerst komischen Bart. Einer dieser unordentlichen Bärte, die nichts Halbes und nichts Ganzes waren. »Er trug einen langen schwarzen Ledermantel und stand mit einem Klemmbrett vor den Ateliers. Als sie bei ihm ankam, schaute er auf sein Klemmbrett.« Sie senkte die Stimme. »Und ich meine gesehen zu haben, wie er ihren Namen abhakte – auf einer Liste oder so etwas.«

Sie fuhr langsamer, denn vor ihnen war ein Radfahrer aufgetaucht. Bei diesem Wetter; der Mann musste verrückt sein.

Inzwischen war Joanna gespannt. »Wer war das denn nun? Und was hast du gemacht?«

Harriet schaltete die Seitenscheinwerfer ein. Was sie gemacht hatte? »Na, ich habe natürlich geparkt und bin hingegangen, um mich zu erkundigen«, sagte sie. »Wie sich herausstellte, war er Künstler.« Sie hielt inne. Das sagte alles.

»Ich bin erstaunt, dass du noch nie von ihm gehört hast«, hatte Mutter gesagt und mit den Wimpern geklimpert. Also, ehrlich ... »Und Kunstdozent.« Der Nieselregen wurde dichter, und der Radfahrer scherte wie betrunken von links nach rechts aus. Vielleicht der Wind, dachte Harriet.

»Und was war jetzt los?«, wollte Joanna wissen.

Wenigstens sieht sie nicht mehr aus, als würde sie gleich losheulen, bemerkte Harriet. Sie seufzte. »Anscheinend hatte Mutter sich auf eine Anzeige gemeldet. Sie dachte, sie solle für einen Tag als Künstlermodell posieren. Dass ein Haufen Studenten sie aus allen Blickwinkeln malen und sie so glamourös darstellen würden, wie sie gern wäre.«

Der Radfahrer mit seinem gelben Cape und den dünnen Beinen, die hektisch strampelten, wirkte bemitleidenswert. Harriet hatte nicht das Herz, ihn anzuhupen.

»Aber warum sollte er Mutter dafür engagieren wollen?«, fragte Joanna.

»Das ist es ja«, gab Harriet zurück. Mutter hatte ihre Jugend in den Kolonien nie wirklich abgestreift, ebenso wenig wie ihren Modegeschmack, der sich an den Filmstars der 1940er Jahre orientierte. Aber noch wichtiger, sie machte sich die Illusion, immer noch begehrt zu sein. »Mutter hat nicht verstanden, worauf sie sich da eingelassen hat.«

Joanna hatte es immer noch nicht begriffen. »Was war es denn nun?«, erkundigte sie sich. »Worauf sie sich eingelassen hat, meine ich.«

Harriet zog die Augenbrauen hoch. Musste sie es wirklich aussprechen? »Sie haben gern alle Altersgruppen dabei, Jo. *Beim Aktzeichnen.*«

Joanna stöhnte.

Arme Mutter! Sie hatte sich nach Glamour gesehnt und nicht danach, splitternackt Modell zu stehen ...

Endlich überholte Harriet den Radfahrer. »Ja, da will ich doch ...« Sie machte einen dramatischen Schlenker.

»Was?« Joanna klammerte sich am Armaturenbrett fest.

»Oder wer.« Harriet starrte in ihren Rückspiegel.

»Wer?«

»Nichts. Niemand.« Harriet schüttelte den Kopf. Es war dunkel gewesen – wie konnte sie sich da sicher sein? Und letzte Nacht hatte er einen Mantel getragen. Aber etwas an dem Mann ... »Tut mir leid«, sagte sie. »Ich dachte, es wäre jemand, den ich kenne.« Oder, genauer gesagt, den sie nicht kannte. Ein Fremder ... Lebte er hier – der Verrückte? Und wenn, wieso wusste sie dann nichts davon? Oder war er nur auf der Durchreise, ein neugieriger Tourist, der gern mitten in der Nacht auf Bauernhöfe spazierte? Sie zog die Augen zusammen und versuchte immer noch, im Rückspiegel einen Blick auf ihn zu erhaschen. Das gefiel ihr nicht, überhaupt nicht.

Schweigen breitete sich im Wagen aus, nur unterbrochen vom gelegentlichen Quietschen der Scheibenwischer. Wahrscheinlich brauchten sie neue Gummis. Alles in Harriets Leben könnte eine Überholung gebrauchen. Da war es irgendwie beruhigend, dass Joanna neben ihr saß. Geteiltes Leid vielleicht?

Sie schlug die Straße nach Hause ein. Sie gabelte sich; eine Abzweigung führte zur Klippe, eine zum Strand. Die Landschaft besaß eine natürliche Einfachheit; sie behauptete nicht, etwas zu sein, was sie nicht war. Wieder warf sie Joanna einen Blick zu. Sie sah schrecklich blass aus. »Hast du ihn verlassen?«, fragte sie.

Joanna fuhr zusammen. »Natürlich nicht.« Sie rutschte nervös herum. »Na ja, irgendwie schon. Nein. Nicht wirklich.«

Glasklar. Verflixt!, dachte Harriet. Wird sie für immer zurück nach Mulberry Farm Cottage ziehen? »Willst du drüber reden?«

Irgendwie hoffte Harriet, dass Joanna keine Lust dazu hatte. Gleich würden sie zu Hause sein, und sie musste das Abendessen kochen. Joanna war ihre Schwester. Aber sie hatten immer ein kompliziertes Verhältnis gehabt.

»Eigentlich nicht.« Joannas Lippen bebten.

Ach, herrje! Harriet nahm die Kurve zu schnell. Was hatte Martin getan? Denn angestellt haben musste er etwas. Joanna war nicht der Mensch, der ohne einen guten Grund gehen würde. Oder doch? Die schmale Straße war schattig und üppig bewachsen, gesäumt von Farn und Nesseln, und die Kronen der herbstlich belaubten Bäume trafen sich in der Mitte und bildeten einen Tunnel in dunklem Gold.

»Du konntest ihn nie ausstehen, oder?«, fragte Joanna.

Vergangenheitsform, bemerkte Harriet. Sie war erstaunt. War das so offensichtlich gewesen? »Na ja, er konnte mich auch nie leiden.« Sie fuhren am Pub und am ersten der kleinen Steinhäuser vorüber. Martin hatte nie wirklich etwas gesagt. Es war mehr die Art gewesen, wie er sie immer behandelt hatte. Als ob ihm automatisch ein Zimmermädchen und eine Haushälterin zugestanden hätte, wenn er aufs Land kam – Harriet.

Sie fuhr langsamer. Vor ihnen zuckelte ein Traktor dahin. Owens Traktor, genauer gesagt. Typisch. Er ließ zum Gruß die Warnblinkanlage aufleuchten. Harriet trommelte mit den Fingern auf das Armaturenbrett. »Nun mach schon Platz, du Riesentrottel!«, murrte sie. Was hatte dieser Ort nur, an dem sie aufgewachsen war, dieser Ort, dessen Hügel und Täler ihr so vertraut waren wie die eigene Haut? All das irritierte sie maßlos.

»Da ist Owen«, meinte Joanna und winkte.

Als ob Harriet das nicht wüsste ...

Harriet winkte ebenfalls und nickte lächelnd, ganz die freundliche Nachbarin. Möglicherweise war es genau das. Vielleicht war es gerade diese Vertrautheit, die ihr das Leben verleidete, das Bewusstsein, dass hier jeder jeden kannte.

Sie krochen dahin und bewegten sich Meter für Meter die Straße mit den hohen Böschungen und efeubewachsenen Steinwänden entlang. Gefangen. Es gab kein Entkommen vor Linda aus dem Pub, vor Mutter, vor Owen, vor der ganzen Bande. Harriet saß hier fest. Ob es ihr passte oder nicht, sie gehörte hierher – man hatte ihr keine Wahl gelassen. Sie wusste alles über diese Leute, und sie wussten alles über sie. Nun ja ... beinahe. Vor ihnen tuckerte der Traktor dahin. Und es gab kein Entrinnen ... jedenfalls nicht im Moment.

»Vielleicht könnte ich dir helfen?«

Hatte Joanna ihre Gedanken gelesen? Am liebsten hätte Harriet auf die Hupe geschlagen; sie wollte an Owen und seinem Traktor vorbei. Sie hatte Lust zu schreien. Sie konnte es kaum ertragen, so langsam zu fahren. »Helfen?«

Mit einer unbestimmten Handbewegung umfasste Joanna die Straße vor ihnen. Die Mauer war jetzt niedriger; auf der anderen Seite konnte Harriet den Fluss erkennen, an dessen Ufern Schilf und Binsen wuchsen. »Auf dem Hof«, sagte sie. »Mit Mutter. Ich werde wohl noch eine Weile hierbleiben. Glaube ich.«

Harriet holte tief Luft. »Vielleicht.« Sie wusste, dass sie

widerwillig klang. War sie denn nie zufrieden? Aber was genau wollte Joanna tun? Sie konnte sich nicht vorstellen, dass sie Brot backte, Marmelade kochte oder auch nur die Hühner fütterte – nicht in diesen Stiefeln. Und was Mutter anging ...

»Du könntest mal wegfahren. Übers Wochenende oder so«, meinte Joanna.

Harriet bremste – viel zu scharf –, als Owen den Traktor in eine Ausweichstelle quetschte. Endlich. Sie überholte, winkte und lächelte noch einmal. *Happy, happy days*... »Wohin denn?« Sie spähte auf die leere Straße vor ihnen. Wenn sie geradeaus weiterfuhren, würden sie am Country-Hotel vorbeifahren und am Meer landen. Im Meer, genauer gesagt.

»Irgendwohin.« Joanna lachte, aber es klang ausdruckslos. »Die Welt liegt dir zu Füßen, Harriet.«

Harriet schnaubte verächtlich. »Abgesehen davon, dass ich mir das nicht leisten kann, wer würde sich um das Obst und Gemüse kümmern?« Sie bog nach rechts auf die Straße ab, die nach Mulberry Farm und zu Owens Hof führte. Joanna war immer eine Träumerin gewesen. Harriet war die praktischere von beiden. Jetzt steuerte sie den ausgefahrenen Feldweg so schnell entlang, dass sie und Joanna in dem Pick-up auf und ab hüpften wie zwei Punkrocker. Erst das Viehgitter brachte sie dazu, abzubremsen.

Joanna warf ihr einen langen Blick zu.

Harriet rutschte unbehaglich auf dem Sitz hin und her und lenkte mit zwei Fingern. »Was?«

»Du hast Angst«, sagte Joanna.

»Sei nicht albern!« Abrupt bog Harriet nach links ab, auf den schlammigen Pfad, der ihnen als Auffahrt diente, und ging viel heftiger als nötig in die Bremsen. Wie konnte sie es wagen, das zu sagen? Wie konnte sie es wagen, hier aufzutauchen und ... so etwas zu sagen?

Joanna zuckte die Achseln. »Na ja, du beklagst dich immer darüber, dass …«

»Komm schon.« Harriet war aus dem Transporter gesprungen, bevor Joanna weiterreden konnte. »Mutter hat Owen zum Abendessen eingeladen. Sie ist ganz aufgeregt und hat sich furchtbar herausgeputzt.«

Sie tauschten ein seltenes verschwörerisches Lächeln aus.

»Okay.« Doch Joanna kam auf ihre Seite des Wagens und legte die Hand auf ihren Arm. »Aber denk bitte darüber nach, ja, Harriet? Es würde dir guttun. Wir würden doch bestimmt ein paar Tage ohne dich auskommen, oder?«

»Mutter würde es schon gefallen.« Harriet konnte sich das vorstellen. Ihre Lieblingstochter Joanna, die sie von vorn bis hinten bediente. Doch würde ihre Schwester es schaffen, die Handwerker auf Abstand zu halten?

»Dann tu es doch!« Joannas Augen strahlten jetzt, obwohl ihr Mund immer noch diesen traurigen Ausdruck hatte. »Tu etwas. Nur ein paar Tage. Oder auch einen Nachmittag lang. Fahr mal weg. Geh irgendwohin.«

»Vielleicht.« Harriet richtete sich auf.

Der Regen hatte aufgehört, und die Wolken zerstreuten sich. In der Ferne stand die Sonne tief über dem grauen Horizont, ließ den honiggoldenen Purbeck-Sandstein von Mulberry Farm Cottage aufleuchten und warf lange Schatten über die grünen Hügel, auf denen Owens Schafe weideten. Hinter den Hügeln erstreckte sich kühl und einladend das Meer wie eine Verheißung.

»Vielleicht mache ich das«, erklärte sie.

7. Kapitel

Nerven. Die Zitteritis. Das war verrückt.

Ich habe schon jetzt ein mieses Gefühl dabei, dachte Harriet. *Geh doch mal aus*, hatte Joanna gesagt. *Amüsier dich!* Der Wagen vor ihr bremste, und sie schaltete zu abrupt vom vierten in den zweiten Gang. Der Pick-up beklagte sich quietschend. Sie ging zu grob mit ihm um. Der Transporter war wie eine alte Dame. Zuverlässig, aber nur, wenn er verhätschelt wurde. Harriet fragte sich, ob sie vergessen hatte, wie man sich amüsierte.

Sie musste sich entspannen. Sie versuchte, ihre Schulterblätter fallen zu lassen, aber die schienen entschlossen, auf Ohrhöhe zu bleiben. Kürzlich hatte sie am Morgen, während sie die Küche putzte, im BBC-Frauenmagazin eine Sendung über Pilates gehört – immer ein Fehler, denn die meisten Beiträge betrafen Frauen, die offensichtlich Aufregenderes taten als Hausarbeit. Harriet würde in einer Million Jahren keine Zeit haben, um Pilates-Übungen zu betreiben. Dabei kam es darauf an, seine Mitte zu kräftigen, die Schultern zu entspannen und im Prinzip zu lernen, gerade zu sitzen. Anscheinend half das bei Stress ... Sie stieß den Atem aus und dachte an Sonnenschein. Schaltete die Scheibenwischer ein. Dachte Joanna ernsthaft darüber nach, wieder nach Hause zu ziehen? Auf Dauer?

Nerven. Die Zitteritis. Das war verrückt ...

Wenn sie sonst den kurzen Weg nach Pridehaven zurücklegte, spürte Harriet ein warmes Glühen in der Magengrube.

Freiheit. *Was soll ich mit dieser kostbaren Stunde zwischen dem Einkauf im Supermarkt und der Heimfahrt anfangen?* Sie hatte die Wahl. Vielleicht eine Stunde Alleinsein im Strandcafé? Oder sollte sie eine Stunde über den Markt bummeln auf der Suche nach Schnäppchen, die sie wahrscheinlich niemals kaufen würde? Oder einfach nur spazieren gehen und das Eingesperrtsein auf Mulberry Farm und die Verantwortung für Mutter von den Schultern gleiten lassen, damit sie ins Nimmer-Nimmerland und noch weiter davonflogen. Eine Stunde lang. Ah. Denn wie viele Handwerker konnte Mutter schon in einer Stunde anrufen? Sie sah auf die Uhr. Sie hatte ihre Waren ausgeliefert und hatte frei.

Und Joanna würde – hoffentlich – dafür sorgen, dass Mutter nicht telefonierte. Gestern Abend beim Essen war Joanna so nett gewesen. Sie hatte mit Owen geplaudert, Mutter beruhigt und sogar das Aufräumen übernommen und Harriet weggescheucht, als sie versucht hatte, ihr zu helfen. Also war Harriet an den Computer entwischt, wie sie es sich gewünscht hatte. Und sie hatte die Mail abgeschickt. *Uns irgendwo treffen* ... Ihre Nerven. Die Zitteritis. Das war verrückt ...

An der Ampel bog sie heftig blinkend nach links ab. »Tsss!«, stieß sie unwillkürlich hervor. Die South Street war belebt wie immer, und der Verkehr kroch auf den Marktplatz zu. In Dorset lebte man langsam. Das galt auch fürs Autofahren. Fürs Reden. Und ...

Was machte sie eigentlich? Warum tat sie das?

Sie trommelte mit den Fingern auf das Steuer und sah zum millionsten Mal auf die Uhr. Natürlich war sie lächerlich früh dran. Aber was hätte sie sonst tun können? Wie hätte sie fröhlich durch die Läden schlendern können, obwohl sie wusste, was sie wirklich vorhatte?

Auf dem Platz befand sich eine Gruppe Morris-Tänzer in

Aktion. Wussten diese Leute eigentlich, wie albern sie bei ihrem Volkstanz aussahen? Machten sie sich etwas daraus? Sie bog nach rechts ab, zum Parkplatz für Langzeitparker. Schließlich hatte sie den ganzen Tag Zeit. Dank Joanna. *Nimm dir so viel Zeit, wie du möchtest ...* Trotzdem quoll ihr Herz gerade jetzt nicht vor Dankbarkeit über.

Es regnete nun fester. Das hatte ihr gerade noch gefehlt. Harriet reckte den Hals, um festzustellen, ob sie einen Regenschirm im Wagen hatte. Verdammt. Nur dieses rot-weiß-blaue Union-Jack-Ungetüm, das im Café vergessen worden und irgendwie in Mutters Eigentum übergegangen war.

Was hatte sie schon zu verlieren?

Meine innere Ruhe, entschied sie, als sie auf den Parkplatz einbog. Ein Stück meiner Seele. Mein Gleichgewicht. Meine Distanziertheit und Kontrolle. Herrje! Sie straffte die Schultern.

Hector war natürlich hocherfreut gewesen, als sie ihm nach Monaten voller lahmer Ausflüchte mitgeteilt hatte, dass sie ihn gern auf einen Kaffee treffen würde. Harriet bremste, um nicht mit einem silbernen Sportwagen zusammenzustoßen, der aus dem Nichts heraus aufgetaucht war – all diese Tagträumerei führte doch zu nichts –, und setzte den Pick-up rückwärts in eine Parklücke.

Ich kann es nicht erwarten, hatte er in seiner Antwort-Mail gestern Nacht geschleimt. *Nach Pridehaven? Um Sie zu sehen, würde ich bis ans Ende der Welt fahren.*

War er der romantische Mann, nach dem sie sich immer gesehnt hatte? Oder redete er bloß mehr Mist, als sie in ihrem Schweinestall hatte? Harriet klappte die Sonnenblende herunter und betrachtete prüfend ihr Gesicht – was sie sonst nie tat. Sie trug kein Make-up – das wäre wirklich lächerlich gewesen –, aber sie hatte auch keinen Schlamm im Gesicht kleben.

Sie kletterte aus dem Wagen und strich ihre Kleider glatt. Die Nerven. Die Zitteritis. Das war verrückt ...

Sie hatte eine halbwegs anständige Jeans angezogen, nur für den Fall der Fälle. Was für einer das sein sollte, fragte sie sich allerdings. Und den schwarzen Pullover, den Joanna ihr letztes Jahr zu Weihnachten geschenkt hatte. Hätte sie einen ordentlichen BH besessen, hätte sie ihn getragen – obwohl es äußerst unwahrscheinlich war, dass ein Kaffee in Pridehaven am hellen Tag in verstohlenes Grapschen in einer Seitenstraße ausarten würde.

Hölle und Verdammnis ... Harriet schluckte. Was in aller Welt tat sie da?

Joanna stand auf, öffnete die Glastür und trat nach draußen. Sie brauchte etwas frische Luft. Sie brauchte ... Gott wusste, was. Aber dieses Leben würde sie in den Wahnsinn treiben. Wieso war ihre Schwester noch nicht verrückt geworden? Sie schüttelte den Kopf. Oder war sie es?

Nachdem Harriet gefahren war – Joanna hatte bemerkt, dass ihre Schwester heute hübscher als sonst aussah und den eng anliegenden schwarzen Pullover trug, den Joanna ihr letztes Jahr zu Weihnachten geschenkt hatte –, hatte Joanna sich an die Arbeit gemacht. Sie hatte die Küche aufgeräumt, war mit Mutter in den Obstgarten gegangen, hatte etwas Obst gepflückt und den Morgenkaffee gekocht. *Wir müssen ihn um elf trinken, Harriet macht ihn immer um elf.* Anschließend hatte sie nach Mutters speziellem und kompliziertem Rezept das Mittagessen gekocht – *um halb eins, Schatz, bitte, sonst werde ich ein wenig zittrig.* Und dann hatten sie sich an den Küchentisch gesetzt und es gegessen, während Mutter über dieses und jenes und alte Zeiten geplappert hatte. Joanna hatte den Abwasch erledigt und zugesehen, wie ihre Mutter auf der Couch im Wohnzimmer einschlief.

Sah so Harriets Leben aus? Gott. Ein Teil von Joanna sehnte sich danach, mehr von dieser Nähe zu ihrer Mutter zu bekommen. Aber ein anderer Teil von ihr konnte es kaum ertragen – nicht einmal für wenige Stunden. Dieses Mutter-Tochter-Verhältnis, überlegte sie, ist so kompliziert, so schwer zu entwirren. Eine Mischung aus schlechtem Gewissen, Liebe und Rollentausch. Sie musste akzeptieren, dass ihre Mutter nicht mehr der Mensch war, der sie vor allem bewahren konnte – was immer das sein mochte. Heutzutage war das Leben so anders als früher.

Draußen war die Luft feucht, und die Hügel der Dorset Downs lagen still da. Unheimlich. Man hatte beinahe das Gefühl, hier allein zu sein, bis man den Küchengarten umrundet hatte und sich einem die Aussicht auf die Häuser des Dorfs, die Kirche, Pridehaven und die Bucht eröffnete. Joanna zog die Luft in heftigen Zügen ein, als litte sie unter Sauerstoffmangel, atmete, so tief sie konnte, während sie an dem muffigen Holzhaufen vorbeiging, der vor der Scheune aufgestapelt war, und den verschlungenen Weg einschlug, der zum Maulbeerbaum und zum Teich führte.

Sie hatte diese Stelle immer geliebt. Ihre Mutter hatte ihr einmal erzählt, dass sie Joanna als Baby immer in ihrem Wagen an den Teich gestellt hatte, in den Schatten des Maulbeerbaums, und dass sie dort stundenlang schlief. »Aber natürlich nicht«, hatte Audrey hinzugesetzt, »wenn die Früchte reif waren und hätten herabfallen können. Maulbeeren machen Flecken wie nur was.« Joanna hatte nie herausgefunden, was dieses »was« war, aber sie wusste, dass die reifen Früchte als blutrote Häufchen zu Boden fielen, und passte auf, dass sie nie den Saft auf die Kleider bekam, weil er sonst nie wieder herausging. Ob Harriet dieses Jahr die Früchte geerntet hatte? Am Baum konnte sie keine mehr entdecken, aber der viele Regen, den sie gehabt hatten, hätte auch alle Spuren auf der Wiese und dem Weg weggespült.

Joanna stand am Ufer des Teichs. Sie erinnerte sich, wie sie hier Bootsrennen mit Harriet ausgetragen hatte, indem sie die schwimmenden Maulbeerblätter mit einem Stock angetrieben hatten, und wie sie im Frühling durch die schmutzige Wasseroberfläche gespäht und gehofft hatte, einen Blick auf die erste, magere Kaulquappe zu erhaschen. Sie erinnerte sich an Picknicks, bei denen sie auf einer karierten Decke unter dem Baum gesessen hatten, an Mutters selbst gemachte Limonade, das Grunzen der Schweine und das Blöken der Schafe, das Gefühl von Sonne auf der Haut. Und man konnte wunderbar auf den Baum klettern. Sie schaute in die Äste hinauf. Irgendwie hatte sie es immer geschafft, höher als Harriet zu steigen, und sie hatte immer das Meer gesehen.

Manchmal, wenn die Maulbeeren reif genug und nicht allzu sauer waren, hatte Mutter Marmelade daraus gekocht, und manchmal hatte Vater sie zu Wein verarbeitet. Und Harriet hatte immer diese wichtige Miene aufgesetzt, während sie ihm half, die Früchte aufzusammeln und alle Utensilien für das Mischen und Gären zusammenzusuchen.

Joanna dagegen hatte sich eine Hängematte aufgehängt und in ihren Teenagerjahren dort ihre Hausaufgaben gemacht und in den Tag hineingeträumt ... Himmel ... Sie zuckte zusammen. Hier hatte sie sogar ihren ersten Orgasmus gehabt. Nicht mit Jez und auch mit niemand anderem, sondern allein, als sie an einem heißen, schlaftrunkenen Sonntagnachmittag im Bikini in der Hängematte gelegen hatte. Ihr Naturwissenschaftsbuch hatte unaufgeschlagen neben ihr auf dem Tisch gelegen, und sie hatte ihre Finger wandern lassen, ihre weichen

Oberschenkel gestreichelt und war höher und höher vorgedrungen. Die Sonne schien durch ihre geschlossenen Augenlider und malte rote, von Gold durchschossene Bilder darauf. Jetzt erinnerte sie sich wieder. Alles war so warm gewesen, wärmer, als ihr seitdem je wieder gewesen war. Die Wärme hüllte sie ein und liebkoste sie; ihre Finger, ihr Bauch, ihre Beine waren so warm, und ihr Hirn und ihr Körper zerflossen im Sonnenschein. Gott. Bei der Erinnerung erschauerte Joanna. Es war wunderschön gewesen.

Sie spähte in das trübe Wasser. Der Teich war mit Algen und verfaulendem Laub verkrustet, und der Wasser-Hahnenfuß und die Seerosen waren lange verblüht und braun geworden. Der Teich musste gesäubert werden. Sie trat vom Ufer weg, prüfte mit der flachen Hand die Holzbank – sie schien nicht allzu feucht zu sein – und setzte sich. Vielleicht sollte sie sich anbieten, das morgen zu erledigen. Warum auch nicht? Sie sollte auch etwas beitragen. Aber sie musste gestehen, dass sie Mulberry Farm so ganz gern mochte. Dieses leicht Marode schien zu dem Hof zu passen; es war Teil seines Charmes. *Du brauchst ja auch nicht hier zu leben*, ließ sich eine leise Stimme vernehmen, die verdächtig nach ihrer Schwester klang.

Sie beobachtete, wie die gezackten Blätter des Maulbeerbaums im Wind zitterten. Ein Blatt segelte herab, küsste die Wiese am Teich und lag dann still. Joanna erinnerte sich, wie ihr Vater einmal den Baum zu stark beschnitten hatte und sie geglaubt hatten, er würde eingehen. Aber das hatte er nicht getan. Was dich nicht umbringt, macht dich stärker. Würde es mit Martin genauso sein? Er hatte versucht, Kontakt zu ihr aufzunehmen, aber sie hatte ihn nicht zurückgerufen. Sie hatte eine Barriere aufgerichtet, eine Mauer – jedenfalls für den Moment.

Sie hatte zugesehen, wie Martin und Hilary mit beschämten

Gesichtern aus dem Schlafzimmer gekommen waren. Hilary hatte sie nicht einmal anschauen können. Und Joanna war nicht zusammengebrochen. Sie hatte gewartet, bis Hilary das Haus verlassen hatte. Dann hatte sie einen Koffer gepackt und ein Taxi zu einem kleinen Hotel in der Nähe des Waterloo-Bahnhofs genommen. Martins aufgeregte Entschuldigungen hatte sie ignoriert. *Was machst du denn, Jo? Du kannst doch nicht einfach gehen*. Siehst du doch. Sie hatte die Nacht im Hotel verbracht und war am nächsten Tag nach Axminster gefahren, denn sie hatte keine Minute länger in Crouch End bleiben wollen. Zu Hause waren Hilary und Martin ihr zu nahe. Sie konnte sie beinahe riechen. Sie musste fort von Martin – und von ihrer Ehe, der anscheinend nach nur zehn Jahren der Dampf ausgegangen war wie einem müden alten Kessel, der zu lange auf dem Herd gestanden hatte. Nicht plötzlich, durch den Vorfall mit Hilary, sondern nach und nach, über die Jahre, wie ihr jetzt klar wurde.

Sie hätte bei Toby, Steph oder Lucy unterkommen können. Aber sie wollte nicht darüber reden. Sie hatte gewusst, wohin sie wollte. Hierher. Aber in die Vergangenheit einzutauchen, in der Hoffnung, dass dadurch vielleicht die Gegenwart klarer wurde, das funktionierte nicht immer.

Joanna dachte an den Auftrag, den Toby ihr angeboten hatte. War sie stark genug dazu – nach diesem Erlebnis?

Sie stand auf und streckte die Hand aus, um die Baumrinde zu berühren. Sie fühlte sich trocken, aber nicht brüchig an. Und ja, sie wirkte kräftiger und robuster denn je. Was beruhigend war, fand sie. Solange der Baum noch stand, gab es noch Sicherheit; anders konnte es gar nicht sein.

8. Kapitel

Harriets Schritte wurden langsamer, je näher sie dem Boat and Barnacle kam. Ihre Mutter hätte gesagt, dass sie trödelte. Sie hatte aufmerksam das Angebot der Buchhandlung, des Wohltätigkeitsladens und des Haushaltswarengeschäfts inspiziert.

Als sie aus dem Zeitschriftenshop trat, schaute sie auf die Uhr. Jetzt war sie zehn Minuten zu spät dran – vielleicht das richtige Maß an Verspätung. Was war da üblich? Sie hatte keine Ahnung. Seit Monaten hatten sie einander E-Mails geschrieben, aber trotzdem war es ein Blind Date. Sie fasste an ihr Haar. Wenigstens hatte der Regen aufgehört.

Natürlich war sogar in diesem Stadium … Sie passierte Pridehavens prachtvolles, pinkfarbenes neoklassizistisches Kunstzentrum – vormals eine wesleyanische Kapelle –, blieb stehen und drückte sich vor dem Café herum. Die Fahne an der grauen Flintsteinmauer flatterte im Wind – ein Hauch von Optimismus, dachte Harriet. Es war nicht zu spät, einfach weiterzugehen. Hector würde ihr aufgebrachte E-Mails schreiben, aber die konnte sie ignorieren. Schließlich wusste er nicht, wo sie wohnte. Oder doch? Sie verlagerte das Gewicht von einem Fuß auf den anderen, warf einen Blick durch das Fenster und tat, als studiere sie die Tagesangebote auf der Schiefertafel – Tagliatelle mit Meeresfrüchten. Niemand, der nach Hector aussah. Sie dachte an den Fremden von neulich nachts. Konnte da eine Verbindung zu Dynamic Dating bestehen? Leute hackten sich doch in anderer Leute Computer, oder? Hector konnte sowohl ein Hacker als auch ein Verrückter sein. Wer konnte das schon wissen? Aber … Ach, verdammt! Sie setzte eine entschiedene Miene auf. Unwahrscheinlich. Hector klang nicht nach einem Hacker.

Die Sonne war herausgekommen. Sie wirkte blass, aber entschlossen. Vor dem alten Rathaus blühten in Töpfen gelber Goldlack und violette Chrysanthemen, und auf dem Kopfsteinpflaster des Platzes hatte ein Geiger den Platz der Morris-Tänzer eingenommen und spielte etwas Irisches, eine muntere, fröhliche Melodie. Hmm. Menschen waren stehen geblieben, lächelten, plauderten und setzten sich sogar zum Zuschauen auf die feuchten Bänke. Aber sie konnte nicht ewig hier stehen. Sie würde hineingehen. Schließlich konnte sie ihn nicht zurückweisen, ohne ihn sich wenigstens einmal angesehen zu haben.

Ein tiefer Atemzug. Mach schon! Sie schob die Tür auf und blinzelte, als die Wärme sie umfing und der Duft nach geröstetem Kaffee ihr entgegenwehte. Der Geruch und die gedämpften Gespräche anderer Menschen waren beruhigend. Alles würde gut.

Sie ging über die lackierten Bodendielen. Anscheinend gab es im Boat and Barnacle an manchen Abenden Live-Musik. Die gesamte Bar war auf Rädern montiert und konnte von der Mitte des Raums, wo sie sich jetzt befand, bis an die Rückseite zurückgeschoben werden, um Platz für die Musiker zu machen. Nicht, dass Harriet das schon einmal gesehen hätte. Die Musik in ihrem Leben war das, was sie auf Radio 3 hörte, ein Stapel Tonbandkassetten, die sie seit Mitte der Achtzigerjahre besaß – Mutter würde sagen, seit ihren wilden Zeiten, aber Harriet war sich nicht sicher, ob sie jemals wilde Zeiten gehabt hatte –, und ein paar CDs, die Joanna ihr zum Geburtstag geschenkt hatte. Anscheinend war sie sich nicht bewusst, dass der technische Fortschritt in Gestalt von CD-Spielern – und erst recht nicht diesen MP3-Teilen, über die sich die Leute heutzutage gar nicht mehr einkriegten – noch nicht nach Mulberry Farm Cottage gelangt war. Hätte sie Lautsprecher gehabt, hätte sie die CDs wahrscheinlich über den Computer spielen können. Aber in Harriets Welt musste jede Ausgabe gerechtfertigt sein, und die größten Hits von Dusty Springfield und Neil Sedaka – was glaubte Joanna eigentlich, wie alt sie war? – waren nicht Grund genug.

Sie schaute die Holztreppe hinauf. Herrgott! Es gab auch ein Nebenzimmer, im hinteren Teil des Erdgeschosses; ein rotes Wohnzimmer, oben links, sowie eine pinkfarbene Kaffeebar – daneben – und im oberen Stockwerk einen in Gelb gehaltenen Speisesaal. Dieses Lokal hatte ein wenig von »Alice hinter den Spiegeln«.

Sie trat an die Theke, wobei sie immer noch die Gäste an den Holztischen im Auge behielt. Kein Mann, der allein saß. Sie würde Kaffee bestellen und erklären müssen, wo sie sitzen wollte. Wohin sollte sie sich setzen?

»Ich sitze oben.« Einen Moment lang schien die Stimme körperlos zu sein, dann wurde Harriet klar, dass sie von einem Mann an der Theke kam. Sie schaute nach unten. Einem kleinen Mann. Einem Mann, der Hector sein könnte. Hatte sie ihn je gefragt, wie groß er war? Da sie selbst gerade etwas über eins sechsundsechzig groß war, hatte sie nicht angenommen, dass Größe ein Problem sein könnte. Irrtum.

»Entschuldigung?«

»Sind Sie Harriet?« Er beugte sich vor, als wolle er sie auf die Wange küssen. Und ihr wurde bewusst, dass er nach Fett roch. Wie gebratenes Schweinefleisch.

Sie wich dem Kuss halb aus, sodass gerade eben ein feuchter Atem ihre Wange streifte. Versuchte, sich kleiner zu machen.

Nickte stumm. Ach, wenn man jetzt feingliedrig und zart wäre, attraktiv, gesellig, charmant und witzig … Es wäre schon gut gewesen, wenn sie hätte sprechen können.

»Ich sitze oben«, wiederholte er und wies mit einer energischen Kopfbewegung zur Decke, für den Fall, dass sie nicht wusste, wo diese Richtung lag. »Wenn auch nicht jetzt gerade, natürlich. Ha, ha.« Seine Schultern bebten.

»Ha, ha«, fiel Harriet entgegenkommend ein.

»Was möchten Sie trinken? Kaffee? Tee?«

Harriet spürte einen Anflug von Panik. Um Gottes willen … »Kaffee«, krächzte sie. »Bitte.« Klang das, als gehe sie davon aus, dass er zahlen würde? Sie kramte nach ihrer Geldbörse.

»Oh nein. Erlauben Sie mir …« Er hielt eine Hand hoch. Gebieterisch oder eher kontrollierend?

Sie zuckte die Achseln. Undankbar oder gleichgültig? Was für ein Minenfeld!

Während er dastand und darauf wartete, bedient zu werden, betrachtete sie seinen Rücken. Warum machten die Leute bloß so etwas Schreckliches, Furchteinflößendes?

Er bedeutete ihr, vor ihm die Treppe hinaufzugehen. *Hilfe. Damit hat er einen direkten Blick auf deine Rückseite. Hoffentlich ist deine Jacke lang genug, um das Schlimmste zu kaschieren.* Dann, als sie sich umdrehte, zwinkerte er ihr zu, und sie betraten die Bar im ersten Stock. Die Wände waren in einem tiefen Granatrot gestrichen, und die georgianischen Fenster waren von dicken Samtvorhängen umrahmt. Harriet wusste nicht, wie sie sein Zwinkern deuten sollte. Aber jemand im Boat and Barnacle verstand etwas von Atmosphäre; die matten Lampen verbreiteten ein goldenes Licht, und die Ausstattung war so, dass man seinen Körper hineinsinken lassen konnte, während der Geist sich zu entspannen versuchte –

rote und violette indische Teppiche, dicke Kissen und tiefe Sofas mit lebhaft gemusterten Überwürfen. Harriet sank in einen Sessel. Ein Gefühl von Sicherheit. Im Sitzen schien alles besser zu sein, da befanden sie sich eher auf einer Ebene.

»Und warum machen Sie das?«, fragte er. »Das Internet-Dating, meine ich.«

»Genau das dachte ich gerade auch.« Sie versuchte, nicht auf die Partie in seinem Gesicht zu starren, wo die Wange ins Ohr überging. Was machte es schon, wenn er sich hatte liften lassen? Zahllose Leute taten das heutzutage. Frauen jedenfalls. Es erstaunte sie, dass ihre Mutter noch niemanden für einen Kostenvoranschlag hatte kommen lassen.

»Man sucht nach einem Gefährten«, sagte Hector. »Das ist wahrscheinlich der Grund.«

»Ja.« Obwohl Harriet nicht das Wort »Gefährte« gebraucht hätte. Es klang zu stark nach »Bettgefährte«. Nicht, dass sie Angst vor Sex hätte. Schließlich sah sie so etwas oft genug auf der Farm. Man hätte behaupten können, sie sei damit groß geworden; Sex war für sie so normal und natürlich wie das Füttern ihrer Hühner oder das Ernten im Obstgarten. Aber es zu sehen – und zwar bei Tieren – war noch ganz etwas anderes, als es selbst zu tun. Oder darüber nachzudenken, es selbst zu tun, und sich zu fragen, ob man jemals dazu in der Lage sei.

»Nach Liebe«, erklärte Hector und sah ihr in die Augen. Er schielte nur ganz leicht. Wer war schon vollkommen?

Sie gab keine Antwort, weil sie sich nicht sicher war, ob sie wusste, warum sie das tat. Sie wusste, dass sie irgendwie aus ihrem Leben entkommen wollte, aber der praktische Teil von ihr – der mindestens neunzig Prozent ausgemacht hatte, bis ihre Hormone ihn auf fünfunddreißig hatten schrumpfen lassen – war sich auch darüber klar, dass Dynamic Dating wahrscheinlich nicht dieser Fluchtweg war. Dazu hätte sie ein

Wunder gebraucht. Vielleicht tat sie es, um Aufmerksamkeit zu bekommen oder sogar um der Aufregung willen. Möglicherweise war das alles auch nur ein verzweifelter Versuch, jemanden zum Reden zu finden, der Mutter nicht kannte. Ihr Vater fehlte ihr. Harriet spürte das vertraute Zusammenziehen in der Magengrube, das sie immer fühlte, wenn sie an ihn dachte. Genau wie der Traum hörte es nie auf.

Ein schwarz gekleideter junger Kellner tauchte mit ihren Kaffees auf und brachte Hector etwas, was wie ein doppelter Brandy aussah. Harriet hatte Caffè Latte bestellt, aber anscheinend hatte jemand vergessen, den Kaffee hinzuzugeben. Sie erwischte sich bei dem Gedanken, wie weit Hectors Gesicht, wenn es denn geliftet war, absacken würde, falls es jemals den Halt verlor. Und wie alt würde er dann aussehen? War sie etwa auf der Suche nach einer Vaterfigur? Sie beäugte den Brandy. Einer betrunkenen Vaterfigur? Ach, herrje.

»Schauen Sie nicht so besorgt drein!«

Tat sie das? Tatsächlich?

»Sie wissen doch, was man so sagt.«

»Nein.«

»Lächle, und was du befürchtest, wird vielleicht niemals eintreffen.«

»Ja.« Harriet hasste es, wenn die Leute das sagten.

»Lehnen Sie sich zurück, und entspannen Sie sich!« Jetzt klang er wie ihr Zahnarzt. »Und erzählen Sie mir alles über sich!«

Es war zu kalt, um länger unter dem Maulbeerbaum zu sitzen. Außerdem fing es an zu regnen; dicke Tropfen, die in den Teich fielen wie Tränen. Wenn Joanna länger hierblieb, würde sie auch noch zu weinen anfangen – um ihre Ehe, um Martin, all die Teile ihrer Kindheit und Jugend, die unwiderruflich vergangen waren. Und sie hatte auch keine Lust zum Schreiben. Heute hatte sie nichts zu sagen.

Sie schlenderte über den Pfad zurück zum Haus. Dieses Mal ging sie durch die Küchentür hinein und zog ihre Schuhe auf der feuchten, mit Spinnweben überzogenen Hinterveranda aus, wo zahlreiche Gummistiefel standen, Harriets Gartenwerkzeug, ein Karton mit Stroh, das bis auf den Boden herausquoll, alten Tierdecken und einer Sammlung von Eimern. Chaotisch, aber anheimelnd. Die Wandregale waren genauso vollgestopft: Körbe und Eierkartons, Gläser und Plastikbehälter, Tontöpfe und Utensilien zum Weinkeltern. Bestimmt war das alles Harriet und Mutter so vertraut, dass sie es gar nicht mehr wahrnahmen.

Joanna stieg die Treppe hinauf. Die Klappe, die auf den Dachboden führte, war geschlossen und verriegelt. Wahrscheinlich war seit Jahren niemand mehr dort oben gewesen. Sie erinnerte sich, wie ihr Vater einmal auf der Suche nach etwas über die staubigen Dachsparren gekrochen war wie eine Riesenratte. Die meisten Dinge wurden in Schuppen oder in den Scheunen aufbewahrt. Ihr wurde klar, dass sie keine Ahnung hatte, was sich auf dem Dachboden befand.

Plötzlich wollte sie es wissen. Nicht, weil sie nach Platz für ein Büro suchte … Sie dachte an ihr Arbeitszimmer in Crouch End. Würde sie je wieder dort sitzen? Oder eine andere Wohnung, einen neuen Arbeitsplatz irgendwo anders haben? Schwer vorstellbar. Unmöglich. *Dann denk halt nicht daran!* Wo war die Leiter?

In dem kleinen Schuppen auf der anderen Seite der Veranda fand sie eine mit Farbe bespritzte Trittleiter. Vorsichtig, damit sie nicht klapperte, schleppte Joanna sie die Treppe hinauf. Es wäre so frustrierend, würde ihre Mutter aufwachen. Sie zog sie auseinander – das Scharnier bewegte sich zuerst nicht, gab dann aber auf einen scharfen Ruck hin nach – und stieg die Sprossen hinauf. Verstohlen wie ein Einbrecher. Am liebsten hätte sie gekichert.

Sie entriegelte die Luke, schob die Tür hoch, stemmte sich mit aller Kraft auf die Arme und hievte sich über den Rand. Uff! Wie ein Mehlsack und ungefähr genauso elegant. Sie zog die Knie an und ging in die Hocke.

Joanna blinzelte. Gott, das war wie eine andere Welt! Eine finstere Welt. Und sie hatte keine Taschenlampe eingesteckt. Verdammt, wie blöd war das denn? Doch sie tastete umher, fand den Lichtschalter, und plötzlich war der Dachboden in Licht getaucht.

Joanna klopfte sich den Staub von der Hose und sah sich um. Der Dachboden war enttäuschend leer – nur ein halbes Dutzend Pappkartons, ein alter elektrischer Heizlüfter, eine verschlissene Stofftasche, die aussah, als seien alte Werkzeuge darin, ein paar Plastiktüten und eine große Truhe. Gott wusste, wie jemand es geschafft hatte, die hier hochzuschleppen. Sie spähte in die dunklen Ecken. Keine kostbaren Kunstwerke, leider, weder Ming-Vasen noch andere Antiquitäten. Schade.

Die Luft hier oben roch nach Mottenkugeln und feuchtem Schimmel. Aber sie war warm, und Joanna zog den Pullover aus. Unheimlich war es auch.

Zuerst die Kartons. Geduckt kroch sie zu ihnen hinüber, balancierte auf den Deckenbalken und hielt sich an den Dachsparren fest. Wieder hockte sie sich hin, um sie sich anzusehen. Bücher über Bücher. Astronomie und Philosophie. Die Bücher ihres Vaters. Sie erinnerte sich daran, wie sie im Arbeitszimmer gestanden hatten, wusste noch, dass sie ziemlich klein gewesen war, als sie zum ersten Mal darüber nachgedacht hatte, wie wenig es zusammenpasste, dass ein Akademiker Bauer geworden war. Wie es wohl dazu gekommen war? Sie wusste, dass der Hof seit Generationen Vaters Familie gehörte und der Besitz früher einmal größer gewesen war. Aber wenn sie recht darüber nachdachte, war das alles. Einmal war da eine Andeutung über ein Familiengeheimnis gewesen, etwas vage Anrüchiges, über das nicht weiter gesprochen wurde. Aber sie hatte keine Ahnung, worum es sich dabei handeln könnte.

Mehr Spaß machte es, die Einkaufstüten durchzusehen. Wie sich herausstellte, waren sie voll mit alten Schulsachen von ihr und Harriet – Bilder, die sie in der Vorschule gemalt hatten, Collagen und Basteleien, Karten, die sie Mutter und Vater geschrieben hatten, und Anhänger für Weihnachtsgeschenke, die sie mit Hilfe von Mutters Zackenschere aus alten Weihnachtskarten ausgeschnitten hatten. Joanna lächelte, als sie mit dem Zeigefinger leicht über den Glitzer fuhr. Sie würde die Sachen mit nach unten nehmen. Harriet, Mutter und sie könnten sie zusammen anschauen und an alte Zeiten denken.

Wie sicher wohl der Boden war? Jemand hatte eine Tür als eine Art Brücke zwischen die Balken gelegt, die unter ihrem Gewicht durchzusacken schien, als sie nun vorsichtig auf eine Truhe zurobbte. Sie zog sie von der Wand weg und löste dabei etwas von der kratzigen Glaswolle. Wenigstens war das Haus isoliert.

Die Truhe war von einer dicken Staubschicht bedeckt. Joanna nieste.

Sie ruckelte am Verschluss der Truhe. Er war verrostet und rührte sich nicht. Noch einmal zog sie daran. Das altmodische Metallschloss erinnerte sie an den dunkelblauen Koffer, den ihre Mutter ihr mitgegeben hatte, als sie auf die Universität gegangen war. Sie hatte sich dafür geschämt und ihn unter einer Decke oben auf dem Schrank versteckt. Alle anderen hatten neue Koffer gehabt. Warum war es immer so gewesen?

Vorsichtig klopfte sie mit der Handkante auf den Rand der Truhe. Bei dem blauen Koffer hatte das immer funktioniert, aber die Truhe ließ sich partout nicht öffnen. Joanna zog sie näher heran. Schwer war sie gar nicht. Sie musste fast leer sein. Aber nicht ganz. Von innen hörte sie ein leises Rascheln. Hm. Da war etwas ...

Sie schaute sich auf dem Dachboden um. Vielleicht war die Truhe einfach nur abgeschlossen, und irgendwo befand sich der Schlüssel. Die tastete an dem Holzsims unter den Dachsparren entlang. Nichts – nur Schmutz, Staub und Splitter.

Noch mochte sie nicht aufgeben. In der gegenüberliegenden Ecke entdeckte sie eine alte Stofftasche mit Werkzeug. Obwohl sie eine Tonne zu wiegen schien, zog sie die Tasche herüber und wühlte darin herum, bis sie eine Art Meißel mit flachem Kopf fand. Vorsichtig setzte sie ihn am Schloss an wie einen Hebel und drückte darauf. Peng. Es ging auf. Es war also nicht verschlossen gewesen, sondern nur alt und verklemmt.

Der Deckel öffnete sich knarzend, als sei er seit Jahren nicht geöffnet worden. Und es war fast nichts drin ... Abgesehen von einem Bündel Papiere, die mit einem schwarzen Band zusammengeschnürt waren. Joanna stürzte sich darauf und zog es heraus. Briefe? Auf der obersten Seite war eine verblasste, aber flüssige, zarte Schrift zu erkennen; bestimmt die Handschrift einer Frau, oder? Sie berührte das Papier, auf dem sie geschrieben hatte. Es fühlte sich alt und brüchig an, als könne es zwischen ihren Fingern zerfallen. Oben auf der ersten Seite stand ein Datum. 31. Oktober 1912. Oh, mein Gott. Wer ...?

»Joanna?« Die Stimme ihrer Mutter – sie klang zittriger als sonst – hallte durch das Haus. »Harriet? Joanna?« Jetzt klang sie panisch.

Verdammt! Joanna stand auf. Mutter. Sie hatte Mutter fast vergessen.

Einer ihrer Füße war eingeschlafen, und ihre Nerven prickelten, als sie jetzt auf die Klappe zuhumpelte. »Mutter?«, schrie sie. »Ich komme, ich bin oben! Bleib, wo du bist!«

»Joanna?«

Sie packte die Griffe der Plastiktüten, schob das Bündel Briefe in eine davon und steckte sie zwischen Harriets Ananas aus rosa Seidenpapier und den langen Wattebart irgendeines Weihnachtsmanns. Dann beugte sie sich so weit aus der Luke, wie sie konnte, und ließ alles vorsichtig hinunterfallen. Autsch!

Am liebsten wäre sie in ihr Zimmer gerannt und hätte die Briefe gelesen. Doch sie ließ die Beine aus der Luke hängen, ertastete die Leiterstufen, kletterte hinunter und lief nach unten.

»Da bin ich!«, rief sie ihrer Mutter zu. »Keine Sorge!«

Sie wollte niemandem von den Briefen erzählen, noch nicht. Daher würde sie sich jetzt in Geduld üben und ihnen beiden erst einmal eine schöne Tasse Tee kochen.

9. Kapitel

E*rzählen Sie mir alles über sich!*, hatte er gesagt.

Das, überlegte Harriet später, als sie zurück zum Parkplatz für Dauerparker ging, war eine ganz Menge. Der Geiger stand nicht mehr auf dem Platz, die Blumen waren nach einem weiteren Regenguss abgeknickt, und die meisten Menschen waren verschwunden. Sie warf einen Blick auf ihre Uhr. Trotzdem waren nur eine Stunde und fünfundvierzig Minuten vergangen. Erstaunlich.

»Haben Sie so etwas schon oft getan?«, hatte sie ihn gefragt, nachdem sie ihm von der Farm – so ungefähr –, ihrer Kindheit – jedenfalls eine bereinigte Version – und ihrer Familie erzählt hatte.

»Ich habe mich schon mit ein paar Damen getroffen«, gestand er.

Seine Stimme war nicht übel, entschied sie. Sie war tief, und wenn man die Augen schloss ...

Er beugte sich zu ihr herüber. »Wie sonst soll man heutzutage jemanden kennenlernen?«, fragte er.

Harriet nahm an, dass seine Frage rhetorisch gemeint war. Sie lernte niemanden kennen. Wahrscheinlich hatte sie nur die Neugier angetrieben. Im Supermarkt bei den Tiefkühlgarnelen hatte sie zwei Frauen belauscht, die sich kichernd über eine Internet-Seite namens Dynamic Dating unterhielten, und später am Abend danach gegoogelt. Kam man so mit einem Partner zusammen, nachdem man aus dem Alter heraus war, in dem man Clubs und Pubs besuchte oder in Parks herumlungerte? Anfangs hatte es sich merkwürdig und irgendwie unanständig angehört. Sie konnte nicht glauben, dass da draußen so viele Männer sein sollten – so viele alleinstehende und potenziell verfügbare Männer. Mit wachsendem Interesse hatte sie ihre Profile gelesen und war im Lauf der Zeit immer anspruchsvoller geworden. Dann hatte sie sich anstecken lassen und gedacht: Warum auch nicht? Hatte ihr Geld bezahlt und den Schritt getan. Hector hatte recht – wie sollte man sonst jemanden kennenlernen?

Sie zuckte die Achseln. »Ich weiß.«

»Aber es ist ein wenig wie mit einer Schachtel Pralinen«, hatte er erklärt.

Harriet stellte fest, dass sie vor dem Imbiss stehen blieb. Sie sollte es nicht tun, wirklich nicht. »Denk an deinen Hintern«, maßregelte sie sich. Irgendjemand musste es schließlich tun.

»Meinen Sie?«, hatte Harriet ihn gefragt. Eine Schachtel Pralinen? Sie hatte keine Ahnung, wovon er redete. Wie in aller Welt sollte man beurteilen, ob jemand verrückt war? Oder ein Stalker? »In welcher Hinsicht?«, erkundigte sie sich.

»Sie suchen sich zum Beispiel das Kokosnusskonfekt aus.« Hectors Augenbrauen schossen alarmierend hoch, und Harriet versuchte nicht an die Heftklammern zu denken, die sie vielleicht von innen zusammenhielten. »Und Sie beißen davon ab.«

Harriet zuckte zusammen. »Ja?«

Er schob seine Kaffeetasse zur Seite und taxierte sie. »Dann schauen Sie sich an, was noch in der Schachtel ist.«

»Oh.« Harriet verstand allmählich, was er meinte.

»Sie schauen ganz genau hin«, sagte er. »Und dann, ganz unten ...« Er hatte Harriets Hand genommen.

Harriet spürte die Empfindung jetzt noch, als hätte sich seine Berührung ihrer Haut eingeprägt. Bestimmt war es doch noch zu früh für körperlichen Kontakt, oder? Sie hatte damit gerechnet, dass man allenfalls bei der dritten Verabredung so weit ginge.

»Ja?« Sie schaute auf seine Hand hinunter und fragte sich, ob sein Rücken wohl behaart war. »Ganz unten?«, fragte sie schwach.

»Finden Sie die Nougatpraline«, erklärte er. Und bei diesen Worten hatte er sein Brandyglas mit einem Zug geleert.

Harriet zog die Schlüssel des Pick-ups aus der Jackentasche. Sie war sich nicht sicher, ob sie eine Nougatpraline sein wollte. Aber was wollte sie denn? Frei sein, schien ihr der Wind zuzurufen, der auf ihren nackten Hals traf. Sie zog ihren Schal fester zusammen.

»Das ist ja alles ganz schön«, sagte sie laut – ach, verflixt, jetzt redete sie schon mit dem Wind. »Aber wie soll ich das anstellen? Wie kann ich frei sein? Wie soll ich irgendwo hingehen?«

Darauf hatte der Wind natürlich keine Antwort.

Bei einer vorbeigehenden Kellnerin hatte Hector noch einen doppelten Brandy bestellt. »Bei Dynamic Dating lügen alle«, erklärte er ihr. »Glauben Sie mir, ich weiß Bescheid.«

Hm, dachte Harriet, hat er mir deshalb nicht erzählt, dass er Alkoholiker ist?

»Über ihr Alter«, sagte er und schaute auf ihren Hals.

Harriet versuchte den Hals zu recken und dachte an die Schwäne in Abbotsbury.

»Ihren Job«, setzte er hinzu. »Ihre finanziellen Verhältnisse.«

Nur zu wahr, dachte sie. Die Leute waren nicht alle dumm. »Ihr Aussehen«, sagte sie und dachte an sein mögliches Facelift. War eine Gesichtsstraffung eine Lüge gegenüber der Welt? Oder eher Selbsttäuschung? »Ihre Gewohnheiten.« Sie beobachtete, wie er den nächsten Brandy kippte. War er nicht mit dem Auto hier?

»Aber Sie«, sagte er, »Sie sind ganz anders.«

Hatte sie sich bei Dynamic Dating registriert, um das zu hören? Unaufrichtige Schmeicheleien von einem gelifteten Fremden mit blutunterlaufenen Augen? »Woher wissen Sie das?«, hielt sie ihm entgegen.

Er tippte sich an die Nase. Sie war rot, und er hatte sehr große Nasenlöcher. »Nennen Sie es Intuition.«

»Danke«, gab Harriet zurück, weil er irgendeine Reaktion zu erwarten schien.

»Ich glaube wirklich«, fuhr er fort, »ich könnte mich in Sie verlieben.«

Harriet öffnete die Wagentür und stolperte beim Hineinklettern fast. Nun ja, das war alles ganz schön aufregend.

Sie steckte den Zündschlüssel ins Schloss. Aber auch pure Fantasterei.

»Was denken Sie, Harriet?« Erwartungsvoll hatte er gewartet.

War er betrunken? »Ich denke, dass ich gern jemand anders wäre«, hörte sie sich selbst sagen.

»Was?« Er wirkte verblüfft, aber wer wäre das nicht?

»Ungebunden«, fuhr sie fort. »Um die Welt zu bereisen, wenn man Lust hätte. Oder sich wenigstens einen richtigen Job suchen«, setzte sie als Nachgedanken hinzu.

»Einen richtigen Job?« Er ließ ihre Hand los.

»Und ich wünschte, ich müsste mich nicht um meine Mutter kümmern«, sagte sie noch. Wollte sie vielleicht Joanna sein? War es das, was sie wollte?

Er lehnte sich zurück. »Sie müssen Ihre Mutter versorgen?«, fragte er in neutralem Ton.

»Ich wünschte, es wäre anders«, gestand sie. Das hätte sie

eigentlich nicht sagen sollen, denn das hieß ja … Und natürlich wollte sie nicht …

»Können Sie nicht jemanden dafür bezahlen?« Er wedelte mit der Hand, und Harriet schaute sich um und rechnete fast damit, eine Krankenschwester durch die Tür kommen zu sehen.

Wovon denn?, dachte Harriet. Sie schüttelte den Kopf. »Das ist kompliziert«, erklärte sie. »Mein Leben ist kompliziert. Alles ist kompliziert.«

Er schaute zu der großen Bahnhofsuhr auf, die an der Wand des Boat and Barnacle hing. »Oh«, sagte er. »Es ist spät geworden.«

Draußen standen sie noch ein wenig beieinander. Wenn er vorhat, sich in nicht allzu ferner Zukunft in dich zu verlieben, ist es durchaus möglich, dass er dich um ein zweites Treffen bittet, dachte Harriet. Doch das tat er nicht.

Trotzdem fühlte sie sich erleichtert, als sie den Pick-up rückwärts aus der Parklücke lenkte. Sie hatte es getan, oder? Sie hatte es wenigstens versucht. Und sie hatte den ganzen Nachmittag kaum an die Probleme in ihrem Leben gedacht – das Geld, das sie nicht hatte, das Haus, das um sie herum auseinanderfiel, an den Fremden. Aber jetzt hatte sie es eilig, nach Hause zu kommen. Sie konnte sich nicht wirklich darauf verlassen, dass Joanna auf Mutter aufpasste, und außerdem hatte sie noch Marmelade zu kochen. Sie hatte keine Zeit für diesen Unsinn.

Sie fuhr vom Parkplatz, bog nach links ab und hielt auf die Ampel am Platz zu. Und überhaupt, was für ein Mann ließ sich liften? Was war das für ein Mann, der in seinem Profil zu erwähnen vergaß, dass er nur knapp eins fünfzig groß war? Und was für ein Mann trank mitten am Nachmittag vier Brandys? Sie beschloss, sich vielleicht nicht weiter mit Dynamic Dating abzugeben. Was hatte das für einen Sinn?

Aber andererseits … Im Kopf hörte sie wieder seine Stimme: *Ich glaube wirklich, ich könnte mich in Sie verlieben.* Dieser flüchtige wärmende Moment. Das war etwas ganz Besonderes gewesen – auch wenn es nicht lange gedauert hatte.

Also … Die Ampel war grün, und Harriet fuhr direkt durch. Vielleicht werde ich die Pralinenschachtel heute Abend doch noch einmal öffnen, entschied sie. Und nach Sahnekaramell suchen.

Joanna hob sich ihre Lektüre bis nach dem Abendessen auf. Dann würde Mutter baden, und Harriet pflegte sich ins Arbeitszimmer zurückzuziehen. Ihr gefiel das Gefühl, dass die Briefe gut verstaut dalagen und auf sie warteten. Und sie wollte allein sein. Jetzt war sie sicher. Sie hörte, wie Mutter im Badezimmer *Diamonds are a Girl's Best Friend* sang. Und Harriet würde so bald nicht herauskommen. Als Joanna sie vorhin gefragt hatte, ob sie kurz ihre E-Mails abrufen könne, war ihre Schwester alle paar Minuten unter irgendeinem Vorwand hereingeplatzt und hatte ziemlich deutlich gemacht, dass das Arbeitszimmer und der Computer ihr Reich waren.

»Ich schaue schon nicht in deine Sachen«, hatte Joanna sie beruhigt. Doch noch während sie das sagte, hatte sie einen starken Drang verspürt, den Verlauf im Internet Explorer zu überprüfen. Harriet war so ein Geheimniskrämer. Und unfreundlich. Als sie heute Nachmittag zurückgekommen war, hatte sie kaum ein Wort gesagt, sondern sich einfach in die Küche zurückgezogen, um einen ihrer riesigen Töpfe Marmelade zu kochen. Kein Wort darüber, was sie den ganzen Nachmittag gemacht hatte. Und sie sah wütend aus. Was hatte sie bloß getrieben? Was immer es war, es hatte sie mürrischer denn je gemacht.

In ihrem Posteingang hatte Joanna eine Nachricht von Toby gefunden. *War schön, dich zu sehen, Darling …* Und eine Nachricht von einem Redakteur; die Ablehnung eines Artikels zum Valentinstag, von dem sie geglaubt hatte, die Veröffentlichung sei ihr sicher. Nun ja, wie gewonnen, so zerronnen. Als sie ihn geschrieben hatte, war sie noch eine Hälfte eines Paares gewesen, ein Teil des Lebens von jemand anderem. Jetzt hatte sie sich daraus gelöst und sah sich selbst ganz anders. Sie war nicht ganz sicher, in welche Richtung sie weitergehen sollte. Fühlte sich ein wenig verloren, unsicher. Und verdammt wütend.

Sie machte es sich auf dem Bett bequem, zog die spröden Blätter hervor, die sie in der alten Truhe entdeckt hatte, und begann zu lesen. Die Frau, die die Briefe geschrieben hatte – Emmie, hatte sie unten auf der ersten Seite in ihrer wunderhübschen, geschwungenen Handschrift unterzeichnet –, klang nicht verloren. Sie klang selbstsicher und dennoch traurig.

Venedig

Mein teurer Rufus, Liebe meines Herzens,
diese Stadt ist so schön, dass ich wünschte, du könntest bei uns sein.

Uns?, fragte sich Joanna. Und wer war der teure Rufus?

Vater fühlt sich recht wohl, und er scheint leichter zu atmen – ich glaube, die warme, milde Luft bekommt ihm. Jeden Morgen unternehmen wir einen Spaziergang durch einen Teil der Stadt. Heute haben wir den Markusplatz besucht, der sehr prachtvoll ist und eine schöne Architektur besitzt. Ach, mein Liebster, wie sehne ich mich danach, du könntest hier sein und mit mir in einer Gondel über den Canal Grande fahren, vorbei an den herrlichsten Palästen, und meine Hand halten und mir die zärtlichsten Worte zuflüstern, wie du es schon so oft getan hast!

Offensichtlich hatte diese Emmie ihren Ehemann, den teuren Rufus, zu Hause zurückgelassen. Hier? Joanna versuchte sich zu erinnern, wie alt das Cottage war. Frühe viktorianische Zeit, hatte sie immer gedacht. Emmie war mit ihrem kranken Vater auf Reisen gegangen. Heilkräftige Quellen oder Luftkur oder was immer man damals dazu gesagt hatte. Sie klang gebildet, und die Familie musste Geld gehabt haben ... Wer war sie gewesen? Sie las weiter.

Nachmittags legt Vater sich hin, und ich nehme Leinwand und Staffelei und gehe zur Brücke. Oh, wie du schmunzeln würdest, wenn du mich sehen könntest, mein Liebster!

Zur Brücke? Joanna runzelte die Stirn. Leinwand und Staffelei? Sie malte demnach. Ihr Blick löste sich von dem Brief und glitt zu dem Bild an der Wand. Nein. Schon war sie aufgesprungen und untersuchte ein weiteres Mal die Signatur. *Emmie* konnte durchaus *Emily* sein – das war kein großer Unterschied. Und die Handschrift war genauso anmutig geneigt, obwohl der Brief leicht zu lesen war und der Familienname, mit dem das Bild signiert war, fast nicht zu entziffern.

Zufall? Sie stand vor dem Bild, hielt den Brief hoch und verglich die Unterschriften. Es musste dieselbe Handschrift sein.

Aber dann wurde ihr klar, dass Zufall gar keine Rolle dabei spielte, denn schließlich befanden sich die Briefe und das Bild im selben Haus. In Mulberry Farm Cottage, das seit Generationen Joannas Familie gehörte, den Shepherds. Emily musste hier gelebt haben. Sie musste zu ihren Vorfahren gehören, um Himmels willen … Ob Harriet darüber Bescheid wusste?

Innerhalb von Sekunden war Joanna durch die Tür. Gedankenlos stürmte sie, ohne anzuklopfen, ins Arbeitszimmer.

»Harriet!«

Harriet fuhr zusammen und minimierte das Bild auf ihrem PC, doch Joanna hatte schon das Bild eines Kerls von über vierzig erhascht, der auf einer Chaiselongue lag. Also, so etwas … Der Schirm zeigte jetzt wieder Harriets Bildschirmschoner, eine unschuldige Alpenlandschaft.

»Ich wünschte, du würdest nicht so hereinplatzen«, schimpfte Harriet. »Was ist denn los? Ist was mit Mutter?«

»Nein, nein. Tut mir leid.« Was war das – ein Chatroom? Eine Pornoseite? Eine MySpace-Gruppe von George-Clooney-Imitatoren? »Ich hatte mich nur gefragt, ob du schon mal über unseren Stammbaum nachgeforscht hast.«

»Was?« Harriet starrte sie an, als sei sie verrückt geworden.

»Weißt du die Namen unserer Vorfahren? Der Menschen, die hier – im Cottage – vor uns gelebt haben?« Sie versuchte, nicht an George Clooney zu denken. Musste sie sich Sorgen um Harriet machen?

»Na ja, natürlich die Großeltern.« Harriets Finger trommelten neben der Tastatur auf den Schreibtisch. Ganz offenbar konnte sie es nicht abwarten weiterzumachen. Allein. »Vaters Eltern.«

»Nein, die nicht.« Aus irgendeinem Grund wollte Joanna

Harriet nichts von den Briefen sagen. Noch nicht jedenfalls. »Vorher. Anfang des zwanzigsten Jahrhunderts.«

Harriet zog die Augenbrauen hoch. »Warum?«

Ja, warum? »Oh ... Recherchen«, improvisierte sie.

Dagegen konnte Harriet nichts einwenden. »Irgendwo sind noch ein paar Fotos.« Mit einer Hand wies sie vage zu dem alten Bücherschrank aus Mahagoni. »Wenn du willst, schaue ich später mal nach.«

»Ich könnte nachsehen. Jetzt gleich.«

Von Harriets Blick hätte man Frostbeulen bekommen können.

»Ich habe hier zu tun«, fauchte sie. »Siehst du das nicht?«

»Okay, tut mir leid.« Joanna gab nach. Das hatte sie allerdings gesehen. »Nur eins noch, Het ...«

Harriet blinzelte. Joanna wurde klar, dass sie ihre Schwester seit ... na, jedenfalls seit Ewigkeiten nicht mehr mit diesem Spitznamen angesprochen hatte.

»Was?«

»Wer hat die Brücke gemalt?«

»Welche Brücke?«

»Die in meinem Zimmer. Das Bild.«

Harriet zuckte die Achseln. »Keine Ahnung.« Ihre Finger lagen schon wieder auf der Tastatur, und sie konzentrierte sich auf die Alpenlandschaft.

Joanna beugte sich vor und versuchte, die Adresse des minimierten George zu erkennen. Dynamic irgendwas? Jetzt war sie auch nicht klüger.

Über die Schulter warf Harriet ihr einen wütenden Blick zu. Joanna trat den Rückzug an.

In ihrem Zimmer blätterte Joanna die Briefe durch. Sie stammten aus Lissabon, Venedig und Prag. Alle waren an *meinen teuren Rufus, Liebe meines Herzens* gerichtet. Emmie stand zu ihren Gefühlen. Der letzte, in Prag geschriebene Brief zog Joannas Blick an.

In deinen Briefen fragst du mich, warum ich auf dieser Reise nur Brücken male. Eine ausgezeichnete Frage, mein Liebster. Das ist in der Tat mein Thema geworden. Eine Brücke scheint mir ein Übergang zu sein, eine Verbindung zwischen Orten und Zeiten. Das Band zwischen uns beiden ist eine solche Verbindung.

Das muss eine außerordentliche Beziehung gewesen sein, überlegte Joanna. Etwas Besonderes. Die Art, wie man sie nur einmal im Leben erlebt. Sie dachte an Martin. War es mit Martin jemals so gewesen?

Bei Brücken hat man an einem gewissen Punkt die Wahl: zurückgehen, vorwärtsschreiten oder stehen bleiben – wahrscheinlich ganz ähnlich wie im Leben. Und von der Brücke aus hat man eine weitere Perspektive und sieht die Dinge auf eine neue Weise. Die Brücke kann die Schöne oder das Biest sein, sie kann stabil oder zerbrechlich sein, schlicht oder mit Prunk überladen. Sie ist mehr als die Menschen, die sie erbaut haben, mehr als die Menschen, die über sie schreiten, ja sogar mehr als das Wasser oder die Erde unter ihr. Und, mein Allerliebster, an ihrem Scheitelpunkt befindet sich ein besonderer Moment, ruhig und mit Händen zu greifen; ein Augenblick, in dem die Zeit stillsteht. Diesen Moment, dieses Innehalten, möchte ich in meinen Bildern einfangen. Wir befinden uns in diesem Moment, Rufus. Welchen Weg werden wir einschlagen? Sehr bald werde ich wieder zu Hause sein. Und vielleicht wirst

du dann verstehen, mein Allerteuerster, Liebe meines Herzens.
Deine Emmie

Wow! Das war fantastisch. Joanna legte die Briefe neben sich auf das Bett und betrachtete das Gemälde. Sie stellte sich vor, wie Emmie vor all den Jahren mit Pinsel und Farbe versucht hatte, das Wasser, die Brücke und den Moment, in dem die Zeit stillstand, festzuhalten …

Sie hörte, wie ihre Mutter aus dem Bad kam und *Move Over Darling* summte, während sie den Treppenabsatz überquerte.

»Ich bin fertig im Bad, Harriet!«, rief Audrey. »Sollen wir jetzt unseren Kakao trinken?«

»Ich mache ihn schon, Mutter!«, rief Joanna. Sie lächelte in sich hinein. Sollte Harriet doch bei Mister Dynamic bleiben. Sie und Mutter würden irgendetwas Sinnloses im Fernsehen anschauen, und Joanna würde es an sich vorbeiziehen lassen und an einen Ort flüchten, wo sie sich nicht um Martin und ihre Ehe zu sorgen brauchte. Er hatte ihr keine Mails geschickt – er war kein Mensch, der E-Mails schrieb. Aber er hatte versucht, sie anzurufen. Und er hatte mehrere SMS geschickt, von *Es tut mir leid* über *Wo, zum Teufel, steckst du?* bis zu *Wann kommst du nach Hause?* Auf Letzteres wusste sie keine Antwort, daher hatte sie nicht reagiert.

Joanna steckte die Briefe unter ihr Kopfkissen. Verlockend lagen sie da, und sie lächelte. Emmie war verliebt in ihren Ehemann, ihren teuren Rufus. Zusammen mit ihrem Vater reiste sie viel. Sie war viel unterwegs, und überall malte sie Brücken. Brücken. Ein Übergang. Eine Verbindung. Ein Moment, in dem die Zeit stillstand. Was genau hatte sie damit gemeint?

Sie nahm das Handy und rief Toby an.

»Das wurde aber auch Zeit, Darling«, sagte er. »Warum hast du so lange gebraucht?«

Wieso kannte er sie so gut? »Ich habe nachgedacht«, gab sie zurück. Sie sah das Bild an, das ihr gegenüber an der Wand hing. Die Brücke – stabil und breit. Eine neue Art, die Welt zu sehen. Damit konnte sie etwas anfangen. »Ist der Job noch frei?«

»Für dich schon«, antwortete er. »Alle Spesen inklusive. Betrachte es als Urlaub.«

»Schöner Urlaub.« Toby gehörte zu den Redakteuren, die selbst nicht viel schrieben und sich daher das Schreiben einfach vorstellten. Der Gute.

»Eine ganze Reihe von Urlauben«, fuhr er fort. »Das wird großartig, Darling. Und vergiss das Honorar nicht.«

»Hm.« Joanna saß auf der Bettkante und streckte die Beine aus. »Ja, ich weiß.« Das Geld konnte sie auf jeden Fall gebrauchen. Aber das war nur ein kleiner Teil ihrer Entscheidung. Mit einem Mal fühlte sie sich frei, und dieses Gefühl von Befreiung durchströmte sie wie ein warmes Leuchten. »Okay«, sagte sie.

»Okay?«

»Okay, ich mache es.«

Sie hörte, wie er den Atem ausstieß. »Ich wusste es«, meinte er. »Hast du schon Ideen zu dem Thema?«

Noch einmal schaute sie zu dem Bild auf. »Brücken«, erklärte sie.

»Huch?«

»Brückenspaziergänge.«

»Ja.«

»Die Stadt durchmessen, von Brücke zu Brücke.« Sie zerbrach sich den Kopf. »Übergänge. Verbindungen. Wie in

Bridge over Troubled Water, du weißt schon. Die Brücke von Arnheim.«

»Ja.« Er lachte. »Die Brücke am Kwai?«

»Es wird funktionieren«, sagte sie. »Vertrau mir!«

»Das mache ich. Und damit du Bescheid weißt …«

»Ja?«

»Den ersten Text brauche ich praktisch vorgestern. Ich maile dir dann die Einzelheiten.«

Lächelnd legte Joanna das Telefon weg. Sie würde Emmies Spuren folgen. Wer immer sie sein mochte. Warum auch nicht? Munter marschierte sie die Treppe in die Küche hinunter. Es war nur der Keim einer Idee. Aber wenn man einen Keim hatte, musste man ihn pflegen. Manche Dinge waren einfach Schicksal.

10. Kapitel

Es begann wie immer. Ein Gefühl, als miede der Schlaf sie, ein Hin- und Herwerfen, ein Schatten, der alles verdunkelte, an das Harriet glaubte, und der sich über ihr bewegte und sie wie mit dunklen Pfeilen beschoss. Der Traum. Harriet war ein kleines Mädchen, sieben oder acht Jahre alt. Stimmen. Etwas war nicht richtig an den Stimmen. Ein Missklang, ein harter, kalter Unterton. Was hatte er nur …?

Ihre eigenen Schritte auf der Treppe. »Daddy? Daddy?« Ihre Hand, die die Tür öffnete.

Ein Aufkeuchen. Ein Schrei. Ein leises Klagen.

Nein. An diesem Punkt wachte sie immer auf – als weigere ihr Geist sich, sie weitergehen zu lassen. Sie wusste nicht einmal, ob das eine echte Erinnerung war, eine Fantasievorstellung, eine diffuse Angst oder was sonst. Unmöglich, zwischen Erinnerung und Einbildung zu unterscheiden, zwischen Traum und Wirklichkeit. Sie erwachte – ebenfalls wie immer – zitternd und in kalten Schweiß gebadet. Das Kissen war feucht, ihr Gesicht tränenüberströmt. Aber sie wusste nicht, warum. Niemals wusste sie es.

»Daddy!«

Ihr Vater, der ihr mit den Fingern durchs Haar fuhr. *Still jetzt, Kleines!*

»Daddy …«

Alles in Ordnung …

»Harriet! Harriet, aufwachen!«

Die Stimme ihrer Mutter klang fordernd. Harriet versuchte wach zu werden. »Was zum ...?«

»Harriet! Komm schnell!«

Herrgott. War er es? Der Stalker? War er in der Nacht eingebrochen und hatte das, was sie von ihrem weltlichen Besitz noch nicht verkauft hatten, gestohlen? »Was ist los? Stimmt was nicht?«

»Ich muss dir was zeigen. Sofort!«

Benommen setzte Harriet sich in ihrem Bett auf und blinzelte sich den Schlaf aus den Augen. Das Nachthemd klebte an ihrer Haut, und ihr Haar war schweißnass. »Was denn?«

Ihre Mutter stand in der Tür, vielmehr sie posierte. Sie trug das dünne rosarote Negligé, das zum Fürchten durchsichtig war und das sie ihren »Frühmorgenrock« nannte. *Für wen hältst du dich, für die Queen oder so?* Ihr Haar war gekämmt und gesprayt. Und sie hatte bonbonfarbenen Lippenstift aufgelegt. Um diese Tages- beziehungsweise Nachtzeit?

»Okay, okay.« Sie musste ihr *etwas* zeigen, nicht *jemanden*, das war schon mal ein Fortschritt.

Harriet kletterte aus dem Bett, fröstelte und schlüpfte in ihren marineblauen Frotteebademantel, der ungefähr so königlich war wie ein Overall.

»Schnell, schnell!« Mutter war offensichtlich ganz aus dem Häuschen.

»Warum sagst du mir nicht einfach ...«

»Komm mit!« Manchmal konnte Mutter sehr herrisch sein. Harriet wünschte, Audrey würde aufhören, in Ausrufezeichen zu reden. So früh am Morgen war das sehr anstrengend. Besonders nach diesem Traum.

Sie gingen die Treppe hinunter. Ihre Mutter eilte dahin wie ein Schiff mit gehissten Segeln, und ihr »Frühmorgenrock«

blähte sich hinter ihr. Harriet stolperte ihr schlaftrunken nach. Sie hatte sich nie an die üblichen Arbeitszeiten auf einem Bauernhof gewöhnen können. Der Hof – oder das, was davon übrig war – hatte sich an ihren Lebensrhythmus anpassen müssen, denn sie konnte sich einfach nicht überwinden, vor acht aufzustehen.

Sie erhaschte einen Blick auf die Standuhr in der Diele. Halb sieben. Heute hatte sie es tun müssen.

»Was ist denn nun?«, murrte sie. »Es ist ja mitten in der Nacht.« Sie könnte bestimmt nicht wieder einschlafen. »Wohin gehen wir?«

»Du wirst schon sehen.« Mutter hatte ihre geheimnisvolle Miene aufgesetzt. Es war zum Aus-der-Haut-Fahren.

Durch die Diele gingen sie in die Küche. Hier schien alles in Ordnung zu sein. Alles war sauber und aufgeräumt. Keine Schatten an den Wänden oder Blutspritzer auf den Fliesen.

»Was?«

»Draußen«, zischte Audrey. Sie riss die Hintertür auf.

Harriet rechnete fast damit, den Fremden dort zu sehen. Aber nein.

»Was?«

Ihre Mutter schaute triumphierend drein. »Da oben.« Sie wies in die Richtung.

Harriet schaute hin. Aus dem Überlaufrohr schoss Wasser. Es sollte kein Wasser aus dem Überlaufrohr sprudeln. »Verdammt«, sagte sie.

»Ich habe es dir doch gesagt. Das geht schon eine halbe Stunde so. Ich habe es beobachtet.«

Das, überlegte Harriet, war ungefähr so, als sähe man Farbe beim Trocknen zu.

»Ich rufe jemanden an.« Sie hatte schon fast die Gelben Seiten in der Hand.

»Mutter, es ist halb sieben morgens, um Himmels willen.« Harriet dachte an Joanna – die Glückliche! –, die das neueste häusliche Drama verpasste. In einer Minute hatte sie noch hier in Warren Dawn herumgehangen, hatte abwechselnd geheult, sich in alles eingemischt und hysterisch verlangt, etwas über ihre Ahnen zu erfahren. Dann hatte sie ein paar Anrufe getätigt, sich – wusch! – zum Bahnhof fahren lassen und war auf dem Weg zum Flughafen gewesen. Sie war nach Venedig geflogen. Venedig! Also, ihr Leben spielte sich wirklich in anderen Kategorien ab. Die glückliche, glückliche Joanna – durch die Gegend jetten und noch dafür bezahlt werden. Sie mochte Martin verloren haben, aber sie hatte rasch einen Ausgleich gefunden. Oder war das jetzt unfair von ihr? Harriet rieb sich den Schlaf aus den Augen. Wahrscheinlich nicht.

»Aber es ist dringend, Harriet. Wir brauchen sofort einen Klempner.« Aufgeregt wedelte ihre Mutter mit den Händen.

»Lass mich nachdenken!« Harriet legte eine Hand an die Stirn. »Ich muss mir den Wassertank auf dem Dachboden ansehen.« Verflixt, ein neuer Tank würde wahrscheinlich mindestens fünfhundert Pfund kosten. Hoffentlich war es nur der Schwimmer – was immer das genau sein mochte. Kein Zweifel – dieses Haus zerfiel, und sie stand ihm kaum nach.

»Du hast doch gar keine Ahnung von Wassertanks«, ließ sich Audrey vernehmen, womit sie nicht unrecht hatte. »Wir müssen einen Klempner rufen. Ich bestehe darauf.«

»Okay, okay.« Harriet hatte nicht die Kraft, ihr zu widersprechen. Nicht zu dieser Morgenstunde. »Dann ruf wenigstens erst nach neun an. Dann gilt es nicht als Notfall.« Dafür zahlte man wahrscheinlich das Doppelte. Oder Dreifache. Ihre Gedanken überschlugen sich. »Und nimm einen, der uns einen Kostenvoranschlag gibt und die Anfahrt nicht berechnet.«

»Und was willst du bis dahin tun?«, fragte Audrey.

Woher sollen wir das Geld nehmen? Das ist im Moment eher die Frage, dachte Harriet. Noch einen Kredit bei der Bank? Sie hätte Glück, wenn sie einen bekäme. Prostitution? Sie schaute auf den blauen Frotteebademantel hinunter. Wohl kaum. Wahrscheinlich wäre Joanna bereit, ihr etwas zu borgen – ihre Schwester hatte angedeutet, ihr neuer Auftrag werde sehr einträglich sein. Aber wenn Joanna Martin wirklich verlassen hatte, brauchte sie ihr Geld selbst dringend.

Noch mehr Sorgen als das Geld bereitete Harriet jedoch der Gesichtsausdruck ihrer Mutter. Aufgerissene Augen, völlig irrationale Erregung. Beim Gedanken, dass ein Klempner kommen würde? Herrgott ... Das erklärte das Haarspray und den Lippenstift. Ihr wurde klar, dass Mutter noch verzückter war, als sie geglaubt hatte.

»Ich gehe wieder ins Bett«, knurrte sie. Sie würde sich damit auseinandersetzen müssen. Mit allem. Aber später.

Am Nachmittag beschloss Harriet, einen Spaziergang zu machen. Wenn sie nicht aus dem Haus käme, würde sie explodieren.

Bisher war es ein schlechter Tag gewesen. Vier Klempner waren ordnungsgemäß erschienen, auf den Dachboden gestiegen und hatten Katastrophen prophezeit, während Mutter Tee gekocht und gezwitschert hatte. »Welchen sollen wir nehmen?«, hatte sie Harriet tonlos zugeflüstert, wenn sie ihnen den Rücken drehten. »Den billigsten«, hatte Harriet in derselben Lautstärke geantwortet – obwohl keiner von ihnen eigentlich preiswert war.

Wenigstens hatte sie auf eine E-Mail von Hector gehofft. Aber bis jetzt hatte er nichts von sich hören lassen.

Sie hatte ihm drei Tage nach ihrer Verabredung eine Mail geschickt. *War schön, Sie zu treffen*, hatte sie geschrieben. *Wir sollten das gelegentlich wiederholen.* Was unverfänglich war, ziemlich harmlos und kaum missdeutet werden konnte, wenn man davon ausging, dass sie an jemanden gerichtet war, der angeblich dabei war, sich in einen zu verlieben ... Aber offenbar war Hector von dem sich schwindelerregend schnell drehenden Planeten gefallen, auf dem sich Dynamic Dating befand. Er existierte nicht mehr. Das war alles zu viel für Harriet.

Sie rannte in die Küche und schnappte sich ihre Jacke, die an dem Haken neben der Tür hing. Eigentlich war es ziemlich egal. Sie fand ihn nicht einmal entfernt attraktiv. Aber das Gefühl, zurückgewiesen zu werden, gefiel ihr nicht. Ganz und gar nicht. Sein Versprechen einzuhalten war ja schön und gut. *Kümmere dich um deine Mutter. Sie braucht dich. Versprich es mir* ... Aber manchmal war es furchtbar schwer, die gesamte Verantwortung zu tragen. Manchmal ...

Mit großen Schritten durchquerte sie die Hinterveranda und trat eine mottenzerfressene Decke beiseite. Sie hielt inne, holte tief Luft, um sich zu beruhigen, und sog mit allen Sinnen den Duft des frisch umgegrabenen Küchengartens ein – all seine Nuancen, von der frischen, bewachsenen Oberfläche bis zu den beinahe stinkenden unteren Schichten. Diese köstliche, herbstliche Mischung aus Fäulnis und Fruchtbarkeit. Auf dem Weg hinter dem Haus hatte sie gestern bei Sonnenuntergang eine Schüssel üppiger Brombeeren gepflückt, aus denen der Saft sickerte und Flecken auf ihren Fingern hinterlassen hatte. Hmmm. Klebriger Boden, feuchte Pflanzen, milchiger Baumsaft, modrige Blätter; und dazu noch die Ausdünstungen der Schweine und Hühner. Herrlich!

Sie ging den Weg entlang, vorbei an dem schiefen Holzstapel – verdammt, sie musste noch die Holzklötze, die Owen vorhin angeliefert hatte, sortieren und hacken – und über das Kopfsteinpflaster des Hofs und an dem Pferch vorbei, in dem die Schweine vor sich hin schnauften. Wenigstens die Tiere waren glücklich – sie mochten diese Jahreszeit, in der es nicht so warm war und sie keinen Sonnenstich riskierten. Trotzdem waren da immer noch andere Gefahren, um die man sich Gedanken machen musste – Blasenentzündung, Durchfall, Krätze, Läuse, Würmer ... Bei Schweinen musste man wirklich mit allem rechnen. Sie warf einen Blick zurück zum Maulbeerbaum, der nach dem Unwetter unbeeindruckt wie immer, wenn auch etwas kahler dastand, kletterte über den hölzernen Zauntritt und ging den Hügel hinauf.

Sie wanderte über das Feld – Owens Feld, das früher ihnen gehört hatte, genau wie seine Schafe früher ihre Kühe gewesen waren, metaphorisch ausgedrückt jedenfalls. Gestern Abend hatte sie an ihrem Schlafzimmerfenster gestanden, zugesehen, wie der Regen über das Glas strömte, und sich gefragt, ob er jemals aufhören würde. Jetzt war der Boden nach dem Unwetter immer noch so vollgesogen, dass ihre Füße einsanken, und von Kaninchenbauen und Maulwurfshügeln übersät, von denen sie wusste, dass sie Owen in den Wahnsinn trieben. Nun ja, nicht wirklich in den Wahnsinn. Owen war nicht die Art Mann, der sich verrückt aufführte. Sie konnte sich nicht einmal vorstellen, dass er ärgerlich wurde; er zeigte allenfalls manchmal so eine Art schwelenden Zorn oder finstere Entschlossenheit – ganz anders als sie, die vor Wut auch schon mal einen Teller an die Wand schleuderte. Gefolgt von einem Tränenstrom. Ein Wunder, dass sie noch nie etwas nach Mutter geworfen hatte.

Harriet schloss das Gatter auf und öffnete es. In der Ferne sah sie Owen auf seinem Traktor und dahinter die Kirche auf dem Hügel. Für den Fall, dass er in ihre Richtung schaute, winkte sie. Sie fragte sich, ob Owen sich manchmal einsam fühlte. Er wirkte ziemlich selbstgenügsam, aber er hatte immer Lust, auf Mulberry Farm mit Mutter Whisky zu trinken.

Das Gras auf dem Hügel war sogar noch grüner als sonst und wurde von den Schafen kurz gehalten. Am nächsten Zauntritt blieb Harriet stehen und schaute nach vorn, wobei sie ihre Augen mit der Hand vor dem grellen Sonnenlicht des späten Nachmittags schützte. Zwischen den Hügeln breitete sich vor ihr schimmernd das Meer aus; anscheinend bis in die Unendlichkeit, in einen niemals endenden Traum.

Und doch sah sie, so lange sie denken konnte, schon genau dieses Bild, dieselbe Landschaft. Nichts hatte sich verändert. Auf dem Campingplatz standen im Sommer ein paar mehr Wohnwagen, Linda hatte überstürzt jemanden dafür bezahlt, das Pub orangerot anzustreichen, und ab und zu erblickte man am Strand ein fremdes Fischerboot. Aber sonst veränderte sich nichts. Es war immer, immer dasselbe.

Sie kletterte über den nächsten Zauntritt und ging weiter, langsamer jetzt. Die Nachmittagssonne war mild und wärmte ihr Gesicht und Haar; und der Wind hatte nachgelassen, obwohl ein Hauch von Winter in der Luft lag, der sie an die verflixten Holzklötze erinnerte. Mutter hatte letzte Nacht gefroren. Zeit, das Haus winterfest zu machen, das Holz zu hacken, den Ofen anzuzünden. Schon wieder Winter. Herrgott.

Sie durchquerte das letzte Gatter, erreichte die Straße und den Bach und ging zum Strand hinunter. Warren Cove lag zwischen grasbewachsenen Sandsteinklippen und war winzig und reizlos – nur ein Haufen Kieselsteine, ein paar schäbige Fischerboote und der kleine Bach, der über Steine floss und dann verschwand.

»Alles klar?« Joe, der grauhaarige Fischer, der, seit sie denken konnte, genauso aussah wie heute, sammelte Netze und

Hummerfangkörbe ein, die in der Sonne getrocknet hatten. Seine Haut war faltig und ledrig. Er war bei jedem Wetter draußen.

»Alles klar«, gab Harriet zurück. Wie er wohl reagieren würde, wenn sie sich umdrehte und sagte: *Nein, mir geht es nicht gut, ich bin wütend und würde am liebsten weglaufen*? Ob er sie verstehen würde? Hatte Joe sich jemals gewünscht, ein anderes Leben zu führen? Kam ihm je der Gedanke, dass so etwas möglich war?

Sie warf einen Blick auf die Uhr. Verflucht, sie war schon vierzig Minuten unterwegs! Sie sollte wohl besser zurückgehen, bevor Mutter noch eine Horde Handwerker riefe.

Eilig lief sie über die Straße und den Hügel zurück. Sie überquerte gerade das letzte Feld, als sie es sah. Besser gesagt ihn. Eine Gestalt drückte sich hinter der kleinen Scheune am Hühnerhof herum, da, wo der Weg am Teich vorbei zur Blackberry Lane führte. Ein Mann. *Der* Mann?

Harriet beschleunigte den Schritt. »He!«, schrie sie. »He, Sie!«

Owen war es nicht, dazu war der Mann viel zu klein. Aber wer sonst würde sich hier aufhalten? Sie zog die Augen zusammen, um besser zu sehen. Einer von Mutters Handwerkern? Nein, dieser Mann drückte sich eindeutig herum. Er wurde nicht erwartet. »He!«

Harriet rannte los; sie flog förmlich über den Zauntritt und lief zur Rückseite der kleinen Scheune. Ihr Herz pochte. Sie sah sich um. Nichts. Niemand. Für ein paar Sekunden beugte sie sich außer Atem vornüber. Dann richtete sie sich auf und hielt auf den Weg zu.

Sie blieb stehen. Alles war ruhig bis auf das Rascheln und Gackern der Hühner, das Grunzen der Schweine und das ferne Rattern eines Traktors.

Immer noch ging ihr Atem stoßweise. Sie hatte Seitenstiche. Aber sie rannte weiter, vorbei an Teich und Maulbeerbaum, bis an die Straße. Da sah sie ihn, weit entfernt. Er lief die Straße ins Dorf entlang.

»Halten Sie sich von hier fern!«, schrie sie. »Lassen Sie uns in Ruhe, oder ich ... ich ...« Verdammt. Ihr fiel nichts ein. Aber er war ohnehin weg und hatte sie wahrscheinlich nicht einmal gehört. Wer zum Teufel war das? Und was konnte sie tun? Weiterrennen konnte sie jedenfalls nicht.

Als sie das Haus betrat, zitterte Harriet immer noch. Die Seitenstiche quälten sie.

Das Telefon klingelte. Was denn jetzt schon wieder? Noch ein Mauer-Zimmermann-Maler, der vorbeikommen wollte, um ...

Sie nahm ab. »Hallo?«, fauchte sie unfreundlich.

»Harriet?« Es war Joanna.

»Ja. Hallo.«

»Ich wollte nur anrufen, um zu hören, wie es euch geht. Was ist los? Warum bist du so außer Atem?«

»Ich bin gerannt.« Mit einem Mal sprudelte alles aus ihr heraus. »Irgendein Kerl hat sich auf dem Hof herumgetrieben. Ich habe ihn schon drei Mal gesehen, einmal mitten in der Nacht, einmal mit dem Fahrrad auf der Straße und gerade eben ...«

»Harriet!«

»Was?«

»Warum hast du mir denn nichts davon erzählt?«

Sie wusste es nicht. Vermutlich wollte sie deshalb kein Theater machen ... Das würde Joanna jetzt tun. »Weil ...«

»Was hast du gemacht?«

»Wann?«

»Als du ihn gesehen hast.«

Was sie gemacht hatte? Sie hatte nicht darüber nachgedacht. »Ich bin ihm hinterhergelaufen.«

»Harriet!«

Um Himmels willen. »Würdest du aufhören, das zu sagen, Joanna? Mir geht es gut.«

»Was hat er getan?«

»Er ist weggelaufen.« Dann konnte er doch nicht allzu gefährlich sein, oder? Hätte er ihnen etwas antun wollen, wäre er nicht einfach weggerannt.

»Harriet ...«

Das reichte jetzt. »Hör mal, Joanna, ich muss Schluss machen.« Eine Predigt konnte sie gar nicht gebrauchen. »Ich muss nach Mutter sehen.«

»Okay, aber ...«

Harriet legte auf. Bla, bla, bla. Ein Eindringling, ein Fremder, Verrückter. Sie sollte keine Angst haben, oder? Aber die Fragen blieben doch: Wer war er? Und was in aller Welt wollte er von ihr?

11. Kapitel

Joanna war froh, England hinter sich gelassen zu haben – sogar der Gedanke an Martin war beim Anblick dieser prachtvollen Paläste am Canal Grande, über die Emmie geschrieben hatte, verflogen. Und die Brücken … Sie verstand allmählich, warum Emmie von ihnen fasziniert gewesen war. Sie reichten von zarten, kleinen Feenbrücken über die allerschmalsten Kanäle bis zu breiten, anmutigen Bögen wie diesem hier, die Venedigs Hauptwasserweg überspannten.

Sie breitete den Stadtplan von Venedig neben ihrem Cappuccino und dem Croissant aus und zog ihr Notizbuch hervor. Sie saß in einem Straßencafé in Rialto, diesem pulsierenden Labyrinth von Straßenverkäufern und Ständen, Geräuschen und Gerüchen in der Nähe der berühmten gleichnamigen Brücke, und plante die Route ihres Spaziergangs. Ihres ersten Brückenspaziergangs.

Toby hatte ihr erklärt, ihr Auftraggeber wolle eine Serie. Vier Folgen für den Anfang. »Wohin möchtest du denn, Darling?«, hatte er sie gefragt.

Joanna hatte an Emmies Briefe gedacht. »Venedig?«, schlug sie vor. Für sie war das die Stadt, in der alles begonnen hatte. Mit dem Bild in ihrem Schlafzimmer, dem Gemälde aus ihrer Kindheit, der Brücke in Venedig. Emmies Brücke. »Und dann vielleicht Lissabon?«

Sogar am Telefon hatte sie gespürt, wie er die Achseln zuckte. »Wenn du meinst, das ist das Richtige, Darling«, hatte er nur gemeint. In der Tat, sie lag richtig.

Sie hatte die *Serenissima* – wie Venedig auch genannt wurde – schon erkundet, um ein Gefühl für die Stadt zu bekommen. Jetzt nippte sie an ihrem Kaffee. Er war wieder einmal vollkommen. Genau die richtige Menge aufgeschäumte Milch und dann der Kick durch den Espresso, der gut und stark war und in der Kehle bitter schmeckte. Schön.

Aber sie konnte sich nicht auf ihre Route konzentrieren, wenn sie sich Sorgen darum machte, was auf Mulberry Farm vor sich ging. Sie zog das Handy aus der Tasche, klickte die Nummer an.

»Harriet? Wie sieht es aus?«

»Es?« Harriet klang, als hätte sie die Nase voll. So klang Harriet oft. Nicht, dass sie keinen Grund dazu gehabt hätte – schließlich lungerte ein Verrückter ums Haus herum.

»Bei Mutter«, erklärte Joanna. »Und dir natürlich.« Und was auch immer dort sonst noch los war.

»Ihr geht's gut. Mir geht's gut.« Joanna hörte, wie sie seufzte. »Und du brauchst wirklich nicht alle fünf Minuten anzurufen, um dich nach uns zu erkundigen. Wir kommen ausgezeichnet zurecht. Das sind wir gewöhnt.«

»Ich weiß.« Immer musste man Harriet besänftigen. Sie schien nur zwei Verhaltensweisen zur Verfügung zu haben, zwei unterschiedliche Stimmungen. Entweder war sie beschäftigt und mit den Gedanken woanders, oder sie befand sich in der Defensive und war reizbar. Joanna trank von ihrem Kaffee. Sie hatte gedacht, bei ihrem Aufenthalt auf Mulberry Farm hätten sie vielleicht die Chance, etwas als Schwestern zu unternehmen; dass sie vielleicht nach all diesen Jahren die weichere Seite an Harriets Charakter entdecken würde, dessen Zugang ihr in Martins Gegenwart verwehrt geblieben war. Aber falls es eine solche Seite gab, verbarg Harriet sie gut. Und das war schon immer so gewesen. Immer hatte es nur Harriet und Vater,

Vater und Harriet gegeben. Joanna war stets außen vor geblieben.

»Also hör auf, dir Sorgen zu machen!«, sagte Harriet.

»Hast du ihn noch einmal gesehen?« Joanna ließ den Blick zu dem riesigen Kübel mit blühendem Oleander schweifen, der neben ihrem Tisch stand. Heute früh hatte es geregnet, und die herrlichen Pflanzen in Lachsrosa waren noch feucht.

»Wen?«

Ach, um Himmels willen! Ihre Mutter und Schwester waren auf dem Hof so schutzlos. Sie hasste es, dass jeder Verrückte sich dort herumtreiben und sie belästigen konnte. »Diesen Kerl. Den, der bei euch herumlungert.« Was hatte Harriet denn gedacht? Wie viele Männer trieben sich da herum? Sie dachte an den George-Clooney-Doppelgänger. Was führte Harriet im Schilde? Sie biss in ihr Croissant, das sofort in tausend Stücke blättrigen Teigs zersprang.

»Ach, den. Nein.«

»Du solltest damit zur Polizei gehen.« Joanna hatte darüber nachgedacht. »Ihr braucht mehr Sicherheit, vielleicht eine Alarmanlage, einen Bewegungsmelder, eine Kamera oder so etwas. Vielleicht könnte Owen auch nach dem Dunkelwerden nach dem Rechten sehen. Oder ...«

»Wirklich, Joanna, ich finde, du übertreibst«, meinte Harriet.

Tat sie das? Joanna war sich nicht so sicher. Wenn erst etwas passiert wäre, kämen vorbeugende Maßnahmen zu spät. Sie leckte sich einen Krümel vom Finger. »Und Mutter?«, fragte sie.

Harriet seufzte hörbar. »Handwerkeritis«, erklärte sie. »Soweit ich sehe, ist die Diagnose eindeutig. Heilung gibt es vielleicht keine, aber ich habe mir eine Präventivmaßnahme ausgedacht.«

»Und die wäre?«

»Ich habe ihr gesagt, dass ich ein Telefonschloss anbringe.«

»Ist das nicht ein bisschen drastisch?« Sicher, Harriet war diejenige, die mit ihrer Mutter fertig werden musste, aber …

»Ich weiß.« Harriets Stimme klang barsch. »Es ist ihr Haus und ihr Telefon, und ich habe kein Recht, sie wie ein Kind zu behandeln.«

»Sie hat es also nicht gut aufgenommen.« Joanna wurde klar, dass sie gerade erst anfing, das Ausmaß des Problems zu begreifen. Und dass Harriet mit ihrer Geduld am Ende war. Sie musste etwas tun, um ihr zu helfen. Nur was?

»Wie ist Venedig?« Harriet schien darauf zu brennen, das Thema zu wechseln.

»Nass.« Der Himmel war immer noch grau und die Luft neblig. Aber das passt irgendwie zum träumerischen Schimmer der Stadt, dachte sie. »Und wunderschön.«

Heute Morgen hatte Joanna am Lido, wo sie abgestiegen war, den Lungo überquert und war ans Meer gegangen. Der verlassene Strand war voll mit schwerem nassem Sand, und sie hatte Schuhe und Strümpfe ausgezogen, obwohl es nicht besonders warm war, und die Feuchtigkeit unter den Sohlen gespürt. Das flache graue Meer hatte Joanna an einen Urlaub erinnert, den sie als kleines Mädchen in Cornwall verbracht hatte – bei Jill, ihrer besten Schulfreundin, deren Familie nach Cornwall verzogen war und damit das Leben der neunjährigen Joanna vollkommen auf den Kopf gestellt hatte. Natürlich hatten sie und Jill einander aus den Augen verloren. Wie ihre Eltern es ihnen vorhergesagt hatten, hatten sie beide bald neue Freundschaften geschlossen, und sogar in jenen Ferien hatte Joanna gespürt, dass sie sich voneinander entfernt hatten. Der Strand am Lido war so verlassen, dass Joanna fast das Gefühl hatte, dass das Meeresufer an diesem grauen Tag ihr allein gehöre.

Harriet schnaubte. »Na ja, das war ja wohl zu erwarten bei all diesen Kanälen, oder?«

Joanna beschloss, ihren Sarkasmus zu ignorieren. Sie war in Venedig und konnte sich erlauben darüberzustehen. »Hast du Mutter davon erzählt?«

»Wovon denn?«

»Von dem Einbrecher.«

»Er ist ja nicht eingebrochen. Aber nein, natürlich nicht.« Eine Pause. »Und du solltest das auch nicht.«

»Tue ich nicht, aber du weißt doch noch, dass wir darüber gesprochen haben, dass du mal wegfahren solltest ...«

Letzte Nacht hatte Joanna darüber nachgedacht. Inzwischen sorgte sie sich mehr denn je, Harriet könnte wirklich zusammenbrechen. Sie brauchte eine Auszeit. Vielleicht hatte Harriet sich den Mann ja nur eingebildet. Möglich, dass ihre Schwester sich so sehr einen Mann wünschte, dass sie ...

»Du weißt, dass wir uns keinen Urlaub leisten können, Joanna.« Harriets Stimme klang kalt. »Und wenn, würde ich Mutter mitnehmen.«

»Nicht mal zwei Nächte in einer Frühstückspension?« Das würde sie doch bestimmt nicht in die roten Zahlen treiben, oder? »Ich sage dir etwas, ich lade dich ein und vertrete dich auf dem Hof.«

»Auf dem Hof ist um diese Jahreszeit viel zu viel zu tun«, versetzte Harriet wegwerfend. »Damit würdest du unmöglich fertig.«

»Warum denn nicht?«

Es stimmte allerdings, dass Joanna für ein Mädchen, das auf dem Land aufgewachsen war, wenig Ahnung hatte. Damals hatten sie noch Hilfsarbeiter gehabt. Ihre Eltern hatten gewollt, dass sie sich auf die Schule konzentrierte. Gelegentlich hatte sie geholfen, den Schweinestall auszumisten, Obst gepflückt und an der Heuernte teilgenommen. Nicht viel anderes. Sie hatte alles in sich aufgesogen. Irgendwo, wenn auch verwässert, musste das doch noch da sein.

»Tut mir leid, Jo.« Harriets Stimme wurde weicher. Endlich, dachte Joanna. »Aber im Moment steht das außer Frage.«

Joanna schnappte nach dem Brocken, den Harriet ihr hinwarf. Plötzlich klang sie wie eine Schwester. »Dann vielleicht ein andermal?«

»Mal sehen.«

»Gut.« Das war immerhin ein Anfang. Sie hielt inne. »Und sei vorsichtig, Harriet!«

»Natürlich.«

Natürlich. »Bye.« Joanna drückte das Gespräch weg. Sie hatte den wehmütigen Unterton in Harriets Stimme gehört und spürte erneut das Gleiche wie am Morgen am Lido und damals in Cornwall bei Jill und ihrer Familie. War das Heimweh? Einsamkeit?

Joanna rutschte auf ihrem Stuhl umher. Sie war sich nicht sicher, ob sie vorwärts- oder zurückging. Stirnrunzelnd griff sie nach ihrem Notizbuch. *Venedig*, schrieb sie, *ist eine dieser verwirrenden Städte.* Unsicher, in welche Richtung sie sich bewegte. *Da sollten wir beide uns eigentlich gut verstehen …* Sie würde sich also Zeit nehmen und sich treiben lassen, um ein Gefühl für die Stadt zu bekommen, den richtigen Weg zu finden, die Landmarken kennenzulernen und die Stimmung der verschiedenen Viertel aufzunehmen. Sie sich anzueignen. Auch das gefiel ihr. In einer Stadt konnte man sich unter die Leute mischen und so anonym sein, wie man wollte.

Hier in Rialto wälzten sich Menschenmassen durch die Straßen, wimmelten die Stufen zur Brücke hinauf und drängten sich in den berühmten Bögen vor den Balustraden, die auf den Canal Grande hinausgingen. Sie suchten nach dem richtigen

Standpunkt für das perfekte Foto, das die Vielfalt von Wasser und Stein, die Spiegelungen, das Licht und die romantische, musikalische Seele Venedigs einfangen sollte. Wohin sie auch sah, waren Menschen aller Nationalitäten, jeden Alters, jeder Herkunft, aller Kulturen. Und unter ihnen Joanna, die niemanden kannte.

Wahrscheinlich, überlegte sie, wäre das anders, wenn ich mit Martin hier wäre. Martin hielt nichts von Anonymität. Er schloss Freundschaft mit allen und jedem. Besonders mit der Damenwelt.

Joanna trank ihren Kaffee aus, ein weiterer Koffeinstoß. Martin. An einem Nachbartisch küsste sich ein Paar, und Joanna wandte den Blick ab. Die beiden bemerkten sie nicht, und sie war ihnen gleichgültig – warum auch nicht? Sie blätterte eine neue Seite in ihrem Notizbuch auf. Leere Seiten waren hübsch – so voller Möglichkeiten. Martin. Hatte sie noch eine Chance auf eine Zukunft mit ihm? War sie verbittert? Nicht so sehr, wie sie erwartet hatte. Sie hatte sich allerdings über eine Nachricht von ihm gewundert, als sie vorhin in einem Internetcafé ihre E-Mails abgerufen hatte. Auch über den Ton, den er angeschlagen hatte: schmeichelnd, als sei sie ein bockiges Kind, das man mit süßen Worten in die richtige Richtung lenken müsse. Joanna lächelte. Gerade jetzt fühlte sie sich nicht sehr fügsam. Tatsächlich war ihr eher rebellisch zumute.

Sie hatte die Mail ausgedruckt und berührte ihre Jackentasche, wo das Papier knisterte und darauf wartete, noch einmal gelesen zu werden. Aber jetzt noch nicht. Stattdessen strich sie noch einmal den Stadtplan glatt und markierte die Stelle, an der ihr Brückenspaziergang beginnen würde, mit einem dicken Stern. Am Ponte degli Scalzi.

Joanna lehnte sich zurück und sog den Geruch der Stadt ein.

Die Serenissima duftete nicht immer gut und hatte überraschend scharfe Misstöne. Der Duft köstlichen Pizza- und Gebäckteigs, unterlegt mit Tomate und Oregano oder *porcini*, Steinpilzen, und italienischer Wurst lag in ständigem Widerstreit mit dem Geruch brackigen Wassers und einem schwachen, aber unverkennbaren Uringestank.

Während sie in den letzten zwei Tagen die Stadt erkundet und ihren Anblick und ihre Aromen in sich aufgenommen hatte, war sie sich darüber klar geworden, welche Brücken sie in ihren Spaziergang aufnehmen wollte und – noch wichtiger – wo er enden sollte. Er sollte nicht einfach auslaufen, sondern einen Schlusspunkt finden. Ein Ende mit einem Tusch.

Joanna schaute zur Rialto-Brücke auf. Warum Emily sie wohl nicht gemalt hatte? Der hohe Bogen war ein Meisterwerk. Die Stufen bestanden aus Marmor und Stein, und die Brücke bot herrliche Ausblicke: über die Paläste und Kuppeln am Canal Grande und auf die *vaporetti*, die Motorboote, die über die breite Wasserstraße knatterten, sowie auf die Gondeln, die lautlos dahinglitten. In ihrem steinernen Rücken lag ein Teil des Rialto-Markts von San Polo, winzige Läden, in denen Glas, Tischwäsche, Tücher und Leder angeboten wurden. Was war zuerst dagewesen, der Markt oder die Brücke? Nach Joannas Recherchen waren es die Markthändler gewesen; die Brücke war in ihrer Geschichte einige Male zusammengebrochen und mehrmals wieder aufgebaut worden. Elegant konnte man sie nicht gerade nennen, und vielleicht hatte Emmie sich aus diesem Grund entschlossen, sie nicht zu malen. Diese Ikone Venedigs war einen Hauch zu extravagant und sogar Ende Oktober noch dicht mit Touristen bevölkert.

Jedenfalls hatte Joanna beschlossen, Emmies Beispiel zu folgen und das Offensichtliche, die großen Touristenattraktionen, zu meiden. Dies würde ein Spaziergang von Brücke zu

Brücke werden, auf dem man die echte Stadt entdeckte, zumindest einen Teil davon. Denn es gab in Venedig ungefähr vierhundert Brücken – schrecklich viele, wenn man eine Auswahl treffen musste.

Sorgfältig zeichnete Joanna auf dem Stadtplan den Weg ein, für den sie sich entschieden hatte. Der Spaziergang würde in Santa Croce zwischen den Kunstgalerien und Buchläden des Dorsoduro-Viertels beginnen. Enden würde er natürlich an der Brücke mit der hölzernen Gitterstruktur und dem hohen, breiten Brückenbogen, die Emmie gemalt und die die Nächte ihrer Kindheit beherrscht hatte: am Ponte dell' Accademia. Wo sonst?

Wieder lehnte Joanna sich zurück und reckte sich. Die blassrote Fassade des Hotel Rialto schien ihren Blick zu erwidern. Ja, du bist schön, dachte sie. Ihr blieben nur noch drei Tage hier, dabei hatte sie kaum angefangen. Noch einmal legte sie die Hand auf ihre Jackentasche. Aber wenigstens konnte sie diesen Auftrag auf ihre Art erledigen. Nun ja, sie musste.

Komm schon, Jo. Ist ein einziges kleines Abenteuer denn Grund genug, um eine Ehe zu beenden?, hatte Martin gefragt.

Ja, allerdings.

Dabei wusste sie nicht einmal, ob es klein gewesen war oder überhaupt nur ein Abenteuer. Vielmehr stellte sie sich, je mehr sie darüber nachdachte – und das tat sie sehr oft –, eine Menge Abenteuer vor, und nicht nur kleine.

Sie faltete den Stadtplan zusammen und steckte ihn zusammen mit Notizbuch und Kamera in ihre Leinentasche. Mögliche Abenteuer? Sie überlegte. Da war Chloe in Martins Büro gewesen: *die beste Assistentin, die ich je hatte; ich habe sie zum Essen ausgeführt, um ihr für alles zu danken*. Und dann Pamela, die hochgewachsene Brünette – *sie ist so interessant* –, die bei mehreren Gelegenheiten als Zierde an Joannas Esstisch gesessen und Martin über das Tikka-Masala-Huhn hinweg angeschmachtet hatte. Nicht zu vergessen Camilla – *sie ist doch noch ein Kind* –, der öfter der Zucker ausgegangen war, als Joanna Tee zubereitete; Mary-Belle aus Florida, die Martin einen Sommer lang in seinem Büro verlockt hatte: *Sie ist ein Kumpel, so witzig, genau wie einer von den Jungs.* Und Hilary ... O Gott, sie musste damit aufhören!

Der Spaziergang. Joanna stand auf. Ein *vaporetto* zum Ausgangspunkt. Sie ging zur Haltestelle, näher zur Brücke, zum Wasser. Im silbergrauen Herbstlicht wirkten die hohen Bauwerke zu beiden Seiten des Canal Grande beinahe geisterhaft. Eine mit japanischen Touristen vollbesetzte Gondel glitt vorüber, während die Klänge einer italienischen Oper ertönten – *Madame Butterfly* oder *Tosca* vielleicht. Ein Motorboot tuckerte auf die Haltestelle zu, bremste, ging kreischend in den Rückwärtsgang und legte mit einem dumpfen Schlag an, sodass die Landungsbrücke bebte.

Joanna erkannte, dass sie Emmies Moment der Einkehr, in dem die Zeit stillstand, nahe war. Zumindest bewegte sie sich darauf zu. Hatte Emmie das in ihrem Brief an Rufus gemeint? Noch ein paar Tage, dann würde Joanna vielleicht entscheiden, welchen Weg sie einschlagen würde – den Weg zurück zu Martin oder den Weg nach vorn.

12. Kapitel

Nicholas Tresillion beschloss, sich ein Thai-Curry zu kochen. Seit er allein lebte, kochte er mit Vergnügen, und zwar so, wie er es sich nie gegönnt hatte, als er bei den Zutaten noch auf Familienmitglieder Rücksicht nehmen musste, die Steinpilze, Knoblauch oder scharfe Chili-Sauce nicht mochten. Er lebte gern hier in Godrevy, wo alles ungezähmt, öde und einsam war. Aber auch nach so langer Zeit erinnerte das Cottage ihn immer noch an Rachel.

Er hatte keine Ahnung, wie er sie aus dem Kopf bekommen sollte. Vielleicht waren es einfach zu viele gemeinsame Jahre gewesen … Er ging in den Garten hinter dem Haus, um im Treibhaus Basilikum zu pflücken – kein mildes Basilikum, sondern die rotblättrige Sorte, die nach Anis und heißen Sommernächten schmeckte.

Aber es lag nicht nur an den Jahren, die er mit Rachel verbracht hatte, an dem Ehering aus Weißgold, den er ihr vor dreiundzwanzig Jahren geschenkt hatte, oder an ihrer Tochter Celie, die inzwischen zweiundzwanzig war und ihr eigenes Leben führte. Er knipste einen Stängel Basilikum ab, zerdrückte ein Blatt in der Hand und sog tief die Luft ein. Herrlich! Der Duft erinnerte ihn an die runden Anisbonbons seiner Kindheit, die er nach der Schule gekauft hatte. Nein. Es war etwas Nebulöseres, was ihn noch an Rachel band, etwas nicht Fassbares.

Er stapfte zurück durch den kleinen Garten, dessen Sandboden sich weigerte, viel mehr als Tamarisken, Gras und Leimkraut hervorzubringen. Es fühlte sich beinahe an, als sei er gescheitert. Nicht an der Ehe, sondern daran, etwas aus Rachel herauszuholen; etwas, von dem er wusste, dass es immer noch da, aber immer noch unzugänglich war.

In der Küche wusch er das Basilikum. Durch das Fenster sah er auf seinen Garten am Meer und die Natursteinmauer, die ihn von dem Feld dahinter abtrennte. Jenseits erhoben sich die Dünen mit den grasigen Kämmen, und noch weiter draußen lagen das Meer, die wilde Atlantikküste, die er so liebte, die Klippe und der Leuchtturm von Godrevy.

Sogar nach all diesen Jahren war die Erinnerung an Rachel wie ein Juckreiz, der nicht vergehen wollte; manchmal merkte er gar nicht, dass sie da war, aber dann stieg sie plötzlich an die Oberfläche, wenn er ein Lied von Diana Ross hörte – bei *Remember me* musste er das Radio ausschalten – oder eine bestimmte Zeitung ansah – *The Independent* –, Gucci-Parfüm roch oder jemanden mit langem, glattem kastanienbraunem Haar sah.

Er holte das Fleisch aus dem Kühlschrank und spülte es unter dem Wasserhahn ab. Ihre erste Begegnung war mehr als eine Erinnerung, sie bildete eines der Fundamente seiner Existenz …

Rachel war ein Feriengast gewesen. Mädchen wie sie wuchsen nicht in Cornwall auf. Sie kamen aus Sussex oder Surrey und waren elegant und gepflegt. Sie sprachen mit einem Oberschicht-Akzent, spielten Tennis und hatten Privatschulen besucht, woraus dieses schreckliche Selbstvertrauen resultierte, die Überzeugung, mit allem und jedem fertig zu werden. Aber diese Erziehung hatte ihnen auch ein Monster eingepflanzt, denn sie gehörten einer Elite an und waren daher angreifbar, sodass sie fürchteten, den an sie gestellten Anforderungen nicht zu genügen.

Nicholas legte das Steak auf das Hackbrett, klopfte es mit einem Holzhammer und schnitt es dann in dünne Streifen. Es stammte vom Metzger im Ort und war von guter Qualität. Natürlich hatte er das alles nicht ganz verstanden, als er Rachel im Sloop Inn in St. Ives zum ersten Mal gesehen hatte. Nicht ganz.

Es war sein Lieblingspub – ein Teil davon stammte aus dem vierzehnten Jahrhundert. Ihm gefiel die maritime Atmosphäre mit den niedrigen rauchgeschwärzten Balken, der mit Steinplatten geflieste Boden und die Zeichnungen an den Wänden, die alte Stammgäste des Pubs zeigten. Außerdem gab es dort ein gutes Bier. Für gewöhnlich saß er an einem der langen Holztische im Gastraum bei den einheimischen Fischern und Künstlern – vielleicht eine Art, in Kontakt mit seinen Wurzeln zu bleiben. An jenem Tag hatte er sich jedoch in der Lounge entspannt. Draußen trennten nur ein gepflasterter Vorhof und eine schmale Straße das Pub vom Hafen.

Nicholas spülte die Hände noch einmal unter dem Wasserhahn ab. Vor einundzwanzig Jahren in der Lounge des Sloop Inn hatte er die attraktivste Frau, die er je gesehen hatte, erblickt. Sie war groß – Nicholas mochte große Frauen, er war eindeutig ein Mann, der nach langen Beinen schaute –, schlank und stark wie ein Vollblutpferd. Sie war ein dunkler Typ – ihre Haut wies die schwache Andeutung eines Olivtons auf –, und ihr Haar war so weich und lang, dass er sofort den Wunsch verspürte, sein Gesicht darin zu vergraben. Er konnte beinahe den Duft ihres Shampoos ahnen. Ihre Augen waren klar, grün und durchscheinend, und ihr Mund ... Sie besaß eine gewisse Ausstrahlung, die zu sagen schien, dass sie immer, immer genau wusste, was sie wollte. Unwiderstehlich.

Sie saß mit elegant übereinandergeschlagenen Beinen an der Bar aus poliertem Kastanienholz und unterhielt sich mit einem Mann. Südländisches Äußeres, dachte Nicholas, älter als sie, klein und stämmig. Noch ein Tourist.

Nicholas trocknete sich die Hände ab und begann, an der Currypaste zu arbeiten. Rot, beschloss er. Er wusste noch, dass er gedacht hatte: *Wie kriegen solche Männer bloß Frauen wie diese ab?* Dann trat eine weitere Frau zu den beiden, und er erkannte seinen Irrtum. Diese Frau war kleiner und wirkte weniger kompliziert als Rachel. Sie hakte den Südländer unter, wie es eine Ehefrau unwillkürlich tut – eine beiläufige Geste, die einen Besitzanspruch verriet.

Rachel stand auf – Nicholas wurde klar, dass sie noch größer war, als er vermutet hatte – und verschwand in der Bar. Als sie zurückkam, schwenkte sie eine Speisekarte. »So schlimm kann es nicht sein. Sie haben immerhin frische Blumen auf den Tischen.« Sie schaute nach unten. »Und eine halbwegs anständige Weinkarte.«

Sie hatte sich nicht einmal die Mühe gemacht, leiser zu sprechen, und Nicholas hatte über ihren Akzent lächeln müssen. An der Uni hatte er Mädchen wie sie gekannt – von sich selbst eingenommene Mädchen, die seinen Cornwaller Akzent nachgeahmt hatten, wenn sie dachten, er könne sie nicht hören. Nicht, dass ihm das viel ausgemacht hatte. Heutzutage war ohnehin nicht viel von seinem Akzent übrig. Dazu hatte er viel zu viele Jahre in Surrey und London gelebt und die Städte Europas bereist.

Langsam erwärmte Nicholas die Currypaste, gab kleine Mengen Kokosmilch dazu und rührte sie mit einem Holzlöffel ein. Ein durchdringender Duft erfüllte seine kleine, weiß getünchte Küche: nach Zitronengras und Chili, Ingwer und Safran …

Wie auch immer … Damals hatte Nicholas beschlossen, auch im Pub zu essen. Glücklicherweise war es nicht voll, und er bekam einen Tisch in der Nähe des Kleeblatts. In diesem Teil des Lokals, der Kellerbar, hatte man durch die hölzernen Brüstungen und die langen, niedrigen Bänke das Gefühl, in einem Schiff unter Deck zu sitzen. An den Wänden hingen Meereslandschaften, keine verwirrende Slideshow über St. Ives wie heute, die zeigte, wie schön die Landschaft aussah, wenn es nicht gerade regnete. Es hatte allerdings geregnet. Schließlich befanden sie sich in Cornwall.

Nicholas entfaltete seine Serviette, richtete den Blick auf nichts im Besonderen und konzentrierte sich auf die Unterhaltung am Nebentisch.

»St. Ives ist süß«, sagte Rachel gerade. Sie war genau der Typ, der einen glühenden Verehrer so beschreiben und damit seine Männlichkeit wahrscheinlich für immer zerstören würde. »Aber wer würde hier leben wollen?«

»Also, mir würde es gefallen«, meinte die andere Frau.

Nicholas mochte ihren leidenschaftlichen Ton. Im Laufe der Jahre hatte er Rachels Schwester besser kennengelernt, und sympathisch war sie ihm immer noch. Aus dem Grund hatte er auch weiter Aufträge von Giuseppe angenommen und würde immer in Kontakt mit den beiden bleiben.

Nicholas ließ die dicke Paste im Wok kreisen. Rachel hatte immer erklärt, er koche wie eine Drama-Queen; aber andererseits hatte Rachel auch vieles andere gesagt, darunter: *Ich werde dich immer lieben, Nicholas.* Er gab das Rindfleisch hinzu und bräunte es bei großer Hitze rasch. Manche Dinge vergaß man am besten.

Aber zu seinem Pech hatte er sich immer eher von Unterkühltheit als von Leidenschaftlichkeit angezogen gefühlt. Was wahrscheinlich erklärte, warum er damals, mit vierundzwanzig, bereits länger Single als in einer Beziehung gewesen war. Was ihn anzog, was ihn immer angezogen hatte, war tatsächlich etwas, was seinem eigenen Charakter ziemlich fremd war. Eine gewisse Kühle, Glätte, Charaktere mit Ecken und Kanten, Zynismus … All das war ihm eigentlich zuwider, obwohl er es gleichzeitig als Herausforderung empfand. Gegensätze ziehen sich nicht an, eher zerstören sie einander …

Und so war es auch gekommen. Irgendwie.

»Aber wo bleibt da die Kultur?«, hatte Rachel von ihren Begleitern wissen wollen. »Es hat so etwas Kleinstädtisches.«

Die andere Frau lachte. »Es ist bezaubernd«, meinte sie. »Und sehr kreativ.«

»Künstler, die niemand kennt und die in kleinen Ateliers im Nirgendwo herumsitzen …« Rachel beugte sich zu der anderen hinüber. Ihr Ton war schneidend. Aber Nicholas konnte die Höhlung ihres Schulterbeins erkennen. Exquisit. Am liebsten hätte er sie berührt und wäre mit der Zunge darübergefahren. »Nach einer Woche«, erklärte Rachel, »wärest du zu Tode gelangweilt. Glaub mir!«

Und der südländisch aussehende Mann schien das ähnlich zu sehen, denn er hob zu einer langen Lobrede auf Mailand an. Aha, er war Italiener.

»Natürlich«, sagte Rachel und schlug erneut die Beine übereinander. »Die Italiener haben eben Stil.«

Und sie ebenfalls, dachte Nicholas unwillkürlich. Sie auch.

Nachdem das Fleisch eine Weile gebrutzelt hatte, gab er den Rest der fetten Kokosmilch hinzu. Sie war köstlich und wahrscheinlich schlecht für seine Gesundheit, aber der Geschmack war das Risiko wert.

Nicholas hatte St. Ives immer gern gemocht, und Rachels Ton hatte ihm nicht besonders gefallen; daher hatte er den dreien nicht allzu sehr nachgetrauert, als sie aufstanden und das Pub verließen. Er war mit dem Rest seines Essens – Kabeljau, Pommes frites und Bier – zurückgeblieben und hatte über verpasste Gelegenheiten nachgedacht.

Aber dann sah er Rachel am nächsten Tag zufällig wieder. In einer dieser Galerien, über die sie sich so herablassend geäußert hatte. Die Galerie hatte vor ein paar Wochen einige seiner Fotos von Meereslandschaften in Kommission genommen, und er brannte darauf zu erfahren, ob sie welche davon verkauft hatten.

»Ich fürchte, nein«, erklärte die Angestellte und blätterte durch das Buch, in dem die Verkäufe aufgezeichnet wurden. Nicholas zuckte die Achseln, als mache er sich nichts daraus, drehte sich um und erblickte Rachel, die mit dem Rücken zu ihm auf der anderen Seite des Raums stand und ein Bild an der Wand betrachtete. Sie war allein und, nun ja, es kam ihm ein wenig wie Schicksal vor. Was konnte es schon schaden, wenn er sie ansprach?

Schaden? Nicholas trat vom Herd weg und begann die Pilze zu putzen. Allerdings, was konnte es schaden?

In der cremefarben ausgestatteten Galerie ging er zu ihr hinüber und blieb hinter ihr stehen. Durch die Schaufenster strömte Licht herein und ließ ihr Haar in einem dunklen Bernsteinton aufleuchten. Sie veränderte leicht die Haltung, was ihm verriet, dass sie ihn bemerkt hatte.

»Finden Sie es gut?«, murmelte er.

Sie drehte sich nicht um. Vielleicht wurde sie immer angesprochen, wenn sie in einer Galerie ein Gemälde betrachtete. »Es ist interessant«, meinte sie zweifelnd.

Das war schon geschmeichelt. Es war ein abstraktes Bild, das Meer und Himmel darstellte; und das Beste, was man darüber sagen konnte, war, dass es angenehme Blautöne aufwies. »Aber kalt«, sagte er. »Vollkommen emotionslos.«

Da drehte sie sich um und verschränkte die Arme. »Wer sind Sie?«

Nicholas zuckte die Achseln. Wie, hatte er etwa seinen Namen vergessen?

Es war ihm fast so vorgekommen, erinnerte er sich jetzt. Er schnitt die Chilis gleichmäßig in Streifen und warf sie in den Wok. Die roten Stücke fielen in das Curry wie Blut.

»Kenne ich Sie?«, hatte sie gefragt.

»Ich habe Sie gestern im Pub gesehen.« Sie war atemberaubend, erst recht mit weniger Make-up und aus der Nähe. Er konnte nicht aufhören, auf ihren Mund zu starren.

»Verfolgen Sie mich?« Aber sie lachte, daher ging das wahrscheinlich in Ordnung.

»Ja.« Er steckte die Hände in die Taschen. »Ich hatte gehofft, Sie würden einen Kaffee mit mir trinken.«

Sie musterte ihn von oben bis unten. Niemand außer Rachel hatte ihn je so angesehen, jedenfalls nicht so offen. Ihr Blick war beinahe männlich-arrogant.

Als Nicholas jetzt darüber nachdachte, wurde ihm klar, dass sie ihn genauso angegraben hatte wie er sie, nur dass er das damals nicht gemerkt hatte. Er gab die Pilze in den Wok und warf das Basilikum hinein. Fast sofort mischte sich der Anisduft mit den scharfen Gewürzen. Nicholas lief das Wasser im Mund zusammen. Zeit, den Reis aufzusetzen.

»Okay«, sagte sie. »Leben Sie hier?«

»Sozusagen – ich wohne in einem Dorf nicht weit von hier.« Er machte sich nicht die Mühe, den Namen zu erwähnen. »Nicholas Tresillion.« Er streckte die Hand aus.

»Rachel Pascoe.« Sie gestattete ihm, ihre Hand zu schütteln. »Sind Sie Künstler?«

»Fotograf – aber nur in meiner Freizeit.« Er fand, dass er das hinzusetzen sollte. Er wäre gern Fotograf geworden, doch sein Vater hatte gewollt, dass er einen »sicheren« Beruf ergriff.

Sie verließen die Galerie. Nicholas ging voraus. Er würde sie in das Hotel oben an der Straße einladen, das hoch über dem Ufer, fast auf den Felsen, lag und einen herrlichen Ausblick über das Meer bot. Das würde sie beeindrucken, das tat es bei jedem; besonders an einem Tag wie heute, an dem der Wind tobte und das Meer wild bewegt war.

»Und was sind Sie den Rest Ihrer Zeit?«, fragte sie in scherzhaftem Ton. Ihm wurde klar, dass sie auf Absätzen nur zwei, drei Zentimeter kleiner war als er. Dabei maß er einen Meter achtundachtzig.

»Buchhalter«, erklärte er. Er war an die übliche Reaktion gewöhnt und nahm sie nicht übel. Die meisten Menschen fanden Zahlen langweilig.

Aber sie schenkte ihm erneut diesen taxierenden Blick. Ein unbestimmtes Lächeln umspielte ihre Lippen. »Nicholas Tresillion«, sagte sie, als probiere sie den Namen aus.

Und plötzlich war es zu spät. Er war ihr mit Haut und Haaren verfallen.

Vielleicht war es ganz passend, dass er nach all den Jahren nach Cornwall zurückgekehrt war und versuchte, sie und ihr gemeinsames Leben zu vergessen.

Nicholas gab das Curry auf einen Teller und trug ihn zu dem Tisch, der im Wohnzimmer vor dem Fenster stand. Celie hatte ihn letzte Woche besucht und im Garten ein paar Grasnelken gepflückt. Sie hatte die Blumen in eine kleine Vase gestellt, die sie in einem Secondhandshop in Penzance gekauft hatte. Die Nelken ließen die Köpfe hängen, aber Nicholas zögerte noch, sie wegzuwerfen – dann würde Celie ihm noch mehr fehlen. Sie lebte jetzt in London, wo sie einen Job, einen Freund und eine Wohnung hatte, sodass sie nur noch selten nach Cornwall kam. Nicholas freute sich für sie; er war froh, dass sie die Scheidung ihrer Eltern anscheinend gut verkraftet hatte und glücklich und unabhängig war. Trotzdem vermisste er sie.

Das Curry war gut. Beim Essen schaute er aus dem Fenster. Es war Ende Oktober, und inzwischen war es vollständig dunkel. Die Kirche wurde angestrahlt, und der Turm und die vier kleineren Spitzen hoben sich golden vor dem Nachthimmel ab, ein tröstlicher Anblick. Nicholas war zwar nicht religiös, aber er mochte das Gebäude und das Gefühl von Kontinuität, das es ihm stets vermittelte. Die vier Türmchen waren eine Landmarke, durch die man das Dorf schon aus der Ferne erblickte, als wolle es ihn daran erinnern, wohin er gehörte.

Er hatte sich die größte Mühe gegeben, über Rachel hinwegzukommen. Nächtelang hatte er sich mit seinen Freunden betrunken, die alle selbst verheiratet waren und gleichermaßen entsetzt auf das reagiert hatten, was ihm widerfahren war. Aber er fühlte sich mit seinen fünfundvierzig zu alt, um sich wie ein junger Bursche aufzuführen, und die morgendlichen Kopfschmerzen gefielen ihm ebenfalls nicht. Er hatte versucht, das Cottage anders zu möblieren, sodass es besser zu Landschaft und Tradition passte. Er selbst hatte nie viel von Glas und Chrom gehalten; es hatte keine Tiefe, sondern war nur Oberfläche und Spiegelung. Sollte Rachel ihren Minimalismus doch in ihrer Wohnung in Rom austoben.

Nicholas schaute zum Kirchhof hinaus, wo sich die Bäume im Wind bogen. Und Rachel? War sie auch nur Oberfläche und Spiegelung gewesen? Wie oft hatte er ihr in die Augen gesehen und dort etwas so Fernes, so schwer Fassbares erblickt, dass er sich umso mehr danach gesehnt hatte?

Jetzt fragte er sich, ob diese Tiefe, dieses Etwas, was sich ihm entzogen hatte, nur eine Illusion gewesen waren. Etwas, was er auf sie projiziert hatte, weil er es sich so sehr wünschte. Eigentlich war Rachel in ihren Wünschen und Träumen ganz durchschaubar.

Er aß das Curry auf. Nachdem sie fortgegangen war, hatte er es auch mit One-Night-Stands versucht – drei Mal. Das erste Mal war eine junge Frau auf einer Party gewesen – er erinnerte sich kaum noch an sie und wusste nur noch, dass sie apricotfarbenen Lippenstift getragen hatte. Ziemlich traurig eigentlich. Damit hatte er gegen alles verstoßen, von dem er je überzeugt gewesen war.

»Geh deswegen nicht so hart ins Gericht mit dir!«, hatte Matthew ihm geraten.

Matthew war ein ziemlich guter Freund, aber er verstand ihn nicht immer. An dem Abend, an dem diese Bemerkung fiel, hatten sie zusammen in der Bar von Grey's Hotel Brandy getrunken, bevor Matthew nach Hause zu seiner reizenden neuen Frau gefahren war. Die Hälfte von Nicholas' Freunden lebte inzwischen in zweiter Ehe. Der Umstand müsste ihn eigentlich beruhigen, deprimierte ihn jedoch maßlos. Nicholas hatte noch einen Absacker getrunken und sich in ein bierernstes Gespräch mit der Frau hinter der Bar des Grey's vertieft. Sie wurde die Nummer zwei.

Nicholas schob den Teller weg. Sie hatte gefärbtes Haar gehabt und im Bett die halbe Nacht lang Gedichte von John Donne für ihn zitiert, was ihm, vorsichtig ausgedrückt, befremdlich erschienen war. Aber bis dahin hatten seine diesbezüglichen Erfahrungen sich größtenteils auf Rachel beschränkt.

Die dritte war Sally gewesen, eine seiner besten Freundinnen. Das war das Schlimmste gewesen, denn er hatte immer gewusst, wie Sally empfand, und auch, was er fühlte. Sally und er konnten immer noch nicht wieder normal miteinander umgehen, und Nicholas war zutiefst beschämt über sich selbst.

Er trug den Teller zurück in die Küche, spülte ihn ab und stellte ihn auf das Trockengestell. Draußen hatte sich endgültig die Nacht über den Garten gesenkt. Er öffnete die Hintertür. Er konnte die trockene, sandige Erde und das Meer riechen, rau und unwiderstehlich. Der Himmel war klar, und die Sterne leuchteten heller als sonst. Wenn er die Ohren spitzte, konnte er in der Ferne die Brandung hören. Es war Flut, und die Wogen krachten auf die Felsen am Strand.

Sally … Damals hatte er beschlossen, dass er damit aufhören musste. Mit dem Alkohol und mit den Frauengeschichten. Mit der Mutlosigkeit, die ihn langsam auffraß. Er musste sich darauf konzentrieren, über Rachel hinwegzukommen. Doch er musste einen anderen Weg finden.

Früher einmal war es gut zwischen ihnen gelaufen. Nicht hier, aber anderswo. An einem Ort, den sie gemeinsam gefunden und bewohnt hatten. Einem besonderen Platz.

Nicholas stellte fest, dass er die Türklinke fest umklammerte. Manche Menschen würden nicht zurückgehen, um vorwärtszukommen. Aber es war das Einzige, was ihm eingefallen war. Vielleicht brächte es ja etwas, dorthin zurückzukehren, wo alles gut gewesen war – war es das wirklich? In eine Zeit, in der sie glücklich gewesen waren. Falls das wirklich so gewesen war. Er ballte die Fäuste. Andererseits könnte es ihm auch den Rest geben. Schwimmen oder untergehen … Vorsichtig schloss er die Tür.

Er setzte sich an den Computer, ging ins Internet und sah sich nach Flügen um.

Eine halbe Stunde später hatte er einen Flug nach Fuerteventura und zwei Wochen Unterkunft in El Cotillo gebucht. Nicht *die* Wohnung – so verrückt war nicht einmal er –, sondern ein Haus, das sie beide gemocht hatten, was fast genauso schlimm war.

Nicholas schaltete den Computer aus. Es war, als wolle er zu ihr sagen: Schau, ich kann diesen Traum träumen! Er gehört mir, nicht dir. Warte nur ab! Als ob sie ihn hören könnte oder sich etwas daraus machen würde.

13. Kapitel

Mit dem Zeigefinger zog Joanna die Graffiti nach, die in die bröckelnde Marmorbrüstung des Ponte degli Scalzi eingraviert waren. Ein Diamant und verschlungene Initialen. Ihr Ausgangspunkt war eine beeindruckende, hoch geschwungene Brücke, die einen weiten Blick entlang des Canal Grande mit bunten Gebäuden, gotischen Bögen, einer Kuppel und einem Glockenturm bot. Scalzi – der Name rührte von einem nahe gelegenen Kloster her. Der Himmel war blassgrau und das Wasser, das von *vaporetti* und einem Polizeiboot der *carabinieri* aufgewühlt wurde, von einem dunklen Olivgrün. Sie inspizierte den Stadtplan.

»Palazzo Calbo Crotta überprüfen«, sprach sie in ihr Diktiergerät und machte ein Foto, auf dem auch das lachsrosa Hotel Bellini mit seinen Steinbalkons zu sehen war. Dies war ein ruhiger Teil von Venedig in der Nähe des Busbahnhofs Piazzale Roma, die Stelle, an der der Kanal in die große Lagune mündete. In den Rest der Welt.

Also, was wollte sie wirklich? Wollte sie den Rest der Welt? Auf jeden Fall wollte sie, dass sich etwas änderte. An jenem Tag, an dem sie in Crouch End nach Hause zurückgekehrt war, ohne zu ahnen, was sie vorfinden würde, hatte sie sich nach einer Veränderung gesehnt. Sie hatte nur nicht damit gerechnet, dass ihr Wunsch sich auf diese Art erfüllen würde.

Sie ging die Lunga Chioverette entlang, eine schmale Straße – nun ja, fast alle Straßen in Venedig waren schmal –, vorbei an kleinen Glasbläserwerkstätten, Touristenläden, die venezianische Masken verkauften, an verräucherten braunen Cafés und schicken Boutiquen. Machte noch ein Foto. *Nichts hat sich geändert*, hatte Martin in seiner E-Mail geschrieben. *Meine Gefühle sind immer noch dieselben wie früher.* Ja, dachte sie, aber was genau hat er früher empfunden?

Weiter zur nächsten Brücke. Hübsch. Diese war aus Schmiedeeisen und überspannte den schmalen Rio Marin, an dem schäbige, schmutzig weiße Häuser standen. Die Farbe blätterte ab und enthüllte den Unterputz, und die Fenster und Türen mit den schwarzen Gittern reichten fast bis zum Wasser hinunter. Wenn sie beschloss, Martin nicht zu verlassen, was würde sich ändern? Nicht viel. Sie würde in das Haus in Crouch End, in ihr gemeinsames Bett, ihr gemeinsames Leben und ihre Ehe zurückkehren.

Die gelb und dunkelrot angestrichenen Gebäude in der Ferne lockten sie auf den Fußgängerkai am Kanal entlang, die Fondamenta del Rio Marin. Sie machte noch ein Foto. Gott, Venedig war eine so romantische Stadt! Warum in aller Welt war sie nur hergekommen?

Sie blieb stehen, um sich Notizen zu machen und den Stadtplan zu markieren. So weit, so gut. Sie beide würden weitermachen wie vorher. Auch Martin würde weitermachen wie vorher. Er würde aufhören, sich mit Hilary zu treffen – wahrscheinlich hatte er das bereits, da er sie als »kleines Abenteuer« zu den Akten gelegt hatte –, und wenigstens für ein paar Wochen den pflichtbewussten Ehemann spielen. Er würde seine Ehefrau ausführen, ins Theater, in eine Bar, wo man Rock oder Jazz spielte; Musik, die sie liebte, er hingegen hasste, und zum Essen. Ganz bestimmt zum Essen. Vielleicht sogar in das teure vegetarische Restaurant, von dem sie ihm erzählt hatte. Er hatte gesagt, es sei zu protzig, aber in Wahrheit wollte er ausdrücken, dass »richtige Männer« Fleisch aßen. Und dann?

Joanna hob den Blick zum Himmel. Noch nie war ihr klar geworden, dass Venedig eine Stadt aus Silber- und Grautönen war. Die Stadt schimmerte sogar, wenn die Sonne nicht schien. Ja, Martin würde Dinge tun, die er für gewöhnlich nicht tat – ihr morgens Tee kochen, ihr einen Gute-Nacht-Kuss geben. Er würde mit ihr schlafen und dabei mehr an ihre als an seine eigene Lust denken. Einen Moment lang versuchte sie sich daran zu erinnern, wann Sex noch ein gemeinsames Vergnügen gewesen war – wenn überhaupt. Und er würde vermutlich den Geschirrspüler ausräumen und den Müll herausbringen, ohne dass sie ihn darum gebeten hatte.

Joanna wanderte die Fondamenta entlang, vorbei an blauen und weißen Booten, die am Ufer des Rio lagen. Sie hörte, wie das Wasser an die Steinstufen schlug und sanft über das Pflaster schwappte.

»Es fällt nicht schwer, in Venedig ein Gefühl von Ruhe und Frieden zu finden«, sagte sie in ihr Diktiergerät. Sie war vielleicht eine Großstadtpflanze geworden, aber es war trotzdem ein Segen, zumindest für eine Weile dem Verkehrslärm und den Abgasen entronnen zu sein. Sie hörte nur das Wasser, das ferne Läuten einer Kirchenglocke und gelegentlich die Schritte anderer Menschen auf dem Kai. »Hier in Santa Croce«, diktierte sie, »können Sie das Herz der Stadt erkunden.«

Das Herz, ja, das gefiel ihr. *Liebe meines Herzens* hatte Emmie ihren Rufus genannt. Martin würde natürlich nicht sein Herz in seine Mustergatten-Show legen. Sie wusste nicht einmal, ob er überhaupt noch eines besaß. Sein Verhalten würde nicht von Dauer sein. Bald würde alles genau wie vorher ablaufen. Sie würden wieder Gäste einladen, und dann würde vielleicht eine neue Hilary auftauchen …

»Zu Ihrer Rechten«, sprach sie munter ins Diktiergerät,

»liegt die Scuola Grande di Giovanni Evangelista.« Was für ein Ungetüm von Name! »Ein auffälliges Bauwerk aus dem vierzehnten Jahrhundert mit einem reich verzierten Eingang, durch den man auf einen kleinen Innenhof gelangt. Heutzutage als Konzertsaal genutzt.« Das, was man schäbigen Schick nennen könnte. Sie bemerkte die Stacheln auf dem Fries, die wahrscheinlich die Tauben daran hindern sollten, dort zu landen und ihren Teil zum Verfall beizutragen. In dieser Stadt waren die Tauben überall. Besonders auf dem Markusplatz umwimmelten sie einen wie Ratten oder flogen so tief, dass man sich instinktiv duckte. Venedig war voller Tauben. Und voller Verfall.

Sie machte noch ein Foto und spazierte weiter. Aber wenn sie zu Martin zurückkehrte, konnte sie zurück in ihr geliebtes Haus in Crouch End, zurück an ihren eigenen Schreibtisch in ihrem eigenen Zimmer, in die Stadt, die sie so liebte, und wieder in der Nähe ihrer Freunde sein. Wieder das Leben führen, das sie vorher gehabt hatte, das bequeme Leben. Das Leben, in dem sie auf angenehme Weise gefühllos gewesen war. Und nichts hätte sich wirklich geändert. Sie wäre in Sicherheit, wenn Sicherheit bedeutet, dass sich nichts ändert.

Die Straßennamen hier erinnern an das, was die Italiener am besten können, dachte sie: Fondamente del Latte, Calle del Cafetier … Hm, sie schmeckte den Kaffee beinahe auf der Zunge. Imposante Gebäude ragten zu beiden Seiten der Straße auf. Zwischen den Fenstern der obersten Geschosse waren Wäscheleinen gespannt.

Vollkommen sicher, und nichts würde sich ändern.

»Nun treten Sie auf den weitläufigen, offenen Platz Campo San Stin«, sagte sie ins Diktiergerät. Die Gebäude hier waren terrakottafarben, rötlich braun, ockergelb oder in diesem Dunkelrot gestrichen, das sie so liebte; die Farbe blätterte oder war verblichen. In der Mitte des Platzes stand ein stillgelegter Brunnen.

Wieder läutete eine Glocke, dieses Mal laut, und Joanna hielt auf den Ponte San Stin zu, eine kleine Brücke, die von den Gebäuden, die sich ringsum drängten, beinahe erdrückt wurde. Besonders der Klotz der gotischen Kirche Chiesa di Santa Maria Gloriosa dei Frari stach hervor. Joanna machte sich ein paar Notizen über das Innere der Kirche: hohe Kuppeldecke, rot-weißer Marmorboden und natürlich Tizians *Assunta* über dem Hochaltar, »ein Muss für jeden Kunstliebhaber«.

Auch hier war es friedlich. Als sie wieder nach draußen trat, spielte an der Brücke ein Mann gefühlvoll Mandoline. Für einen Moment blieb Joanna auf dem Ponte stehen und schoss noch ein Foto.

Und wenn sie nicht zurückging ...?

Selbstverständlich könnte sie trotzdem nach London zurückkehren – aber wo sollte sie dann wohnen? Eine anständige Wohnung könnte sie sich vermutlich leisten. Joanna schob die Tasche höher auf ihre Schulter. Sie hätte sich einen Rucksack kaufen sollen – aber sie hatte nicht wie ein Tourist aussehen wollen. Sie schaute auf ihre hellbraunen Lederschuhe hinunter. Und lieber vernünftiges statt elegantes Schuhwerk, ohne Absatz. Aber die kastanienbraune Lederjacke war genau das Richtige, denn sie ließ sich bis zum Hals schließen – eine gute Sache, denn hier war es kälter als in England. Zwölf Grad Celsius. Und feucht.

Sie legte die Hände auf das Brückengeländer und schaute in das trübe graugrüne Wasser hinunter. Ohne Martin würde sie weniger Geld haben. Natürlich sollten finanzielle Gesichtspunkte bei der Entscheidung, ob man bei seinem Mann bleiben sollte, nicht im Vordergrund stehen. Aber sie taten es. Sie hätte sogar gewettet, dass Geldfragen eine große Rolle dabei spielten, dass Paare zusammenblieben. Vielleicht war sie ja töricht, weil sie glaubte, dass es aus Liebe sein sollte.

Auf der anderen Seite der Brücke entdeckte sie ein Café. »Das Caffè dei Frari«, schrieb sie fünf Minuten später, als sie drinnen bei einem Cappuccino saß, »ist der perfekte Ort, um eine Pause einzulegen.« Tatsächlich war es, als betrete man eine andere Welt. Ach, dachte sie plötzlich, wie sehr ich mich danach sehne, eine andere Welt zu betreten! Das Licht, das aus sepiabraunen Lampen über der Theke sickerte, war gedämpft und erzeugte eine warme, gemütliche Atmosphäre. Riesige Bilder von Männern mit Dreispitzen und Perücken und Frauen in langen, hoch taillierten Kleidern, die auf englischem Rasen saßen, hingen an den Wänden, und ein Teil der Decke war entfernt worden, sodass man die Galerie im oberen Geschoss sah. Die Tische hatten Marmorplatten, die Stühle waren aus Holz, die Bänke gepolstert, und die jazzige Instrumentalmusik war entspannend. Joanna roch den köstlichen Duft von Auberginen und roten Paprikaschoten, die auf der Grillplatte bräunten. Hm.

Joanna legte das Notizbuch beiseite und entspannte bewusst die Schultern.

Komisch, aber wenn sie darüber nachdachte, Martin zu verlassen, stellte sie sich aus einem merkwürdigen Grund immer vor, wie sie von London aufs Land zog. Irgendwohin. Aber dafür gab es keinen Grund auf der Welt. Schließlich könnte sie Martin verlassen und trotzdem in London wohnen bleiben, sogar in Crouch End. Gar nicht nötig, ihr Leben umzukrempeln. Sie würde in London bleiben, natürlich. Und nichts würde sich verändern ...

Als Joanna den letzten Rest Milchschaum aufgelöffelt hatte, stieg sie die Treppe hinauf; sie wollte das Obergeschoss erkunden und auf die Toilette gehen. Das stille Örtchen war sehr angenehm. Das Fenster stand offen, und nur eine rote Sonnenblende verbarg einen vor den Blicken der Menschen, die am Kanal entlanggingen, kaum einen oder zwei Meter unterhalb des Fensters. Eigenartig. Die Galerie, in der Bänke zu kleinen Inseln arrangiert waren, wirkte wie eine Kaffeebar aus den Sechzigerjahren.

Joanna stieg wieder nach unten, nahm ihre Sachen und ließ das Geld für den Cappuccino auf dem Tisch liegen. Natürlich würde sich ihr Leben verändern, wenn sie Martin verließ. Tagsüber würde sie immer noch dieselben Dinge tun: arbeiten, sich mit ihren Freunden treffen. Aber sie wäre Single. Herrgott. Warum hatte sie bei dem Gedanken ein so unsicheres Gefühl?

Joanna spazierte über die Brücke zurück. Natürlich musste sie das Eis in der Gelateria Millevoglie probieren – wie sollte sie sonst darüber schreiben? Sie entschied sich für *fragola* – Erdbeer. Leckte einmal. Hm. Kein Zweifel, auch das italienische Eis war das beste.

Früher hatte sie sich als Single nicht unsicher gefühlt. Damals in Dorset, vor der Uni und sogar noch vor Jez, hatte Singlesein bedeutet, dass man Partys besuchte und Spaß hatte. Das Leben als Single war aufregend gewesen, weil man nie wusste, was – oder wer – einen an der nächsten Ecke erwartete. Wie kam es also, dass sie mit Mitte dreißig das Gefühl hatte, es sei unsicher, allein zu leben? Warum sollte es nicht immer noch aufregend sein? War es das wirklich? Unsicher war aufregend, und das packte sie einfach nicht mehr. O Gott, ich bin langweilig geworden, dachte Joanna. Ich sehne mich nach Sicherheit. Jetzt schon. Dabei bin ich noch nicht mal vierzig.

Hinter der Gelateria lag die Scuola Grande di San Rocco wie

eine geometrische, marmorne Hochzeitstorte. Sie machte ein Foto. Darin wurden Konzerte aufgeführt.

Sie zwang sich zu einer kühnen Tat und fragte einen jungen Italiener nach dem Namen des Baums, der neben dem Gebäude wuchs. *Pitosforo*, schrieb er in ihr Notizbuch und schenkte ihr ein strahlendes Lächeln. Sie würde das Wort später nachschlagen.

»*Grazie.*« Sie erwiderte sein Lächeln unsicher.

»*Non c'è di che*«, gab er zurück und ließ den Blick auf ihrem Gesicht, ihren Brüsten und Beinen verweilen.

Hm. Veränderung ist etwas Positives, sagte sie sich, als sie, vorbei an der mit weißen Säulen besetzten Rückseite von San Rocco, die nächste Brücke erreichte. Dahinter lag ein hübscher Kanal, der durch eines dieser typischen Gebäude mit abblätternder roter Farbe, grünen Fensterläden und Terrakottafliesen führte. In Fensterkästen blühten die letzten Sommergeranien und spiegelten sich im Wasser, das glatt und glänzend wie ein Platinspiegel war. An einigen Stellen war der Putz an den Bauten neben dem Kanal vollständig verschwunden, und sogar die Ziegel bröckelten.

Unsicherheit, dachte Joanna.

Sie kannte jede Menge Frauen, die älter als sie waren und sich von ihren Partnern getrennt hatten; die meisten Karrierefrauen wie Ali, eine ihrer ehemaligen Redakteurinnen, oder Rosalind, die mit ihrem Mann und drei Kindern in ihrer Straße gewohnt hatte, bis ihr Mann eines Tages ausgezogen war. Auch alleinstehende Frauen wie Penelope, eine Archäologin, die sie in Bethnal Green kennengelernt hatte. Aber sie war vor ein paar Monaten weggezogen. Und natürlich ihre eigene Schwester. Sie alle waren doch nicht verzweifelt auf der Suche nach einem Partner, oder? Sie kannte Frauen, die zum Speeddating gingen – das Grauenvollste, was sich Joanna vorstellen konnte, aber anscheinend war es lustig – und im Internet auf Partnersuche waren. Waren diese Frauen verzweifelt oder bloß gelangweilt? Oft sah sie Gruppen von Frauen – jeden Alters übrigens –, die offensichtlich auf Männerfang waren. Aber bei Männern war das doch nicht anders, oder? Ehrlich gesagt hatte sie keine Ahnung.

Am Ponte San Pantalon stand ein beeindruckendes Gebäude. Es krümelte beinahe in das Wasser hinein, das wie eine Katze an den feuchten Fundamenten leckte, und wirkte unbewohnt. Offenbar war es nur ein Rastplatz für Tauben. Der Anstrich der hohen bogenförmigen Fenster war vollkommen abgeblättert, und auf dem Dach, das über eine schmale Rampe zugänglich war, befand sich ein quadratischer Balkon, ganz von einem kunstvoll geschwungenen schmiedeeisernen Gitter umgeben, der über den Kanal hinausragte; das perfekteste Sprungbrett, das Joanna je gesehen hatte.

Plötzlich überfiel sie die Erinnerung an Harriet und George Clooney … War es das? Suchte Harriet etwa nach all diesen Jahren einen Mann?

Sie ging weiter zum Campo Santa Margherita, einem weitläufigen Platz voller Menschen, Cafés und Lärm. Es schien eine gute Idee zu sein, auf ein Getränk und ein Stück Pizza irgendwo einzukehren. Da war ein kleiner Fischmarkt, dessen Stände schwer mit frischen weißen und rosa gefleckten Kalmaren beladen waren. Sie sah die scharfe graue Flosse eines Schwertfisches, einen Tintenfisch, der in seinem eigenen schwarzen Saft lag; fleischige weiße Jakobsmuscheln und Blöcke von blutrotem Tunfisch. Sie setzte sich zum Essen, machte Notizen über die Gebäude und die Farben, nahm ein paar Fotos auf und schaute auf den Stadtplan. Bis jetzt hatte sie bei diesem Spaziergang ein gutes Gefühl. Morgen würde sie ihn zusammenschreiben und die Strecke noch einmal abgehen, um alle Einzelheiten zu überprüfen. Wie eine Touristin, die zum ersten Mal hier war.

Nach der nächsten Brücke schlängelte sich der Kanal weiter, und die Gebäude schienen sich alle zurückzulehnen, als wollten sie dem Betrachter eine bessere Aussicht gewähren. Joanna trat in eine schmale Gasse, die von einem hohen Glockenturm am anderen Ende beherrscht wurde. Noch einmal sah sie in den Stadtplan. Zur Scuola Grande di Carini ... Und dann weiter zur Fondamenta Geradini, einem breiteren Fußgängerweg am Kanal entlang, wo viele Boote am Ufer lagen. Wieder ragte der Glockenturm in der Ferne auf.

Sie fragte sich, wie Emmie all das im Jahr 1912 erlebt hatte. Hatte sie – oder überhaupt jemand – damals schon geahnt, dass ein Krieg auf sie zukam, ein blutiger Krieg, der mehr als eine halbe Generation junger Männer auslöschen würde? Durch ihre Briefe hatte Joanna das Gefühl, ihr nahe zu sein. Aber wer war sie gewesen? Und warum hing das Gemälde mit der Brücke in Joannas Zimmer? Sie musste doch verwandt mit ihr sein, oder?

Ihre Mutter hatte nie von einer Emily gehört. »Dein Vater müsste das wissen«, hatte sie träumerisch gesagt, als bräuchten sie nur an die Tür des Arbeitszimmers zu klopfen und ihn zu fragen. Nun ja. Sobald Joanna zurück war, würde sie anfangen, den Stammbaum der Familie zu recherchieren. Sie würde herausfinden, wer Emmie gewesen war und was sie bewegt hatte.

Gestern beim Abendessen hatte sie Emmies Brief aus Venedig noch einmal gelesen. Allein in einem Restaurant zu essen war noch so etwas, an das sie sich gewöhnen musste. Jedenfalls, wenn sie ...

Über das Venedig von 1912 hatte nicht viel darin gestanden. Emmie hatte die Brücken bewundert, die Eleganz der Plätze und Gebäude, die damals wahrscheinlich besser in Form gewesen waren als jetzt, nachdem jahrzehntelang das Wasser an ihnen genagt hatte. Aber ihre Gedanken – und ihr Herz – waren bei Rufus gewesen. *Mein Herz ist fest mit deinem verbunden …* hatte sie geschrieben. *Bis wir vereint sind. Ich vermisse dich mehr als die Ozeane, mehr als den Himmel, mehr als die Sterne hier am Himmel von Venedig.* Joanna fragte sich, wie es wäre, jemanden so sehr zu vermissen.

Auf dem Kanal ankerte ein Kahn, der vor Gemüse überquoll, ein schwimmender Markt – glänzende rote Paprikaschoten, schimmernde violette Auberginen, Zucchini mit hellgelben Blüten, dicke Artischocken und feste kleine Kohlköpfe.

Angezogen von den Spiegelungen auf dem Wasser, blieb Joanna stehen. Als ihre Augen sich darauf eingestellt hatten, konnte sie in dem Spiegelbild nicht nur das Boot, sondern auch die gegenüberliegenden Gebäude erkennen und dann einen Mann auf dem Kopf, der armschwingend auf der anderen Seite des Kanals entlangging, sowie eine Frau in einem pinkrosa Mantel. Je mehr man hinsah, umso mehr entdeckte man. Und umgekehrt. Die geisterhaften schillernden Körper und Gebäude bewegten sich mit dem Wasser und drifteten, wie es schien, beinahe in eine andere Realität ab. Eine Zeitlang, die ihr wie eine Ewigkeit vorkam, stand Joanna da.

Sie musste sich beinahe wachrütteln. Wer las diese Broschüren schon? Wer wollte in Venedig wirklich einen Brückenspaziergang unternehmen? Wer würde etwas darum geben, welche Farben die Gebäude hatten oder welche Düfte nach köstlichem geröstetem Kaffee oder Tomaten und süßem Gebäck aus den Cafés und Bars herauswaberten und sich auf dem Kai verbreiteten? Wem würde es auffallen, wenn ein bestimmtes Bauwerk nicht da stand, wo sie behauptete, oder ob eine

Brücke aus Marmor oder Holz erbaut war? Wer würde wirklich etwas darum geben? Wer würde begreifen, was hinter der Fassade lag?

Der Campo San Barnaba war blassgrau gepflastert; eine hohe weiße Kirche wachte über ihn. Ihr wurde klar, dass sie sich jetzt in eine andere Gegend hineinbewegte. Es gab mehr Cafés, Buchläden und Schreibwarenhändler. Die Menschen auf den Straßen waren jünger. Vermutlich waren viele von ihnen Studenten, denn sie näherten sich der Universität – und Emmies Brücke.

Plötzlich lag sie vor ihr. Joanna stieg die Stufen hinauf. Die breite Holzbrücke bot eine herrliche Aussicht über die belebte Wasserstraße des Canal Grande. Joanna stand da und nahm alles in sich auf – den unendlichen grauen Himmel, die von weißen Kuppeln und bunten Palästen, verschnörkelten Villen und hohen Kirchen gesäumte Wasserstraße. Von einer Haltestelle unter ihr legte gerade ein gelbes *vaporetto* ab, tuckernd und schaukelnd hielten Boote auf die Accademia zu. Von den Musikern, die am Fuß der Brücke spielten, stiegen getragene Jazztöne zu ihr auf. Es roch nach feuchtem Holz und frischem Kaffee.

Und was befand sich hinter all dem?

Sie schaute zu einer Stelle jenseits der Brücke, wo die Sonne sich durch das Grau geschoben hatte, auf dem Wasser schimmerte und es mit einem goldenen Oliv übergoss. *Schau genau hin! Wenn du blinzelst, ist es vielleicht verschwunden.*

Ihre Augen hatten sich nun an die Spiegelbilder und an das Licht gewöhnt. Sie hatte den Eindruck, als könne sie – auf eine ganz neue Weise – beinahe zum ersten Mal sehen. Sie blinzelte.

Tief im Wasser erblickte sie ein Mädchen in einem blauen Kleid. Eine junge Frau von vielleicht siebzehn Jahren. Sie rannte, und das lange blonde Haar fiel ihr über den Rücken und flatterte im Wind hinter ihr her. Sie lachte, lachte vor Freude.

Wovor sie wohl davonlief? Joanna beschattete die Augen. Hinter dem Mädchen war nichts, nur leerer Raum. Da erkannte Joanna es: Die junge Frau lief nicht davon, sondern rannte auf jemanden oder etwas zu. Sie rannte, und das goldene Band in ihrem Haar leuchtete in der Sonne.

14. Kapitel

Harriet hackte Holz, aber schon jetzt wurde ihr die Axt schwer, und der Stiel fühlte sich in ihrer Handfläche feucht an. Owen hatte ihnen eine Ladung Holz verkauft – zu einem lächerlich niedrigen Preis, das wusste sie, aber sie waren nicht in der Position, Einwände zu erheben – und es schon fertig zum Hacken in runde Stücke wie Käselaibe oder Teile davon zersägt. Brauchen könnten sie es erst nächstes Jahr, aber zum Ablagern musste es gehackt und gestapelt werden. Sie seufzte. Und bevor sie das tun konnte, musste sie Platz schaffen, indem sie einen Teil des älteren Holzes, das bereits gehackt und trocken war, auf die Hinterveranda schichtete.

Sie stapelte die Stücke so in der Schubkarre, dass keine Lücken entstanden und der Großteil des Gewichts sich über dem Rad befand. Sich schon wieder den Rücken zu verrenken war ungefähr das Letzte, was sie gebrauchen konnte. Andererseits war diese Arbeit genau das Richtige, wenn man nervös oder wütend war, denn sie hatte eine therapeutische Wirkung. Und Harriet war wütend. Und nervös.

Die erste Ladung war fertig. Sie holte tief Luft, nahm eine stabile Haltung ein, packte die Griffe und rollte die Schubkarre über das Kopfsteinpflaster des Hofs.

Harriet hatte den Fremden seit ein paar Tagen nicht mehr gesehen, aber sein Schatten hing immer noch über dem Hof und machte sie nervös. Im Gegensatz zu Joanna fand sie nicht, dass sie die Polizei anrufen sollte. Sie ertrug den Gedanken nicht, dass die Beamten hier herumlaufen und ihre Nasen in alles stecken würden. Zudem fühlte sie sich in Gegenwart von Polizisten immer schuldig, egal, ob sie etwas angestellt hatte oder nicht. Und was wollten sie schon finden? Was konnten sie unternehmen? Einen Schatten konnte man nicht verhaften. Wer immer der Mann gewesen war, er war schon lange nicht mehr hier.

Harriet lief schneller, das Rad holperte. Hoffentlich habe ich den Kerl neulich verscheucht, dachte sie. Ansonsten würde der Schatten sich wahrscheinlich mit der Zeit in Luft auflösen. Pah. Einen Moment lang hielt sie an und reckte sich. Ihr Rücken beklagte sich mit einem Stechen und entspannte sich dann wieder.

Harriet hatte Streit mit Mutter, die schmollte, weil sie das Telefon nur benutzen durfte, wenn Harriet in der Nähe war. Und Joanna war wütend auf Hector.

Auf der Veranda stellte sie sich breitbeinig neben die Schubkarre und begann die Scheite zu stapeln. Bücken, hochheben, stapeln wurde zu einem beruhigenden monotonen Rhythmus. Hector hatte endlich auf ihre Mail geantwortet, eine rasch hingeworfene kurze Nachricht, wie angenehm es gewesen sei, ihre Bekanntschaft zu machen. *Angenehm.*

Harriet schob die leere Schubkarre über das Kopfsteinpflaster zurück. Hector hatte sich, wie er schrieb, *so nett unterhalten – nett*, grrr… Sie schob die Karre wieder an ihren Platz. Okay, jetzt war sie wirklich wütend.

Aber wenn man Holz hackte, konnte man gar nicht wütend genug sein. *Aber nach eingehender Überlegung*, hatte Hector weiter geschrieben, und da lag der Haken, glaubte er nicht, dass sie *füreinander bestimmt sind*. Sie hob die Axt. *Wir sollten es vielleicht lieber dabei belassen.* Er hoffe, dass sie das verstehe. Doch, sie hatte schon verstanden. *Krach …*

Harriet war inzwischen geübt darin, die Eigenschaften des

Holzes einzuschätzen. Die Verwachsungen in den Scheiben konnten so stahlhart sein, dass man ihnen mit dem Spaltkeil kräftig zu Leibe rücken musste. Daher wandte sie sich zuerst den einfacheren Stücken ohne Knoten zu. Wieder und wieder fuhr die Klinge in das Holz. Sie liebte das Krachen und Knirschen, mit dem das Holz sich wie von selbst spaltete; es war das befriedigendste Geräusch, das sie kannte. Sie atmete gleichmäßig ein und aus … Die Axt krachte in das Holz. Sie hätte gewünscht, es wäre Hector. Das war es dann wohl mit *Ich glaube, ich könnte mich in Sie verlieben.* Was für ein Blödsinn!

Noch einmal streckte sie für einen Moment den Rücken und rieb sich die Muskeln, wo ein dumpfer Schmerz zu pochen begann. Vor ihr, jenseits des saftig grünen Hügels, lag der V-förmige Ausschnitt des Meers, den sie von hier aus sehen konnte, blau, ruhig und schimmernd da. Die Sonne hatte sich durch die grauen Wolken geschoben und warf ihr rosiges Herbstlicht über die Hügel, auf die Ansammlung von Häusern, aus denen Pridehaven bestand, unten links von ihr über den Warren Down und auf die gotische Kirche auf dem Hügel, wo es von einem Bogenfenster widergespiegelt wurde.

Harriet hatte sich nicht beruhigt. Aber wenigstens wusste sie jetzt, dass er zu der Sorte von Männern gehörte, die beim ersten Anzeichen von Problemen meilenweit rannten. Oder beim ersten Hinweis auf Mutter. Vollkommen nutzlose Typen.

Das bernsteinfarbene Harz, das sich an den Gabelungen und Spalten des Holzes sammelte, roch süß und berauschend. Sie bückte sich und hob das gespaltene Scheit auf; es war glatt und feucht vor Saft, und sie rieb es in einem Anflug von Zärtlichkeit an ihrer Wange und sog den Duft ein. Sie liebte Holz. Liebte den Geruch, die Textur, seine Wärme.

Das Tuckern von Owens Traktor auf der Straße hörte sich näher als sonst an. Sie runzelte die Stirn. Was war denn jetzt schon wieder? Als Nächstes rumpelte das Fahrzeug auf den Hof und wirbelte Strohhalme hinter sich auf. Ach, du meine Güte! Eine der Hennen, die Audrey hartnäckig Miranda nannte – was hieß, dass es schwer werden würde, sie jemals in den Kochtopf zu bekommen –, kreischte laut, und Harriet hörte, wie sie hektisch am Drahtzaun pickte. Sie wusste, dass es dieses Tier war. Wie alle Rhodeländer war die Henne zahm und ließ sich sogar gern streicheln – obwohl Hühner nicht wirklich kuschelig waren; wenn man sie streichelte, spürte man die Federkiele. Aber Miranda wurde von den anderen tyrannisiert. Ständig kratzte sie im Boden und pickte auf den Drahtzaun ein, offenbar wild entschlossen, die Freiheit zu suchen.

Harriet winkte Owen zu, legte die Axt weg und fuhr sich über die Stirn. Gott, sie schwitzte. Aber es war auch mild für Oktober, und bei dieser Arbeit wurde einem warm. Nicht umsonst hieß es, dass Holz zweimal wärme – einmal beim Hacken und wenn man es verbrannte.

»Morgen, Harriet.« Owen klang munter. Ihr wurde klar, dass er eigentlich immer fröhlich war. Er trug die Riesenstiefel, die sein Markenzeichen waren, und einen grünen Overall, dessen Ärmel er hochgekrempelt hatte. Seine muskulösen Unterarme waren gebräunt.

»Morgen.« Sie hob erneut die Axt. »Was kann ich für dich tun?« Hatte er irgendwie von dem Fremden gehört? Joanna hatte doch wohl nicht …?

Schnell und glatt spaltete sie das nächste Stück Holz.

Owen trat einen Schritt zurück. Sehr klug von ihm. »Na, du bist ja ganz schön im Gange, Harriet.« Er nickte beifällig.

»Danke.« Hoffentlich erwartet er nicht, dass ich die Arbeit

unterbreche und in die Küche laufe, um ihm eine Tasse Tee zu machen.

»Aber ich habe dir doch schon mal gesagt, Harriet ...«

O Gott, das war eine Verschwörung! Sie schaute sich nach dem Stück Holz um, das sie soeben gespalten hatte – ein Teil lag da, das andere war verschwunden. Warum passierte das nur ständig?

»... dass ich das für dich übernehmen würde.« Ausnahmsweise ging sein weicher, schleppender Dorset-Akzent Harriet nicht auf die Nerven. »Das weißt du doch.«

»Nicht nötig.« Harriet bekam schlecht Luft. Einen Moment lang hielt sie inne und wischte sich noch einmal mit dem Unterarm über die Stirn. Sie wollte nicht überanstrengt wirken. »Ich schaff das schon.«

Sie war gern unabhängig und zog es vor, in keiner Hinsicht von jemandem abhängig zu sein. Man brauchte sich nur anzusehen, was aus Mutter geworden war. Wenn Harriet etwas zustieß, wäre sie verloren, vollkommen verloren. Joanna hatte gut reden, wenn sie behauptete, sie werde sich um Mutter und um den Hof kümmern; sie hatte ja keine Ahnung. Mutter würde in ein Altersheim ziehen müssen, wo sie keine Chance hätte, irgendwelche Handwerker zu rufen. Das würde sie umbringen.

Harriet schaute nach unten. Das vermisste Scheit lag direkt vor ihr; dieses Holz machte sie verrückt. Sie brauchte mehr Platz. Sie begann, die Scheite locker aufzustapeln, damit die Luft zirkulieren und den Ablagerungsprozess beschleunigen konnte.

»Es wäre keine Mühe«, sagte Owen. »Ich würde euch gern unter die Arme greifen.«

Als sie keine Antwort gab, wich er in Richtung Traktor zurück. »Mit allem. Jederzeit.«

Der Gute. Harriet hielt inne. Er meinte es gut; er war ein netter Kerl. Und sie war eine undankbare Kuh. »Danke«, sagte sie. »Ich werde daran denken.«

Er nickte. Schaute auf die Felder hinaus, als könnten sie ihm etwas verraten, was er wissen musste. Irgendwie wirkte er auch, als spitze er die Ohren, aber Harriet hatte keine Ahnung, wonach. Sie hörte nur die Hühner und Schweine, den Wind in den Bäumen und einen zwitschernden Vogel. »Na denn«, sagte er.

Harriet lächelte. Na denn.

Owen riss die Tür des Traktors auf. Er warf einen Blick zurück zu Harriet.

Sie wartete.

»Ich habe mich gefragt ...« Sein Gesicht lief rot an. Er war so unbeholfen. Wahrscheinlich, dachte sie, brauchen Bauern nicht gut mit Menschen umgehen zu können, nur mit Tieren und Pflanzen.

»Ja?«

»Ob ich wohl heute Abend bei dir vorbeischauen könnte?«

»Oh.« Harriet runzelte die Stirn. Mutter würde sich sicher freuen, ihn zu sehen. Mit ein wenig Glück würde Audrey sogar zu schmollen aufhören. Ob das Chili für drei reichen würde? Noch eine Dose Tomaten, und es wäre genug, entschied sie. »Ja, natürlich. Komm doch zum Essen!«, erklärte sie.

Seine Miene hellte sich auf. »Das wäre nett.« Himmel, musste sein Leben langweilig sein! »Wirklich nett.«

Hatte er ihre Antwort in den falschen Hals bekommen? »Es gibt nur Chili mit Rinderhack«, sagte sie. »Nichts Besonderes.« Sie wandte sich erneut dem Holzhaufen zu. Der Stapel wuchs. Sie kam voran.

»Prima. Dann zieh ich mal weiter.« Er kletterte wieder in das Führerhaus und startete den Motor.

In einem plötzlichen Energieschub legte Harriet los wie ein tanzender Derwisch – Holzhacken mit Hochgeschwindigkeit. Sie gönnte sich keine Pause zwischen den Axthieben, und das Holz spritzte überall herum. Herrlich!

Nach ein paar Minuten war sie vollkommen ausgelaugt. Ihr Rücken beklagte sich laut und flehte um ein heißes Bad. Aber sie fühlte sich gut. Besser jedenfalls. Für heute war es genug. Sie schlug die Axt in eine der verbliebenen Holzscheiben. Und was den heutigen Abend anging ... Mutter würde mit Owen beschäftigt sein, sodass Harriet einen langen Abend am Computer verbringen und das Beste, was Dynamic Dating zu bieten hatte, auskundschaften konnte. Zum Teufel mit Hector! Zur Hölle mit dem Fremden! Zur Hölle mit dem neuen Wassertank! Und auch zur Hölle mit Joanna! Der hatte man immer alles viel zu leicht gemacht.

Harriet ging ins Haus, um sich eine schöne Tasse Tee zu kochen. Sie würde ihn in der Badewanne trinken. Joanna hatte ihnen bis jetzt nicht einmal verraten, ob sie Martin wirklich verlassen hatte. Harriet hatte keine Ahnung, was da los war und wie lange ihre Schwester womöglich bleiben würde. Martin war ein arroganter Schnösel, aber Harriet konnte sich nicht vorstellen, dass er Joanna aus dem Haus getrieben hatte. Vielleicht hatte ihre Schwester endlich genug von ihm und erkannt, wer er wirklich war. Schließlich hatten die beiden keine Kinder, auf die man Rücksicht nehmen müsste.

Ach ja. Alles würde besser werden. Es musste. Nur nicht verzweifeln! Wer nicht wagt, der nicht gewinnt. Auch keinen schönen Mann.

Es war Joannas letzter Tag in Venedig, und sie hatte beschlossen, vom Lido aus mit dem *vaporetto* den Canal Grande entlangzufahren, vorbei an all den Palästen und bis zur Piazzale Roma. Der Himmel war heute heller, von einem blassen Silberton, obwohl immer noch ein kräftiger Wind über das Wasser strich, während sie auf das üppige Grün des Giardini-Parks zutuckerten. Sie bemerkte, dass auch das Meer heller wirkte, sodass die Gebäude in der Ferne fast wie Silhouetten aussahen. Die Stadt wirkte beinahe irreal und zerbrechlich. Bei so viel Wasser fragte man sich, wie in aller Welt die Gebäude überdauerten. Joanna konnte sich vorstellen, wie Venedig zu einer Art Atlantis wurde, verloren unter dem Meer. Und doch war sie der Überzeugung, dass die Serissima stark war und überdauern würde.

Joanna fühlte sich ebenfalls stark. Sie hatte gefürchtet, es werde schwierig sein, allein nach Venedig zu reisen – oder an irgendeinen anderen Ort. Früher war sie eine Entdeckerin gewesen. Sie stützte die Hände auf die Reling des *vaporetto* und verschaffte sich einen sicheren Stand, als die Seite des Boots gegen den schwimmenden Ponton stieß, der die Haltestelle Giardini darstellte – die Gärten von Venedig. Manche Kapitäne legten sanfter an als andere …

Mit vierzehn hatten sie und ihre neue beste Freundin Angie gegen die Vorstellung rebelliert, im Sommer nicht in Urlaub zu fahren. Angies Eltern konnten es sich nicht leisten, und Joannas Eltern waren auf dem Hof angebunden. Also hatten die beiden Mädchen ihre Eltern überredet, ihnen zu erlauben, wandern zu gehen und in Jugendherbergen zu übernachten. Um der Wahrheit Genüge zu tun: Sie waren mehr per Anhalter gefahren als gewandert. Mit fünfzehn, sechzehn und siebzehn waren sie dann mehrfach allein nach Devon, Cornwall und Wales gereist, gar nicht zu reden von dem einen oder anderen Ausflug in ihr Mekka, London. Vor dem Studium an der Universität hatte Joanna sogar einen Sommer lang in einer

Bar in Spanien gearbeitet; noch bevor der Begriff vom »freien Jahr« zwischen Schule und Studium bei den jungen Leuten in aller Munde gewesen war. In den Achtzigern war das für ein Mädchen nicht übel gewesen. Und es war ein gutes Thema für ihre Kolumne. Sie hielt den Gedanken in ihrem Notizbuch fest: *Finden Sie Ihren inneren Rebellen. Ganz gleich, wie alt Sie wirklich sind …*

Joanna beobachtete, wie die Menschen ein- und ausstiegen. Dunkeläugige junge Männer in Lederjacken, junge Frauen in engen Jeans und hochhackigen Schuhen, ein Pfeife rauchender alter Mann, eine Dame, die einen Pudel in einer Einkaufstasche trug. Aber seit sie Martin begegnet war … Nun ja, man gewöhnte sich leicht daran, Teil eines Paars zu sein, und verlor den unabhängigen Geist, dieses Bedürfnis, Neues zu erforschen; vor allem, wenn der Partner lieber im Restaurant aß, anstatt zu picknicken, und lieber im Hotel übernachtete als im Wohnwagen.

Als sie von der Haltestelle abdrehten, hupte der Fahrer jemanden in einem dieser lackierten Schnellboote an, die den Siebzigerjahren entsprungen zu sein schienen, und wurde dafür mit einem Victory-Zeichen sowie mit einem Sturzbach gebrüllter Beleidigungen bedacht. Ach, man müsste ein wenig mehr Italienisch verstehen! Auf dem Kanal herrschte dichter Verkehr, und es war ein Wunder, dass es so wenige Zusammenstöße gab. Jedenfalls hatte sie noch keinen gesehen. In der Nähe der Giardini hatte ein großes Kreuzfahrtschiff angelegt, und außerdem verkehrten Wassertaxis, *vaporetti*, Gondeln, Schnellboote, Postboote, ein Boot für Krankentransporte und Kähne, die alles Mögliche transportierten. Auf einem war eine Art Bagger befestigt, der sich wie ein Rieseninsekt auf den Markusplatz zubewegte. Wahrscheinlich gab es auch eine Wasserfeuerwehr.

Man gewöhnte sich daran, eine Hälfte eines Paars zu sein. Es passierte einfach. Man gewöhnte sich daran, dass der andere die Auslandsreisen plante und die Ferienorte auswählte – man hatte zwar etwas dazu zu sagen, aber das war eher ein Flüstern als ein Schrei. Und dann geschah etwas Schreckliches … zum Beispiel erschien eine Hilary, und der Augenblick der Wahrheit war gekommen, in dem einem plötzlich klar wurde, dass man es allein vielleicht nicht schaffen würde.

Das Boot glitt am Londra Palace und am rosafarbenen Hotel Danieli vorbei und erreichte die berühmte Seufzerbrücke, den Ponte dei Sospiri. Joanna hätte sie gern in ihren Spaziergang aufgenommen, aber diese Brücke passte ebenso wenig hinein wie der Ponte delle Tette, die Brücke der nackten Brüste. Dieser Name rührte daher, dass im fünfzehnten Jahrhundert die Damen der Nacht Order hatten, barbusig auf Kundenfang zu gehen, um die Prostitution zu fördern und die Homosexualität einzudämmen. Wie eigenartig! Joanna gefiel an ihrem Beruf am meisten, dass ihre Recherchen solch faszinierende Fakten zu Tage förderten.

Der scharfe Wind schlug ihr entgegen, als der Wasserbus auf die nächste Haltestelle zuhielt.

Aber ich habe es immerhin geschafft, diese Reise allein anzugehen, dachte sie.

Sie hatte sie allein organisiert und im Flugzeug beim Start die Zähne zusammengebissen, denn der Mann, der neben ihr saß, sah nicht aus, als könne man ihn mit Flugangst belästigen. Sie hatte sich ihr Venedig-Ticket gekauft, mit dem man die öffentlichen Verkehrsmittel benutzen konnte und Ermäßigungen in Museen bekam, hatte den Weg zum Hotel gefunden – jedenfalls nach einiger Zeit – und die Stadt erkundet. Allein. Das war wirklich ein Wendepunkt.

Sie fuhren an der großen weißen Kuppel von Santa Maria

della Salute und am Hotel Gritti Palace vorbei. Letzteres war aus unzähligen schmalen Backsteinen errichtet. Joanna schoss ein Foto. Ich hab mir den Brückenspaziergang allein ausgedacht, bin allein essen und allein in Bars Prosecco trinken gegangen. Ich komme allmählich ziemlich gut allein zurecht, dachte sie. Und das Beste ist: Es macht mir Spaß.

Sicher, sie hatte niemanden, mit dem sie ihre Eindrücke von Venedig austauschen könnte, was manchmal nett wäre. Aber zugleich gab es auch niemanden, auf den sie Rücksicht nehmen musste, und niemanden, der nörgelte.

Sie waren wieder am Rialto angelangt. Als das Boot langsamer fuhr, machte sie noch ein paar Fotos. Weitere schmutzig weiße Paläste, gotische Fenster und Steinbalustraden. Kleine Wasserwege, die vom Hauptkanal abzweigten, ein Gondoliere, der aus voller Kehle sang. Der dunkle Schimmer in diesen Augen … Dieser wunderbare Ausdruck einer italienischen Tragödie …

Joanna dachte an die Worte, mit denen sie ihren Brückenspaziergang beendet hatte, und lächelte. Venedig war magisch und unwiderstehlich. Emmie – wer immer sie sein mochte – hätte ihr sicher beigepflichtet …

Die Sonne überzog das Wasser des Canal Grande mit glitzernden Reflexen. Der Gondoliere hörte zu singen auf, und die letzte Note schien in der Luft und in der Zeit zu schweben. Dann schob sich eine Wolke vor die Sonne, das Licht wurde trüber, und der magische Augenblick war vorbei.

Und Joanna wurde bewusst, dass sie es konnte: Sie konnte ohne Martin leben. Sie konnte leben, wie sie es wollte. So schwierig war das gar nicht.

Die zweite Brücke

15. Kapitel

Nicholas hatte seinen letzten Auftrag für Giuseppe erledigt und musste noch drei Stunden herumbringen. Das war ungewöhnlich. Natürlich schlug man in Venedig seine Zeit nicht tot, nicht einmal im Dezember, es sei denn, man war ein Kulturbanause. Daher hatte er seine Ausrüstung bei der jungen Frau an der Hotelrezeption zurückgelassen und war hinausgegangen, um sich noch ein paar Sehenswürdigkeiten anzuschauen.

Vorsichtig schritt er über den hölzernen Steg, der auf dem überfluteten Markusplatz errichtet worden war. Erstaunlich, dachte er finster, dass nicht die gesamte Stadt unter Wasser steht.

Er kam nur langsam voran, weil alle versuchten, den Platz zu verlassen – im Gänsemarsch. Er hätte seine Gummistiefel mitnehmen sollen.

Unter den Brettern plätscherte das Wasser. Wie war es nur möglich, dass der Platz immer noch nicht versunken war? Der Dezember in Venedig war grau und kalt, und wie gewöhnlich waren zu viele Touristen und zu viele Tauben unterwegs. Aber Giuseppe hatte Aufnahmen vom Wasser im Winter gewollt, und die würde er auch bekommen. Nicholas war seit Sonnenaufgang auf den Beinen, um das richtige Licht und die richtigen Schatten zu finden, und hatte trotzdem warten müssen. Aber ein erfolgreicher Landschaftsfotograf musste sich in Geduld üben, bis sich die gewünschte Szenerie entfaltete.

Dies war Nicholas' letzte Reise für Giuseppe in diesem Jahr.

Nächste Woche um diese Zeit würde er bereits in El Cotillo sein. Er spürte schon die Vorfreude und konnte sich vorstellen, welche Aufnahmen er dort machen würde. Andererseits fürchtete er, dass es vielleicht töricht war, dorthin zurückzukehren.

Er streckte die Hand aus, um einer alten Dame auf den Steg zu helfen. Die Gute hatte sich durch die Wasserpfützen gekämpft, um die prachtvolle vergoldete Fassade des berühmten Doms mit ihren verschnörkelten Türmchen und Fresken aus einer anderen Perspektive zu betrachten, und würde für den Rest des Tages nasse Schuhe und Strümpfe haben.

»Danke, Schätzchen«, sagte sie lächelnd. Eine Britin. Das hätte er sich denken können.

Nach den Fotoaufnahmen hatte Nicholas eigentlich mit Fabio essen wollen, der eine Fotogalerie in Venedig besaß. Daher hatte Nicholas nur wenig gefrühstückt. Aber Fabio war zu irgendeiner vorweihnachtlichen häuslichen Krise gerufen worden, und Nicholas war allein und mit zu viel Zeit in der Serenissima zurückgeblieben.

Glücklicherweise erreichte er jetzt einen Stadtteil, der weniger überflutet war, und sprang vom Steg. Wenigstens schienen seine schwarzen italienischen Schuhe die Erfahrung überlebt zu haben. Er strich die Jacke seines gut geschnittenen Anzugs glatt, ebenfalls italienischer Herkunft natürlich und von Rachel ausgesucht, die ein Auge für Mode besaß. In Italien trug Nicholas italienische Designeranzüge, in Cornwall trug er Jeans. Manchmal ging ihm der Gedanke durch den Kopf, dass er aus zwei verschiedenen Menschen bestand, bestimmt durch die Kleidung, die er trug, und die Orte, an denen er lebte.

Er warf einen Blick zum Himmel. Ein einheitliches Grau – ziemlich genauso, wie ihm der Gedanke an Weihnachten vorkam. Isobel und Giuseppe hatten ihn zwar eingeladen, aber in

Rom erinnerte ihn zu viel an Rachel, und Celie hatte bereits erklärt, sie wolle zusammen mit ihrem Freund Tom zu dessen Eltern nach Brighton fahren. Demnach würde es sein erstes Weihnachtsfest ohne Frau und Tochter sein.

Er wich einem Regenschirm aus. Regen in Venedig war aus allen möglichen Gründen gefährlich, da waren schmale Straßen nur einer ... Er konnte sich kaum noch erinnern, wie er Weihnachten vor Rachels Zeit verbracht hatte – wahrscheinlich war er nach Hause gefahren, nach Cape Cornwall, zu seinen Eltern, zumindest bis zum Tod seiner Mutter. Männer wie sein Vater jedenfalls nahmen sich über Weihnachten nie lange frei. Sie konnten es sich nicht erlauben. Daher hatte sein Vater Weihnachten nie bei Nicholas, Rachel und Celie verbracht.

»Was macht eigentlich dein Vater?«, hatte Rachel ihn vor langer Zeit gefragt, kurz nach ihrer ersten Begegnung.

Selbst damals war sich Nicholas bewusst gewesen, dass das eine wichtige Frage war. Er wusste bereits, dass Rachels Vater »im Bankwesen« war, Teil des Establishments, und zwar ziemlich hoch oben.

»Fischen«, hatte er geantwortet.

»Was?« Sie sah ihn genauer an, als wolle sie feststellen, ob er scherze.

»Er ist Fischer. Unten an der Küste, in Cape Cornwall.« Niemand hatte je von Priest's Cove gehört, obwohl der Ort so alt wie die Zeit war. Cape Cornwall war das ursprüngliche Land's End – dort, wo sich die Ozeane trafen und ein hoher Schornstein auf der grasbewachsenen Landzunge stand wie eine Parodie auf die alten Zechentürme der Zinnmine. Er hätte Rachel von Captain Francis Oates erzählen können, der dort im Alter von zwölf Jahren in einer Zinnmine gearbeitet hatte, schließlich Vorsitzender von De Beers in Südafrika geworden und zurückgekehrt war, um sich hier sein eigenes Kap zu kaufen. Aber Rachel wäre sicher nicht an solchen berühmten alten Gestalten aus Cornwall interessiert gewesen.

Nicholas schaute zurück auf den imposanten, überfluteten Platz mit der Front der großartigen Basilika und all den berühmten Fassaden, den Cafébars mit ihren Markisen und den Portalen, Regimenter aus grauem und weißem Stein. Er bewunderte diese Stadt, ihre verfallene Pracht und lässige Eleganz. Sie war einzigartig. Aber es war alles nur vordergründig, oder? Er ging weiter.

Sechs Monate später hatte er Rachel mit an seinen Geburtsort genommen. Natürlich hatte er nicht erwartet, dass sie irgendetwas mit Robert Tresillion gemeinsam haben würde. Das Leben seines Vaters spielte sich in dem kleinen Steinhaus ab, in dem Nicholas geboren war, und im Pub, das ein Stück weiter an der Straße lag und wo er sich abends mit seinen Kumpanen traf, um Cribbage zu spielen. Und auf dem Meer. Größtenteils auf dem Meer. Das Meer war immer das Wichtigste für seinen Vater gewesen. Aber da Nicholas ernste Absichten hegte, wollte er, dass Rachel verstand, wer er war.

Er verlangsamte den Schritt. Was sollte er nun tun? Er kam drei oder vier Mal im Jahr nach Venedig, aber er hatte die Stadt nie wirklich erforscht, nie zugelassen, dass er sich in ihr verlor. Vielleicht hatte er diesen Ort nie richtig erkundet, obwohl er ihn so oft fotografiert hatte.

Nicholas hatte sich oft gefragt, was sein Vater wohl von Rachel hielt. Gefragt hatte er ihn allerdings nie danach – vielleicht hatte er gefürchtet, sein Vater könne zu ehrlich sein. Damals hatte sie auf der Kante von Vaters abgeschabtem Sofa gesessen, als könne etwas Gefährliches sie auf Nimmerwiedersehen in die rostigen Sprungfedern hineinziehen, und vorsichtig an dem starken Tee genippt – sein Dad hielt nichts von Earl Grey. Sie sprach höflich mit seinem Vater, aber langsam, als sei er ein Greis und kein Mann von siebenundfünfzig, der immer noch an den meisten Tagen, zu allen Jahreszeiten und bei jedem Wetter zum Fischen aufs Meer hinausfuhr.

Nicholas war zusammengezuckt und hatte den Blick aus den unerschütterlichen blauen Augen seines Vaters aufgefangen. Aber Rachel war ein Teil seines neuen Lebens; sie brauchte nicht in sein altes Leben zu passen. Er liebte sie, er begehrte sie, und er wollte sie behalten.

Die anderen Fußgänger flanierten, blickten in bunte Schaufenster oder studierten die Speisekarten der Cafés. Nicholas war sich nicht sicher, ob er den Nachmittag verbummeln wollte. Er wollte etwas unternehmen.

Nach dem Tee bei seinem Vater waren Rachel und er den gewundenen Pfad zum Strand hinuntergegangen. Rachel mit ihren hochhackigen Schuhen hatte immer wieder ausgerufen, wie steil oder steinig er sei. Als sie die Betonstufen erreichten, die nach Priest's Cove und zum Felsstrand hinunterführten, hatte sie sich umgedreht, um zurückzuschauen, und sich das dunkle Haar aus den Augen geschoben. Das Cottage seines Vaters lag fast am Ende der Reihe von Fischerhäuschen, die sich auf halbem Weg nach oben an den grünen Hügel schmiegten; klein und kompakt, mit weißen Steinwänden und winzigen quadratischen Fenstern und Türrahmen, die eine Schicht Farbe gebrauchen könnten.

Rachel zog eine Augenbraue hoch. Wie sexy!, dachte er. »Es ist schwer zu glauben, Nick«, sagte sie.

Er wusste, was sie meinte. Aber seine Eltern hatten ihn ermuntert, in der Schule fleißig zu sein, und später, nach dem Tod seiner Mutter, hatte sein Vater ihn gedrängt, über ein Studium und eine Berufsausbildung nachzudenken.

»Das will ich aber nicht«, hatte er ihm erklärt. Seit dem Tag, an dem seine Tante ihm die allererste Kamera geschenkt hatte – eine kleine Kodak, noch himmelweit entfernt von seiner geliebten Pentax –, hatte er gewusst, was er zu seinem Beruf machen wollte. Aber …

»Irgendwann später, Sohn«, hatte sein Vater entgegnet. »Sieh zuerst zu, dass du einen sicheren Beruf erlernst. Mach es nicht wie dein Vater, hör auf mich! Ich weiß nie, woher ich das Geld für die nächste Woche nehmen soll.«

Nicholas konnte nicht klagen. Höchstens darüber, dass seine Mutter ihn spät in ihrem Leben zur Welt gebracht hatte und zu jung gestorben war. Einen Moment lang schwieg er und erinnerte sich an ihren weichen Blick, an den Schwung ihrer Lippen, wenn sie ihm zulächelte. *Mein Sohn …*

»Er ist ein guter Mensch«, sagte er zu Rachel.

»Oh ja. Ja, das verstehe ich.«

Inzwischen bezweifelte er, dass sie überhaupt etwas verstanden hatte. Dennoch wäre es ihm lieber, noch mit ihr zusammenzuleben, weiter mit ihr zu schlafen …

Verflixt, ich muss mich auf andere Gedanken bringen!, dachte er und fand sich vor der Touristeninformation von Venedig wieder. Aus reiner Neugierde öffnete er die Tür, auf der Suche nach Inspiration.

Das Innere war kühl und minimalistisch eingerichtet. Er lächelte die Frau hinter der Theke an, und sie warf ihm ein unpersönliches Lächeln zu.

»Ich schaue mich nur um«, erklärte er ihr auf Italienisch, ehe sie ihm eine Frage stellen konnte. Sie spräche selbstverständlich Englisch; jeder tat das. Venedig existierte nur für die Touristen. War er zynisch, oder schwebte die Serenissima tatsächlich in Gefahr, ihr Wesen zu verlieren? Die verblassten Paläste, die bröckelnden Balustraden und die Steinbrücken über den zahllosen Kanälen würde es natürlich immer geben. Manchmal kamen sie ihm jedoch mehr und mehr wie eine Kulisse vor.

Sie – er und Rachel – waren über die Slipanlage aus Beton von Priest's Cove hinuntergegangen, vorbei an schiefen Stapeln von Hummerkörben und Netzen, die zum Trocknen in der Sonne lagen, den Spulen mit blauer Nylonschnur und anderen Utensilien zum Fischen. Rechts von ihnen, hinter den Natursteinmauern, ragte das Kap, dessen begrünte Flanken voll von rosaroten Gänseblümchen waren, ins Meer hinaus. Von der Landspitze aus konnte man an einem klaren Tag über die Whitesand Bay bis nach Sennen Cove und Land's End blicken. Manchmal sichtete man Delphine, Seehunde oder sogar Riesenhaie.

»Aber ihr beide seid so verschieden.« Sie legte die Hände auf seine Schultern und sah lachend zu ihm auf. »Das musst du doch zugeben, hm?« Der Wind blies ihr wieder das Haar in die Augen, aber dieses Mal schien ihr das nichts auszumachen. Sie duftete nach Jasmin.

»Hm«, neckte er nur zurück.

Er hatte das auch immer geglaubt. Aber inzwischen wusste er, dass sein Vater und er gar nicht so verschieden waren. Er,

Nicholas, strebte in seinem Leben ebenso nach Einfachheit wie sein Vater. Auch er fühlte sich ständig vom Meer angezogen – er wollte in der Nähe leben und fotografierte es nur allzu gern, stets bemüht, die schwer einzufangende lebendige Bewegung der Wellen aufs Bild zu bannen. Daher hatte er auch gewünscht, dass Rachel und er sich ein Ferienhaus in Cornwall kauften, sobald sie es sich leisten konnten.

Er hatte sich für Godrevy entschieden, denn aus seiner Teenagerzeit hatte er viele Erinnerungen an die Aufenthalte bei seiner Tante in der Gemeinde Gwithian und Godrevy, an das Klettern in den hohen Dünenlandschaften der Towans, an das Surfen auf den Wellen und an den Leuchtturm auf Godrevy Island und alles, was er mit seiner Kodak fotografiert hatte. Seine Großmutter war dort aufgewachsen, aber sie hatte sich in einen Fischer aus Priest's Cove verliebt, und der Rest war Geschichte.

Für Rachel war entscheidend gewesen, dass ihr Ferienhaus nur eine kurze Autofahrt von den Einkaufsstraßen und Kunstgalerien von St. Ives entfernt lag. Perfekt. In dem Sommer, nachdem Rachel ihn verlassen hatte, fuhr er in das Ferienhäuschen in Godrevy und kehrte niemals nach Surrey zurück. Das Haus wurde verkauft, Rachel zog nach Rom, und Nicholas kaufte sich eine Junggesellenwohnung in London und behielt das Cottage in Godrevy. Er fügte sich wieder in Cornwall ein, als wäre er niemals fort gewesen.

»Das ist Dads Lagerschuppen.« Er zeigte Rachel eine der schiefen Fischerhütten, die auf dem Sims über der Slipanlage standen. Sie war türkis angestrichen, die Farbe des Meeres vor Cornwall an einem Sonnentag, und bestand aus Balken aus der Gegend und einem Durcheinander nicht zusammenpassender

Steine. »Dort bewahrt er seine Netze und anderen Sachen auf.«

Hinter der Hütte erhob sich stolz der Kamin, der wie ein Leuchtturm auf der Spitze der Landzunge errichtet war.

»Hat er dich einmal mit zum Fischen genommen?« Rachel schlang die Arme um seinen Hals. »Und was hast du gefangen?«

»Eine Meerjungfrau.« Er führte sie an den bunt angestrichenen Fischerbooten – rot, orange und gelb – vorbei, die am Ende des kleinen Strandes festgemacht waren, über die glänzenden schwarzen Steine, die nass und rutschig waren, und über die glatteren blassen Felsbrocken, die im Sonnenlicht glitzerten. Der Wind wurde stärker, aber in der Sonne war es warm, und er wusste genau, wohin er sie führen musste.

»Warte.« Sie zog die Schuhe aus.

So kam sie besser voran. Sie erreichten den geschützten grauen Felsen mit den ausgewaschenen Mulden, die perfekt dazu geeignet waren, darin zu sitzen und zu beobachten, wie die Wellen des Atlantiks auf den Granit von Cornwall krachten. Er hatte oft dort gesessen, seinem Vater nachgesehen, der aufs Meer hinausfuhr, und sich gefragt, ob er zurückkommen würde.

Jetzt überflog Nicholas die Postkarten in der Touristeninformation. Das übliche Zeug: Venedig bei Nacht, Venedig in Schwarzweiß, Venedig in Sepiatönen. Er ging weiter zu den Reisebroschüren. Giuseppe arbeitete für einen Herausgeber, der auf dieses Zeug spezialisiert war, und der Nachschub an Fotomaterial für diese Texte war – zusammen mit seiner freiberuflichen Buchhaltertätigkeit, die er seit Jahren ausübte – Nicholas' Erwerbsquelle geworden. Dadurch konnte er reisen und seine persönlicheren Arbeiten in Ausstellungen und Galerien in ganz Europa zeigen. Er stöberte darin herum, ohne eine Ahnung, wonach er suchte.

Er hatte Rachels Arm berührt. »Schau dir diese Felsen da draußen an!« Er wies auf zwei kleine zerklüftete Felseninseln vor ihnen, die Brisons, auf denen Tölpel, Möwen und Kormorane lebten.

»Was denn?« Sie runzelte die Stirn.

»General de Gaulle im Bad«, erklärte er. Sobald man erkannt hatte, dass die Felsvorsprünge die Konturen von Bauch, Nase und Lippen bildeten, fiel es schwer, in dem Haufen schwarzen Granits jemals wieder einfach nur Steine zu sehen.

Sie lachte. »Kann man hier schwimmen?«

»Als Kind habe ich das immer getan.« Er zeigte ihr den Felsvorsprung, von dem aus er kopfüber in das brodelnde Wasser gesprungen war. »Es ist gefährlich, aber wir haben es trotzdem gemacht.«

Wenn sie richtig schwimmen und surfen wollten, waren sie nach Sennen Cove gefahren, wenn es ihnen gelang, sich auf der Ladefläche eines Traktors oder Lasters mitnehmen zu lassen. Oder nach Godrevy; seine Tante hatte sich immer gefreut, wenn ihr Großneffe sie besuchte.

»Ich wette, das war aufregend.« Einen Moment lang schaute Rachel wehmütig drein.

Sie hob einen kleinen schwarzen Stein auf, um den ein dünner weißer Streifen verlief, und rollte ihn auf der Handfläche umher. Er bemerkte, dass ihre Nägel perfekt manikürt waren. Überhaupt war Rachel so vollkommen, wie man nur sein konnte. Nicholas beobachtete das Wasser, das wie ein diamantener Wasserfall von der Slipanlage lief, und lauschte der Brandung, die auf die Felsen krachte. Er wäre in der Lage, jederzeit und überall die Augen zu schließen und dieses Geräusch zu hören.

Er nahm eine Broschüre aus dem Bücherregal der Touristeninformation. *Eine Brücke über die Zeit*. Worum ging das alles? Er mochte Brücken gern, immer schon. Er schlug sie auf. *Ein Brückenspaziergang. Strecke: 2 Kilometer. Erkunden Sie die Brücken von Venedig, und besichtigen Sie unterwegs die Sehenswürdigkeiten. Sie können eine Stunde oder einen ganzen Tag damit zubringen.*

Warum eigentlich nicht? Er blätterte die Broschüre durch. Die Fotos waren nicht schlecht, jedenfalls für einen Amateur. Aber er hätte den Job gern selbst übernommen. Brücken bedeuteten Wasser, und Wasser – welche Art auch immer – war seine Spezialität.

»Ja, aufregend war das schon«, meinte er zu Rachel. Cape Cornwall war eine trostlose, abweisende Landschaft und war Nicholas tatsächlich oft wie das Ende der Welt vorgekommen. Ziemlich häufig hatte er sich nur gewünscht, von dort zu entfliehen. Aber zugleich war es geradezu das Sinnbild von Cornwall. Und wunderschön.

»Du bist ein Glückspilz«, sagte Rachel so, als meine sie das wirklich. Als ob diese coole Frau aus dem zivilisierten Surrey, die jedes Privileg genoss, das eine Frau nur haben konnte, wirklich ihn beneidete, Nicholas Tresillion, den Sohn eines armen Fischers aus Priest's Cove am Cape Cornwall.

Hatte sie es ernst gemeint?

Manchmal stellte Nicholas fest, dass er den Blick auf die

Realität verlor. Seine Ehe – die er immer für ziemlich real gehalten hatte – hatte sich in nichts aufgelöst. Rachel war anscheinend nicht nur seine Frau gewesen. Sie gehörte zu den Fundamenten seines Wesens, sodass mit ihrem Weggang das rissige Gebäude seiner Ehe eingestürzt war. Und auch er war seitdem am Boden zerstört.

Er zahlte bei der jungen Frau hinter der Theke der Touristeninformation. Ihr Make-up war makellos, jedes Haar lag am richtigen Platz, und ihre Uniform hätte auf ihren Körper gebügelt sein können.

Rachel hatte ihm den schwarzen Kiesel in die Hand gelegt.

Er schloss die Finger darum. »Willst du meine Frau werden, Rachel?«, hatte er gefragt. Er war erst zweiundzwanzig, aber er begehrte sie, und er wollte, dass sie seinen Namen trug und sein Leben mit ihm teilte.

Möglicherweise hatte es ja am Wind gelegen. Und vielleicht war es auch das einzige Mal, dass Rachel Tränen in die Augen traten.

»Ja, Nicholas«, antwortete sie. »Ich will deine Frau werden.«

Nicholas verließ die Touristeninformation und ging zur Haltestelle des *vaporetto*. Es war mitten am Nachmittag, aber in Venedig hielt man nichts von Siesta. Die mit bunten venezianischen Masken, Murano-Glas, Leder, Schals und Designerkleidung vollgestopften Läden hatten alle geöffnet. Immer noch drängten sich Menschenmassen in den Gassen. Er warf einen

Blick zum Kanal. Japanische und amerikanische Touristen quetschten sich in Gondeln. Noch einen Urlaubs-Schnappschuss …

Celie hatte ihn überrascht. Als er ihr erklärt hatte, dass ihre Mutter ihn verlassen werde, hatte sie nur mit finsterer Miene genickt. Sie hat es gewusst, dachte er. Sie hat gewusst, dass ihre Mutter einen Liebhaber hat. Gewusst, dass Rachel dich nicht mehr liebt. Wie lange schon?

»Es tut mir leid«, hatte er zu Celie gesagt. Was hätte er sonst sagen können? Eigentlich meinte er, dass es ihm um Rachel leidtat oder um das, was er vielleicht nicht getan hatte, um sie zu halten.

Als er Rachel nach dem Grund gefragt hatte, sagte sie nur, sie liebe ihn nicht mehr. Das war entsetzlich trostlos. Und der Gedanke, dass man sich einfach entlieben konnte, dass man eines Tages aufwachen konnte und das Gefühl einfach nicht mehr da war, machte ihm Angst. Aber vielleicht – und damit tröstete er sich – traf das ja nur auf Rachels Art von Liebe zu.

Fast ein Jahr war es nun her, dass Rachel ihn verlassen hatte. Nicholas hatte sich beinahe daran gewöhnt, allein zu leben, und größtenteils gefiel es ihm ganz gut. Er hatte Celie, und er hatte Freunde in Cornwall, Italien und London. Er wollte keine Geliebte. Er wollte nicht, dass jemand von ihm erwartete, wieder in diesem Maße zu vertrauen, er wollte wirklich nichts von alldem wissen – von der Liebe, den Geheimnissen, dem Lachen, den Lügen. Von glücklicher Zweisamkeit. Okay, er war ein zynischer und lebensüberdrüssiger Bastard geworden. Aber er zog es bei weitem vor, sich nur auf sich selbst zu verlassen. Das war sicherer, vernünftiger.

Auf dem schwimmenden Ponton stand eine Warteschlange. Er schloss sich an und sah auf die Karte, um festzustellen, wo er aussteigen sollte. Die Autorin drückte sich klar aus und ... er überprüfte das Titelcover ... sie hatte eine Karte aufgenommen, historische Anmerkungen, das Ganze; die Broschüre war sehr umfassend.

Celie hatte behauptet, er habe die Orientierung verloren; aber er wusste, wohin er wollte. Irgendwie schon. Er schaute zum bleiernen Himmel auf und sah einen Lichtstreifen und einen winzigen Flecken Blau. Er wollte von der Fotografie leben, und er wollte am Meer wohnen. Sein Leben in Cornwall war unkompliziert. Matthew und Debbie, Sally oder Greg waren immer zu einem Glas und einer Unterhaltung aufgelegt; und wenn er mehr wollte, konnte er nach London fahren und Celie treffen, Isobel, Giuseppe und ihre Familie in Rom besuchen oder einfach irgendwohin verreisen. Was war falsch daran? Und war das nicht genug Orientierung? Eine Menge Menschen hatten viel weniger als das.

Ruckelnd legte das *vaporetto* am Ponton an, und Nicholas stieg ein. Die meisten Fahrgäste hielten sich im Inneren auf – ein kalter Wind wehte –, aber er zog einen Schal aus der Tasche. Celie spottete stets über den gelb karierten Schal, doch er fand, dass er zu seinem grauen Nadelstreifenanzug ziemlich flott aussah. Er schlang ihn sich um den Hals. Es war ein erfrischendes Gefühl, an Deck zu sein.

Dass Rachel ihn verlassen hatte, hatte ihn schwer getroffen. Und man sah es ihm an. »Du siehst total beschissen aus«, hatte Celie ihm beim letzten Besuch erklärt. Ja, los doch, Celie, sag, wie es ist!

»Ich fühle mich auch vollkommen beschissen.«

»Dann reiß dich eben zusammen, Dad!« Plötzlich klang sie wie seine Mutter. »Was soll das, warum tust du so, als wären Mum und du glücklich gewesen?«

Er starrte sie an. Nicht glücklich? Wovon redete sie? Und dann dachte er nach – über das, was er wollte, und das, was Rachel gewollt hatte. Er dachte über eine Menge Dinge nach.

Nicholas sah zu, wie die Paläste vorüberzogen. Er roch die modrige Feuchtigkeit, die das Wahrzeichen von Venedig war, hörte das langsame Tuckern des Motors und das Plätschern des Wassers. Er spürte, wie sein Körper schwankte, als er die Bewegungen des Boots aufnahm. Er hielt sich an der Reling fest, als müsse er sich Halt verschaffen, und schaute zum Horizont, wo sich die prächtigen Gebäude mit dem Himmel trafen, Türme, Kuppeln, Kampanile. Gott sei Dank, dass er Celie hatte. Sie wusste nicht alles, aber sie wusste genug.

Der Ponte degli Scalzi kam in Sicht, ein hoher, arroganter Bogen über den Canal Grande. Die erste Brücke. Er schlug die Broschüre auf und betrachtete das Foto der Autorin. Joanna Shepherd. Sie hatte Stil. Anfang dreißig vielleicht oder ein paar Jahre älter. Ein hübsches Gesicht wurde von einem dunklen Bob umrahmt. Ein verhaltenes Lächeln. Sie wirkte ein wenig verletzlich. Aber wer war nicht verletzlich?

Sie werden vielleicht erstaunt über das sein, was Sie sehen, hatte sie geschrieben. Das klang vielversprechend. Nicholas wollte sich überraschen lassen. Ja. Er sehnte sich beinahe danach.

16. Kapitel

Mutter? Mutter?« Was machte sie da, warum stand sie am Maulbeerbaum? Ungeduldig schnalzte Harriet mit der Zunge. Manchmal kam es ihr vor, als müsse sie auf ein Kind aufpassen.

Audrey wirkte gedankenverloren; wahrscheinlich weilte sie in der Vergangenheit. Ihr himmelblaues Kleid blähte sich im Wind, und sie hatte sich eine flauschige lila Wolljacke über die Schultern drapiert. Auf dem Boden vor ihr stand die alte schwarze Handtasche, die sie seit ewigen Zeiten besaß. Harriet erinnerte sich daran, dass Mutter die riesige Tasche stets nach Torquay mitgenommen hatte, als Joanna und sie selbst noch kleine Mädchen waren. Die Tasche schien alles zu beinhalten, was man auf einem Tagesausflug nur brauchen konnte: eine Thermosflasche mit Tee, Taschentücher, Eau de Cologne, Desinfektionsmittel ... Harriet erinnerte sich, wie Mutter sie mit einem Klicken geöffnet, den Reißverschluss einer Innentasche aufgezogen und einen wunderbaren Schokoriegel hervorgeholt hatte, den sie sich teilten, während sie in Liegestühlen am Strand saßen. Vater hatte die aufgeschlagene Zeitung auf dem Schoß; Mutter lächelte zufrieden; und sie und Joanna ließen die dünnen Beine baumeln und hatten es eilig, über den Sand zum Meer zu laufen.

Um den Teich herum ging Harriet näher heran. Was hatte Mutter da in der Hand? Sie umklammerte einen Gegenstand und drückte ihn an die Brust. »Mutter?«

Langsam drehte Audrey sich um. »Ach, Harriet. Du bist es.«

Himmel, sie weinte. Tränen tröpfelten über die faltigen Wangen. »Mutter?« Harriet schlug einen sanften Ton an. »Was ist? Was ist passiert?« Sie nahm ihre Hand. Jetzt sah sie, dass Mutter eine gerahmte Fotografie in der Hand hielt.

Audrey schniefte. »Ich habe nur an früher gedacht.« Sie hielt ihr das Foto hin.

Harriet erkannte die Aufnahme; normalerweise stand sie im Wohnzimmer auf dem Kaminsims. »Du und Vater«, sagte sie. Das Bild zeigte ihre Eltern vor dem Maulbeerbaum.

Gemeinsam betrachteten sie das Foto. Es ist beinahe so, als hätten wir es noch nie gesehen, dachte Harriet. Und es stimmte ja: Wenn etwas immer da war, nahm man es manchmal nicht mehr richtig wahr. Ihre Eltern wirkten so jung und unschuldig. Vater hatte den Arm lässig um die Schultern ihrer Mutter gelegt, wie er es, soweit sich Harriet erinnerte, im wahren Leben selten getan hatte. Beiläufig, aber besitzergreifend. Er schaute herunter auf seine schöne junge Frau mit den mandelförmigen Augen und hohen Wangenknochen, auf die Mutter immer noch so stolz war. Und Audrey blickte zu ihm auf. Himmelte ihn an.

»Ist das vor meiner Geburt aufgenommen worden?«, fragte Harriet, obwohl sie die Antwort schon kannte. Die beiden wirkten vollkommen sorglos. Sie spürte einen Anflug von etwas, was sich beinahe wie Eifersucht anfühlte. Sie hatte immer gewusst, dass er ihre Mutter geliebt hatte. Aber sie hatte nie zuvor erkannt, wie ausschließlich diese Liebe gewesen war. Es war an seiner Miene abzulesen, an dem heftigen Ausdruck in seinen Augen.

Ihre Mutter nickte. Sie streckte die Hand aus und berührte den knorrigen Stamm des Maulbeerbaums. Der Wind flüsterte in den Zweigen, als wolle der Baum ihnen etwas sagen. Erstaunt hätte das Harriet nicht. Der Baum schien so weise zu sein. Und er war Teil der Vergangenheit, wachte seit Ewigkeiten über sie. Unter seinen verschlungenen Ästen spielten längst keine Kinder mehr, doch er war immer noch da, heiter und gelassen, und beschützte sie noch immer.

»Hier hat er mir seinen Antrag gemacht«, flüsterte ihre Mutter. Ihr Blick war in die Ferne gerichtet. »Er hat gesagt, ich sei das reinste und liebreizendste Wesen, das er je getroffen habe.«

Harriet spürte einen Klumpen im Hals. »Er hat dich verehrt«, sagte sie.

Die Miene ihrer Mutter veränderte sich. »Na, übertreib mal nicht!« Einen Moment lang wirkte sie wieder wie die Mutter aus Harriets Jugend: tüchtig und selbstbewusst. Die Mutter, vor der Harriet ziemliche Angst gehabt hatte. »Man sollte Menschen nie auf ein Podest stellen«, meinte sie.

Aber warum nicht? Wäre es nicht wundervoll, verhätschelt und angebetet zu werden?

Audrey tätschelte Harriets Arm. Sie trug wieder ihre gewohnte, ziemlich aristokratische Miene, als wäre sie eine russische Gräfin, die nur zufällig hier auf dem Hof gestrandet war. Sie sah aus, als hätte sie in ihrem Leben noch keinen Tag gearbeitet. Aber natürlich hatte sie das. Harriet erinnerte sich gut daran. »Nie?«, wiederholte Harriet.

»Umso tiefer fällt man, mein Liebes«, sagte Audrey. »Man fällt umso tiefer, je höher man steht.«

Joanna verließ den staubigen Hof und schlug den ausgefahrenen Weg zum Leuchtturm ein. Der Himmel war winterlich grau, aber in der Ferne bildeten die üppigen grünen Hügel dieses perfekte V, in dem das Meer schimmerte wie eine Verheißung des Sommers.

Zuerst muss ich Weihnachten überstehen, rief sie sich ins Gedächtnis. Ihr erstes Fest ohne Martin, seit sie sich begegnet waren, und seit zehn Jahren ihr erstes auf Mulberry Farm, seit dem Tod von Martins Vater. Denn wie hätten sie zulassen können, dass Eleanor, seine Mutter, die Weihnachtstage allein verbrachte? Es hatte sich als unmöglich herausgestellt, beide Familien zusammenzubringen – Harriet hatte sich immer geweigert, mit Mutter nach London zu kommen. Zu viel zu tun, hatte sie behauptet. Die Arbeit auf einem Hof höre an Weihnachten nicht auf. Aber Joanna hatte immer gewusst, dass das nicht der wahre Grund war. Harriet war eben in ihren Gewohnheiten festgefahren und so unflexibel wie ein Klotz Sandstein.

Beim Klettern stieß Joanna mit aufgeblasenen Wangen die Luft aus, sodass ihr Atem in der kalten Luft kondensierte. Familien ... Sie hatte sich von Martins Mutter so viel gefallen lassen müssen; da würde der Aufenthalt auf Mulberry Farm im Vergleich wahrscheinlich eine Kleinigkeit werden. Außerdem waren vor Weihnachten noch Lissabon und Brücke Nummer zwei an der Reihe.

Sie verfiel in einen tieferen Atemrhythmus und zog den gestreiften orangeroten Schal fester um den Hals, während sie den Hügel hinaufstapfte.

Heute Morgen hatte sie einen Brief bekommen. Der Hügel wurde steiler, und Joanna wappnete sich für den Anstieg. Im Zeitalter von E-Mails und Handys gehörten Briefe beinahe der Vergangenheit an. Seltsam: Zuerst waren ihr Emmies Briefe in die Hände gefallen, faszinierende Fragmente eines Lebens und einer Liebe, flüchtige Blicke auf eine Künstlerin und Reisende. Und jetzt das. Es erschien ihr beinahe, als sei sie in Dorset in ein vergangenes Zeitalter gerutscht. Der Inhalt des Briefes war, gelinde gesagt, erstaunlich. Sie hatte es immer noch nicht ganz begriffen.

Auf halbem Weg drehte sie sich um und schaute zurück auf das geräumige Farmhaus aus honigfarbenem Stein mit dem Schieferdach und den Sprossenfenstern, auf die hohen Kiefern, die sich vor dem platinfarbenen Himmel abzeichneten, auf den Teich mit dem Maulbeerbaum und auf den alten blauen Traktor, der vergessen neben der Scheune stand. Sie sah wieder vor sich, wie Harriet mit überlegener Miene neben Vater auf dem Beifahrersitz gesessen hatte – stets die Auserwählte. Warum verkaufte Harriet das Fahrzeug nicht? Was nutzte es, wenn es da vor sich hin rostete? Joanna rieb die behandschuhten Hände aneinander, um sich zu wärmen. In dem winterlichen Licht wirkte das Anwesen älter denn je.

Sie wandte sich ab und ging weiter auf den Leuchtturm zu. Die wogenden Hügel vor ihr waren so grün wie im Frühling, und der Boden, der mit Kaninchenlöchern und Schafskot übersät war, federte unter den Füßen. Auf dem Hügel südlich von ihr lief Owens Karrengaul gemächlich auf den Wassertrog zu, gefolgt von einem staksigen Fohlen. Und herrje ... Owen verbrannte bereits Laub – dicke graue Rauchwolken stiegen auf, mischten sich mit der kalten Luft und kamen hinter den Pferden wieder herunter wie Nebel, der vom Meer heranzieht.

Die Szene war idyllisch. Joanna hielt inne. Vielleicht hatte dieser Ort ja doch mehr als einen Hauch von vergangenen Zeiten. Hier fühlte man sich wie in einer anderen Welt – und im Moment konnte sie nur schwer glauben, dass sie früher einmal ein Teil davon gewesen war.

Sie berührte den Brief, den sie in die hintere Tasche ihrer Jeans gesteckt hatte. Es war nett, Fanpost zu bekommen – in ihrem Beruf kam das nicht oft vor; die meisten Briefe stammten von Leuten, die sie auf den einen oder anderen Fehler in einem ihrer Artikel hinwiesen. *Ich glaube, Sie werden fest-*

stellen, dass die Fabrik den Verkauf im Mai 1952 eingestellt hat, nicht im Juni, und dass der Bus, der die Arbeiter transportierte, einen grauen Streifen hatte, keinen weißen … Oh bitte, besorgt euch doch ein eigenes Leben!

Ein kleines Lamm mit schwarzem Gesicht blökte, als sie näher kam, und wich vor ihr zurück. Es gehörte zu Owens Herde. Er besaß auch Schweine und ein paar Kühe.

Harriet sagte, Owen sei vielleicht daran interessiert, die große Scheune zu mieten. »Aber dann wird er ständig hier herumlungern«, hatte sie hinzugesetzt und diesen verbissenen Ausdruck angenommen, an den Joanna sich aus ihrer Kindheit erinnerte. Joanna musste lachen, sogar jetzt, wenn sie nur daran dachte. Sie hätte geglaubt, Harriet, die hier die ganze Zeit mit Mutter festsaß, würde sich über Gesellschaft freuen. Harriet nutzte die große Scheune außerdem nicht für etwas Besonderes – das Obst könnte sie genauso gut im Keller und das Heu in der kleinen Scheune oder im alten Schweinestall lagern. Trotzdem könnte sie im Sommer noch Tee ausschenken; die Leute könnten draußen sitzen und unter der kleinen Markise Schutz suchen, wenn es regnete. Aber Harriet hielt mehr von Problemen als von Lösungen. Und sie pochte auf ihre Privatsphäre, wofür Joanna Verständnis hatte.

Sie erreichte die Hügelkuppe und den Leuchtturm. Bei diesem Wetter brannte die kalte Luft im Hals und im Gesicht. Aber es lohnte sich. Ganz oben breitete sich das Meer vor Joanna aus, glatt, metallisch blau und kaum bewegt; nur dort, wo der Wind auf das Wasser traf, kräuselten sich kleine Strömungen. Sie ging an den Ginsterbüschen und dem hölzernen Turm vorbei und stützte sich auf das Geländer, um auf das offene Meer zu schauen. Im Norden sah sie das goldene Dach auf dem Kap, das sogar noch höher als der Leuchtturm war, dahinter lagen Doghouse Hill und Seatown. In Freshwater bestanden die Klippen aus zerklüftetem Sandstein, Kalk und Granit, und der schmale Streifen von Chesil Beach verschwand in der Ferne. Sie konnte bis nach Portland Bill sehen.

Joanna dachte wieder an den Brief in ihrer Tasche. Manchmal besaßen Wintertage eine besondere Art von Klarheit. Eine Härte, die man spüren konnte; eine Art, die Wahrheit sichtbar zu machen.

Der Brief fiel nicht eigentlich unter Fanpost; nicht wirklich. Es war eine ganz andere Art von Brief. Als sie ihn öffnete, hatte sie gedacht: Verdammt. Werden sich jetzt jede Menge Leute beschweren? Und wird Toby sich einen anderen Autor für die Spaziergänge suchen? Werde ich in den Ruf geraten, Fantasie über Fakten zu stellen?

Es war ein Rätsel, ein faszinierendes Rätsel. Sie setzte sich auf die Bank und zog den Brief hervor. Ein Blatt. Seine Handschrift – denn ja, er war ein Mann, und jeder wusste ja, dass Männer heikel waren, wenn es um Fakten ging – war groß und geschwungen. Schwarze Tinte und ein Hauch von Humor. *Betr.: Die magische Stadt Venedig*, hatte er geschrieben, *Brücken.*

Was hatte er überhaupt in Venedig gewollt? Sie las den Brief zum dritten Mal an diesem Morgen durch, steckte ihn dann zurück in die Tasche, stand auf und ging wieder hinunter. Die Erde auf dem Pfad war trocken und hart, und der abwärtsführende Weg schlängelte sich trügerisch um die Klippe herum zur Bucht hinunter. Wahrscheinlich hatte er sich die Sehenswürdigkeiten angeschaut. Deshalb fuhren alle nach Venedig. Er hatte einen Absender angegeben – eine Londoner Adresse. *Ich habe die Frau laufen sehen. Und noch etwas anderes …* Schon gut, dachte sie. Ganz bestimmt. *Und wegen dieses Moments, in dem die Zeit stillsteht … Das hat mir viel bedeutet. Danke.*

Ob er verrückt war? Joanna stapfte weiter. Seine Zuschrift war, gelinde ausgedrückt, merkwürdig. Sie spürte das Ziehen in ihren Wadenmuskeln. Sie war nicht an das Wandern in den Hügeln von Dorset gewöhnt, aber sie konnte es nicht lassen. Beim Laufen konnte sie besser denken. Hügelabwärts musste sie allerdings ständig das Tempo drosseln, um nicht zu stürzen.

Schön, dann hatte er also etwas gesehen, was nicht da war. Oder einen anderen Moment erlebt. War er deswegen schon ein Spinner oder nur interessant? Sie wanderte jetzt die Straße entlang, in der Nähe des von Schlehen, Binsen und Flechten gesäumten Bachs, und lief über die Stufen zum Kieselstrand ein, wo jenseits des Baches die Fischerboote lagen. Aber woher hatte er gewusst, dass die Frau ein goldenes Haarband trug?

Ein Taucher im Neoprenanzug erzeugte einen Strudel in dem ruhigen Wasser. Joanna beobachtete, wie er mit einer Kamera auftauchte. Was er wohl filmte? Fische? Seegras? Klar war das Wasser ja, so transparent wie das Mittelmeer im Sommer. Aber kalt.

Sollte sie den Brief wegwerfen und das Ganze vergessen? Jeder konnte behaupten, gesehen zu haben, was sie in ihrem Text geschrieben hatte. Fast hätte sie die Passage aus der letzten Version, die sie an Toby geschickt hatte, gestrichen. Aber das Schlimmste, was passieren konnte, wäre, dass die Spaziergänger die Stelle nicht fanden, das Bild nicht sahen. Und das würde den Spaziergang insgesamt dennoch nicht verderben, oder? Also hatte sie ihn nicht gestrichen, ihren magischen Moment ...

Sollte sie den Brief beantworten? Joanna hatte noch nicht darüber entschieden. Eine Weile saß sie am Strand, die Knie mit den Armen umschlungen. Doch es war zu kalt, um sich lange draußen aufzuhalten. Sie sollte weitergehen. Außerdem hatte sie zu arbeiten, ihre Recherchen über Lissabon warteten.

In der Version, die sie an Toby geschickt hatte, der Version, die für die Broschüre bestimmt war, hatte sie das goldene Haarband nicht erwähnt. Sie wusste es, denn sie hatte es überprüft. Woher hatte er es also gewusst?

Sollte sie ihm schreiben? Und wenn sie es tat – was genau sollte sie sagen?

Harriet hörte einen Motor – kehliger als ein Auto, weniger tuckernd als ein Traktor –, aber sie wollte sich nicht stören lassen. Daher bückte sie sich, um in dem kratzigen Stroh der Nester im dunkelsten Teil der kleinen Scheune nach Eiern zu suchen. Sie liebte es, wie die Eier sich anfühlten – warm schmiegten sie sich in die Hand. Vorsichtig legte sie eins nach dem anderen in den mit Stroh gepolsterten Korb. Ein Ei, dachte sie und wischte eine blassbraune Daune weg, ist doch ein kleines Wunder.

Eine Tür knallte. Noch eine. Joanna konnte das nicht sein. Sie war auf einem ihrer unendlich langen Spaziergänge verschwunden, von denen sie Stunden später mit verklärtem Blick zurückkehrte, um sich an ihren Laptop zu setzen und stundenlang zu schreiben ... Schreiben musste wunderbar sein. Niemand, der seinen Verstand beisammenhatte, konnte das als Arbeit bezeichnen.

Harriet legte noch ein braunes Ei in den Korb. Sie dagegen ... hatte dies hier. Sie hielt inne, tastete im Stroh umher und sog die animalische Wärme in der Scheune ein. Es roch modrig und staubig und ... ja, köstlich. Über den Nestern befanden sich die Stangen, auf denen die Hühner schliefen.

Oft drängten sie sich zusammen, um einander zu wärmen, und plusterten das Gefieder auf, je kälter es wurde. Harriet reckte sich. Das Leben wäre gar nicht so übel, wenn es nur aus Momenten wie diesem bestünde, oder? Und wenn sie etwas mehr Geld in der Haushaltskasse und eine andere Wahl hätte … Sie seufzte. Aber dann rief sie sich ins Gedächtnis, dass es Luxus war, eine Wahl zu haben. Sie saß hier fest, ob es ihr gefiel oder nicht. Sie konnte keine Reisen nach Venedig, Lissabon oder sonstwohin planen. Vergiss nicht: Du bist Harriet, die Unscheinbare.

Aber was sie hatte, war Dynamic Dating. Sie runzelte die Stirn. Sollte sie den Schritt wagen – das zweite Mal brachte schließlich Glück, oder nicht? Denn eigentlich war an Country- und Western-Musik nichts wirklich verkehrt. *Stand by your man*.

Sie spähte durch das mit Spinnweben verhangene Fenster. Auf dem Hof stolzierte Clarence, der Hahn, umher und markierte den Macho. Der Wind stellte sein buntes Gefieder auf.

Wie er wohl ist, dieser Jolyon? Harriet wischte über die abblätternde Farbe. Manchmal kam es ihr vor, als bröckele hier alles. Nicht gerade ein durchschnittlicher Name, oder? Nicht, dass sie sich einen Durchschnittsmann wünschte, ganz und gar nicht. Aber wollte sie einen Country- und Westernfreak? Sie wischte sich eine Spinnwebe aus dem Haar. Freak? Was dachte sie da? Warum sollte es einen zum Freak machen, wenn man eine bestimmte Art Musik mochte? Wie mochte dieser Jolyon aussehen – von nahem und bei Licht betrachtet? Das Bild, das er bei Dynamic Dating eingestellt hatte, musste bei Nacht aufgenommen worden sein. Außerdem trug er etwas Komisches auf dem Kopf.

Harriet stellte den Korb ab und schnappte sich den Besen aus der Ecke – den Hexenbesen hatte Vater ihn genannt. *Steig auf, und du kannst davonfliegen …* Sie begann die Scheune auszufegen.

Sie öffnete die Scheunentür, um den Kehricht in den Eimer neben dem Holzhaufen zu kippen, und der Wind erfasste sie. Brrr. Es war heute ziemlich kühl. Draußen, aber näher am Haus, meinte sie ein leises Pfeifen zu hören. *Walk on by.* Die Fantasie war schon etwas Seltsames.

Sie ging zurück, um den Korb mit den Eiern zu holen, und ließ sich Zeit dabei, denn es widerstrebte ihr, in die reale Welt zurückzukehren. Hier drinnen fühlte sie sich sicher. Draußen passierten Dinge, mit denen sie sich früher oder später auseinandersetzen musste. Sie hatte Entscheidungen zu treffen. Zum Beispiel, ob sie Jolyon für morgen ein Treffen zusagen sollte. Er würde nicht ewig warten, niemand würde sich ewig gedulden, ob er nun Country und Western mochte oder nicht. Sie musste das Abendessen kochen. Dann war da noch Joanna. Und Mutter. Sie hatte heute früh so eine komische Laune gehabt.

Und dieser Fremde. Harriet hatte ihn zwar schon eine Weile nicht mehr gesehen, aber sie war überzeugt, dass er sich noch in der Gegend aufhielt; sie konnte ihn beinahe fühlen. Erst gestern auf dem Postamt im Dorf, als sie nach Briefmarken anstand, hatte sie einen taxierenden Blick im Nacken gespürt, war herumgefahren und hatte gesehen, wie jemand aus der offenen Tür rannte. Sie war beinahe sicher, dass er es gewesen war. Mehrmals hatte sie einen Fahrradfahrer gesehen, der ihr bekannt vorkam. Und letzte Woche hatte das Telefon zweimal geläutet, ohne dass jemand am anderen Ende gesprochen hatte. Das alles machte sie ein wenig nervös.

Sie seufzte noch einmal, öffnete wieder die Tür und ließ die Wärme der Scheune hinter sich. Erneut spürte sie den Wind. Das Licht hatte einen harten, winterlichen Gelbton. Harriet schaute auf die Uhr. Herrgott. Es war fast Zeit für Mutters Morgenkaffee.

»Okay, Schätzchen, dann fangen wir jetzt an.« Die Stimme zerstörte die friedliche Stille auf dem Hof.

Harriet fuhr herum. Wer zum Teufel ...? Am Haus parkte ein weißer Lieferwagen. Und da war ein merkwürdiger Geruch. Wie heißer ... Sie rannte hin, den kostbaren Eierkorb fest an die Seite gepresst.

Zwei junge Burschen fegten die Auffahrt, die von der Straße zum Haus führte. Ihre Bewegungen wirkten bedrohlich. An der Vordertür standen zwei Männer in weißen Overalls.

Sie musste ruhig bleiben. »Und Sie sind bitte wer ...?«, fragte Harriet die Männer in eisigem Tonfall.

Ihre Gedanken überschlugen sich, und ihr Atem ging keuchend. Wie hat Audrey das bloß fertiggebracht? Sie ging doch nie ins Dorf. Und das Telefonschloss auf dem Hausapparat war vor Mutter sicher – Harriet hatte den Code auswendig gelernt und Joanna zur Geheimhaltung verpflichtet.

»Asphalt«, erklärte der erste Mann. Besonders beredt war er nicht. Er hatte einen rötlichen Schnurrbart und unansehnliche Sommersprossen im Gesicht.

»Wer?« Harriet stellte den Korb ab, damit sie die Arme verschränken konnte. Sie hatte dann immer das Gefühl, mehr Autorität auszustrahlen.

»Was«, verbesserte der zweite Mann. Er war dunkel, sehr dunkel, aber alles andere als attraktiv. »Wir gießen den Asphalt, den wo Se bestellt haben, Schätzchen.«

Harriet wurde wütend. Dies war weder Zeit noch Ort, um sich mit Grammatik aufzuhalten, aber weh tat der Fehler trotzdem. »Ich habe keinen Asphalt bestellt ...« Sie warf einen Blick zu dem Fenster oben. Eine Schattengestalt schien sich aufzulösen. Mutter. Grrr.

Sie holte tief Luft. »Ich brauche keinen Asphalt«, erklärte sie.

Vollkommen synchron hörten die jungen Burschen zu fegen auf. Vielleicht hatten sie gelernt, eine Autorität zu erkennen, wenn sie ihr begegneten. Sie stützten sich auf die Besen, starrten Harriet aus dunklen Augen an und warteten auf Anweisungen.

Der erste Mann musterte sie von oben bis unten. »Er ist heiß«, sagte er, »kochend heiß.«

Also, wirklich. Harriet behauptete ihre Stellung. »Das interessiert mich nicht«, gab sie zurück.

Er stieß einen Seufzer voller Lebensüberdruss aus. Vielleicht war er es gewöhnt, sich mit solchen Dingen auseinanderzusetzen. »Sind Sie die Besitzerin, Schätzchen?«, fragte er.

»Ja!«, fauchte sie. Jetzt war nicht die richtige Zeit für die Wahrheit.

»Und …?« Er verdrehte die Augen in Richtung Haus.

»Meine Mutter.« Die Gute. Offensichtlich ließ sie sich nicht mehr einfach nur Kostenvoranschläge machen, sondern ging einen Schritt weiter.

»Das ist ja alles ganz schön«, meinte er. »Aber die Ladung kann nicht warten.« Er wies auf den Laster. »Das Zeug muss in sein Bettchen.«

Bildete sie sich das ein, oder machte er dumme Anspielungen? Harriet versuchte sich zu konzentrieren.

»Alles ist bereit zum Gießen, Harken und Walzen«, setzte er hinzu. Er zog eine Augenbraue hoch.

»Da war doch noch der andere Auftrag im Dorf, Reggie«, meinte Mr. Dunkel-und-Unattraktiv. Er ging zum Wagen und zog ein Klemmbrett hervor. Die jungen Burschen zockelten zu ihm hinüber.

Reggie brummte. Offensichtlich war er kein Mann, der sich leicht abwiegeln ließ, und wahrscheinlich verstanden Menschen wie er nur eine Sprache.

»Wie viel wollen Sie?«, verlangte Harriet zu wissen.

»Für den Job?«

»Nein.« War er verrückt? Sah diese Farm wirklich so aus, als könnte sie sich leisten, die Auffahrt frisch asphaltieren zu lassen? Und außerdem war das ein Bauernhof, um Himmels willen. Ein Hof hatte steinig, schäbig, staubig auszusehen und voller Löcher zu sein. »Wie viel, damit Sie wieder fahren«, sagte sie. »Ich habe ja Verständnis, weil sie vergeblich hergekommen sind.«

Seine Augen glitzerten.

Gier ist sehr unattraktiv, dachte Harriet. Da wir von meinem Einkommen und Mutters Rente leben müssen, bleibt nicht viel übrig, obwohl Joanna jetzt Miete jetzt zahlt und so ihren Teil beiträgt. Erst heute Morgen hatte Harriet in dem Bemühen, mehr zu verdienen – gar nicht zu reden davon, dass sie Verbindungen zur Außenwelt aufbauen wollte –, eine Anzeige in der örtlichen Zeitung eingekreist: *Schreibkraft in Heimarbeit gesucht.* Hatte sie nicht kürzlich etwas Ähnliches auf einem Faltblatt gelesen, das im Briefkasten gelegen hatte? Eigentlich verspürte sie gar keine Lust, als Schreibkraft zu arbeiten. Natürlich nicht. Aber wenigstens wäre es eine erfrischende Abwechslung von der Arbeit auf dem Hof, dem Marmeladenkochen und dem Ausliefern von Bio-Gemüse. Und von Mutter.

Dunkel-und-Unattraktiv telefonierte bereits auf seinem Handy. Nun summte er denselben Song wie zuvor. Harriet wünschte, die Männer würden sich verdrücken. Und zwar bald. Er unterbrach sich, um mit jemandem zu reden. »Ja. Nein, sie will ihn nicht haben.« Er warf Harriet einen Blick zu.

Körpergeruch und Zigarettengestank, dachte sie. Eine besonders abscheuliche Mischung.

Eine Gestalt erschien auf dem Hügelkamm: Joanna, die, eingerahmt von dem winterlich grauen Meer und den grünen Feldern, mit ihrem flatternden gelben Schal ein dramatisches Bild abgab. Eines von Owens Schafen blökte, und ein anderes tat es ihm nach. Verloren hallte es über die Hügel.

Harriet beobachtete, wie Joanna über den Pfad auf sie zugerannt kam. Anscheinend hatte ihre Schwester keine Sorgen – obwohl Harriet nicht wusste, wie zum Teufel das zugehen sollte. Joanna wirkte, als sei sie erst einundzwanzig statt fünfunddreißig. Die beiden Männer beobachteten sie ebenfalls, und vielleicht sogar die jungen Burschen, die wieder in den Wagen gestiegen waren.

Ein nicht besonders nettes und selten eingestandenes Gefühl regte sich in Harriet.

»Was ist los?«, fragte Joanna, als sie Harriet erreichte. Sie war außer Atem; ihr Gesicht von der Kälte gerötet, und ihre Augen leuchteten.

Gute Frage. Das würde Harriet mit Mutter klären müssen.

»Diese Herren wollten Asphalt gießen«, erklärte Harriet wütend. »Das Problem ist nur, dass wir keinen wollen.«

»Nein, wollen wir nicht«, pflichtete Joanna ihr bei. Die beiden wechselten einen verschwörerischen Blick. *Dahinter steckt Mutter.*

»Also …«, begann Harriet.

Joanna strahlte die Männer an. »Ist das ein Problem?«

»Wir sind ziemlich weit rausgefahren und alles umsonst«, klagte der Sommersprossen-Mann, ohne Harriet anzusehen. »Das Zeug ist fertig und zum Auswalzen bereit, und auch wenn wir noch einen Auftrag haben …«

»Ich dachte, ich sollte ihnen etwas anbieten.« Gott wusste, warum sie überhaupt mit Joanna darüber redete.

»Oh, gute Idee, Het.« Joanna lachte, sie lachte tatsächlich. »Wie wäre es mit einer schönen Tasse Tee und einem Stück Kuchen? Und dann kippt ihr das Zeug woanders ab, Jungs. Wär das in Ordnung?«

Ohne auf eine Antwort zu warten, schob Joanna die Männer durch die Diele und in die Küche und gluckste dabei wie eine der verdammten Hennen. *Jungs*, also wirklich.

»Kommt doch rein. Ihr müsst ja ganz durchgefroren sein. Also, ich bin es jedenfalls.«

»Nun ja, wenn Sie uns so nett einladen ... Aber nur kurz, Schätzchen ...« Die Stimmen verklangen.

Ich bin diejenige, die friert, dachte Harriet, als sie, immer noch mit verschränkten Armen, auf dem leeren Hof stand. Joanna verströmt Wärme, sie leuchtet förmlich und ist gutherzig. Und ich, ich bin ein Eisbrocken. Aber mir bleibt auch nichts anderes übrig, sonst ... Sonst ...

17. Kapitel

Vielleicht hätten wir sie einbeziehen sollen«, meinte Joanna. »Schließlich kann sie doch für sich selbst denken, oder? Sie ist kein Kind.«

»Nein, ist sie nicht.«

Aber das machte es eher schwieriger. Joanna hatte gut reden. Harriet trieb den Spaten tief in das Blumenbeet des Küchengartens. Ihre Schwester hatte ja keine Ahnung. Sie wusste nicht, wie anspruchsvoll Mutter sein konnte, dass sie Harriet an einem schlechten Tag durchs ganze Haus nachlief und sich über dieses, jenes und alles Mögliche beklagte; und wie gut sie die Hilflose spielen konnte. Joanna hatte keinen Begriff von den Tränen und den Trotzanfällen. Sie sah eine exzentrische, liebenswerte alte Dame, während Harriet eine Kerkermeisterin sah.

Das Metall glitt leicht in die Erde, und Harriet wusste instinktiv, wie tief sie graben musste, um die Spitze der weißen Löwenzahnwurzel herauszubekommen. »Aber was schlägst du vor? Was sollen wir tun?«, fragte sie.

Joanna zuckte die Achseln. »Mit ihr reden?«

»Glaubst du, das habe ich nicht getan?«

»Aber wir sollten mit ihr reden wie mit einem vernünftigen, intelligenten Menschen«, fuhr Joanna fort. »Wie mit einem anerkannten, vollwertigen Mitglied der Familie – unserer Familie, Het.«

Harriet sah sie blinzelnd an. Tat sie das etwa nicht? Was wollte Joanna damit sagen? Sie konzentrierte sich von neuem auf die Erde im Küchengarten, fuhr mit dem Spaten tiefer in den mit Feuchtigkeit vollgesogenen Boden und ruckelte dabei leicht. »Wenn du glaubst, dass du es besser kannst«, murrte sie. Aber tief in ihrem Inneren dachte sie: *Kann sie das etwa nicht?*

»Nein«, sagte Joanna. Sie bückte sich und berührte Harriet an der Schulter.

Harriet tat, als habe sie es nicht bemerkt.

»Du machst das fantastisch. Ich weiß das. Du bist immer großartig mit ihr umgegangen.«

Aber jetzt nicht mehr, dachte Harriet. Meinte sie das? Jetzt nicht mehr. Zu ihrem Erstaunen spürte sie eine Träne im Augenwinkel und blinzelte sie weg. Musste der scharfe Wind sein.

»Ich meine ja nur …« Joannas Stimme klang jetzt sanfter. »Vielleicht haben wir mit dem Telefonschloss ja nicht die richtige Entscheidung getroffen. Du weißt ja, wenn Mutter will, findet sie immer einen Weg.«

Da mochte sie recht haben. »Vielleicht verschlechtert sich ja ihr Zustand«, sagte Harriet.

Sie sahen einander an.

»Glaubst du?« Joanna runzelte die Stirn.

Harriet wusste nicht, was sie denken sollte. Ihr erschien das ziemlich offensichtlich. Die Wurzel brach knapp unterhalb der Spitze. Verdammt. Sie stieß den Atem aus. Sie konnte den Rest ausgraben, aber das war nicht dasselbe. Es war so viel zufriedenstellender, wenn man die Pflanze in einem Stück herausbekam.

Im Haus betrachtete Joanna eine Stunde später die Ergebnisse ihrer Google-Suche zu Brücken in Lissabon. *Tote auf der Brücke – Lissabon übernimmt Verantwortung … Spiderman-*

Imitator auf der Brücke festgenommen … Auf diesen Seiten war sie schon einmal gewesen, gestern oder vielleicht auch letzte Woche; nichts war besser als Google, um zu Déjà-vu-Erlebnissen zu kommen. Sie hatte unzählige Internet-Suchen durchgeführt, die unzählige Seiten von Touristen mit zu viel Zeit an die Oberfläche geschwemmt hatten, von Leuten, die vor zwanzig Jahren in Lissabon gewesen waren, oder von Studenten, die eine Arbeit über portugiesische Seefahrer geschrieben hatten. Joanna musste sich damit abfinden, dass sie mit Lissabon eine Niete gezogen hatte. Es gab schon Brücken in der Stadt, aber das waren zwei ausgesprochen moderne Hängebrücken, die für einen Spaziergang kaum geeignet waren, da wahrscheinlich der Straßenverkehr mit hundert Meilen die Stunde über sie hinwegbrauste. Und alte Brücken fehlten ganz ausgesprochen – so konnte sie weder ihr Thema »alt und neu« darstellen, noch Emmies Spur aufnehmen.

Von ihrem Handy aus rief sie Toby an. Sie musste ja nicht unbedingt den Weg der Künstlerin nachvollziehen. Die Briefe waren ihr wie ein Zeichen erschienen, und sie hatte das Gefühl gehabt, dass die Spaziergänge, die Geschichte, die Magie – oder was immer es war – darauf warteten, von ihr entdeckt zu werden. Aber vielleicht irrte sie sich. Martin hatte immer behauptet, sie besäße eine lächerlich überladene Fantasie und ließe sich von ihrem Schreiben das Leben diktieren statt umgekehrt, was das Vernünftige wäre.

»Vielleicht lasse ich Lissabon aus«, erklärte sie, als Toby sich gemeldet hatte.

Schließlich war Lissabon zu Emmies Zeit vermutlich ganz anders gewesen. Damals war Portugal wahrscheinlich noch ein Entwicklungsland. Bestimmt hatte es ein paar wunderschöne alte Brücken gegeben, die Emmie malen konnte, die jedoch seitdem verfallen waren.

Ein tiefer Seufzer. »Darling …«

Jetzt geht das wieder los!, dachte Joanna.

»Ich will Lissabon«, sagte Toby so nachdrücklich, als sei die Stadt ein Kerl, den er am Abend zuvor auf einer Party getroffen hatte.

»Aber …«

»Und ich will es innerhalb eines Monats. Okay?«

Eigentlich war es das nicht. Wie war sie nur auf die Idee gekommen, Toby wäre leicht in die Tasche zu stecken?

»Ich werde mein Bestes tun«, erklärte sie und drückte den roten Knopf, um den Anruf zu beenden. Vier Wochen, um die Recherchen abzuschließen, eine Brücke zu finden, die vielleicht gar nicht existierte, die Reise zu buchen, nach Lissabon zu fliegen, den Spaziergang zu machen und alles zusammenzuschreiben …

Joanna klickte auf Seite vier ihrer Google-Suche, obwohl die Versuchung, sie abzubrechen und es mit leicht unterschiedlichen Suchwörtern zu probieren, überwältigend war. Aber sie durfte nicht in Panik geraten. Vor allem musste sie sich konzentrieren. Und aufhören, an Martin und London zu denken … Was er wohl machte? Sollte sie zu ihm zurückkehren? Konnte sie einfach vergeben, vergessen und weitermachen wie vorher? Und sie musste aufhören, über Emmie und ihren Stammbaum nachzugrübeln.

Joanna gab das Internet auf und breitete ihren bunten, aber verwirrenden Stadtplan von Lissabon aus. So ging das eben mit Städten, die man nicht kannte. Aber irgendetwas von Interesse musste dort zu finden sein. Es gab doch immer etwas …

Joanna hatte auch einige erste Recherchen zu Emmie durchgeführt. Da Mulberry Farm seit Generationen in Vaters Familie war, hatte sie die Linie der Shepherds zurückverfolgt. Joanna war auf ein paar vielversprechende Websites gegangen und hatte sich nicht zwischen dem aristokratisch klingenden *ancestry.co.uk* und dem weniger elitär wirkenden, aber vielleicht auch unzuverlässigeren *genes reunited.com* entscheiden können.

Es war allerdings eine abschreckende Aufgabe – wenn man sich richtig hineinkniete, würde man offenbar mit zwanzig Millionen Verwandten dastehen, bis man im Mittelalter angekommen war. Mehr, als sie gebrauchen könnte.

Joanna starrte die Karte an. Sie hatte erfahren, dass die britischen Familiennamen sich in vier Gruppen aufteilen ließen: je nachdem, ob sie sich vom Beruf, von einem Spitznamen, Ortsnamen oder vom Namen des Vaters oder der Mutter ableiteten. Emmie fiel eindeutig unter die erste Gruppe: Shepherd gleich Schäfer. Demnach hatten ihre Vorfahren schon immer auf dem Land gelebt.

»Weißt du etwas über Vaters Eltern?«, hatte sie ihre Mutter vor ein paar Tagen gefragt. »Wie hießen sie eigentlich?«

Wie sich herausstellte, wusste Audrey sehr wenig: nur dass sie George und Edith geheißen und »sehr viktorianische« Ansichten gehabt hatten.

Na schön. Da ihr Vater 1930 geboren war, konnte Joanna in etwa schätzen, wann sie geheiratet hatten. Sobald sie aus Lissabon zurück war, würde sie nach Dorset ins Archiv fahren und sich das Kirchenbuch ansehen, das dort auf Mikrofilm vorhanden war.

Sie wandte ihre Aufmerksamkeit erneut dem Stadtplan zu. Dafür, dass Lissabon vom Tejo-Fluss beherrscht wurde, mangelte es dort auffällig an interessanten Brücken. Sie war sich sicher, dass sie in der Lage sein würde, Emmie aufzustöbern. Und was würde der Stammbaum sonst noch offenbaren? Irgendwelche Leichen im Keller? Interessante Geschichten, die sie vielleicht in ihrer Kolumne verarbeiten konnte?

Nichts auf der Karte sprach sie besonders an. Sie hörte, wie Harriet draußen mit den Hühnern redete. Vielleicht verlor sie ja den roten Faden. Nach dem Fiasko mit dem Asphalt von heute früh und allem anderen, was ihr Sorgen bereitete, konnte Joanna ihr das nicht wirklich verübeln. Vielleicht hatte Harriet Recht und Mutter verlor ebenfalls den Verstand. Wenn Joanna darüber nachdachte, war sie selbst auch nicht gut beisammen.

Es klang melodramatisch und war wahrscheinlich lächerlich – daher würde sie es besser für sich behalten –, aber Emmie und ihre Brücken schienen sich in Joannas Seele geschlichen zu haben. »Gib mir doch ein Zeichen, Emmie!«, murmelte sie.

Sie stand auf, verließ das Arbeitszimmer und holte die Briefe aus der Kommode in ihrem Zimmer. Sie fühlten sich spröde und zerbrechlich wie Herbstlaub an. Bei der Berührung erschauderte Joanna – ihr war, als halte sie ein Stück ihrer Vergangenheit in der Hand, das sie mit ihrer Zukunft verbinden könnte.

Als sie wieder im Arbeitszimmer saß, klingelte das Telefon. Sie nahm ab.

»Jo? Liebling?«

Martin. Das war das erste Mal, dass er sie nicht auf dem Handy anrief. Wahrscheinlich fürchtete er, Mutter oder Harriet könnten ans Haustelefon gehen und ihn mit Beleidigungen überschütten. Aber sie hatte das Handy lautlos gestellt, um sich in Lissabon vertiefen zu können. In mancherlei Hinsicht fürchtete sich Martin vor Frauen, obwohl er ein Schürzenjäger war. Insbesondere vor starken Frauen, die in Gruppen auftraten.

»Hallo, Martin.«

Joanna beschloss, es ihm nicht allzu leicht zu machen. Wenn er nach all dieser Zeit immer noch glaubte, er könne sich mit

Liebesgesäusel aus dem Chaos herausreden, das er angerichtet hatte, dann irrte er sich. Ihr fiel plötzlich auf, dass er nicht nach Dorset gekommen war, um sie zu sehen; er hatte zwar gefragt, ob er kommen solle, aber als sie nein gesagt hatte, hatte er nicht darauf bestanden. Er war nicht auf einem Schimmel herbeigaloppiert, um sie zurück in sein Leben zu holen. Warum hatte sie bloß so einen Mann geheiratet, dem es an Spontaneität fehlte? Einen Mann, der auch in einer Million Jahren kein Held sein würde?

»Wie geht's dir?«

»Gut.«

»Kommst du zurecht?«

»Womit genau?« Sie arbeitete, sie knüpfte – hoffentlich – eine lange überfällige neue Verbindung zu ihrer Mutter und Schwester, obwohl sie da bei Mutter zuversichtlicher war als bei Harriet. Und sie vergoss keine Tränen. Sie dachte allerdings nach. Ließ sich alles durch den Kopf gehen. Und die Umgebung half ihr dabei; die Hügel, die Klippen und das Meer, ganz zu schweigen von den Erinnerungen, die Mulberry Farm weckten. Langsam. Manche Dinge durfte man nicht überstürzen.

»Ach, ich weiß nicht.« Martin klang nervös. »So allein klarkommen, mit allem fertig werden …«

»Damit, dass mein Mann mich betrogen hat, meinst du?« Joanna lehnte sich auf dem Stuhl zurück. Das Gespräch amüsierte sie beinahe – ein gutes Zeichen. Oder ein schlechtes, je nachdem, wie man es betrachtete. »Oder meinst du, dass ich es fertigbringe, ohne dich am Leben und bei Verstand zu bleiben?«

»Ach, um Himmels willen!« Sie hörte seine Verärgerung. Gut. Sie wollte daran erinnert werden, wie er sein konnte.

»Mit geht's gut«, lenkte Joanna ein.

»Ich könnte dir einen Scheck schicken.« Martins Stimme klang jetzt anders. Der Ton gefiel ihr nicht. Er war plötzlich zu männlich-herrisch für ihren Geschmack.

»Nein.«

»Nicht?«

Begriff er das nicht? Nun ja, warum eine lebenslange Gewohnheit verändern? »Ich will kein Geld von dir.« So einfach war das. Sie wollte allein zurechtkommen.

Noch ein Seufzer. »Liebling, ich habe doch gesagt, dass es mir leidtut.«

Ja. Das hatte er – fortwährend. »Aber, *Liebling* ...« Sie ließ das Wort in der Luft hängen. »... Das ist nicht der Punkt.«

»Was ist es dann?«

Joanna berührte die Briefe. Sie rochen nach Holz und Staub und einem alten, muffigen Parfüm. »Ich weiß nicht, ob ich zurückkommen will.«

»Immer noch nicht?«

»Nein.«

Schweigen. Sie konnte ihn beinahe denken hören, stellte sich sein leichtes Stirnrunzeln, die geballten Fäuste vor. Manchmal ließ er die Fingergelenke knacken, nur um sie zu ärgern und auf die Palme zu bringen. Er fand wahrscheinlich, dass sie unmöglich war. Sie würde ihn doch nicht wegen einer solchen Lappalie verlassen, oder? Aber ...

»Was ich nicht verstehe, Martin«, begann sie und strich die Knicke des Stadtplans mit den Fingerspitzen glatt. Ach, wenn sie nur die Konflikte so leicht glätten könnte ...

»Ja?« Jetzt klang er eifrig.

»Warum willst du, dass ich zurückkomme?« Denn er liebte sie doch gar nicht, oder? Er brauchte sie nicht, begehrte sie nicht, solange jemand anderes in der Nähe war.

»Du bist meine Frau«, erklärte er.

Joanna starrte einen feuchten Fleck in der Decke an. Lief es am Ende darauf hinaus? Blieben Menschen zusammen, weil sie sich zusammen in eine Kiste namens »Ehe« gesteckt hatten, weil der Deckel dieser Kiste zu schwer war, um ihn hochzudrücken, und es einfacher war, in einer Ecke sitzen zu bleiben und zu ersticken?

»Ja.«

Er schien ihren Stimmungsumschwung zu bemerken. »Würdest du denn in die Stadt kommen? Nur damit wir über alles reden können, meine ich. Um mich zu treffen?«

»Nicht zu Hause.« Das war ihr erster Gedanke. Aber trotzdem musste sie noch einmal ins Haus, musste mehr von ihren Sachen holen.

»Wo immer du möchtest, Liebling.«

Ihr wurde klar, dass sie kapituliert hatte. Aber irgendwann mussten sie miteinander sprechen, und wenn nur, um alles zu ordnen und zu entscheiden, was sie mit dem Haus machen würden – sofern sie nicht zu ihm zurückkehren würde. »Ich weiß noch nicht genau, wann«, setzte sie hinzu. »Ich muss nach Lissabon.« Sie dachte an Venedig und an den Brief, den sie bekommen hatte. Was würde in Lissabon auf sie warten?

Er stieß einen Pfiff aus. »Du Glückspilz.«

Schon jetzt schien ihre Unterhaltung sich so zu entwickeln wie in alten Zeiten, was beunruhigend war.

»Ich ruf dich an.« Sie legte den Hörer auf. Verdammt. Was band sie immer noch an ihn? Was hielt sie davon ab, einfach zu sagen: Es ist vorbei ... Sie hoffte, dass es nicht nur daran lag, dass sie Angst hatte, allein dazustehen.

Vorsichtig blätterte sie durch Emmies Briefe, bis sie den fand, der in Lissabon verfasst war.

Mein teurer Rufus ... Ich zähle die Tage, bis ich dein liebes Gesicht wiedersehe, bis du mich in deinen Armen hältst ... Der

Gedanke an dich macht mich schwindlig. Wie soll ich es ertragen, getrennt von dir zu sein? Ich weiß es nicht.

Das war Liebe, dachte Joanna. Das war mehr, als zusammen in einer Kiste zu stecken.

Sie suchte in dem Brief nach der Stelle, an der Emmie ihre Malerei erwähnte. Wie sie schrieb, hatte sie die alte Brücke aus allen Blickwinkeln gezeichnet; sie hatte unter den Maulbeerbäumen gesessen ... Maulbeerbäume? Warum war ihr das nicht schon bei der ersten Lektüre aufgefallen? Maulbeerbäume? Erneut erschauerte Joanna.

Sie beugte sich tiefer über die Karte, ließ sich von ihrem Gefühl leiten und schaute nach etwas anderem, etwas, was nichts mit dem Fluss zu tun hatte, etwas, was sie vorher nicht registriert hatte. Sie las den Straßennamen, auf dem ihr Zeigefinger lag. *Rua das Amoreiras*. Das konnte doch wohl nicht ... Sie gab eine erneute Google-Suche ein – ein Portugiesisch-Wörterbuch. Die Maulbeerbäume. Und ja, da war es, in Grau dargestellt. Ein altes Aquädukt mit einhundertfünfundsechzig Bögen, das in den nördlichen Außenbezirken der Stadt, in den Hügeln, begann und an Maulbeerbäumen entlang parallel zur Straße verlief.

Das war einer dieser Zufälle, die so unheimlich waren, dass es Fügung sein musste. Und er wies ihr eine eindeutige Richtung. Sie griff nach ihrem Stift. Ihr Bauchgefühl sagte ihr, dass sie einer Sache auf der Spur war. Nein, es war mehr als ein Gefühl, es war eine Gewissheit. Sie hatte Lissabon geknackt. Jetzt brauchte sie nur noch den Flug zu buchen, das alte Aquädukt zu finden, darüberzugehen und ihre Eindrücke niederzuschreiben.

18. Kapitel

Am nächsten Morgen, beim Frühstück, fand sich Harriet in eine weitere dieser sinnlosen Diskussionen mit Mutter verwickelt.

»Hast du diese Männer gerufen?«

»Welche Männer?«

»Die Männer mit dem Asphalt.«

»Also wirklich, Harriet.« Audrey knipste ihre majestätische Miene an. »Ich begreife nicht, warum du immer mir die Schuld gibst. An jeder Kleinigkeit ...«

Grrr. Harriet säbelte durch das Vollkornbrot. Brutal. Manchmal kam es ihr vor, als hätten sich alle gegen sie verschworen.

Joanna betrat die Küche. »Morgen«, sagte sie munter. Sie schnappte sich eine Schale – Harriets Schale natürlich – und kippte Cornflakes hinein. Ein paar fielen auf den Boden, aber Joanna schien es nicht zu merken. Natürlich nicht.

»Also, irgendjemand muss sie ja gerufen haben«, murmelte Harriet finster. Sie schnappte sich den Besen von der Hinterveranda und begann demonstrativ, unter dem Küchentisch zu fegen.

Joanna hob nur die Beine. Knöchelhohe Wildlederstiefel, bemerkte Harriet. Enge, schmal geschnittene Jeans. Sollte man Frauen von fünfunddreißig erlauben, enge Jeans zu tragen? Das war einfach nicht fair.

»Männer tauchen nicht einfach aus dem Nichts heraus auf und teeren so mir nichts, dir nichts fremder Leute Einfahrten«, erklärte sie. Sie wedelte mit dem Besen, um ihr Argument zu unterstreichen. »Nicht mal Zigeuner.«

Joanna zog eine Augenbraue hoch und aß ungerührt ihre Cornflakes.

»Ich darf ja über Tag nicht mal mein eigenes Telefon benutzen.« Geziert löffelte sich Audrey das letzte Stück Grapefruit in den Mund und tupfte sich die Lippen mit einer Papierserviette ab. »Deswegen weiß ich wirklich nicht, warum du mir Vorwürfe machst.« Sie raffte den dünnen Morgenmantel fester zusammen und zitterte dramatisch.

»Du könntest dich auch vor dem Frühstück anziehen, Mutter.« Harriet wusch sich die Hände, trocknete sie ab, nahm den Toast aus dem Toaster und legte ihn auf einen Teller. »Wir haben schließlich Winter.« Filmstars aus den vierziger und fünfziger Jahren hatten das wahrscheinlich nicht getan, aber die hatten vielleicht auch in Treibhäusern gelebt. Sie stolzierten in seidenen Negligees herum und sahen elegant und anziehend aus, nippten Tee aus Bone-China-Tassen und wedelten viel mit den Händen. Ihre Mutter spielte diese Rolle vollkommen – abgesehen von der Sache mit den Handwerkern.

Joanna nahm die erste Scheibe Toast. »Fährst du heute Morgen nach Pridehaven, Het?«

Nenn mich nicht Het. »Gleich nach dem Frühstück.« Sie musste Porree und Pastinaken an Bloomers ausliefern – sie hatte sie erst heute früh ausgegraben, denn Harriets Erfahrung nach blieb Gemüse in der Erde frischer als überall anders – jedenfalls, bis es richtig fror. Und das war noch nicht alles, was sie in Pridehaven zu erledigen hatte.

»Kannst du mich mitnehmen?« Joanna schmierte sich dick Butter auf den Toast. Sie schien niemals zuzulegen und hatte nicht einen einzigen Pickel oder fettige Haut. »Ich muss etwas recherchieren.«

Oh ja, Recherchen, Recherchen. Joanna musste immer so wichtig tun. Harriet kratzte Butter auf ihren Toast und ging mit der Marmelade genauso sparsam um. Keine Ahnung, warum – auch sie litt weder an Pickeln noch fettiger Haut und war auch nicht besonders übergewichtig. Ihr Problem waren eher Pölsterchen an den falschen Stellen. »Ja«, fauchte sie.

»Danke.«

Harriet trank einen Schluck Tee und griff nach dem Telefonbuch. Da ihr niemand die Wahrheit sagen wollte, musste sie sie selbst herausfinden.

Audrey wandte sich an Joanna. »War das gestern am Telefon Martin, Liebes?«

»Hmmm, ja.« Joanna war nicht besonders mitteilsam. Das war nichts Neues.

Harriet blätterte durch die Gelben Seiten und versuchte, sich an den Firmennamen auf dem Wagen zu erinnern. Ach ja, *Terry's Teer*, das war es gewesen. Welcher von ihnen mochte Terry sein? Der Sommersprossige oder der Picklige?

»Was hat er gesagt?« Audrey faltete die Hände wie zum Gebet.

Wahrscheinlich fleht sie zum Himmel, dass Joanna uns endlich verrät, was los ist, dachte Harriet.

Joanna zog eine Grimasse. »Nicht viel.«

»Dann ist also alles ...?«

»In Ordnung«, erklärte Joanna.

»Wirklich?« Harriet bemühte sich, nicht skeptisch zu klingen. Schließlich war Joanna seit Wochen hier – acht Wochen, um genau zu sein –, und in dieser Zeit hatte sie ihren Mann kaum erwähnt. Und er hatte sich nicht blicken lassen. Das sah nicht gerade nach Eheglück aus – doch was verstand sie, Harriet, schon davon?

Sie nahm das Telefon und tippte die Nummer ein.

»Hallo«, sagte sie, als eine tüchtig klingende Frau abnahm. »Mulberry Farm Cottage hier, Harriet Shepherd am Apparat.« Sie hatte die Erfahrung gemacht, dass es immer am besten war, unfreundlich zu klingen – dann versuchten die Leute immer, einen zu besänftigen. Bei Dynamic Dating funktionierte das allerdings nicht, aber das hatte auch seine eigenen Gesetze. Sie spürte ein nervöses Zucken in der Magengrube. Ganz ruhig, Harriet!

»Mrs. Shepherd? Ach ja.«

»Miss.«

»Tut mir leid, Miss Shepherd. Wir hatten Sie für gestern vorgemerkt.«

Bildete sie sich den leicht vorwurfsvollen Unterton nur ein? »Ja, offenbar.« Harriet seufzte. »Aber ich hatte Sie gar nicht bestellt.« Sie trank ihren Tee aus und verdrehte die Augen an Joannas Adresse. »Und ich habe keine Ahnung, wer es war.« Natürlich hatte sie das.

»Sind Sie sich sicher?«

»Natürlich bin ich mir sicher.« Harriet bemühte sich um einen gelassenen Ton. »Und ich würde gern wissen, wer Kontakt zu Ihnen aufgenommen hat.« Aus dem Augenwinkel bemerkte sie, dass ihre Mutter nervös auf dem Stuhl umherrutschte. Sollte sie doch zappeln; aus dieser Geschichte konnte sie sich nicht mehr herausreden.

»Hier steht Shepherd.« Die Stimme der Frau klang jetzt kürzer angebunden, und Harriet hörte das Rascheln, mit dem Aktenordner und Mappen aufgeblättert wurden. »Ich glaube, wir haben sogar … einen schriftlichen Auftrag …«

»Einen Brief?« Harriet warf ihrer Mutter einen skeptischen Blick zu. Jetzt kamen sie langsam voran.

»Und dann haben wir wahrscheinlich telefonisch einen Termin abgesprochen, an dem Terry zu Ihnen hinauskommen würde, und …«

»Danke. Vielen Dank. Aber nein, danke.« Harriet legte auf. Es war sinnlos, Mutter ins Verhör zu nehmen. Audrey würde nur alles abstreiten, und dann würde Harriet aus Frustration etwas sagen, was sie nicht so meinte. Oder etwas, was sie schon so meinte, aber besser nicht äußern sollte. Sie stand auf und schnappte sich ihren Mantel von dem Haken neben der Tür und einen Schal. Es war kalt draußen. Bestimmt würde es bald schneien.

»Willst du schon fahren?« Joanna stopfte sich eine halbe Scheibe Toast in den Mund. »Wann müssen wir denn zurück sein wegen Mutter?«

»Ich bin um zwölf wieder zu Hause.« Wann, fragte sich Harriet, hatten sie eigentlich angefangen, über Mutter zu reden, als ob sie gar nicht da wäre? »Wann du zurückwillst, liegt bei dir. Du kannst entweder mit mir heimfahren oder den Bus nehmen. Aber der fährt nur alle zwei Stunden.« Sie war schon halb durch die Tür.

»Aber …«, begann Audrey.

»Tschüss, Mutter!«, schrie Harriet. »Ich räume später auf!« Sie hatte das Gefühl, unbedingt aus dem Haus zu müssen. Drei Stunden waren keine lange Zeit, um nach Pridehaven zu fahren, Jolyon auf einen Kaffee zu treffen – erneut spürte sie diesen zittrigen Anflug von Furcht – und nach Mulberry Farm zurückzukehren, aber sie müssten reichen. Außerdem würden Jolyon und sie einander womöglich auf den ersten Blick hassen. Oder sie würde es vermasseln wie bei Hector, ohne sich dessen bewusst zu sein. Harriet schaute nach oben. Der Himmel war von diesem lückenlosen Grau, das an ein ungewaschenes Oberbett erinnerte und schrecklich deprimierend war – besonders, weil Weihnachten vor der Tür stand. Sie hasste

Weihnachten. Harriet zog die Handschuhe aus der Manteltasche.

Sie schloss den Pick-up auf. »Hast du irgendwelche Briefe für Mutter eingeworfen, Jo?«, erkundigte sie sich.

»Nein.« Joanna warf ihr wieder diesen Blick zu, der besagte: *Sei nicht so streng zu ihr!*, aber Harriet ignorierte ihn.

Wer kam sonst noch in Frage? Sie kletterte auf den Fahrersitz, ließ den Motor und die Heizung an und zog die Handschuhe wieder aus. In der Ferne tuckerte der vertraute rote Traktor über das äußerste Feld. »Owen.« Mit der flachen Hand schlug sie fest auf das Steuer.

»Owen?«

»Ja.« Harriet legte den Rückwärtsgang ein. Also wirklich, Joanna war im Moment so verträumt, dass sie mit den Gedanken eine Million Meilen weit weg zu sein schien. Aber vielleicht war sie ja schon als Kind so gewesen. Vielleicht war deswegen alles so spurlos an ihr vorübergegangen, die guten und die schlechten Dinge ... Sie war geschützt, lebte in ihrer eigenen Seifenblase. Wie schön für Joanna ...

»Was ist mit Owen?«

»Owen muss den Brief eingeworfen haben«, erklärte Harriet.

»Richtig.«

Ich werde mit ihm reden müssen, dachte Harriet kopfschüttelnd. Sie steuerte den Pick-up die holprige steinige Auffahrt hinunter, bog ein wenig zu schnell auf die Straße ab und überfuhr beinahe einen Radfahrer.

Eine Sekunde lang drehte er sich zu ihr um, während sein Fahrrad von rechts nach links ausscherte. Er sah Harriet direkt an, und seine Miene wirkte verwirrt, sogar ein wenig ängstlich. Ängstlich?

»Das ist er!«, stieß sie ohne nachzudenken aus. Während sie

ihn anstarrte, stürzte er fast in den Graben. Dann richtete er sich auf und fuhr weiter die Straße entlang. Aber sie musste vereist sein, denn das Rad schlingerte immer noch hin und her.

»Wer war das?« Joanna schaute in die Runde.

»Das ist der Mann.« Harriet konnte sich nicht rühren. Ihre Handflächen klebten am Steuer. Das Brummen der Heizung pochte in ihrem Kopf.

»Welcher Mann?«

»Du weißt schon.« Harriet holte tief Luft und schaltete. Genau, wie sie gedacht hatte – er war also nicht weg. Langsam beschleunigte sie und fuhr die Straße entlang, in die entgegengesetzte Richtung, als der Fremde sie eingeschlagen hatte. Warum sollte er Angst haben? Wieso bloß? Warum hatte er so … verwirrt dreingeschaut? »Der Mann, den ich ständig sehe«, sagte sie.

»Der Verrückte?«

»Na ja …« Joanna neigte manchmal dazu, ein wenig melodramatisch zu sein. Schon gut, Harriet hatte ihn selbst als Verrückten bezeichnet, aber jetzt …

»Halt an!«, schrie Joanna.

»Sei nicht albern!« Harriet fuhr weiter.

»Aber Harriet …«

Harriet begann zu summen. Keine Ahnung, warum. Sie hatte keinen Grund zur Fröhlichkeit, eigentlich sogar das Gegenteil. »Hm?«

»Findest du nicht, wir sollten ihm zumindest nachfahren?«

»Ihm nachfahren?« Dazu hatte sie auf keinen Fall Zeit. »Du meinst, um ihn zur Rede zu stellen?«

»Oder die Polizei zu rufen.« Joanna schien zurückzurudern.

»Eigentlich nicht.« Ihn zu sehen hatte ihr nur bestätigt, was sie schon wusste – dass er immer noch da war und sie beobachtete. Irgendwann würde sie deswegen etwas unternehmen müssen. Aber nicht jetzt. Die Sonne brach durch die Wolken. Es war nur eine schwache Wintersonne, aber alles war besser als dieses lückenlose Grau. Vielleicht würde es doch nicht schneien. Obwohl auch Schnee hübsch sein konnte. Und romantisch.

Joanna schien aufzugeben. Sie murmelte etwas wie: *Na schön, es ist deine Beerdigung*.

Harriet ignorierte sie.

»Was summst du da, Het?«

Sometimes It's Hard to Be a Woman. »Ach, nichts.« Sie warf einen Blick auf die Uhr. Sie war spät daran. Der verfluchte Stalker konnte warten. Harriet trat das Gaspedal durch.

19. Kapitel

Es war früher Morgen, und Nicholas war in El Cotillo. Er schaute aus dem winzigen gotischen Bogenfenster des blauen Hauses. Der Himmel war verhangen, aber das Licht, das durch die Wolkendecke fiel, war goldfarben und warm – genau richtig für sein Vorhaben. Seine Kameratasche stand fertig gepackt an der Vordertür. Nicholas beschloss, zum Leuchtturm zu gehen.

Sogar das Klima war anders als in seiner Erinnerung. Er zog die dunkelviolette Fleecejacke an und schlang sich einen locker gewebten Leinenschal um den Hals. Er erinnerte sich an lange, wolkenlose Tage und den weitesten und vollkommensten blauen Himmel der Welt.

Aber er wusste, dass Erinnerungen genauso täuschten wie manche Fotos. Sie wurden psychologisch gefiltert – man erinnerte sich an das, was man behalten wollte, mischte es mit dem, was andere einem erzählt hatten, und gab noch einen Schuss Fantasie dazu. Hm. Das Wort Fantasie erinnerte ihn an Venedig. Das war eigenartig, denn Nicholas hatte noch nie zu fantasievollen Höhenflügen geneigt oder dazu, Dinge zu sehen – okay, zu fühlen –, die nicht wirklich vorhanden waren. Er konnte es nicht erklären, aber er wusste, was er gesehen hatte.

Am Vorabend, bei seiner Ankunft in einem Mietwagen, war es dunkel und kühl gewesen. In El Cotillo schien es jetzt mehr Häuser zu geben, er hätte den Ort fast nicht wiedererkannt. An das kuriose blau-weiße Steinhaus hatte er sich jedoch richtig erinnert. Zum ersten Mal hatten sie es gesehen, als sie am

Strand entlangspazierten; die kleinen Bogenfenster erspäht, die exotischen Pflanzen in dem ummauerten Garten, das steile blaue Dach und die Plastikblase ganz oben darauf. Wie eine Kaffeemaschine, hatte Rachel gemeint. *Wie es wohl wäre, dort zu wohnen?* Jetzt wusste er es. Das Haus war zu groß für eine Person. Er wanderte darin umher wie eine verlorene Seele.

Nicholas nahm die Tasche über die Schulter, passierte das Tor – die blauen Blechplatten waren an einer zentralen Achse aufgehängt, sodass sie in beide Richtungen schwingen konnten wie eine Drehtür – und stand sofort in dem tiefen hellen Sand am Strand. Das Meer war von einem dunklen Marineblau, das sich zu weißen Wellen verdichtete. Und dort, wo es flach war und einladend zwischen Vulkanfelsen auslief, schimmerte es türkis.

Dieses Lavagestein durchbrach die weite Sandfläche, die sich vor ihm ausbreitete und auch von den *corralitos* aufgelockert wurde, kleineren, unregelmäßigen grauen Steinhaufen, die so angelegt waren, dass sie ein Hufeisen bildeten – oder ein Meer-Haus, wie Celie sie zu nennen pflegte. Darin konnte eine Familie – seine Familie – den ganzen Tag am Strand verbringen und war vor dem Wind geschützt. Er ging zu einem der größten und am wenigsten einsehbaren *corralito*, in dem damals immer eine deutsche Familie kampiert hatte. Ob ein *corralito* besetzt war, konnte man immer erst erkennen, wenn man oben stand. Einmal hatte er zufällig ein Pärchen überrascht, das sich liebte, und er war davongestolpert, bevor die beiden ihn entdecken konnten. Er hatte sich immer gewünscht, einmal mit Rachel herzukommen und das zu tun: zwischen Felsen und Sanddünen in ihren Armen zu liegen.

Doch sie hätte das niemals getan.

Während er über den feinen Sand zum Ufer stapfte, schob sich die Sonne durch die Wolken. Aus der Nähe betrachtet war das Wasser der Lagune klar wie ein Diamant. Es leuchtete geradezu.

Rachel wäre immer entweder zu beschäftigt oder zu müde gewesen. Oder ihr wäre zu heiß gewesen. Außerdem hätte sie zu viel Angst gehabt, beim Liebesspiel überrascht zu werden. Und ohnehin ... Er schaute auf den Strand zurück, der sich in die Ferne erstreckte wie eine Mondlandschaft. Heute wären hier zu viele Menschen, zumindest wenn die Saison zum Sonnenbaden begann. Voll würde es wohl nie werden – dazu war der Strand zu weitläufig. Aber El Cotillo war kein verschlafenes Fischerdorf mehr. Es schien seine wahre Identität verloren zu haben.

Automatisch schweifte Nicholas' Blick über den Horizont, als überlege er, wie er ihn ins Bild setzen sollte. Dann wandte er sich den Häusern am Meeresufer zu und ging weiter zum Zentrum des Dorfs, das sich in eine Baustelle verwandelt hatte. Er zählte drei Kräne. Hier wurde ein Paradies für Touristen errichtet. Eine destruktive Angelegenheit.

Er wandte sich ab und wanderte in die andere Richtung. Bald wurde die Landschaft kahler – staubige Erde, schwarzer Fels, ausgetrocknete Grassoden, hier und da ein Kaktus –, eine farblose Kraterlandschaft, so weit das Auge reichte. Celie hatte diesen Ort als Kind unheimlich gefunden; das hatte sie ihm viel später erzählt.

Merkwürdig, jetzt sah er, was sie meinte. Einem kleinen Kind musste das alles so groß und so fremdartig erscheinen wie der Mars.

Der Wind trieb den Sand gegen Nicholas' nackte Beine. Auf Fuerteventura wehte er immer. Er fuhr einem in die Ohren, den Kopf, das Herz. Manchmal liebkoste er einem die Haut, und dann wieder donnerte er auf einen ein so wie jetzt.

Nicholas bog auf einen Feldweg ein. Zwei Jogger liefen auf

ihn zu. Er fragte sich, ob es nicht angenehmere Arten gab, sich fit zu halten. In der Ferne bemerkte er ein Auto auf der Straße. Merkwürdig, an einem solch zeitlosen Ort Bilder des einundzwanzigsten Jahrhunderts zu sehen.

Er ging weiter in Richtung Leuchtturm. Auch beim letzten Mal hatte er den Weg allein zurückgelegt. Rachel hatte ihr Buch zu Ende lesen wollen, und Celie hatte glücklich in der flachen Lagune geplantscht; nur Nicholas war unruhig geworden; er wollte sich bewegen, suchte Abwechslung. In dieser öden Gegend war der Leuchtturm, der sich mit seinen roten und weißen Streifen daraus erhob, das Einzige, was den Blick auf sich zog. Sonst gab es hier nichts. Nicholas verschränkte die Arme und schaute aufs Meer hinaus. Aber so wie der Leuchtturm von Godrevy war er ein sichtbares Ziel, das man ansteuern konnte.

Vielleicht war es genau das, was er brauchte: ein Ziel im Leben. Einen Traum, etwas, auf das er hinarbeiten konnte. Vielleicht hatte Celie recht. Aber wenn man auf sich allein gestellt war, kam es einem schwieriger vor, selbst wenn man keine Geldsorgen mehr hatte. Solange man keines hatte, war das anders. Dann schien Geld das Ziel zu sein. Doch das war es nie.

Nicholas schweifte umher und suchte nach einer interessanten Perspektive.

Damals hatten sie für diesen Urlaub auf Fuerteventura gespart; er hatte Überstunden gemacht, und Rachel hatte Geld aus der Haushaltskasse beiseitegelegt und sich den ganzen Sommer nichts zum Anziehen gekauft; eine enorme Leistung für sie. Sie hatten sich beide nach etwas Sonne im Winter gesehnt. Und sie hatten einiges zu durchdenken. Rachels Schwager Giuseppe war mit einem Fotoauftrag an Nicholas herangetreten, und er hätte ihn gern angenommen, wirklich gern. Diese Tätigkeit wäre nicht so sicher wie die Stelle als Buchhalter in der Firma von Rachels Vater in Surrey, und sie würde mit sich bringen, dass er oft von zu Hause fort wäre. Selbst wenn Nicholas nebenbei noch freiberuflich als Buchhalter arbeiten würde, würde er weniger verdienen.

Nicholas stellte das Stativ so auf, dass der Leuchtturm sich im Brennpunkt befand. Sogar hier war modernisiert worden; da stand eine neue Mauer, das Haus war renoviert, und kleine Pfade zogen sich durch die Felsvorsprünge und zu den flachen Meeresausläufern hinunter.

Er setzte die Kamera auf und stellte Belichtung und Blende der Pentax ein, bedachte die Tiefenschärfe und richtete die Kamera so ein, als wäre sie sein eigenes Auge. Ihm gefiel die Herausforderung, welche die Landschaftsfotografie bedeutete, und er versuchte, spätere Korrekturen so gering wie möglich zu halten. Nicholas mochte nichts, was nicht real war.

Wie der größte Teil ihres gemeinsamen Lebens war auch diese Entscheidung ein Kampf gewesen. Rachel hatte für die Sicherheit plädiert, die die Stellung in der Firma ihres Vaters bot. Sie wollte nicht, dass Nicholas noch öfter fort war, sie konnte nicht begreifen, warum er überhaupt darüber nachdachte. Seit das Angebot ergangen war, waren wütende, erbitterte Telefongespräche zwischen Rom und Surrey, zwischen Rachel, ihrer Schwester und Giuseppe, hin- und hergegangen, bis die Leitungen glühten. Aber damals hatte Nicholas sich bei seiner Arbeit so unwohl gefühlt, dass er jeden Montagmorgen die Anspannung wie einen Knoten in seinem Inneren spürte, der sich für gewöhnlich erst Freitag auflöste. Er hasste es. Doch Rachel hatte eingewandt, dass sie auch an Celie denken mussten. Als täte er das nicht. Ihre Kleidung, ihr Wohlergehen, ihre Ausbildung, ihre Beziehung zum Vater. Hatte sie nicht das Allerbeste verdient?

Nicholas liebte Celie über alles. Aber er fragte sich, wann er das Gefühl für sich selbst verloren hatte. Vielleicht, als er von Cornwall nach Surrey gezogen war – weil Rachel es so gewollt hatte? Oder als er in die Firma ihres Vaters eintrat – weil sie das ebenfalls gewollt hatte? Oder als er zum ersten Mal spürte, dass ihm Rachels Liebe entglitt? Was war zuerst gekommen? Der Verlust der Liebe oder der eines Teils von Nicholas Tresillion?

Nicholas suchte sich einen Punkt am Horizont. Er wollte die Wildheit einfangen, die an diesem Morgen in den Wolken und im Meer lag; mit dem Leuchtturm als Orientierungspunkt, als Kontrast und Symbol für Sicherheit. Über Fuerteventura hielten sich die Wolken nie lange. Schon jetzt tauchten blaue Flecken am Himmel auf.

Erstaunlicherweise hatte damals der wolkenlose blaue Himmel Rachels Widerstand dahinschmelzen lassen. Im Lauf der Tage war sie weicher, irgendwie liebevoller geworden. Sie hatten das Thema Arbeit durchdiskutiert und waren zwischendurch im türkisfarbenen Wasser der Lagune geschwommen, hatten lange Strandspaziergänge unternommen und in dem Restaurant am alten Hafen gegessen. Bei der Erinnerung lächelte Nicholas ... Der Sonnenschutz bestand aus einer alten Plane und einem Pfosten, die Tischplatten ruhten auf Erdhügeln vulkanischen Ursprungs, und die Kellnerin, ein deutsches Hippie-Mädchen, servierte Fisch und Meeresfrüchte, Salat und die typischen runzligen Pellkartoffeln der Kanaren, *papas arrugadas*; im Hintergrund spielte ruhige Musik von den Doors. Ah ...

El Cotillo hatte ihn immer an Cornwall erinnert und Godrevy umgekehrt an El Cotillo. Die beiden Orte hatten mehr gemeinsam als nur einen Leuchtturm, einen Strand, an dem man surfen konnte, oder eine karge Landschaft. Der Grund ist wohl der, überlegte er, dass beide Landschaften ähnliche Empfindungen in mir wecken.

Als der Einfallswinkel des warmen Lichts genau richtig war und der Schatten des Leuchtturms zum goldfunkelnden Sand wanderte, während die Sonne durch die Wolken brach, machte Nicholas seine Aufnahmen.

Und dann bekam er Hunger, wie immer. Er ging auf demselben Weg zurück und kehrte auf einen Kaffee und ein Stück Gebäck im Restaurant Azurro ein, das gleich hinter dem Strand lag. Von der Terrasse aus hatte er einen guten Blick auf die Häuser am Strand: das maurisch angehauchte Gaudí-Haus mit einer birnenförmigen Skulptur auf dem Dach, verrostet wie das Heck eines alten Schiffs; das weiße Steinhaus, das aussah, als hätte eine Riesenaxt es in zwei Teile gehackt; und in der Ferne der Leuchtturm. Die Palmen bogen sich im Wind. Im Süden, vor dem Hintergrund der Vulkanberge, lag das Dorf El Cotillo an einer niedrigen Klippe, die wie ein langgestreckter Pier ins Meer ragte.

Nicholas trank seinen Kaffee. Er war auf italienische Art zubereitet, und er musste zugeben, dass er ihn so am liebsten mochte. Wer wollte ihm vorwerfen, dass er zurückgekehrt war? Es war ein herrlicher Urlaub gewesen damals. Am letzten Tag hatte er am Ufer gestanden, und Rachel hatte liebevoll die Arme um ihn geschlungen.

»Okay«, flüsterte sie.

»Okay?« Über ihre Schulter hinweg hatte er automatisch nach Celie gesehen. Sie spielte im Sand, gebräunt, sommersprossig und gesund.

»Ich weiß, dass du es nicht abwarten kannst, bei Bannisters zu kündigen«, sagte Rachel. »Ich weiß, dass du glaubst, dieser Auftrag von Giuseppe könnte dazu führen, dass du noch mehr Aufträge als Fotograf bekommst. Und dass es gut für uns ist – auf lange Sicht, meine ich.«

»Ja.« Und, bei Gott, es war ihm ernst gewesen. Er hatte das Gefühl gehabt, sein Ehegelübde zu erneuern. *Ja, ich will …*

»Dann solltest du es versuchen«, meinte sie. »Andernfalls wirst du dich immer fragen, wie dein Leben sonst verlaufen wäre.«

Er legte die Hände auf ihre Schultern und schob sie von sich weg. Ihre Miene war ernst, und ihre Augen verrieten nichts. »Ist das dein Ernst?«

»Natürlich.«

»Wie kommt's?«

Sie zuckte die Achseln. »Du hast mich überzeugt. Das hier« – ihre Hand deutete auf die Landschaft aus schwarzen Felsen, hellem Sand und tiefblauem Meer – »hat mich überzeugt.«

Und in diesem Moment, als Nicholas sie wieder in seine Arme zog und die winzigen Wellen an ihren Füßen leckten, hatte er gedacht: Das ist es, das ist mein perfekter Moment an diesem perfekten Ort und …

Der Augenblick war unwiderruflich dahin.

Er schob die Kaffeetasse beiseite. So ging das mit Augenblicken, Orten, Menschen … Sie vergingen, änderten sich …

Er sprang auf, ließ ein paar Euro auf dem blauen Tischtuch zurück und rannte in Richtung Dorf davon. Wem machte er eigentlich etwas vor? Er hätte nicht hierher zurückkehren sollen. Nichts blieb gleich. Und im Gegensatz zu der Überraschung in Venedig waren nicht alle Überraschungen angenehmer Natur.

Sein Unbehagen wuchs, als er die Straße entlanglief, vorbei an den weißen Häusern mit blühenden Kakteen in den Gärten. Sie wuchsen im *picón*, in der schwarzen Vulkanerde, die die Feuchtigkeit durch Kondensation bewahrte. Auf Fuerteventura gab es nicht viel Regen.

»Jesus!«, murmelte er. Der Blick auf die Straße unterschied sich vollständig von dem Panorama, an das er sich erinnerte: ungepflasterte Straßen und Gassen und niedrige, kantige weiße kanarische Häuser und Hütten, zwischen denen dicke Kabel baumelten. Er wusste noch, dass es ein Gefühl gewesen war, als betrete man ein winziges Westernnest. Er und Rachel hatten Celie damit aufgezogen, dass *bandoleros* auf die Straße springen und »Geld oder Leben!« brüllen würden. »Was wirst du ihnen geben, Daddy, was machst du dann?«, hatte sie gefragt.

Jetzt gab es gepflasterte Straßen, Baustellen und halb fertige Apartmenthäuser. Und eine richtige Monstrosität, an der alles falsch und nachgemacht war: die glatte gelbe Fassade, die korinthischen Säulen und Balustraden ... Er konnte das Gebäude kaum ansehen. Was für ein Mangel an Sensibilität! Am liebsten wäre er in Tränen ausgebrochen. Wer hatte diesem Ort die Seele geraubt?

Er bog erneut in Richtung Meer ab. Herrgott, irgendetwas musste doch noch so wie früher sein!

Wenigstens am alten Hafen fand er ein paar vertraute Orientierungspunkte. Das Restaurant Vaca Azul, wo die blaue Kuh aus Blech, nach der es benannt war, noch immer auf der Dachterrasse stand und auf den Sonnenuntergang zu warten schien; die Steinhäuschen mit den hölzernen Balkonen; alte Gebäude, deren Putz von Wind, Salz und Sonne abgetragen war, sodass große Steinblöcke hervortraten; sie waren nicht hübsch und es auch nie gewesen, sondern stellten nur praktische Fischerhütten dar. Aber bei ihrem Anblick fühlte Nicholas sich ein wenig besser. Schließlich war er der Sohn eines Fischers.

Gott, er hatte Rachel so sehr geliebt! An jenem letzten Tag hatte er sie in den Armen gehalten und über alles geliebt.

Und jetzt, fast zwanzig Jahre später, konnte er sich noch immer nicht von ihr lösen. Der Unterschied war nur, dass er es heute wollte und musste. Er war zurückgekehrt, um von hier aus neu durchzustarten. Denn schlussendlich war es egal gewesen, dass er im Lauf der Jahre immer mehr Aufträge bekommen hatte, dass er sich sogar einen erfolgreichen Fotografen nennen konnte und dass er die Buchhaltung fast ganz aufgegeben hatte, um seiner beruflichen Leidenschaft zu folgen. Am Ende hatte Rachel ihn trotzdem verlassen.

Gegenüber von Nicholas, am alten Hafen, stand ein verrücktes gefliestes neues Gebäude, das mit einer riesigen Satellitenschüssel ausgerüstet war, eine Verbindung mit der neuen Welt. Mit der Welt, in die er gehörte. Denn dieser Erkenntnis musste sich Nicholas stellen: Er verharrte nicht still in der Zeit, in der Erinnerung und der Illusion eines vollkommenen Augenblicks, sondern war ein lebendes, sich bewegendes Wesen – ein Mann, der nicht nur eine Vergangenheit hatte, sondern auch eine Zukunft.

Was er brauchte – das hatte dieser Ort ihm gezeigt –, waren neue Orte, neue Erinnerungen. Würde der Geist von El Cotillo weiterleben? Oder würde er ausgehöhlt werden, begraben unter dem Gewicht eines Apartmentblocks, der die Imitation eines maurischen Palasts war? Nicholas hatte keine Ahnung. Aber er selbst war nicht bereit, sich begraben zu lassen, so viel war ihm inzwischen klar.

Nicholas ging an dem Café vorbei, passierte die Bank, wo früher die alten Männer gesessen, geredet und Karten gespielt hatten. Wieder dachte er an Venedig. Er kannte die Stadt so gut, und doch hatte er sie bei diesem Brückenspaziergang auf eine andere Art gesehen. Diese Frau hatte ihn gelehrt, sie anders zu betrachten. Und noch mehr. Er konnte es zwar nicht erklären, aber er hatte es gespürt, obwohl er nicht wirklich den

Finger darauf legen konnte – die Energie, das Wissen. Er beugte sich über das Eisengeländer und schaute über den alten Hafen hinaus. Was brachte einige Menschen dazu, an das zu glauben, was sich rational nicht fassen ließ? Und was hielt andere auf dem unwandelbaren Weg, dessen sie sich sicher waren? Fest verankert in einer Realität, die sie leicht erkennen konnten. Ohne Überraschungen.

Aber war er nicht genauso schlimm? Er war in die Vergangenheit zurückgekehrt, um vorwärtsgehen zu können. Nicholas schaute auf das Meer. Immer noch krachten die Wogen auf die schwarzen Vulkanfelsen und schäumten über die Kiesel. Die blaue Kuh lächelte immer noch. Sie gaben ihm keine Antworten. Aber zum ersten Mal war Nicholas froh darüber, hierher zurückgekehrt zu sein.

20. Kapitel

Herrje. Man konnte ihn nicht verwechseln. Er war groß, sehr groß. Und ... nun ja, anders als andere Leute.

Harriet hatte nur einen Schritt in das Hive-Café getan, als sie ihn an der Theke entdeckte. Manche Männer brachten eine Nelke oder eine zusammengerollte Zeitung mit, um sich zu erkennen zu geben. Jolyon trug einen Cowboyhut. Und als er sich umdrehte, trug er ein schmieriges Grinsen auf dem Gesicht.

Sah er aus wie ein Ritter, der sie auf sein Pferd heben und von all dem hier fortbringen konnte?

»Jolyon?« Sie machte noch einen Schritt auf ihn zu.

»Au, Mann«, sagte er.

Himmel, gab es wirklich Menschen, die »Au, Mann« sagten?

»Sie müssen Harriet sein.«

»Stimmt.« Sie streckte ihm die Hand entgegen. Sie konnte ihm ebenso gut von Anfang an klarmachen, dass sie sich nicht küssen ließ.

»Howdy, wie geht's, Harriet?« Er führte die Hand an den Hut.

Herrgott, dachte sie.

»Howdy ... Ich meine, hallo, Jolyon.«

»Toller Name.« Er nickte beifällig. Seine Haut war faltig, so dunkel wie ein alter Sattel und fast genauso ledrig. Sein Dreitagebart war irgendwie nichts Halbes und nichts Ganzes. »Aber ein bisschen steif.« Er zupfte an den Schnüren seines Stetson. »Kann ich Sie Hattie nennen?«

Harriet ließ die fransenbesetzte Wildlederjacke – sie war mit Strass besetzt – ebenso auf sich wirken wie die rote Krawatte, den Gürtel mit der dicken Schnalle und ... Wie nannte man noch diese ledernen Schutzdinger über den Schenkeln? Chaps? Und was genau wollte er damit schützen? Rasch glitt ihr Blick an dem Pistolenhalfter – *Moment, Pistolenhalfter?* – vorbei, hinunter zu seinen hochhackigen, spitzen Cowboystiefeln. Ach, herrje ... Ob er sich immer so anzog? Oder war er gerade unterwegs zu einer Kostümparty am Mittag?

»Nein, Jolyon«, sagte sie. »Das möchte ich nicht.«

Joanna hatte eine oder zwei Stunden Zeit und hatte beschlossen, sie in Pridehaven mit der Suche nach der Heiratsurkunde ihrer Großeltern väterlicherseits zu verbringen. Sie bekam Emmie nicht mehr aus dem Kopf.

»Wir haben alles auf Film«, bestätigte die junge Frau hinter dem Schreibtisch. »Welche Zeit möchten Sie sich ansehen?«

Joanna beschloss, mit dem ersten Quartal des Jahres 1928 zu beginnen. Ralph war der ältere von zwei Söhnen gewesen, daher war es logisch, dass er wahrscheinlich innerhalb der ersten zwei Jahre nach der Hochzeit geboren war. Sie begriff jetzt, warum Heiratsurkunden in der Genealogie unschätzbare Quellen waren, denn für gewöhnlich waren darin sowohl der Mädchenname der Frau als auch die Väter der Brautleute aufgeführt. Noch nützlicher wäre vielleicht das Standesamt. Aber eins nach dem anderen. Joanna machte es sich bequem und konzentrierte sich auf die anstehende Arbeit.

Sie bemerkte kaum, wie die Zeit verging, während sie den Mikrofilm nach dem Namen ihres Großvaters durchkämmte. »George Shepherd«, murmelte sie. »Wo steckst du nur?«

Endlich fand sie ihn. Ihr Blick verschwamm vor Anstrengung, ihr Hals war trocken. Und sie brauchte dringend einen

Kaffee. Wie sich herausstellte, hatten ihre Großeltern im März 1929 geheiratet. Georges Vater hieß William Shepherd. Unglaublicherweise spürte sie, wie ihr die Kehle eng wurde. Unfassbar, dieses Gefühl von Geschichte, von Zusammengehörigkeit, das sie beim bloßen Anblick dieser Familiennamen empfand, die so wunderschön in Kursivschrift auf alten Urkunden standen. Schnell machte sie sich ein paar Notizen.

Aber die wichtige Frage für Joanna war, ob William Schwestern gehabt hatte. Denn das musste die Generation sein, nach der sie suchte – eine junge Frau, die 1912 alt genug gewesen wäre, um verheiratet und verliebt zu sein – oder zumindest verliebt. Ihr wurde klar, dass sie weiter zurückgehen musste.

Auf dem Heimweg hielt Harriet von ihrem Pick-up aus Ausschau nach dem herumlungernden Verrückten, als sie auf dem Hügel Owen erblickte, der einen seiner Zäune reparierte. Er trug seinen üblichen grünen Overall und darüber eine khakifarbene Fleecejacke und sah ganz gewöhnlich aus, eine willkommene Abwechslung nach Jolyon.

Sie stellte den Wagen an der Straße ab, neben dem Bach, der nach Warren Cove hinunterfloss, knöpfte den Mantel zu, zog die Gummistiefel mit den gelben Sonnenblumen an – *I'm gonna be a country girl again* – und ging quer über das Feld. Die Schafe blökten laut und trippelten in die andere Richtung davon.

Owen wirkte abwesend und schaute erst auf, als sie nur noch ein paar Meter von ihm entfernt war. Er fuhr zusammen, erholte sich aber rasch wieder. »Harriet! Ich habe dich gar nicht … Ja, also, guten Morgen.«

Morgen? Wie, es war immer noch Vormittag? Harriet

schaute zu dem grauen, immer dunkler werdenden Himmel auf und sah auf die Uhr. Kurz vor zwölf, und sie hätte schon einen kräftigen Gin Tonic gebrauchen können. Das Kaffeetrinken mit Jolyon war, vorsichtig formuliert, angespannt verlaufen. Er schien ein interessanter Mann zu sein. Na ja, wer sich so anzog, musste schon ganz schön schrullig sein. Wie konnte sie mit einem Cowboy ausgehen? Was würden Mutter und Joanna sagen, wenn sie ihn zum Tee einlud? *Howdy, wie geht's?*

»Hallo, Owen.« Sie schaute auf seine Hände hinab, die das Holz festhielten. Groß und kräftig, wie alles an ihm. »Ich habe mich gefragt ...«

»Ja?« Er lehnte am Zaun und beobachtete sie. In der kalten Luft kondensierte sein Atem. Was er wohl dachte? Sie konnte es nie wirklich erraten. Er wirkte wie ein einfacher Mann, aber stille Wasser konnten auch tief sein. Konnte Jolyon ein tiefes Wasser sein? Wer wusste schon, was hinter geschlossenen Türen vor sich ging? Abgesehen von seinem ungewöhnlichen Aufzug hatte er sich ganz unkompliziert gegeben. Er hatte ihr gestanden, schon zweimal verheiratet gewesen zu sein, aber das war schließlich kein Verbrechen. »Die Erste war Vivien«, erklärte er. »Ein Drache.« Er hatte den Kopf geschüttelt und offenbar nichts weiter sagen wollen.

Harriet versuchte zu überlegen, was die Eigenschaften eines Drachen sein mochten. Verschlagen? Ein Raubtier? Fraß gern Kaninchen?

»Was war mit Ihrer zweiten Frau?«, hatte sie ihn gefragt. Es schien ein wenig verantwortungslos, gleich zwei Ehefrauen abzulegen.

»Carly«, sagte er. »Manche Dinge sollen einfach nicht sein.« Was wieder wie eine Zeile aus einem Country- und Westernsong klang. Obwohl es ehrlich gesagt auch ein bisschen deprimierend war. In den meisten Songs ging es um Züge, Mommas und Granddaddys, und sie wurden von Lokführern, Truckern, Gefängnisinsassen und Betrunkenen gesungen.

»Es ist wegen Mutter«, sagte Harriet zu Owen. Wie genau sollte sie das formulieren? Sie wollte sich Owen nicht anvertrauen – ihr Stolz wahrscheinlich. Aber sie wollte auch nicht klingen wie ein Kontrollfreak, so als wolle sie Mutter auf Schritt und Tritt überwachen. Nicht so einfach; vor allem, weil sie wirklich den Wunsch hegte, ihre Mutter auf Schritt und Tritt im Auge zu behalten.

»Probleme?«

Allerdings war es verlockend, sehr verlockend, Owen alles zu gestehen, dachte Harriet. Zu verlockend. »Nein, eigentlich nicht«, gab sie zurück.

»Ich suche im Grunde nur nach einem Freund«, hatte Jolyon ihr erklärt. »Einem weiblichen Freund.«

Hm. Das kam Harriet merkwürdig vor. Wenn er nur einen Freund wollte, warum musste dieser dann weiblichen Geschlechts sein? »Gesellschaft«, pflichtete sie ihm zögernd bei. »Die Gesellschaft eines Erwachsenen.« Obwohl *Erwachsener* in diesem Zusammenhang vielleicht ein verzwicktes Wort war – so wie in *Literatur für Erwachsene, nur für Erwachsene* und so weiter. Und wenn man es recht bedachte, konnte »Freund« alles Mögliche bedeuten. *Are You Lonesome Tonight ...*

»Für einen gelegentlichen Drink«, sagte Jolyon. »Oder um ab und zu mal essen zu gehen.«

»Ich will nichts überstürzen«, meinte Harriet.

Er nickte verständnisvoll. »Ah, ich werde mein Herz zügeln.«

Ach ja? Das klang verheißungsvoll. Freundschaft – gar nicht zu reden von Essenseinladungen – klang zu schön, um wahr zu sein, vor allem, wenn sie sich ihn in normaler Kleidung vorstellte. »Hmmm.« Er schien kein Mann zu sein, der nur das Eine wollte – eine Frau, die für ihn kochte und putzte.

»Sollen wir es denn miteinander versuchen, Ma'am?«, hatte er sich erkundigt.

Verflixt. Harriet versuchte, sich nicht von seinen Strasssteinen abschrecken zu lassen. Niemand war vollkommen. »In Ordnung«, antwortete sie.

Harriet zuckte die Achseln. »Ich möchte dich was fragen«, sagte sie nun zu Owen.

Er lächelte nur.

Es ist besser, gleich zur Sache zu kommen, entschied Harriet. Sie fühlte sich in Owens Gesellschaft ein wenig unbehaglich; außerdem musste sie zum Mittagessen zurück sein. »Hast du kürzlich einen Brief für Mutter eingeworfen?«, fragte sie ihn. Es klang so lächerlich, so nach häuslichem Zank, so trivial.

»Tja, jetzt, wo du es sagst ...« Owen kratzte sich am Kinn. Erinnerte er sich nicht? Oder wollte er Mutter beschützen – so wie Joanna?

»An Terry's Teer?«, hakte sie nach. Der Wind wurde stärker. Sie schlang den Schal fester um den Hals.

»*Terry's Teer.*« Er runzelte die Stirn. »Ja, ich glaube schon.«

»Okay.« Und was jetzt? Harriet seufzte. »Ich weiß, das klingt vielleicht verrückt ...«

Owen zog eine Augenbraue hoch.

Sie holte tief Luft. Es musste sein. »Könntest du bitte in Zukunft keine Briefe mehr für sie einwerfen?« Wieso starrte er sie so an?

»Und warum?«

Eine berechtigte Frage. »Mutter ist ...« Sie zögerte. »Im

Moment ist sie nicht ganz sie selbst.« Würde er ihr das abnehmen? Oder würde er Mutter weitererzählen, worum sie ihn gebeten hatte?

Ein kurzes Schweigen, dann nickte er. »Aha, gut.« Er fasste an seine Nase. »Ich schweige wie ein Grab.«

»Gut.« Sie kicherte. Der Laut überraschte sie selbst.

Nach dem Blick zu urteilen, den Owen ihr zuwarf, war er genauso erstaunt.

»Danke, Owen. Ich weiß das zu schätzen.« Niemand schien zu begreifen, dass das nicht leicht für sie war. Aber da war etwas in Owens Miene, was beinahe nach Verständnis aussah.

Harriet nickte ihm zum Abschied zu und ging zum Pick-up zurück. Sie hatte zugestimmt, am kommenden Donnerstag mit Jolyon indisch essen zu gehen. Wie sollte sie das Joanna und Mutter erklären? Das war ja fast eine Verabredung. Verflixt, es war eine. Harriet hoffte nur, dass der Cowboyaufzug eine einmalige Sache gewesen war, ein Scherz vielleicht. Wirklich, anders konnte es nicht sein. Sie konnte sich nicht vorstellen, wie er ihr in dieser Aufmachung im Tandoori Nights in Pridehaven bei Pappadams und Lammcurry gegenübersaß.

21. Kapitel

Auf der braunen Erde der Klippe über dem Surfstrand fand Nicholas die urtümliche Landschaft, nach der er sich an diesem Nachmittag sehnte. Er war schon früher hier gewesen, aber er hatte ihre gigantischen Proportionen ganz vergessen. Das Braun erstreckte sich meilenweit im Umkreis, eine Wüste, deren Monotonie nur von zerfallenden Steinhaufen unterbrochen wurde. Er beschattete die Augen, um sie vor der grellen Sonne zu schützen. Auf der einen Seite wucherten die vulkanischen Hügel in die Höhe wie große, samtige Dinosaurier, die irgendwann einfach die Gliedmaßen eingezogen hatten und mit der Landschaft verschmolzen waren.

Er drehte sich um. Auf der anderen Seite lag das Meer, zuerst dunkelblau, dann türkis und dann von einem transparenten Grün wie eine Echse; die gewaltigen Wogen neigten sich und verschäumten Gischt. Perfekt für die Surfer, die sich wie schwarze Insekten drehten, auf ihren Boards dahinglitten oder durch die Tubes surften. Später würde er ein paar Aufnahmen von ihnen machen. In Schwarzweiß, er hatte schon alles geplant.

Nicholas begann den Wagen auszuladen. Schwimmsachen, eine Decke, ein Handtuch ... Sein Körper kribbelte vor Vorfreude. In diesem Moment hatte er noch etwas anderes im Sinn als Fotografieren.

Etwas war mit ihm geschehen, seit er aus Venedig zurück war ...

Nach Venedig war er in das Cottage in Godrevy zurückgekehrt und hatte sich seltsam unzufrieden gefühlt. Es hatte etwas mit diesem Brückenspaziergang zu tun; eine Empfindung, als fehle immer noch etwas in seinem Leben. Seine Fotografie hatte er zurückbekommen, aber ihm fehlte immer noch etwas, er wollte immer noch mehr.

Am nächsten Tag war er auf die Landzunge gegangen. Er hatte da gestanden, auf das Meer hinausgeschaut und beobachtet, wie der Wind die Wellen des dunkelblauen Ozeans aufpeitschte, ganz ähnlich wie in El Cotillo. In der Ferne hatte weiß und stämmig der Leuchtturm auf Godrevy Island gestanden und schweigend Wache gehalten.

Es war einer dieser Tage gewesen, an denen die Wolken so schnell zogen, dass es regnete und im nächsten Moment schon wieder heller Wintersonnenschein herrschte – eine ziemlich genaue Widerspiegelung von Nicholas' Gemütszustand. Die Surfer waren ebenfalls da, in Scharen. Natürlich hörten sie im Winter nicht auf zu surfen; diese Jahreszeit brachte oft die besten Wellen. Aber dann erkannte er, dass sie eine Art Wettbewerb austrugen. Auf dem Campingplatz auf der nächsten Landzunge parkten Kleinbusse und Campingwagen; Zelte und Unterstände waren aufgebaut, und Menschen in dicken Jacken standen in Gruppen am Rand der Klippe und beobachteten das Geschehen mit Kameras und Ferngläsern. Fahnen flatterten, ein roter Wimpel und das schwarz-weiße Kreuz von Cornwall.

Nicholas schlug den Pfad ein, der am Campingplatz vorbei und über den staubigen Holzsteg zur Klippe führte. Ein Kommentator mit australischem Akzent sprach in die Musik von Jack Johnson hinein, die aus den Lautsprechern schallte, und forderte die nächsten Surfer auf, sich bereit zu machen.

Das weckte Erinnerungen in Nicholas. Er hatte mit sieben Jahren mit dem Surfen angefangen, mit einem Board und einem Neoprenanzug, die Jimmy Prisk von nebenan ihm vererbt hatte. Darauf erledigte Nicholas kleine Jobs für die Fischer, sooft er konnte, und sparte genug Geld, um sich mit zwölf eine eigene Ausrüstung zu kaufen. Wenn sein Vater ihn mit zum Fischen nehmen wollte, hatte Nicholas nur das Surfen oder Fotografieren im Sinn. Und manchmal beides zugleich …

Die Surfer wirkten in ihren Neoprenanzügen so glatt und glänzend wie Seehunde. Ihre Gesichter waren sonnengebräunt, ihr Haar von der Sonne gebleicht. Wahrscheinlich reisten sie herum und klapperten die besten Strände ab.

Damals, am Strand von Godrevy, hatte er ihnen zugesehen. Drei Surfer, drei Boards; er konnte beinahe ihre Anstrengung spüren, als sie wieder hinausschwammen, um die nächsten Wellen zu erwischen. Es war fast, als erlebe er ihr Timing mit, den Sprung in das eiskalte Wasser, der einem vorkam, als gebe man dem Schicksal einen Vertrauensvorschuss. Und dann das Beste: der berauschende Balanceakt, mit dem man sein Board beherrschte, auf dem Kamm der Welle ritt und sich als Herrscher der Welt fühlte. Auch an dieses Gefühl erinnerte sich Nicholas. Und an die Wucht, wenn die Woge manchmal auf eine andere traf und beide die Kräfte vereinten, um einen an Land zu tragen.

Mit geübtem Blick beobachtete er die Teilnehmer in Godrevy. Er erkannte, wer wacklig stand und wer selbstbewusst und sicher wirkte. Ein junger Surfer wurde gerade interviewt, ein kleiner Junge lag auf dem Bauch im feuchten Gras, sah zu und sog alles in sich auf. Er wollte genau wie der Surfer sein. Und wenn man sich etwas so sehr wünschte …

Abrupt drehte Nicholas sich um. Das reichte jetzt. Er lief über den Steg und über die Dünen zurück, vorbei am Campingplatz und zum Strand hinunter, dem goldenen Strand. In der Ferne, auf der anderen Seite der Bucht, brach sich die gelbliche Wintersonne auf den Häusern von St. Ives.

Hier am Strand hatte er mit vierzehn seine erste Zigarette geraucht, sein erstes Bier getrunken und zum ersten Mal mit Martha Prisk geknutscht; hinter einem grauen Granithaufen, in den Stufen eingehauen waren, vielleicht von einem Riesen aus alter Zeit, hatten sie vermutet. Er grinste. Ach, Martha Prisk, wo bist du jetzt? Er zog die Turnschuhe aus und schlang sich die Schnürbänder um die Daumen. Was machte es schon, dass es Winter war? Er hatte es immer geliebt, mit bloßen Füßen durch den Sand zu laufen, und wenigstens ein paar Dinge hatten sich nie verändert. Hier war der Sand mit silbernem und schwarzem Granitstaub durchsetzt, und die dunklen Felsen ragten dramatisch aus dem hellen Sand.

Er lief hinüber zu der steilen Klippenwand und fuhr mit den Fingern über den Stein. Dies war eine raue Landschaft, aber sie gehörte ihm. Sie war in ihm, war ein Teil von ihm, und er konnte ihr ebenso wenig entkommen, wie er Rachel zurückholen konnte. Nicht, dass er Rachel wiederhaben wollte. Rachel gehörte nach Rom oder ins grüne Surrey. Und sein Platz war hier. Er hätte niemals weggehen sollen.

Er hatte das Surfen aufgegeben. Rachel hielt nichts davon. Sie fand, für einen Ehemann und Vater sei der Sport verantwortungslos. »Es ist gefährlich, Nicholas«, hatte sie gesagt.

Er hatte widersprochen – schließlich betrieb er es seit Jahren und ging keine Risiken ein. Aber sie hatte ihn nach und nach mürbe gemacht; sie hatte Celie angeführt und ein gerütteltes Maß an emotionaler Erpressung eingesetzt. Sie hatte sogar seine Mutter mit hineingezogen und dunkel über Kinder geraunt, die mit nur einem einzigen Elternteil aufwachsen mussten. Herrgott, warum machte ihr das Surfen so viel aus? Er hatte es nie verstanden. Vielleicht passte es ja nicht in das Bild, das sie sich von ihm gemacht hatte: Oberhemden, maßgeschneiderte Anzüge und Krawatten, kurz geschnittenes Haar – ein Geschäftsmann, nicht der Sohn eines Fischers aus Priest's Cove. Oder sie war eifersüchtig, weil es einen Teil von ihm gab, den sie nicht kontrollieren konnte. Was auch immer der Grund war, wenn sie die Ferien in Godrevy verbrachten, nahm Rachel ihr Buch mit an den Strand und Nicholas spielte mit Celie im Sand oder ging mit ihr zum Plantschen ins Wasser. Natürlich wollte er das auch … Wenn man dreißig und verheiratet war, konnte man nicht mehr genau dasselbe tun wie als zwanzigjähriger Single. Das wusste er alles. Aber … Er wusste auch verdammt gut, dass er stärker hätte sein müssen. Wahrscheinlich hatte er noch Glück gehabt, dass man Fotografieren kaum als gefährliche Sportart bezeichnen konnte.

In der Woche, bevor er nach Venedig geflogen war, hatte er in der Tate-Galerie in St. Ives eine Ausstellung gesehen, die von der Musik der Beach Boys inspiriert war. *If Everybody had an Ocean …* Auch Liedzeilen von Brian Wilson waren dabei gewesen. *The Lonely Sea, The Lonely Sea, it never Stops for you or me …*

Zeichnungen hatten Surfer abgebildet, und da waren Zitate von Surfern gewesen, die ihm zu denken gegeben hatten. Genau wie Venedig.

Die Sonne schien auf die dicken Granitblöcke, die scharfe Schatten auf den Sand zu seinen Füßen warfen. Wieder schaute er aufs Meer hinaus. *Wie weit und wie schnell kannst du surfen?* Die Wellen rollten heran, schnell, beharrlich, laut. Es kam ihm vor, als donnerten sie in seinem Kopf.

War es zu spät? Das Erlebnis, das er in Venedig gehabt hatte, schien ihm zu sagen: *Nein, aber beeil dich! Nutze den Augenblick!* Er schaute zum Leuchtturm von Godrevy hinüber.

Nicholas rannte über den Sand zurück. Wahrscheinlich sah

er aus, als wäre er verrückt geworden. Ach, zum Teufel damit! Er rannte die Treppe hinauf und nahm immer zwei Stufen auf einmal. Sein Surfbrett musste noch irgendwo im Cottage sein – er hatte es nicht über sich gebracht, es wegzuwerfen. Und in der Garage hatte er noch seinen Winter-Neoprenanzug gelagert – falls der nicht inzwischen vermodert war.

Er hatte so lange gewartet. Und worauf? Er stürzte hinein.

Auf dem Parkplatz oberhalb des Surfstrands von El Cotillo löste Nicholas die Verschlüsse am Dachgepäckträger des Mietwagens. Surfen war ein wenig wie Fahrradfahren oder Sex. Man verlernte es nicht.

Das Meer lag ihm im Blut. Deswegen hatte er die wilde Felslandschaft Cornwalls nie verlassen wollen. Und auch hier spürte er es – nicht in den neuen Apartmentblocks in El Cotillo, aber in der Landschaft, die sich nicht verändert hatte. Man fühlte immer noch, dass sie vor den Menschen da gewesen war, seit Anbeginn der Zeit.

Mit dem roten Surfbrett unter dem Arm kletterte er zum Strand hinunter. Rachel hatte es hier am Surfstrand nie gefallen. »Er ist zu einsam«, hatte sie gemeint, »und die Wellen sind so gefährlich, dass Celie nicht einmal im flachen Wasser planschen kann.«

Der Strand war tatsächlich offen und exponiert; nicht einmal *corralitos* gab es, in denen man Zuflucht suchen konnte.

Auf dem Abhang, der zum Strand führte, befand sich eine Installation aus sargförmigen Spiegeln, die im Sand angeordnet waren. Gott allein wusste, was der Künstler damit über Tod und Selbstbild auszusagen versuchte. Neugierig ging Nicholas um die Installation herum und erhaschte in den Spiegeln Blicke auf sich selbst: ein Arm, braune Shorts, die kurz aufblitzten; einen Fuß in einer Ledersandale, das rote Surfbrett. Und hinter ihm das Meer, die Wellen, die Felsen, den Himmel. Irgendwie relativieren diese Bilder alles, entschied er.

Er ging weiter den Strand hinunter und hielt Ausschau nach der Stelle, an der die Wellen am besten brachen. In den Augen mancher Menschen war sein Lebensstil wahrscheinlich perfekt. Ein Cottage in Cornwall, sein sicherer Hafen, wo seine Wurzeln lagen, und eine Junggesellenwohnung in London. Die Möglichkeit zu reisen, die eigene Kreativität zu erforschen. Und jetzt hatte er so viel Zeit für sich, wie er sich nur wünschen konnte.

Nicholas breitete die Decke aus und setzte sich. Das Problem war wahrscheinlich, dass die kostbare Zeit für sich, die er sich so hart erkämpft hatte und die er so schätzte, zu einer Zeitnische geworden war, die er füllen musste, statt zu etwas, was er wollte und sich ersehnte.

Er zog Sandalen und T-Shirt aus und dachte an den Spaziergang zurück, den er in Venedig unternommen hatte; an die Brücken und die Broschüre, die diese Frau geschrieben hatte. Joanna Shepherd. Was zum Teufel hatte ihn dazu gebracht, ihr zu schreiben? So etwas hatte er noch nie im Leben getan. Er hatte immer eher auf Menschen herabgesehen, die Leserbriefe verfassten, weil sie glaubten, dass Autoren sich auch nur entfernt für die persönliche Meinung oder das Leben ihrer Leser interessierten. Was kam es darauf an, solange sie genug Bücher, Broschüren oder was auch immer verkauften? Wahrscheinlich lag es daran, was er durch sie gesehen hatte.

Nicholas stand auf. Wenn die Wellen ausliefen, wurden sie so seicht, dass sie transparent wie Glas wurden; und als sie brachen, stieg die Gischt in den Wind auf und zog einen Regenbogen hinter sich her. Er hatte noch Zeit, das an einem anderen Tag in Farbe aufzunehmen.

Vor ihm gingen zwei Verliebte Hand in Hand. Tief in ihr Gespräch versunken, bemerkten sie weder ihn, das Meer noch die Surfer. Er hätte gewettet, dass keiner der beiden Zeit auf sich selbst verschwendete.

Er zwängte sich in seinen Neoprenanzug. Wer war überhaupt diese Joanna Shepherd? Und wie war sie bloß auf die Idee gekommen, nach Venedig zu fahren und über Brücken zu schreiben? Er schlängelte die Arme in die Ärmel. Inzwischen musste sie seinen Brief erhalten haben. Was sie wohl gedacht hatte? Vielleicht hatte sie ja mit ihrem Mann beim Frühstück darüber gelacht. Hatte sie ihn gleich zerrissen oder ein zweites Mal gelesen? Ob sie antworten würde? Und was? Er konnte es sich nicht vorstellen.

Er bückte sich nach dem Board, überzeugte sich davon, dass es kein Wachs brauchte, und grub die Zehen tiefer in den weichen Sand. Ihm wurde klar, dass er sich auf ihre Antwort freute. Wie erbärmlich war das jetzt? Und was sagte es über ihn und seine selbstbestimmte Zeit aus?

Der Anzug und die späte Nachmittagssonne wärmten seine Haut. Nicholas ging zum Ufer. Er erkannte, dass er in der kurzen Zeit, die er hier war, seine Meinung über den Ort geändert hatte. El Cotillo hatte sich verändert, aber wundersamerweise war der Geist der gleiche geblieben, und das respektierte er. Man musste nur ein wenig tiefer graben, um ihn zu finden. Und warum sollte es auch noch das gleiche verschlafene Fischerdorf sein, an das er sich erinnerte? Wie wäre das möglich? Warum sollte das Dorf nicht auch in die moderne Welt eintreten?

Gestern war er in seinem Mietwagen durch die Dinosaurierberge und weiter zur Südwestküste gefahren. Er würde noch einmal zurückkehren und den Weg richtig mit einem Vierradantrieb befahren müssen; die Straßen waren größtenteils nur unbefestigte Pisten. Er hatte eine verlassene Ecke gefunden, die fast so entlegen wirkte wie der australische Busch. In Cofete erstreckte sich der Strand meilenweit vor sanften, pilzförmigen Hängen, und die gewaltigen, weiß schäumenden Wellen des Atlantiks explodierten auf dem nahezu unendlichen Strand geradezu. Es ist ein Stück vom Paradies, dachte er. Welche anderen Orte und Momente mochte es noch geben, die nur darauf warteten, entdeckt und auf Film gebannt zu werden?

Die verschwommene Sonne tauchte die Landschaft in ein nahezu unheimliches Licht. Die Berge schimmerten jetzt rosig, die braune Erde wirkte mehr denn je wie eine Mondlandschaft, und sogar das Haar einer blonden Frau, die mit ihrer Familie etwa zwanzig Meter weiter saß, hatte interessante grüne Reflexe entwickelt.

Das Meer kam Nicholas entgegen, überspülte seine Füße und zog ihn an. Das war aufregend. Aber er brauchte noch mehr Zeit, brauchte etwas Fassbareres, eine langfristigere Perspektive. Eines Tages würde er sich hier vielleicht sogar eine Wohnung kaufen. Irgendwann ... Damit hätte er nie gerechnet, als er diese Reise plante.

Mit seinem Surfbrett tauchte er ein in die Wellen. Es gab alle möglichen Arten, sich vorwärtszubewegen.

22. Kapitel

Harriet wechselte die Bettwäsche in Mutters Zimmer, als Joanna den Kopf durch die Tür steckte. Sie grinste, was ungewöhnlich war, und schob rasch einen Brief in ihre Jeanstasche zurück – nicht ungewöhnlich. Harriet wusste sogar, was für ein Brief das war. Schließlich hatte sie ihn selbst vor ein paar Wochen von der Fußmatte aufgehoben und die Handschrift bemerkt und den Umstand, dass er von Joannas Herausgebern in London weitergeleitet war. Aber sie hatte keine Ahnung, was daran so interessant sein sollte, dass sich ihre Schwester genötigt sah, ihn zweimal am Tag zu lesen.

»Hi, Het«, sagte Joanna.

Mit spitzen Fingern nahm Harriet ein zartes, weiß besticktes Taschentuch unter dem Kissen weg. Konnte Mutter nicht Papiertaschentücher benutzen wie alle anderen Menschen? Sie wollte schon »Lo, Jo« zurückgeben, die übliche Antwort darauf aus ihrer Kindheit, aber sie konnte sich nicht dazu durchringen und brummte stattdessen nur. Das Wechseln der Bettwäsche versetzte sie immer in schlechte Laune, und sie hätte es schon heute Morgen erledigen sollen. Aber da hatte sie etwas anderes vorgehabt. Statt gelegentlich auf einen Drink oder ein Essen trafen Jolyon und sie sich jetzt dreimal die Woche – zumindest war das in den zwei Wochen, die sie einander inzwischen kannten, so gewesen.

Fast eine Beziehung, dachte sie bei sich. Himmel. *Lovin' you is killin' me* … Natürlich tat sie das nicht – ihn lieben. Aber er war ein netter Mann. Und ganz entschieden eine Abwechslung von ihrem Leben auf Mulberry Farm.

»Soll ich dir helfen?« Blitzschnell stand Joanna im Raum. Und das auf ihrem Gesicht war nicht nur ein Grinsen, entschied Harriet. Es war ein wissendes Grinsen.

»Was ist?«, verlangte sie zu wissen.

»Soll ich noch mal wiederkommen?«

»Was grinst du denn so?«

»Ach, nichts.« Joanna schnappte sich das andere Ende des Lakens und stopfte es unter die Matratze.

Kein Geschick. Mutter würde einen Anfall kriegen. Harriet schnalzte mit der Zunge.

»Ich kann nicht glauben, dass ihr immer noch Laken und Decken benutzt.« Joanna zog eine Grimasse. »Steppdecken sind doch viel einfacher. Wann werdet ihr in die moderne Welt eintreten, Mutter und du?«

Oh ja, Joanna war ja so auf dem Laufenden über alles, was modern war. Harriet zog eine finstere Miene, während sie das Laken über den oberen Rand des braunen Ungetüms schlug. »Sobald wir im Lotto gewinnen«, fauchte sie. Und wusste schon ganz genau, was sie zu Weihnachten bekommen würde.

»Übermorgen reise ich ab«, sagte Joanna.

»Zurück nach London?« Nun ja, Weihnachten stand vor der Tür.

Harriet hatte keine Ahnung, ob sie sich freuen oder es bedauern sollte. Joanna hatte sie bei der Versorgung von Mutter unterstützt, das musste sie zugeben, und das wiederum hatte sie in die Lage versetzt, sich mit Jolyon zu treffen. Was … nun ja, Spaß gemacht hatte. Und Joanna … Eigentlich hatte sie ihre Schwester ganz gern hier gehabt. Schwestern …

Harriet zupfte so lange, bis das Bettzeug straff und ordentlich aussah. Wenn sie mit Joanna zusammen war, hatte Harriet das Gefühl, das ihr etwas fehlte – etwas aus ihrer Kindheit vielleicht. Etwas, was sie nicht benennen konnte; etwas, an das sie nicht erinnert werden wollte, obwohl es eine schicksalhafte Anziehung auf sie ausübte. Sie dachte an ihr altes Versteckspiel zurück. Joanna hatte sie niemals finden können; nicht ein einziges Mal war sie auch nur in ihre Nähe gekommen. Denn Harriet hatte das perfekte Versteck entdeckt und verriet es nie. Da konnte sich ihre kleine Schwester noch so aufregen, heulen oder verlangen, dass sie es ihr sagte. Das war Harriets Geheimnis, ihr Triumph. Aber Joanna war wie der unschuldige Teil ihrer Kindheit – der ahnungslose Teil, in dem die Sonne schien. Harriet liebte das und grollte ihrer Schwester deswegen zugleich. Joanna würde ihr jedenfalls trotz allem fehlen, wenn sie wieder fort war.

»London? Nein, ich fliege nach Lissabon.« Joanna richtete sich auf. »Der nächste Brückenspaziergang.«

»Ach ja.« Kräftig klopfte Harriet auf eines von Mutters Kissen. Sicher, Lissabon. Du Globetrotter, du ... »Aber wir haben fast Weihnachten«, meinte sie. Sie hatte erst ein Drittel ihrer Liste abgearbeitet. Keine Ahnung, warum die so lang war. Außer ihr selbst würden nur Joanna, Mutter und Owen zum Weihnachtsessen kommen – Owen wäre sonst allein gewesen, daher hatte Harriet sich verpflichtet gefühlt, ihn einzuladen. Für Mutter hatte sie ein neues Nachthemd und einen wärmeren, wenn auch weniger glamourösen Morgenmantel gekauft, für Owen einen irischen Seemannspullover und für Joanna einen Schal in Rosa und Violett. Ihr wurde klar, dass sie nahezu besessen von dem Gedanken an Kälte sein musste. Da ihre Beziehung zu Jolyon sich weiterhin in einer Grauzone bewegte, war es schwerer, ein Geschenk für ihn zu finden; sie schwankte immer noch zwischen einem Bonanza-Kalender im Retro-Stil und einem Schlüsselanhänger mit einer Kupferpistole. Was er ihr wohl kaufen würde? Eine CD-Box von Hank Williams? Ein Unterhemdchen von Missy? Ein Planwagenrad?

»Zu Heiligabend bin ich wieder zurück«, erklärte Joanna. Sie zog einen sauberen Bezug über das andere Kissen. »Deswegen bin ich auch nach Pridehaven gefahren«, sagte sie. »Um noch ein paar Sachen für die Reise zu besorgen.«

»Ach ja?« Harriet sah sie nicht an. Sie war heute Morgen ebenfalls in Pridehaven gewesen. Zwischen dem Ausliefern des Gemüses und ihren Einkäufen im Supermarkt hatte sie eine kurze Pause eingelegt. Mit Jolyon. Er hatte ihr eine Geschichte über einen Freund erzählt, den er im Fast Draw kennengelernt hatte, eine Art Westernclub in Dorchester. Der Freund hatte die Frau seiner Träume von ihrer Farm – die sie hasste – in die hellen Lichter der Großstadt entführt. Wahrscheinlich nicht nach Dorchester, sondern vielleicht Exeter oder sogar London.

»Das ist nett«, hatte Harriet gesagt und sich gefragt, ob Jolyon das Gleiche mit ihr vorhatte und was sie dann mit Mutter anfangen sollten.

»Aber sie hat ihn innerhalb von sechs Monaten verlassen«, hatte Jolyon düster geendet.

Dann brauche ich mich wohl nicht auf die hellen Lichter der Großstadt zu freuen, dachte Harriet.

»Ich hätte dich ja gebeten, mich nach Pridehaven mitzunehmen.« Joannas Stimme klang jetzt harmlos, zu harmlos. »Aber du warst schon so früh unterwegs ...« Sie arrangierte die Kissen auf dem Bett.

»Ich war schon um neun weg.« Es war wohl kaum ihre Schuld, dass Joanna ausgeschlafen hatte.

Gemeinsam warfen sie die abscheuliche Tagesdecke aus rosa Nylon, die ihre Mutter über alles liebte, über das Bett.

Joanna schaute zu ihr herüber. »Du warst wohl einkaufen?«, erkundigte sie sich.

Harriet zog die Augen zusammen. »Hm.« Aber all ihre Antennen waren ausgefahren. Ihre Schwester führte etwas im Schilde – das hatte sie ihr schon immer ansehen können.

Joanna warf sich auf das frisch gemachte Bett.

»Jo! Was machst du ...?«

»Also, wer ist er?«

»Was?« Um Zeit zum Nachdenken zu schinden, begann Harriet die schmutzigen Laken einzusammeln.

»Wer ist er? Der Kerl aus dem Café?«

»Hm?«

»Du weißt schon – der Bursche in dem Cowboyaufzug.«

Harriet stöhnte auf. Oh mein Gott! Sie war aufgeflogen. Hölle und Verdammnis. »Dann ist dir aufgefallen, wie er sich anzieht?«, fragte sie Joanna. Zu dumm. Wie sollte man das übersehen?

»Ob es mir aufgefallen ist?« Joanna gluckste regelrecht. »Tolle Stiefel ...«

»Aber ein bisschen eigenartig.« Harriet stapfte mit dem Wäscheberg nach unten. Joanna folgte ihr. »Hattest du nicht den Eindruck?«

Sie hatte gehofft, dass seine Aufmachung eine einmalige Sache bliebe, dass Jolyon einfach einen starken ersten Eindruck hatte machen wollen. Aber ein halbes Dutzend Verabredungen später hatte sie ihn noch kein einziges Mal ohne sein Pistolenhalfter gesehen.

»Manche Frauen finden das vielleicht richtig sexy«, sagte Joanna.

Sexy? Sie betraten die Küche. Rasch schaute Harriet sich um, aber Mutter war nicht da. Sie wollte nicht, dass sie dieses Gespräch hörte. Schlimm genug, dass Joanna sie gesehen hatte. Aber da es nun einmal passiert war … Harriet musste zugeben, dass es ganz nett war, mit jemandem über ihn zu reden, eine zweite Meinung einzuholen sozusagen.

Sie begann die Wäsche in die Maschine zu stopfen. »Sexy?« Der Gedanke war ihr noch nie gekommen.

Joanna zuckte die Achseln. »Er hat mir den Rücken zugedreht«, gab sie zu. »Aber es zeigt doch, dass er ein interessanter Mann ist, oder?«

»Hm.« Harriet war sich da weniger sicher. Es zeigte, dass er eigenartig war. Sie fragte sich, was geschehen würde, wenn sie sich weiter mit ihm traf. Müsste sie fortan Cowboystiefel mit abnehmbaren Fransen tragen? Und weiße Baumwollblusen? Gestärkte Petticoats? Und ihn in den Fast Draw-Club begleiten? Und was würden sie dort tun? Bei dem Gedanken erschauerte sie.

»Eine Menge Leute tragen dieses Zeug – Jeanshemden, Westen, Halstücher.« Joanna wedelte unbekümmert mit der Hand. »Ziemlich normal.«

Bei jeder Verabredung? Außerdem war ein Jeanshemd eine Million Mal weniger bizarr als ein Pistolenhalfter.

»In London würde niemand deshalb auch nur mit der Wimper zucken.«

Harriet schaufelte Waschpulver in die Maschine. »Aber Jolyon …«

»Jolyon?«

Sie starrte ihre Schwester wütend an. »Ja, *Jolyon* ist da ein wenig, nun ja, extremer.« Sie seufzte, denn sie musste es sich eingestehen. »Er ist wie besessen davon.«

»Von Klamotten?«

»Von allem, was mit Country und Western zu tun hat. Kleidung, Musik, Tanz, allem eben.« Sie stellte die Temperatur auf sechzig Grad ein.

Joanna lachte. »Oh Gott, er hat dich doch nicht zum Hillbilly Boogie mitgenommen?«

Harriet schoss ihr einen Blick zu. »Line Dance«, erklärte sie. »Nächste Woche.«

»Und, wer ist er nun?« Joanna trat an die Spüle, um den Teekessel zu füllen. Aber ihre Schultern zuckten verdächtig. »Wo hast du ihn aufgetrieben?« Sie drehte sich um. »Und warum diese Geheimniskrämerei?«

»Ach ...« Harriet holte die Teekanne aus dem Schrank. »Ich bin ihm irgendwie zufällig begegnet.« Ja, bei Dynamic Dating. »Ich wollte nicht, dass Mutter ...« Das würde Joanna verstehen. »Und außerdem ist er nur ein Freund.«

»Tatsächlich?«

Verflixt, hoffentlich hatte Joanna nicht gesehen, wie sie Händchen gehalten hatten. Also, eigentlich hatten sie das gar nicht. Das Radio im Café hatte *Wichita Linemann* gespielt, und Jolyon war irgendwie sentimental geworden. *And I need you more than want you ... And I want you for all time ...* Er hatte Harriets Hände gepackt und sie fest gedrückt. »Harriet, ich möchte diese Gelegenheit ergreifen ...«

Himmel, dachte sie. Er wird dir einen Antrag machen.

»Um mich zu bedanken, Ma-am. Sie haben mir den Glauben an das weibliche Geschlecht zurückgegeben.«

»Oh.« Sanft machte sie sich los. Herrgott. Das klang alles wie aus der Fernsehserie »Dallas«.

»Ich freue mich, Harriet.« Joanna drückte ihren Arm. »Und wer weiß, was aus Freundschaft noch werden kann? Ich freue mich wirklich für dich.«

»Danke.« Sie spürte die Warmherzigkeit ihrer Schwester und war ziemlich gerührt darüber. Aber Harriet war sich gar nicht so sicher, ob sie wollte, dass aus dieser Freundschaft mehr wurde. War sie bereit, in den Sonnenuntergang hinein zur Ponderosa zu reiten? Wohl kaum. War sie wirklich so verzweifelt? Hoffentlich nicht. Wollte sie Tag und Nacht *Rawhide* summen? Das war eine dieser Melodien, die man einfach nicht wieder aus dem Kopf bekam. Nein, nein, ganz entschieden nein.

Kurz gesagt, was wollte sie mit einem Cowboy?

23. Kapitel

Joanna ließ den Blick über die Landschaft von Nordlissabon schweifen. Das alte Aquädukt, Aqueduto das Águas Livres, beherrschte das Bild. Wie hatte sie es bloß je übersehen können?

Ihre Fotos von den gewaltigen grauen Bögen, die in langen Schritten über die Hügel im Norden der Stadt zu steigen schienen, hatte sie vom Zug aus geschossen, den sie am Bahnhof Campolide genommen hatte; und jetzt stand sie an einer Palme in der Rua d'Arcos und machte noch ein paar weitere Aufnahmen vom Aquädukt und den ziegelroten portugiesischen Dächern. Die beiden modernen Hängebrücken Vasco da Gama und Ponte 25 de Abril – die sie von ihrem Standpunkt aus natürlich nicht sehen konnte – waren erbaut worden, um Lissabon mit der anderen Seite des Tejo zu verbinden. Vierundzwanzig Stunden am Tag flutete mehrspurig der Verkehr über sie. Joanna schaute in die Ferne. Dagegen war dieses 1748 erbaute Aquädukt, das das Volk durch eine Steuer auf Olivenöl, Fleisch und Wein bezahlt hatte, etwas ganz anderes. »Lissabons ›Freie Wasser‹«, sprach sie in ihr Diktiergerät, »benannt nach der Quelle in Sintra, wo das Aquädukt beginnt.«

In der Tat, es verlief, von Belas nördlich der Stadt ausgehend, in fünfunddreißig Bögen über das Alcântara-Tal zum Reservoir Me das Águas im westlichen Lissabon. Dorthin war sie unterwegs, sie folgte der alten Wasserstraße. Hatte Emmie das Gleiche getan?

Teurer Rufus, Liebe meines Herzens, kannst du die Tränen deiner Liebsten schmecken?

Emmie – wer immer du auch warst.

Einen Moment ruhte Joanna aus, lehnte sich an den verwitterten Steinbogen und dachte an Mulberry Farm, Mutter und Harriet. Bildete sie sich das bloß ein, oder drang sie langsam zu ihnen durch? Sie strich über den rauen grauen Stein. Wenigstens versuchte ihre Schwester, sich außerhalb des Hofs und von Mutter ein Leben aufzubauen. Ob Harriet es je lesen würde, wenn ihre Schwester in ihrer Kolumne über Internet-Dating schrieb? Könnte sie damit durchkommen? Der Gedanke war sehr verlockend …

Wieder sprach Joanna in ihr Diktiergerät. »Das Aquädukt verläuft in einhundertundneun Bögen quer durch das Tal. Der höchste Bogen misst sechsundsechzig Meter.« Die Bögen waren massiv gebaut; beim Erdbeben von 1755, das in der Umgebung so viel zerstört hatte, war das steinerne Aquädukt nicht eingestürzt. Beneidenswert, diese Stabilität.

Joanna blätterte durch ihre Notizen, die sie größtenteils vor ihrer Abreise aus dem Internet heruntergeladen hatte. Sie wollte so viele Informationen geben, dass ihre Leser Lust auf diesen Spaziergang bekamen, aber nicht so viel, dass sie wie ein Reiseführer klang – das war nicht der Sinn ihrer Brückenspaziergänge. Während sie den Rucksack über die Schulter schlang und sich in Richtung Rua das Amoreiras bewegte, dachte Joanna: Diese Spaziergänge sind eher Entdeckungsreisen – ein Thema, das dir momentan sehr am Herzen liegt.

Das späte vierzehnte und das fünfzehnte Jahrhundert waren, soweit sie sich an ihren Geschichtsunterricht erinnerte, Portugals großes Zeitalter der Entdeckungen gewesen. Wie ging noch die alte Eselsbrücke? *In fourteenhundred ninety-two/Columbus sailed the ocean blue …* Sie schmunzelte. Natürlich waren da auch Heinrich der Seefahrer und Vasco da Gama gewesen. Die Stadt Lissabon hatte viele Entdeckungen zu bieten.

Im Gehen ließ Joanna den Blick über die Landschaft schweifen. Warum hatte sie bloß damals gezögert, diesen Auftrag von Toby anzunehmen? Wie war sie nur auf die Idee gekommen, dass sie nicht gern allein reiste? Wieso hatte sie sich Gedanken darüber gemacht, Martin allein in London zurückzulassen?

Was das anging ... Sie beschleunigte ihr Tempo. Wie war es passiert, dass sie sich irgendwann durch Martins Augen gesehen hatte? Vorher hatte sie sich immer für einen unabhängigen, tüchtigen Menschen gehalten, aber schließlich hatte sie sich als unfähig betrachtet, als eine unsichere Frau, die nicht auf sich selbst vertraute und auf das, was sie tat. Wann war das passiert? Wann hatte diese bequeme Fühllosigkeit eingesetzt?

Alle paar Minuten blieb sie stehen, fotografierte, machte sich weitere Notizen. Wahrscheinlich ging es um Macht. Aber wenn sie zu Martin zurückkehrte – *wenn* war wirklich das gewichtigste Wort im Universum –, dann würde sich einiges ändern.

Wieder legte sie eine Pause ein und zog die Wasserflasche aus dem Rucksack. Für Dezember war es warm und ziemlich sonnig. Und diese Arbeit machte durstig. Wenn ich zurück bin, werde ich nach London fahren, beschloss Joanna, und zivilisiert mit Martin reden. Eine Entscheidung treffen.

Wo sollte sie in Zukunft wohnen? In London? Oder Dorset? Nein, nicht auf Mulberry Farm, sondern irgendwo in einer Wohnung; sie brauchte Platz. Sie hatte nicht vor, sich je wieder einengen zu lassen.

Sie schüttelte die Gedanken ab und wandte sich erneut ihrem Spaziergang zu. Dies war eine andere Brücke, die in eine andere Zeit gehörte. Auf diesem Spaziergang konzentrierte sie sich auf das Nebeneinander von Alt und Neu – die alten Schmuckkacheln zum Beispiel, die wunderschönen blau-weißen *azulejos*, die einen originellen Schmuck an Gartenmauern, kleinen Häusern und hohen Apartmentgebäuden bildeten und mit den Glasfronten der neueren Läden und Bürohäuser kontrastierten. Und es gab noch andere fesselnde Kontraste. Das junge Mädchen in den engen Jeans, das über das Kopfsteinpflaster der Straße stolzierte, vorbei an einer verhutzelten alten Frau, die in Schwarz gekleidet war und wahrscheinlich immer noch Trauer um ihren vor Jahrzehnten verstorbenen Mann trug. Die alten Standseilbahnen, *funiculares*, die Wanderer hügelaufwärts zu den Aussichtspunkten, den *miradouros*, über der Stadt tragen, während unter der Oberfläche die superschnelle Metro das Transportmittel des einundzwanzigsten Jahrhunderts darstellt. Die neuen Brücken, die Fahrzeuge und Menschen transportierten statt Wasser und Nahrung wie das Aquädukt. Aber sogen sie die Stadt nicht eher aus, statt sie zu nähren? Hm. Joanna schrieb den Gedanken nieder.

Sie ging an Häusern mit noch mehr Kacheln und abblätterndem Anstrich vorbei, an denen Bougainvillea und andere Kletterpflanzen an schmiedeeisernen Toren und Balkongittern hochrankten. Lissabon strahlte eine Atmosphäre von Verfall, Alter und Ruhe aus, die man beinahe riechen konnte. Und doch bog man dann wieder um eine Ecke und stand vor einem riesigen Einkaufszentrum, Hochhäusern, die wie riesige Stücke Lakritzkonfekt aussahen, und Menschenmassen, die sich eine belebte Straße entlangwälzten, in der modernen Welt eben.

Auch Joanna überquerte die Straße und bog in die Rua das Amoreiras ein, die Straße der Maulbeerbäume, die ihre Aufmerksamkeit erregt hatte, als sie damals in Dorset auf der Suche nach Inspiration den Stadtplan studiert hatte. Die Straße war breit und wurde von hohen Häusern, die rosarot, cremefarben und blau gestrichen waren, und parkenden Autos gesäumt. Plötzlich stand Joanna vor dem gewaltigen Bogen, der das Ende des Aquädukts darstellte, dem Arco Grande das Amoreiras, der aus altem grauem Stein errichtet war. Er erhob sich in der Mitte der Straße, die er in zwei Fahrbahnen teilte, und erinnerte an einen römischen Triumphbogen. Wow, beeindruckend! Joanna starrte ihn an und stellte ihn sich in einer anderen Zeit vor – vielleicht mit einer Prozession, einem Einzug in die Stadt.

Sie wusste, dass hier irgendwo die Praça das Amoreiras lag, angeblich ein ruhiger, beschaulicher Platz. Einst hatte er eine Seidenfabrik beherbergt, aber jetzt war er vermutlich ein idealer Punkt auf ihrem Spaziergang, an dem man ausruhen und einen Kaffee trinken konnte. Problemlos fand sie den Ort und wurde nicht enttäuscht. In der Mitte des Mosaikpflasters stand ein Brunnen; Maulbeerbäume umrahmten die Praça, und in einen der Brückenbögen des Aquädukts, das am Platz entlang verlief, duckte sich eine winzige Kapelle. Der Platz war mit *azulejo*-Fliesen und verfallenen Steinsäulen geschmückt. Sie setzte sich auf eine der Steinbänke, legte Rucksack und Kamera neben sich ab und entspannte sich in der Sonne.

Das Sonnenlicht glänzte auf den kahlen Ästen der Maulbeerbäume, und Joanna musste die Augen beschirmen, als sie zu ihnen aufsah. Einen Moment lang blendete das Licht sie, und sie sah zwei Kinder oben in den Ästen spielen. Glasklar erkannte sie sich selbst und Harriet. Hörte ihr Lachen, ihre aufgeregten Stimmen, ihr Kreischen. Es war Spätsommer. Und dann saß nur noch Harriet da oben und schüttelte die Äste, sodass die Früchte wie blutige Kugeln herabfielen und den Boden und das Gras sprenkelten.

Joanna spürte, dass sie sich auf einem Kollisionskurs befand. Die Hände der beiden Kinder waren mit Beerensaft befleckt, Saftflecken überzogen ihre Kleider, ihre Gesichter; ein roter Streifen über Harriets Mund sah aus, als wäre sie geschlagen worden, und ging auf ihrer Wange in etwas über, was wie eine Prellung aussah. Joanna wagte kaum zu atmen; sie hätte es nicht ertragen, wenn sich das Bild aufgelöst hätte.

Denn von solchen Erinnerungen besaß sie nur zu wenige. Viel öfter sah sie Harriet und Vater vor sich. Sie nahm einen Schluck aus ihrer Wasserflasche. Die beiden sammelten Früchte auf, saßen nebeneinander auf dem Traktor. Vater, wie er Harriet bis tief in die Nacht hinein Geschichten erzählte, während Joanna schlafen sollte, aber hörte, wie ihre Schwester um Mitternacht auf Zehenspitzen die Treppe heraufkam. *Psst! Du darfst Mutter nicht wecken ...*

Joanna blinzelte. Verdammt! Die Kinder waren verschwunden. Ja, deswegen hatte sie sich bei Vaters Tod aus dem kleinen Kreis der Trauernden ausgeschlossen gefühlt, der nur aus Mutter und Harriet bestand. Die beiden wetteiferten darum, wer untröstlicher weinen, heftiger trauern konnte.

Damals hatte Joanna kaum glauben können, dass er tot war. Sie sollte Ende September auf die Uni gehen. Was jetzt? Konnte sie immer noch weggehen, als wäre nichts geschehen, und Harriet und Mutter mit einem Kummer allein lassen, der so überwältigend zu sein schien, dass ein Teil von ihr nur auf Flucht sann?

Vor sich hin summend, pflegte sie damals in die Einfahrt zu treten, weil sie damit rechnete, auf einem Feld in der Ferne seinen blauen Traktor zu sehen. Sie spitzte die Ohren, um zu hören, wie er den Landarbeitern etwas zurief; und aus dem Badezimmer hörte sie beinahe noch das Einlaufen des Wassers ins Waschbecken und das Spritzen, wenn er es sich ins Gesicht schaufelte – das Signal dafür, dass er vom Feld zurück war. Oder das Klappern seiner Stiefel auf dem Kopfsteinpflaster im

Hof. Joanna erkannte die Tageszeit an den Geräuschen, die ihr Vater machte, und wusste immer, was sie zu tun hatte.

Sie ließ sich davon ablenken, wie die Sonne sich auf dem Gefieder eines der Hühner spiegelte und es golden aufleuchten ließ, von einem besonders roten, saftigen Apfel oder einer Zeile in einem Buch, in dem sie allein unter dem Maulbeerbaum las. Und dann kam Harriet vorbei und warf ihr einen stechenden, vorwurfsvollen Blick zu. *Hast du vergessen, dass Vater tot ist? Wie kannst du dich bloß amüsieren?*

Aber Joanna hatte ihn geliebt. Sie wäre gern diejenige auf dem Traktor gewesen, die, die an seiner Seite in den Obstgarten ging und den Korb trug, während er die Trittleiter schleppte; diejenige, die im Arbeitszimmer seinen Geschichten lauschte. Nur dass sie nie jemand dazu aufgefordert hatte.

Auf einer Steinbank auf der *praça*, nur wenige Meter von Joanna entfernt, küsste sich ein junges Paar. Nein, die beiden küssten sich nicht nur, sie hielten einander fest, berührten, begehrten einander ... Sie strahlten eine so starke sexuelle Energie aus, dass Joanna das Gefühl hatte, sie sollte aufstehen und weggehen, um ihnen ihr kleines Stück Privatsphäre zu lassen. Aber sie rührte sich nicht, und die beiden schienen sie entweder nicht zu bemerken oder sich nichts daraus zu machen. Und warum auch? Die Welt der beiden war perfekt.

Niemand hatte sie dazu aufgefordert, also hatte Joanna andere Dinge getan. Warum auch nicht? Sie verließ den Hof, schloss andere Freundschaften, tat andere Dinge, besuchte andere Orte. Ihre Familie wollte sie nicht, daher ließ sie sie hinter sich – und wurde die Tochter mit dem schlechten Gewissen. Diejenige, die zur Universität gegangen war, die, die nicht weinen konnte.

Die Maulbeerbäume verschwammen vor Joannas Augen. Tränen. Welche Ironie, dachte sie, dass ich jetzt so leicht weine;

um andere, um mich selbst. Mit Mitte dreißig schien ein Schalter in ihr umgelegt worden zu sein, und ihre Gefühle schlugen ständig Purzelbäume.

Neben dem Baum standen jetzt zwei Liebende. Er hielt sie fest umarmt, sie hatte die Augen geschlossen und die Lippen leicht geöffnet. Die Frau hatte helles Haar und zarte Züge und trug eine Goldkette um den weißen Hals. Joanna hatte sie schon einmal gesehen, als sie auf ihr Schicksal zugelaufen war. Sie kam ihr vertraut vor. Und der Mann? Er hielt den Kopf gesenkt. Joanna kniff die Augen zusammen, um ihn zu erkennen, aber die Vision war verschwunden; die Liebenden waren verschmolzen mit den Zweigen und dem Stamm des Maulbeerbaums.

Joanna zog ihr Notizbuch aus dem Rucksack und begann schnell und zornig zu schreiben.

Joanna aß ihre Brote und das köstliche *pastel de nata*, ein Cremeteilchen, das sie in einem Café an der Straße gekauft hatte, und schlenderte anschließend über steile, kopfsteingepflasterte Seitenstraßen, die zum Fluss hinunterführten. Dabei versuchte sie immer wieder, einen Blick auf die moderne Hängebrücke, Ponte 25 de Abril, zu erhaschen. Ihr Ziel war der Platz, auf dem sich das Wasserreservoir befand und der das Ende des alten Aquädukts bezeichnete.

Endlich verbreiterte sich die Straße, und sie sah die Dächer von Lissabon und erblickte in der Ferne zum ersten Mal die Brücke, die den Tejo überspannte. Alt und Neu. Das Reservoir lag in einem Park, in dem starke, uralte Bäume Wache hielten und alte Männer Boule und Karten spielten oder plaudernd auf Bänken saßen. Es gab auch ein Café im Stil eines viktorianischen Pavillons mit einem modernen gläsernen Wintergarten, einen großen, runden Teich mit einem Springbrunnen. Darunter lag das Me das Águas genannte Reservoir, die »Mutter der Wasser«. Offensichtlich wurde das Gebäude selbst heute hauptsächlich für Kunstausstellungen genutzt.

Joanna stieg die Betonstufen zu dem unterirdischen Reservoir hinunter. Drinnen verwandelten sich die Mauern des Aquädukts in eine schwach beleuchtete Grotte. Wasser tropfte langsam und unablässig. Es war kühl und beinahe unheimlich. Im Hintergrund spielte Musik, die klang, als fahre man mit dem Finger um den Rand einer Glasflasche, und der Klang hallte durch die steinernen Kammern.

Sie warf einen Blick auf das Informationsblättchen, das sie sich an der Kasse mitgenommen hatte, und schritt die verschiedenen, auf unterschiedlichen Ebenen liegenden metallenen Laufstege ab. Der zentrale Tank besaß offensichtlich eine Kapazität von fünftausendfünfhundert Kubikmetern Wasser.

Einen Moment lang stand sie da, lauschte nur auf die Musik und das Tropfen des Wassers und sog den feuchten, metallischen Geruch ein. Es war unheimlich; sie hatte fast das Gefühl, in einer Blechbüchse oder einem U-Boot zu ertrinken. Es gefiel ihr nicht. Sie musste nach draußen.

Das ist ein gutes Ende für den Spaziergang, dachte Joanna, als sie in das Café ging, um etwas zu trinken. Den Weg der alten Wasserstraße bis zu den Steinen, die ihr Ursprung waren, nachzuvollziehen und dann auf den Platz hinauszutreten und weit entfernt die neue Hängebrücke zu erblicken, über die der dichte Verkehr rollt. Sie hatte weit mehr Entdeckungen gemacht, als sie erwartet hatte: Vergangenheit und Gegenwart schienen hier miteinander verschmolzen zu sein. Und die Zukunft? Hatte sie auch etwas darüber herausgefunden, was für eine Frau sie werden könnte?

Im Café legte sie ihre Notizen beiseite und zog ein Blatt lavendelfarbenes Papier aus dem Rucksack. Sie würde dem

Mann antworten; aber nur eine kurze, höfliche Notiz, beschloss sie. Das Übliche. *Sehr erfreut, dass Ihnen das Buch/der Spaziergang/die Schokoladenmuffins gefallen haben, über die ich geschrieben habe. Es ist immer schön, von seinen Lesern zu hören.*

Aber dann schrieb sie doch nicht das Übliche. Stattdessen flog ihr Stift wie besessen über das Papier und sprang auf die nächste Seite, während sie ihm von der Vision in Venedig erzählte:

Das ist, nun ja, ziemlich unheimlich … Ich habe das Band auch gesehen. Und die Frau natürlich. Sie schien mich zu drängen, eine Entscheidung zu treffen, trieb mich an, schnell wegzugehen. Was irgendwie passt, weil … Sie unterbrach sich mitten im Satz. Warum erzählte sie ihm das alles? Und wieso glaubte sie, dass er sich dafür interessierte?

Sie trank einen Schluck Kaffee, bevor sie auch auf seine Fragen einging. Ja, es werde noch mehr Spaziergänge geben. Momentan halte sie sich in Lissabon auf. Und sah Leute in Maulbeerbäumen – das schrieb sie allerdings nicht, denn aus irgendeinem Grund wollte sie nicht, dass er sie für vollkommen übergeschnappt hielt.

Auf der Hälfte des dritten Blatts zwang sie sich, eine Pause einzulegen. Sie stellte sich vor, wie er beim Frühstück mit seiner Frau und seinen neun Kindern lachend den Brief öffnete.

Oh, mein Gott, diese Frau leidet ja unter verbaler Diarrhö. Schreib nie an einen Schriftsteller! Das ist der Anfang vom Ende.

An diesem Punkt hätte sie die Seiten beinahe zerrissen. Noch einmal schaute sie den Brief an, den er ihr geschrieben hatte, die langgezogene Schrift mit den großen Bögen, die merkwürdig anziehend wirkte. *Ich habe das goldene Band gesehen.* Etwas gebot ihr Einhalt. Also faltete sie die Blätter zusammen und steckte sie in einen Umschlag.

Ich reise viel herum, hatte er geschrieben. Es war beinahe beängstigend, aber sie kannte den Brief praktisch auswendig, was zeigte, wie trübsinnig sie in den Monaten geworden war, seit sie Martin verlassen hatte – wenn es denn so war –, und wie verzweifelt. Also würde dieser Brief den Adressaten erst viel später erreichen und dann wahrscheinlich gar nicht beantwortet werden. Denn bis dahin hätte Nicholas Tresillion sie vielleicht schon vergessen. Oder auch nicht.

Joanna steckte den Umschlag lächelnd in ihren Rucksack. Sie ging nicht nur auf Erkundungen aus, sondern sie hatte auch etwas wiederentdeckt. Im Zeitalter von Handy und E-Mail hatte sie ganz vergessen, wie viel Spaß es machte, einen Brief zu schreiben …

Die dritte Brücke

24. Kapitel

Der Traum überraschte Harriet. Gerade eben hatte sie noch friedlich geschlummert, und dann im nächsten Moment ... Wie immer hörte sie die Stimmen:

Es war nicht meine Schuld.

Du hättest es mir sagen sollen.

Das ist alles schon so lange her.

Ein Keuchen. Ein leises Klagen.

»Daddy!«

Zitternd und schwitzend saß Harriet senkrecht im Bett. Was hatte das nur zu bedeuten?

Langsam wurde sie richtig wach und griff nach der Wasserflasche neben ihrem Bett. Würde sie es je herausfinden? Und wollte sie das überhaupt?

Harriet hatte sich vorgenommen, ihre Schreibarbeit erst nach Weihnachten zu erledigen, aber inzwischen war bereits Mitte Januar, und sie musste diesen Auftrag erledigen, und zwar schnell. Nachdem sie den Job angenommen hatte, musste sie sich auch Zeit dazu nehmen.

Sie schaute aus dem Fenster des Arbeitszimmers. Draußen war es trostlos und düster. Man konnte nicht weit sehen. Dicke Wolken hingen über den Hügeln und verhießen Schnee. Harriet fröstelte. Sie hasste den Januar. Worauf in aller Welt sollte man sich in diesem Monat freuen?

Ihr Arbeitgeber schrieb für eine wissenschaftliche Zeitschrift. Er hatte am Tag vor Heiligabend angerufen und sie am Telefon befragt. Dabei war er sehr geheimnistuerisch gewesen. Sie zog die Vorhänge zu, um den Winterwind auszusperren, der an den alten Fensterrahmen rappelte und einen unangenehmen Luftzug erzeugte, der auf ihre rechte Schulter traf. Der Mann hatte zudem nervös geklungen; ungewöhnlich für einen Arbeitgeber, sollte man meinen. Und reizbar. Aber er war eben Schriftsteller – und außerdem schienen in dieser Gegend ohnehin eine Menge ziemlich seltsamer Leute zu wohnen.

»Harriet?« Ihre Mutter spazierte zur Tür herein. Sie trug ihr Morgennegligé, das ihr, wie sie ihrer Tochter erklärt hatte, mehr entsprach als der praktische Hausmantel, den Harriet ihr zu Weihnachten gekauft hatte. »Hast du mein Lilaseidenes gebügelt?«

»Das Seidenkleid?« Ehrlich, im Umgang mit Mutter brauchte man die Geduld eines Heiligen. »Ich glaube, das liegt noch in der Bügelwäsche.«

»Ach …« Nur Mutter konnte so viel Wehmut in dieses Wort legen.

»Kannst du nicht was anderes anziehen?«

»Vermutlich ja …« Damit schwebte sie davon.

Harriet atmete tief aus. Das Material, das er getippt haben wolle, sei »ziemlich technisch«, hatte der Autor nur erklärt. Nach Referenzen hatte er sich nicht erkundigt. Zum Glück, dachte Harriet, während sie seine handschriftlichen Notizen sorgfältig neben der Tastatur arrangierte, weil sie nämlich keine Referenzen hatte. Was machte es schon, wie schnell oder mit wie vielen Fingern sie tippte? Schließlich bezahlte er sie nicht pro Stunde. Es hatte wohl nicht viele Bewerber um den Job gegeben. Sie blätterte die Papiere durch, die zerknittert waren und sogar Flecken hatten, die nach Kaffee aussahen.

Aber Harriet beklagte sich nicht. Die Bezahlung war gut. Jetzt war sie offiziell eine berufstätige Frau.

»Wie lange werden Sie brauchen?«, hatte er sie am Telefon gefragt.

Wie lang ist ein Stück Schnur?, hatte Harriet gedacht. Das komme darauf an, wie schwer die Vorlage zu lesen sei, hatte sie geantwortet – ziemlich schwer, erkannte sie nun, als sie die winzigen gekritzelten Buchstaben und Zahlen betrachtete –, und auch darauf, wie viel es sei – ach, ungefähr fünftausend Wörter, hatte er unbekümmert erklärt, und er werde noch jede Menge nachliefern.

Sie richtete ein neues Word-Dokument ein und starrte eine Weile auf die leere Seite. Welche Schrift sollte sie benutzen? Er hatte keine besonderen Wünsche geäußert; außerdem könnte sie das später noch ändern; am Computer tippte es sich ganz anders als auf einer Schreibmaschine. Eine intellektuell wirkende, überlegte sie. Nichts Kursives und nichts Verschnörkeltes.

Ihre Finger hingen über der Tastatur. Immer diese Entscheidungen!

»Harriet …?«

Zur Hölle! »Ja, Mutter?«

»Hast du meine Handtasche gesehen?«

»Unten auf der Anrichte.«

»Könntest du …?« Pause. »Ach, schon gut.«

Du musst stark sein, rief Harriet sich ins Gedächtnis. Es ist nicht gut, wenn jeder nach Mutters Pfeife tanzt. Natürlich, als Audrey jung war – in Indien –, hat man ihr alles nachgetragen, und jetzt ist sie einfach in ihre Kindheit zurückgerutscht. Aber du bist kein Houseboy, Harriet …

»Hast du meine Zeitschrift geholt?«

Sie wollte nicht, dass ihre Mutter in die Kindheit zurückfiel.

Sie wollte, dass sie eine Mutter blieb, eine richtige Mutter, die Mutter, die sie einmal gewesen war.

»Ja!«, brüllte Harriet. »Liegt neben deiner Tasche«, setzte sie dann in gemessenerem Tonfall hinzu.

Sie hörte, wie Mutter die Treppe hinunterging und dabei vor sich hin summte. Wartete.

»Meine Brille, Harriet … Hast du sie irgendwo anders hingelegt?« Sogar aus der Entfernung klang ihre Stimme schrill.

Harriet stand auf. Sie verließ das Zimmer und bezog auf dem Treppenabsatz Stellung. »Sie ist in der Küche!«, schrie sie. »Auf dem Tisch!« Halblaut setzte sie hinzu: »Genau da, wo du sie gestern Abend hingelegt hast.«

Der gestrige Abend war genauso schlimm gewesen: *Wann kommt Joanna nach Hause? Wann kommt Owen wieder mal zum Essen?*

Wann? Wo? Wer? Was? Hilfe!, dachte Harriet.

Ihre Mutter erschien am Fuß der Treppe und sah zu ihr hinauf. Statt des Lilaseidenen hatte sie etwas Himbeerfarbenes, Flauschiges angezogen. »Ich will dir nicht zur Last fallen.«

Ich weiß, dass ich alt und nutzlos bin, dachte Harriet.

»Ich weiß, dass ich alt und nutzlos bin.«

»Nein, bist du nicht.«

Nein, Audrey war nicht alt und nutzlos, aber sie war deprimiert. Seit Weihnachten verbreitete sie Traurigkeit, und Harriet hasste es. Ihre Mutter wirkte, als habe sie etwas verloren. Nicht Vater, denn das war natürlich schon vor langer Zeit gewesen. Aber vielleicht etwas in ihrem Inneren.

Natürlich wusste Harriet, dass sie ihrer Mutter das vorenthielt, was Audrey am meisten liebte: sich mit Handwerkern zu umgeben. Doch Harriet konnte sie nicht gewähren lassen. Das Ganze war reine Zeitverschwendung, denn sie hatten kein Geld für Reparaturen, und es lief aus dem Ruder. An Heiligabend hatte Harriet versehentlich das Telefon nicht abgeschlossen und den Preis dafür bezahlt: Zwei Tage nach Weihnachten war ein Mann aufgetaucht, der die Teppiche reinigen wollte. »Da liegt ein Irrtum vor«, hatte Harriet gesagt, »tut mir schrecklich leid.«

»Ich könnte Ihnen ein gutes Angebot machen«, hatte der Teppichreiniger geantwortet.

Harriet spürte, dass Mutter hinter ihr auf der Treppe stand. »Und ich könnte Ihnen eine Tasse Tee und ein Stück Kuchen anbieten«, schlug sie liebenswürdig vor. »Aber das ist auch schon alles.«

Wenn Mutter nicht aufpasste, würde sie sich noch einen gewissen Ruf erwerben. Falls das nicht schon passiert war.

»Vielleicht könnten wir ihr einen Handwerker pro Monat zugestehen«, hatte Joanna vorgeschlagen, nachdem Mutter abends zu Bett gegangen war, als redeten sie über Schokolade und nicht über Maler und Dekorateure. »Oder alle vierzehn Tage. Er müsste uns ja nur einen Kostenvoranschlag aufstellen – wir bräuchten ja nichts machen zu lassen.«

»Sei nicht albern!«, hatte Harriet erwidert. »Wir dürfen sie nicht noch ermuntern. Sie muss sich das einfach abgewöhnen.«

Aber würde Audrey das tun? Das erschien zunehmend unwahrscheinlich, und Harriet mochte gar nicht daran denken, was ihrer Mutter vielleicht als Nächstes einfallen würde.

»Vielleicht sollten wir den Arzt rufen, damit er sie sich einmal ansieht«, schlug Joanna vor.

Harriet runzelte die Stirn. »Ich glaube nicht, dass Ärzte zählen«, meinte sie. »Sie steht doch eher auf Männer, die mit den Händen arbeiten, oder?«

Joanna hatte vor Lachen geprustet. »Ich meinte, damit er sich ihr ... Problem ansieht.«

Ach. »Und wie genau würdest du ihr … Problem beschreiben?« Ihre Schwester war nicht sehr hilfreich. Und komisch war das auch nicht. »Lust auf Männer in Overalls? Abhängigkeit von Terpentin als Aftershave? Eine Sehnsucht, Maurern auf den Hintern zu starren?«

»Ich weiß, Het«, hatte Joanna geseufzt und sich bei ihr eingehakt, wie sie es als Kind getan hatte. »Aber …«

Und Harriet hatte ihre Hand gedrückt. Sie verstand. Sie waren beide ratlos.

»Wenn ich Owen treffe, lade ich ihn zum Essen ein«, versprach Harriet ihrer Mutter nun. Obwohl Owen in letzter Zeit nicht allzu erfreut über ihre Einladungen zu sein schien oder darüber, dass Harriet sich dann stets so rasch wie möglich verdrückte und ihn sich selbst – und Mutter – überließ.

Audreys Miene hellte sich auf.

»Und gleich mache ich uns eine schöne Tasse Tee.« Sie legte eine Hand auf das Treppengeländer. »Lass mich nur erst etwas tippen.« Verhandeln. Das funktionierte immer – und wie könnte sie ärgerlich auf ihre Mutter sein?

Am Schreibtisch begann sie das Gekritzel zu entziffern. Sie hatte keine Ahnung, worum es dabei ging. Das machte es schwierig. Die Seiten waren mit wissenschaftlichen Formeln und winzigen Diagrammen übersät. Sie zog die Augen zusammen. Das Ganze hätte ebenso gut Chinesisch sein können.

»Soll ich das Manuskript bei Ihnen abholen?«, hatte sie den Autor gefragt – und hoffentlich professionell gewirkt.

Er hört sich ältlich an, jedenfalls eindeutig älter als ich, hatte sie gedacht, und stammt nicht aus dieser Gegend. Vielleicht aus London, denn seine Aussprache war ein wenig vornehm und leicht näselnd.

»Nein, nein, nein, nein«, hatte er energisch, fast panisch abgelehnt.

Autoren waren oft Sonderlinge. Joanna war zwar nicht so schlimm wie andere, aber selbst sie war immer wie in einem Traum gefangen und schien zu glauben, dass es vollkommen in Ordnung sei, die Welt im Allgemeinen zu ignorieren und sich die ganze Zeit nur im eigenen kleinen Universum zu bewegen.

Der Mann war wahrscheinlich ein Einsiedler. Da er nicht tippen konnte, waren die neuesten technischen Entwicklungen offenbar an ihm vorbeigegangen.

»Ich schicke Ihnen die Notizen«, hatte er erklärt. »Per Einschreiben.«

Das machte es einfacher. Dennoch hätte Harriet gern gewusst, wie ihr Arbeitgeber aussah. Vermutlich ist er groß, dachte sie. Gebeugt. Und kahlköpfig.

Sie entschied sich für den Schrifttyp Times New Roman. Sie würde auf Nummer sicher gehen.

Sie begann zu tippen. Gestern Abend hatte sie sich endlich von Jolyon getrennt. Ihr Finger blieb auf der Hochtaste hängen. Es war nicht leicht gewesen.

»Aber warum, Hattie?«, hatte er gefragt, und einen schrecklichen Augenblick lang fürchtete sie, er werde in Tränen ausbrechen. Diese Country- und Westernleute wurden sehr leicht sentimental. »Ich dachte, wir beiden würden in alle Ewigkeit zusammen sein. Ich dachte ...«

»Es liegt nicht an dir«, log sie. Sie wollte nichts mehr hören. »Ich habe einfach zu viel zu tun.« Gott, sie hatte so ein schlechtes Gewissen! Sie hatte ihm nie wehtun, ihn nicht hinters Licht führen wollen. Aber auf gewisse Weise hatte sie es doch getan.

Harriet spürte, wie ihre Finger sich zum Tippen bereit machten. Es war fast besser, dass sie nichts von dem verstand, was sie las – so würde sie nicht darüber nachdenken müssen.

Sie konnte wie ein Automat tippen und sich gedanklich mit anderen Dingen beschäftigen.

An Silvester waren sie zu einem Cajun-Tanz gegangen – es wurde viel mit den Füßen gestampft und gesprungen, hatte aber Spaß gemacht – und nachher ... Nun ja, sie hatte ihm erlaubt, sie zu küssen. Also, eigentlich war sie nicht in der Lage gewesen, ihn daran zu hindern. Harriet tippte schneller und wütender. Obwohl sie Alkohol nicht gewöhnt war, hatte sie drei Bier mit Limette getrunken, und er hatte sie überrumpelt. Nach dem Tanz hatte er sie nach Hause gefahren und war galant aus dem Wagen gesprungen, um ihr die Beifahrertür aufzuhalten. Wie sie es inzwischen gewöhnt war, hatte sie ihm Hand und Wange gleichzeitig hingehalten, und er hatte sich auf sie gestürzt. Als Nächstes hatte Harriet seine Zunge in ihrem Mund gespürt und seine Bartstoppeln, die sie an Lippen und Kinn pikten.

Schaudernd hämmerte Harriet auf die Tastatur ein. Es war keine bereichernde Erfahrung gewesen.

Seit jenem Abend hatte Harriet ihn energisch auf Armeslänge gehalten und auf den richtigen Moment gewartet, ihn endgültig loszuwerden. Sie konnte nicht anders. Die Aussicht, es wieder mit dieser Zunge zu tun zu bekommen, war unerträglich. Und gestern Abend, als er sie gebeten hatte, mit ihm in den Urlaub zu fahren – auf eine Ranch in Schottland, deren Besitzer so eine Art Country- und Western-Themenpark betrieben –, hatte sie gewusst, dass der Augenblick da war.

Harriet schaute auf den Bildschirm. Sie hatte schon zwei Seiten getippt, obwohl es ohne das befriedigende »Pling«, mit dem früher der Schlitten der Schreibmaschine in die nächste Zeile sprang, nicht dasselbe war.

»Ich kann Mutter unmöglich allein lassen«, hatte sie Jolyon erklärt. »Daher habe ich beschlossen, dass ich einfach Goodbye sagen muss.« Es wäre nicht so schlimm gewesen, wenn sie aufhören könnte, in Country- und Westernklischees zu denken und zu sprechen. Was hatte er bloß aus ihr gemacht?

»Es tut mir leid«, setzte sie hinzu, als er nichts sagte. Sie schien sich in letzter Zeit oft zu entschuldigen: bei Mutter – *tut mir leid, aber ich kann nicht zulassen, dass du irgendwelche Handwerker rufst* –, bei Joanna – *tut mir leid, ich wollte dich nicht anschreien* – und bei Owen – *tut mir leid, wenn ich unhöflich/gemein/undankbar war.* Denn der Angorapullover, den Owen ihr zu Weihnachten geschenkt hatte, war so niedlich und flauschig, aber sie hatte das Päckchen geöffnet und, nun ja, gelacht. Aber Rosa passte nun mal nicht zu ihr. Sie war weder niedlich noch flauschig. Und sie war kein Cowgirl.

Der Abwechslung halber ließ sie die Rechtschreibprüfung durchlaufen.

»Ich habe keine Zeit für einen Freund«, hatte sie zu Jolyon gesagt.

Was beinahe stimmte. Warum versuchte sie dann, diese Arbeit so schnell wie möglich hinter sich zu bringen, damit sie wieder ins Internet gehen und sich bei Dynamic Dating einloggen konnte?

Ach herrje … Harriet schaute an den Notizen vorbei in die vielversprechende Leere. Wenigstens hatte ihr Stalker sich schon eine Weile nicht mehr blicken lassen, obwohl sie sich ziemlich sicher war, dass er wieder auftauchen würde. Und bei Dynamic Dating hatte sie bereits Nummer drei ins Visier genommen. Im Januar brauchte ein Mädchen schließlich etwas, auf das es sich freuen konnte …

25. Kapitel

Joanna hörte den Motorenlärm, ignorierte ihn jedoch. Sie war damit beschäftigt, über Brücken nachzudenken. Den Artikel über Lissabon hatte sie vor zwei Wochen an Toby geschickt. Und jetzt recherchierte sie über Prag. Der Aufhänger musste natürlich die mittelalterliche Karlsbrücke werden, ein überwältigendes Bauwerk.

Joanna hörte nun Stimmen, googelte aber weiter.

Dann rief Harriet: »Jo?«

»Hm?« Joanna gestand sich ein, dass ihr die Ruhe und der Frieden in ihrem Haus in Crouch End fehlten – jedenfalls, wenn sie arbeitete. Diese Stille, dieses Wissen, dass man allein war. Vermutlich sollte sie sich eine andere Unterkunft suchen, aber das hieße Entscheidungen zu treffen, zu denen sie im Moment noch nicht bereit war. Es war viel einfacher, sich treiben zu lassen, als endgültige Beschlüsse zu fassen …

Sie stand auf und ging nach unten, erstarrte aber auf der halben Treppe.

Er wartete in der Diele.

»Martin.«

Er drehte sich um. »Hallo, Joanna.«

Ihr erster Gedanke war, dass er wie ein Fremder aussah. Ein großer, blonder, helläugiger Fremder.

Dann bemerkte sie, dass Harriet mit verschränkten Armen in der Küchentür stand und sie beide beobachtete. Und aus dem Wohnzimmer erschien Mutter, die in ein voluminöses rosarotes Umschlagtuch gehüllt war.

»Oh, bist das du, Martin, mein Lieber?«, fragte Audrey.

Verdammt!, war Joannas zweiter Gedanke. Ärger! Ihr blieb nichts anderes übrig, als nach unten zu gehen ... Am Fuß der Treppe verweigerten ihre Beine den Dienst.

Sie wollte nicht, dass er hier war; nicht jetzt. Nicht so überraschend, dass sie überrumpelt war und die Bedingungen nicht selbst diktieren konnte. Sie wollte vorbereitet sein, wissen, was sie ihm sagen wollte. Aber sie konnte ihm eigentlich keinen Vorwurf machen. Wie lange konnte sie von ihm erwarten, sich mit der unklaren Lage abzufinden?

»Wie geht's dir?«, fragte er. Er lächelte verhalten.

Sie hatte vergessen, wie kalt sein Blick sein konnte.

»Gut.« Joanna lächelte nicht. Sie machte keinen Versuch, auf ihren Mann zuzutreten. All diese Zeit, dachte sie, und nicht einmal ein Kuss.

Mutter drückte sich in der Tür herum. Sie trug Perlglanz-Lippenstift und zu viel Rouge. »Martin, wie schön ...« Audrey nahm den zögerlichen Begrüßungskuss entgegen, der ihre gepuderte Wange streifte. »Ich wusste nicht, dass du kommst«, setzte sie unnötigerweise hinzu. »Sonst ...« Was hätte sie sonst getan? Sich etwas Schickes angezogen?

»Ich auch nicht«, erklärte Joanna. Was sollte sie jetzt mit ihm anfangen? Sie warf Harriet einen Blick zu, doch die schien genauso ratlos zu sein.

Martin zuckte die Achseln. »Wenn der Prophet nicht zum Berg kommt ...«

Joanna zog eine Augenbraue hoch. »Ich wäre schon gekommen, sobald ich bereit gewesen wäre.«

»Aha.« Martin schaute von Harriet zu Mutter und dann wieder zu Joanna.

Sie verstand, was er sagen wollte. »Sollen wir vielleicht einen Spaziergang machen?«, schlug sie vor.

Sie schnappte sich ihre Lederjacke und den Schal, den Harriet ihr zu Weihnachten geschenkt hatte, und sie gingen durch die Küche und über die Hinterveranda nach draußen und hielten schnell auf den Maulbeerbaum zu, als könnten sie es nicht abwarten, das Haus hinter sich zu lassen.

Martin wies zurück. »Machen die zwei dich nicht wahnsinnig?«

»Nein, eigentlich nicht. Warum hast du mir nicht gesagt, dass du kommst?«

Er zuckte die Achseln. »Ich wollte dich überraschen.«

Das war ihm allerdings gelungen. Sie liefen den Hügel hinauf, zu dem Pfad, der über die Klippen führte. Die kalte Luft kribbelte in ihrer Kehle, und sie zog sich den Schal über den Mund. Ein Überfall also. Aber was wollte er damit erreichen?

»Es sind jetzt drei Monate, Joanna«, sagte er.

So lange schon? Was hatte sie bloß drei Monate lang gemacht? Sie hatte Venedig und Lissabon besucht und Ahnenforschung betrieben – die Meldebehörde in Pridehaven hatte die Geburtsurkunde von George Shepherd geliefert. Sie wusste inzwischen, dass William Shepherd kein einfacher Bauer, sondern eher ein Landbesitzer und Geschäftsmann gewesen war und seine Frau Edith geheißen hatte. Sie warf Martin einen Blick zu. Sie solle keinen Schritt auslassen, hatte die Bibliothekarin ihr geraten, sonst entgingen ihr möglicherweise wichtige Informationen.

Gibt es eine wichtige Information über Martin, die mir entgangen ist?, fragte Joanna sich jetzt. Ist unsere Ehe deswegen so jämmerlich gescheitert?

Sie mussten nun hintereinandergehen, und Joanna ließ ihrem Mann wie früher den Vortritt. Es machte ihr nichts aus. Sollte er doch den eisigen Wind abbekommen.

Flüchtig hatte sie sich gefragt, ob es sich bei Williams Frau Edith um ihre Emmie handeln könnte, aber das ergab keinen Sinn. So ähnlich waren sich die Namen nicht. Nein. Wenn sie Emmie suchen wollte, musste sie die Spur weiterverfolgen.

»Ich finde, es ist Zeit, dass wir eine Entscheidung treffen«, sagte Martin.

Vielleicht war es das, was in ihrer Beziehung nicht gestimmt hatte: Immer hatte er die Führung übernommen, und sie hatte es zugelassen. Obwohl sie ihn verlassen hatte, war er hier. Er hatte den Zeitpunkt für das Gespräch bestimmt und ein Machtwort gesprochen.

Sie schob die Hände tief in die Taschen. Wie dumm von ihr, dass sie keine Handschuhe mitgenommen hatte.

»Und was ist, wenn ich noch nicht bereit bin, etwas zu entscheiden?« Sogar in ihren eigenen Ohren klang sie wie ein Kind. Wie lange brauchst du denn noch?, fragte sie sich. Wie lange?

Martin seufzte tief, und sein Atem kondensierte vor seinem Gesicht. »Inzwischen musst du doch wissen, was du willst.«

Wirklich: Nichts hat sich geändert, dachte Joanna.

Sie schaute zurück auf Mulberry Farm mit dem Haus, das sich in die Senke zwischen den Hügeln des Down duckte, umgeben von den Scheunen und wogenden grünen Feldern. Sie wandte sich erneut dem Meer zu. Die Klippe fiel hier steil ab, wie mit dem Messer abgeschnitten. Martin runzelte die Stirn und stemmte sich gegen den Wind. Er sieht älter aus als früher, dachte sie.

»Warum muss ich denn so weit sein?« Ihre Frage drang gedämpft durch den Schal und wurde vom Wind aufs Meer hinausgetragen. Das Wasser war heute olivgrün und rollte in schweren Wogen heran, und das tiefgrüne Gras unter Joannas Füßen war glitschig vor Feuchtigkeit.

»Ach, um Gottes willen, Joanna!« Sie hörte den Ärger in seiner Stimme. »Weil wir so nicht weitermachen können. Das ist doch lächerlich. Du bist meine Frau, und du wohnst verdammt noch mal in einer anderen Grafschaft. Ich möchte mit dir leben, in unserem Haus in Crouch End. Ich möchte das, was passiert ist, vergessen, Herrgott. So langsam wird es Zeit. Es war eine Affäre … und es ist vorbei. Komm endlich darüber hinweg!«

Abrupt bog Joanna nach links ab und ging den Klippenpfad hinunter. Genau, dachte sie. Du willst es so haben, und deswegen muss es so sein. Sie hörte, wie er ihr folgte und mit seinen blank polierten schwarzen Lederstiefeln durch den dicken Schlamm stapfte. Es würde ihn einige Mühe kosten, sie nachher wieder sauber zu bekommen.

»Und wenn ich nicht darüber hinwegkommen will?«, gab sie über die Schulter zurück.

»Nicht das schon wieder!«

Sie drehte sich um und spürte, wie der Wind an ihrem Haar zerrte. »Ja. Das schon wieder. Das ist mein Ernst, Martin. Ich weiß nicht, ob ich zurückkommen möchte.«

»Wegen einer einzigen, dummen kleinen …«

»Nein.« Sie gingen nun hügelabwärts; unter der Sandsteinklippe lag der Strandstreifen, der nach Warren Bay führte, der Bucht, die ihren Blicken entzogen war. Dahinter stieg die Klippe auf der anderen Seite steil an und führte nach Pride Bay. »Weil ich nicht weiß, ob ich dich noch liebe«, erklärte sie.

Da. Es war gar nicht so schwer, es auszusprechen.

Er holte sie ein und packte sie am Arm. »Was soll das heißen, du weißt es nicht?«, schrie er.

Sie schüttelte ihn ab. Früher war sie immer in Tränen ausgebrochen, wenn er sie anbrüllte. Jetzt ließ es sie kalt. »Wir sind seit zehn Jahren verheiratet«, sagte sie. »Das ist eine ziemlich lange Zeit. Vielleicht ist ja alles nur noch Gewohnheit.«

»Gewohnheit?«, rief er.

Sie drehte sich zu ihm um. »Wieso glaubst du überhaupt, dass du mich liebst?«, fragte sie. »Willst du mich glücklich machen? Möchtest du mich berühren? Habe ich dir gefehlt, jeden Tag, jede Minute?«

Sein Gesicht verriet Unverständnis. Joanna hätte am liebsten gelacht.

Sie passierten das kleine Haus auf dem Hügel. Es stand so nahe am Rand der Klippe, dass sie immer fürchtete, es könne hinabstürzen.

»Mit Liebe hat das doch gar nichts zu tun«, meinte Martin. »Wir sind Partner, ein Team.«

Genau. *What's Love Got To Do With It?* Sie überquerten den Parkplatz und gelangten zur Straße. Hier war alles menschenleer. Na ja, dachte Joanna, wer wäre auch so verrückt, an einem solchen Tag herzukommen? Der kalte Wind brannte auf ihrem Gesicht und ließ ihre Augen tränen. Und ihre Hände waren gerötet und taub.

»Weißt du, was dein Problem ist, Joanna?«

Nein, aber sie war verdammt sicher, dass er es ihr gleich erklären würde.

»Du bist eine Romantikerin, eine Idealistin. Immer redest du von Liebe. Aber Liebe hat nichts mit der Realität des Zusammenseins zu tun, mit der gemeinsamen Arbeit und dem gemeinsamen Leben. Das ist etwas anderes. Da geht es um die Realität und um Pragmatismus. So ist das wirkliche Leben nun einmal.«

An der Treppe, die zur Bucht hinunterführte, drängte sich Joanna vor ihn. Konkurrenzdenken lag ihr nicht, aber wenn ihre Füße die Kieselsteine als Erste berührten …

»Ich will es nicht«, erklärte sie.

»Was?« Er folgte ihr auf den steinigen Strand hinaus, vorbei an dem winzigen Bach und den Fischerbooten, denen Stürme und das Meer schwer zugesetzt hatten.

»Wenn das unser gemeinsames Leben sein soll ...« Ihr fiel auf, dass er nicht von dem Ehebruch gesprochen hatte; war das auch sein pragmatisches Denken? Vielleicht wünschte sie sich ja ein Kind. Wollte sie mit diesem Mann ein Kind haben? Der Gedanke flackerte kurz auf und zerstob dann. Aber sie zweifelte nicht daran, dass er Recht hatte. Martin hatte immer Recht. »Dann will ich es nicht. Ich habe mich entschieden.«

»Wie bitte?« Er stand still da, während sie ans Ufer stapfte. Sie breitete die Arme aus wie ein Kind, das Flugzeug spielt. Wie eine Verrückte, dachte sie. Aber es war gut, sich verrückt zu fühlen und an dieser schwindelerregenden Grenze zu stehen.

»Hast du den Verstand verloren?«, brüllte er.

Näher würde er nicht an das Wasser herangehen, erkannte sie. Vielleicht war es ihm nicht sicher genug.

»Ja!«, schrie sie in den Wind hinein zurück. »Ich kann ihn nirgends finden. Hast du ihn gesehen?«

»Was?«

Joanna reckte das Gesicht dem Himmel entgegen, der heute einen dunklen Platinton hatte. »Es ist befreiend, keinen Verstand zu haben«, sagte sie.

»Zum Teufel!« Martin drehte sich um und stapfte davon. Bereits Sekunden später war er nicht mehr zu sehen.

Harriet ging nach draußen, um nach ihrem Wintergemüse zu sehen. Vielleicht sollte sie den Küchengarten vergrößern. Ein weiteres Restaurant in Pridehaven hatte sich nach ihrem Bio-

Gemüse erkundigt, und die Lokale dort liefen alle ziemlich gut, sodass sie stets gute Preise erzielte.

Die Luft war kalt, aber die Sonne schien am klaren Himmel. Harriet schaute nach oben und über das Meer hinaus. Dann meinte sie etwas zu sehen – ein Stück Glas vielleicht –, was hinter dem Zaun auf dem Warren Down glitzerte. Jemand, der eine Brille trug? Sie beschattete die Augen und schaute hügelabwärts zu dem Fußweg, der in der Bucht von Warren Cove begann und oben am Leuchtturm endete. Sogar im Winter war der Rundweg beliebt; die Wanderer spazierten an der Klippe entlang und dann zurück zur Bucht, wo sich der Parkplatz befand.

Aber sie konnte niemanden entdecken. Wenn sich dort jemand befand, dann wurde er von einem Busch oder Baum verborgen. Oder er versteckte sich absichtlich, dachte sie. Nein, bestimmt nicht.

Harriet zupfte vertrocknete Pflanzenteile ab. Morgen würde sie noch mehr Mulch ausbringen – sie hatte aus dem Laub des Maulbeerbaums und anderer Bäume im Obstgarten einen guten Mulch zusammengestellt, der dazu beitragen würde, Frostschäden zu vermeiden. Ernteausfälle konnte sie sich nicht leisten, wenn sie ihre Stellung als zuverlässige Quelle für Wintergemüse in Bio-Qualität halten wollte.

Joanna war mit Martin irgendwo da oben, denn sein Wagen stand noch auf dem Hof. Ob er ihre Schwester bat, zu ihm zurückzukehren? Sie wusste, das würde ein schwieriges Gespräch werden, und beneidete Joanna nicht. Aber wenn Martin sie zurückhaben wollte, warum in aller Welt war er nicht schon früher gekommen, um ihr das zu sagen?

Da war es wieder. Harriet richtete sich auf und schaute aus zusammengekniffenen Augen noch einmal zum Pfad. Da oben war etwas. Oder jemand. Und dieser Jemand wollte sich eindeutig nicht blicken lassen.

Als sie den Küchengarten durch das niedrige Tor verließ und auf den Hof trat, ging es ihr auf. Glas reflektierte. War es möglich, das dort oben jemand mit einem Fernglas auf der Lauer lag? Das war durchaus schon da gewesen – hier gab es eine Menge Naturliebhaber und Menschen, die Vögel beobachteten –, aber die Erfahrungen in letzter Zeit hatten Harriet misstrauisch gemacht.

Sie marschierte – munteren, sorglosen Schrittes, wie sie hoffte – über das Kopfsteinpflaster des Hofs. Dann, als sie die Ecke der großen Scheune passierte, drückte sie sich hinter die Mauer. Mal sehen, ob sich da oben jemand rumtreibt, dachte sie finster.

Gebückt, um ungesehen zu bleiben, schlich sie sich auf die Rückseite der großen Scheune und umging den Hof, bis sie den alten Kuhstall erreichte. Von der anderen Seite des Stalls aus hielt sie Ausschau. Und wartete. Sie hatte so ein Gefühl, dass etwas nicht stimmte.

Eine Minute später sah sie auf dem Down, dort, wo es geglitzert hatte, eine Bewegung. Jemand stand auf. Und sogar aus dieser Entfernung war die Gestalt ihr vertraut.

Sie ging jetzt davon, in die Gegenrichtung, von ihr und Mulberry Farm weg. Und – bildete Harriet sich das ein, oder baumelte da wirklich ein Fernglas am Handgelenk? Genau das hatte sie vermutet.

Herrgott. Was sollte sie jetzt tun? Harriet stand wie angewurzelt da. Einerseits wäre sie dem Kerl am liebsten über den Hügel nachgerannt und hätte ihn gestellt, um ein für alle Mal herauszufinden, was er wollte. Ihr Verstand beharrte darauf, dass er nur die Vögel beobachtet hatte. Aber das Fernglas war auf Mulberry Farm gerichtet gewesen. Er hatte sie beobachtet. Ausspioniert. Und wenn er dazu in der Lage war, was konnte er sonst noch tun? Ein Schauer überlief sie.

Andererseits: Brachte sie sich womöglich in Gefahr, wenn sie ihn stellte? Vielleicht hatte er ja ein Messer im Gürtel stecken. Oder er war – entgegen dem äußeren Schein – übermenschlich stark. Niemand sonst war in der Nähe. Er könnte sie mit bloßen Händen erwürgen.

Und außerdem ... Moment mal, dachte Harriet, wie viele Facetten hat diese Sache denn noch? Kann ich ihn wirklich entwischen lassen? Schon wieder?

Sie setzte sich in Bewegung, schwang sich über den Zauntritt und rannte den Hügel hinauf, was in ihren Gummistiefeln nicht einfach war. Ziemlich bald geriet sie außer Atem. Sie keuchte, und die Beine gaben fast unter ihr nach. Aber sie holte ihn ein. Und er hatte sie noch nicht gesehen.

Dann drehte er sich um. Ja, das war eindeutig er. Und richtig, an seinem Handgelenk hing ein Fernglas.

Er starrte Harriet völlig entgeistert an – und wer hätte es ihm verübeln können? In uralten dicken Jeans und schlammverkrusteten gelben Gummistiefeln kam sie den Weg hinaufgestolpert. Das Haar stand ihr kraus um den Kopf, sie rutschte auf Wurzeln und in Erdlöchern aus, und ihr Herz und ihre Lungen schmerzten vor Anstrengung und Kälte. Verflixt! Und wenn sie jetzt einen Herzanfall bekäme? Dann bräuchte er nicht einmal ein Messer.

Aber der Mann rannte davon.

»Kommen Sie zurück!«, schrie sie in den Wind hinein. Doch sie hatte nur noch so wenig Atem, dass die Worte sich gleich in Luft aufzulösen schienen. »Warten Sie!« Sie blieb stehen; sie konnte nicht anders. »Ich will mit Ihnen reden«, krächzte sie. »Kommen Sie sofort zurück!«

Es sah fast aus, als hätte er Angst vor ihr. Er wurde schneller. Klar, er war ausgeruht. Sie hatte keine Chance.

Aller Kampfgeist und sämtliche Energie verließen Harriet.

Sie beugte sich vor und konzentrierte sich aufs Atmen. Dann ließ sie sich ins Gras fallen und trommelte mit den Fäusten auf den Boden. Verflucht! Er war ihr entwischt!

Langsam stand sie auf und humpelte zum Haus zurück. Vielleicht hatte Joanna recht. Vielleicht sollte sie die Polizei benachrichtigen.

Als Harriet sich dem Hof näherte, schwebte ihre Mutter in pfirsich- und rosafarbenem Satin aus der Hintertür wie ein ätherisches Wesen. Sie hatte sich eine Pelzjacke übergeworfen und schaute sich unbestimmt um. Als sie Harriet erblickte, winkte sie ihr fröhlich zu. Offenbar bemerkte sie nichts Ungewöhnliches an der Erscheinung ihrer Tochter, ahnte nicht, dass sie einen Irren über den Hügel gejagt hatte oder irgendetwas nicht in Ordnung war.

Ja, Harriet müsste wohl die Polizei einschalten. Und zwar besser früher als später, ehe sie noch in einer dunklen Nacht alle in ihren Betten ermordet wurden.

Joanna stand am Ufer, bis sie Finger und Zehen nicht mehr spürte. Dann ging sie über den Hügel zurück nach Mulberry Farm. Sie wusste, dass sein Wagen fort wäre.

»Martin ist aber nicht lange geblieben«, bemerkte Harriet und reichte Joanna eine Scheibe Obstkuchen.

Sie wirkte ein wenig angespannt und nicht ganz wie sie selbst.

Willkommen im Club, dachte Joanna. »Nein«, pflichtete sie ihr bei.

»Wird er wiederkommen?«

»Kann ich mir nicht vorstellen.« Joanna nahm einen großen

Bissen. Ihre Finger und Zehen prickelten; langsam kehrte das Gefühl zurück.

»Ist alles okay?«, erkundigte sich Harriet. Sie wirkte müde und nervös.

Hatte sie sich Gedanken wegen Martins Besuch gemacht? Mochte ihre Schwester sie lieber, als Joanna ihr je zugetraut hatte? »Hm. Es geht mir gut, Het, ehrlich.«

»Gut.« Harriet klang jedenfalls, als meine sie das ernst. »Es ist schön, dich hier zu haben, Jo«, setzte sie hinzu. »Wirklich.«

Joanna griff nach der Hand ihrer Schwester. »Ich bin auch froh, hier zu sein«, sagte sie. »Wirklich.« Und das war sie. Aber da war noch mehr. Joanna wurde klar, dass sie sich zum ersten Mal seit sehr, sehr langer Zeit frei fühlte.

26. Kapitel

Das Telefon klingelte. Nicholas riss sich vom Computerbildschirm los. Er war unruhig und froh über die Ablenkung von einer Tätigkeit, die wiederum ein Versuch gewesen war, sich an einem weiteren, allein verbrachten Abend abzulenken. Was war bloß los mit ihm? Seit seiner Rückkehr aus El Cotillo fühlte er sich furchtbar unwohl und rastlos. Er war sich sicher, dass es etwas gab, was er tun sollte, hatte aber keine Ahnung, was.

Er nahm den Hörer ab. »Hallo?«, meldete er sich. Er rechnete mit einem Anruf von Celie, wie meistens. Er wusste, dass sie sich Sorgen um ihn machte, und er sorgte sich ebenfalls um sie. Es fiel ihm schwer, sie nicht mehr als sein kleines Mädchen zu betrachten. Die Lücke, die sie in seinem Leben hinterlassen hatte, war größer als das Loch, das Rachel gerissen hatte. Wenn man verheiratet ist, denkt man vermutlich nicht ständig darüber nach, was einen in dieser Ehe hält, die Frau oder die Tochter, sinnierte er. Ja, er war ein trauriger alter Narr.

Aber es war nicht Celie, es war Giuseppe. »Ciao, Nico.«

»Hey, wie geht's?« Nicholas setzte sich in den Korbsessel, der neben dem Telefon stand, und ließ sich in das dicke rote Polster fallen. Giuseppes Anrufe dauerten immer lang; und dieser würde darauf hinauslaufen, dass er ihn über das Geschäftliche auf dem Laufenden hielt; so eine Art entspannte Telekonferenz. Er streckte die Beine aus.

»Bruno bringt noch einen Stadtführer heraus.« Giuseppe vergeudete nie Zeit damit, um den heißen Brei herumzureden.

»Europa mit dem Fahrrad. Für den Text hat er schon jemanden.« Er stürzte sich in seine übliche Rede über die Einzelheiten der Veröffentlichung, während Nicholas sich ein oder zwei Notizen machte, »Oh« und »Ah« sagte und an dem Stift kaute, den er zu genau diesem Zweck neben dem Telefon liegen hatte.

»Und wohin soll ich fahren?«, fragte er nach ungefähr fünf Minuten.

»Lissabon wäre eine Möglichkeit.«

Na, so was, das war ein kurioses Zusammentreffen!

»Alle meinen, dass Portugal das nächste Spanien ist. Viel Tourismus, aber weniger illegale Baustellen.«

Neben dem Telefon lag Joanna Shepherds Brief. Er hatte ihn überwältigt. Dieses Erlebnis in Venedig war schon genug des Zufalls gewesen. Zuerst hatte er gedacht, dass diese Autorin ein ziemlich seltsames Spielchen betrieb ... Spiegelungen im Wasser, also wirklich. Eine Art verlorenes Atlantis in einem venezianischen Kanal? Aber dann hatte er es auch gesehen. Die rennende Frau – einschließlich des goldenen Bands, das Mrs Shepherd offenbar auch bemerkt, in ihrem Text aber nicht erwähnt hatte. Ziemlich seltsam, oder? Und dann ihr Brief ...

»Lissabon?«

»Was meinst du, kannst du dir das vorstellen?«

Nicholas zögerte. »Warum eigentlich nicht? Es ist ...«

»Bleib mal dran!«

Nicholas wusste genau, dass Giuseppe ins Internet gegangen war und nun virtuell in die Stadt eintauchte. Und Nicholas hatte keine Ahnung, was Giuseppe finden würde. Er selbst war noch nie in Lissabon gewesen. Aber er würde sehr gern hinfahren.

Als er an Joanna Shepherd schrieb, hatte er geglaubt, damit sei die Sache beendet. Es war ein eigenartiges Erlebnis gewesen, aber es ließ sich zweifellos irgendwie erklären – durch ein Spiel der Fantasie oder des Lichts vielleicht, durch Zufall. Er hatte das Ganze einfach erfrischend gefunden und seinem Drang nachgegeben, der Autorin mitzuteilen, was geschehen war, nur, damit sie es wusste. Aber jetzt …

Während Giuseppe weiterschwafelte, entfaltete Nicholas mit einer Hand ihren Brief. Er mochte ihre Schrift, die rund und ordentlich und vorwärtsgeneigt war. Und er mochte es, wie sie schrieb, in einem Strom von Worten, von Gedanken. Kein literarischer Bewusstseinsstrom, nichts Intellektuelles. Sie sprudelte einfach hervor, was ihr durch den Kopf ging. Zumindest nahm er das an. Noch nie hatte ihm jemand einen solchen Brief geschrieben. Rachels kurze Nachrichten waren immer knapp und sachlich, und Celie schrieb nur E-Mails. Nicholas fand, dass es etwas Besonderes war, einen Brief zu bekommen. Den Umschlag mit seinem Namen und seiner Adresse in die Hand zu nehmen. Ihn aufzureißen. Die knisternden Seiten zu entfalten, drei Stück. Allemal besser als eine E-Mail.

Giuseppe analysierte laut das Pro und Kontra von Lissabon. Das war sein Gebiet, und er war gut in seinem Job, das gab Nicholas gern zu; obwohl er sich manchmal fragte, wer all diese Reiseführer kaufte.

»Die Stadt hat eine große Geschichte«, sagte Giuseppe gerade. »Und eine moderne Infrastruktur, neue Gebäude, Hotels …«

»Ja.«

Sie hatte ihren Mann verlassen. Eigenartig, dass sie ihm das erzählt hatte. Warum sollte sie? Sie sagte, sie stehe an einem Scheideweg. Da ist sie nicht die Einzige, dachte er.

Und trotzdem, obwohl er über ihre Offenheit staunte, war Nicholas klar, dass er selbst damit angefangen hatte. Er hatte gesehen, was er gesehen hatte. Etwas, was nicht leicht zu erklären war. Glaubte er an Magie? Nein. Er glaubte an Dinge, die man berühren, fühlen und leicht verstehen konnte. Konkrete Dinge. Aber dennoch …

»Also, was meinst du?«, fragte er Giuseppe.

»Vielleicht, mal sehen.« Er klang nicht sicher. »Ich schaue mal, was Bruno dazu sagt.«

Es war albern, aber Nicholas wollte Giuseppe überzeugen. Doch eigentlich kam es gar nicht darauf an. Wenn er unbedingt nach Lissabon wollte, konnte er auch auf eigene Faust hinfahren. Er brauchte es nicht durch eine Geschäftsreise zu rechtfertigen. Aber wollte er das wirklich? Wollte oder musste er sich wirklich auf dieses … was immer es war, einlassen?

Die Unterhaltung begann mit den üblichen Fragen nach den Kindern. Giuseppe und Isobel hatten fünf – an verschiedenen Schulen, Arbeitsplätzen und Colleges –, und es ging allen gut. Nicholas erzählte Giuseppe, dass es Celie in London gut gefalle und sie, ja, so unabhängig geworden sei, was wohl gut sei – oder etwa nicht?

Nicholas schaltete den Computer aus. Warum will ich überhaupt mehr Zeit in El Cotillo verbringen?, sinnierte er nun. Ich kenne dort keine Menschenseele, es erinnerte mich an die Vergangenheit, und ich hab dort außer Surfen und Fotografieren nichts zu tun. Hm. Lissabon ist wirklich ganz verlockend.

Er zog seine Fleecejacke an, ging aus der Vordertür und schnitt ein paar Zweige im Garten – von der Stechpalme, der Rottanne und dem Winterjasmin, dessen winzige weiße Blüten so berauschend dufteten wie Sommerblumen.

Herrgott, Nick, geh doch in den Laden und kauf wenigstens ein paar gelbe Rosen!, hätte Rachel gesagt. Aber manchmal begreift sie einfach nicht, worum es geht, dachte Nicholas, während er die Zweige zu einem rustikalen Strauß arrangierte.

Er überquerte die Straße und gelangte zum Friedhof. Er trat

durch das überdachte Tor und ging den Mittelweg entlang, vorbei an der alten Steinkirche. Das Grab seiner Tante lag versteckt in der Ecke, neben einer Holzbank und unter einem Feigenbaum. Die Bank war feucht, der Feigenbaum gebeugt und mitgenommen. Seine Tante war immer etwas Besonderes gewesen.

»Hey«, sagte er leise, bückte sich unter die Zweige des Feigenbaums und legte den grünen Strauß auf den moosigen Grabstein. »Was würdest du an meiner Stelle tun? Zurück nach El Cotillo gehen? Oder nach Lissabon reisen? Joanna Shepherds Brief beantworten? Oder alles auf sich beruhen lassen?« Als er jung war, hatte er immer gewusst, was er wollte. Wenn man jung ist, kennt man keine Angst.

Und jetzt …?

Der Wind fuhr durch die kahlen Äste der Birken, die den Kirchhof umstanden; abgesehen davon war kein Laut zu hören. Nicht einmal die Vögel. Im Sommer hatte eine Notiz an der Kirchentür gehangen, mit der die Besucher gebeten wurden, das Portal geschlossen zu halten, damit die Schwalben, die in den Balken darüber nisteten, nicht in die Kirche gerieten.

Nicholas zuckte die Achseln. Seine Tante hatte ein geheimnisvolles Leben geführt. Sie hatte seine Mutter um sechs Jahre überlebt, obwohl sie die ältere der Schwestern war. In diesen sechs Jahren hatte er viel Zeit mit ihr verbracht, in den Sommerferien und bei ähnlichen Gelegenheiten. Er war damals noch ein Teenager gewesen, und in vielerlei Hinsicht hatte er sich der Frau stets näher gefühlt als den eigenen Eltern. Etwas an ihr, ein Hauch von Unglück, hatte ihn angezogen. Sie hatte nie viel über ihr Privatleben gesprochen. Dennoch wusste er, dass auch ihr Leben nicht so verlaufen war, wie sie es sich erhofft hatte.

27. Kapitel

Nach Martins Besuch stand Joanna unter Schock. Er hätte nicht einfach auftauchen sollen. Das war nicht fair. An diesem Morgen durchstreifte sie Haus und Garten. In Jacke, Schal und Handschuhe gepackt, trampelte sie durch den Reif, der sich im Gras rund um den Maulbeerbaum gebildet hatte, und stocherte mit einem Stock auf dem Eis herum, das sich auf dem Teich gebildet hatte. War darunter überhaupt noch Leben? Wie sollte etwas diesen gotterbärmlichen Winter überleben?

Vermutlich war es richtig gewesen, dass Martin sie zu einer Entscheidung gedrängt hatte. Ihre Gefühle für ihn waren zuerst spröde geworden und hatten dann einen tiefen Riss entwickelt; sie hatte Stunden damit verbracht, darüber zu spekulieren, wie und wo sie allein leben würde ... Aber trotz des Risses fiel es schwer, den Bruch endgültig zu vollziehen. Sie hatten immerhin zehn Jahre miteinander verbracht.

Martin würde nie akzeptieren, dass sie ihn keineswegs verlassen hatte, weil er mit Hilary geschlafen hatte – noch dazu in ihrem eigenen Bett. Es blieb ihm wohl auch nichts anderes übrig, als das zu glauben. Sonst müsste er sich nämlich etwas viel Bedrohlicheres eingestehen: dass sie ihn verlassen hatte, weil er oberflächlich und arrogant war und weil sie ihn nicht so liebte, wie sie es sich gewünscht hätte. In Joannas Erinnerung reihten sich alle Worte, mit denen er sie je verletzt hatte, aneinander wie eine endlose Kette.

Joanna rieb die behandschuhten Hände aneinander, um sie zu wärmen. Martin hatte erst drei Monate abgewartet, bevor er sich zu ihr nach Dorset aufgemacht hatte. Drei volle Monate ... Okay, vorhin war sie wütend auf ihn gewesen, weil er einfach aufgekreuzt war, aber jetzt waren ihre Gefühle widersprüchlich. Wahrscheinlich die Hormone. Außerdem, wie sollte man auf Mulberry Farm vernünftig bleiben? Hatte Martin gerade eben erst erkannt, wie schwer es war, allein zu leben, ohne jemanden, der kochte, putzte und die Unterwäsche-Fee spielte? Hatte er gerade erst kapiert, dass die Frauen, mit denen er gern schlief, nicht unbedingt ideale Lebenspartnerinnen waren? Wahrscheinlich rauchten sie im Bett und hatten ein Lachen, das ihn auf die Palme brachte.

So. Das war für den Augenblick mehr als genug frische Luft. Joanna betrat das Haus durch die Hinterveranda. Es wurde Zeit, pragmatisch zu denken. Sollten sie das Haus verkaufen? Wann sollte sie ihre Sachen abholen? Und wo würde sie wohnen? In Dorset? London? Sie vermisste Toby, Lucy und Steph – obwohl momentan die E-Mails zwischen ihnen nur so flogen. Trotzdem führte sie ein Leben im Ungewissen und war nirgends richtig zu Hause.

Joanna ließ die Jacke von den Schultern gleiten und hängte sie an den Haken neben der Hintertür. Gestern hatte sie für den nächsten Monat einen Flug nach Prag gebucht und einen Artikel über den Schwindel hinter den angeblichen Reality-Spielshows geschrieben. Und sie hatte Toby angerufen.

Die Reaktionen auf ihre Venedig-Broschüre seien gut gewesen, hatte er berichtet. Sie habe sich verkauft wie warme Semmeln, wirklich wie warme Semmeln.

»Irgendwelche ... Klagen?«, hatte sie mutig gefragt und dabei an den Brief von Nicholas Tresillion gedacht. Bestimmt hatte niemand sonst das Trugbild im Kanal gesehen, oder?

»Natürlich nicht.« Toby lachte. »Alle lieben es. Und Lissabon ist nächste Woche fertig und geht in den Verkauf.«

»Oh, gut.« Visionen von Leuten im Maulbeerbaum, dachte Joanna. Das wird reichen, um die Geduld und den Verstand jedes Spaziergängers auf die Probe zu stellen.

»Also lass dir mit der nächsten Broschüre so lange Zeit, wie du willst, Darling«, sagte Toby. »Ach, übrigens – was weißt du über Wohnwagen?«

»Tja ... nichts.« Sie wartete. Inzwischen sollte sie an Tobys geniale Geistesblitze gewöhnt sein. Auch unter dem Namen Aufträge bekannt.

»Ich hatte nur überlegt – warum wollen alle Leute in einem gewissen Alter nur noch weg?«, sagte Toby.

»In einem gewissen Alter?« Es gefiel Joanna nicht, wie das klang.

»Ach, du weißt schon, dass was wir früher das mittlere Alter genannt haben, so um die vierzig, fünfzig, sechzig.«

Tolle Altersgruppe, dachte Joanna, die sich nur zu bewusst war, wie bald sie darin eintreten würde. »Unzufriedenheit?«, meinte sie. »Die Suche nach Freiheit?«

»Und eine Reaktion auf Stress«, setzte Toby hinzu. Stress gehörte zu Tobys Lieblingsthemen. Damit könne man immer Kasse machen, behauptete er. »So was passiert, wenn du einen Mann vierzig Jahre lang in einen Achtstundenjob steckst und dann erwartest, dass er immer noch lächelt.«

»Hm«, sagte Joanna. »Okay, ich denke darüber nach. Wie viele Wörter?«

»Fünfhundert müssten ausreichen. Und peppig, bitte. Komisch soll es sein.«

»Wird gemacht.« Fünfhundert Wörter über die Unzufriedenheit der Menschheit und Wohnwagen, dachte Joanna. Die Comedy-Version. Es war ja kinderleicht, ein Autor zu sein. Jeder könnte das.

Am Nachmittag fuhr Joanna zum Staatsarchiv in Dorset, das im Besitz von Mikrofilm-Kopien der Volkszählungen von 1841 bis 1891 war.

Die Erhebung aus dem Jahr 1891 interessierte sie am meisten, weil die Auskunft darüber geben würde, wer damals auf Mulberry Farm gelebt hatte. Sie erwies sich als faszinierend. Die Aufzeichnungen waren nach Gemeinden – in diesem Fall Symondsbury – und Bezirken geordnet, und die Haushalte waren straßenweise aufgeführt. Aber in der Warren Farm Lane gab es keinen Eintrag für Mulberry Farm.

Stirnrunzelnd musterte Joanna die engen Zeilen und die schräge Schrift, die schwer leserlich war. Wo waren ihre Vorfahren denn bloß?

Schließlich fand sie den Haushaltungsvorstand Edward Shepherd, Landwirt, mit seiner Frau und drei Kindern: William, Mary und Elizabeth. Joanna spürte einen Anflug von Aufregung. Zwei Schwestern. Keine Emily – ein Name, den sie zu gern gefunden hätte. Aber war es möglich, dass sie eine der beiden Frauen war? Sie hatten das richtige Alter und hatten am richtigen Ort gelebt.

Zu Hause wartete eine doppelte Überraschung auf Joanna. Als sie in ihrem Zimmer saß, den Kopf immer noch voll mit der Vergangenheit, und den Inhalt ihrer »Emmie«-Akte durchging, ließ Harriet einen großen braunen Umschlag in Joannas Schoß fallen.

»Was ist das?«, fragte die, während sie ihn öffnete.

»Ein paar alte Fotos.« Harriet zuckte die Achseln. »Du hast gesagt, dass du nach Sachen über die Familie suchst. Da habe ich im Arbeitszimmer einige Papiere durchgesehen.«

»Danke, Het.« Vorsichtig zog Joanna einen Stapel brüchiger Fotos hervor. Sie hatte eine Ewigkeit damit verbracht, die Unterlagen im Arbeitszimmer zu sichten, aber nichts weiter entdeckt als Notizen über den Hof und alte Rechnungen. Harriet hingegen hatte einen Volltreffer gelandet.

»Wer ist das?« Ehrfürchtig berührte Joanna das oberste Foto.

»Vater.« Harriet wies auf einen dünnen Jungen mit hellem Haar, der ein Hemd und eine kurze Hose trug und verlegen zwischen einem steifen, schwarz gekleideten Paar stand – wahrscheinlich seine Eltern. Da war er noch ein Kind gewesen. Joanna meinte, das Foto vor Jahren schon einmal gesehen zu haben, aber sicher war sie sich nicht. Sie legte die Hand auf den Arm ihrer Schwester und hatte den Eindruck, dass sie zitterte.

»Ich lasse dich allein damit«, sagte Harriet. »Ich bin dann mal weg. Einkaufen. Okay?«

»Hm.« Das sagte ihre Schwester jedes Mal, wenn sie das Haus verließ, und Joanna konnte nicht umhin zu bemerken, dass Harriet bei der Rückkehr nicht immer Einkäufe bei sich hatte. Doch das ging sie nichts an. Sie würde sich allein mit der Vergangenheit beschäftigen. Und es war nur allzu leicht, sich von ihr davontragen zu lassen, in die Gesichter zu sehen und in ihre Welten einzutauchen.

Joanna nahm das Foto in die Hand. Ihr Großvater George wirkte streng und ziemlich grimmig, während seine Frau ein sanftes Gesicht mit Grübchen hatte. Mit der Fingerspitze berührte Joanna die Bilder ihrer Großeltern väterlicherseits. Es bedeutete so viel mehr, wenn man einen Namen auch mit einem Gesicht verbinden konnte. Merkwürdig, dass sie sich zuvor für ihre Wurzeln und die Landschaft, aus der sie stammte, interessiert hatte; aber jetzt, durch Emmie, erschien es ihr wichtig, etwas über ihre Herkunft zu erfahren.

Sie hörte, wie es an der Vordertür klingelte und ihre Mutter öffnete. Nun ja, wenn sie etwas brauchte, würde sie schon rufen. Joanna schaute zu dem Bild der Brücke auf und dachte an ihr Gespräch mit Toby. So modern war der Drang, aus seinem Leben zu flüchten, nicht, oder? Auch Emmie war gereist – obwohl sie eher den Eindruck vermittelte, dass sie nichts dagegen gehabt hätte, zu Hause bei ihrem teuren Rufus zu bleiben, der *Liebe ihres Herzens*. Warum er sie wohl nicht begleitet hatte?

Von unten hörte sie das An- und Abschwellen von Stimmen und das Lachen ihrer Mutter. Audrey war beschäftigt – das war gut. Wahrscheinlich jemand aus dem Dorf, der vorbeischaute. Joanna streckte sich auf dem Bett aus und sah die Fotos durch. Fast ganz unten im Stapel fand sie einige ältere, in Sepiatönen gehaltene Bilder mit zerknitterten Rändern. Eines zeigte einen Mann und eine Frau, die wie ein Ehepaar wirkten. Der Mann in Flanelljackett und gestreifter Hose hatte einen dichten Bart und widerspenstiges Haar. Er war groß, lächelte und schien eine anziehende Persönlichkeit zu besitzen. Joanna mochte ihn sofort. Sie schaute genauer hin. Er hatte freundliche Augen. Die Frau dagegen war mager und wirkte verbissen. Sie trug ein langes Kleid, das am Halsausschnitt mit Spitze abgesetzt war, ihr aber dennoch keinerlei Eleganz verlieh. Das dunkle Haar hatte sie sich straff aus dem Gesicht frisiert. Sie starrte zornig in die Kamera, als berühre das Lächeln des Mannes an ihrer Seite sie gar nicht. Joanna vermutete, dass es sich um ihren Urgroßvater William und seine Ehefrau Edith handelte. Vielleicht war die Frau auch seine Schwester. Wer hätte das schon sagen können?

Unten fiel eine Tür zu. Joanna nahm sich vor, gleich hinunterzugehen und nach dem Rechten zu schauen – nur noch eine Minute.

Auf einem anderen Foto wirkte derselbe Mann kleinlaut. Bei dieser Gelegenheit trug er ein weißes Hemd mit steifem Kragen und Krawatte und eine Art Gehrock. Seine Frau trug ein Kleid mit hoch angesetzter Taille, einen breitkrempigen Hut und hielt ein Baby in einem weißen Taufkleid auf dem Arm. War es möglich, dass es sich bei dem Kind um Großvater George handelte? Jedenfalls wusste Joanna jetzt, dass die beiden verheiratet gewesen waren und ein Kind gehabt hatten.

»Jetzt aber«, murmelte sie. Das Foto eines Knaben im Matrosenanzug und zweier Mädchen in knielangen Kleidern mit spitzenbesetztem Saum und Hüten auf dem langen, lockigen Haar brachte die nächste Erkenntnis. Der Junge war eindeutig der Mann von den vorherigen Fotos – er hatte schon dieses Haar –, und auf der Rückseite war ganz schwach eine Kursivschrift zu erkennen. Joanna starrte darauf, als wolle sie die Wörter zwingen, leserlich zu werden. *William, Mary und Elizabeth* entzifferte sie schließlich. Dann hatte sie Recht. Der Mann mit dem ungezähmten Haar und den freundlichen Augen war ihr Urgroßvater William, und das hier waren die zwei Mädchen, die beiden potenziellen Emmies.

Sie stöberte in den Bildern herum und fand ein Foto, auf dem die Mädchen ein wenig älter waren. Dieses Mal waren sie in weiße Rüschenblusen mit hohem Kragen und lange dunkle Röcke gekleidet. Sie setzte sich auf. Elizabeth war die Ältere. Wenn man ihren Namen abkürzte, kam man auf Ellie. Vollkommen denkbar und sehr ähnlich. 1913 muss sie dreiunddreißig gewesen sein. Aber ... Joannas Emmie klang jünger, irgendwie begieriger, und außerdem wirkte Elizabeth nicht wie ein künstlerischer Typ. Sie war mollig und dunkel. Joanna konnte sich vorstellen, dass sie Schweineströge ausspülte, aber nicht, dass sie Brücken malte.

Mary war größer, aber nur ein Jahr jünger als ihre Schwester und wirkte im Gegensatz zu ihrem Bruder sehr ernst. Sie hätte Emmie sein können – aber wie sollte aus dem Namen Mary Emmie werden? Und würde jemand, der so mürrisch dreinblickte, Briefe schreiben, die so vor Leben, Liebe und Kreativität übersprudelten? Nein, das war unmöglich.

Joanna musste sich eingestehen, dass sie zwar einige interessante Entdeckungen gemacht hatte, aber was Emmie anging, eine Niete gezogen hatte.

Da sie immer noch Stimmen hörte, rappelte sie sich auf und ging die Treppe hinunter. Sie war sich bewusst, dass sie sich von der Vergangenheit hatte überwältigen lassen und die Gegenwart vergessen hatte. Wer auch immer bei Mutter war, der war – sie schaute auf die Uhr – vor einer Stunde aufgetaucht, fünf Minuten, nachdem Harriet das Haus verlassen hatte. Zufall? Wahrscheinlich nicht, wenn man es recht bedachte. Ach, herrje!

»Mutter?«, rief sie.

In der Küche kicherte Audrey wie ein Mädchen.

Ein junger Mann mit stachligem schwarzem Haar und einem T-Shirt, dessen Aufdruck *Vampire beherrschen die Welt* verkündete, saß am Küchentisch vor einem Becher Kaffee und einem halb aufgegessenen Stück von Harriets Apfelkuchen. Neben ihm stand ihre Mutter, die ein fließendes, tiefrosa Kleid und ein schwarzes Mohair-Umschlagtuch trug. Sie hielt eine Hochglanzbroschüre in der Hand. Weitere Broschüren lagen kreuz und quer auf dem Tisch verstreut.

»Oh, hallo, Joanna«, sagte sie. »Das Modell Rosenblüte ist entzückend«, fuhr sie dann, an den jungen Mann gerichtet, fort.

Rosenblüte … entzückend? Für Joanna klang das wie ein Geheimcode. »Hallo«, grüßte sie den Mann demonstrativ. Er wirkte nicht wie ein Vertreter, aber die Broschüren erinnerten sie verdächtig an …

»Cool«, gab er zurück. »Wintergärten«, erklärte er dann, an Joanna gerichtet.

»Wintergärten.« Joanna blinzelte ihn an. Er hatte listige blaue Augen. War es sicher, ihn mit Mutter allein zu lassen?

»Ich baue die aber nur«, gestand er. »Das sind einige der Ausführungen, die ich für Sie machen kann.«

Aha. Joanna nahm eine der Broschüren. Der Rosenblüten-Raum, so genannt wegen der romantischen Anklänge. Rosenblüten aus farbigem Glas, rosafarbenes Holz, pinkfarbene Jalousien. Was würde Harriet dazu sagen? Joanna mochte gar nicht daran denken. »Wir melden uns bei Ihnen«, sagte sie.

Der Handwerker zuckte die Achseln und aß noch einen Bissen Kuchen. Hatte er keine anderen Kunden, die auf ihn warteten? Sie schaute auf die Uhr und fragte sich, wo Harriet wohl steckte. Vielleicht traf sie sich heimlich immer noch mit Jolyon. Ihre Schwester hatte zweifellos Geheimnisse. Wenn der Rosenblüten-Mann bei Harriets Rückkehr immer noch da wäre, würde sie jedenfalls in die Luft gehen.

Audrey kochte neuen Kaffee und summte dabei vor sich hin. *Gimme Gimme Gimme A Man After Midnight.*

Oh Gott, dachte Joanna. Wir müssen den Kerl loswerden, und zwar schnell.

Nummer drei, dachte Harriet. Drei ist eine Glückszahl.

»Ich mag Schiffe«, hatte er ihr am Telefon erklärt. Seine Stimme klang ein wenig quietschig, und er sprach mit einem breiten Dorset-Akzent. »Treffen wir uns doch in der Pride Bay, am Hamburgerstand!«

Harriet hoffte nur, dass dieser Treffpunkt kein Hinweis darauf war, wo sie zu Mittag essen würden. »Woran erkenne ich Sie?«, erkundigte sie sich, denn inzwischen war sie Expertin darin, bei Verabredungen die richtigen Fragen zu stellen. *Mit wie vielen Frauen haben Sie sich schon getroffen?*, zum Beispiel – ein guter Indikator für die Moral. Oder: *Woran ist Ihre Ehe eigentlich gescheitert?* Wenn er ein notorischer Ehebrecher war, konnte man das nicht ignorieren; und wenn die Exfrau die Trennung betrieben hatte, fragte man sich, was mit dem Betreffenden wohl nicht stimmte. Die Bitte »Erzählen Sie mir von Ihrer Familie« verriet einem schließlich, was er an Gepäck mitbrachte. Harriet hatte nichts gegen Kinder, Eltern, altjüngferliche Tanten oder Tiere; aber sie hatte etwas gegen ungesunde Fixierungen. Und es gefiel ihr nicht, wenn der Mann in der Nähe wohnte. All dies hatte sie bei Nummer drei schon per E-Mail geklärt. Aber ob die Chemie zwischen ihnen stimmen würde? Das wollte Harriet herausfinden.

»Ich werde meine Kappe tragen«, sagte er.

Ach herrje.

»Braunes Fischgrätmuster.«

»Wunderbar.« Das Aussehen ist nicht alles, rief sie sich ins Gedächtnis. Eine Schirmkappe ist um Längen besser als ein Cowboyhut und ein Pistolenhalfter.

Der Hamburgerstand befand sich gleich neben dem Zuckerwattestand am Nordteil der Hafenmauer. Bei dem Geruch, eine Kombination von beidem – eine Mischung aus klebriger Süße, Fleisch und Fett –, stieg eine leichte Übelkeit in Harriet auf, während sie auf Malcolm, den Schweinefarmer, wartete. Sie trug Jeans, eines ihrer hübscheren T-Shirts und einen Hauch Wimperntusche, die sie aus Joannas Make-up-Tasche stibitzt hatte. Nichts Übertriebenes. Die Chancen, ihrem alten Leben zu entkommen, standen nicht gut; warum sollte sie sich also nicht nach jemandem umsehen, der ein ähnliches Leben führte wie sie? Harriet hatte das Gefühl, das sei sicherer. Er würde verstehen, welche Anforderungen Mulberry Farm stellte; sie hätten denselben Hintergrund, kämen sozusagen aus demselben Stall und hätten hoffentlich dieselbe Wellenlänge. Sie widerstand der Versuchung, den Hochzeitsmarsch zu summen.

»Miss Harriet Shepherd?«

Sie fuhr herum – leider ziemlich unelegant, sodass sie fast gegen ihn prallte. »Ja.«

»Malcolm Chalmers.« Er schaute nach rechts und links, als könne ihn jemand erkennen oder hören, was er sagte. »Von Dynamic Dating«, zischte er.

»Ja.« Er stand bereits vor ihr, daher hatte sie keine Gelegenheit, sich aus der Entfernung ein Gesamtbild von ihm zu machen. Dabei gab es da allerhand zu besichtigen. Viel Körper – er war so groß wie sie, aber breit, sehr breit – und noch viele andere Einzelheiten: runde Brillengläser, die seine Augen vergrößerten; blondes Haar, das ihm büschelweise aus Nase und Ohren wuchs; blaue Äderchen in einem glänzenden roten Gesicht.

Das Aussehen ist nicht alles, sagte Harriet sich erneut. Er sieht einfach sehr gesund aus und … wettergegerbt. Rosig. Strahlend. *Sei nicht so verdammt oberflächlich!*

Er legte den Finger an die Kappe. »Nett, Sie nach all der Zeit mal persönlich zu treffen«, sagte er schüchtern und konnte ihr nicht direkt in die Augen sehen.

Wenigstens war er höflich. Bescheiden. Und er wirkte irgendwie lebendig. Zumindest war er ein Mann.

Harriet räusperte sich. »Schön, Ihre Bekanntschaft zu machen«, sagte sie. »Ich freue mich, dass Sie sich … ähm … von den Schweinen freimachen konnten.«

Er nahm die Kappe ab und kratzte sich am Kopf.

Sein Haar war fast weiß und stand in merkwürdigen Winkeln ab. Immerhin hat er Haare; das ist ein Pluspunkt, dachte Harriet.

Ihre Erfahrungen mit Hector und Jolyon hatten sie positives Denken gelehrt.

»Die können verdammt gut auf sich selbst aufpassen«, meinte Malcolm. Plötzlich wurde er ganz lebhaft. »Schweine sind nämlich hochintelligente Wesen.«

»Ja, ich weiß.« Sie hielt schließlich schon lange genug welche.

»Man könnte sie sogar im Haus halten«, fuhr Malcolm fort. Er sah sie immer noch nicht richtig an, aber bei dem Thema schien er aufzutauen. »Die Countess von Mount Edgecombe hatte eins; Cupido mit Namen. Manche Leute sagen, sie sind klüger als Hunde, sogar so intelligent wie ein dreijähriges Kind.«

»Tatsächlich?« Harriet verlagerte das Gewicht auf den anderen Fuß. Sie persönlich hielt nichts von Schweinen als Haustieren, nicht einmal wenn sie Cupido hießen, was angesichts der Umstände vielleicht passte. Einmal hatte sie ein dickbäuchiges Schwein Arthur gerufen, aber sie hätte es auf keinen Fall in der Küche geduldet.

Harriet zitterte. Beim Herumstehen wurde einem kalt. Andere Menschen liefen geschäftig hin und her, kümmerten sich um ihre Angelegenheiten, besuchten die Läden auf der anderen Seite des Hafens, führten am Fluss Hunde aus, bastelten ein wenig an ihren Booten herum …

Und auch sie, Harriet, hatte zu tun. Der Himmel wusste, was Mutter sich während ihrer Abwesenheit wieder einfallen lassen würde; und Joanna war zwar körperlich anwesend, doch sobald sie sich zum Schreiben zurückgezogen hatte, würde sie es nicht einmal bemerken, wenn es Mutter einfiele, splitternackt auf die Felder hinauszumarschieren. Harriet hatte auch noch allerhand zu tippen; ihr geheimnisvoller Auftraggeber hatte ihr heute Morgen mit der Post Nachschub geschickt.

Die E-Mails von Nummer drei waren voller Anekdoten über Schweine, Schweinewitze und Wortspiele um Schweine gewesen, aber Harriet hatte gehofft, dass das nur durch die anfängliche Nervosität zu erklären war. Inzwischen war sie sich nicht mehr so sicher. Kaum merklich schob sich das Wort »Besessenheit« in ihre Gedanken.

Und tatsächlich: »Schweine sind mein Leben«, gestand er nun. »Ich liebe sie.«

Ach, herrje! Harriet argwöhnte, dass er mit Schweinen mehr Erfahrung hatte als mit Frauen. Er hatte ihr erzählt, er sei nie verheiratet gewesen, und die wenigen Freundinnen, die ihm im Lauf der Jahre über den Weg gelaufen seien, hätten sich »nicht so richtig für das Landleben geeignet«. Er sei in einer Familie aufgewachsen, die nur Söhne hatte; ohne Schwestern, die ihm die Befangenheit vor dem weiblichen Geschlecht hätten nehmen können. Oh Gott. Und wenn er ebenfalls noch Jungfrau war? In dem Fall würde der Rat »Schließ die Augen und denk an England« auch nicht helfen.

»Ja, ich weiß«, meinte sie. »Das ist ... äh ... sehr nett.«

Harriet versuchte, nicht in Panik zu geraten. Sie standen erst am Anfang. Offenbar war sie diejenige, die das Gespräch in eine andere Richtung lenken musste, aber ihr fiel um alles auf der Welt nichts anderes ein, über das sie hätten reden können. »Sind die Schweine freilaufend?«, erkundigte sie sich.

»Ich habe ein paar alte Karren für sie aufgestellt«, erklärte er, steckte die Hände in die Taschen, zog sie wieder heraus, nahm die Kappe ab, um sich am Kopf zu kratzen, und setzte sie wieder auf. Er schaute sie immer noch nicht an. »Sie geben einen großartigen Schweinestall ab. Die Liebchen laufen rein und raus wie Welpen.«

Ob sie auch bellten? Manchmal – ziemlich oft eigentlich – fragte Harriet sich, warum sie überhaupt nach einem Mann suchte. All ihre Bemühungen erwiesen sich als ziemliche Zeitvergeudung. Man sehe sich nur Hector an. Hätte sie ihn geheiratet, wäre sie Alkoholikerin geworden. Oder Jolyon – eine Ehe mit ihm hätte eine Calamity Jane aus ihr gemacht. Und Joanna … Sie und Martin waren ein Musterbeispiel für eine gescheiterte Ehe. Getrennt hatten die beiden sich auf jeden Fall. Das hatte Harriet ein einziger Blick in Martins Gesicht verraten, als er seinen Peugeot im Rückwärtsgang vom Hof gefahren hatte. Ihm waren geradezu die Dampfwölkchen aus den Ohren gequollen. Obwohl Joanna sie manchmal zur Weißglut trieb, lagen Harriets Sympathien bei ihrer Schwester. Doch wie würde das Joannas Pläne beeinflussen? Würde Joanna auf Mulberry Farm bald zum Inventar gehören oder nicht?

Malcolm tat einen Schritt auf sie zu, dann einen zurück. »Sie müssen mich mal besuchen und sich das mal anschauen«, schlug er vor und starrte unverwandt nach unten, auf eine Pfütze zu seinen Füßen.

»Ja.« Harriet hatte es beinahe die Antwort verschlagen.

War es unrealistisch, wenn man mit neununddreißig anfing, sich mit Männern zu verabreden? Waren die netten alle schon vergeben und nur noch die Sonderlinge übrig? Aber es gab auch Ehen, die hielten. Wegen der Gewohnheit, aus Furcht oder aus Verzweiflung? Auch wegen der Liebe, wies Harriet sich streng zurecht. Obwohl sie die Partnersuche ziemlich tollkühn fand, konnte sie einfach nicht anders. Sie wollte das Gleiche erleben wie Joanna. Harriet wünschte sich einen Kameraden, einen Freund; und wenn sie schon nicht die Liebe finden sollte, dann zumindest einen netten Menschen, der ihr zugetan war und auf sie aufpasste. Sie sehnte sich sogar nach Leidenschaft.

Verstohlen betrachtete Harriet Malcolm von oben bis unten.

Er war ziemlich merkwürdig gekleidet: eine ärmellose grüne Weste, ein schwarzer Schlips zum weißen Hemd. Braune Schuhe und eine stark glänzende Hose. Wie Schweinehaut, dachte Harriet. *Hör damit auf! Hör sofort damit auf!* Aber obwohl sie sich die größte Mühe gab, schob sich ein Bild in ihre Gedanken: Malcolm auf allen vieren auf einem Doppelbett, mit nichts als einer Krawatte bekleidet, der den Rücken seiner besten Zuchtsau streichelte. Was war bloß mit ihr los?

»Wo sollen wir essen?«, fragte sie munter. Bitte nicht am Hamburgerstand! Und ein Schinkensandwich war auch nicht ganz das, was sie sich vorstellte.

»Ich weiß nicht recht.« Er runzelte die Stirn. »Verstehen Sie, ich habe da ein kleines Problem.«

»Ach?« Bitte, er sollte nicht behaupten, seine Brieftasche vergessen zu haben. Seine weißen Augenbrauen zuckten unkontrollierbar. Ihr fiel auf, dass auch seine Wimpern weiß waren, fast albinös. Ganz wie ... Meine Güte!

»Ich bin ein wenig eingeschränkt.« Er schaute sich um, glücklicherweise aber nicht unter den Essensbuden am Hafen. Harriet liebte Pride Bay, aber sie hatte noch nie etwas von den Essensständen gehalten – schließlich war die Bucht ein Fischerhafen und kein Jahrmarkt, und die Pubs mochte sie auch nicht.

»Aber wir könnten es im Pub versuchen.« Er klang alles andere als überzeugt.

»Gut«, sagte sie. Sie hatte gründlich genug von diesem ganzen Hin und Her. Sie wollte zur Sache kommen.

Auf dem Weg zum Harbour Arms führten sie eine nette, schweinefreie Unterhaltung über das Wetter: kalt, aber sonnig, einer dieser Wintertage, an denen die Luft klar war. Wunderschön. Malcolm schien kurz davor, ihren Arm zu nehmen, tat es dann aber nicht. Er stapfte über das Straßenpflaster, als wate er durch ein schlammiges Feld.

Im Pub überlegte er lange, wohin sie sich setzen sollten, bis Harriet die Initiative ergriff und ihn in eine Nische dirigierte, wo sie ihm gegenüber Platz nahm. Malcolm, der sie immer noch nicht direkt ansah, reichte Harriet eine der Speisekarten verkehrt herum und studierte die eigene. Zwanzig Minuten lang.

»Ist alles okay?«, fragte Harriet. Was hatte er damit gemeint, dass er ein wenig »eingeschränkt« sei?

Malcolm brummte. »Ich muss Ballaststoffe meiden«, erklärte er. »Außerdem Weizen. Milchprodukte. Eben alles, was den Magen-Darm-Trakt reizen könnte.«

»Ach herrje!« Dabei sah er so wohlgenährt aus. Sie hätte gedacht, dass er alles und jedes in sich hineinschaufelte. »Haben Sie eine Nahrungsmittelallergie?«, erkundigte sich Harriet.

»Reizdarm«, sagte er.

»Ach, du meine Güte.«

»Davon bekomme ich schreckliche Blähungen«, setzte er hinzu. »Magenkrämpfe.« Endlich sah er ihr in die Augen. »Und dergleichen.«

Oje. »Ich nehme nur ein Sandwich mit Käse und Tomate«, sagte Harriet matt. Vielleicht war es ja Zeit, Nummer vier anzusteuern.

28. Kapitel

Endlich entspannte sich Nicholas. Er spazierte mit Celie über die Dünen, die im Zwielicht des Spätnachmittags beinahe purpurrot wirkten. Unter ihnen lag dunkel das Meer. Er freute sich, dass seine Tochter über das Wochenende bleiben würde. Nachdem sie ihren Besuch am Morgen kurz angekündigt hatte, hatte er den ganzen Vormittag damit verbracht, im Cottage zu saugen und zu wischen, bis es strahlte und blitzte. Er wollte, dass für Celie alles vollkommen war, um ihr zu zeigen, wie kostbar ihm diese Besuche waren. Und sie selbst.

Er war sogar zum Blumenladen hinuntergelaufen, um süß duftende cremefarbene Rosen für das Gästezimmer zu kaufen. Er hatte frische Handtücher auf das Bett und eine neue Seife an das kleine weiße Waschbecken gelegt. Rachel hätte gestaunt. Nicholas war ja überrascht über sich selbst.

Er legte Celies Hand in seine Armbeuge. Der Weg war staubig, und um diese Jahreszeit war das Gras spärlich. Die Ginsterbüsche blühten noch nicht.

Sie wanderten an den Sümpfen vorbei auf den Leuchtturm zu, der weit weg auf Godrevy Island stand. Als Celie klein war, waren sie oft hier spazieren gegangen. Für gewöhnlich im Frühjahr, wenn auf der Klippe die Sandgrasnelken dicht an dicht wuchsen, oder im Sommer, wenn man die Seehunde beim Sonnen in der Bucht beobachten konnte. Aber Godrevy war zu jeder Jahreszeit etwas Besonderes.

Sie hielten einen Moment inne. Die Sonne ging über dem

Meer unter, ein rotgoldener Ball, der den Himmel mit Rosa und Zartblau überhauchte. Wunderschön. Nicholas lächelte. Er hätte seine Kamera mitnehmen sollen.

»Was?« Sie erwiderte sein Lächeln.

»Weißt du noch?« Das Foto, das er damals gemacht hatte. Rachel und Celie mit verschlungenen Armen, als hielten sie die untergehende Sonne zwischen sich fest.

»Ja.« Sie lachte, warf ihm aber einen eigenartigen Blick zu, der so etwas besagte wie: *Hör endlich auf, in der Vergangenheit zu leben!* Aber das tat er nicht. Es war nur so, dass Erinnerungen einem großes Vergnügen schenkten, wenn man älter wurde.

Sie setzten den Weg fort und schauten auf die schwarzen Felsen und den ockerfarbenen Sand hinunter. Der Wind peitschte die Wellen auf, sodass die Gischt flog.

»Und, wie läuft es in London?«, erkundigte sich Nicholas. Celie hatte gerade eine neue Stelle als Chefsekretärin bei einer Innenarchitektur-Firma angetreten und wirkte strahlender und glücklicher als zuvor. Sie leuchtete geradezu von innen heraus. Das konnte nicht nur an der Arbeit liegen, das musste Liebe sein.

Ja, er erinnerte sich an dieses Gefühl. Verdammt.

Sie drückte seinen Arm. »Die Arbeit ist prima, obwohl einer der Projektmanager mir ein bisschen auf die Nerven geht. Letzte Woche hat er mich zum Frühstück eingeladen und ...«

Er ließ sie weiterplappern und erfreute sich einfach am Klang ihrer Stimme, an dem schwachen Duft ihres Parfüms, das sich mit dem Geruch des Meeres mischte, an ihrem dunklen Haar, das im Wind wehte. Sie liefen die mit Holzplanken befestigte Strandpromenade entlang. Heute waren nicht viele Menschen unterwegs, aber das störte Nicholas nicht, im Gegenteil. Cornwall hatte ihm nach der Touristensaison schon immer besser gefallen, wenn das Wetter alle bis auf die Hartgesottensten vertrieb und die Landschaft etwas trostlos wirkte.

Rachel hatte ihm früher vorgeworfen, er sei ungesellig, weil er keine Gäste in ihr Cottage in Godrevy einladen wollte. »Das sind unsere Freunde, Nick. Wir sind einen ganzen Monat hier. Willst du denn niemanden sehen?«

Doch, schon, manche Menschen sah er gern, aber er liebte eben auch die einsamen Tage. Er erfreute sich an dem Gefühl, allein mit dem Meer, dem Himmel und den Klippen von Cornwall zu sein. Er genoss diese Phasen der Besinnung, die seiner Ansicht nach jeder brauchte in dieser schnelllebigen Welt, um bei Verstand zu bleiben. Und ganz besonders gefiel es ihm, wenn er jemanden hatte, mit dem er seine Einsamkeit teilen konnte. Jemanden, mit dem man nicht immer zu reden brauchte. Jemand Besonderen. Nach der Trennung von Rachel hatte er sich jedenfalls unglaublich allein gefühlt.

Aber er spürte, dass Celie darauf wartete, dass er noch etwas sagte.

»Und wie geht's Tom?«, erkundigte er sich. Er hatte sich noch keine endgültige Meinung über Tom gebildet.

»Gut«, sagte Celie. Ihre Stimme klang sanfter, und ihr Blick richtete sich über das bewegte Meer in die Ferne.

Ihm wurde klar, dass Celie sich für Tom entschieden hatte. Zum ersten Mal in ihrem Leben war es ihr ernst mit einer Beziehung. Sehr ernst. Ein Verlustgefühl stieg in ihm auf.

Oben auf der Klippe war das Gras viel grüner und der Leuchtturm viel näher, eine weiße Landmarke auf dem Inselfelsen. Der Weg war hier schmaler, sodass sie hintereinandergingen. Aber es wurde kühl. Nicholas ging schneller und spürte, wie Celie den Schritt beschleunigte, um mit ihm mitzuhalten. Sie würden wohl nicht bis zum Leuchtturm kommen, denn die Dunkelheit brach an. Er hatte zwar seine

Taschenlampe dabei, aber es würde kalt werden, vielleicht zu kalt für Celie in ihrem dünnen Mantel.

Er steckte die Hände in die Taschen seiner warmen Steppjacke und nahm sich vor, seiner Stimme einen fröhlichen Klang zu verleihen. Wer wollte schon einen einsamen, mürrischen alten Mann besuchen, der Trübsal blies? So wollte er auf keinen Fall werden. »Ich werd euch beide mal besuchen kommen«, sagte er, »und euch zum Essen einladen.« Schließlich hatte er eine Wohnung in London; er hielt sich nur nicht sehr oft dort auf. Und wenn, dann meist, weil er am nächsten Tag von Gatwick oder Heathrow abfliegen wollte.

»Das wäre nett.« Er hörte den zurückhaltenden Unterton in ihrer Stimme, die von Wind halb verschluckt wurde. Und er gestand sich ein, dass er die Beziehung zwischen Celie und Tom nicht gefördert und den jungen Mann nicht mit offenen Armen aufgenommen hatte. Vielleicht sind alle Väter gleich, dachte er. Besorgt, besitzergreifend und überfürsorglich.

»Und du, Dad? Wie geht's dir?« Jetzt klang seine Tochter nicht mehr reserviert.

»Ach, gut, gut.«

Sie seufzte. »Ich meine, *wirklich*.«

Nicholas lachte. »Mir geht es *wirklich* gut.« Und es stimmte sogar beinahe. Jedenfalls hatte er das Gefühl, stärker in sich zu ruhen als seit langer Zeit. »Ich fliege nächste Woche nach Portugal. Giuseppe möchte, dass ich in Lissabon ein paar Fotos mache.«

Natürlich hatten Bruno und Giuseppe alle Möglichkeiten, sich Bilder aus Lissabon zu verschaffen. Aber zum Glück für Nicholas wollten sie seine Bilder. Als Herausgeber waren sie ständig auf der Jagd nach einem neuen Blickwinkel.

»Schön.« Er hörte, dass sie sich nicht besonders für Lissabon interessierte.

Nicholas dagegen freute sich wirklich auf die Reise. Weil er ein Ziel hatte, und zwar nicht nur, was die Arbeit anging ... Er hatte vor, Joanna Shepherds Lissabonner Brückenspaziergang zu unternehmen. Gott wusste, was er sich davon versprach ... Aber er hatte ihr zurückgeschrieben. Und nun konnte er es kaum erwarten, Spaziergang Nummer zwei zu machen.

Der Weg war jetzt breiter, das Gras abgeweidet. Der Leuchtturm war noch näher gerückt, und die weißen Wogen schlugen gegen die Felsen an seinem Fuß. Aber es wurde dunkel. »Sollen wir zurückgehen?«, schlug er Celie vor. Er hatte einen Hähnchenauflauf im Backofen – *oh ja, ich komme ganz ausgezeichnet ohne deine Mutter zurecht* – und würde ein offenes Feuer und ein paar Kerzen anzünden. Er und Celie würden sich hinsetzen, und dann würde alles ... Nein, natürlich würde nicht alles so sein wie früher. Aber es würde trotzdem ein schöner Abend werden.

»Okay.« Sie versetzte ihm einen liebevollen Rippenstoß. »Aber lenk nicht vom Thema ab! Kommst du allein zurecht? Bist du einsam und deprimiert? Bist du in einen Club oder so etwas eingetreten?«

Nicholas lachte. Was sollte er ihrer Meinung nach tun – einem Wanderverein beitreten oder eine Bridge-Runde gründen? Mit Stricken oder Pilates anfangen? »Du machst dir zu viele Gedanken.«

»Dad ...«

»Sieh mal.« Tief Luftholen. Die Luft fühlte sich kalt an. »Du weißt, wie niedergeschmettert ich war, als deine Mutter gegangen ist ...«

Das hatte er auch in seinem Brief an Joanna Shepherd geschrieben. Gestern am späten Abend, nach einer halben Flasche Montepulciano. *Als sie mich verlassen hat, hat mich das ein wenig aus der Bahn geworfen.* Und das stimmte. Aber irgendwann danach, einige Zeit nach seinen geschmacklosen One-Night-Stands, dieser überwältigenden Angst vor dem Alleinsein … hatte er erkannt, dass Rachel ihm gar nicht fehlte.

Nicholas schüttelte den Kopf und nahm wieder Celies Arm, nachdem sie umgekehrt waren. »Aber das war damals.« Er und Rachel hatten schon lange aufgehört, einander zu küssen, miteinander zu schlafen, sich an den Händen zu halten. Sie hatten sich nicht mal mehr gestritten.

Nein. Was ihm fehlte, war die Familie; dieses Gefühl, zu einem Ganzen zu gehören – einem vielleicht angeschlagenen Ganzen, aber trotzdem einer Einheit. Die Familie Tresillion hatte aus Rachel, Celie und ihm bestanden. Sie hatten vielleicht Meinungsverschiedenheiten gehabt, oder einer war ohne den anderen fortgegangen, aber jeden von ihnen hatte es immer wieder zurück nach Hause gezogen. Ihr Zuhause war ein Bollwerk gewesen. Als Rachel Nicholas verließ, zerstörte sie auch sein Gefühl, in der Familie geborgen zu sein. Irgendwie war er in die Isolation gerutscht. Wahrscheinlich ist es das Schlimmste, dachte er, dass ich meine Sicherheit, die Grundfeste verloren habe.

Das hatte er auch Joanna in seinem Brief geschildert, weil er spürte, dass sie ihn verstehen würde, obwohl sie geschrieben hatte, sie und ihr Mann hätten keine Kinder. Und jetzt versuchte er, es auch Celie zu erklären.

Schweigend hörte sie zu, während sie an der Klippe entlang zurückstapften und der Wind auf sie einpeitschte.

»Ich weiß, was du meinst«, sagte sie schließlich, statt abzuwiegeln, wie er beinahe gehofft hatte. »Die Familienmitglieder sind alle noch da. Und ich weiß, dass ihr mich beide liebt, Mum und du. Aber es ist nicht dasselbe.«

Er nickte, weil er seiner Stimme nicht traute.

Sie befanden sich jetzt wieder in den rötlich braunen Sanddünen. Die Sonne war inzwischen untergegangen, und der Himmel wurde langsam nächtlich dunkel.

Er lauschte den Wellen, die sich am Ufer brachen. Ein langgezogenes Donnern … Er liebte die Kombination von Meer und Dunkelheit. Es war magisch. Er legte den Arm um Celies Schultern. In diesem Moment fühlte er sich ihr genauso nahe wie früher. Wahrscheinlich ist das Entscheidende, dass ich sie nicht verloren habe, dachte er. Es ist verlockend, zurückzuschauen und sich ein rosiges Bild von der Vergangenheit zu malen. Aber die Wirklichkeit war meist gar nicht so großartig, und das wussten sie beide. Und nun? Es war okay, oder? Celie würde ihn in Cornwall besuchen, und er würde nach London fahren. Sie war immer noch sein Kind.

Durch die Dünen gingen sie bis zum Weg hinunter. Nicholas leuchtete ihnen mit seiner Taschenlampe. Der Lichtkegel huschte über das trockene Gras. Er spürte, dass Celie zögerte.

»Du fragst dich bestimmt, warum ich dich so aus heiterem Himmel besuchen komme«, meinte Celie nach einer Weile.

»Na ja …« Eigentlich war er einfach davon ausgegangen, dass sie ihn sehen wollte.

»Ich war mir nicht sicher, wie du auf das, was ich dir sagen möchte, reagieren würdest.« Sie betrachtete ihre Fingernägel und wirkte verlegen.

Erst als sie auf das Cottage zuhielten, warf sie ihm einen forschenden Blick zu.

»Wie ich *worauf* reagiere?« Sein Magen krampfte sich zusammen. Was war das Schlimmste, was passieren konnte? Dass sie nach Australien auswandern wollte? Oder nach Thailand? Hatte man bei ihr vielleicht eine schreckliche Krankheit diagnostiziert? Du lieber Gott …

»Ich bin schwanger«, erklärte sie und legte eine Hand auf den Bauch.

Nicholas blieb stehen. »Schwanger?«

Sie nickte.

Was sollte er jetzt sagen? Sie fragen, wie weit sie schon war? Ob sie das Kind geplant hatten, ob sie sich freute?

Aber es stand ihr ins Gesicht geschrieben, dass sie glücklich darüber war. Sie wartete auf eine Antwort, und dies war einer dieser wichtigen Augenblicke, die man auf keinen Fall verderben durfte. Er breitete die Arme aus und zog seine Tochter an sich.

Celie freute sich; und wenn sie glücklich war, dann war er es auch.

29. Kapitel

Harriet hatte gerade die Schweine gefüttert und nach den Hühnern gesehen, als sie einen Motorenlärm hörte. Sie blickte auf und sah Owens Landrover, der in die Auffahrt einbog. Der hat mir gerade noch gefehlt!, dachte sie und winkte. Sie hatte vor dem Abendessen noch hundert Dinge zu erledigen und verspürte keine Lust auf eine höfliche Unterhaltung mit dem Nachbarn.

Lebhaft kletterte er aus dem Wagen, knallte die Tür zu und winkte ihr.

Warum schaute er so fröhlich drein? Harriet schloss die Stalltür. »Träumt schön, ihr kleinen Federknäuel«, murmelte sie den Hühnern zu. Obwohl es kalt war, legten die braven Tiere noch Eier. Nicht mehr so oft natürlich, aber Harriet war für jedes Ei dankbar.

»Na, wie sieht's aus?«

Harriet wunderte sich. Owen hatte sich, jedenfalls für seine Begriffe, mit sauberen dunkelblauen Jeans und einer dicken dunkelblauen Jacke mit Reißverschluss regelrecht herausgeputzt.

Wie es aussah? »Gut.«

Sie schwang den leeren Futtereimer hin und her. »Und was kann ich für dich tun?«

Die Teezeit war schon vorbei – glücklicherweise, denn sie hatte keinen Kuchen mehr; Mutter und Joanna mussten gestern Nachmittag heißhungrig darüber hergefallen sein. Und für einen Abendbesuch war es noch zu früh, sogar für einen

Farmer, der sich nach dem Tageslicht richtete und daher mit der Arbeit aufhörte, wenn es dunkel wurde. Sie schaute sich um. Wo war bloß der Tag geblieben?

Owen runzelte die Stirn. »Ich habe mich doch nicht im Datum geirrt, oder?« Er schaute in die Ferne, über die Hügel hinweg, die in der einbrechenden Dunkelheit bedrückend aussahen.

»Freitag«, antwortete Harriet prompt, »der Zehnte.« Nächster Punkt, Fische füttern. Im Winter brauchten sie nicht viel, aber sie ließ sie nicht gern aus, während alle anderen nach Herzenslust fraßen.

»Freitag, ja.« Owen rieb sich die Hände. »Prächtig.«

Harriet sah ihn fragend an. Er war frisch rasiert. Und sie hätte schwören können, dass seine Augen schelmisch blitzten. »Prächtig?«, wiederholte sie. Komm, hilf mir auf die Sprünge!, dachte sie. Bitte!

»Du hast mich zum Essen eingeladen. Für Freitagabend.«

»Aha.« Um Mutter zu besänftigen, wieder einmal. Jetzt erinnerte sie sich. »Ja.« Warum hatte sie nur das Gefühl, dass er sie auslachte? Zur Hölle! Ein Anflug von Panik stieg in ihr auf. Joanna hatte ihm doch nicht von Jolyon erzählt, oder? Das würde sie doch nicht tun? Verdammt gut, dass sie nichts von Malcolm, dem Schweinefarmer, wusste.

»Dann ist es noch aktuell?« Er musterte sie aufmerksam. »Das Abendessen.«

»Ja, ja. Ich muss nur …« Nervös stapfte Harriet in Richtung Teich.

Das Wasser war trübe. Der Maulbeerbaum breitete schützend die dunklen, zerfurchten Äste darüber. »Tut mir leid«, sagte sie, als sie sah, dass Owen ihr gefolgt war. »Natürlich gilt die Einladung noch. Schön. Ich freue mich darauf. Wir freuen uns alle.« *Nicht zu dick auftragen, Harriet!*, ermahnte sie sich insgeheim.

Er grinste. »Du hattest es vergessen.«

»Nein, nein!« Harriet runzelte die Stirn. Würde der Fischauflauf für vier Personen reichen, wenn eine davon Owen war? Was, wenn sie noch ein paar Krabben dazugab? Sie hatte nur leider keine. Brot und Butter? Ja. Noch eine Dose Mais? Mehr Kartoffelpüree? »Wie könnte ich das vergessen?«

Sie sah ihn an, wie er am Ufer des Teichs stand, und bemerkte, dass er blank geputzte schwarze Stiefel trug. Also, das war ungewöhnlich. Hatte er vielleicht von Martins Abgang gehört? Glaubte er, dass jemand wie er eine Chance bei Joanna hatte?

»Schöner Baum.« Liebevoll fuhr Owen mit der Handfläche über den Stamm des Maulbeerbaums. »Hast du eine Ahnung, wie alt er ist und wie lange er hier schon steht?«

Harriet zuckte die Achseln. Er war immer da gewesen, und der Hof hatte schon immer nach dem Baum Mulberry Farm geheißen. »Schon immer?«, riet sie.

Owen lachte, ein unerwartetes, dröhnendes Grollen.

Harriet starrte ihn an. Was war denn jetzt schon wieder lustig? »Für mich sieht er ziemlich alt aus«, meinte sie.

Owen betastete einen der gedrehten, nach unten hängenden Zweige. »Maulbeerbäume sehen immer alt aus, auch junge.«

»Wirklich?« Woher wusste er das? Harriet ließ den Futtereimer fallen, zog das Päckchen mit Fischfutter aus der Tasche und streute ein wenig davon auf die Wasseroberfläche. Ein paar gold-schwarz gefärbte Fische schossen heran und stürzten sich darauf. Sie fragte sich, ob sie dieses Jahr Kaulquappen bekommen würden. Letzten Sommer waren die Frösche überall herumgehüpft und hatten einigen Gästen des Cafés einen Schrecken eingejagt.

»Wahrscheinlich wurde er um die Zeit gepflanzt, als eure Farm den Namen geändert hat«, sagte Owen. »Das wäre einleuchtend. Schätze, das war 1914.«

Harriet starrte ihn an. »Was?«

»Nach den Gemeindebüchern und Karten.« Er klang entschuldigend, zuckte die Achseln.

Harriet versuchte, diese Information zu verdauen. Zuerst hatte Joanna Gemeindebücher, Unterlagen über Volkszählungen und dergleichen durchwühlt. Und jetzt Owen. Ob das ansteckend war? »Dieser Hof hatte einmal einen anderen Namen?« Sie starrte den Maulbeerbaum an, als sei er möglicherweise schuld daran. »Aber er hieß immer ... Wie kann das ...? Der Baum ...? Und ... alles?«, endete sie lahm.

»Euer Anwesen hieß früher Warren Down Farm«, erklärte Owen in seiner sanften, langsamen Redeweise. »In den alten Karten im Museum von Pridehaven kannst du den Namen neben dem meines Hofs lesen. Wird zum letzten Mal 1913 erwähnt.«

»Aha.« Warren Down Farm? Klang logisch, aber warum hatte ihr niemand davon erzählt? Wieso hatte ihr Vater nie darüber gesprochen? Er musste es doch gewusst haben. Und warum sollte man einen Namen ändern, nur weil man auf dem Hof einen Baum gepflanzt hat?

»Es gibt eine Karte, die mit 1914 datiert ist«, fuhr Owen fort und tätschelte den Baumstamm noch einmal. »Darin wird der Hof als Mulberry Farm geführt. Deswegen vermute ich auch, dass dieser Bursche 1914 gepflanzt wurde.«

1914 ... Harriet trat auf die andere Seite des trüben Teichs. Er roch nach verfaulendem Gras und feuchtem Holz. Was hatte dieses Datum zu bedeuten? Ob es etwas mit dem Ersten Weltkrieg zu tun hatte? Vielleicht eine Erinnerung an jemanden, der gefallen war? Die Vorstellung gefiel Harriet nicht. Plötzlich kam ihr der Baum, den sie immer geliebt hatte, wie ein Eindringling vor.

»Dein Dad hätte es vielleicht gewusst«, setzte Owen unnötigerweise hinzu. »Vermutlich hat sein Großvater den Baum gepflanzt, meinst du nicht auch?«

Woher zum Teufel sollte Harriet das wissen? Sie und Joanna hatten erst kürzlich unter den alten Fotos ein Bild ihrer Großeltern gefunden. Aber die beiden waren schon vor Harriets Geburt gestorben. Ihr Vater hatte ganz bestimmt nie erwähnt, dass sein Großvater den Maulbeerbaum gepflanzt oder den Namen des Hofs geändert hatte. Das Pflanzen des Baums musste eine große Bedeutung gehabt haben. Wahrscheinlich sollte sie Joanna davon erzählen. Joanna war schließlich diejenige, die versuchte, die Puzzleteile der Vergangenheit zusammenzusetzen, obwohl Harriet keine Ahnung hatte, warum sie sich plötzlich so für ihre Vorfahren interessierte.

»Vielleicht.« Sie steckte die Hände in die Jackentaschen und ging zu Owen zurück. Sie kam sich wie eine komplette Idiotin vor, und dieses Gefühl hatte sie in Owens Gegenwart noch nie empfunden.

»Sie sind ganz leicht zu vermehren«, fuhr Owen fort. Je mehr sie sich aufregte, umso entspannter wirkte er. »Man schneidet einfach einen Steckling von einem Ast und pflanzt ihn ein.«

»Dann hat er das wahrscheinlich getan«, gab Harriet zurück – ein wenig scharf. Doch nach einem Blick auf Owens Miene lenkte sie ein. Er konnte schließlich nichts dafür, dass sie keine Ahnung hatte. »Der Baum ist vielleicht zur Erinnerung an einen Toten gepflanzt worden«, meinte sie. Sie schaute in die kahle Krone und dachte daran zurück, wie oft sie auf den Baum geklettert war und die Äste geschüttelt hatte, damit die Früchte zu Boden fielen. Später hatte sie beobachtet, wie ihre Mutter Marmelade daraus kochte, oder sie hatte ihrem Vater geholfen, Beerenwein zu keltern ... Der Baum war auch ein Symbol ihrer Kindheit, ihrer Familie.

»Wie meinst du das?« Owen musterte sie. Hatte er gewusst,

wie viel diese Information ihr bedeuten würde? Sie hatte den Eindruck, dass er diesen Zeitpunkt bewusst gewählt hatte.

»Im Ersten Weltkrieg könnte doch ein Familienmitglied umgekommen sein.« Das klang jedenfalls dramatisch. Und wahrscheinlich. »Vielleicht wurde der Baum zu seiner Erinnerung gepflanzt.« Hoffentlich standen sie nicht auf den Überresten dieser Person.

Owen sah sie direkt an. »Oder aus Liebe«, meinte er.

»Wie bitte?«

Owen lief im Gesicht rot so an wie Maulbeeren im Hochsommer. »Ich meine, wegen der Geschichte von Pyramus und Thisbe«, erklärte er. »Der Baum könnte symbolisch für eine unerfüllte Liebe stehen.«

»Pyramus und … wer?« Harriet hielt sich nicht für ungebildet. Sie hatte in der Schule gute Noten gehabt, und ihr Vater hatte ihr viel von seinem Wissen vermittelt. Eigentlich hätte sie behauptet, viel gebildeter zu sein als Owen. Aber jetzt geriet sie wirklich ins Schwimmen. Von Pyramus und Thisbe wusste sie nur noch, dass eine Person namens Zettel sie im *Sommernachtstraum* aufführte. »Shakespeare?«, erkundigte sie sich matt.

»Ich glaube, es ist eine römische Erzählung«, sagte Owen. »Obwohl ich nur die Version von Ovid gelesen habe.«

Ovid? Harriet starrte ihn an. Ovid? »Auf Latein?« Sie wusste, dass ihr Mund offen stand. Sie hatte gerade völlig überraschend eine neue Seite von Owen entdeckt.

»Ähm, nein … Ich habe sie auf Englisch gelesen.«

»Und?« Harriet lächelte.

»Pyramus und Thisbe – nun ja, sie waren Nachbarn …« Er mied ihren Blick. »Und sehr verliebt. Aber die Eltern waren gegen die Verbindung, daher konnten sie nur durch einen Riss in der Mauer miteinander sprechen.«

»Ein Riss in der Mauer ...« Aber was hatte das mit Maulbeerbäumen zu tun?

»Sie wollten sich unter einem weißen Maulbeerbaum treffen«, fuhr er fort, als hätte er ihre Gedanken gelesen. »An einer Quelle.«

Harriet schaute auf den Teich hinunter. Keine Quelle, aber immerhin ein Gewässer, das Ähnlichste zu einer Quelle, was auf dem Hof zu finden war. Vielleicht kannte der Unbekannte, der den Baum gepflanzt hat, die Geschichte ja. Aber wer hatte das getan und warum?

»Was ist passiert?«, flüsterte sie. Warum flüsterte sie? Keine Ahnung. Auf dem Hof war es ruhig, fast unnatürlich still.

»Thisbe ist zuerst aus dem Haus gegangen«, sagte Owen. »Mit einem Schleier über dem Kopf, um nicht erkannt zu werden.«

Während er sprach, wurde Harriet klar, dass sich gerade die Dunkelheit wie ein Schleier über die Farm und die Hügel senkte. Sie musste sich Mühe geben, Owens Züge noch zu erkennen.

»Sie erreichte den Baum. Als sie allein dort saß, in der Abenddämmerung ...«, erzählte Owen weiter.

Harriet warf ihm einen scharfen Blick zu. *Übertreib es bloß nicht!*

»... sah sie eine Löwin näher kommen.«

Wer's glaubt, dachte Harriet. Trotzdem überlief sie ein Schauer. Und nicht nur, weil es hier draußen allmählich kalt wurde.

»Das Maul der Löwin war blutig, weil sie gerade ein Tier gerissen hatte«, sagte Owen. »Sie wollte an der Quelle ihren Durst stillen.«

Stillen? Owen klang von Sekunde zu Sekunde mehr wie ein römischer Geschichtenerzähler.

»Was hat Thisbe getan?«, fragte Harriet.

»Was würdest du tun?«, konterte Owen.

»Die Beine in die Hand nehmen?«

»Das hat sie auch«, bestätigte Owen. »Aber als sie davonrannte« – dramatische Pause –, »verlor sie den Schleier, und die Löwin zerfetzte ihn in ihren grausamen Fängen.«

Harriet ahnte schon, wie das enden würde.

»Unterdessen kam Pyramus, der aufgehalten worden war, zum Treffpunkt«, fuhr Owen fort und verlagerte das Gewicht auf den anderen Fuß.

»Und sah den Schleier?«

»Allerdings.« Owen stieß einen tief empfundenen Seufzer aus.

Ein geborener Geschichtenerzähler, wahrhaftig. Der Mann besaß tatsächlich ungeahnte Talente.

»Er fluchte und weinte und schwor, dass auch sein Blut den Baum beflecken solle.« Owen hielt inne. »Und so stürzte er sich in sein Schwert.«

»Herrje!«, rief Harriet. Sie hatte recht gehabt, die Geschichte erinnerte an Romeo und Julia. Vielleicht hatte Shakespeare die Idee ja bei Ovid stibitzt.

Owen nickte. »Sein Blut spritzte nach oben bis auf die weißen Maulbeeren«, erklärte er. »Und es färbte sie blutrot.«

Harriet starrte den Maulbeerbaum an. Owen schien das alles wirklich zu glauben. Sie schwieg. Die Winterbrise fuhr durch die kahlen Zweige und kräuselte die Oberfläche des Teichs.

»Und sein Blut sickerte in den Boden und erreichte die Wurzeln des Baums«, fuhr Owen fort. »Seither sind alle Maulbeeren rot.« Wieder fuhr er zärtlich mit der Hand über den Stamm.

»Und was ist aus Thisbe geworden?«, fragte Harriet.

»Sie sah Pyramus' Leiche neben ihrem zerrissenen, blutigen Schleier liegen. Von Schuldgefühlen überwältigt, tötete sie sich mit demselben Schwert. Und sie rief, die Beeren sollten für immer an ihr gemeinsam vergossenes Blut erinnern.«

Harriet berührte vorsichtig die Baumrinde. Sie fühlte sich unter ihren Fingerspitzen weich und trotzdem rau an. »Und so ist es.«

»Genau«, pflichtete Owen ihr bei.

Harriet ließ Owen in der Küche, bei ihrer Mutter, zurück und stieg die Treppe herauf, um Audrey ihr Umschlagtuch zu holen. »Immer bin ich das Dienstmädchen«, brummte sie halblaut.

Mutters Bett war mit Hochglanzbroschüren übersät. Wo kamen die denn her? Sie nahm eine in die Hand. *Modell Gardenie – Ihr eigenes Gewächshaus.* »Hölle und Verdammnis«, murmelte sie.

»Was?« Joanna schloss gerade ihre Zimmertür und drückte sich im Flur herum – wahrscheinlich, um notfalls rasch entkommen zu können.

»Hast du die gesehen?« Harriet nahm noch einen Prospekt hoch. *»Der Tulpentempel …?«*

Joanna lächelte unsicher. »Träume können doch nicht schaden, oder?«, sagte sie.

Harriet schüttelte den Kopf. Darum ging es gar nicht. »Ja, aber wie sind die Broschüren hergekommen?«, verlangte sie zu wissen. »Wer hat die gebracht?« Hatte Mutter vielleicht schon einen Wintergarten gekauft und ihnen nichts davon erzählt?

Joanna zuckte die Achseln. »Es war ein Handwerker hier, aber keine Sorge, ich hab ihn wieder weggeschickt.«

»Und wie hat Mutter es geschafft, Kontakt zu einem Handwerker aufzunehmen?« Harriet seufzte. Sie hatte das Gefühl, einen Kampf auszutragen, den sie nicht gewinnen konnte.

»Tja …« Joanna schaute ein wenig betroffen drein. Sie wich auf dem Treppenabsatz einen Schritt zurück. »Ich fürchte, das ist leider meine Schuld.«

»Du hast doch nicht …?« So kurz nach der Geschichte mit dem Asphalt hatte Joanna sich doch nicht etwa mit Mutter gegen sie verschworen, oder?

Joanna verzog das Gesicht. »Ich habe ihr beigebracht, wie man E-Mails schreibt.«

»Du hast …« Harriet fehlten die Worte.

»Ich dachte, es würde ihr Spaß machen. Sie sollte sich ein Hobby zulegen, darüber haben wir doch gesprochen … Du weißt schon.« Joanna war schon halb über den Treppenabsatz geflüchtet. »Ich habe nicht drüber nachgedacht«, setzte sie hinzu.

Nein. Genau das war ihr Problem. Sie dachte niemals nach.

»Tut mir leid, Het.« Jetzt war sie schon mitten auf der Treppe. »Aber vielleicht hat sie den Handwerker ja bei Google gefunden.«

»Google …« Es war hoffnungslos, oder?

Harriet wollte Joanna schon nach unten folgen, als ein Impuls sie in ihr eigenes Zimmer zog. Sie trat ans Fenster, zog die Gardine beiseite und schaute auf den dunklen Hof hinunter – links der Obstgarten und rechts das Glitzern des Teichs und die Silhouette des Maulbeerbaums.

Pyramus und Thisbe, dachte sie, und ihre Schultern entspannten sich. Harriet lächelte. Unerfüllte Liebe. Also, ich hätte nie vermutet, dass Owen …

30. Kapitel

Joanna faltete ihren schwarzen Kaschmirpullover und legte ihn zu den anderen Kleidungsstücken aufs Bett. In Prag würde es kalt sein; noch kälter als hier. Durch das Fenster warf sie einen Blick auf die dicken grauen Wolken und auf Harriet, die mit einem großen Korb Gemüse über den Hof eilte. Durch den Holzofen war Mulberry Farm Cottage immer gut geheizt, aber trotzdem drang eiskalte Zugluft durch die rissigen Fensterrahmen und unter verzogenen Holztüren hindurch ein. Etwas malerischer Verfall war ja ganz schön, aber wie lange würde dieses Haus noch stehen, wenn man es nicht gründlich renovierte und ordentlich Geld hineinsteckte?

Joanna betrachtete den Stapel Kleidungsstücke und zog den Reißverschluss ihres kleinen Koffers auf. In letzter Zeit hatte sie Übung im Packen bekommen. Da war nichts, was sie nicht brauchen würde. Eigentlich eine gute Lebensphilosophie ...

Hm. Martin hatte ihr in der vergangenen Woche gemailt: *Hallo, Joanna, hast du noch mal über unsere Situation nachgedacht?*

Das klang sehr distanziert. Nachdem sie zurückgeschrieben hatte, ja, sie habe nachgedacht, und nein, sie werde nicht zu ihm zurückkehren, hatte seine Antwort unverhohlen erleichtert geklungen:

Wenn ich dich wirklich nicht davon überzeugen kann, wieder nach Hause zu kommen ...

Nein, das konnte er nicht, sollte er nicht, würde er nicht. Und es war nicht mehr ihr Zuhause. Von jetzt an würde es immer das Haus in Crouch End sein. Lass es hinter dir, Mädchen! Es ist höchste Zeit, dachte sie.

... dann müssen wir etwas unternehmen, hatte er geendet.

Sie war damit einverstanden, das Haus sofort zum Verkauf anzubieten. Was brächte es, diesen Schritt hinauszuschieben? Ihre Ehe war Geschichte. Sie war so tot wie die Dinosaurier.

Joanna angelte ihre schwarzen Schuhe unter dem Bett hervor. Noch hatte sie nicht entschieden, wo sie in Zukunft leben wolle. Aber sie hatte Martin schon einmal erklärt: *Wir teilen uns den Erlös für das Haus fifty-fifty*, nur für den Fall, dass er andere Vorstellungen hatte. Er hatte zwar immer mehr als sie verdient, aber sie hatte lange genug gratis die Haushälterin gespielt. Sie wollte keinen Anteil an seiner Rente; sie konnte selbst für sich sorgen. Natürlich hätte sie es ihm auch schwerer machen können, schließlich hatte er sich wie ein Bastard benommen. Aber würde sie sich dadurch besser fühlen? Wahrscheinlich nicht.

Joanna seufzte. Ein klarer Schlussstrich wäre das Beste. Was für ein Glück, dass wir keine Kinder haben!, dachte sie und legte die Schuhe aus weichem Leder unten in den Koffer.

Für einen Moment unterbrach sie das Packen und starrte aus dem Fenster. Sollte sie sich ein anderes Haus oder eine Wohnung kaufen? Und wenn ja, dann wo? In London oder in Dorset? Es gab noch andere Möglichkeiten, andere Städte, andere Orte ... Sie könnte überall leben. Joanna grinste. Sie war frei, beziehungsweise würde es bald sein. Ihre Texte könnte sie überall schreiben.

Vorsichtig schob sie Emmies Briefe in die Tasche mit ihren Arbeitsunterlagen, und sie legte Nicholas Tresillions letzten Brief dazu. Er reiste nach Lissabon. Ein Schauer überlief sie, was dieses Mal nicht am Durchzug lag. War das wirklich Zufall? In seinem Brief stellte er das ziemlich plausibel dar, und es war offensichtlich, dass er ziemlich viel in Europa herumreiste. Trotzdem ...

Joanna stopfte noch ihre mit Lammfell gefütterten Hausschuhe in den Koffer, denn sie hatte es beim Schreiben gern bequem. Sie sah sich schon damit im Hotelzimmer sitzen, ein heißes alkoholisches Getränk schlürfen und kreative Gedanken wälzen.

Warum sollte Nicholas Tresillion nicht nach Lissabon fahren?

Joanna suchte noch einen cremefarbenen Schalkragenpullover aus, der zu ihrer schokoladenbraunen Jeans passte. Sie würde fünf Tage und vier Nächte in der Stadt verbringen. Das müsste eigentlich reichen, um den Spaziergang zusammenzustellen und sich etwas darüber hinaus von Prag anzusehen. Architektonisch war es angeblich eine interessante Stadt.

Nicholas Tresillion schien ein netter Bursche zu sein. Gott, wie komisch klang das denn? Und seit wann sprach sie von Männern als »Burschen«? Jedenfalls wirkte er authentisch, intelligent, sensibel. Obwohl das alles natürlich zu schön war, um wahr zu sein. Sie wählte noch ein T-Shirt zum Mitnehmen aus und strich es mit der flachen Hand glatt. Außerdem: Konnte man einen Menschen nach einem Brief beurteilen?

Socken. Sie stopfte sie in die Schuhe. Sie nahm nur ein Paar Stiefel mit – die bequemen –, und die würde sie auf der Reise tragen.

Offenbar hatte Nicholas Tresillion eine schwere Zeit hinter sich; auch seine Ehe war erst vor kurzem gescheitert, hatte er ihr erzählt. Er behauptete, jetzt gehe es ihm gut; er genieße es, Single zu sein. Aber womöglich macht er doch nur gute Miene zum bösen Spiel, sinnierte sie.

Sie nahm etwas Unterwäsche aus der Schublade und wählte die hübschesten Stücke aus ... Sie fragte sich, ob sie es auch genoss, Single zu sein. Bisher war sie noch nicht auf die Idee gekommen, sich nach einem neuen Mann umzusehen – noch nicht jedenfalls, obwohl sie wusste, dass es manche Frauen über fünfunddreißig gab, die in ihrer Torschlusspanik keine Minute vergeudeten und sich gleich nach der Scheidung in die nächste Beziehung stürzten. Nicht, dass sie hier jemandem begegnet wäre, der sie interessieren könnte …

Wie hatte Harriet es nur all die Jahre in der Ödnis von Dorset ausgehalten? Ob sie viele ernsthafte Beziehungen gehabt hatte? Joanna glaubte es nicht. Nachdem sie ihre Schwester in dem Café mit diesem Cowboy gesehen hatte, hatte sie versucht, mit Harriet darüber zu reden. Aber ihre Schwester hatte gleich abgewehrt. Zumindest hat der Vorfall gezeigt, dass Harriet Blut in den Adern hat, dachte Joanna.

Aber für mich ist es noch viel zu früh, mich nach einem neuen Mann umzusehen, grübelte Joanna. Schließlich ist es erst knapp vier Monate her, dass ich meinen Mann mit der abscheulichen Hilary im Bett ertappt habe. Wenn ich mich überhaupt jemals wieder an einen Mann binde, dann muss es ein ganz besonderer Mensch sein.

Nicholas Tresillions Brief hatte sie nachdenklich gestimmt. Er hatte von Sicherheit gesprochen, dem Familiengefühl, das er verloren habe. Andererseits habe er einige Dinge wiederentdeckt, denen er gern einen Platz in seinem Leben eingeräumt hätte, mit Rachel jedoch einfach aus den Augen verloren habe. Was das wohl für Dinge waren? Joanna wüsste es zu gern. Wahrscheinlich erlebte sie gerade etwas Ähnliches. Sie betrachtete den Koffer und erinnerte sich daran, wie gern sie gereist war, bevor sie Martin kannte; und sie hatte neu entdeckt, wie befriedigend sie es fand, alles zu organisieren und die Kontrolle darüber zu haben. Das war schon einmal ein Anfang.

Auf *lastminute.com* hatte sie ein Hotel gefunden, das erstaunlicherweise direkt an der Karlsbrücke lag, und ein Zimmer mit Aussicht gebucht. Sie hatte keine Lust, lange ins Stadtzentrum hineinzufahren, bevor sie auch nur anfangen konnte, den Spaziergang zu planen. Sie wollte mittendrin sein, um die mittelalterliche Atmosphäre in sich aufzunehmen. Und sie konnte es kaum abwarten.

Nachdem der Koffer bis zum Rand gefüllt war, zog Joanna den Reißverschluss zu, richtete sich auf und betrachtete das Bild der Accademia-Brücke, das an der Wand hing. Ob Emmie auch die Karlsbrücke gemalt hatte? Vermutlich schon. Emmie hatte Prag besucht und es in dem Brief an ihren Rufus erwähnt. Und sie malte Brücken ... Soweit Joanna das beurteilen konnte, war sie sogar regelrecht besessen von diesem Motiv gewesen. Sie hatte auch über den alten Marktplatz geschrieben, ein unverzichtbarer Bestandteil des Spaziergangs, den Joanna plante. Aber ...

Verdammt. Joanna, plötzlich von Frustration überwältigt, setzte sich aufs Bett. Ihr fehlten einfach die Informationen, um weiterzukommen. Würde sie nie herausfinden, wer Emmie war und warum sie plötzlich eine so große Rolle für sie spielte?

Sie zog den handgeschriebenen Stammbaum – soweit er inzwischen gediehen war – aus dem Ordner über Emmie und verglich die Daten der Briefe damit ... Mai 1913. Juni, Juli ... Sie schaute sich die Namen an. Mary, Elizabeth, George. Kaum vorstellbar, dass einer von ihnen Emmie war. Und wenn die Briefe von jemandem aus der nächstälteren Generation verfasst waren? Aber die wären 1913 um die vierzig gewesen, und die Verfasserin war offensichtlich ein junges Mädchen, das sich zum ersten Mal im Ausland aufhielt und darüber aufgeregt an ihren – älteren? – Liebsten schrieb.

Dann ging es Joanna auf. Er war ihr Geliebter gewesen, nicht ihr Ehemann! Natürlich war Emmie nicht Edith, Mary oder Elizabeth – denn Emmie lebte nicht in Mulberry Farm Cottage. Sie hatte nie dort gelebt. Sie hatte die Briefe dorthin geschickt. Aber nicht, weil sie hier gewohnt hatte, sondern weil ihr Geliebter auf der Farm gelebt hatte. Gott, *ihr Geliebter!*

Joanna drückte die Briefe fest an die Brust, sog den schwachen Moschusduft des vergilbten, zerknitterten Papiers ein und versuchte die Gedanken zu ordnen. Normalerweise befanden Briefe sich nicht im Besitz des Absenders, sondern in dem des Empfängers, der sie möglicherweise aufbewahrt hatte, um sie noch einmal zu lesen. Joanna schaute wieder auf die Briefe. Rufus war nicht Emmies Ehemann gewesen, sondern ihr Liebster, ihr Schatz, die Liebe ihres Herzens. Was war Rufus überhaupt für ein Name? Ob es ein Spitzname war?

Sie schaute sich um. In diesem Zimmer hatte sie ihre Kindheit und Jugend verbracht und auch die Trennung von Martin durchgestanden. Und das Brückengemälde hatte stets hier gehangen; es war ihr so vertraut, dass sie es meistens gar nicht wahrgenommen hatte. Die Signatur auf dem Bild ... Sie stand auf und ging nah heran. Also, das war eindeutig ein S; und dann ein langer Schnörkel mit einem Querstrich. Nachdem sie die Briefe gefunden hatte, war sie einfach davon ausgegangen, dass da »Emmie Shepherd« stand. Aber nun sah sie, dass das, was sie für ph gehalten hatte, eher nach einem doppelten l aussah ...

Sie setzte sich wieder aufs Bett. Herrgott, Rufus hatte hier gelebt! Vermutlich war er älter als Emmie. Noch einmal inspizierte Joanna den Stammbaum. War Rufus ihr Urgroßvater William? Er war verheiratet gewesen, aber seit wann hatte das einen Mann davon abgehalten, auf Abwege zu geraten? Wie ihr bereits aufgefallen war, wirkte seine Frau Edith jedenfalls weder gesund noch glücklich. William dagegen ... Joanna sichtete die Fotos, die Harriet ihr gegeben hatte, noch einmal.

War es vielleicht einer seiner Onkel gewesen? Oder sein Vater Edward, dessen Name in dem Volkszählungsformular als Haushaltungsvorstand aufgeführt war? Durchaus möglich. Oder wäre er zu alt für Emmie gewesen?

Rufus? Bedeutete das nicht …? Sie war sich beinahe sicher.

Sie stand auf, setzte sich vor den Computer und gab »Rufus« bei Google ein.

Rufus ist lateinisch »der Rote«, las sie bei Wikipedia. Rothaarig!, dachte Joanna und lehnte sich auf ihrem Stuhl zurück. Ja, natürlich! Emmie hat ihn – wer immer es war – Rufus genannt, weil er rotes Haar besaß. Es war ganz einfach. Und er hat hier gelebt.

Joanna sprang auf und schaute aus dem Fenster. Der Hof war leer; Harriet sammelte wahrscheinlich in der Scheune Eier ein und redete mit den Hühnern. Mit der Fingerspitze malte Joanna ein Muster auf die Fensterscheibe. Sie war Emmie keinen Schritt näher gekommen – aus der Signatur auf ihrem Bild war ihr Familienname nicht zu entziffern; klar war nur, dass er nicht Shepherd gelautet hatte. Die alten Fotos könnten einen Hinweis auf Rufus' Identität geben. Aber wie sollte sie auf einem verblassten Foto in Sepiatönen erkennen, ob jemand rothaarig gewesen war?

Trotzdem … Joanna lächelte. Sie war zuversichtlicher als zuvor. Sie traf Entscheidungen. Sie befand sich fast schon auf dem Weg nach Prag. Nach und nach würde sich alles zusammenfügen.

31. Kapitel

Nicholas gefiel es in Lissabon. Er hatte seinen Job gut hinter sich gebracht und genoss das Gefühl, etwas geleistet zu haben. Außerdem hatte eine edle Galerie in der Nähe des Bairro Alto Interesse an seinen Arbeiten gezeigt. Über den Rest des Tages konnte er frei verfügen. Die Entscheidung, was er damit anfangen sollte, fiel ihm nicht schwer.

Er ging schnurstracks zur Touristeninformation. Vor Nervosität schlug sein Magen Saltos. Was, wenn Joanna Shepherds Broschüre nicht vorrätig war? Wenn die Leute nie davon gehört hatten oder wenn sie ausverkauft war? Und warum machte ihm das bloß so viel aus?

Aber er entdeckte die Broschüre beinahe sofort. Ein kleines Plakat wies darauf hin, dass sie in spanischer, portugiesischer und deutscher Übersetzung erhältlich war. Er freute sich geradezu überschwänglich für die Autorin und hoffte, dass sie Tantiemen dafür erhielt.

Auf der Rückseite befand sich das gleiche Foto von ihr – merkwürdig vertraut und einnehmend. Rasch blätterte Nicholas an den Anfang zurück und betrachtete den abgedruckten Stadtplan. *Wir beginnen am alten Aquädukt*, schrieb sie.

Altes Aquädukt, ich komme, dachte Nicholas.

Als Nicholas fast eine Stunde später die Rua das Amoreiras erreichte, war er ganz in den Spaziergang versunken und tauchte mit Begeisterung in seine Umgebung und deren Beschreibung ein. Es gefiel ihm, wie Joanna unterwegs alte und neue Sehenswürdigkeiten kombinierte. Er fotografierte sämtliche Sehenswürdigkeiten, und dabei waren ihm bereits einige tolle Aufnahmen von verfallenen, mit blauen Azulejo-Kacheln geschmückten Villen gelungen, neben denen gleich moderne, rauchverglaste Bürogebäude standen. Von der Broschüre schien Entdeckungsfreude – Joannas Entdeckungsfreude – in Nicholas' Fingerspitzen zu strömen. Diese Frau wusste, wie man Atmosphäre schuf.

Joanna Shepherd schien den Maulbeerbäumen viel Aufmerksamkeit zu schenken. Nicholas runzelte die Stirn. Was wusste er über Maulbeerbäume? Sie brachten Früchte hervor, die großen Brombeeren ähnelten, aber das war nicht gerade weltbewegend. Etwas Konkretes sagte sie dazu nicht, aber sie schrieb in einem beinahe ehrfürchtigen Ton über die Bäume auf der Praça das Amoreiras. *In ihnen schwingt Weisheit aus alten Zeiten* ... Hm. Nicholas starrte in die tief hängenden kahlen Zweige. Entging ihm hier etwas?

Wie angewurzelt blieb Nicholas stehen. Da erhob sich mitten auf der Straße so mir nichts, dir nichts ein Triumphbogen, den sie ... wie nannte? Er schlug in der Broschüre nach: Arco Grande das Amoreiras. Er näherte sich und berührte den grauen Stein. Der war wirklich uralt. Er fragte sich, was Joanna empfunden hatte, als sie den Bogen vor sich sah.

Nicholas überlegte, dass es im Leben Zeiten gab, in denen man nichts änderte. Man fand eine Lebensweise, ein Muster, und hinterfragte es nicht, sondern ließ das Leben an sich vorüberziehen. So hatte er lange gelebt – auf jeden Fall seit Celies Geburt vor zweiundzwanzig Jahren, als er in die Vaterrolle hereingerutscht war und sie sich von ganzem Herzen zu eigen gemacht hatte.

Doch es gab Ereignisse, die den Blick auf das Leben verändern konnten. Sein vierzigster Geburtstag zum Beispiel hatte sich wie eine Art Meilenstein angefühlt. Was gehörte noch zu diesen Ereignissen? Nicholas fuhr mit der Hand über den bröckelnden Stein. Wenn man entdeckte, dass die eigene Ehefrau eine Affäre hatte? Wenn man eine Straße in Lissabon entlangging und mit einem Mal vor einem um 1750 nach römischem Vorbild erbauten Triumphbogen stand? Er pirschte umher auf der Suche nach einem lohnenden Blickwinkel für seine Fotos.

Zehn Minuten später bog er, den Anweisungen folgend, wieder nach links ab und betrat die Praça das Amoreiras. Es konnte bittersüß sein, sein Leben zu ändern, man empfand Trauer und Erleichterung über den Verlust des Alten und Angst, aber auch Aufregung angesichts des Neuen …

Er spürte, dass Joanna so etwas erlebt hatte; fühlte die Bewegung in ihrer Prosa, besonders in den Verben, die sie benutzte. Er schaute auf die Broschüre in seinen Händen hinunter: *Stürzen* Sie sich in die geschäftige Straße, *schnappen* Sie sich ein *pastel de nata* und *schwelgen* Sie in der Vergangenheit …

Nicholas schaute sich um. Ja, *und träumen Sie auf der Praça das Amoreiras*. Der Platz war, wie sie ihn beschrieben hatte: still, friedlich und grau.

Er setzte sich dorthin, wo sie gesessen hatte, gegenüber von der winzigen Kapelle, die sich zwischen die Bögen des Aquädukts drückte. Warum war es so wichtig, ihren Schritten zu folgen, zu essen, was sie gegessen hatte, zu sehen, was sie gesehen hatte? Um Himmels willen … Nicholas warf die Broschüre neben sich auf die Bank. Was war nur los mit ihm? Es schien beinahe, als habe es nichts mit dem Verstand zu tun, es war vielmehr so, als werde er von etwas angezogen, was sich seiner Kontrolle entzog.

Der schrille Klingelton seines Handys zerstörte den Zauber und riss ihn zurück in die Wirklichkeit. Verdammt! Manchmal hasste Nicholas Mobiltelefone.

Rachel. »Hi.« Er musste sich zwingen, nicht aufgebracht zu klingen, als ihm klar wurde, dass er diesen Ort nicht mit seiner Exfrau teilen wollte.

»Hallo, Nick …« Sie plauderte weiter, als wäre er ein Freund oder als wären sie beide noch verheiratet. Sie erging sich in Belanglosigkeiten, die keinen Anruf wert waren, bevor sie endlich auf den Grund ihres Anrufs zu sprechen kam. »Celie sagt, dass sie mit dir geredet hat.«

Er versuchte, sich nicht noch mehr zu ärgern. Warum musste Rachel immer alles zuerst erfahren? Dabei lebte sie nicht mal mehr in England. Wahrscheinlich telefonierten sie und Celie einfach ständig miteinander. Das hatten sie immer schon getan.

»Sie redet oft mit mir.« Er hatte Lust, sich begriffsstutzig zu stellen.

»Du weißt genau, was ich meine, Nick. Sei doch nicht so stur!«

Oh nein, das würde er niemals wagen …

»Du warst doch nett zu ihr, oder?«

Was sollte das denn? »Sie ist meine Tochter. Ich liebe sie. Natürlich war ich nett zu ihr, verdammt noch mal.« Für was für ein Monster hielt sie ihn eigentlich?

»Siehst du? Genau das meine ich.«

Nicholas seufzte. Anscheinend hatte er gerade ihre vorgefasste Meinung bestätigt. »Was?«

»Kein Grund zu fluchen, oder? Viele Mädchen werden schwanger. Celie hat wenigstens Tom.«

»Ja.« Sinnlos, ihr zu widersprechen. So war es immer gewesen. »Sie hat Tom.«

Was hatte Celie noch gesagt? *Eine Schwangerschaft bedeutet nicht unbedingt, dass man heiraten muss, Dad. Wir leben schließlich nicht mehr im Mittelalter.*

Wohl wahr. Und auch Ehen mussten heutzutage nicht mehr ewig halten.

»Ich weiß ja, dass du ihn nicht leiden kannst ...«

»Ich finde Tom vollkommen in Ordnung.«

»Aber du kannst ihn nicht leiden.« Rachel ließ nicht locker – wie ein Terrier, der hinter einer Ratte her ist.

Nicholas holte tief Luft, um sich zu beruhigen. »Rachel, ich kenne ihn ja gar nicht richtig. Ich hoffe, dass er sich immer um Celie kümmert und dass er sie finanziell unterstützt, wenn sie es braucht; und ich hoffe, dass er sich verantwortungsbewusst und loyal verhalten wird und so weiter. Aber ich kenne ihn n...«

»Ach, um Gottes willen!«

Sogar durch das Telefon spürte Nicholas, wie frustriert sie war.

»Er ist ein netter Junge aus einer netten Familie. Und Celie muss ihre Chancen im Leben nutzen wie jedes andere Mädchen.«

Ja, das war ja schön und gut. »Sie ist unsere Tochter, Rachel. Deshalb ist es nur natürlich, dass wir uns Gedanken über sie machen.« Komisch, dachte er, wie natürlich es sich anfühlte, wieder in der Wirform zu denken, als Familie.

»Natürlich.« Rachel verstand sich ausgezeichnet auf schnippische Erwiderungen.

Nicholas wechselte das Thema. »Und wie geht es dir damit, Rachel?«

»Mit Tom?«

»Nein, damit, dass du Großmutter wirst.«

Er hörte, dass sie scharf den Atem einsog, und schmunzelte.

»Wirklich, Nick, musst du gleich so drastisch werden?«

»Ich konnte einfach nicht widerstehen.«

»Hm.« Sie schwieg einen Moment und erklärte dann in verändertem Ton: »Du klingst anders, weißt du.«

Flirtete sie etwa mit ihm? Zutrauen würde er es ihr. »Im guten oder im schlechten Sinne anders?«, erkundigte er sich.

»Keine Ahnung. Nur anders eben.« Kurze Pause. »Nick?« Sie ließ seinen Namen in der Luft hängen.

»Ja?«

»Ich plane ein zwangloses Treffen, so eine Art Feier. Mit Celie und Tom und seinen Eltern.«

»Ach, herrje!« Das würde eine schöne Party werden.

»Und ich möchte, dass du dazukommst.« Sie schnurrte jetzt beinahe. »Dann könnten wir die ganze Sache sozusagen *en famille* diskutieren.«

»Ist das denn wirklich nötig?« Er war überrascht. Das war Rachels Stil, aber ganz bestimmt nicht der von Celie. Er bezweifelte stark, dass seine Tochter den Wunsch hegte, ihren Zustand und ihre Lebensumstände *en famille* zu diskutieren.

»Ja«, erklärte Rachel. »Absolut.« Sie war kein Mensch, der zauderte. »Also ...«

Er meinte fast zu hören, wie sie in ihrem Terminkalender blätterte.

»Kannst du nach Rom kommen?«, fragte sie. »Auf die Art könnten alle ein paar schöne Urlaubstage hier verbringen.« Das Treffen schien schon beschlossene Sache zu sein. Wahrscheinlich hatte sie alle anderen außer ihm schon eingeladen. »Das wird ein Spaß.«

Das war zwar etwas übertrieben, aber ...

»Schön.« Er müsste wohl hinfahren. Außerdem war ohnehin ein Treffen mit Giuseppe fällig, da könnte er ebenso gut zwei Fliegen mit einer Klappe schlagen. »In Ordnung«, sagte er. »Ich komme.« Er sah Rachels zufriedenes Lächeln beinahe vor sich.

Nach dem Gespräch lehnte Nicholas sich zurück und schloss die Augen. Joanna Shepherd hatte geschrieben, man könne in den Maulbeerbäumen die Vergangenheit sehen. Was meinte sie damit? Orte oder Menschen aus der Vergangenheit? Vergangene Augenblicke? Vielleicht war die Frau doch ein wenig überspannt.

Kurz darauf öffnete er die Augen wieder und blickte auf in die kahlen Äste. Und was er da sah, schlug ihn in den Bann. Ob es die flirrende Februarsonne war? Oder ob es eine optische Täuschung war, weil er die Lider zu lange niedergeschlagen hatte?

Am liebsten hätte er seine Eindrücke aufgeschrieben, aber er wagte nicht, den Blick abzuwenden. Später werde ich sie Joanna Shepherd in einem Brief schildern, denn die wird wissen, wie sie zu verstehen sind, dachte er und starrte unterdessen, sehend und blind zugleich, auf das, was sich vor ihm abspielte. Er wollte sich nichts entgehen lassen.

32. Kapitel

Harriet fuhr die schmale Straße entlang, die ins Dorf Warren Down führte. Sie hatte soeben das Paket für ihren Arbeitgeber mit den getippten Seiten aufgegeben. Jetzt war sie auf dem Heimweg. Wer weiß, was sie zu Hause vorfinden würde... Ein neues Dach auf dem Cottage vielleicht? Doppelt verglaste Fenster? Eine nagelneue Küche? Möglich war alles.

Wenigstens hatte sie auch die Einkäufe erledigt. »Was beweist, wie organisiert ich bin«, erklärte sie dem Pick-up. Herrgott, jetzt redete sie schon mit dem Wagen! Was würde als Nächstes kommen? »Ich bringe mein Leben in eine Art Ordnung.« Das tat sie doch, oder nicht? Gestern Abend hatte sie Malcolm eine E-Mail zum Abschied geschickt – eine schwierige Sache, da er seit ihrer Begegnung, jedenfalls in seinen Mails, ganz enthusiastisch geklungen hatte. Aus einem unerfindlichen Grund hatte er den Eindruck, ihr Treffen sei »wie am Schnürchen« gelaufen, und er behauptete, dass sie es ihm »wirklich angetan« habe – exakt seine Worte. Harriets Reaktion darauf war gemischt gewesen; etwas zwischen besorgt, geschmeichelt, verblüfft und schuldbewusst.

Der Pick-up holperte über eine Spurrinne, und eine Tüte Trauben flog umher. Harriet streckte den Arm aus und schob sie in die Einkaufstüte zurück. Das war das Problem mit den Internet-Romanzen. Genau wie bei einem Blind Date gab es keine Möglichkeit, jemanden taktvoll wieder loszuwerden. Wenn man jemanden nicht wiedersehen wollte, waren die Fakten offensichtlich: Ein paar gemeinsame Stunden im richtigen Leben hatten einem diese Person gründlich verleidet. Diese Einsicht war nicht gerade förderlich für das Selbstbewusstsein.

Harriet verlangsamte die Geschwindigkeit, als sie auf eine schlecht einsehbare Kurve zufuhr, und schlug mit der Handkante auf die Hupe, ihr gewohntes Ritual.

Tut mir leid, aber ich habe mich entschieden, Single zu bleiben, hatte sie Malcolm mitgeteilt. Um ehrlich zu sein, hatte sie nicht die Kraft, sich mit anderer Leute Reizdarm auseinanderzusetzen; sie hatte schon genug Probleme. Und sie hatte auch nicht vor, den Rest ihres Lebens nur über Schweine zu reden. Sicher, es war ganz praktisch, Owen ab und zu einen Wurf abzunehmen; Ferkel waren leicht zu mästen, und sie verdiente nicht schlecht damit. Aber sie hatte das sichere Gefühl, dass Schweine nicht ihre Zukunft waren.

Ein ganzes Stück vor ihr ging ein Mann die Straße entlang. Nicht besonders groß, ziemlich schmal und mit einem unverkennbaren nervösen Federschritt.

Auch das noch! Automatisch bremste Harriet. Der Stalker! Ausnahmsweise war er mal nicht nach Mulberry Farm unterwegs, sondern in die entgegengesetzte Richtung, hinunter zum Dorf und zum Meer.

Harriet hätte jetzt rechts abbiegen müssen. Links lag ein Gatter, das zu einem von Owens Feldern führte. Ohne darüber nachzudenken, lenkte sie nach links statt nach rechts und bremste so scharf ab, dass der Pick-up schwankte, bevor er sich zwischen die Brombeerbüsche am Zaun schob.

Was jetzt?

Harriet sprang heraus, schlich zur Straße und spähte die Fahrbahn entlang. In der Ferne konnte sie den Mann immer noch an seinem federnden Gang erkennen. Von seinem Fahrrad keine Spur. Wenn er sich jetzt umdrehte ... Sie warf einen

Blick über die Schulter. Nein, er konnte den Wagen nicht sehen. Also …

Sie zog den Zündschlüssel, schloss die Tür ab und steckte den Schlüssel ein. Owen hätte sicher nichts dagegen, wenn sie den Pick-up zehn Minuten hier stehen ließ. Sie würde sich nicht allzu nahe an den Fremden heranwagen … Aber sie wollte ihm in einiger Entfernung nachgehen, um festzustellen, wohin er unterwegs war, und zu sehen, ob sie ein wenig mehr über ihn in Erfahrung bringen könnte …

Herrgott, ihre Beine fühlten sich zittrig an, und ihr Herz pochte heftig. Sie war genauso aufgeregt wie auf dem Weg zu einem neuen Date. War sie schon süchtig nach Abenteuern?

Rasch bog Harriet auf die schmale Landstraße ein. Es hatte geregnet, und das feuchte Gestrüpp neben der Straße roch nach verfaulenden Blättern. Es gab auch einen Fußgängerweg, aber der war so schlammig, dass sie auf der Straße blieb. Nieselregen hing in der Luft, und der düstere Himmel entsprach Harriets Stimmung. Sie fröstelte. Das Ganze kam ihr vor wie in einem Kriminalfilm. Jeden Moment könnte ein geisterhaft weißer Arm aus dem Unterholz hervorfahren und …

Sie schüttelte sich. *Beruhige dich, Harriet!* Ob der Kerl hier in der Nähe wohnte? Anders konnte es nicht sein. Sie wollte nicht zu ihm aufschließen – jedenfalls noch nicht und vielleicht überhaupt nicht. Sie hielt Abstand zu ihm und beobachtete ihn von weitem. Ein Gefühl von Macht bemächtigte sich ihrer, untermalt von der Furcht, dass er sie entdecken könnte … Gott, es gefiel ihr! Es war berauschend. Plötzlich wurde Harriet bewusst, dass Stalker vermutlich genauso empfinden.

Da schaute der Mann sich um, als habe er ihren forschenden Blick gespürt. Instinktiv sprang Harriet in das dichte Unterholz auf der anderen Seite des Wegs. Ohne sich zu rühren, wartete sie, lauschte auf ihren Herzschlag und spürte, wie sich ihre Nackenhaare aufstellten. Etwas Feuchtes, Weiches fiel auf ihren Kopf, und sie wischte es weg. Igitt. Dieser Aspekt des Stalkens machte nicht ganz so viel Spaß.

Es war still. Nur Tröpfeln des Regens, das Krächzen der Krähen aus den nahen Wäldern, das Motorengeräusch eines Traktors waren in der Ferne zu hören.

Harriet trat wieder auf die Straße und wischte sich Spinnweben aus dem Haar. Verdammt, der Kerl war verschwunden. Zu blöd, sie hatte ihn verloren.

Sie rannte los. Sie hatte immer vermutet, dass es sich um einen Fremden aus einem Nachbardorf handelte, aber nie gedacht, dass er hier in Warren Down leben könnte. Das war ein wenig zu nahe, um sich sicher zu fühlen.

Harriet hielt inne, um wieder zu Atem zu kommen. Bisher hatte sie allerdings immer auf die eine oder andere Weise erfahren, wenn jemand Neues ins Dorf gezogen war; denn Neuankömmlinge erregten stets Interesse und gaben Anlass zu Spekulationen. Von Linda im Pub oder von Stace, die den Dorfladen betrieb, hörte man stets den neuesten Klatsch, ob man wollte oder nicht.

Die Häuser an diesem Teil der Straße lagen ein Stück von der Straße zurück. Sie waren ziemlich groß und standen einzeln, und Harriet kannte alle Bewohner. Trotzdem schaute sie sich im Gehen nach rechts und links um, halb überzeugt davon, dass der Fremde jeden Moment mit einer tödlichen Waffe im Anschlag vor ihr auftauchen könnte. Sie beschloss, noch am Pub und am Laden vorbei und dann zum Strand zu gehen. Dann würde sie aufgeben. Wo war der Mann nur geblieben? Er hatte sich doch nicht in Luft auflösen können.

Sie erreichte eines der Ferienhäuser und schaute automatisch ins Fenster, und …

Da war er. Herrgott! Harriet duckte sich. Hölle und Verdammnis! Es war schwer, in dieser Stellung zu laufen, aber sie durfte nicht riskieren, dass er aus dem Fenster schaute und sie sah. Schon wieder, dachte sie und spürte, wie das Jagdfieber ihren Adrenalinspiegel in die Höhe trieb.

»Tag, Harriet.«

Linda. »Hi, Linda.«

Harriet gab vor, auf ihren Schuh hinunterzublicken, während sie gleichzeitig zum Ende der Gartenmauer schlurfte.

»Stimmt was nicht?« Linda spielte die besorgte Nachbarin. »Hast du's im Rücken?«

Harriet schätzte, dass sie jetzt in Sicherheit war. »Oh, mir geht's gut, danke«, sagte sie und richtete sich auf. »Hatte was im Schuh.« Mit dem Kinn wies sie auf den Ferienbungalow. »Ungewöhnlich, dass man im Winter Mieter dafür findet«, meinte sie.

»Hm, das Haus ist für längere Zeit vermietet.«

Harriet wartete auf Einzelheiten – Linda lieferte immer die Einzelheiten. Wer war der Mann? Kam er in den Pub? Woher stammte er? Empfing er oft Besuch? Warum war er hier?

Aber da tat sich nichts.

»Komisch, dass jemand ausgerechnet den Winter hier verbringen will«, hakte Harriet nach. Sie zitterte. Wenn jemand etwas wusste, dann Linda.

Doch Linda zwinkerte ihr nur zu. »Gibt eben solche und solche, Harriet«, sagte sie.

Das konnte sie laut sagen.

Linda stemmte eine Hand in die Hüfte. »Hast du einen besonderen Grund, dich nach ihm zu erkundigen, Harriet?« Wieder zwinkerte sie. »Der Bursche sieht gar nicht so übel aus.«

»Nein, nein. Natürlich nicht, nein.« Herrgott, was wollte sie denn damit andeuten?

»Sicher.« Linda grinste anzüglich. »Wir sehen uns, Liebes.«

»Ja, bis dann ...«

Und was sollte sie nun tun? An seine Tür klopfen und fragen, ob sie sich Zucker borgen könne? Wohl kaum; dazu hatte sie nicht den Mut. Jetzt wusste sie, wie es sich anfühlte, jemanden zu beobachten. Aber sie wusste noch immer nicht, warum er Mulberry Farm beobachtete.

Mit schweren Schritten wanderte Harriet zu ihrem Wagen zurück. Sie kam sich ein bisschen blöd vor, aber wenigstens wusste sie nun, wo er wohnte. Nur wie sollte sie noch mehr über ihn herausfinden? Die Ferienhäuser gehörten Stace und ihrem Mann Mark, doch da sogar Linda, die sonst über alles informiert war, nicht viel über den Fremden zu wissen schien, bezweifelte Harriet, dass sie selbst mehr in Erfahrung bringen würde.

Sie kletterte wieder in den Pick-up. Nachdenklich aß sie eine Traube und startete den Motor. Natürlich, sie könnte die Polizei rufen, ihnen seine Adresse geben und sagen, dass dieser Mann sie belästige ... Aber das wollte sie nicht.

Sie bog nach rechts auf den Fahrweg ab, der nach Mulberry Farm führte – oder Warren Down Farm, wie es früher geheißen hatte, dachte sie kopfschüttelnd bei sich. Wer hätte das geahnt?

Noch wusste sie nicht, was sie unternehmen sollte. Aber sie musste herausfinden, was der Kerl von ihrer Familie wollte.

33. Kapitel

Neugierig zog Joanna die langen Musselingardinen vor dem Fenster zurück. Wow! Sie hatte im Hotel U tří pštrosů – Zu den drei Straußen – um ein Zimmer mit einer guten Aussicht gebeten, aber damit hatte sie nicht gerechnet. Diese Aussicht war überwältigend. Aus dem hohen Fenster schaute sie nach links über die gesamte Länge der breiten Karlsbrücke hinaus, die von Barockstatuen gesäumt war. In dichten Trauben schoben sich die Menschen über das graue Pflaster, blieben plaudernd stehen und stöberten an den Ständen der Straßenverkäufer, die Drucke und Schmuck verkauften. Jenseits der Brücke erhoben sich hohe Bäume und elegante cremefarbene Gebäude mit roten Ziegeldächern und weißen Schornsteinen. Joanna entdeckte den Altstädter Brückenturm mit seinen spitzen Ecktürmchen, der den Eingang in die Altstadt markiert.

»Karlův Most.« Joanna sprach den Namen der Karlsbrücke aus. Die tschechische Sprache war ihr fremd. Die Brücke verband die Altstadt mit der Kleinseite, die wiederum zum Hradschin, dem Burghügel mit der Kathedrale, hinaufführte, obwohl sie den nicht sehen konnte.

Joanna schlang die Gardine so beiseite, dass sie einen ungehinderten Blick hatte. Ihre Recherchen hatten sie gelehrt, dass diese Brücke schon viel Leben gesehen hatte – und Tod. Beim Bau der Karlův Most hatten die Maurer um Wein und Eier gebeten, die sie mit Kalk mischen wollten, um einen starken Mörtel zu erhalten – und die Legende wollte wissen, dass eine

Ladung hartgekochter Eier eingetroffen war ... Joanna lächelte. Diese schöne Anekdote könnte sie in ihren Text aufnehmen. Die Brücke war schon immer eine Durchfahrtsstraße, ein Prozessionsweg, ein Ort für Handel und Feste sowie eine Richtstätte gewesen. Im Jahr 1620 waren die Tschechen in der Schlacht am Weißen Berg von einer katholischen Armee geschlagen worden, und die Köpfe von zwölf protestantischen Edelleuten waren als grausige Trophäe auf der Brücke zur Schau gestellt worden. Zehn Jahre lang ...

Heute war die Brücke offensichtlich eher ein Schmelztiegel. Sie griff nach ihrem Fotoapparat, den sie aufs Bett geworfen hatte, riss das Fenster weit auf und bereitete die erste Aufnahme vor. Es war ein frischer, heller Tag, wie gemacht, um auf Erkundungstour zu gehen. Der Himmel hatte die Farbe matten Saphirs, und die Pflastersteine schimmerten.

Joanna trat vom Fenster zurück. Das Zimmer war eigentlich eine Suite mit einem Wohn- und Arbeitszimmer, in dem sogar ein Schreibtisch stand. Sie strich mit der Hand über das Holz und nahm ein Blatt von dem seidigen Briefpapier, dessen Kopf mit dem Motiv der drei Straußen geschmückt war.

Wem würde sie an dem antiken Nussbaumschreibtisch schreiben? Nicholas Tresillion? Sie lächelte. Ob er ihr auch nach Prag folgen würde? Das wäre ein wenig übertrieben, oder? Venedig war eine Sache – er war zufällig dort gewesen; und in Lissabon hatte er offenbar beruflich zu tun. Aber Prag? Sie legte das Blatt auf den Schreibtisch zurück.

Und doch wünschte ein Teil von ihr sich das, obwohl es ziemlich albern war. Sie hatten einander nur ein paar Briefe geschrieben, und schon wurde sie ... Was? Sentimental? Glaubte sie etwa, er könne ein Freund werden – irgendein Mann, der eine ihrer Broschüren gelesen und ihr Leserpost geschickt hatte? Wohl kaum. Okay, sie teilten das verzweifelte

Schicksal einer gescheiterten Ehe – aber galt das nicht auch für Millionen anderer Menschen? Gut, er verstand offenbar, was sie durchmachte. Aber das und der Umstand, dass ihr seine Handschrift gefiel, reichten wohl kaum aus, als dass sie ihn als Freund betrachten könnte.

Nein, da war noch mehr. Etwas, was sie zwischen Nicholas' Zeilen las zog sie an. Auch er hatte das Muster seines Lebens durchbrochen und befand sich auf einer Reise, um es wiederzuentdecken. Und er hatte etwas gesehen, von dem sie geglaubt hatte, dass nur sie es wahrnehmen könne. Nun ja, das war wieder eine ganz andere Sache ...

Joanna hievte ihre Tasche auf den Stuhl und begann ihre Papiere, Bücher und Karten auszupacken. Noch hatte sie die Route ihres Spaziergangs nicht festgelegt, denn es gab mehrere Möglichkeiten. Das Thema, das sich bereits in den vorherigen Städten herauskristallisiert hatte, passte auch auf Prag mit seiner Architektur, die von der Gotik über Barock bis zum Jugendstil und Art déco reichte. Aber vielleicht würde sie hier noch etwas ganz anderes finden.

Abgelenkt schlenderte Joanna an das Fenster des Studios. Von hier aus hatte sie auch einen guten Blick auf den Torbogen, durch den man auf die Mostecká, die belebte Einkaufsstraße, gelangte. Natürlich würde die Karlsbrücke im Mittelpunkt ihres Spaziergangs stehen. Ihre Bilder waren überall; schon im Taxi zum Hotel hatte sie sie gesehen; ausgestellt in den Fenstern der Kunstläden oder auf T-Shirts gedruckt. Aber die schönsten Ansichten hingen in den dunkelrot gehaltenen Gängen ihres Hotels U tří pštrosů selbst. Direkt vor ihrem Zimmer befand sich eine alte Schwarzweißaufnahme, die auf das Jahr 1909 datiert war – nur ein paar Jahre bevor Emmie hier gewesen sein musste. Das Foto zeigte denselben Torbogen, der auf die Kleinseite führte. Ein Pferdekarren überquerte die Brücke, ein Mann mit einer Kappe stützte sich auf die Brüstung, und da war eine Frau mit einem Weidenkorb. Und die Statuen ... Emmie musste bei ihrem Prager Aufenthalt die Karlsbrücke gemalt haben. Etwas anderes war gar nicht denkbar.

Die Liebe ist ein Feuer, ein Wahn, hatte Emmie in Prag geschrieben. *Die Liebe kann uns alle vernichten.* In den Prager Briefen klang Trauer, beinahe Verzweiflung an. Es war deutlich zu spüren, dass Emmie in ihrer Liebe zu Rufus an einen Wendepunkt gelangt war.

Zwischen ihren Büchern entdeckte Joanna einen Stadtplan von Lissabon – er musste zusammen mit einigen Notizen hineingerutscht sein. Sie zog ihn hervor. Schon jetzt schien Lissabon eine Ewigkeit zurückzuliegen, als hätte sie die Reise in einem anderen Leben unternommen. Ob Nicholas jetzt in Lissabon war? Wahrscheinlich. Wie die Stadt ihm wohl gefiel? Sie faltete den Plan wieder zusammen und steckte ihn zurück in die Tasche. Ob er ihr schreiben und ihr davon erzählen würde? Oder würde er anschließend wieder in sein eigenes Leben eintauchen?

Joanna beschloss, den Spaziergang am Wenzelsplatz zu beginnen, der weniger einen Platz darstellte als ein Stück breiter, baumbestandener Prachtstraße. Dort findet sich beinahe jede architektonische Stilrichtung aus den letzten hundert Jahren, dachte Joanna, von der Neugotik des Wiehl-Hauses über die Neorenaissance des Nationalmuseums bis zur Statue des heiligen Wenzel aus dem zwanzigsten Jahrhundert.

Während Joanna auf dem Platz stand und sich Notizen machte, spuckte ein Bus eine Gruppe Amerikaner aus, die prompt in eine nahe gelegene Pizzeria strömten.

Joanna spazierte zu dem im Jugendstil errichteten Gemeindehaus, dem Obecní dům, wo es ihr die Sprache verschlug: ein goldener Palast mit filigranen Metallgittern, Reliefs, Buntglas und einer Kuppel aus schimmerndem Glas und Kupfer. Und erst das Innere! Beinahe zaghaft setzte Joanna sich auf eine lederbezogene Bank. »Ein klassisches Kaffeehaus in Beige- und Goldtönen«, schrieb sie in ihr Notizbuch, »erhellt von Kronleuchtern aus langen Glasstäben, die an Messingstangen hängen.« Sie bestellte Kaffee und bewunderte den cremefarben und weiß gehaltenen Stuck an Decken und Wänden, betrachtete die Galerie, die Wendeltreppe und das leuchtende Buntglas. Obwohl selbst der Cappuccino hier völlig überteuert war, kam man an diesem Gebäude einfach nicht vorbei.

Nach der Kaffeepause ging sie durch den Torbogen des dunkelgrauen Pulverturms, in dem, wie der Name besagte, einst Schießpulver gelagert worden war. Ursprünglich war er 1475 als zeremonieller Eingang zur Altstadt errichtet worden.

Dann bummelte Joanna die Celetná-Straße entlang, vorbei an hohen, prächtigen Häusern, deren Rokoko- und Barockfassaden man vor die ursprünglichen mittelalterlichen Gebäude gesetzt hatte.

Unter einem glitzernden Himmel war es kalt. Joanna fror trotz warmer Jacke, Schal, Jeans und Stiefeln. Sie machte ein Foto vom Haus der Schwarzen Madonna, Dům U Černé Matky Boží. An einer Ecke des roten Sandsteingebäudes von 1912 befand sich tatsächlich eine Schwarze Madonna in einem vergoldeten Käfig. »Heute beherbergt es das Tschechische Museum des Kubismus und ist selbst ein Kunstwerk dieses Stils«, schrieb sie. Sie ging hinein, um die elegante geschwungene Treppe und die Sammlung kubistischer Kunst zu bewundern.

Als sie wieder draußen stand, schaute sie in den Stadtplan und suchte sich den Weg zu dem kopfsteingepflasterten, friedlichen Altstadtplatz. »Dort gibt es nette kleine Cafés, die sich in die Ecken schmiegen, eine Bank unter einem Baum, der richtige Ort zum Besinnen«, schrieb sie, »einen kleinen Brunnen, einen Buchladen, einen Juwelier, der den berühmten böhmischen Granatschmuck verkauft, und den unglaublichen Naturkosmetik-Laden Hortus Botanicus.«

Joanna konnte nicht widerstehen und kaufte Seife und Körperlotion für Harriet und Mutter. Ihr ging auf, dass Prag mit all den kleinen Passagen, die meistens auf einen verborgenen Hof führten, und den labyrinthischen Gassen eine ziemlich verschlossene Stadt war. Das konnte der Schlüssel für ihren Spaziergang werden.

Joanna lächelte in sich hinein. An Geheimnistuerei war sie gewöhnt. Mutter sei eine Geheimniskrämerin, behauptete Harriet stets, aber das galt auch für sie selbst. Kürzlich war sie mit geröteten Wangen nach Hause zurückgekehrt, und in ihrem Haar hatten kleine Zweige gesteckt, als habe sie irgendwo im Gebüsch gesessen und herumspioniert.

»Wo bist du gewesen?«, hatte Joanna gefragt.

Harriet hatte nur eine Plastiktüte mit Einkäufen auf den Küchentisch geknallt und gefaucht: »Wonach sieht's denn aus?«

Vielleicht sollte ich so schnell wie möglich ausziehen, dachte Joanna nun.

Bald fand sie sich in einer windigen Gasse wieder, in der Musik aus *La Bohème* aufbrandete. Jemand rempelte sie an und entschuldigte sich auf Französisch. Kopfschüttelnd vertrieb Joanna die Musik aus ihrem Kopf und betrat einen überdachten Holzgang, der nach Feuchtigkeit und Paranüssen roch. Und dann ragte vor ihr die Teyn-Kirche auf, die Kirche der Jungfrau Maria vor dem Teyn, die vor allem aus großen und kleinen spitzen Türmen zu bestehen schien. Joanna schoss weitere Fotos, schaute in ihren Stadtplan und wanderte zur Staré Město genannten Altstadt, zum Altstädter Ring.

Joanna schaute sich um. Vor der barocken St. Nikolauskirche spielte ein Orchester ... *Nicholas* ... Sie bemerkte die rosa- und apricotfarbene Rokokofassade des Kinsky-Palais und das benachbarte Haus Zur Steinernen Glocke mit dem keilförmigen Dachaufsatz; sah die Menschenmenge, die sich an der Ecke des Marktplatzes unter der berühmten astronomischen Uhr drängte. Heftig atmete Joanna aus. Sie hatte sich nicht zu viel von Prag versprochen.

Sie setzte sich auf eine der Bänke unter den Bäumen. Dieser Platz war früher neben einer Handelsstätte auch eine Hinrichtungsstätte gewesen und der Mittelpunkt von Revolutionen. Obwohl ringsum viele Menschen unterwegs waren, wirkte der Platz nicht überfüllt. »Prag ist eine Stadt, die noch von ihrer Vergangenheit gefärbt ist«, schrieb sie in ihr Notizbuch. Und doch, war das nicht überall der Fall? Waren nicht alles und jeder ein Erzeugnis dessen, was vorher gewesen war?

Vor der Abreise hatte Joanna sich bei Harriet nach einem Vorfahren mit rotem Haar erkundigt.

»Was?« Ihre Schwester hatte ihr einen dieser speziellen Blicke zugeworfen.

»Nimm zum Beispiel unseren Urgroßvater William«, erklärte Joanna.

»Und woher soll ich den nehmen?«

Joanna ignorierte die Spitze. »Hatte er rotes Haar?«

»Woher zum Teufel soll ich das wissen?«

Da hatte Harriet auch wieder Recht. Sie war damals

genauso wenig dabei gewesen wie Joanna. »Er hätte aber rotes Haar haben können«, beharrte sie. »Du bist blond, und ich bin dunkel.«

»Und keine von uns ist rothaarig«, bemerkte Harriet mit irritierender Logik.

»Irgendjemand war es aber«, entgegnete Joanna düster. »Es gab einen Mann namens Rufus.« Doch es stimmte, dass sie manchmal selbst an seiner Existenz zu zweifeln begann.

»Warum willst du das wissen?«, erkundigte sich Harriet.

Ja, warum eigentlich? War sie schon bereit, Harriet von Emmie und dem Bild und den Briefen zu erzählen? Nein. Vielleicht war sie ja genauso geheimnistuerisch wie die anderen. »Reine Neugierde.«

»Wirklich?« Skeptisch zog Harriet die Augenbrauen hoch. »Es ist nur …«

»Nur was?« Joanna spürte, dass sie etwas wusste.

»Ach, nichts.« Sie verschloss sich erneut. Harriet konnte einen wahnsinnig machen.

Joanna beschloss, zum Hotel zurückzukehren. Morgen würde sie noch mehr Strecken abgehen und dann die genaue Route festlegen. Es wird ein geheimer Weg werden, entschied sie. Eine Route, die durch versteckte Passagen und Gassen verläuft und vielleicht zu einigen der skurrileren Sehenswürdigkeiten der Stadt führt – der winzigen weißen Statue eines Mädchens etwa, die hoch an einer Stadtmauer angebracht ist; oder zu dem alten Hauszeichen in Form eines ausgetretenen roten Stiefels, das in einen Giebel eingemeißelt wurde, um eine Schusterwerkstatt zu bezeichnen. Dann kann man die dunklere Seite der Stadt erkunden, die immer noch mit dem Schatten ihrer Vergangenheit lebt, und auf etwas Unerwartetes stoßen, zum Beispiel auf einen Garten in einem Hinterhof, auf ein Einkaufszentrum oder eine gotische Kirche.

Es dämmerte schon, als Joanna sich dem Altstädter Brückenturm näherte, der auf die Karlsbrücke führte, aber die Straßenverkäufer von Druckgrafiken und T-Shirts, Schnitzereien, Sonnenbrillen und Schmuck waren immer noch da. Auch die Musiker spielten noch, und zwar schnelleren Jazz, vielleicht, um sich zu wärmen. Sie trugen Strohhüte, Baskenmützen, dicke Mäntel und weite Hosen und spielten Mandoline, Banjo und Kontrabass. Sie wippten, immer noch lächelnd, im Takt zur Musik mit den Füßen. Diese Stelle war ein perfekter Aussichtspunkt. Südwärts schaute man an der Moldau entlang auf die Brücken, die in der dunstigen Ferne verschwammen, und über allem lag der uralte Vyšehrad-Hügel mit dem mittelalterlichen Burgwall ... Man konnte hinunterschauen auf die Cafés, das Wehr, das sich diagonal über den Fluss erstreckte, auf die Treppe zur Insel Kampa, die nach der großen Überschwemmung gebaut worden war. Und in die andere Richtung schaute man den Hügel hinauf zur Prager Burg, die im Halbdunkel bereits goldfarben erleuchtet war.

Auf halbem Weg über die Karlsbrücke blieb Joanna stehen und sah in das Wasser der Moldau hinunter, die man auch »Fluss des Lebens« nannte. Bekanntlich stand die Moldau in Smetanas sinfonischem Zyklus *Mein Vaterland* symbolisch für den Geist der Nation und der Stadt. Sie nahm sich vor, sich das Stück anzuhören, sobald sie zurück in England war und den Text für die Reisebroschüre schrieb. Wenn sie sich trostlos fühlte, würde sie versuchen, die Empfindungen, die sie nun erfüllten, zu rekapitulieren. Schiffe tuckerten vorüber. Der Wind kräuselte das Wasser, das in der einsetzenden Dunkelheit platinfarben schimmerte und zwischen den Brückenpfeilern mächtig anschwoll, als besäße es eine eigene Seele. Das Flusswasser wurde einst zum Trinken und Waschen benutzt, um Maschinen anzutreiben oder Abwässer abzutransportieren, und es diente als Handelsweg. Joanna beugte sich über die steinerne Brüstung, und ihre Gedanken trieben auf dem Wasser der Moldau davon und zur nächsten und übernächsten Brücke, dann noch eine Brücke weiter ... Wenn Emmie Rufus geliebt und Rufus auf Mulberry Farm gewohnt hat, wo hat dann Emmie gelebt?, sinnierte Joanna. Und wer war Emmie? Eindeutig kein Hausmädchen und keine Magd; schließlich malte sie und ging mit ihrem Vater auf Reisen. Sie muss eine junge Frau von Stand gewesen sein, ein Mädchen aus derselben Gesellschaftsschicht wie Rufus, das ihm begegnet war und sich in ihn verliebt hatte.

Joanna drehte sich zu der Statue des heiligen Johannes Nepomuk um, der einzigen Bronzestatue, die heute noch auf der Brücke steht. Unter dem berühmten Heiligenschein aus fünf Sternen hielt er den Kopf leicht zur Seite geneigt, und sein Gesicht trug einen entrückten Ausdruck, als verstünde er die Welt der Sterblichen nicht ganz und befände sich auf einer ganz anderen Ebene. Die Messingreliefs am steinernen Sockel waren teilweise blank poliert, denn jeder Vorübergehende berührte sie, weil das angeblich Glück brachte. Joanna trat heran und tat es ihnen nach. Das Bild zur Linken zeigte einen Mann in einer Ritterrüstung mit einem Hund, und das rechte stellte Nepomuks Martyrium dar: Im Jahr 1383 war er gefesselt von der Brücke gestoßen worden. Die Sterne sollen erschienen sein, als er ins Wasser stürzte.

Joanna stellte fest, dass es ihr schwerfiel, sich von der Statur loszureißen.

Das blasse Morgenlicht sickerte durch die Musselinvorhänge. Joanna stand auf und ging, noch nackt, zum Fenster, zog den Vorhang beiseite und schaute auf die Karlsbrücke hinaus. Sie war menschenleer. Keine Händler.

Rasch streifte sie Jeans und Pullover über, schlang sich einen Schal um den Hals und huschte aus dem Hotel. Ihre Schritte auf dem Pflaster der Brücke hallten wider, als wäre sie der erste Mensch auf Erden. Einen Moment lang wurde Joanna sich der Stille bewusst; das einzige Geräusch war das Murmeln des Flusses. Ohne zu überlegen, wusste sie, wohin sie wollte. Schlafwandelte sie? Oder war das ein Traum? In dem verschwommenen rosigen Licht des frühen Morgens kam es Joanna beinahe so vor.

Sie blieb neben der Statue des heiligen Nepomuk stehen. Seine Miene wirkte ratlos. Joanna wartete.

Plötzlich sah sie, wie er von seinem Sockel stieg und ihr direkt in die Augen schaute. Wollte er etwas von ihr wissen? Sie konnte nicht sprechen, den Blick nicht von ihm losreißen.

Blitzschnell stieg er auf die steinerne Brüstung der Brücke. Er zog sein Gewand fest um den schmalen Körper, ein letzter Blick zurück, und dann sprang er ins Wasser – eine einzige fließende Bewegung.

Mein Gott! Hätte sie ihn aufhalten können? Joanna rannte zur Brüstung und beugte sich hinüber, um nach unten zu sehen. Der Fluss strömte weiter wie das Leben, und die Sterne sprühten wie ein Feuerwerk über der Stelle, an der er im Wasser aufgeschlagen war. Und in der Moldau trieben eine Palette und eine lange Strähne blutroten Haars und wurden davongetragen, hinaus zum Wehr und noch viel weiter.

Die vierte Brücke

34. Kapitel

Harriet schlenderte die East Street entlang. Ihr Haar flatterte, und sie hoffte nur, dass es an Bob Dylans *Blowing In The Wind* erinnerte und nicht nur einfach verzottelt aussah. Der März, fand sie, war entschieden ein hoffnungsvoller Monat und ganz bestimmt viel, viel besser als der kalte, trostlose Februar.

Sie schob ihre Handtasche höher auf die Schulter. Eigentlich war die Tasche nur ein kleines schwarzes Lederetui mit einem dünnen Trageriemen, das sie sich beim Schlussverkauf im Januar gegönnt hatte. Bei einer ihrer seltenen Schnäppchenjagden war ihr klar geworden, dass sie nur Riesentaschen besaß, in die bequem ein Pfund Kartoffeln, ein Blumenkohl, ein Dutzend Eier sowie das Portemonnaie und ein Päckchen Papiertaschentücher passten. Was eine Menge über ihr Leben aussagte. Wohl kaum das richtige Accessoire zu einem Abendkleid, hatte sie sich gesagt und das Preisschild auf dem Ledertäschchen studiert …

Jetzt strich sie mit den Fingerspitzen leicht über die Neuanschaffung. *Sie passt zu Ihnen, Madam … Verleiht ein gewisses Flair …* Das Täschchen war weich und glatt und herrlich unpraktisch. Etwas, was sie sich geleistet hatte und ihr das Gefühl verlieh, anders zu sein. Elegant, begehrenswert sogar, zumindest wenn sie kleine Schritte machte und sich beim Gehen leicht in den Hüften wiegte. Mein neues Ich, dachte Harriet. Mit *Flair.*

Der März bedeutete immer einen Neuanfang. Die Tage

waren länger und wärmer, die Sonne schien kräftiger, und die Verheißung des Frühlings schimmerte in den Blütenkelchen der Narzissen, spross mit jedem jungen grünen Blatt und brachte die Luft buchstäblich zum Knistern. Sie lächelte in sich hinein. Im Frühling konnte alles passieren, oder?

Harriet schaute auf die Uhr. Zwei Minuten nach halb acht Uhr abends. Sie blieb stehen, um in das Schaufenster eines Immobilienmaklers zu sehen. Inzwischen stand Joannas Haus zum Verkauf, und ihre Schwester brachte Prospekte von Maklern mit nach Hause.

»Hast du denn vor, in unsere Gegend zu ziehen?«, hatte Harriet sich erkundigt. Sie wüsste nicht zu sagen, ob ihr das recht gewesen wäre oder nicht. Doch, schon. Wirklich. Aber andererseits war ihre Schwester die schlimmste Feindin und die beste Freundin zugleich …

»Ich bin mir nicht sicher.« Wie immer drückte Joanna sich vage aus. Und Harriet hatte bemerkt, dass Joanna genauso über den Angeboten für ein Dutzend Londoner Wohnungen brütete.

Sollte Joanna nach Dorset ziehen, wäre Mutter in ihrem Element. Audrey würde gar nicht wieder aufhören zu strahlen, wenn sie ihre Lieblingstochter ständig um sich hatte. Denn Harriet hatte bemerkt – wie hätte es ihr auch entgehen können? –, wie leicht Joanna ein Lächeln auf die Lippen ihrer Mutter oder Glanz in deren Augen zaubern konnte, ohne sich dessen bewusst zu sein.

Harriet vermisste ihren Vater. Vor ein paar Tagen hatte sie wieder diesen Traum gehabt. *Schlaf weiter, Kleines. Morgen früh ist der Traum schon vergessen.* Erinnerungen, die genau so fragil waren wie Spinngewebe.

Joanna würde tun, was sie wollte, so wie sie es immer gehalten hatte. War es da fair, Mutter Hoffnungen zu machen?

Vier Minuten nach halb acht. Harriet starrte ein Bild von einem Luxusappartement mit Blick über die Lyme Bay an. Tja. *Das Leben ist nicht fair, Harriet.* Die Stimme ihrer Mutter. Audrey würde Joanna verzeihen. *Es ist schließlich ihre Entscheidung*, würde sie sagen. *Es steht ihr doch frei zu leben, wo sie möchte.*

Andere Leute hatten diese Freiheit nicht ... Sei nicht so verbittert!, ermahnte Harriet sich nun. Sonst ziehen sich deine Mundwinkel nach unten, deine Augen werden stumpf, und diese Falten auf der Stirn werden tiefer und breiter und beherrschen bald dein ganzes Gesicht. Und jeder wird dich sehen, wie du wirklich bist ...

Fünf nach halb acht. An manchen Tagen verging die Zeit außerordentlich langsam. Heute war einer dieser Tage. Sie freute sich schon den ganzen Tag auf diese Verabredung. Aber sie wollte nicht zu früh dort auftauchen. Das verstieß gegen die Regeln.

Harriet schlenderte am Wohltätigkeitsladen vorbei und heuchelte Interesse an einer gelben Teekanne mit einem türkisfarbenen Teewärmer, die im Fenster stand wie eine Erinnerung an vergangene Zeiten. Das wurde langsam zur Gewohnheit.

Komm zu mir nach Hause, hatte er in seiner E-Mail geschrieben. *Da haben wir es bequem und können uns entspannen.*

Zu mir ... Das klang nach etwas Besonderem.

Das ist ja alles ganz schön, hatte Harriet gedacht, aber es ist viel zu riskant, jemanden privat aufzusuchen, der nach allem, was sie wusste, ebenso gut Jack the Ripper hätte sein können. Und sie wusste über Scott sogar noch weniger als über einige der anderen Männer. Sie schrieben sich erst seit zwei Wochen. Selbst ein persönliches Treffen war in diesem Stadium ein wenig übereilt und untypisch.

Daher ... *Ich habe es auch gern bequem*, hatte sie ihm energisch zurückgeschrieben. *Aber ich finde, ein erstes Treffen sollte an einem neutralen Ort stattfinden, in der Öffentlichkeit.* Es war schon gewagt genug, ihn im Dunkeln zu treffen statt am helllichten Tag. Um Himmels willen. Sie hatte nicht vor, sich in der Dating-Szene unmöglich zu machen.

In Ordnung, hatte er zurückgeschrieben. *Cool.*

So weit, so gut.

Er hatte die Vassar-Bar im obersten Stockwerk des alten Hotels Bull vorgeschlagen. *Geh durch den Ballsaal. Du kannst es gar nicht verfehlen.* Harriet musste unwillkürlich an Professor Bloom und seinen Kerzenleuchter aus *Cluedo* denken.

Harriet ging weiter. In Pridehaven waren immer noch reichlich Menschen unterwegs; sie besuchten die Pubs, das Thai-Restaurant auf der anderen Straßenseite, die Fish-and-Chips-Bude oder den Kebab-Imbiss.

Ohne weiteres Herumtrödeln erreichte sie das Hotel Bull, das früher wie der Salon einer Witwe zu Beginn des 20. Jahrhunderts ausgesehen hatte. Harriet schaute auf die Uhr: zwanzig vor acht. Perfekt.

In der Bar saß nur ein einziger Mann, daher musste er es sein. Er stand auf.

Harriet schluckte. Es war halbdunkel; von der Mitte der Decke hing ein gewaltiger Kristallkronleuchter herunter, aber das Licht war offenbar gedimmt. Trotzdem erkannte sie, dass er absolut hinreißend aussah. Er war groß – Harriet mochte große Männer –, wirkte verlegen, was ihn irgendwie liebenswert machte, und war schlank und langgliedrig. Das lange Haar hatte er zu einem Pferdeschwanz zurückgebunden – oh Gott, genau wie einer der Knechte ihres Vaters, als Harriet sechzehn gewesen war. Terry. Bei der Erinnerung an seinen gebräunten Rücken und die ausgefransten Jeans überlief sie ein Schauer. Auch Scott trug Jeans und dazu ein weißes Leinenhemd.

»Hi«, sagte er. Er besaß eine tiefe, rauchige Stimme.

»Hi.« Harriet fragte sich, ob sie noch atmete.

»Danke, dass du gekommen bist, Harriet.« Er hatte ruhige Augen – blau, entschied sie, obwohl sie es nicht richtig erkennen konnte – und ein wunderbares, entgegenkommendes Lächeln.

»Dieses Lokal ist wirklich erstaunlich.« Harriet schaute sich in dem quadratischen Raum um. Sie musste sich ablenken, damit ihre Verzückung angesichts dieser Vision nicht allzu offensichtlich wurde. In der Vassar-Bar hingen goldene Brokatvorhänge vor den Fenstern, und auf dem Holzboden lagen Perserteppiche. Das Mobiliar war antik und verschnörkelt, und die Mischung aus alter und moderner Kunst an den schokoladenbraunen Wänden verlieh dem Raum einen originellen Zug. Abgesehen von dem Kronleuchter brannten Kerzen auf den verschrammten Holztischen und verbreiteten ein flackerndes Licht, und im Hintergrund spielte eine gefühlvolle, jazzige Musik. In der Ecke stand ein Klavier, und eine große, blonde Frau hütete die lange Bar aus glattem, poliertem Mahagoni, hinter der sich schimmernde Gläserstapel und Spirituosen- und Likörflaschen in allen Formen und Größen türmten.

»Ja.« Scott bedeutete ihr, sich neben ihn auf das antike rote Ledersofa in der Mitte der Bar zu setzen. Herrgott.

Harriet schob sich an dem Holztisch vorbei. Wie alt mochte er sein? Bestimmt nicht älter als vierzig, obwohl sich ein paar feine und sehr attraktive Lachfältchen um seine Augen zogen. Aha, er hat Sinn für Humor, dachte Harriet. Und sind das da in seinem Haar ein, zwei distinguierte graue Strähnen?

»Wie in aller Welt hast du diese Bar entdeckt?« Sie hatte die ganze Zeit nur wenige Meilen entfernt gelebt und nicht einmal geahnt, dass diese Bar existierte. Allerdings vermutete Harriet, dass es das Lokal noch nicht lange gab. Pridehaven war eine altmodische Seilerstadt, die momentan mit großer Geschwindigkeit ins 21. Jahrhundert durchstartete zum Wohle all der betuchten Londoner, die sich nichts mehr als ein Cottage in Dorset wünschten, aber auch nicht weit fahren wollten, um einen anständigen Caffè Latte zu trinken.

Sie plauderten ungefähr eine Stunde, obwohl es auch länger gewesen sein könnte; denn Harriet war so entzückt, dass sie sogar vergaß, auf die Uhr zu sehen. Außerdem brauchte sie die Zeit nicht im Auge zu behalten. Sie hatte den ganzen Abend frei. Owen und Joanna waren bei Mutter.

Harriet schaute Scott tief in die Augen und versuchte ihm zu vermitteln, was für eine interessante Persönlichkeit sie war. Und was für eine wunderbare Art, ihre Freiheit zu genießen …

Wie sich herausstellte, war Scott nie verheiratet gewesen, obwohl es ein paar wichtige Frauen in seinem Leben gegeben hatte. Nicht verwunderlich. Harriet beobachtete, wie er, vor Selbstvertrauen nur so strahlend, an die Bar schlenderte. Die beiden Weingläser hielt er mit einer Hand locker an den Stielen fest. »Ich habe noch nicht die Richtige getroffen«, hatte er erklärt. »Wahrscheinlich bin ich tief im Herzen viel zu sehr Romantiker.«

Harriet war noch nie einem Mann begegnet, der solche Dinge sagte. Sie hatte nicht einmal eine Ahnung gehabt, dass ein Mann so etwas überhaupt sagen könnte. »Ich auch«, hatte sie gehaucht, obwohl Romantik ein ziemlich neuer Zug ihrer Persönlichkeit war.

»Ich bin auf der Suche nach einer Prinzessin«, sagte Scott

jetzt und stellte ein frisches Glas mit gekühltem Weißwein vor sie hin.

Mein Gott!, dachte Harriet. Das erhöht den Einsatz. Misstrauisch beäugte sie den Wein. Ein Glas hatte sie schon getrunken, und diese Gläser hatten beinahe das Fassungsvermögen von Bierkrügen.

»Jemanden, den ich retten kann.« Er wirkte betrübt. »Und anbeten.«

Hm, dachte Harriet. Klingt gar nicht so übel.

»Die Menschen sind heutzutage so zynisch.« Er drehte den Stiel seines Glases zwischen den Fingern.

Sie starrte ihn an. Seine langen gebräunten Finger und die blassgelbe Flüssigkeit, die sanft gegen die Wände des Weinglases brandete, hypnotisierten sie beinahe.

»Bist du eine Zynikerin, Harriet?«

Ich habe das Wort erfunden. »Natürlich nicht«, zwitscherte sie.

Scott stellte sein Weinglas ab und schlug mit der Faust auf den Holztisch. Der Tisch erbebte, und Harriet ebenfalls. »Ich bin auf der Suche nach jemandem, der meinen Traum mit mir teilt«, erklärte er. Gott, jetzt wurde er leidenschaftlich. »Jemanden, den ich lieben kann.«

Harriet schloss die Augen. Gut möglich, dass er ihr jeden Moment einen Antrag machte.

»Ist das denn zu viel verlangt?«, wollte er wissen.

Ich könnte das, hätte Harriet am liebsten gekreischt. *Ich könnte diese Prinzessin sein.* Aber stattdessen schlug sie die Augen auf und nahm einen Schluck Wein. Langsam fährt besser. »Bist du ein Dichter?«

Angesichts dessen, was er bisher erzählt hatte, kam ihr das wahrscheinlich vor. Sie zögerte. »Ich schreibe selbst gelegentlich.« Hauptsächlich Einkaufslisten, aber darauf kam es ja nicht an. Wenn man Joanna ansah, musste das Schriftsteller-Gen in der Familie liegen. Harriet war sich verdammt sicher, dass sie ebenfalls schreiben könnte, wenn sie bloß Zeit dazu hätte.

»Gott, du bist eine so einfühlsame Frau!« Scott ergriff ihre Hand, und Harriet wurde vor Aufregung fast ohnmächtig. »Ich schreibe vor allem Songtexte. Und ich spiele natürlich Gitarre.«

Natürlich ... Harriet hatte sich schon immer gewünscht, mit einem Musiker befreundet zu sein. Sie glaubte, dass Musiker viele gute Eigenschaften besaßen: Sie waren verständnisvoll und einfühlsam. Und hatten ein Gefühl für Rhythmus. Herrgott. Sogar die Schwielen an Scotts Fingerspitzen erregten sie.

»Hast du schon etwas aufgenommen?«, fragte sie. Er wirkte sehr ernsthaft. Wie konnte sie ihn davon überzeugen, dass sie, Harriet Shepherd, genau das war, was er suchte? Dass hinter dieser Fassade der starken, unabhängigen Züchterin von Biogemüse, der Brotbäckerin, Pflaumenpflückerin und Schweinestall-Ausmisterin seine wenn schon nicht junge, aber jungfräuliche Prinzessin steckte, die nur darauf wartete, im Sturm erobert zu werden?

»Einmal war ich in der engeren Wahl für den Grand Prix«, erklärte er bescheiden.

»Wow!«

»Und ich habe Cat Stevens ein paar Sachen geschickt.«

»Hat er ...?«

»Nein, er hat sie zurückgeschickt. Aber jemand, der für ihn arbeitete, meinte, sie hätten ihm gefallen.«

Harriet nickte.

Sie schienen auf derselben Wellenlänge zu sein, und er hatte begonnen, zerstreut ihren Daumenballen zu streicheln. Harriet fürchtete, dass sie sich revanchieren würde, indem sie sein Hemd aufriss, falls er nicht bald damit aufhörte. Oder noch Schlimmeres.

»Was ist mit dir?«, wollte er wissen.

»Bitte?« Harriet riss die vor Ekstase halb geschlossenen Augen auf.

»Hast du schon viel veröffentlicht?«

Oh. »Ach, nur gelegentlich.« Sie wedelte unbekümmert mit der Hand. Besser, dieses Thema nicht überzustrapazieren. »Aber meistens schreibe ich zu meinem eigenen Vergnügen.«

Er nickte beifällig. »Es wäre ein Fehler, sich auf dem Pfad der Kreativität von kommerziellen Erwägungen beeinflussen zu lassen«, meinte er. »Ich sage immer, man muss sich treiben lassen.«

Harriet konnte ihm nur beipflichten. Ein Sog zog sie unwiderstehlich zu ihm hin ... Und als er dann zum zweiten Mal in ihrer kurzen Bekanntschaft vorschlug, zu ihm nach Hause zu gehen, sagte sie nicht nein. Aber ...

»Ich muss noch ...« Mühsam stand sie auf, was nicht einfach war wegen des tiefen Sofas, ihres vollkommen entspannten Zustands, des Begehrens, das sie ergriffen hatte, sowie der zwei großen Gläser Wein, die sie getrunken hatte. »Äh ...« Musste sie es wirklich aussprechen? War Scotts Prinzessin vielleicht viel zu ätherisch, um zuzugeben, dass sie normale menschliche Bedürfnisse hatte und pinkeln musste? »... meine Nase pudern«, setzte sie schließlich hinzu.

Die Damentoilette verstärkte ihren surrealen Eindruck. Harriet trat in die Vergangenheit ein, in ein Land rosarot beflockter Tapeten, vergoldeter Spiegel, viktorianischer Waschbecken und parfümierter Gästehandtücher. Sie überprüfte ihr Gesicht auf Unvollkommenheiten. Nichts allzu Offensichtliches, abgesehen von den Dingen, gegen die sie nichts tun konnte; daher überpuderte sie die glänzenden Partien und benutzte Joannas Lippenstift. Die Farben aus London schienen irgendwie mehr Stil zu haben.

»Also?«, fragte er, als sie zu ihm zurückkehrte. Er legte ihr eine Hand auf die Schulter, und die Wärme seiner Haut brannte durch Harriets dunne Bluse.

Sie versuchte unbeeindruckt dreinzuschauen, als täte sie so etwas – was? – an jedem Tag der Woche. »Die Nacht ist noch jung«, sagte sie und unterdrückte ein Kichern.

Scott nahm ihre Hand. »Du hast vollkommen Recht«, meinte er.

Damit führte er sie durch den Ballsaal mit seiner weißen Balustrade, der Orchestergalerie und den Fenstern aus geschliffenem Glas, die vom Boden bis zur Decke reichten, dann die Treppe hinunter und hinaus in die samtschwarze Nacht.

35. Kapitel

Am Flughafen nahm Nicholas sich ein Taxi. Er spürte ein leises Grummeln im Magen, ein freudiges Schlingern. Nie hatte er vergessen, wann er sich in Rom verliebt hatte.

Sein erster Besuch – zusammen mit Rachel, in einem Juli – war ein touristischer Albtraum gewesen. Sie hatte ihm alles zeigen wollen, vom Kolosseum bis zur Sixtinischen Kapelle, und er hatte nachgegeben, weil … nun, sie war Rachel, und Rom war Rom. Rachels Schwester lebte damals schon mit Giuseppe hier, daher kannte Rachel die Stadt ziemlich gut; und sie war so stolz, als hätte sie zu deren Errichtung beigetragen. Nicholas schüttelte den Kopf. Arrogant war das gewesen, sogar ein wenig lächerlich. Aber damals hatte ihm das nichts ausgemacht.

Das Problem war nur, dass man in Rom im Juli erstickte. Die Stadt hatte ihm die Kraft ausgesaugt und ihn bis auf die Knochen erschöpft. Nun lehnte Nicholas sich auf dem Beifahrersitz des Taxis zurück und gestattete seinem Körper, sich Muskel für Muskel zu entspannen. Damals konnten Rachel und er sich keine italienischen Taxis leisten und hatten sich alles zu Fuß erobert. Tatsächlich erinnerte er sich, dass sie selbst in der Hitze gern gelaufen waren; erst Jahre später sollte Rachel anfangen, sich über so etwas zu beklagen.

Das Taxi überholte den Shuttlebus, der zum Bahnhof unterwegs war. Auch damit waren sie schon oft in die Stadt gefahren und hatten den Touristen zugehört, die eifrig auf jede einzelne Ruine zeigten. Wartet nur ab, dachte er jetzt, als er sah, wie die

Touristen aus den Fenstern spähten. Nach hundert Ruinen wird euch die Geschichte des Römischen Reichs langweilig. Ihr werdet sogar aufhören, sie zu bemerken. Aber dann ist es vielleicht zu spät, und ihr seid dieser Stadt schon verfallen …

Wie zu erwarten, schlängelte sich das Taxi durch den Verkehr und wechselte unter Hupen und wildem Gestikulieren des Fahrers scheinbar willkürlich die Spur.

Beim zweiten Besuch hatten Rachel und er mehr Zeit mit Giuseppe und Isobel verbracht. Ein herrlicher Frühling war das gewesen, und der Himmel war fünf ganze Tage lang vollkommen blau. Eines Nachmittags hatten sie alle eine Picknick-Bootsfahrt auf dem Tiber unternommen, und Nicholas wusste noch, wie er an diesem Abend ans Fenster der Wohnung getreten war. Er war sich der Stimmen, des Lachens und der Musik aus der Hi-Fi-Anlage hinter sich nur halb bewusst. Aber vor ihm … Über die ziegelroten Dächer von Rom hinweg hatte er in die Nacht hinausgesehen, über die Statuen und Kirchtürme, deren Silhouetten im Licht der Laternen und des Mondes aufschienen, silbrig weiße Kuppeln und Satellitenschüsseln, die ganze herrliche, berauschende Mischung aus Vergangenheit und Technologie der Moderne. Und er hatte erkannt, dass er diese Stadt liebte.

Nicholas warf einen Blick auf die Uhr. Mist! Wenn es in diesem Tempo weiterginge, hätte er nur eine halbe Stunde Zeit, um sich in seinem Hotel frisch zu machen, bevor er zu dem in derselben Straße liegenden Hotel Bella Roma aufbrechen müsste, wo der ganze Familienclan zu Rachels »Kriegsrat« zusammenkommen wollte. Er hatte eine kurze und befriedigende Vision von Rachel mit indianischem Kopfputz und Fransen-Lederröckchen, wie sie »Howgh« sagte … ein wenig wie in einer uralten Fernsehserie, die er als Kind anzuschauen pflegte.

Nicholas seufzte. Was sollte dieser Aufwand überhaupt? Demonstrieren, dass sie trotz der Scheidung noch eine glückliche Familie waren? Blödsinn! Hielt Rachel Celie etwa für dumm? Wenn sie ihre Tochter ermuntert hätte, der Realität ins Auge zu sehen, wäre Celie vielleicht gar nicht erst schwanger geworden ...

»Ihr erster Besuch?« Der Taxifahrer wechselte plötzlich auf die Überholspur und überfuhr beinahe einen Motorradfahrer.

Nicholas zuckte zusammen. »Nein, ich bin schon oft hier gewesen.« Glauben Sie bloß nicht, Sie könnten mich beschwindeln ...

Der Fahrer zuckte die Achseln. »Eine schöne Stadt«, meinte er und bremste scharf.

Nicholas schloss die Augen. Das war in solchen Fällen oft das Beste. Er wusste schon, was sich heute Abend abspielen würde. Sie würden ihre Drinks nehmen, die Rachel »Sundowner« nannte, als wäre sie in Sydney aufgewachsen statt in Surrey. Und dann das Essen – auf italienische Art, was vier oder fünf von Sorbets und diskreten Weinwechseln unterbrochene Gänge bedeutete, angefangen mit Antipasti zu einem raffinierten Rosé bis zu einem köstlichen, dick machenden Dessert mit süßem Weißwein und am Ende Espresso mit dunkler Schokolade. Beim Kaffee würden sich alle wieder wunderbar verstehen, und er könnte nach getaner Pflicht in sein Hotel zurückkehren – zwei Kilo schwerer.

Nicholas schlug die Augen wieder auf. Sie näherten sich den Außenbezirken der Stadt, und überall waren Ruinen zu sehen – allerdings meist von der modernen Sorte. Er fragte sich, wann er ein solcher Zyniker geworden war.

»Bleiben Sie lange?« Der Taxifahrer betrachtete offene Augen eindeutig als Aufforderung zur Konversation.

»Nicht lange.«

Vier, höchstens fünf Tage. Er würde die Begegnung mit Rachel absolvieren, einen Tag mit Celie verbringen, falls sie Lust dazu hatte, vielleicht mit Giuseppe und Isobel und den gerade anwesenden Nichten und Neffen zu Abend essen und sich mit ein paar Galeristen treffen. Dann würde er wieder abreisen. Bis dahin würde Rom schwer auf seinen Schultern lasten, und sosehr er die Stadt liebte, würde er sie doch mit Erleichterung wieder verlassen – das wusste er aus Erfahrung.

Der Taxifahrer kannte alle Abkürzungen und Einbahnstraßen und hatte keine Angst, durch schmale Gassen zu fahren. Brunnen, verfallene Torbögen, Posaunenengel glitten an Nicholas vorüber ... Daran, dass die Stadt ihn bei jedem Besuch beeindruckte, würde sich wahrscheinlich nie etwas ändern.

Was versuchte Rachel nur zu beweisen? Dankbar für die Klimaanlage und die kühle Lederausstattung des Wagens lehnte Nicholas den Kopf gegen die Kopfstütze. Sogar im März konnte es in Rom unangenehm schwül werden. Dass sie sich immer noch gut verstanden? Dass sie immer noch als Eltern auftreten konnten? Dass Celie nichts zu fürchten hatte?

Er seufzte. Der Fahrer ging in die Bremsen, als er sich plötzlich einem anderen Auto gegenüberfand, und Nicholas warf einen Blick zum Airbag. Keiner der Fahrer wollte nachgeben, aber die Straße war nicht breit genug für beide Wagen. Die Männer begannen aufeinander einzubrüllen. Nicholas hätte auf seinen Taxifahrer gewettet, und richtig, nachdem die beiden ein paarmal mit den Fäusten gewedelt und auserlesene italienische Flüche ausgetauscht hatten, machte der andere Fahrer wie ein Besessener im Rückwärtsgang Platz.

Nein. Was Celie fürchten sollte, hatte nichts mit ihm oder Rachel zu tun. Es war der Umstand, dass sie sich in die Mutterschaft stürzte, obwohl sie selbst noch fast ein Mädchen war. Und wie wollte der Vater des Kindes sich einbringen? Überhaupt nicht, soweit Nicholas das beurteilen konnte.

Endlich fuhr das Taxi vor dem Hotel Vittorio vor, und Nicholas stieß erschöpft die Tür auf. Es hatte sich draußen schon leicht abgekühlt, und die Düfte des späten Nachmittags lagen in der Luft: Es roch nach Bier und süßem Prosecco; nach Tomaten, Paprika und Zwiebeln, die in einer Pfanne schmurgelten und deren köstlicher Duft aus dem offenen Fenster eines Restaurants zog. Er hörte Stimmengesumm und eine italienische Arie, die aus einer offenen Tür in der Nachbarschaft drang.

»*Grazie.*« Nicholas zog die Brieftasche hervor, bezahlte den Fahrer.

Der öffnete den Kofferraum, und Nicholas schnappte sich seinen Koffer und sprang leichtfüßig die weiße Treppe zum Hotel hinauf. Er durfte nicht zu spät kommen. Rachel hasste Unpünktlichkeit – sie betrachtete Verspätungen als persönliche Beleidigung, obwohl sie in diesem Fall nur ein paar Straßen weiter wohnte und er mit dem Flugzeug aus England angereist war.

Nicholas meldete sich an, bekam seinen Zimmerschlüssel und ging nach oben, um zu duschen. Er war schon früher hier abgestiegen – sein Lieblingshotel in Rom. Nur drei Sterne, aber eine herrliche Aussicht über die Stadt, die ihm lieber war als ein Badezimmer aus Marmor. Natürlich hätte er bei Giuseppe und Isobel wohnen können – Celie und Tom waren sicher in Rachels Wohnung untergekommen. Aber er zog die Anonymität eines Hotels vor. So hatte er für alle Fälle einen Rückzugsort. Er grinste in sich hinein. Wahrscheinlich würde er den sogar brauchen.

Kurz prüfte er die Aussicht – ja, er konnte den Park und den

See sehen, genau wie er sich erhofft hatte. Er warf sein Jackett über eine Stuhllehne. Es raschelte verheißungsvoll. Ach ja … Er zog den letzten Brief von Joanna Shepherd hervor, der noch in der Tasche steckte. Im Flugzeug hatte er ihn noch einmal gelesen. Sie schrieb, sie habe ihren Prager Spaziergang beendet. Den bisher eigenartigsten.

Nicholas schmunzelte. Was hatte sie nun wieder entdeckt? Was würde als Nächstes kommen? Die Broschüre werde nächste Woche erscheinen, hatte sie noch hinzugesetzt.

Während er sich auszog, ging er im Kopf seine Reisepläne durch. Sein Hemd klebte praktisch auf der Haut, und er war froh, es loszuwerden. Er fühlte sich versucht, nach Prag zu fliegen. Natürlich. Er hatte ein Gefühl, als befände er sich auf einer Mission und als dürfe er nicht aufgeben, weil die Reise noch nicht vorüber war. Falls es überhaupt eine Reise war. Was er in Lissabon gesehen hatte, war ziemlich seltsam gewesen; aber vielleicht hatte seine Fantasie ihm nur einen Streich gespielt. Er hatte Joanna geschrieben und ihr von seiner Vision erzählt, aber sie hatte nichts davon erwähnt; wahrscheinlich hatten sich ihre Briefe überschnitten. Aber andererseits, was gab es für einen vernünftigen Grund, einer Frau von einer Stadt in die andere zu folgen wie ein zielloser Mann, der kein eigenes Leben hatte? Außerdem hatte Giuseppe nichts von Prag gesagt.

Das lauwarme Wasser regnete auf seinen Körper herab. Ah. Es könnte allerdings Spaß machen …

Nein. »Das wäre übertrieben, Nico, mein Junge«, sagte er sich. Stark übertrieben.

Wohin Joanna wohl als Nächstes fahren wird?, überlegte er und seifte sich ein. Er hatte Rastlosigkeit in ihrem Brief gespürt und einen unerwarteten Ernst. Ich bin mir nicht mehr sicher, wohin ich gehöre, hatte sie geschrieben. Es hatte ihn unglaublich berührt, dass sie ihm das gestanden hatte, schließlich war er praktisch ein Fremder.

Er spülte die Seife ab, trat aus der Dusche und trocknete sich ab. Sollte er ihr ein Treffen vorschlagen, sobald er wieder in England war? War er ebenfalls verrückt? Er könnte leicht nach Dorset fahren. Aber aus was für einem Grund sollten sie sich treffen? Und was, wenn die Begegnung zu einer Katastrophe geräte?

Nicholas zog ein frisches Hemd aus der Reisetasche. Später würde er richtig auspacken. Was, wenn sie einander nichts zu sagen hätten, sobald sie sich persönlich gegenüberstanden? Er erwartete natürlich nicht viel, obwohl es nett wäre, wenn sie sich miteinander anfreundeten. Aber er glaubte nicht, dass er im Moment eine neue Enttäuschung verkraften würde. Vielleicht war es besser, die Sache auf sich beruhen zu lassen und den Traum als das zu genießen, was er war – die traurige Fantasievorstellung eines Mannes mittleren Alters …

Rasch trocknete Nicholas sich das Haar ab und klatschte sich Aftershave ins Gesicht. Rachel und er waren nicht mehr verheiratet, aber sie war immer noch eine schöne Frau. Unwillkürlich wünschte er sich, sie würde die Trennung wenigstens ein wenig bedauern …

Nicholas schnappte sich seine Brieftasche und stürzte hinaus in den linden frühen Abend, erfüllt von beinahe schmerzlicher Vorfreude und bittersüßen Erinnerungen an Rom.

36. Kapitel

In der blassgrünen Loggia des Hotels Bella Roma waren sie bereits versammelt. Zuerst sah er Celie, die in weiten weißen Leinenhosen und einem türkisfarbenen Oberteil frisch und jung aussah. Die Korallenohrringe, die er ihr zu Weihnachten geschenkt hatte, baumelten an ihrem schmalen Hals. Sie sprach mit ihrer Mutter, und nach ihrer Miene zu urteilen, war sie – man konnte es nicht anders ausdrücken – stinksauer. Oh, Freude über Freude!

Rachel vollführte ihr Schulterzucken, das sie perfektioniert hatte, bis es Kunst geworden war. Elegant wie immer, trug sie ein schwarzes Seidenkleid, das er noch nie gesehen hatte. Ihr Haar hatte sie hochgesteckt, und an ihrem Hals schimmerten milchweiße Perlen.

»Nico …« Jemand fasste ihn bei der Hand und zog ihn in eine kräftige Umarmung. Giuseppe. »Du bist okay, oder?«

»Ja, ja.« Es würde ihm besser gehen, wenn er einen Drink intus hätte, und noch besser, wenn diese Sache erst vorüber war.

»Nicholas, Liebling.« Isobel küsste ihn auf beide Wangen.

Kurzzeitig von den Hauptpersonen abgelenkt, machte Nicholas die Runde in der kleinen Gruppe, die sich um Korbmöbel und Glastische versammelt hatte. Bildete er sich das ein, oder wirkten die Gesichter ein wenig argwöhnisch, leicht verlegen angesichts dieser … Familienangelegenheit? *Freue mich so, dass Sie kommen konnten … Schön, Sie zu sehen …*

Toms Eltern standen am Rand der Gruppe, als seien sie nicht ganz sicher, was sie hier zu suchen hatten.

»Daddy.« Celie umarmte Nicholas am längsten, sogar noch, als er halbherzig versuchte, sie wegzuschieben, damit er ihre Augen sehen konnte. »Geht's dir gut?« Ihr dunkles Haar duftete nach Erdbeeren.

»Sicher, Kleines.«

Sie zog ihn beiseite. »War ja klar, dass du zu spät kommst.«

»Hey, warte mal ...«

Sie wischte den Einspruch beiseite. »Ich habe noch keine Gelegenheit gehabt, mit dir zu sprechen; und Mum will ihre große Ankündigung ...«

»Ja, hm ...« Er verdrehte die Augen. Für Rachel war die ganze Welt eine Bühne.

»Und jetzt ist es noch komplizierter geworden.« Celie sah aus, als werde sie gleich in Tränen ausbrechen.

Er legte den Arm um sie. »Was ist denn, Schatz? Was ist passiert?«

Sie schüttelte den Kopf, und er folgte ihrem Blick zu einem großen dunklen Mann, der ein bonbonrosa Hemd und eindeutig einen italienischen Designeranzug trug, dunkelgrau mit feinen Nadelstreifen. Rachel hatte Nicholas vor langer Zeit gelehrt, so etwas zu erkennen, und inzwischen – Teufel – besaß er selbst einen oder zwei solcher Anzüge. Der Bursche schaute ebenfalls zu Nicholas herüber. Mitte vierzig, schätzte Nicholas. Als er sein Glas an die Lippen hob, glitzerte ein goldener Siegelring auf, den er am kleinen Finger trug. Er lächelte. Wie ein verdammter Haifisch, dachte Nicholas.

»Das ist Eduardo«, flüsterte Celie. »Das Problem ist, Dad, dass er ...«

»Nicholas.« Wie immer klang Rachels Stimme kühl und gebieterisch.

Er drehte sich um. »Hi, Rache.« Es fiel ihm leicht, seine Stimme beiläufig klingen zu lassen; aber aus der Nähe sah sie sogar noch besser aus als in seiner Erinnerung. Verdammt sollte sie sein! Das schwarze Kleid schmiegte sich an ihren schlanken Körper. Keine Spur von den Pölsterchen an den falschen Stellen, die Menschen in den Vierzigern angeblich entwickeln. Ihre langen Beine steckten in schimmerndem schwarzem Nylon, und sie trug Stilettos, mit denen sie auf die eins neunzig zuging. Verflucht, nachgelassen hatte sie jedenfalls nicht.

Celie zupfte an seinem Arm. »Daddy, ich muss mit dir …«

»Ich möchte dir jemanden vorstellen.« Rachel nahm seine Hand, und er war sich ihrer schlanken Finger mit den manikürten Nägeln bewusst, die sich in seine Handfläche bohrten. »Das ist …«

»Eduardo Crispino.« Der Mann in dem bonbonrosa Hemd trat vor. Sein Ton war knapp. »Erfreut, Ihre Bekanntschaft zu machen.« Perfektes Englisch, zu perfekt, um seine Muttersprache zu sein.

»Nicholas Tresillion.« Offenbar Rachels neueste Eroberung; Celie hatte eindeutig versucht, ihn zu warnen. Nicholas war verärgert – nicht, weil Rachel einen Liebhaber hatte, den hatte sie nämlich immer; sondern darüber, dass der bei diesem angeblichen Familientreffen anwesend war.

»Ebenfalls.« Nicholas nahm Rachels Arm und steuerte sie von ihrem Lover weg. »Geben wir ein wenig an, Liebling?«, fragte er. Schließlich hatte er sich den langen Weg von England hierher gemacht und fand es ziemlich unhöflich, dass sie den ganzen Abend einen italienischen Kraftprotz vor ihm zur Schau stellte.

Sie zog einen Schmollmund. Glücklicherweise fiel er darauf nicht mehr herein.

»Eduardo musste hier sein«, sagte sie. »Und du auch.«

»Und zwar weil …?« Sein Blick schweifte zu Tom und

Celie. Tom hatte schützend den Arm um Celies Schultern gelegt, und sie schaute mit ihrem typischen großäugigen Blick zu ihm auf. Gott, was ist bloß mit mir los?, fragte Nicholas sich insgeheim. Ich will doch, dass meine Tochter glücklich ist, oder? Aber – was zur Hölle macht *er* hier?

»Sie haben es dir erzählt, oder?« Rachels Stimme klang heiß in seinem Ohr.

»Erzählt?« Nun, Celie hatte es wohl versucht.

»Von der Hochzeit.« Rachel betonte das letzte Wort zu stark; es sprudelte geradezu aus ihr heraus.

»Ach.« Freute er sich denn nicht? Er versuchte Celies Blick zu erhaschen, ihr mit erhobenem Daumen ein Zeichen zu geben. Natürlich freute er sich. Die Ehe bedeutete eine gewisse Sicherheit, wenn auch keine Garantie. Sie bedeutete, dass sie sich binden wollten, dass Tom auf sein kleines Mädchen aufpassen würde, dass er, Nicholas, einen Teil seiner Verantwortung abgeben konnte und dass das Kind, das Celie erwartete, verheiratete Eltern haben würde. »Großartig«, sagte er und klang selbst in den eigenen Ohren nicht überzeugend. »Fantastisch.«

Rachel warf ihm einen seltsamen Blick zu.

»Gott sei Dank«, setzte er noch als Dreingabe hinzu.

Rachel wedelte jetzt mit der Hand. »Sie dachte, du würdest etwas dagegen haben«, meinte sie. »Aber das ist doch dumm, oder? Ich meine, es ist Ewigkeiten her.«

»Etwas dagegen haben?« Er lachte. »Warum sollte ich?« Alles in dieser Hotelloggia erschien ein wenig unwirklich. Die Lampen warfen einen grünlichen Schein über Rattan und cremefarbene Kissen, die Menschen bewegten sich zu langsam, glitten beinahe über den Marmorboden. Wovon redete Rachel? Was war lange her?

»Nein, nein …« Sie hielt ihm die Hand vor die Nase. »Ich spreche nicht von Celie und Tom. Also ehrlich, Nick …«

Er sah, dass sie am Ringfinger ihrer linken Hand einen sehr großen Diamanten trug.

Jetzt wurde ihm einiges klar. »Aha«, sagte er.

»Es wird eine Doppelhochzeit. Im Juni.« Rachel sah aus wie eine Katze, die den Sahnetopf gefunden und bis auf den letzten Tropfen ausgeschleckt hatte. »Obwohl ich sagen muss, dass es bei unserer Tochter einige Überredungskunst gebraucht hat.« Sie nahm zwei Gläser Prosecco von dem Tablett eines vorbeigehenden Kellners.

»Ach ja?« Hieß das, Celie hatte zugestimmt? Nicholas erschauerte, obwohl er aus Erfahrung wusste, wie überzeugend Rachel sein konnte. Eine Doppelhochzeit – seine Tochter und seine Exfrau. Allmächtiger, nur Rachel konnte sich so etwas ausdenken!

Sie reichte ihm eines der Gläser. »Ich finde die Idee göttlich«, erklärte sie. »Die Parallelität der Ereignisse, nicht wahr?«

»So etwas Ähnliches«, meinte er. Er kippte den Wein in einem Zug hinunter.

»Du freust dich doch für mich, oder, Nick?« Rachel nippte nur an ihrem Wein. »Das ist so wichtig für uns beide – für Celie und mich, meine ich.«

Jesus Christus. »Freuen? Ich bin überglücklich«, sagte er.

Rachels Lächeln wurde breiter. Sie hob ihr Glas. »Auf Celie und Tom!«, rief sie, an die versammelte Gesellschaft gerichtet. »Und auf mich und Eduardo natürlich.«

Was sollte er tun? Nicholas hob zusammen mit den anderen sein Glas.

Harriet versuchte ihren Schock zu verbergen. »Als du sagtest: ›Komm mit zu mir‹«, meinte sie, »da hatte ich ja keine Ahnung ...«

»Ich habe noch nie viel von materiellen Dingen gehalten«, erklärte Scott. »Ich bin eher ein Freigeist.« Er zog einen Schlüssel aus seiner Jeanstasche und schloss die Tür auf.

»Ja, ich glaube, ich verstehe.« Und so war es. Ein neuer Anfang! Blitzartig erkannte Harriet, was sie tun könnte. Mit Scott.

Sie kletterte die Stufe hoch und folgte ihm in das Wohnmobil. Jedenfalls würde sie reisen können. Irgendwohin, nur weg von Mutter und Dorset. An diesem Punkt unterdrückte sie einen Anflug von Schuldgefühl. Denn wer würde sich um Mutter kümmern? Aber nach all den Jahren war Joanna ja wohl mal an der Reihe, oder?

Er legte einen Schalter um, und direkt über Harriets Kopf flammte ein Spot auf.

Alle modernen Annehmlichkeiten ... »Strom hast du also.«

»Batterie.« Er bückte sich, um einen Gaskamin anzuzünden, der in die Rückwand eingebaut war. »Und eine Gasflasche natürlich.«

Gott, dieser Hintern! Harriet musste wegsehen.

»Aber meistens benutze ich Kerzen.« Eine nach der anderen zündete er an, und nach und nach erwachte sein Zuhause zum Leben. Ein kleiner Gasherd, ein Spülbecken, Kühlschrank, ein roter Teppichläufer. Und das Bett. Harriet schluckte. Eigentlich beherrschte das Bett alles. Es war mit einem indigoblauen Batiküberwurf bedeckt und übersät mit bestickten indischen Kissen – in Tiefrot und Violett, leuchtend Rosa und Ockergelb.

»Es ist bezaubernd«, sagte sie und meinte es ernst. Was für ein Gegensatz zu dem schäbigen Durcheinander von Mulberry Farm Cottage! Die Einfachheit, die in Scotts Wohnmobil herrschte, beschämte sie beinahe. So sollten Menschen leben – in einer idealen Welt. Niemand brauchte viel Zeug.

Scott zündete eine weitere Kerze an, und rauchig-süßer Weihrauchduft stieg auf. »Setz dich doch, Harriet!«

Nun ja, viel anderes blieb ihr ohnehin nicht übrig. Vorsichtig setzte sie sich auf die Bettkante. Ob er das Bett wohl immer ausgeklappt ließ? Dann hatte er im Küchenbereich nicht viel Bewegungsfreiheit. Oder hatte er es zurechtgemacht, bevor er heute Abend ausgegangen war, in der vollen Absicht, sie hierher einzuladen und sie ... Darüber wollte sie gar nicht nachdenken.

»Ich habe über deine E-Mail nachgedacht«, sagte er. Er nahm eine Flasche aus dem Kühlschrank und goss Wein in zwei Gläser.

»Nein, wirklich?« Harriet drehte sich schon jetzt der Kopf. Wahrscheinlich würde sie ein Taxi nach Hause nehmen müssen. Nach Hause. Herrgott. Ihr Zuhause schien weit, weit weg zu sein.

»Doch, tatsächlich«, antwortete er, denn er hatte sie missverstanden. »Technologie und Spiritualität können einander wunderbar ergänzen. Wie Erde und Wasser.« Er reichte ihr eines der Gläser.

»Ja.« Sie fragte sich, ob er hier drinnen irgendwo einen Computer versteckt hatte. Einen schicken kleinen Laptop vielleicht, wie Joanna einen hatte. Oder hatte er seine E-Mails an Dynamic Dating aus dem Internetcafé in Pridehaven geschickt?

»Ich bin Sternzeichen Fische«, erklärte er. »Ein Träumer. Und ich schätze, du bist ...«

»Stier.«

»Erdverbunden.« Er nickte. »Scharfsinnig ... intuitiv ... sinnlich ...«

War sie das? Harriet setzte eine Miene auf, von der sie hoffte, dass diese alle vier Eigenschaften ausdrückte.

Scott betätigte einen Knopf, und indische Musik erfüllte den Wohnwagen und drang in Harriets Ohr; es fühlte sich an, als spiele er Sitar auf ihrer Seele.

Sie atmete aus und lehnte sich auf dem Bett ein wenig zurück. Es waren nur Zentimeter, die für Harriet jedoch einen enorm weiten Weg darstellten.

»Wie lange wohnst du schon hier?«, erkundigte sie sich.

Es war nur eine Stellfläche am Fußballplatz, aber sie lag am Fluss und nur einen kurzen Fußweg vom Stadtzentrum entfernt. Gott, sie dachte schon wie ein Immobilienmakler. Dabei kam es doch nicht auf die Lage an. Morgen konnte das Wohnmobil bereits in Cornwall oder Frankreich stehen ...

»Seit Glastonbury«, meinte er.

Harriet erinnerte sich an die Fernsehberichte über die Überschwemmung beim dortigen Musikfestival – Schlamm, Schlamm und noch mehr Schlamm. Am liebsten hätte sie ihn gefragt, wie lange er bleiben wolle, aber das hätte bedürftig geklungen, zu bedürftig. Sie rang sich zu einem Kompromiss durch. »Dann reist du viel?«

»Wenn ich kann.« Er sah sie aus ernsten Augen an. »Aber die wahre Reise findet natürlich im Inneren statt.«

Harriet nickte verständnisvoll. »Natürlich.«

Was würde Joanna wohl sagen, wenn sie das hörte? *Natürlich* – was für ein Blödsinn!

Scott schüttelte ein paar Kissen auf und legte sie ihr in den Rücken. Verlockend. »Entspann dich!«, sagte er. »Soll ich dir die Füße massieren?«

Er hob Harriets Beine auf das Bett und zog ihr die schwarzen Pumps aus, die sie sich aus Joannas Schrank geliehen hatte. Verflixt, hoffentlich hatten die Füße darin nicht geschwitzt. Seine Berührungen waren perfekt, nicht zu kräftig, nicht zu zaghaft. Er begann ihre Fußballen zu reiben. Langsam, hypnotisch. Hm. Harriet gähnte. Es fiel ihr immer schwerer, sich an die wichtigen Fragen zu erinnern, die man bei einer ersten Verabredung zu stellen hatte.

»Ich vermute, du ... ähem ... arbeitest nicht, Scott?«, fragte sie.

»Nur, wenn ich muss«, gab er rätselhaft zurück. »Es ist ein alternativer Lebensstil«, erklärte er. »Nichts für den Durchschnittsmenschen.«

Nein, ein Durchschnittsmensch war er ganz bestimmt nicht. Er war ungefähr so durchschnittlich wie ein Schnabeltier. »Aber wenn du mal arbeitest?« Harriet wusste nicht, warum sie dieses Thema vertiefen wollte. Eigentlich wollte sie sich nur zurücklehnen und seine Berührungen genießen. Die Augen schließen und sich in den Himmel entführen lassen. Sie wollte ... Aber sie konnte einfach nicht zu denken aufhören. Das war tief in ihr verwurzelt, schon immer. Danke, Vater. »Was tust du da?«

»Ich tue nichts.« Er beschäftigte sich mit ihrem linken Knöchel, der fortan nie wieder derselbe sein würde. »Ich bin einfach.«

»Ja, aber wenn ...«

»Pssst!« Seine Finger lagen jetzt auf ihren Lippen. Wie war das passiert? Er liebkoste ihre Wange, ihr Haar. »Es ist nicht wichtig.«

»Nicht wichtig«, murmelte Harriet. Was für beseligende Worte! Durch den Wein, die Musik und das Kerzenlicht, gar nicht zu reden von der raffinierten Massage entspannten ihre Schultern sich allmählich. »Es ist nicht wichtig.«

Scott knöpfte ihre Bluse auf. *Ist nicht wichtig.*

»Nichts ist wichtig«, sagte er. »Außer dir und mir und diesem Augenblick.«

»Der Augenblick.« Harriet fragte sich, ob sie betrunken

war. Nicht vom Wein, sondern von dieser ganzen Sinnlichkeit. Sie hatte sich immer Sorgen um die Zukunft gemacht. Um heute Nachmittag und die nächste Stunde, Minute oder Sekunde … Ihr wurde klar, dass sie noch nie für den Augenblick gelebt hatte.

»In mancherlei Hinsicht«, flüsterte Scott, während seine Finger den dünnen Stoff ihrer Bluse wegschoben und sie sanft von ihren Schultern zogen, »bist du eine sehr unschuldige Frau, Harriet.«

»Oh, das bin ich«, hauchte sie. Ob er erraten hatte, dass sie noch Jungfrau war?

»Und das liebe ich an dir.« Er befreite ihre Brüste aus dem weißen BH und umfasste sie mit den Händen, als habe er nie zuvor Brüste gesehen.

»Wirklich?«

Er küsste ihre linke Brustwarze. Küsste sie, leckte und saugte und … Ein unglaubliches, herrliches Gefühl!

»Du bist schön«, sagte er und ließ eine Hand unter ihren Rock gleiten. »So wunderschön.«

Harriet stieß einen leisen, ekstatischen Seufzer aus, denn noch nie, nie hatte jemand das zu ihr gesagt …

37. Kapitel

London. Dreizehn Jahre hatte Joanna hier gelebt, und alles war selbstverständlich für sie gewesen: die Geschäftigkeit, der Lärm, die Gebäude, die U-Bahn. Die Menschen …

Blinzelnd wie ein Maulwurf trat sie aus dem Aufzug in die schwache Frühlingssonne. Joanna sog die Luft ein. In Dorset war die Luft frisch, leicht salzig und prickelnd gewesen. Die Londoner dagegen war abgestanden und roch nach Druckerschwärze und Rauch, nach Doughnuts, indischem Essen und Müll. Nach Menschen aller Nationalitäten und Kulturen. Man konnte Londons kosmopolitischen Charakter wirklich riechen. Komisch, dass ihr das noch nie aufgefallen war.

Joanna verfiel in ihren schnellen Londoner Schritt und ließ auf ihren schwarzen Peeptoes im Stil der zwanziger Jahre die U-Bahn-Station hinter sich. Zum wiederholten Mal fragte sie sich: Will ich wirklich wieder hier leben? Ganz ehrlich?

Mit achtzehn hatte sie es nicht abwarten können, Dorset zu verlassen, und sie hatte gewusst, dass sie nie zurückkehren würde, jedenfalls nicht auf Dauer. Dass Martin sich fast ebenso leidenschaftlich wie sie wünschte, nach London zu gehen, hatte die Sache viel leichter gemacht. Nur dort, hatte er erklärt, könne er es beruflich schaffen.

Es schaffen … Sein einziges Ziel. Sie schüttelte den Kopf, als sie an dem asiatischen Supermarkt vorbeiging, in dem sie immer Chilis und Limonenblätter für ihre Currys gekauft hatte. Bunde von Koriander, Lagen von Okraschoten, Auberginen und Mangos stapelten sich in den Auslagen vor der Tür.

Und dann der starke Duft der Gewürze, der aus dem Inneren auf die Straße kroch …

Joanna überquerte die Straße. Ein Doppeldeckerbus hupte sie an, aber ein Taxifahrer winkte sie weiter. Hatte Martin es geschafft? Geld hatte er jedenfalls verdient – obwohl er nicht wohlhabend war, nicht nach Londoner Maßstäben. Er hatte wohl die richtigen Kontakte geknüpft – oft genug hatte sie sich von ihrem Computer losgerissen, um für diese Leute zu kochen – und war die Karriereleiter ein paar Stufen hinaufgeklettert. Aber er war nicht der Chef, nicht annähernd. Vielleicht war er nicht zum Chef gemacht.

Sie bog um die Ecke. Die Kastanienbäume blühten. Joanna gefiel es. Sie war überglücklich, dass der Winter vorüber war.

Nein, Martin musste sich immer noch Simon unterordnen, der nach zu häufigen Winterurlauben auf Barbados eine ledrige Haut und – die Folge von gutem Wein und Gänseleberpastete im Überfluss – einen dicken Bauch hatte. Joanna verzog das Gesicht. Trotzdem hegte Simon die Illusion, dass schöne Frauen von zweiundzwanzig ihn immer noch attraktiv fanden, obwohl er bereits auf die fünfzig zuging.

Joanna bog in die vertraute, Ruhe ausstrahlende Straße mit den schmalen, zweistöckigen Reihenhäusern aus viktorianischer Zeit und den kleinen Vorgärten mit schwarzen Gitterzäunen ein. Harriet behauptete immer, in London gebe es keinen Frieden, aber das stimmte nicht. Man konnte zum Beispiel den baumbestandenen Parkland Walk entlanggehen, eine ehemalige Eisenbahnstrecke, die einst Finsbury Park mit Alexandra Palace verbunden hatte, eine friedliche Oase, wo Orchideen und Löwenzahn blühten und Efeu sich in Feigenbäume rankte. Und dieses Gefühl von Ruhe fand man inmitten all der Hektik. Joanna hatte versucht, Harriet diesen Gegensatz zu erklären, aber ihre Schwester hatte nicht einmal versucht, es zu verstehen. *Ich bin ja auch nie aus Dorset rausgekommen*, pflegte sie zu sagen, als sei das Joannas Schuld. *Woher soll ich etwas über die große Stadt wissen?* Manchmal konnte Harriet richtig blöd sein.

Joanna hielt inne. Beinahe fühlte sie sich wie früher, wenn sie nach Crouch End heimkehrte – und doch nicht ganz. Eine der Nachbarinnen hatte Narzissen und rote Tulpen in einen Blumenkasten am Fenster gepflanzt. Joanna kannte die Frau vom Sehen – sie war groß und hatte dunkles, helmartig geschnittenes Haar, das ihr Gesicht vor neugierigen Blicken verbarg. Sie kannte ihren Namen nicht, und das war typisch für London: Man erfuhr nur selten, wie jemand hieß. Was reizvoll war, nachdem man in einem Dorf in Dorset aufgewachsen war, wo jeder über jeden Bescheid wusste und es keine Privatsphäre und keinen Raum für Geheimnisse gab. Forsch ging sie weiter. Dies war London; niemand hatte Zeit, dazusitzen und andere anzustarren ... Gott, wie sie diese Anonymität der Großstadt geliebt hatte! Die Chance, im Verborgenen zu bleiben. Das Glück, die Tür vor der Welt zu verschließen.

Wenn Joanna ehrlich war, war auch sie auf die Großstadt angewiesen. Für eine Journalistin lag die Arbeit hier, und als Freiberuflerin war es nicht so einfach, Aufträge zu bekommen oder Ideen zu verkaufen, wenn man nicht am Dreh- und Angelpunkt von allem lebte. Und das war eben London. Joanna war vielleicht nicht als Großstadtpflanze geboren, aber sie war dazu geworden.

Aber ... Sie schaute zum Haus auf. Ein großes Aber. Das Haus war elegant, sogar beeindruckend. Gott sei Dank hatten sie es gekauft, bevor die Londoner Immobilienpreise explodiert waren. Sie mochte die viktorianischen Erkerfenster, den roten Backstein, das Buntglas in der Haustür. Sie hatte das Haus geliebt, als sie damals eingezogen waren. Beide hatten sie darauf gebrannt, ihm ihren Stempel aufzudrücken, ihm eine Persönlichkeit zu geben und es zu einem Teil ihres gemeinsamen Lebens zu machen … Aber das war damals gewesen. Joannas Blick schweifte zu den Gardinen – sie waren nicht richtig zugezogen und wirkten verloren. Das war nicht mehr ihr Haus. Ihr wurde klar, dass sie sich durch ihren Aufenthalt in Dorset davon distanziert hatte.

Tief durchatmen. Joanna stieg die Stufen hinauf und läutete, als wäre sie eine Besucherin oder wolle nur einen Blick hineinwerfen. Kurz darauf sah sie durch das Glas Martin näher kommen. Er öffnete die Tür.

»Jo!« Einen Moment lang wurde sein Gesicht von einem Grinsen erhellt, und ihr fiel wieder ein, was sie an ihm geliebt hatte: seinen Enthusiasmus, die Art, wie er sie zum Lachen brachte und ihr das Gefühl vermittelte, gebraucht, begehrt, geliebt zu werden. Einst, so erinnerte sie sich mit leisem Schrecken, war Martin ihre Sonne gewesen, und sie hatte sich damit begnügt, sich um ihn zu drehen.

»Hallo, Martin.«

»Es ist so schön, dich zu sehen«, sagte er, und sie wusste, dass er es ernst meinte. In diesem Moment. Bis etwas anderes käme, das seine Aufmerksamkeit weckte, sein Begehren. Das Merkwürdige war, dass man sie, so wie es jetzt um ihre Ehe stand, als das Opfer hätte betrachten können; und doch war sie jetzt schon diejenige, die sich befreit hatte. Der arme Martin dagegen wusste immer noch nicht weiter, das sah sie genau.

»Ich bin hier, um einen Teil meiner Sachen auszusortieren«, erklärte sie. Sie versuchte zu ignorieren, dass seine Miene sich verdüsterte. Drei Stapel wollte sie anlegen: einen zum Behalten, einen zum Wegwerfen und einen für den Wohltätigkeitsladen. Ganz einfach. »Was ich haben will, nehme ich mit.«

»Worin denn?« Er schaute an ihr vorbei, als erwarte er einen Umzugslaster oder Harriets Pick-up zu sehen.

Sie zog eine Augenbraue hoch. »In einer Einkaufstüte?« Sie würde nicht viel mitnehmen. Viel mehr konnte sie gar nicht gebrauchen. Sie war in der Stimmung, ihr Leben zu entrümpeln, und sie würde mit ihren Sachen anfangen.

»Hast du ... äh ...?« Martin trat auf der Türschwelle von einem Fuß auf den anderen.

Plötzlich hatte sie ein Bild von ihm, wie er aussehen würde, wenn er älter wurde. Und wenn man nicht mit jemandem alt werden wollte ... Joanna tat einen Schritt nach vorn. Sie wollte das hinter sich bringen und wieder gehen. »Ob ich was habe?«

Er schlug die Augen nieder. »Jemand ... anderen gefunden?«

»Nein, natürlich nicht.« Wenn sie die Unterhaltung kurz und knapp hielte, könnte sie das hier so schmerzlos wie möglich über die Bühne bringen. Daher würde sie ihm diese Frage gar nicht stellen. Sie brauchte es nicht zu wissen, wollte es auch nicht. Was sie selbst anging, sie traf kaum noch mit Männern zusammen, wenn man die Kellner nicht mitrechnete, die ihr mitleidige Blicke zuwarfen, wenn sie in Venedig, Lissabon, Prag oder anderswo allein in Restaurants aß; und romantische Verabredungen hatte sie erst recht nicht. In ihrer Tasche steckte ein Brief von Nicholas, den er tatsächlich in Lissabon geschrieben hatte. *Ich habe gerade eine halbe Flasche Rotwein getrunken*, hatte er geschrieben, *und Sie denken vielleicht, dass ich unter Alkoholeinfluss stehe. Aber dem ist nicht so. Lassen Sie mich Ihnen erzählen, was ich in dem Maulbeerbaum gesehen habe.*

Joanna wusste, dass es eine vernünftige Erklärung dafür geben musste. Sie trat in die beeindruckende Küche aus Marmor und Edelstahl, die einst ihre gewesen war. Auf der schwarzen Arbeitsplatte stand eine Whiskyflasche neben einem halb gegessenen Laib Weißbrot und einer Flasche Tomatenketchup. Na ja, Martin war noch nie ein Gourmet gewesen. Joanna zog die Schublade mit den Einkaufstüten auf.

Natürlich hatte sie damals in Lissabon auch etwas gesehen, und es hatte sich nicht angefühlt wie ein Produkt ihrer Einbildung. Sie war auch da Emmies Spuren gefolgt. War es möglich, dass sie einen Blick auf deren Leben erhascht hatte? Aber warum ausgerechnet sie? Und wieso? Joanna schloss die Schublade wieder. Vielleicht wurde sie ja allmählich verrückt.

Im Küchenregal sah sie ihren Lieblings-Honigtopf. Martin hatte ihn nie gemocht. Sie nahm ihn in die Hand, betrachtete kurz die goldbraune Biene auf dem Deckel, wickelte ihn dann in Küchenpapier ein und steckte ihn vorsichtig in die Tüte.

Ich habe eine Frau gesehen, schrieb Nicholas.

Er hatte also eine Frau gesehen. Ja und?

Und einen Mann.

Beim nächsten Satz war es Joanna eiskalt über den Rücken gelaufen. *Er hatte rotes Haar und einen Bart*, fuhr er fort.

Richtig. Rotes Haar, wie sie es in Prag im Fluss gesehen hatte. Rotes Haar, wie Rufus es wahrscheinlich gehabt hatte. Sie hatte nichts von rotem Haar erwähnt, als sie den Lissabonner Spaziergang beschrieben hatte – weil sie es nicht gesehen hatte.

Sie sah lachend zu ihm auf, und er lächelte ihr zu wie ein Mann, der eine Frau liebt. Ein Mann, der eine Frau liebt.

Falls sie verrückt wurde, konnte Nicholas Tresillion ihr Gesellschaft leisten.

Martin war ihr in die Küche gefolgt. »Du bist eine attraktive Frau«, meinte er, als sei ihm das gerade erst aufgefallen. »Ich könnte es dir nicht verübeln, wenn du einen anderen gefunden hättest.«

Du meine Güte! Wie brachte er es nur fertig, dass sie ein

schlechtes Gefühl hatte, weil sie hier war, ein schlechtes Gewissen, weil sie ihm nicht verzieh? Sie dachte an das, was damals oben passiert war, und konnte es kaum ertragen, dass sein Name noch in ihrem Pass, ihren Bankunterlagen, ihrem Testament stand. Das musste sie ändern. »Ich bin nicht auf der Suche nach einem Ersatz für dich«, sagte sie. »Aber wenn, dann wäre das meine Sache, Martin.«

»Ja, natürlich.« Wenn er noch einmal die Achseln zuckte, würde sie ihn wahrscheinlich schlagen. »Selbstverständlich. Ich meine ja nur …«

»Ich will die Scheidung, Martin.« Sobald sie die Worte ausgesprochen hatte, wusste sie, dass es die Wahrheit war. Sie wollte unabhängig sein, vollkommen frei von ihm. Am liebsten sofort. Schon morgen würde sie zu ihrem Anwalt gehen und den Stein ins Rollen bringen. Ein neues Testament aufsetzen und offiziell wieder ihren Mädchennamen annehmen. Sie musste vorwärtsgehen, durfte nicht stehen bleiben. Und sie würde nicht wieder herkommen. Sie drückte den Honigtopf fester an die Brust. Sie würde ihre Einkaufstüte packen und gehen.

»Also, was denkst du darüber?«, wollte Joanna von Toby wissen. »Ich meine, wirklich.«

Die Aussicht auf diesen Lunch hatte sie leicht nervös gemacht. Toby hatte nicht viel über den Inhalt ihrer Stadtspaziergänge gesagt – größtenteils nur technische Bemerkungen und ein paar Korrekturen angebracht. Aber er musste die surrealen Elemente doch bemerkt haben. Glaubte er, dass Joanna den Verstand verlor? Würde er ihr keine Aufträge mehr geben? Sie würde es bald herausfinden.

»Ja …« Toby widmete sich den Linguine mit Krebsen und

Garnelen und wickelte die Nudeln fachmännisch mit der Gabel auf. Sie saßen in dem Lokal in Covent Garden, in dem sie sich für gewöhnlich trafen. Joanna hegte den Verdacht, dass Toby all seine Autoren hierherführte – es war erstaunlich billig, und es war immer etwas los. Abgesehen von dem bunten Markttreiben warf heute ein Jongleur silberne Keulen in die Luft, und ein Straßenmusiker spielte eine tief empfundene Version von *Stairway to Heaven*. Beide hatten eine ziemlich große Menschenmenge angelockt.

»Sie sind gut«, meinte Toby schließlich. »Der Artikel über Wohnmobile war ein Erfolg – *wenn Ihre Kinder das Haus verlassen, verlassen auch viele von Ihnen das Haus* … Nett …« Er schlug die Beine übereinander, und sie bemerkte seine violetten Schuhe. Typisch Toby. »Und ich mag die Sachen, die du momentan für deine Kolumne schreibst. Spritziger als früher.«

Joanna atmete erleichtert aus. Sie wollte nicht finanziell von Martin abhängig sein, sie musste selbst für sich aufkommen. Sie begann von ihrem Schinken-Avocado-Salat zu essen. Wie immer saßen sie draußen. Es war alles andere als warm, aber ein Terrassen-Heizstrahler machte den englischen Frühling erträglicher. Außerdem musste Toby sowieso draußen sitzen; er rauchte.

»Die Texte über die Spaziergänge sind schön gewichtet«, fuhr er fort und schob sich die frisch gebleichte Haarsträhne, die ihm in die hohe Stirn gefallen war, aus den Augen … »Nicht zu dozierend, nicht zu sehr wie ein Reiseführer. Und trotzdem jede Menge Informationen.«

»Aha.« Sie spießte ein Stück Avocado auf.

»Sie sind nicht langweilig, sondern witzig. Originell.«

»Findest du?« Joanna nahm einen Schluck Pinot Grigio. Genau das hatte sie gehofft. Obwohl Toby ja nicht das ganze

Ausmaß des Wahnsinns kannte, oder? Er wusste nichts von Nicholas Tresillion oder von Emmie. »Dann gibt's keine Klagen?«

»Von wem denn?«

»Äh …« Von Lesern zum Beispiel, die keine Fata Morgana in dem venezianischen Kanal gesehen hatten. Oder von Leuten, die nicht bemerkt haben, wie der Märtyrer im Morgengrauen von der Karlsbrücke gesprungen ist. »Von irgendjemandem?«, meinte sie.

»Ganz im Gegenteil, Darling.« Toby tunkte die Sauce seiner Meeresfrüchte mit einem großen Stück Knoblauchbrot auf. »Die Touristeninformationen lieben sie. Die Broschüren verkaufen sich wie warme Semmeln.«

»Schön.« Joanna nahm noch einen Bissen. Sie kannte Toby gut genug, um zu erkennen, dass er übertrieb. Aber es war ihr gleich. Jedes Lob von einem Redakteur war gut. Für gewöhnlich erzählten sie einem nur, was man besser machen konnte, selbst wenn man seinen – vierunddreißigsten – Entwurf so gut wie perfekt fand.

»Wann schreibst du den Londoner Spaziergang?« Er sah sie aus seinen eisblauen Augen an. Er trug schwarze Wimperntusche, was merkwürdig verstörend war, und hatte sich türkisfarbenen Kajal in die Augenwinkel geschmiert. Seine Fingernägel waren türkis lackiert und bis aufs Fleisch abgekaut. Joanna fühlte sich versucht, sich nach seinem Liebesleben zu erkundigen, aber sie wollte ihn nicht in schlechte Laune versetzen. Bis jetzt lief dieses Treffen ziemlich gut.

»Ich fange morgen an.« Sie hatte bereits Pläne geschmiedet. Der Spaziergang würde an den St. Katherine's Docks beginnen und am Riesenrad London Eye enden. Also an beiden Ufern der Themse entlangführen und nicht nur vom alten zum neuen London, sondern von Handel und Vergnügen, von

Gütern und Tourismus, dem im Wandel begriffenen Leben der Stadt erzählen ... Nun ja, ganz hatte sie den Spaziergang noch nicht ausgearbeitet. Aber sie wusste schon, dass es dabei um Veränderungen im Lauf der Zeiten gehen würde.

»Und dann?« Toby rekelte sich auf seinem Stuhl wie eine Eidechse. Die Manschetten seines grünen Hemds waren aufgeknöpft und hingen gefährlich tief über den Resten seiner Meeresfrüchte-Sauce. »Paris? Barcelona? Rom?«

Nicholas war jetzt in Rom. Joanna schaufelte ein Feldsalat-Pflänzchen auf. In diesem Moment würde er dort sein. Er flog dorthin, hatte er in seinem Brief geschrieben, um sich mit seiner Exfrau und seiner Tochter Celie zu treffen. *Irgendeine Feier*, hatte er gesagt, und: *Ich werde Großvater.* Großvater ... Das ließ ihn sehr alt erscheinen, aber vielleicht war er das ja. Er hatte nicht allzu begeistert über die Reise nach Rom geklungen, aber sie vermutete, dass es allen Vätern schwerfiel, ihre Töchter loszulassen. Und Müttern wohl ebenfalls – obwohl sie davon natürlich keine Ahnung hatte.

»Vielleicht Paris«, meinte sie. Aus Paris gab es keine Briefe von Emmie. Ob sie jemals dort gewesen war? Paris im Frühling wäre perfekt, sogar allein und ohne die geringste Aussicht auf Romantik. »Und dann vielleicht Rom.« Ob Nicholas wohl zu seiner Exfrau zurückkehrte? Überrascht hätte sie das nicht, obwohl diese Rachel Tresillion eine egoistische Person zu sein schien. Er schrieb in seinen Briefen viel über sie; vielleicht war er ja noch nicht über sie hinweg.

Einen Moment lang fühlte Joanna sich erschöpft und schloss die Augen. London, Toby und ein Glas Pinot zur Mittagszeit konnten das bei ihr auslösen. Warum heirateten Männer überhaupt solche Frauen? Versuchten sie, sich selbst zu bestrafen? Hatte sie nicht irgendwo gelesen, dass man immer jemanden heiratete, der auf einer unbewussten Ebene das eigene Selbstbild reflektierte? Oder war es so, dass der Partner etwas spiegelte, was man selbst gern gewesen wäre? Sie konnte sich um alles in der Welt nicht vorstellen, wie das bei ihr und Martin funktioniert haben sollte. Und Nicholas kannte sie wirklich nicht gut genug, um sich da ein Urteil zu bilden.

Toby zündete sich eine Zigarette an. »Im Prinzip kannst du jede der größeren Städte übernehmen, die du willst, Darling«, erklärte er. »Kommt nur darauf an, wie viel du reisen willst.«

Sie vermutete, dass er daran dachte, dass sie anfangs gezögert hatte, den Auftrag anzunehmen, weil sie nicht reisen wollte. »Das Reisen ist kein Problem mehr«, erinnerte sie ihn. Sie hatte ihm unmissverständlich erklärt, dass sie in einem Hotel absteigen werde, sollte sie nach London kommen. Das Haus in Crouch End stehe ebenso wenig zur Debatte wie Tobys Sofa. Sie hatte noch einige andere Freunde, bei denen sie hätte bleiben können, aber sie musste sich auf ihre Prioritäten konzentrieren. Heute Abend würde sie mit Lucy etwas trinken und morgen mit Steph ins Fitness-Studio gehen. Aber den Rest der Zeit wollte sie allein sein. Eine bevorstehende Scheidung und das Ausarbeiten eines neuen Stadtspaziergangs waren ernste Angelegenheiten.

Toby zog an seiner Zigarette. »Dann gibt es keine Chance, dass du dich mit deinem Mann versöhnst?«

»Nur über meine Leiche. Wir verkaufen das Haus. Die Scheidungspapiere müssten in ein paar Wochen fertig sein.« Sie hielt inne. »Vielleicht …« Sie wählte ihre Worte sorgfältig. »Vielleicht ziehe ich sogar aus London weg.«

Toby zuckte die Achseln. »Jeder über vierzig kriegt irgendwann den Drang zum Landleben«, sagte er. »Du fängst bloß ein paar Jahre früher damit an.«

Frechheit … »Du aber nicht.«

»Ich habe auch ein Geschäft, das ich leiten muss.«

Da hatte er auch wieder Recht. Joanna schob ihren Teller weg und nahm noch einen Schluck Wein.

Toby sah sie immer noch durchdringend an. »Na ja, wenn dich wirklich das Reisefieber erwischt hat, Darling ...«

»Hm?« Es gefiel ihr, aber das hieß nicht, dass sie nicht auch gern ein Zuhause gehabt hätte. Einen Ort – oder sogar eine Person – als Heimatbasis.

»Wie wäre es, wenn du ein Buch schreiben würdest?«

»Ein Buch?« Joanna spielte mit ihrem Weinglas.

»Ja, du weißt schon, eines von diesen Dingern mit bedruckten Seiten, in denen viele Leute abends vor dem Einschlafen lesen.«

»Sehr komisch.« Würde ein Kaffee sie wach machen oder zu sehr anregen? Sie beschloss, es zu riskieren. »Du meinst, einen Roman?«, fragte sie. Sie las gern Romane, aber tief in ihrem Inneren hegte sie den natürlichen Argwohn des Journalisten, für den ein Roman nichts als ein Lügengespinst darstellte.

Toby zog eine Augenbraue hoch. »Ich hatte eher an ein Sachbuch gedacht. Vielleicht ein Reisebuch – aber anders als die anderen.« Offenbar hatte er ihre Gedanken gelesen, denn er winkte die Kellnerin heran und bestellte Kaffee.

Plötzlich war Joanna klar, warum sie hier zusammen aßen. Inzwischen müsste sie Toby eigentlich besser kennen; er war der zielstrebigste Mensch, den sie kannte. Die Broschüren gefielen ihm, wirklich. Und jetzt dachte er weiter zum nächsten logischen Schritt – dass sie mit der richtigen Art von Reisebuch sogar noch mehr Erfolg haben könnten. Was wirklich reizend war. »Und wo soll es spielen?«, fragte sie ihn.

Er breitete die Hände aus. »Wohin willst du, Darling? Du könntest dir jeden Ort der Welt aussuchen.«

War es so einfach? Die Welt war groß. Schon merkwürdig,

dachte sie, dass all das beinahe aus einer Laune heraus entstanden ist. Sie hatte das Muster ihres Lebens durchbrochen, und die Auslöser waren Toby, Martins Betrug und Emmies Brücken gewesen. Und jetzt ... Ihr Leben hatte sich vollkommen verändert. Sie lachte.

»Was?«

»Na ja ...« Beim Kaffee erzählte sie ihm von dem Gemälde und Emmies Briefen. Es war ein komisches Gefühl, das Geheimnis preiszugeben, das sie während der letzten Monate strikt gehütet hatte. Die einzige andere Person, der sie es vielleicht anvertraut hätte, war Nicholas Tresillion. Aber etwas hatte sie davon abgehalten; sie hatte den Zauber nicht brechen wollen, wenn es dann einer war ...

»Du hast also noch nicht herausbekommen, wer sie war?«, erkundigte sich Toby, als sie fertig war.

»Ich habe keine Anhaltspunkte.« Und sie war der Lösung keinen Schritt näher gekommen. »Ich kenne ja nicht mal ihren Namen.«

Er schob seine leere Kaffeetasse weg. »Ich hätte gedacht, das wäre leicht rauszubekommen ...« Er zündete sich noch eine Zigarette an.

»Ja?« War ihr vielleicht etwas entgangen? »Die Signatur auf dem Gemälde ist fast unleserlich, und ihre Briefe hat sie nur mit *Emmie* unterzeichnet.«

»Es ist aber ein gutes Bild, sagst du?« Mit seinem langen Zeigefinger schnippte er ein Stück Asche ab. »Und sie hat auch noch mehr gemalt, es war keine einmalige Sache?«

»Mir gefällt es jedenfalls ...«

Er warf ihr einen Blick zu.

»Es ist gut. Und ja, ich glaube, in einem begrenzten Kreis war sie eine ziemlich etablierte Künstlerin. Aber sie war auch eine Frau, und ...«

»Dann nimm das verdammte Bild von der Wand und geh damit zu Sotheby's!«, sagte Toby.

»Sotheby's? Du meinst, die …«

»Die haben bestimmt von ihr gehört.« Toby ließ sich von der Kellnerin Kaffee nachgießen und kippte Zucker hinein. »Wenn sie irgendwie einen künstlerischen Namen hat, werden die Leute wissen, wer sie ist, und ihren Stil erkennen. Was glaubst du, wie viele Frauen vor dem Ersten Weltkrieg Aquarelle von Brücken in ganz Europa gemalt haben?«

»Nun ja …« Jetzt, wo er es sagte … Wahrscheinlich hatte er Recht. Wenn sie es richtig bedachte, hätte sie selbst darauf kommen müssen. Sie spürte Aufregung in sich aufsteigen. »Ich rufe an und mache einen Termin.«

»Braves Mädchen!« Toby zog seine Kreditkarte hervor. »Und vergiss die Buchidee nicht! Lass dir was einfallen, was noch nie jemand gemacht hat.«

Sie lachten beide. Joanna wusste ebenso gut wie er, dass alles schon einmal da gewesen war – man musste es nur aus einem neuartigen Blickwinkel betrachten.

»Mit dem Fahrrad über den Himalaja?«, schlug sie vor.

»Jetskifahren in der Wüste Gobi?« Sie grinste. »Mir fällt schon etwas ein.« Joanna Shepherd, Reiseschriftstellerin. Warum eigentlich nicht?

38. Kapitel

Harriet war auf dem Weg nach Pridehaven und konnte bei dem Gedanken, Scott wiederzusehen, ihre Aufregung kaum unterdrücken. Am Ende der Straße bog sie nach links ab und drehte die Lautstärke des Radios hoch.

»*Baby Love, My Baby Love*«, sang sie inbrünstig mit. »Oooh, oo-ooh.« Die letzten Tage waren wie in einem Nebel an ihr vorbeigezogen. Sie war nicht mehr unberührt … Fast unglaublich nach all diesen Jahren. Sie war befreit. Sie war eine Frau von Welt, endlich. Nach langer, langer Zeit.

Als sie Owens roten Traktor vor sich erblickte, bremste sie ab. Nichts konnte sie derzeit aufbringen. Nicht einmal Mutter schaffte das – oder der Stalker. Immer noch spürte sie Scotts Finger auf ihren Schenkeln. Sie schwebte. Sie war vollkommen hinüber.

Owen tuckerte mit ungefähr zehn Meilen pro Stunde dahin. Herrgott … Selbst ihr altersschwacher blauer Traktor würde ja schneller fahren, wenn man ihn mit etwas Diesel fütterte. Was war bloß los mit Owen? War ihm nicht klar, dass die Welt an ihm vorüberzog – oder ihn zumindest, bei dieser Gelegenheit, gern überholt hätte? Aber die Straße war so schmal, das sie keine Chance hatte.

Eine Ewigkeit schien vergangen zu sein, seit sie, wie auf Wolken schwebend, Scotts Wohnmobil verlassen und die Straße entlanggegangen war, bis zu der Stelle, an der sie den Pick-up geparkt hatte.

»Bleib doch über Nacht, wenn du möchtest!«, hatte er

gesagt, aber vor solcher Intimität fürchtete Harriet sich sogar noch mehr, als sie sich vor dem Liebesakt gefürchtet hatte. Liebe ... Sie spürte, wie sich etwas in ihr zusammenzog. Jetzt wusste sie, wie sich das anfühlte, was es bedeutete. Keine Geheimnisse mehr. Sie hatte am Rand dieses schwindelerregenden Abgrunds gestanden und sich hineingestürzt. Himmel! Bis vor kurzem hatte sie noch nicht mal einen Penis gesehen – jedenfalls nicht leibhaftig. Und erst recht nicht ...

Owen streckte den Arm aus dem Führerhaus und winkte ihr kräftig zu. Er winkte sie weiter, deutete aber auf die Ausweichbucht, die vor ihnen lag. Er wollte, dass sie anhielt. Wollte sie etwas fragen. Verflixt. Ungeduldig trat sie aufs Gaspedal. Nicht jetzt, Owen. Sie befand sich auf einer Mission und hatte nicht viel Zeit. Wenn Joanna nicht da war, zeigte Mutter sich noch anspruchsvoller als sonst und fragte Harriet ständig, wohin sie fahre und wie lange genau sie wegbleiben werde. Harriet fühlte sich wie eine Fliege, die in den klebrigen Fäden von Mutters Spinnennetz gefangen war. Argh ... Sie musste hier weg. Und sie spürte tief in sich, dass Scott der Schlüssel dazu sein könnte.

Das Erlebnis mit Scott war intensiv und aufregend gewesen – aber auch peinlich. Nun ja, es war eben ihre erste sexuelle Erfahrung ... Das kurze Geplänkel mit Terry in der großen Scheune zählte wohl kaum. Sie hatte immer gewusst, dass er für Joanna schwärmte. Alle schwärmten für Joanna. Sie war größer und schlanker und besaß Tonnen mehr Selbstvertrauen. Joannas Blick war heiter und wissend zugleich. Sie war sexy. Harriet hatte nie gewusst, wie sie das anstellen sollte. Sie hatte ihre kleine Schwester beobachtet und sogar vor dem Spiegel in ihrem Schlafzimmer geübt. Aber Joannas sexy Ausstrahlung war ebenso unerreichbar gewesen wie ihr Selbstbewusstsein. Und wie Terry.

Harriet nickte. Sie würde wohl anhalten müssen. Also hob sie die Hand, um Owen ihre Zustimmung zu signalisieren.

Peinlich war es auch gewesen, vor Scott aufzustehen und sich anzuziehen. Er lag da, schaute sie mit trägem Blick an und rauchte ein süßliches berauschendes Kraut, das er angezündet hatte, sobald sie aus dem Bett geklettert war. Vermutlich Marihuana. Und noch stärker hatte sie die Sache mit ihrer Jungfräulichkeit in Verlegenheit gestürzt.

Bei der Erinnerung errötete Harriet. Sie fuhr hinter dem Traktor heran.

»Da will ich doch verdammt sein«, hatte er gesagt. »Das war dein erstes Mal.«

»Ja«, hatte sie gesagt – ganz offenbar waren ihre Bemühungen, ihren Mangel an Erfahrung zu verbergen, vergeblich gewesen. »Eine persönliche Entscheidung.«

Das stimmte, denn sie hatte durchaus Möglichkeiten gehabt. Da waren ihre anderen Verabredungen über Dynamic Dating gewesen, obwohl »dynamisch« jetzt stark übertrieben war. Und vorher? Nach Terry hatte es Kevin gegeben, der in der Autowerkstatt an der Hauptstraße arbeitete, aber mit ihm war sie übers Küssen nie hinausgekommen. Für Harriets Geschmack war da immer zu viel Speichel im Spiel. Dann Rob, ein Lieferant, der Harriet zum Abendessen ausgeführt und sie auf dem Rücksitz seines Wagens zu verführen versucht hatte – bis sie ihm das Geständnis entlockt hatte, dass er verheiratet war. Colin, mit dem sie monatelang ausgegangen war, bevor er entdeckte, dass er schwule Neigungen hegte, die sich nicht länger verleugnen ließen. Und Stuart aus dem letzten Haus an der Straße, der versuchte, ihren Hintern zu tätscheln, wenn sie vorbeiging, und dabei halblaut Anzüglichkeiten murmelte. Um nur vier zu nennen. Aber keiner von ihnen hatte ihren Puls zum Rasen gebracht und sie bewogen, alle Vorsicht in den

Wind zu schlagen. Das Dorf war praktisch frei von geeigneten männlichen Singles geblieben. Und nach einiger Zeit, wenn man erst einmal dreißig war und sich auf die vierzig zubewegte, wurde es schwieriger ...

Harriet stellte den Motor aus und kurbelte das Seitenfenster herunter. Sie war sich nicht sicher, wieso sie sich bei Scott so hatte fallen lassen. Er war sehr attraktiv und äußerst verführerisch, doch, ja. Aber da war noch mehr. Es war, als symbolisiere er die Freiheit. Die geistige Freiheit, nach der sie sich so sehnte.

»Hallo, Harriet.« Plötzlich stand Owen vor ihrem Fenster und sah sie merkwürdig an. Hätte sie es nicht besser gewusst und nicht nur Scott im Kopf gehabt, hätte sie gesagt, dass es ein intimer Blick war ...

»Owen ...« Harriet trommelte mit den Fingern auf das Steuer. »Was kann ich für dich tun?«

»Nun ja ...« Er lehnte sich gegen die Tür, und seine Miene verdüsterte sich. »Ich wollte mit dir über morgen reden.«

»Morgen?« Harriet hatte keine Ahnung, wovon er sprach.

»Ich habe dir noch nichts davon erzählt.« Er lachte und betrachtete sie prüfend.

Sein Lachen klang nett und freundlich, und sie stellte fest, dass sie sein Lächeln erwiderte. »Ja?«

»Du siehst anders aus ...« Er ließ die Worte in der Luft hängen.

Anders? Wie – entjungfert vielleicht? Erfahrener? Erfüllter?

»Es ist so«, begann er, »du hast schon so oft für mich gekocht. Da dachte ich, es ist allerhöchste Zeit, dass ich mich mal revanchiere.«

»Hm?« Harriet konnte sich nicht recht konzentrieren. Sie warf einen Blick auf ihre Uhr. Ob Scott noch auf dem Parkplatz war? Verdammt, sie hoffte es. Würde er staunen, sie zu sehen? Wahrscheinlich nicht. Seit dieser wunderbaren, leidenschaftlichen Nacht hatte sie damit gerechnet, dass er ihr eine E-Mail schreiben würde, aber sie konnte verstehen, warum er sie nicht über Dynamic Dating kontaktiert hatte. Das würde das Erlebnis trivialisieren. Es wäre viel besser und weit romantischer, sich von Angesicht zu Angesicht gegenüberzutreten. Sie seufzte.

Owen redete immer noch. »... dich zum Essen einzuladen«, sagte er gerade.

»Was?« Harriet war verwirrt. »Uns alle?« Mutter würde begeistert sein. Joanna hätte sicher auch Lust – sofern sie bis dahin aus London zurück war. Aber was, wenn Scott einen Abend zu zweit verbringen wollte? Wenn Owen auf Audrey aufpasste, war das die ideale Gelegenheit, sich mit ihm zu treffen.

Owen warf ihr wieder diesen seltsamen Blick zu, der ihr leichtes Unwohlsein bereitete. »In Ordnung«, sagte er, »euch alle, wenn du das so möchtest, ja.«

Großartig! Harriet startete den Motor. »Mutter wird überglücklich sein«, erklärte sie. »Aber bei Jo weiß ich nicht – sie ist noch in London.«

»Ja, dann könnten wir es doch ...«

»Aber ich wäre dir so dankbar.« Sie würde nicht zulassen, dass er die Einladung aufschob. Schließlich war er ihr nach all den vielen Abendessen wirklich etwas schuldig.

»Ja?« Seine Miene hellte sich auf.

»Aber ja.« Warum sollte er nicht auf Mutter aufpassen? Es war nur ein Abend, und die beiden verstanden sich gut. Mutter würde sich mit Begeisterung ausführen lassen – noch dazu von einem Mann. »Weil es nämlich sein kann, dass ich etwas zu erledigen habe.«

Owen wirkte verstört. »Du meinst, dass du nicht …?«

»Ich schaffe es vielleicht nicht.« Sie warf ihm noch ein nettes Lächeln zu. Unbekümmert, ja, so würde sie von nun an sein … Verliere deine Unschuld und werde sorglos. Klang nach einem fairen Tausch. »Daher wäre es ein Geschenk des Himmels, wenn du auf Mutter aufpassen könntest.«

Sie ließ den Motor wieder an. Owen trat stirnrunzelnd einen Schritt zurück. Was war denn jetzt mit ihm los? Schließlich hatte er davon angefangen.

»Ich sage dir Bescheid!«, rief sie beim Wegfahren aus dem Fenster. »Und danke.«

Harriet war ein Nervenbündel, als sie auf den Parkplatz fuhr. Aber – Gott sei Dank – sein Wohnmobil stand am Fluss. Und die Tür war offen … Er musste drinnen sein.

Sie parkte den Pick-up und schaute in den Rückspiegel. Alles war unversehrt. Sie hatte sich die Augenbrauen gezupft und trug wieder eine dicke Schicht von Joannas Lippenstift, einen Hauch Rouge und etwas Puder. Vielleicht hatte Owen das gemeint …? Nun ja, man musste sich Mühe geben. Tief durchatmen. Eins, zwei, drei.

Sie schwang sich aus dem Führerhaus, klopfte sich die Jeans ab und schlenderte bemüht beiläufig hinüber. Doch im Inneren war sie ein zitterndes Wrack. Hoffentlich merkte das nur sie.

Scott saß mit einem Notizbuch und einer Gitarre da. Er trug das Haar heute offen, sodass es nach vorn hing und sein Gesicht umrahmte. Herrgott, er sah so schön aus. So kreativ. So konzentriert.

»Hi.« Sie blieb in der Tür stehen.

Er schaute auf. Sah sie ausdruckslos an.

Ausdruckslos? Aber das war nicht richtig, oder?

»Oh, hi.« Er lächelte unverbindlich, als könne er sich nicht recht darauf besinnen, wer sie war. Nach zwei Tagen …?

Harriet spürte, wie ihr Magen einen Satz tat. Etwas, was in ihrem Inneren gewachsen und aufgeblüht war, begann zu schrumpfen und zu welken.

»Ich war gerade zufällig in der Nähe«, erklärte sie. »Ich wollte … ähem … dir für neulich Abend danken.« Ihm dafür danken, dass er sie verführt hatte. Ja, schon.

»Yeah.« Scott rappelte sich auf die Füße. »Neulich Abend. Das war großartig. Du warst großartig.«

Aber er schaute sie an, als sähe sie in diesem Licht viel älter aus. Und er schien noch etwas anderes sagen zu wollen. Was? Sie musste es wissen.

»Ich dachte, wir könnten das mal wiederholen«, sagte sie. Sie hörte, dass sie stammelte. Sie meinte nicht *das*. Irgendwann noch einmal ausgehen, hatte sie gemeint.

»Klar.« Er lächelte. »Sicher. Irgendwann.«

»Zum Beispiel morgen«, beharrte sie. »Ich könnte dich zum Essen einladen.« Was sagte sie da? Versuchte sie jetzt schon, sich seine Zuneigung zu erkaufen?

Er schien darüber nachzudenken. »Würde ich gern«, meinte er.

Harriet spürte, dass ein Aber folgen würde.

»Aber ich fahre weiter. Morgen früh.«

»Oh.« Ihr blieb das Herz stehen. Buchstäblich. Was hatte sie getan? Was hatte sie sich dabei gedacht? Wie konnte sie überhaupt auf die Idee kommen, dass …?

»War cool, dich kennenzulernen und alles«, sagte Scott. »Wir hatten da ein paar gute Vibes, yeah.« Er hielt inne. »Aber du hast wahrscheinlich gemerkt, dass ich nichts davon halte, mich zu binden.«

Binden? Sie hatte ihn doch nur zum Essen eingeladen. »Ich verstehe vollkommen«, gab sie zurück. Sie hatte das Gefühl, sie habe wie eine Neunzigjährige geklungen. Ja, sie hatte es jetzt begriffen – nur zu gut.

»Neulich Abend war toll«, sagte Scott.

»Toll«, wiederholte sie.

»Yeah.« Er schaute auf einen Punkt hinter ihrer linken Schulter. »Freie Liebe ist was Schönes.«

Vor zwei Tagen war sie ebenfalls schön gewesen.

Harriet wandte sich ab. Er hatte sie benutzt. Benutzt und missbraucht. Nun ja, missbraucht traf es nicht wirklich – sie war nicht gerade unwillig gewesen. Aber er hatte sie glauben gemacht, sie sei etwas Besonderes ...

Gute Vibes? Freie Liebe? Toll? Was für ein Haufen Blödsinn!

Harriet rannte zu ihrem Wagen, in dem sie sich relativ sicher fühlte. Gott sei Dank hatte er ein Kondom benutzt. Sonst, weiß der Himmel ... Er gehörte zu diesen Kerlen, die im Internet ständig auf Dating-Seiten unterwegs waren, um Frauen flachzulegen. Jede war ihm recht. Ein Internet-Wüstling auf der Suche nach unschuldigen Opfern. Unschuldigen, naiven und verdammt dummen Opfern wie Harriet. Himmel! Sie war neununddreißig Jahre alt, und man konnte sie nicht allein auf die Straße lassen. Wie eine dumme Gans hatte sie sich benommen!

39. Kapitel

Joanna verließ die U-Bahn-Station Tower Hill und ging auf die Tower Bridge zu. Wie für viele Londoner – und als Londonerin betrachtete sie sich immer noch irgendwie – war das Südufer der Themse für sie an einem Frühlingsnachmittag wie diesem ein beliebtes Ziel. Sie liebte die Architektur der Gebäude, die Galerien, die Brücken …

Sie passierte den grauen Tower mit dem Gedanken an Ann Boleyn und alle anderen Gefangenen, die auf demselben Weg ängstlich gezittert haben mussten, als sie sich diesem grausigen Bauwerk näherten. Sie stieg die Treppe hinauf, die zur Tower Bridge führte. Und dann war da der Fluss selbst …

Rasch stieg sie die Stufen wieder hinunter, die von der Brücke auf das Südufer führten. Es war bewölkt, aber immer wieder kam kurz die Sonne durch. Eine Energie, beinahe eine sinnliche Erregung, lag in der Luft, die sie in sich einsog …

Dieser Spaziergang sollte nicht nur am Südufer entlangführen. Daher hatte Joanna beschlossen, jenseits der Tower Bridge zu beginnen, im Westen, in Shad Thames, einer Gegend, von der sie gehört, die sie aber nie erkundet hatte. Wieder ging es um das Thema alt und neu. Brücken aus Vergangenheit und Gegenwart. Die Gegend hieß nach dem größten der Lagerhäuser am Fluss auch Butler's Wharf. Sie überprüfte ihren Stadtplan. Im Grund handelte es sich um ein Rechteck aus umgebauten Lagerhäusern und neueren Gebäuden, an dessen einem Ende die Tower Bridge und an dem anderen das St. Saviour's Dock lag, auch bekannt als Postleitzahlbezirk

SE1. Als sie die Hauptstraße entlangging, verblüfften sie das Kopfsteinpflaster der Straßen und die blauen Balkone. Das war das alte London, für dessen Geschichte sie sich besonders interessierte. Hoffentlich würde das ihre Leser ebenfalls interessieren. Joanna schoss ein paar Fotos. In viktorianischer Zeit war Shad Thames ein gewaltiger Komplex aus Kais, Lagerhäusern, Manufakturen und Fabriken gewesen und hatte gewaltige Mengen an Tee, Kaffee, Gewürzen und allen möglichen anderen Waren beherbergt, die hier umgeschlagen und auf Flussschiffen weitertransportiert wurden.

Vor einem der großen rötlich braunen Backsteingebäude blieb sie stehen und reckte den Hals, um die metallenen Stege anzuschauen, die sich auf der ganzen Länge der Straße über ihr kreuzten. Sie überprüfte ihre Notizen und identifizierte Butler's Wharf und die Cardamom Buildings. Stellte sich vor, wie die Fässer zwischen den Lagerhäusern rollten – Vanille und Sesam, Cayennepfeffer, Nelken und alles andere. Heutzutage wurden die Stege natürlich nur noch als Balkone der Lofts genutzt. Joanna sog die Luft ein. Sie hatte gelesen, einhundert Jahre Gewürzhandel hätten die Backsteinmauern der Gebäude so mit Aromen imprägniert, dass die Bewohner auch nach dem Umbau noch den Duft der Ware erkennen konnten, die früher dort gelagert wurde. Vielleicht stimmte das sogar. Aber Shad Thames hatte sich sehr verändert – Cafés, Blumenläden und Immobilienagenturen verliehen dem Viertel ein edles Ambiente.

Joanna ging am St. Maggie's Causeway entlang, einer Gasse, die zum Kai und zum Butler's Wharf Pier führte, von dem man auf die Tower Bridge hinausblickte. Heute lagen dort Vergnügungsboote. Sie holte die Kamera hervor. Warum auch nicht? Angeblich war die Tower Bridge die am häufigsten fotografierte Londoner Brücke, obwohl sie im Gegensatz zu dem, was man allgemein annahm, nicht die älteste war. Joanna überprüfte ihre Notizen. Sie war erst 1894 eingeweiht worden. Trotzdem war es möglich, dass Emmie sie gemalt hatte …

Gestern war Joanna – zugegeben, spontan – in ihrem neuen Mazda nach Dorset zurückgeflitzt, um Emmies Bild zu holen. Ihr war klar geworden, dass es ihr nichts nützen würde, nur mit jemandem von Sotheby's zu reden. Die Leute müssten das Gemälde auch sehen. Daher hatte sie angerufen und für morgen einen Beratungstermin vereinbart, zu dem sie das Bild mitnehmen wollte. Sie konnte es kaum abwarten. Toby hatte Recht. Zumindest könnte der Experte des Auktionshauses ihr Informationen über das Gemälde liefern, wenn schon nicht über die Künstlerin. Und bestenfalls … Joanna ging an Shad Thames vorbei zurück zur Brücke. Vielleicht könnte er ihr tatsächlich einen Namen nennen. Und mit einem Namen … Sie holte tief Luft. Wenn sie einen Namen hätte, könnte sie so viel mehr herausfinden.

Joanna stieg erneut die Treppe hinauf. Ein beeindruckendes Bauwerk. Die Brücke bestand aus schottischem Stahl und war mit Granit aus Cornwall und Portland-Kalkstein verkleidet. Bestimmt war Emmie hergekommen, um sie zu malen. Welcher Künstler hätte das nicht getan? Vom Fußgängersteg hatte man einen herrlichen Blick über den Fluss, den Tower, die Gebäude des Finanzviertels und die City Hall, das Londoner Rathaus.

Die Sonne spiegelte sich in den Fenstern der Bürokomplexe, und Joanna kramte nach ihrer Sonnenbrille, um über die Themse hinauszuschauen. Der Fluss war grün und träge, und die Bäume schlugen aus. In der frischen Brise lag ein Hauch von Frühling. Es roch nach Kirschblüten und frisch umgegrabener Erde, aber die Luft war noch ein wenig kühl. Als Joanna das Geländer umfasste und ins Wasser hinuntersah, wurden ihre Finger kalt. Erneuerung, dachte sie. Toby hat Recht. Der Frühjahrsputz in deinem Kopf war lange überfällig.

Gestern Abend hatte sie sich, nachdem sie aus Dorset zurückgekehrt war, ein Glas Pinot Noir eingegossen und an Nicholas geschrieben. Es war merkwürdig, einen Briefpartner zu haben. Es erinnerte Joanna an die Zeit, als sie vierzehn gewesen war und die Schule dafür gesorgt hatte, dass jede Schülerin einen französischen Brieffreund bekam, damit das Französisch der Mädchen flüssiger wurde.

Joanna hatte am Nordufer weitergehen wollen, aber angesichts der Aussicht vom Fußgängersteg änderte sie den Plan und wanderte zum Museumsschiff HMS Belfast. Es lag am Queens Walk und beherbergte ein Marine-Museum. Joanna interessierte das zwar nicht besonders; aber sie würde darüber nachlesen und dann entscheiden, ob sie ihren Lesern einen Besuch empfehlen würde. Sie machte sich eine Notiz dazu; sie hatte zwar das Diktiergerät in der Tasche, aber wenn sie von zu vielen Menschen umgeben war, kam sie sich ein wenig idiotisch dabei vor, ständig hineinzusprechen. Da fühlte es sich viel natürlicher an, Stift und Papier zu benutzen, selbst wenn sie dazu immer wieder stehen bleiben musste.

Ihr Brieffreund in der Schule hatte Didier Leclerq geheißen, was schrecklich exotisch klang. Er schrieb ihr in bezauberndem gestelztem Englisch, und sie antwortete ihm stets zu Beginn in zögerlichem Französisch, das sich nach der Hälfte des Briefs in aufgeregtes Englisch verwandelte, je mehr sie von dem, was sie schilderte, mitgerissen wurde. Er berichtete in kurzen, höflichen Sätzen über seine Schule, seine Stadt – sie konnte sich jedoch nicht mehr daran erinnern, wo er gewohnt hatte – und seine Familie. Sie schrieb über alles, was in ihrem Leben passierte. Fast alles jedenfalls. Eigentlich waren ihre Briefe eher ein Tagebuch, und wenn sie jetzt daran dachte, errötete sie beinahe.

Eines Tages, nach mehreren Monaten, hatte Didier ihr ein Foto geschickt, und sie war augenblicklich in ihn verknallt. Das Bild zeigte dunkles, lockiges Haar und verträumte Augen. Er war so sexy, dass einem das Herz stehen blieb – ihre Klassenkameradinnen fanden das ebenfalls, und alle Mädchen waren wahnsinnig eifersüchtig. Joanna schrieb seinen Namen in großer, geschwungener Schrift in ihr Übungsbuch und probierte den Namen aus, den sie tragen würde, wenn sie mit ihm verheiratet wäre. *Joanna Leclerq.* Ein berauschendes Gefühl.

Joannas Briefe veränderten sich danach allerdings. Sie war nicht länger in der Lage, ihm ihr Herz auszuschütten. Stattdessen wurde sie vorsichtiger und überlegte sich, welche Informationen sie ihm gab. Wieder und wieder prüfte sie die Briefe auf Rechtschreib- oder Grammatikfehler. Sie täuschte ein viel regeres soziales Leben vor, als sie tatsächlich führte; ließ durchblicken, dass sie rasend beliebt und von männlichen Verehrern umgeben sei, und verbrachte Stunden damit, sich zu schminken, bevor sie ein Foto machen ließ, das sie, wie sie hoffte, von ihrer besten Seite zeigte. Außerdem machte sie sich keinerlei Mühe mehr, auf Französisch zu schreiben. Und sie wartete auf den Briefträger, sehnte sich nach ihm, lebte nur noch für ihn.

Einen Tag vor Weihnachten – einer der besten Tage ihres Lebens war das gewesen – brachte der Briefträger eine riesige Pralinenschachtel, die den weiten Weg von Frankreich hierhergereist war. Sie war schwarz und mit einem Muster aus roten Herzen und Rosen bedeckt. So romantisch, dass sie vollkommen überwältigt war. Harriet wurde grün vor Neid, und Mutter erzählte der ganzen Familie und all ihren Freundinnen davon, und in der Schule lebte Joanna wochenlang von ihrem Ruhm.

Die Umgebung am Fluss veränderte sich, und auch das notierte Joanna. Hier wuchsen mehr Bäume, der Duft von

Pflanzen lag in der Luft, und sie spürte Hoffnung und Vorfreude in den beschwingten Schritten der Menschen, die über die breiten Steinplatten an diesem Uferabschnitt gingen. Frühling, dachte sie. Sie verspürte beinahe die Lust, Luftsprünge zu machen. Das war doch ein gutes Zeichen, oder?

Die Sache mit Didier war natürlich nicht von Dauer gewesen. Er hatte einen Besuch in England erwogen, und sie war in Panik geraten. Dann hatte er sie nach Frankreich eingeladen, und sie war in noch größere Verwirrung geraten. Eine persönliche Begegnung würde ihn doch enttäuschen, oder? Sie hatte sich so großartig dargestellt. Außerdem, worüber konnte man mit jemandem reden, der das meiste, was man sagte, nicht verstand?

Schließlich war ein anderer Junge aufgetaucht, irgendein Steve oder Gary, und dann noch einer. Sie waren real, sprachen dieselbe Sprache wie Joanna und wohnten in derselben Gegend. Didiers Briefe hatten sich fortan ungeöffnet auf einer Kommode gestapelt. Armer Didier! Sogar nach so vielen Jahren plagte Joanna das schlechte Gewissen.

Ein Ausflugsboot fuhr die Themse hinunter, und Joanna blieb stehen, um es zu beobachten. Sie befand sich jetzt auf der Höhe von Hay's Galleria, einem weiteren sanierten Speicherhaus: ein hohes Backsteingebäude, das unter einem Glasdach Cafés, Läden und Galerien vereinte. Ihr wurde bewusst, dass sich genau wie in Lissabon Alt und Neu überall miteinander mischten; hier in London geschah das jedoch oft in ein und demselben Gebäude, nicht nebeneinander, etwa beim Globe Theatre, der Tate Modern, dem Museum für Moderne Kunst… Alte Häuser mit schmalen Art-déco-Fenstern waren renoviert und mit Elementen der Neuzeit verbunden worden; viktorianische Lagerhäuser mit großen modernen Glasflächen, Hay's Wharf hatte vergoldeten Stuck.

Natürlich war das mit Nicholas etwas anderes als mit ihrem französischen Brieffreund. Joanna war jetzt erwachsen und schrieb an einen anderen Erwachsenen; sie versuchte nicht, ihn zu beeindrucken oder sich selbst in einem besseren Licht darzustellen. Warum auch? Aber sie hatte die gleiche Freude wie früher an dem Briefwechsel, das befriedigende Gefühl, so offen mit einem anderen Menschen zu kommunizieren. Während Joanna darüber nachdachte, näherte sie sich der London Bridge. In den Briefen an ihn schrieb sie anders als sonst; persönlicher – sie hatte noch nie den Wunsch gehabt, in einem Text, der gedruckt wurde, persönlich zu werden. Nein, es war ein anderes Vergnügen, das sie empfand, wenn ihr Stift über das Briefpapier eilte; und Stift und Papier gehörten zu dieser altmodischen Freude. Es war die Zufriedenheit darüber, jemanden zu haben, der sie zu verstehen schien, der die richtigen Dinge sagte – oder schrieb. Der witzig sein konnte – zur rechten Zeit – oder auch ernst, wenn es angebracht war. Und der integer zu sein schien. Der ähnlich wie Joanna über sich selbst und sein Leben dachte. Der auf ihrer Wellenlänge war. Es hieß immer, es falle leichter, sich einem Fremden anzuvertrauen als jemandem, der einem nahesteht. Joanna lächelte. So ganz fremd war Nicholas ihr gar nicht mehr …

Sie schritt die breiten Stufen aus rosafarbenem Granit hinauf, die zur London Bridge führten, und dann eine schmale Steintreppe hinunter. Mehr war von der alten, von Rennie erbauten London Bridge nicht übrig, welche die Amerikaner vor Jahren in die Wüste von Arizona versetzt hatten. Man nannte sie Nancys Treppe, zur Erinnerung an Charles Dickens' Heldin, die Oliver Twist gerettet hatte. Joanna zog die Kamera hervor. Solche Details liebte sie, die Art von Dingen, an denen ein Tourist vielleicht vorbeigehen würde.

Nicholas hatte nicht nur merkwürdige Erlebnisse in Venedig und Lissabon gehabt, die ein Widerhall ihrer eigenen zu sein schienen, sondern … Nun ja. Fast ohne dass sie es bemerkt hatte, war er wichtig für sie geworden. In den letzten sechs Monaten war Nicholas Tresillion – wer immer er war – ihr Freund geworden.

Joanna wandte sich zur Southwark-Kathedrale, einem reizenden gotischen Bauwerk aus gelbem Sandstein, dessen Türme hoch in den Himmel ragten. Außerdem konnte man von dieser Stelle ausgezeichnet über die Themse sehen. Die Kathedrale mochte unterhalb des Straßenniveaus stehen, umgeben von Lagerhäusern und von einer Eisenbahnbrücke beherrscht, aber irgendwie strahlte Londons ältestes gotisches Bauwerk Heiterkeit und Gelassenheit aus. Sie saß eine Weile da, nahm die Atmosphäre auf und beobachtete die Menschen und den Fluss. Ob sie Nicholas eines Tages persönlich treffen würde? Wahrscheinlich ja. Heutzutage war sie sich nicht sicher, ob man eine Freundschaft allein auf Briefen aufbauen konnte.

Sie kehrte ans Themse-Ufer zurück, wo sich wieder einmal eine Menge Touristen um den Nachbau der *Golden Hinde*, des hohen, schmalen Flaggschiffs von Sir Francis Drake, scharten. Aber Joanna interessierte sich mehr für die dunkle Seite der Clink Street mit ihren bedrohlich aufragenden Gebäuden, Pflastersteinen und düsteren Backsteinbögen. Hier hatte schließlich einst – von der frühesten Tudor-Zeit, bis es 1780 von Aufständischen niedergebrannt wurde – das berüchtigtste Gefängnis von London gestanden. Man hatte es als Museum wiederaufgebaut, um Touristen anzuziehen. *Man kann das Museum in der Clink Street für private Veranstaltungen mieten*, las sie. Was in aller Welt sollten das für Partys sein? Denn in Joannas Augen hatte die Straße ihre makabere Atmosphäre bewahrt. Wie hätte es auch anders sein können, nachdem die Steine hier so viel Blut und Schmerzensschreie aufgesogen hatten? Ein Schauder überlief sie.

Warum hatte sie Nicholas eigentlich nichts von Emmie erzählt? Joanna war sich nicht sicher. Sie schaute zum Fluss. Vor ihr erstreckte sich ein wunderbarer Ausblick auf die fünf pfefferminzgrünen und gelben Bögen der Southwark Bridge und im Hintergrund auf die St. Pauls-Kathedrale. Sie zog die Kamera hervor. Vielleicht, weil sie mehr herausfinden wollte, bevor sie ihm die ganze Geschichte erzählte, oder weil es ein wenig verrückt wirkte, den Spuren einer Künstlerin von Anfang des 20. Jahrhunderts zu folgen, deren Namen man nicht kannte – noch nicht jedenfalls.

Joanna wanderte weiter zur Millennium-Brücke, deren Bogen den Fluss überspannte wie ein Lichtstrahl. Aber sie fühlte sich weitergezogen, vorbei an der Blackfriars-Brücke und zur Waterloo-Brücke. Stattdessen hatte sie Nicholas ihr Treffen mit Martin und dann mit Toby geschildert. Sie hatte ihm die Wahrheit gesagt – dass ihr schon jetzt Martin, wenn sie ihn sah, wie ein Mann vorkam, den sie kaum kannte, und nicht wie der Ehemann, mit dem sie so lange zusammengelebt und den sie geliebt hatte. Ob sie einsam war? Nicht wirklich – zumindest noch nicht. Und wonach sehnte sie sich? Es schien ebenso wenig greifbar zu sein wie Glitzerstaub oder ein Regenbogen. Sie hatte Nicholas auch von Tobys Buchidee erzählt und dass sie sie aufgreifen würde. Ja, sie würde wohl ein Buch schreiben.

»Wieder ein geheimes Rendezvous?« Ihre Mutter warf die Quasten des ziemlich merkwürdigen violetten Turbans zurück, den sie trug. Aha, heute gab sie die Mem Sahib, oder was?

»Nur ein kleiner Spaziergang«, verbesserte Harriet sie. Himmel! Musste sie denn über jede Sekunde ihres Lebens Rechenschaft ablegen? Jetzt, da Joanna sich in London aufhielt, fand sie es noch schlimmer. Wenn Joanna da war, konnte Mutter sich wenigstens an ihre jüngste Tochter halten. Doch ohne Joanna, ohne Maurer, Dekorateure, Klempner und ohne Owen, der über irgendetwas beleidigt zu sein schien, war Mutter orientierungslos und tanzte um Harriet herum wie ein Fetzen Chiffon. Unglücklich. Rastlos. *Hast du mein Taschentuch/meine Brille/Handtasche/Zeitschrift gesehen?* Es war dann schwer, mit ihr umzugehen.

»Du hast Glück«, sagte sie jetzt. »Dass du so viel rauskommst.«

»Ja, wahrscheinlich bin ich die glücklichste Frau des Universums.«

Mutter war alles andere als invalide. Das Problem war nur, dass sie sich zu abhängig von Vater gemacht hatte. Und als er dann gestorben war ... Als er starb ... Der Traum rührte an Harriets Unterbewusstsein, aber sie schob ihn beiseite. *Nicht jetzt. Und auch sonst nicht.* Nun ja, da war auch das Leben ihrer Mutter zu Ende gewesen.

Harriet schnappte sich ihre Jacke. Ja, ihr Leben war erfüllt auf jedem Gebiet. Nein, eher nicht. Nun ja, man musste das Positive sehen: Letzte Nacht hatte sie furchtbare Bauchkrämpfe gehabt. Wenigstens war sie nicht schwanger. Sie grinste süffisant. Was Mutter wohl dazu gesagt hätte?

»Was glaubst du, wann Joanna zurückkommt?«, fragte Audrey.

Joanna, Joanna, immer Joanna ... »Bald.« Sie öffnete die Tür.

»Und wenn du Owen siehst ...«

»Ja?«

Audrey seufzte. »Sag ihm, er soll sich nicht so rar machen.«

Harriet schlug den Pfad ein, der zum Down und zur Klippe hinaufführte, bevor er steil in Richtung Dorf und Bucht abfiel. Sie hatte beschlossen, jeden Tag einen Spaziergang zu unternehmen. Dabei ging es nicht nur ums Vergnügen oder die frische Luft. Das war eine wichtige Angelegenheit. In einer Tasche hatte sie Notizbuch und Stift stecken, in der anderen einen Fotoapparat. Die Gegenstände verliehen ihr das Gefühl, organisiert, tüchtig und professionell zu sein. Sie stellten die notwendige Ausrüstung für ihr Unternehmen dar.

Unter ihren Füßen fühlte das Gras sich weich an; während der Nacht hatte es etwas geregnet. Auf einem weit entfernten Feld konnte sie Owens Traktor erkennen, aber nicht ihn selbst; und in der Ferne schimmerte das Meer zwischen den sinnlichen Kurven des Down.

Harriet marschierte weiter. Das Licht war sommerlich und türkisfarben; die Jahreszeiten folgten alarmierend rasch aufeinander. Ostern stand vor der Tür, und bald würden die Touristen wieder über Warren Down herfallen, und Harriet würde Kuchen backen und in der großen Scheune ihr Café für die Spaziergänger eröffnen. Wieder schloss sich der Kreis, war ein Jahr vorüber. Harriet wünschte nur, sie könnte etwas Begeisterung darüber aufbringen.

Jetzt sanken ihre Füße im Gras ein, und sie atmete tief durch, während sie den Hang erkletterte. Doch der Blick zurück auf Mulberry Farm Cottage, das sich inmitten des fruchtbaren Grüns des Down wie ein Juwel in Gold und Schwarz zwischen den Wald und den Obstgarten schmiegte, lohnte die Mühe. Ein etwas angekratztes Juwel, zugegeben, aber trotzdem schön.

Mit Scott hatte sie das Gefühl gehabt, auf der Schwelle zu

einem Abenteuer zu stehen, einem ganz anderen Leben. Sie war dumm gewesen, ja … Sie summte ein paar Takte von *Fool for Love*. Aber das war nur eine der möglichen Arten, es zu betrachten. Harriet war sich sicher, dass es noch eine andere Sichtweise geben musste. Warum machte sie sich nicht lieber die zu eigen?

Sie ging über die Klippe hinunter zur Bucht. Mit Dynamic Dating war sie fertig. Entweder würde sie auf die konventionelle Weise einen Mann kennenlernen oder … eben nicht.

Auf dem Parkplatz zog sie ihr Notizbuch hervor und las noch einmal, was sie hineingeschrieben hatte: *11 Uhr vormittags – verlässt Haus.* Und am Tag davor: *10.45 Uhr – verlässt Haus.* Und noch einen Tag zuvor: *11.05 Uhr – verlässt Haus.* Wie spannend! Der Kerl war eindeutig ein Gewohnheitstier. Jeden Tag verließ er das Haus ungefähr um die gleiche Zeit, um mit seinem Fahrrad davonzufahren, und kehrte etwa eine Stunde später zurück; manchmal mit Büchern und dann wieder mit einer vollen Einkaufstüte, die an seiner Lenkstange heftig hin und her schwang. Mit seinen Nachmittagen hatte sie sich noch nicht beschäftigt, aber sie war sich ziemlich sicher, dass er sich dann in der Nähe von Mulberry Farm oder sogar auf dem Anwesen herumdrückte. Sie schob das Notizbuch zurück in die Tasche und schaute auf die Uhr. Zwanzig nach zehn. Sie hatte ihn auch schon dort gesichtet. Seit sie entdeckt hatte, wo er wohnte, hatte sie ihn schon mehr als einmal gesehen, wie er hektisch die Straße entlangstrampelte, vom Hof weg, und einmal, am frühen Abend, hatten die Hühner in der kleinen Scheune einen Aufstand veranstaltet. Sie war überzeugt davon, dass er wieder auf dem Hof herumgelungert und die Tiere erschreckt hatte.

Sie musste mehr über ihn herausfinden, und dies war die

logische Reaktion. Den Spieß umdrehen, den Jäger zum Gejagten machen. Den Stalker zum Opfer.

Die Entscheidung, wo sie ihm auflauern sollte, war ihr nicht leichtgefallen. Auf der Straße war sie zu sichtbar – sie würde entdeckt werden, wenn nicht von dem Stalker, dann von Linda oder Stace oder sonst einem Dorfbewohner, die sie fragen würden, was sie da mache. Hier musste immer jeder alles über jeden wissen. Sie konnte ganz harmlos durch das Dorf schlendern, aber was sollte sie tun, sobald sie Brot oder eine Zeitung gekauft oder ihr Gemüse oder die Marmelade ausgeliefert hatte? Was für einen Grund gab es, sich dort herumzudrücken? Sie konnte nicht in alle Ewigkeit auf und ab gehen.

Schließlich war ihr die Erleuchtung gekommen. Harriet stieg die Treppe hinunter, die zur Bucht führte. Sie würde am Strand sitzen – nicht dort, wo sie jeder sah, sondern versteckt auf der anderen Seite des Klippenwegs, hinter den alten Fischerbooten. Die einzigen Menschen, die hier vorbeikamen, waren Wanderer, und niemand würde etwas Merkwürdiges daran finden, besonders, wenn sie so tat, als schaue sie gedankenverloren aufs Meer hinaus.

Sie bezog Position. Nun hatte sie eine direkte Sicht auf die Haustür des Stalkers und konnte ihn gar nicht verfehlen.

Und richtig, um zwanzig vor elf verließ er das Haus, holte das Rad aus dem Bretterschuppen und strampelte mit seinen dünnen Beinen davon.

Okay … Harriet richtete sich auf, stieg die Stufen hinauf und streckte den Rücken. Zeit, in den Laden zu gehen. Sie plauderte gut zehn Minuten mit Maurice, dem Lieferanten, unterhielt sich eine weitere Viertelstunde mit Linda und hatte es schon eilig, wieder in Stellung zu gehen, als sie ihn entdeckte. Er kam die Straße wieder hinaufgefahren. Es gab kein Entkommen. Er würde sie sogar sehen, wenn sie jetzt zur

Bucht zurückrannte. Ihre einzige Hoffnung war, sich in den Ladeneingang zu ducken.

Was sie auch tat. Ohne Vorwarnung.

Linda, die ihr gerade schilderte, wie ihr Mann Brian sie auf dem Höhepunkt eines Albtraums, in dem sie glaubte, von dem neuen James Bond erwürgt zu werden, aufgeweckt hatte, beäugte sie neugierig. »Was ist los, Harriet?«

»Nichts.« Harriet wartete, bis der Mann sie fast erreicht hatte, und wandte sich dann abrupt ab, um die Zeitschriften auf dem Gestell zu inspizieren. »Muss nur …«, murmelte sie, »meine *Cosmopolitan* holen.«

Cosmopolitan? Was dachte sie sich dabei? Dass sie durch einen einzigen One-Night-Stand wieder sechzehn geworden war? Leeren Blickes starrte sie die Titelseite an. *Mühelos zum multiplen Orgasmus. Bewerten Sie Ihre Sexualität in einem einfachen Quiz. Masturbieren Sie heimlich?* Vielleicht lieber nicht.

»Cosmopolitan?« Linda folgte ihrer Kundin nach drinnen, was gut war, weil Lindas korpulente Gestalt Harriet allen Blicken entzog. »Ich hätte gedacht, du würdest eher *People's Friend* lesen, Liebes.«

Dieses altbackene Blättchen? Miststück. Am liebsten hätte Harriet Linda von Scott und seinem Wohnmobil erzählt. Das würde ihr zeigen, aus welchem Holz Harriet in Wahrheit geschnitzt war. Hinter dem Äußeren einer beherrschten Frau mittleren Alters verbarg sich brodelnde Sinnlichkeit. Aber sie bremste sich, denn sie wollte nicht, dass das ganze Dorf darüber Bescheid wusste.

Da war er, ganz in der Nähe. Ungeschickt schwang er die Beine vom Rad und fiel dabei beinahe um. Harriet unterdrückte ein Kichern und bückte sich unvermittelt zu ihrem Schuh, als er in den Laden schaute. Puh. Das war knapp! Was für ein Glück, dass Linda so ein breites Hinterteil besaß! Andernfalls hätte er sie bestimmt entdeckt.

Aber als Harriet sich aufrichtete und sah, dass der Mann ein in braunes Papier gewickeltes Päckchen vom Gepäckständer nahm, musste sie sich an Lindas Schulter festhalten.

»Harriet, was ist denn, Liebes?«

Glücklicherweise befand er sich außer Hörweite. Aber Harriet starrte ihm nach. Dieses braune Päckchen hätte sie überall erkannt. Vor allem, weil es über und über mit neonblauem Klebeband zugepflastert war – Harriet war das braune Paketklebeband ausgegangen.

»Nichts.« Sie stand da, während ihr klar wurde, was das bedeutete. Der Stalker war die Stimme am anderen Ende der Leitung, der geheimnisvolle Mann mit dem Postfach in Pridehaven. Er beschäftigte sie als Schreibkraft. Sie, Harriet, arbeitete für den Mann, dem sie nachspionierte und der sie ausforschte. Du liebe Güte ... Was sollte sie jetzt bloß tun?

40. Kapitel

An der Waterloo Bridge schien das Wetter sich zu ändern. Blinzelnd zog Joanna den Schal fester um den Hals und schloss den obersten Knopf ihrer Jacke. Sie konnte den Nebel in der Luft schmecken; er schien aus dem Nichts heraus aufgetaucht zu sein, senkte sich über den Fluss, hüllte die Gebäude am Ufer ein und schlang feuchte Finger um die Brücke, als wolle er sie davontragen. Der Anblick erinnerte sie an die impressionistischen Gemälde von Monet und Whistler, blaue, grüne und graue Schlieren, Dunst, Nebelschwaden und Nacht. Sie war sich sicher, dass Monet die diese Brücke gemalt hatte, damals, als sie dekorativ und schmuck war, die prächtigste Brücke über den Fluss.

Joanna konnte inzwischen kaum die Hand vor Augen sehen. Aber sie erkannte, dass sie in Richtung Westminster Bridge ging. In ihrem Kopf erklangen Töne – der Westminster-Glockenschlag, der zu ihrer Kindheit gehörte. Er basierte auf einem Satz aus Händels Arie *Ich weiß, dass mein Erlöser lebt* und erklang immer noch in der Standuhr in der Diele von Mulberry Farm Cottage. Jedes Mal, wenn sie den Glockenschlag hörte, dachte sie an Harriet und daran, wie sie *Eins, zwei, drei, ich komme!* gespielt hatten, ihr Kinderspiel, und wie sie sich gefühlt hatte, weil sie ihre Schwester niemals finden konnte.

Die älteste Brücke über die Themse verband heute das Parlament und das neue London Eye, das Riesenrad. Joanna trat näher ans Wasser heran. Hier hielt sich kaum eine Menschenseele auf. Die Gebäude schienen sich ebenfalls verändert zu haben, sie wirkten einfacher, älter und schmutziger, und bei manchen quoll aus Kaminen Rauch in die schlechte Luft. Gott, sie konnte kaum atmen. Sie spürte, wie der Smog in ihre Lungen drang und ihr sämtliche Energie raubte.

Stille herrschte, nur unterbrochen durch das Tuckern eines Motors und das Gurgeln von Wasser.

Langsam teilte sich der Nebel über der Themse und enthüllte den trägen grünen Fluss. Und ein Schiff. Joanna blinzelte. Ein kleiner Raddampfer, schmal und lang, mit hohen rot-weiß-schwarzen Schornsteinen stemmte sich gegen die Strömung. Das Wasser strudelte und rauschte durch sein Schaufelrad. Mit angehaltenem Atem beobachtete Joanna, wie er sich näherte. Sie hatte schon Raddampfer gesehen, aber dieser wirkte irgendwie seltsam, zumal er das einzige Schiff auf dem Fluss war – die anderen schienen verschwunden zu sein.

Am Bug des Raddampfers, ein wenig entfernt von den anderen Passagieren, stand eine junge Frau. Sie trug ein weißes Kleid mit hoher Taille und krampfte die Hände zusammen. Joanna hatte sie schon zuvor gesehen. Und, oh Gott, die Frau weinte. Sie schaute zur Westminster Bridge auf und weinte, als breche ihr das Herz.

Nicht Wind ist's, was du seufzend hauchst,
Hauchst meine Seele fort;
Dein lieblos liebes Weinen auch
Macht, dass mein Blut verdorrt.

Emmie hatte diese Worte in dem Brief, den sie Rufus aus Prag geschrieben hatte, zitiert, und Joanna hatte das Gedicht erkannt: *Song* von John Donne. Jetzt musste sie daran denken.

Mein Lieb, nein, ich scheide nicht
Aus Überdruss an dir,
Noch hoffend, dass die Welt für mich
Bessere Liebe birgt …

Sie stand da und sah dem Schiff nach, bis es verschwunden war. Langsam, als hebe sich ein Schleier, verflog der Nebel. Die Sonne lugte hinter einer Wolke hervor, und wieder erstreckte die dunstige Landschaft sich bis in die Ferne.

Stirnrunzelnd schaute Joanna die Brücke noch einmal an. Sowohl Monet als auch Whistler haben die düstere, traumhafte Atmosphäre der Themse eingefangen, dachte sie. Und jetzt das. Wie soll ich darüber berichten?

Sie zog ihr Notizbuch hervor und schrieb: »Am Themse-Ufer verschmelzen Vergangenheit, Gegenwart und Zukunft. Die Vergangenheit, die bis in die Moderne überdauert hat, und die Moderne, die in der Vergangenheit wurzelt. Während der Fluss gleichmütig weiterströmt, denn er gehört keiner Epoche an und verbindet sie doch alle.«

Da keine Frühlingsfröste mehr drohten, setzte Harriet im Küchengarten dicke Bohnen und Artischocken. Sie musste nachdenken, und beim Pflanzen konnte sie das gut. Eigentlich müsste sie mit jemandem reden.

Aber mit wem? Mutter kam nicht in Frage – sie würde das Ganze furchtbar aufbauschen und zu dem Schluss kommen, dass es sich um eine landesweite Verschwörung handele. Linda würde dem gesamten Dorf davon erzählen, und Joanna … Joanna würde darauf bestehen, die Polizei zu informieren. Außerdem war Joanna nicht hier.

Harriet klopfte die Erde mit der Handkante fest. Sie arbeitete gern ohne Schutzhandschuhe, denn sie liebte es, die weiche Erde auf der Haut zu spüren. Nein, sie wollte die Polizei nicht hinzuziehen. Noch nicht.

Aus ihrer kauernden Stellung heraus erblickte sie Owen, der auf dem Feld nebenan den Zaun reparierte. Sie richtete sich auf. »Hi!«, rief sie. Freundschaftliche Gefühle wallten in ihr auf. Sie war so daran gewöhnt, dass Owen einfach vorbeischaute, doch in letzter Zeit hatte sie ihn kaum zu Gesicht bekommen. Mit einem leichten Schock wurde ihr bewusst, dass sie ihn vermisst hatte. Angesichts dieser Stalker-Angelegenheit hatte ihr wahrscheinlich seine unaufdringliche Präsenz gefehlt.

»Morgen.« Er nickte.

Eindeutig nicht so freundlich wie sonst. Harriet runzelte die Stirn.

Sie ging zu ihm hinüber. »Mutter lässt ausrichten, dass du dich nicht so rar machen sollst.« Sie rieb sich die Erde von den Händen. »Wir haben dich ja ewig nicht gesehen.«

Er warf ihr einen grimmigen Blick zu. »Wollte mich nicht aufdrängen«, knurrte er.

»Red doch keinen Unsinn!« Hab ich ihn verärgert?, überlegte Harriet. Plötzlich fiel es ihr ein. »Ich habe mich nie bei dir gemeldet«, sagte sie. Sie hatte die ganze Sache vollkommen vergessen.

Er zog eine Augenbraue hoch und schlug mit dem Hammer auf den Zaunpfahl ein.

»Wegen des Essens, von dem du gesprochen hast.«

»Macht nichts.« Er schlug einen weiteren Nagel ein. »War wahrscheinlich eine blöde Idee.«

»Nein ...« Es war keine dumme Idee gewesen, sondern eine freundliche und großzügige Einladung, und Harriet hatte sich furchtbar aufgeführt. Und sie erinnerte sich auch, warum.

Scott. Sie hatte nur noch diese leidenschaftliche Nacht im Kopf gehabt. »Ich hatte den Kopf zu voll«, gestand sie. »Da war jemand ...«

Er schaute fragend auf.

Aber sie wollte ihm nicht von Scott erzählen. Sie brauchte mit niemandem über Scott zu sprechen. Er sollte ihr Geheimnis bleiben, an das sie sich in einsamen Stunden klammern konnte. Scott hatte ihr mehr gegeben, als sie zunächst geglaubt hatte. Er hatte ihr ein aufregendes Erlebnis geschenkt und ihr gezeigt, wozu sie fähig war. Vielleicht würde sie es nie wieder tun – wahrscheinlich nicht, denn sie hatte mit Dynamic Dating und den Scotts dieser Welt abgeschlossen. Aber es war es wert gewesen, sich schön, geliebt und umsorgt zu fühlen, wenn auch nur für eine Nacht.

Sie hatte ja noch etwas anderes auf dem Herzen. »Ich frage mich, ob ich irgendwann mal mit dir reden kann«, sagte sie zu Owen. »Bald.«

Er schwieg jetzt und sah sie nicht an.

»Zum Beispiel heute?« Sie wandte den Blick nicht von ihm ab. Das war wichtig. Aber wenn er nicht mit ihr reden wollte? Wenn sie ihre Freundschaft zerstört hatte? Mit wem hier könnte sie sonst ein ernsthaftes Gespräch führen?

»Bitte!«, setzte sie hinzu.

Er richtete sich auf und sah sie direkt an. Sie musste zugeben, dass sie sich dabei unwohl fühlte.

»Wie wäre es um eins? Auf eine Tasse Tee und ein Schinkensandwich?«, schlug er vor. »Bei mir?«

Harriet grinste. »Okey dokey. Bis dann.«

Sie saßen im Freien an Owens großem Tisch, aßen die Sandwiches und tranken Tee aus großen weißen Porzellanbechern.

Alles an Owen und seinem Hof ist groß, dachte sie. Aber auch tröstlich.

Sie erzählte ihm von dem Stalker, und er hörte schweigend zu, was sie zu schätzen wusste. Hätte er sie auch nur ein Mal unterbrochen, hätte sie vielleicht nicht fortfahren können.

»Also, was meinst du, soll ich tun?«, fragte sie ihn schließlich. »Zur Polizei gehen will ich nicht.«

»Aber du willst herausfinden, wer er ist.«

»Und was er will«, pflichtete sie ihm bei.

Owen nickte. Er ließ sich Zeit, trank seinen Tee und schaute über die Felder hinaus. »Du könntest ihn fragen.«

War das nun frappierend einfach oder frappierend dumm? Sie hatte ihre Zweifel.

»Und wenn du glaubst, er könnte gefährlich werden ...« Er zuckte die Achseln. »Ich könnte dich ja begleiten.«

Er würde einen guten Leibwächter abgeben, dachte sie. Vierschrötig, wie er war, konnte er jeden einschüchtern – vor allem mickrige kleine Stalker.

»Okay«, sagte sie.

»Okay?« Er wirkte erstaunt.

»Du bist dabei.«

41. Kapitel

Schweigend gingen Owen und Harriet zum Dorf. Harriet wollte nicht darüber reden, wohin sie unterwegs waren, nicht einmal daran denken. Im Gehen ließ sie die Arme schwingen und spürte, wie ihre Schultern sich nach und nach entspannten. Es war früher Abend, alle Arbeiten waren erledigt, und auf Mulberry Farm schmorte im Backofen ein Rindfleischtopf vor sich hin. Mutter hatte den Auftrag, darauf aufzupassen.

Harriet hatte ihr nicht gesagt, wohin sie ging, nur, dass sie den Ofen ausstellen solle, falls sie nicht bis acht zurück war. Und wenn sie um neun nicht zu Hause war, was dann? Die Polizei anrufen?

Als Owen an dem Gatter mit den fünf Balken stehen blieb und auf sein Land zurückschaute, erkannte Harriet in seinen Augen Besitzerstolz.

»Du liebst es, nicht wahr?«, fragte sie. Sie lehnte sich auf das Gatter und versuchte, das Land mit seinen Augen zu betrachten.

»Hat allerdings eine ganze Weile gedauert.« Er nickte. »Glaub mir.«

Das erstaunte Harriet. »Und wo hast du vorher gelebt? Das hast du nie erzählt.« Sie erinnerte sich daran, wie Owen und Susan als frisch verheiratetes Ehepaar in die Dorfgemeinde gekommen waren. Sie hatte sich nie für die beiden interessiert – sie war sechzehn, und Burschen wie Terry waren viel anziehender. Und natürlich war da ihr Vater gewesen. Jetzt erkannte sie, dass sie unglaublich viel Zeit mit Vater verbracht hatte. Viele Stunden in seinem Arbeitszimmer, in denen sie gelesen, geredet und seinen Geschichten gelauscht hatte. Hatte Mutter sie deswegen nie richtig geliebt? War sie eifersüchtig gewesen? War es möglich, dass sie die ganze Zeit über einsam gewesen war? Der Gedanke war überraschend – und schmerzhaft. Harriet runzelte die Stirn.

»Drüben im Nordwesten.« Er wies in die Richtung.

Über die Hügel und ganz weit fort, dachte Harriet. Scott und sein Wohnwagen schoben sich in ihre Gedanken, und sie wies sie energisch zurück. Ihre Chance auf ein Stück Freiheit war nie mehr als ein flüchtiger Traum gewesen. Sie war mit Warren Down und Mulberry Farm Cottage verbunden. Jetzt wusste sie das. Und was Scott anging ... Er hatte ihr nicht die Freiheit geschenkt, aber etwas anderes, für das sie dankbar war. Sie hatte ihre Sinnlichkeit entdeckt, hatte losgelassen ...

»Mein Vater hatte einen Hof in der Gegend von Shatterton«, fuhr Owen fort.

Sie drehten sich um und beobachteten Seite an Seite das Meer, das in der Ferne lag. Die Wellen stiegen auf und kräuselten sich an diesem milden Abend nur, denn die Brise hatte nachgelassen und die Ebbe setzte ein. Ruhe, dachte Harriet. Ein Gefühl von Frieden hüllte sie ein wie ein weiches Seidenlaken.

»Dann wolltest du den Hof deines Vaters nicht übernehmen?«, fragte sie.

Üblicherweise wurde ein Hof von einer Generation an die andere weitergegeben, und es war schwer, sich dem zu entziehen – jedenfalls, wenn man etwas anderes mit seinem Leben anfangen wollte.

Owen öffnete das Gatter. »Der Hof hat zu große Verluste eingefahren.« Er schob die Hände in die Taschen seiner dunkelgrünen Fleecejacke. »Das Problem war, dass mein alter Herr sich geweigert hat, ihn ins zwanzigste Jahrhundert zu führen.«

Harriet folgte ihm durch das Gatter. Sie nickte. Ihr Vater hatte oft von der Zukunft der Landwirtschaft gesprochen. Er hatte sich zwar mehr als alles andere gewünscht, dass Harriet in seine Fußstapfen treten würde, hatte jedoch gewusst, dass es schwer für sie werden würde. Ihr Vater war vor allem Realist gewesen.

»Und du konntest ihn nicht überreden, etwas zu verändern? Den Hof zu modernisieren?«

Er schloss das Tor hinter ihnen. Es fühlt sich ein wenig merkwürdig an, so mit Owen zusammen zu sein, dachte Harriet, aber es gefiel ihr. Außerdem brauchte sie moralische Unterstützung, jemand Starkes an ihrer Seite.

»Er wollte nicht hören. Tatsache ist …« Owen kam kurz aus dem Tritt, und Harriet warf ihm einen Blick zu.

»Was?«

»Ich habe mich damals nicht besonders für die Landwirtschaft interessiert.«

»Du?« Harriet lachte. »Das ist ein Scherz.«

»Es stimmt.« Er grinste. »Und schau mich jetzt an.«

Harriet war fasziniert. Sie warf dem kräftigen Mann, der neben ihr ging – ein Bauer durch und durch –, einen Seitenblick zu und versuchte, sich ihn als Kind vorzustellen. Ruhig und schüchtern war er wahrscheinlich gewesen. Sicher auch sanft; sie konnte sich nicht vorstellen, dass er Wespen die Flügel ausriss, mit Steinschleudern nach Hunden schoss oder so etwas. »Wofür hast du dich denn interessiert?«, erkundigte sie sich.

Er wirkte verlegen, zog die Schultern ein wenig hoch und vergrub die Hände tiefer in den Taschen. »Ach, du weißt schon …«

»Nein.«

»Na ja ...« Er zuckte die Achseln. »Für Bücher.« Er lachte entschuldigend auf. »Und für Geschichte.«

»Wirklich?« Harriet starrte ihn mit offenem Mund an. Bei ihrem Vater war es genauso gewesen. Sie hatte Owen immer für einen Mann der Scholle gehalten, nicht für einen Bücherwurm. Ehrlich gesagt hatte sie ihn intellektuell sogar für leicht unterbelichtet gehalten, bis er mit all diesen Erklärungen über den Maulbeerbaum herausgerückt und ihr klar geworden war, dass er tatsächlich schon von Shakespeare gehört hatte. Sie hätte nicht gedacht, dass er jemand war, mit dem sie vernünftig reden könnte – vielleicht sogar über persönliche Dinge. Bei dem Gedanken errötete sie beinahe.

»Mein alter Herr fand mich irgendwie zu verweichlicht.« Owen zuckte die breiten Schultern. »Er hätte auf nichts gehört, was ich über die Landwirtschaft sagte, ganz gleich, wie viel ich darüber gelesen hatte. Dazu war er zu eingefahren.« Er seufzte. »Also ist mir nichts anderes übrig geblieben, als mich zurückzulehnen und zuzusehen, wie beide vor meinen Augen den Bach runtergingen – der Hof und mein alter Herr.«

Am liebsten hätte Harriet ihm den Arm gedrückt, um ihn zu trösten, aber sie bremste sich. Sie war doch nicht der Typ, der anderen Leuten den Arm tätschelt, oder? »Was ist passiert?«

Er warf ihr einen Blick zu, den sie nicht deuten konnte. »Dad hat einen Schlaganfall gekriegt und ist gestorben. Und Mum hat den Hof verkauft und ist ins Dorf gezogen.« Er holte tief Luft. »Ein Jahr später ist sie auch gestorben – an Lungenkrebs. Und weißt du, was?«

»Was?«, flüsterte Harriet.

»Sie hat in ihrem ganzen Leben keine einzige Zigarette geraucht.« Verwundert schüttelte er den Kopf; eine Verwunderung, die er vermutlich mit sich herumtrug, seit er die beiden verloren hatte. Herrje. Was sollte sie bloß dazu sagen?

Schweigend passierten sie die Ferienhäuser und kamen zum Dorfausgang. »Es tut mir leid«, meinte sie schließlich.

»Das ist schon lange her.« Er half ihr über den Zauntritt.

Aber Harriet war verwirrt. »Warum … ich meine, wenn dein Vater gestorben ist, warum bist du …?«

»Warum ich Bauer geworden bin, obwohl ich nicht musste?« Owen richtete sich auf.

Harriet glaubte nicht, dass sie ihn jemals so viel hatte reden hören.

»Zuerst wollte ich davon auch nichts wissen«, gestand er. »Eigentlich wollte ich studieren …«

Studieren? Wie hatte sie sich nur ein so falsches Bild von ihm machen können?

»Dann habe ich Susan kennengelernt.«

»Aha.« Harriet erinnerte sich nicht besonders gut an Susan Matthews. Sie wusste nur noch, dass sie ganz nett, wenn auch ein bisschen schwatzhaft gewesen war. Doch sie erinnerte sich auch daran, was Mutter immer gesagt hatte: Susan setze Owen ständig herab, rede schlecht über ihn und mache ihm Vorschriften. Harriet hatte das immer so interpretiert, dass Owen selbst nicht viel zu sagen habe, dass er dumpf und langweilig sei und kein Rückgrat habe. Aber vielleicht war er einfach nur schüchtern, solange er Menschen nicht gut kannte … Vielleicht war er Susan begegnet, als er verletzlich war und noch um seine Eltern trauerte.

»Ihr Vater war Landwirt und alles.«

Sie hatten die Straße erreicht. Rechts von ihnen lag Warren Cove. Und links … Gleichzeitig blieben sie stehen.

»Ich dachte daran, wie sehr sich mein alter Herr gewünscht hätte, dass ich in die Landwirtschaft gehe«, erklärte Owen.

»Und dann waren da Susan und ihr Dad – er wollte uns das Startkapital vorschießen.«

»Und so hast du Warren Farm gekauft.« Merkwürdig, wie oft der Kreis sich schloss. Harriet wandte sich in Richtung Dorf. Jetzt war es so weit. Es gab kein Zurück. Sie straffte die Schultern und reckte das Kinn.

»Hat einige Zeit gedauert, etwas daraus zu machen«, meinte er.

Das konnte sich Harriet vorstellen. Nun ja, eigentlich wusste sie es, denn sie hatte es beobachtet. Und wenn sie selbst auf Mulberry Farm harte Zeiten erlebt hatten, dann war Owen da gewesen, hatte sie unterstützt, ihnen Land abgekauft und gleichzeitig den eigenen Hof zum Erfolg geführt. »Aber du hast etwas daraus gemacht«, sagte sie. »Du hast dich sehr gut geschlagen.«

Seine Antwort fiel so leise aus, dass Harriet sich vorbeugen musste, um sie zu verstehen. »Nur dass Susan nicht lange genug geblieben ist, um es zu erleben«, meinte er.

Harriet konnte nicht umhin, seinen verbitterten Unterton zu bemerken. Zum ersten Mal fragte sie sich, ob er Susan wohl noch liebte.

»Schön dumm von ihr«, sagte sie. Sinnlos, darüber nachzudenken. Sie musste ihre eigenen Probleme lösen.

Sie gingen die Straße hinauf. Mit einem Mal verlor Harriet die Nerven. Sie blieb stehen. »Kommst du mit zur Haustür?«, fragte sie ihn.

Er lachte. »Natürlich.«

Die Erleichterung überwältigte sie beinahe. »Danke, Owen. Du bist ein richtiger ...« Sie zögerte. Was genau war er?

Er legte einen Arm um ihre Schultern und drückte sie – so, wie sie es bei ihm vor einer Viertelstunde hätte tun sollen. »Wozu hat man Freunde?«

Ein Freund. Sie erwiderte sein Grinsen, und dann standen sie vor dem Gartentor des Stalkers. Aber ja, natürlich. Ihr Freund. Seltsam, dass sie ihn noch nie so gesehen hatte.

Nicholas stand am Ende der mittelalterlichen Brücke. Erstaunlich. Von hier aus konnte er die Statuen erkennen, von denen Joanna geschrieben hatte. Ein Strom von Menschen wälzte sich über die Brücke, und darunter floss die Moldau, glatt wie geschmolzener Stahl. Die Musiker und Straßenhändler hatten in Abständen Stellung an dem gepflasterten Weg bezogen, und in der Ferne wachten die Kathedrale und Paläste auf dem Hügel allwissend wie Götter aus uralter Zeit über die Szene.

In einer Bar in der Nähe seines Hotels hatte Nicholas sich ein paar Bier schmecken lassen – und nein, er hatte sich entschieden, nicht im Hotel Zu den drei Straußen abzusteigen wie Joanna Shepherd. Er hatte es allerdings entdeckt, direkt am Brückenkai; die Strauße waren als Fresco an der Wand dargestellt, und an einem offenen Zimmerfenster blähten sich Musselingardinen. Nicholas fühlte sich ein wenig schwindlig. Einerseits genoss er die Sehenswürdigkeiten von Prag, andererseits fragte er sich, was er hier suche.

Er hatte nicht vorgehabt herzukommen. Vielleicht passiert einem so etwas, wenn man sein Ziel aus den Augen verloren hat – man schweift vom Weg ab und reist zum Beispiel einer verrückten Schriftstellerin nach, als hätte man kein eigenes Ziel. Er schüttelte den Kopf. Der Gedanke gefiel ihm nicht. Vor ihm erhob sich der Altstädter Brückenturm. Er wirkte grau, obwohl der Himmel noch blau war, wenn auch immer blasser, je näher die Dämmerung kam. Gutes Licht, überlegte der Fotograf in ihm, eine Stimmung, die zu Prag und seiner dunklen Geschichte passt.

Nicholas hatte sich in Rom bereits am Flughafen eingefunden, um zurück nach England zu fliegen, den Kopf noch voll mit allem gehabt, was geschehen war. Celie und Tom würden heiraten ... Das war gut. Aber Rachel und dieser italienische Schwachkopf? Nein, da war er sich nicht so sicher. Wusste sie wirklich, was sie da vorhatte?

In Prag schimmerte nun die Sonne auf dem Wasser. Nicholas beschattete die Augen, um sie vor dem grellen Licht zu schützen. Rachel. Warum sollte er sich Gedanken über sie machen?

Er hatte seinen Besuch in Rom kurz gehalten, obwohl er wusste, welche Reaktionen er damit provozierte: *Armer Nick! Er liebt sie immer noch, verstehst du? Siehst du das denn nicht? Sonst wäre er doch glücklich und würde sich darüber freuen, dass Rachel jemand anderen gefunden hat, jemanden so ...*

Was?

Nicholas zog die Sonnenbrille aus der Hemdentasche und schlenderte an den afrikanischen Holzschnitzereien des ersten Verkaufsstandes vorbei.

... so glatt, so selbstbewusst, so verflucht reich.

Warum freue ich mich nicht für Rachel?, fragte Nicholas sich und grinste süffisant. Weil der Bursche mit seinem goldenen Siegelring und dem schicken italienischen Anzug ein Idiot ist? Nicholas seufzte. Oder leide ich unter Eifersucht? Schmerzt es mein Ego, dass sie mir einen Mafioso vorgezogen hat? *Komm schon, sei ehrlich!* Ja, verdammt. Hatte die Frau denn gar keinen Geschmack?

Nicholas ging weiter, vorbei an Federzeichnungen, die ein längst vergangenes Prag zeigten, vorbei an billigem Modeschmuck – ob es für Giuseppe und ihn in Prag einen Markt geben würde? – und den billigen Ledertaschen. Die breite Karlsbrücke war rappelvoll mit Touristen, von denen die meisten Nicholas entgegenzukommen schienen; eine Gruppe japanischer Geschäftsleute mit Sonnenbrillen und schäbigen Anzügen, Familien mit kleinen Kindern und großen Buggys, übergewichtige amerikanische Ehepaare über sechzig, ein Rudel junger Männer auf Junggesellenabschied, ein Haufen kichernder Mädchen, junge Liebespaare, alte Liebespaare, Liebespaare mittleren Alters wimmelten an ihm vorüber.

Nicholas hielt an. Er liebte Rachel nicht mehr, vielleicht war er sogar über sie hinweg. Aber er wollte auch nicht dastehen, während sie ihm stolz ihre Verlobung mit dem idiotischen Italiener unter die Nase rieb. Warum auch?

Eine Truppe Musiker spielte *Blue Moon*. Inbrünstig. *I saw you standing alone, without a dream in your heart, without a love of your own.* Mist! Die alten Knaben mit Baseball-Kappen auf weißem Haar lehnten an der Brüstung oder saßen auf einem Klappstuhl: ein Saxophonist, ein Banjospieler und ein Bongotrommler. Ihre Füße wippten im Takt, und ein lässiges Grinsen lag auf ihren faltigen Gesichtern.

Es wurde Abend. Nicholas trat an die Brüstung und schaute auf die Moldau hinunter, zu dem quer über den Fluss verlaufenden Wehr, an dem das schlammige graue Wasser herunterströmte. Die Brücken in der Ferne zeichneten sich vor dem bläulichen Himmel als Silhouetten ab, genau wie Joanna es beschrieben hatte. Er lächelte. *Blue Moon ... I know just what you are here for ...*

Alle in seiner Familie schienen ihre Zukunft fest im Griff zu haben. Nur er selbst, Nicholas, nicht. Ihm wurde bewusst, dass er ein Projekt, eine neue Aufgabe brauchte; er wollte mehr, als nur Fotos zu machen: Er wollte Bilder von einem bestimmten Ort und zu einem bestimmten Zweck aufnehmen. Vielleicht sollte er ein paar Monate auf Fuerteventura verbringen, wo er einige der wilden, entlegenen Strände an der Westküste erkunden könnte – ein Rückzug aus dem Leben, von den

Menschen. Entdecken, wie es sich anfühlte, wieder frei zu sein, Zeit und Raum für sich und die Kamera zu haben …

Nicholas drehte sich wieder zu den Musikern um. Sie schienen sich damit zu begnügen, für ihr Abendessen zu spielen. Viel konnten sie pro Stunde nicht verdienen, wenn sie die Einnahmen unter sich aufteilten. Aber vermutlich fühlten sie sich frei. Er zog einen Zehn-Euro-Schein aus der Brieftasche und warf ihn in den Saxophonkasten. »*Something!*«, rief er.

Der Sänger nickte und sprach mit dem Rest der Band, und dann intonierten sie *Something in the way she moves …*

Er war also am Flughafen von Rom gewesen, und dann wurde sein Rückflug nach England gestrichen. Na schön. Er schaute zur Anzeigetafel hoch und spielte das Spiel, das er früher mit Celie auf Flughäfen gespielt hatte. *Wohin würdest du am liebsten fliegen?* Und er hatte Prag auf der Tafel entdeckt. Als soll es so sein, dachte er und kaufte sich ein Ticket.

Nicholas wandte sich wieder dem Fluss zu. Das Strömen des Wassers hatte eine beinahe hypnotische Wirkung. Vielleicht würde er morgen einen Schiffsausflug unternehmen; Joanna hatte das empfohlen. Man höre sich das an – Joanna dies, Joanna das … Und wo steckt jetzt dieser komische Heilige, über den sie geschrieben hat?

Die Musiker beendeten den Song und sahen ihn an, um festzustellen, ob er noch einen Wunsch hatte.

Nicholas zuckte die Achseln. Er schaute in Joannas Broschüre und stellte fest: Hier stand er beinahe direkt neben dem heiligen Johannes Nepomuk, dem Mann, den man in den Fluss geworfen hatte, wodurch er für immer zum Märtyrer geworden war. Die Statue neigte den Kopf zur Seite und schaute wehmütig drein. Nicholas las Joannas Text noch einmal. Wie sie schrieb, hatte sie gesehen, wie der Heilige hier im Morgengrauen in den Fluss gesprungen war … Nicholas schüttelte den Kopf. Junge, das war verrückt! Oder sie war verrückt. Oder sonst etwas. Er selbst hatte allerdings in letzter Zeit auch einige ziemlich merkwürdige Visionen gehabt. »Wenn Sie lange genug hinsehen«, schrieb Joanna immer dazu.

Die Menschenmenge war inzwischen weniger dicht. Wenige Meter von der Statue entfernt – die für Nicholas ziemlich fest in ihrem Sockel verankert zu sein schien – saß eine Frau im langen schwarzen Rock und malte. Konzentriert runzelte sie die Stirn und biss sich auf die Unterlippe. Das blonde Haar hatte sie auf dem Kopf hochgesteckt und mit einem Kamm befestigt. Neugierig trat Nicholas näher heran. Sie benutzte Aquarellfarben, die sie auf einem alten Steingutteller mischte. Ihre Erscheinung und Arbeitsweise strahlten eindeutig etwas sehr Altmodisches aus. Aber so seltsam war das auch wieder nicht. Prag war halt eine historische Stadt, deren Architektur und Bewohner tief in der Vergangenheit wurzelten.

Am liebsten hätte er die Malerin angesprochen und sich nach ihrem Bild erkundigt – sie war ungefähr in Celies Alter –, aber etwas hielt ihn zurück. Vielleicht war es der Ausdruck tiefer Konzentration auf ihrem Gesicht oder ihre ätherische Ausstrahlung. Schön war sie nicht, aber ihre hellblauen Augen waren so blass und ihre Haut so durchscheinend, dass sie … anders aussah. Und da war noch etwas. *Something* … Der Song hallte in seinem Kopf wider, und ihm wurde klar, dass die Musiker ihn noch einmal spielten. Die junge Frau hatte etwas Vertrautes, als habe er sie schon einmal gesehen.

Plötzlich schaute sie ihn an und lächelte. Da wusste Nicholas, wer sie war. Hölle und Verdammnis! Halb hypnotisiert trat er einen Schritt näher, um das Bild zu betrachten. Er kannte es, und ein Teil von ihm hatte gewusst, dass er es wiedererkennen würde. Es stellte den heiligen Johannes von Nepomuk mit seinen traurigen, verwunderten Augen dar. Zu seinen Füßen saß ein Hund, und goldene Sterne umschwebten den geneigten Kopf des Heiligen und schossen in den dunkel werdenden Himmel hinauf.

42. Kapitel

Harriet warf Owen einen Blick zu, und der nickte beruhigend. Sie klingelte und hörte, wie das *Drrring* durch das Cottage hallte.

Vielleicht war er ja nicht zu Hause … Obwohl es ziemlich kühl war, hatte Harriet feuchte Hände, und die Härchen in ihrem Nacken stellten sich auf. Machte sie sich gerade wieder einmal vollkommen zum Narren?

Durch das Türglas sah Harriet, wie der Stalker näher kam. Okay. Was gab es da zu fürchten? Wieder schaute sie zu Owen, dessen Miene ausdruckslos war, und sie holte tief Luft.

In der Sekunde, in der er die Tür öffnete und sie einander von Angesicht zu Angesicht gegenüberstanden, wusste sie, dass sie sich das Ganze nicht eingebildet hatte. Der Mann wirkte schockiert. Er wurde blass, riss die Augen auf und umklammerte den Türgriff fester. Aus der Nähe wirkte er kleiner – er war so groß wie Harriet, aber er war so spindeldürr, dass sein Kopf fast zu groß für seinen Körper wirkte.

»Guten Abend«, sagte sie steif und genoss es beinahe, dass sie das Überraschungsmoment auf ihrer Seite hatte.

»Ähem …«

Genau. Sie warf Owen einen Blick zu. Stand es schon eins zu null für sie beide? »Ich bin Harriet Shepherd«, fuhr sie gemessen fort. »Aber das wissen Sie ja wohl schon.«

Er nickte stumm.

»Und das ist Owen Matthews, der Besitzer von Warren Farm.«

Wieder nickte der Mann.

Ihr fiel auf, dass Owen ihm nicht die Hand zum Gruß hinstreckte. Seine Miene war ernst.

»Und Sie sind …?«, fragte Harriet, um ihrem Gegenüber auf die Sprünge zu helfen. Jetzt wusste sie, warum sie nie wirklich Angst vor diesem Mann gehabt hatte, niemals Kontakt zur Polizei aufgenommen hatte, obwohl Joanna sie dazu gedrängt hatte, warum sie den Mut gefunden hatte, den Spieß umzudrehen und ihn zu stalken. Der Grund war, dass er mehr Angst hatte als sie. Sie wartete.

»Henry Adams«, erklärte er schließlich mit verdrossener Stimme. »Professor Henry Adams.«

Harriet lachte. »Der Professor«, ja, so unterzeichnete er stets die kurzen Notizen an sie, die er seinen Manuskripten beilegte. Guter Scherz.

»Den *Professor* können Sie lassen«, sagte sie und war sich bewusst, dass sie ein wenig wie ein New Yorker Cop klang. »Ich nehme an, Sie wissen, dass ich diejenige bin, die für Sie getippt hat?«

»Ja, natürlich.« Er öffnete die Tür eine Spur weiter. »Danke«, sagte er. »Sie haben gute Arbeit geleistet. Ich bin Ihnen sehr verbunden.«

Harriet seufzte. »Aber deswegen sind wir nicht hier.«

»Nein.« Er schob seine Brille hoch. »Das hatte ich auch nicht angenommen.«

Sie bemerkte, dass seine Augen blassblau und seine Wimpern fast rötlich waren. Überhaupt wirkte er so blutarm, dass er einem beinahe leidtun konnte. Aber jetzt war nicht die Zeit, um weich zu werden. »Ist Henry Adams Ihr richtiger Name?«, verlangte sie zu wissen.

»Oh ja.« Durch seine Brille hindurch schaute er sie aufmerksam an.

Merkwürdig, aber ihr wurde klar, dass in seinem Blick Wärme, sogar Zuneigung lagen. War es möglich, dass Joanna die ganze Zeit Recht gehabt hatte – dass er ein Stalker war, der Harriet zufällig im Dorf gesehen und sich, nun ja, in sie verschossen hatte? Sie spürte, wie ihr das Blut ins Gesicht stieg. Möglich wäre das doch, oder? Ein Teil von ihr fühlte sich bei der Vorstellung geschmeichelt. Sicher, er war ein ganzes Stück älter als sie. Trotzdem … bewundert zu werden war immer angenehm.

»Und ich bin wirklich Professor«, wiederholte er. »Wahrscheinlich eine Strafe für meine Sünden.«

»Stimmt das?« Owens Stimme klang sanft, aber er trat einen Schritt vor, und einen verrückten Augenblick lang glaubte Harriet schon, er werde dem Mann eine Ohrfeige verpassen.

Der Professor war offensichtlich nervös geworden, denn er wich zurück. »Ja, ja.« Er nickte hektisch. »Ich habe an der Universität von Aberystwyth gearbeitet, bin aber ausgeschieden, um … ein paar Artikel zu schreiben, so etwas.«

Harriet zog die Augen zusammen. »Und unter *so etwas* fällt wohl auch, Leute auszuspionieren?«

»Oh, nein.« Haltsuchend klammerte er sich an den Türrahmen. »Das heißt … Was meinen Sie?«

Harriet verschränkte die Arme. Auf geht's! Sie hätte sich ja denken können, dass er nicht gleich gestehen würde. »Ich meine, dass Sie um unser Haus geschlichen sind – ich habe Sie oft auf der Straße gesehen. Einmal sind Sie fast vom Fahrrad gefallen, und einmal waren Sie oben auf dem Down. Mit einem Fernglas.«

Owen räusperte sich laut und hustete. Harriet war klar, dass er ein Lachen unterdrückte. Sollte er diese Angelegenheit nicht ernst nehmen?

»Eine öffentliche Straße …«, murmelte der Professor. »Und

ein öffentlicher Pfad auf dem Land. Man darf doch wohl Vögel beobachten oder die Straße entlangfahren, ohne ...«

»Ich habe Sie auf unserem Innenhof gesehen«, versetzte Harriet. »Zweimal. Und der ist Privatbesitz – vor allem mitten in der Nacht.« Sie warf Owen einen Blick zu, der besagte: *Schreib dir das mal hinter die Ohren!*

Er zog eine Augenbraue hoch. Von den nächtlichen Besuchen hatte sie ihm nicht erzählt.

»Ah.« Der Professor ließ den Kopf hängen. »Das tut mir so leid. Wirklich.«

»Dann geben Sie es zu?«, verlangte Owen zu wissen. »Was haben Sie da für ein Spiel getrieben, Mann?« Er bohrte die Hände so heftig in die Taschen, dass Harriet sich fragte, ob er sich beherrschen musste, um dem armen Professor nicht an die Kehle zu gehen. Zum ersten Mal fragte sie sich, ob es richtig gewesen war, Owen mitzunehmen.

»Ich wollte Ihnen nie Angst einjagen oder Ihnen schaden. Ich wollte bloß ... Ach, du meine Güte.« Er schnalzte mit der Zunge. »Was war ich bloß für ein Dummkopf!«

»Vielleicht«, meinte Owen, »wäre es ja eine gute Idee, wenn Sie uns hereinbitten und uns erzählen würden, was Sie damit bezweckt haben, ja?«

Harriet warf Owen einen skeptischen Blick zu. Der Professor wirkte zwar harmlos, aber war es wirklich eine gute Idee, sich in die Höhle des Löwen zu begeben? Was, wenn er plötzlich ein Messer zog oder so etwas? Aber wenn sie ihn so ansah, musste sie zugeben, dass das höchst unwahrscheinlich war ... Er schaute so geschlagen drein, dass er ihr beinahe leidtat.

Der Professor kratzte sich am Kopf. Sein dünnes Haar war ergraut, und mitten auf dem Kopf hatte er eine kahle Stelle, mit der er einem Mönch ähnelte. »Tja«, sagte er. »Vermutlich haben Sie Recht. Was nutzt es, nur Tag für Tag dort rumzuschleichen und zu hoffen, auch nur einen winzigen Blick …«

Aha. Innerlich klopfte Harriet sich auf die Schulter. Demnach hatte sie Recht gehabt. Er versuchte nur, sie zu Gesicht zu bekommen. Der arme Mann!

»Kommen Sie bitte herein«, meinte dieser.

»Und dann erzählen Sie uns alles?«, hakte Owen nach. Er wirkte immer noch ziemlich aggressiv.

»Doch, sicher.« Der Professor seufzte. »Ich hätte von Anfang an mit offenen Karten spielen sollen.«

»Ja, das hätten Sie.« Erfolglos versuchte Harriet zu verhindern, dass ihre Worte einen neckischen Unterton annahmen, und Owen warf ihr einen merkwürdigen Blick zu. Sie zuckte die Achseln. War ja wohl nicht ihre Schuld, dass sie solche Leidenschaft erweckte, oder?

Owen und sie folgten dem Professor in ein ordentliches, beinahe kahles Wohnzimmer. Die Stühle waren abgesessen, und auf dem Schreibtisch in der Ecke stapelten sich Bücher und Papiere, in denen sie das Manuskript erkannte, das sie kürzlich für ihn getippt hatte. Am liebsten hätte sie ihn gefragt, was sie an sich hatte, dass er so entschlossen war, Blicke auf sie zu erhaschen, aber sie konnte sich nicht ganz entscheiden, wie sie sich ausdrücken sollte.

Plötzlich und zu ihrem Entsetzen tat der Professor einen Schritt auf sie zu und ergriff ihre Hände. Himmel! Würde die Leidenschaft mit ihm durchgehen? Ob er die Beherrschung verlieren würde?

»Ganz ruhig!« Auch Owen war einen Schritt vorgetreten.

Aber Harriet war wie hypnotisiert von der Miene des Professors. Er wirkte, nun ja, beinahe verzückt. »Warum ich?«, flüsterte sie.

»Sie?« Er lächelte.

»Ja, ich. Warum sind Sie mir gefolgt und wollten mich sehen?« Was hatte sie – vielleicht erst zum zweiten Mal in ihrem Leben – zu etwas Besonderem gemacht?

Er drückte ihre Hände. »Sie geht nicht oft aus, oder?«

Harriet runzelte die Stirn. »Wer?«

»Ihre Mutter. Audrey Shepherd.«

Der anbetungsvolle Ton war nicht zu verkennen. Herrgott! Mit einem Mal wurde Harriet klar, was hier vorging. »Sie sind hinter meiner Mutter her«, platzte sie heraus. »Wie können Sie es wagen!« Hätte er nicht ihre Hände festgehalten, hätte sie ihn geohrfeigt – obwohl sie sich nicht ganz sicher war, wofür: weil er ihre Mutter begehrte oder weil er nichts von ihr, Harriet, wollte.

Sie riss sich los. Nur ein einziges Mal in ihrem Leben war sie nicht die zweite Wahl gewesen, nämlich bei ihrem Vater. Er war der einzige Mann, der sie nur um ihrer selbst willen geliebt hatte. Der Albtraum, der nie weit entfernt war, schob sich in ihr Bewusstsein. Und selbst der Traum war nur fragmentarisch, verdammt. Sie fühlte sich versucht, Owen auf den Mann loszulassen – das würde ihm eine Lehre sein.

Owen legte ihr eine Hand auf die Schulter, als wolle er sie beruhigen, und erst da bemerkte Harriet, wie heftig sie zitterte.

»Und warum, wenn ich fragen darf, wollen Sie Audrey sehen?«, erkundigte er sich.

Der Professor schaute Harriet tief in die Augen und lächelte; ein ziemlich einnehmendes Lächeln, wie sie zugeben musste. »Weil sie meine Mutter ist«, erklärte er.

43. Kapitel

Als Joanna aus London zurückkehrte – voller Aufregung über das Bild, den Londoner Spaziergang und das, was sie über Emmie herausgefunden hatte –, trat ihr Harriet an der Haustür von Mulberry Farm Cottage entgegen.

»Ach, hallo«, meinte sie. »Was …?«

»Du bist spät dran«, zischte Harriet. »Ich habe dir doch gesagt, dass ich dir etwas zu erzählen habe und dass du jemanden kennenlernen musst.« Sie verdrehte die Augen wie eine Verrückte und zeigte zum vorderen Wohnzimmer, der guten Stube, die kaum benutzt wurde.

»Geht's dir gut, Het?« Joanna hörte Stimmengemurmel und Mutters trillerndes Lachen.

»Ja, ja.« Harriets Blick fiel auf das Gemälde, das Joanna unter den Arm geklemmt hatte. »Was hast du denn damit vor?«

»Ich habe das Bild zu Sotheby's gebracht.« Warum standen sie immer noch auf der Türschwelle? Joanna spähte an ihrer Schwester vorbei und versuchte zu erkennen, wer jetzt so wichtig war. »Und ich wäre eher hier gewesen, aber der Verkehr war schrecklich.«

Trotzdem war es herrlich, wieder ein Auto zu haben, besonders einen Zweisitzer. Wenn Harriet den Mazda entdeckte, würde sie behaupten, er sei extravagant; aber der Wagen war etliche Jahre alt. Das Geld für den Kauf stammte von Martin – ein Ausgleich für ihre Hälfte des Wagens, den sie gemeinsam gefahren hatten, und ihren Anteil an dem, was die Möbel in

Crouch End wert sein mochten. Denn Joanna wollte nichts davon haben. Sie wollte ganz neu anfangen. Die rasante Fahrt über die Autobahn – mit offenem Verdeck und Songs von Coldplay in voller Lautstärke – hatte ihr das Gefühl vermittelt, dass es möglich sein würde.

»Sotheby's? Warum? Ist es wertvoll?« Harriets finanzielle Antennen meldeten Alarmstufe Rot.

Dann erblickte sie den Wagen. Joanna hatte ihn unauffällig neben den alten blauen Traktor geparkt, aber der Mazda war knallgelb, glänzend und elegant und stach hervor wie ein Kanarienvogel im Schnee. Harriet stieß einen unartikulierten Laut aus.

Joanna ignorierte ihn. »Nein«, erklärte sie. »Ich habe es nicht mitgenommen, um es schätzen zu lassen.« Obwohl der Mann bei Sotheby's gemeint hatte, bei einer Auktion könnte es dreihundert Pfund einbringen. Keine große Summe, und Joanna wusste ohnehin, dass sie das Gemälde nie verkaufen könnte. Für sie würde es immer mehr wert sein als Geld.

»Ich wollte den Namen der Künstlerin herausfinden«, sagte sie zu ihrer Schwester.

Das war sogar ganz einfach gewesen; Geoffrey Boothroyd, mit dem sie bei Sotheby's gesprochen hatte, verfügte über jede Menge Aufzeichnungen und war äußerst hilfsbereit gewesen. Jetzt wusste Joanna, dass Emmie Emily Selleck geheißen hatte. Der unleserliche Name hätte ungefähr alles sein können, das mit einem S begann. Sie wusste, dass Emily – oder Emmie, wie sie sie immer noch am liebsten nannte – mit Anfang zwanzig viel gereist war und Stadtansichten, insbesondere Brücken, in Aquarellfarben gemalt hatte. Eine offizielle Ausbildung hatte sie zwar nicht genossen, aber ihr Vater, ebenfalls Künstler, hatte sie einige Techniken gelehrt. Sie wusste auch, wo Emily den größten Teil ihres Lebens praktisch als Einsiedlerin verbracht hatte. Noch war sie sich nicht sicher, wann sie hier nach Dorset gekommen und wie sie ihrem Rufus begegnet war, doch Geoffrey hatte ihr eine Bücherliste und ein paar Hinweise gegeben, die ihr helfen sollten, mehr herauszubekommen. Vielleicht würde sie herausfinden, wie die Geschichte für Rufus ausgegangen war.

Harriet starrte immer noch den Mazda an. »Ist das deiner?«, fragte sie.

»Ich habe dir doch gesagt, dass ich ein Auto gekauft habe.«

Harriet schnaubte. »Ein Auto, ja, aber kein ...«

»Immer noch besser als ein halber Esstisch, ein halber Audi, ein halber Kühlschrank und etwas Geschirr«, meinte Joanna.

Bei dem magischen Wort Geschirr schien Harriet der Tee wieder einzufallen. »Jetzt komm schon rein!« Sie schob Joanna ins Innere. »Beeil dich! Mach schon, damit du ihn kennenlernen kannst.«

»Ihn?«

»Du wirst ja sehen.« Harriet klang, als drohe Unheil.

Sie betraten das vordere Wohnzimmer, und da saßen sie alle: Mutter, Owen, der sich halb aufrichtete, als Joanna hereinkam, und der Stalker. Harriets Stalker.

Joanna starrte ihn an. Zum letzten Mal hatte sie ihn gesehen, als er versuchte, auf seinem Rad zu bleiben, nachdem Harriet ihn mit dem Pick-up beinahe umgefahren hatte. Was in aller Welt hatte er hier zu suchen? Vorsichtig lehnte sie Emmies Bild an die Wand.

»Joanna! Liebling! Gott sei Dank, dass du zurück bist!« Ihre Mutter schoss vom Sofa hoch, wo sie neben dem Stalker gesessen hatte, und umarmte sie dramatisch. Sie trug ein narzissengelbes Kleid mit einer Schärpe in leuchtendem Türkis. »Weiß sie es schon?«, fragte sie Harriet.

»Noch nicht.«

»Was soll ich wissen?« Joanna küsste die knittrige Wange ihrer Mutter, hauchte Owen ein »Hi« zu und schob sich um den Tisch herum, der mit Käsescones, Früchtebrot und winzigen Schinken-, Gurken- und Lachssandwiches gedeckt war. Hm. Eine richtige Teetafel wie in alten Zeiten ... Harriet war fleißig gewesen. »Was ist hier los?« Sie vermied es, den Mann auf dem Sofa anzusehen.

Ihre Mutter hatte Tränen in den Augen. »Ich möchte dir Henry vorstellen«, erklärte sie.

Harriets Stalker stand auf. Von Nahem sah er sogar noch merkwürdiger aus; mager mit spärlichem grauem Haar und einer altmodischen Brille. Er trug ein beiges Hemd und eine dunkelbraune Krawatte, Hosen mit hoher Taille und eines dieser Cordjacketts mit Ellbogenflicken aus Leder, wie sie unter älteren Akademikern üblich waren.

Joanna nickte ihm zu. »Hallo, Henry.« Zweifellos würde sich bald alles aufklären.

Mutter strahlte. Joanna konnte sich nicht erinnern, sie je so glücklich gesehen zu haben. »Dein Bruder«, erklärte sie.

»Was?« Joanna sah Harriet an, die mit den Achseln zuckte. Owen schaute ebenfalls zu Harriet, und Mutter strahlte immer noch Henry an. Ihr Bruder? »Was meinst du?« Ihre Gedanken überschlugen sich. Bruder ...? Dazu war er ein bisschen zu alt, oder? Und Mutter ... Nun, sie wird uns einiges erklären müssen, dachte Joanna.

»Ja«, sagte Audrey. »Es stimmt.«

Automatisch schätzte Joanna sein Alter – mindestens Mitte fünfzig. Sie bemerkte, dass sie die Luft angehalten hatte, und stieß den Atem aus. Das war also vor Vater gewesen. Mutter hatte ihn, diesen Bruder ... zur Welt gebracht, bevor sie geheiratet hatte, lange, bevor sie Töchter geboren hatte. Aha. Guter

Gott, was für eine Überraschung! Sie wechselte einen verständnisvollen Blick mit Harriet. »Und deswegen ...«

Harriet nickte. »Genau. Deswegen.«

Nun ja. Es war passiert, aber das hieß nicht, dass es leicht zu begreifen war. Henry trat auf Joanna zu und sah aus, als wolle er sie küssen. Vom Stalker zum Bruder innerhalb von Sekunden ... Wieder sah Joanna Harriet an. Sie tauschten einen mitfühlenden Blick. Ihre Schwester musste sich genauso gefühlt haben.

Also ...

Harriet schenkte den Tee ein, und alle setzten sich und plauderten. Nicht darüber, warum ihre Mutter ihnen nie erzählt hatte, dass irgendwo da draußen in der Welt ein Bruder von ihnen lebte, sondern über das Wetter von heute, über London, wie das Wetter wahrscheinlich morgen und am Wochenende werden würde. Erst als Joanna kurz davor stand zu schreien, erzählte Henry endlich, wie er sie gefunden hatte.

Er habe mit Rücksicht auf seine Pflegeeltern jahrelang gezögert, sagte er. »Ich wollte keine Erinnerungen aufrühren.« Er schob die Brille hoch.

Audrey drückte seine Hand. »Sehr lobenswert«, murmelte sie. »Und vollkommen verständlich.«

Und wie will sie ihrem Sohn und ihren Töchtern das Ganze erklären?, fragte sich Joanna. Klar ist ja wohl, dass sie ihren Sohn weggegeben hat.

»Was hat sich denn geändert?« Harriet hatte die Arme verschränkt.

»Sie sind gestorben.«

Schweigen. Gut gemacht, Het, dachte Joanna.

Henry sah Audrey direkt an. Joanna war sich nicht sicher, wer von den beiden verzückter aussah. »Und dann habe ich entschieden, es zu tun, bevor es zu spät sein könnte«, erklärte er. »Ich war entschlossen, meine leibliche Mutter zu finden.«

Wieder drückte Audrey ihm die Hand.

»Aber selbst da«, fuhr er, während er nach einem Sandwich mit Lachs griff, »habe ich gezögert, direkt Kontakt aufzunehmen.«

»Haben wir gemerkt«, meinte Harriet.

»Ich wusste nicht, ob du mich nach all den Jahren wiedersehen wolltest.«

Mutter nickte betrübt. »Woher solltest du das auch wissen?«, pflichtete sie ihm bei.

»Deshalb hast du ein Haus im Dorf gemietet«, rief Harriet ihm ins Gedächtnis.

»Weil ich die Lage sondieren wollte«, sagte er.

»Dir ein Bild machen«, setzte Mutter hinzu.

Er nickte. »Den richtigen Zeitpunkt abpassen.«

Und unterdessen hat er Harriet fast zu Tode erschreckt, dachte Joanna. Es fiel ihr schwer, diesem unbekannten Bruder gegenüber etwas zu empfinden. Im Moment fühlte sie nur Misstrauen und Groll und hegte den Verdacht, dass es Harriet genauso ging. Was wollte er von ihnen? Warum war er hier? Er rechnete doch wohl nicht damit, dass sie ihm um den Hals fallen würden? Und wie konnten sie sicher sein, dass er wirklich der war, der er zu sein behauptete? Er könnte auch ein Lügner, ein Betrüger, ein Stalker, ein Krimineller, ein Verrückter sein ...

»Und jetzt war die richtige Zeit gekommen?«, fragte Joanna.

»Nein«, versetzte Harriet offen, bevor er antworten konnte. »Ich habe die Sache in die Hand genommen und gestern Abend an Henrys Tür geklopft. Owen und ich sind zu ihm gegangen.«

Owen rutschte auf seinem Platz hin und her. Joanna vermutete, dass er sich nicht sicher war, wie er in dieses Szenario passte. Wenn überhaupt. Denn dies war eindeutig eine Familienangelegenheit.

»Seid ihr nicht begeistert?«, wollte Mutter von ihnen wissen. »Seid ihr nicht überglücklich?«

»Vollkommen«, gab Harriet völlig unbeeindruckt zurück.

»Begeistert«, wiederholte Joanna. Sie ärgerte sich ein wenig über sich selbst, weil sie Mutters Freude nicht teilte. Wie würde dieser Bruder ihr Leben verändern? Wie würde er ihrer aller Leben verändern?

»Versteht ihr, ich erwarte nichts, von niemandem.« Henry beugte sich mit ernstem Gesicht vor. »Ich würde es vollkommen verstehen, wenn ihr euch wünscht, dass ich verschwinde.«

»Ach, Henry ...« Mutter sah aus, als werde sie gleich in Tränen ausbrechen. »Als würden wir so etwas tun.«

Harriets Miene war wütend. »Eine komische Art, das anzufangen, so viel ist sicher«, meinte sie. »Ich habe monatelang gedacht, ich hätte einen Stalker.«

»Das tut mir leid.«

Joanna vermutete, dass er sich nicht zum ersten Mal bei Harriet entschuldigen musste. Sie war ziemlich nachtragend. »Es ist schon ein Schock«, erklärte sie ihm. »Offensichtlich brauchen wir alle Zeit, um uns an die Vorstellung zu gewöhnen.« Einen Bruder zu haben ... wäre das denn so schlecht? Hatte sie sich nicht immer einen Bruder gewünscht, als sie noch klein war? Vielleicht konnte dieser Mann, dieser Bruder, ja etwas in ihr Leben bringen, das ihnen gefehlt hatte.

»Natürlich.« Henry nickte. »Bitte denkt jetzt nicht, dass ich euch zur Last fallen will! Ich bin es gewöhnt, auf mich gestellt zu sein. Auf keinen Fall versuche ich, mich in eure Familie hineinzudrängen.«

Joanna trank ihren Tee. Die Art, wie er das Wort »Familie«

ausgesprochen hatte, berührte sie. Sie versuchte sich vorzustellen, wie es wäre, nach so vielen Jahren seine leibliche Mutter und seine zwei Schwestern zu finden. Allmählich erwärmte sie sich für Henry. Er war ehrlich zu ihnen gewesen, und sie spürte, wie sich eine vertrauliche Stimmung im Raum ausbreitete. »Ich habe auch ein paar Familiengeheimnisse ausgekundschaftet«, erklärte sie.

Alle wandten sich ihr zu. »Was?«

»Die Frau, die das hier gemalt hat …« – sie wies auf das Bild von der Brücke, das sie an die Wand gelehnt hatte –, »… hatte eine stürmische Affäre mit einem unserer Vorfahren, Anfang des 20. Jahrhunderts, kurz vor dem Krieg. Über ihn weiß ich nur, dass sein Spitzname Rufus war und dass er rotes Haar hatte. Zumindest glaube ich, dass er rothaarig war.«

»Wirklich?« Harriet hob das Bild auf, damit alle es sehen konnten. Geoffrey Boothroyd hatte eine Bemerkung über die Feinheit der Aquarelltechnik gemacht, und Joanna sah, was er meinte. Sie – Emmie – hatte das blassgelbe Abendlicht eingefangen, das am Himmel hing, und das Holz der Brücke in ein mattes, aber unglaublich zartes Goldfiligran verwandelt. Die Brücke schien fast zu schweben, zeitlos.

»Welcher Vorfahre?«, ließ sich Audrey vernehmen. »Dein Großvater George hatte rotes Haar.«

Joanna starrte sie an. »Wirklich?« Alle Fotos, die sie von ihrem Großvater gesehen hatte, waren schwarzweiß, und natürlich war er gestorben, bevor sie zur Welt gekommen war. »Er kann es aber nicht sein. Als Emmie die Briefe geschrieben hat, war er noch ein Kind.« Aber wenn er rotes Haar gehabt hatte, dann war es doch höchst wahrscheinlich, dass sein Vater …? »Vielleicht hatte sein Vater William ja auch rotes Haar«, überlegte Joanna laut.

»William Rufus«, sagte Harriet.

»Was?« Joanna starrte sie an.

»William Rufus. William der Zweite, König von England.« Harriet zuckte die Achseln. »Du hast doch studiert, Joanna. Ist das nicht offensichtlich?«

Aber ja. Plötzlich begriff sie es. Deswegen hatte Emmie ihren Geliebten also Rufus genannt: weil er William hieß und rotes Haar hatte. Joanna grinste. »Genial, Het! Das ist es ... Rufus war unser Urgroßvater William. Väterlicherseits. Wegen seines wilden roten Haars auch als Rufus bekannt.«

»Aber wie hast du das mit der Affäre herausgefunden?«, fragte Audrey.

Joanna ging die Briefe holen, um sie ihnen zu zeigen.

»Ich kann mir nicht vorstellen, wie sie einander begegnet sind und wo sie lebte«, erklärte sie nach der Rückkehr. »Hier auf Mulberry Farm kann es nicht gewesen sein. Rufus – William – war verheiratet, und ich habe keinen Hinweis darauf gefunden, dass Emmie in Dorset gelebt hätte. Wahrscheinlich war sie nur kurze Zeit hier.«

»Immerhin lange genug, um Rufus zu verführen.« Harriet reichte Henry ein Stück Kuchen. »Mutter hat ihn gebacken«, meinte sie betont zu Joanna.

Sie blinzelte. Das war etwas Neues. Mutter hatte doch seit Jahren nicht gebacken, oder?

»Und natürlich«, fuhr Harriet fort, »hieß dieser Hof damals nicht Mulberry Farm.« Sie sah Owen Bestätigung heischend an. »Nicht wahr?«

Owen räusperte sich laut. »Ähem ... nein, das stimmt. Jedenfalls glaube ich das nicht.« Er warf Harriet einen Blick zu. »Vielleicht ...« Er ließ das Wort in der Luft hängen.

»Was?« Joanna war ungeduldig.

Harriets Stirn glättete sich. »Du meinst, dass es so passiert ist.« Sie klang aufgeregt. »Deswegen?«

»Wie was passiert ist?« Ehrlich, sie brachten sie auf die Palme, alle beide. Aber jetzt fiel ihr die Volkszählung wieder ein und der Umstand, dass Mulberry Farm damals unter einem anderen Namen aufgeführt worden war. Zu der Zeit war es ihr unwichtig erschienen. Aber jetzt …

»Pyramus und Thisbe?«, sagte Owen.

»Pyramus und Thisbe«, pflichtete Harriet ihm bei. Sie lachte.

»Pyramus und …?«

»Ihr meint die Liebenden?« Ihr neuer Bruder – Halbbruder? – lächelte ebenfalls.

»Die Liebenden«, bekräftigte Harriet.

»Und Nachbarn«, setzte Owen hinzu.

Joanna schaute zwischen ihnen hin und her. Hatten sie die natürliche Begabung, sie wahnsinnig zu machen? Trotz ihrer Detektivarbeit schienen alle mehr zu wissen als sie. »Erzählt es mir!«, bat sie. »Sonst platze ich noch vor Neugier.«

44. Kapitel

Heute essen wir allein zu Abend«, sagte Harriet zu Joanna. »Nur wir drei. In Ordnung?« Es wurde langsam Zeit, dass sie die ganze Geschichte erfuhren. Sie würde sie aus Mutter herausholen, und wenn es das Letzte sein sollte, was sie tat.

»Okay.« Joanna blinzelte sie an.

Seit Joanna aus London zurückgekommen war, hatte sie entweder die Nase in ein Buch gesteckt oder wie hypnotisiert vor dem Internet gesessen. Harriet musste zugeben, dass die Geschichte über ihren Urgroßvater und seine Malerin faszinierend war – besonders Owens Theorie, dass Rufus Mulberry Farm zur Erinnerung an Emily Selleck umbenannt hatte.

»Wenn deine Emmie eine Nachbarin von Rufus war ...«, hatte Owen am Tag der Teegesellschaft zu Joanna gemeint.

»Auf deinem Hof, meinst du?«

»Jep. Ich kenne die Geschichte von Warren Farm nicht. Vielleicht hatte sie dort Verwandte, oder sie hat sogar dort gearbeitet ...«

»Ja ...« Sie klang skeptisch. »Und dann sind sie einander begegnet. Und ...«

»Haben sich ineinander verliebt?«, fiel Harriet ein. Damals war eine Liaison mit einem Nachbarn wahrscheinlich nicht ungewöhnlich. Wen bekam man sonst schon zu sehen?

Owen nickte. »Und es war schwierig, sich zu treffen – eine verbotene Liebe.«

»Offensichtlich, denn Rufus war schon verheiratet«, meinte Harriet. Joanna hatte ihr erklärt, dass Rufus zu der Zeit, in der die meisten Briefe geschrieben worden waren, achtundzwanzig Jahre alt gewesen war.

»Dann haben sie sich vielleicht mit Pyramus und Thisbe verglichen.« Owen zuckte die Achseln. »Romantisch ist die Geschichte ja. Verliebte tun so etwas.«

Harriet zog die Augenbrauen hoch.

»Pyramus und …?« Joanna war immer noch sichtlich verwirrt.

An diesem Punkt hatte Harriet eingegriffen und die Geschichte erzählt. »Pyramus und Thisbe waren Nachbarn«, begann sie. Liebe, Missverständnisse und Tod, das alte Lied. »Am Ende waren sie beide tot. Und die Beeren des Maulbeerbaums symbolisieren ihr Blut«, endete sie mit einer weit ausholenden Geste.

»Uhhh.« Audrey erschauderte.

»Dann glaubt ihr, dass Rufus den Maulbeerbaum zur Erinnerung an Emmie gepflanzt hat, als Symbol ihrer Liebe.«

Endlich schien Joanna es zu begreifen. Für jemanden, der zur Universität gegangen ist, dachte Harriet, ist sie ab und zu erstaunlich begriffsstutzig.

Sie nickte. »Möglich wäre das.« Warum sonst hätte aus Warren Down Farm plötzlich Mulberry Farm werden sollen? Warum sonst hätte er – oder jemand anderer – einen Maulbeerbaum pflanzen sollen?

»Aber wieso haben sie sich überhaupt getrennt, wenn sie so verliebt waren?«, fragte Joanna. »Man braucht nur Emmies Briefe anzusehen …« Sie verstummte.

»Das war 1913. Er war verheiratet und hatte ein Kind. Damals rannten die Leute nicht so einfach zum Scheidungsanwalt.« Harriet schnalzte mit der Zunge. Sie wollte Joanna nichts – sie konnte gut verstehen, warum ihre Schwester Martin verlassen hatte –, aber dennoch … »Das war eine Sache der

Pflicht. Selbst wenn man entsetzlich unglücklich war, hatte man zu lächeln und sich in sein Schicksal zu fügen.«

»Und seine Frau war nicht gesund«, meinte Joanna. »Jedenfalls sieht sie auf den Fotos ziemlich gebrechlich und elend aus.«

»Vielleicht hatte sie ja eine Menge zu ertragen«, merkte Harriet an.

Aber sie redete mit sich selbst, denn Joanna war schon aus dem Zimmer gerannt. Geistig war sie ohnehin abwesend gewesen. Wahrscheinlich hatte sie nicht einmal bemerkt, dass Henry seither täglich zum Mittag- und Abendessen gekommen war, dass er mit Mutter spazierenging und stundenlang mit ihr zusammensaß.

Harriet hatte ein Hühnchenragout gekocht.

»Henry hätte das auch geschmeckt«, meinte Audrey.

Seit Henry aufgetaucht war, kleidete Mutter sich glamouröser denn je. Heute trug sie eine minzgrüne Rüschenbluse mit weiten Ärmeln, einen weißen Glockenrock und ein orangefarbenes Haarband.

Harriet verdrehte die Augen zum Himmel. Henry hier, Henry da. Sie entschied, nicht um den heißen Brei herumzureden. »Also, wirst du es uns jetzt sagen, Mutter?«, verlangte sie zu wissen.

Audrey kaute und schluckte. »Was sagen?«

»Wie Henry auf die Welt gekommen ist.«

Sie schüttelte den Kopf. »Da gibt es nichts zu erzählen«, sagte sie. »Es reicht doch, dass er wieder bei uns ist. Das ist alles, was für mich zählt.«

Harriet konnte es nicht glauben. Mutter konnte so egoistisch sein! Begriff sie denn nicht, dass noch andere beteiligt waren, die vielleicht gar nichts von diesem Bruder wissen wollten, der eines Tages vom Himmel gefallen war?

»Schön«, fauchte sie. »Dann machst du dir eben nicht die Mühe, es uns zu erzählen. Wahrscheinlich kommt es nicht darauf an, dass ich hier mein ganzes Leben damit verbracht habe, mich um dich zu kümmern.«

»Het ...« Joanna versuchte sie zum Schweigen zu bringen, aber Harriet hatte sich jetzt in Rage geredet und konnte nicht mehr aufhören.

Sie legte die Gabel weg. »Ich hätte von zu Hause weggehen können. Studieren hätte ich können. Aber was habe ich getan?« Sie blinzelte und sah erstaunt, wie eine Träne in ihr Hühnchenragout fiel. Was war mit ihr los? »Ich bin hier bei dir geblieben. Weil man dich nach Vaters Tod nicht allein lassen konnte, weil du es nicht ertragen konntest, allein zu sein.« Sie nahm ihre Gabel wieder auf und starrte ihre Mutter wütend an. »Und ich bin geblieben. Ich war ja so dumm.«

»Het ...« Joanna streckte den Arm über den Tisch und legte die Hand auf Harriets Arm, aber Harriet wollte ihr Mitgefühl nicht, und sie wollte sich nicht bremsen lassen. Sie wusste nicht wirklich, was sie wollte. Aber irgendeine Form Anerkennung wäre schön.

Mutter sagte nichts. Doch sie hatte zu essen aufgehört, und ihre milchig-blauen Augen wirkten glasig. Sie wirkte plötzlich abwesend.

Harriet spürte, wie sie erneut in Zorn geriet. »Und dann taucht aus dem Nichts heraus irgendein Kerl auf und ist dein Sohn, und wir sollen alle sagen, wie wunderbar, wie erstaunlich, wie herrlich das für dich ist. Und in Wahrheit ...«

»Niemand hat dich gebeten, hier bei mir zu bleiben«, sagte Audrey. Sie legte Messer und Gabel ordentlich gekreuzt auf dem Teller ab. »Das war deine Entscheidung.«

Sie ist eine alte Frau, dachte Harriet. Ihr Haar ist lilienweiß und ihr Gesicht ein Netz aus Falten und Erinnerungen. Aber immer noch hat sie diese hohen Wangenknochen. Eine klassische Schönheit. Sie hat sie nicht verloren. Doch, es hatte sie jemand darum gebeten. *Er* hatte sie gebeten.

Der Zorn in ihr sank so rasch zusammen, wie er aufgeflammt war. »Ich musste bleiben«, erklärte sie ruhig. »Vater ist gestorben.« Und alle wussten, was danach passiert war. Mutter war zusammengebrochen. Sie war nicht mehr die tüchtige Frau, die sie einmal gewesen war. Allein wäre sie nicht zurechtgekommen.

»Aber du hast doch immer ein Recht auf dein eigenes Leben gehabt«, ließ sich Joanna hören. »Konntest deine eigenen Entscheidungen treffen.« Sie klang schockiert, als sei ihr nie klar gewesen, dass es Harriet etwas ausgemacht hatte, dass Harriet in Wahrheit nie eine Wahl getroffen hatte.

Am liebsten hätte Harriet gelacht. Aber sie fürchtete, dass es schrill und hysterisch klingen könnte, unbeherrscht. »Ich habe es Vater versprechen müssen.« Sie erinnerte sich sogar noch an den Tag. Die Sonne hatte hoch am Himmel gestanden, und das Licht fiel durch das Laub des Maulbeerbaums, sodass das Wasser im Teich mit Flecken aus Licht und Schatten übersät war.

Versprich mir, dass du dich um deine Mutter kümmerst, Harriet, wenn ich einmal nicht mehr bin!, hatte er gesagt.

Ja. Ich werde mich um sie kümmern. Feierlich wie ein Ehegelöbnis hatte Harriet es versprochen. Aber sie hatte nicht geahnt, dass es so bald dazu kommen würde. Und sie hatte nicht gewusst, dass ihre Mutter plötzlich so hilflos sein würde.

Joanna hatte zu essen aufgehört. Sie legte die Gabel auf den Teller und schob ihn weg. »Er hat nicht gewollt, dass du kein eigenes Leben führst«, sagte sie noch einmal.

Harriet sah ihr an, dass sie darüber nachdachte und langsam zu begreifen begann. Trotzdem hatte ihre Schwester Recht. Auf gewisse Weise war es Harriets eigene Schuld. Sinnlos, jemand anderem die Verantwortung zuzuschieben.

»Natürlich wollte er das nicht.« In Mutters Augen stand etwas, was Harriet nur als das Licht der Liebe hätte beschreiben können. »Er hatte nicht vor, dich an einen Ort zu binden, an dem du nicht sein wolltest. Aber er hat geglaubt, du liebst Mulberry Farm.« Ihre Mutter wirkte verwirrt. »Er hat dich als seine Nachfolgerin gesehen.« Bei der Erinnerung umwölkten sich ihre Augen erneut. »Du bist ihm immer über die Farm nachgelaufen wie ein Hündchen ...«

»Vielen Dank, Mutter!«, fauchte Harriet. Wie ein Hündchen! Mutter hatte ja keine Ahnung. Ja, sie hatte viel Zeit mit ihrem Vater verbracht, aber er hatte es so gewollt. Er hatte ihre Gesellschaft immer geliebt, weil er von ihr etwas bekam, was ihm bei Mutter fehlte. Das wusste Harriet – und ihre Mutter wahrscheinlich auch. Mutter war eine schöne Frau gewesen, und eine große Leidenschaft musste die beiden verbunden haben; aber sie war nie eine Frau gewesen, mit der man über ernste oder tiefgründige Themen sprechen konnte. Mutter war wie Zuckerwatte; sie, Harriet, hatte ihrem Vater die Kameradschaft geschenkt, nach der er sich sehnte, oder?

Jeden Abend in seinem Arbeitszimmer hatten sie sich unterhalten – über Bildung, Philosophie, Religion. Und über die Landwirtschaft natürlich. Das waren einige der glücklichsten Momente in Harriets Leben. Sie lehnte sich auf dem Stuhl zurück. Selbst jetzt noch war sie in der Lage, die Augen zu schließen und wieder den Duft dieses Raums zu riechen – den modrigen Geruch alter Papiere und Bücher, das Holzmobiliar, den süßen, berauschenden Duft von Vaters Pfeifentabak. Sie spürte den rauen Stoff seines Tweedjacketts mit den Lederknöpfen; fühlte die glatten hölzernen Bodendielen unter den nackten Füßen, als sie vom Schreibtisch zum Bücherregal tappte, um ihm eine große Enzyklopädie mit Goldschnitt zu holen. Wenn er etwas darin nachschlug, glitt seine nikotingelbe Fingerspitze langsam die Seite hinunter ... Harriet schniefte.

»Ihr habt euch sehr nahegestanden.« Joanna warf ihr einen merkwürdigen Blick zu. Sie hatte die Ellbogen auf den Tisch gestützt und barg das Gesicht in den Händen. »Ich kann dir gar nicht sagen, wie eifersüchtig ich war.«

Harriet starrte sie an. »Du warst eifersüchtig auf mich?«

»Natürlich.« Joanna zuckte die Achseln. »Sind Schwestern nicht immer eifersüchtig aufeinander?« Sie lächelte.

»Wahrscheinlich.« Harriet spürte, wie ihre Scheuklappen abfielen und die Spannung, die auf ihrer Stirn lag, sich löste. Es war so einfach. Das war der Grund. Schwestern waren eben immer eifersüchtig.

»Du hast alles auf der Farm mit ihm zusammen gemacht«, sagte Joanna. »Ich war vollkommen nutzlos.«

Aber so klug, dachte Harriet. So witzig, so charmant. Du konntest Artikel und Geschichten schreiben, die die Leute lesen wollten. Du bist zur Uni gegangen und hast jede Menge Freundschaften geschlossen, du hast geheiratet, in London gelebt und wirst dafür bezahlt, in der ganzen Welt herumzureisen. »Du hast doch immer ein fantastisches Leben geführt«, meinte Harriet. Sie starrte das Essen an, das jetzt kalt wurde.

»Es war nicht leicht mit Martin«, gab Joanna zu bedenken. »Und die Scheidung ist auch nicht einfach.«

»Nein.« Und sie hatte sich immer das Leben ihrer Schwester gewünscht. Inzwischen war Harriet sich nicht mehr so sicher.

»Ich habe immer versucht, dir gerecht zu werden und dir näherzukommen.«

Tatsächlich? Harriet hatte nie etwas davon geahnt.

»Und ich konnte dich nicht ein einziges Mal finden.« Joanna stieß einen Seufzer aus. »Du warst so gut darin, dich zu verstecken.«

Harriet schenkte ihr ein Lächeln. Ja, sie hatte sich immer gut verstecken können. Aber jetzt wollte sie nicht mehr Versteck spielen. »Ich war oben im Maulbeerbaum«, sagte sie.

»Was?« Dann glättete sich Joannas Stirn. »Natürlich.« Sie lachte. »Hätte ich mir ja denken können.«

»Männer sind niemals einfach«, verkündete Audrey unvermittelt. »Sogar euer Vater war manchmal …« Unwillkürlich stieß sie einen erstickten Seufzer aus.

Harriet, die gerade die Teller stapeln und in die Küche zurückbringen wollte, erstarrte. Diesen erstickten Laut hatte sie schon so oft gehört. In ihrem Traum. Sie sah ihre Mutter an, und Audreys Augen weiteten sich. Sie hatte Angst. Dieses Keuchen. »Ich erinnere mich«, erklärte Harriet.

Plötzlich wusste sie wieder alles. Sie hatte es gesehen. Gesehen, wie die Augen ihrer Mutter sich vor Furcht weiteten, und sie hatte dieses erstickte Keuchen gehört. Sie hatte gesehen, wie Vater auf sie zutrat, und ihren Schrei gehört. Harriet hatte es verdrängt, aber sie hatte es gesehen. Damals … und in ihrem immer wiederkehrenden Traum hatte sie jedes Mal kurz davor gestanden. Nein. Das hätte er doch nicht getan, oder? Nicht Vater.

»Woran?« Mutters Miene war jetzt gefasst, aber Harriet hörte die Angst in ihrer Stimme. »Woran erinnerst du dich?«

»An seine Hände um deinen Hals«, flüsterte Harriet. *Wie konntest du? Wie konntest du nur?*

»Harriet, nein.« Joanna klang schockiert, leise. »Du hast doch nicht …«

»Unsinn!« Ihre Mutter hatte abwehrend die Lippen zusammengekniffen. »Du weißt ja nicht, wovon du redest. Dein

Vater hat den Boden verehrt, auf dem ich ging. Er hat mich angebetet. Er hätte niemals die Hand ...«

»Ich habe es gesehen, Mutter.« Irgendwie konnte Harriet jetzt nicht aufhören. Das alles ballte sich in ihrem Inneren zusammen wie eine Faust, und sie musste es herauslassen. Anders ging es nicht, sonst würde sie niemals frei sein. Aber nur Gott wusste, wen oder was sie dabei zerschlagen würde. »Ich habe ihn gesehen. Er hat dich fast erwürgt. Wenn ich nicht die Treppe hinuntergekommen wäre, wenn ich dich nicht hätte schreien hören ...«

»Mein Gott, Harriet, das reicht jetzt.« Joanna war kalkweiß im Gesicht. »Hör auf! Sofort.«

Mutter weinte. Tränen rannen an den Linien ihres Gesichts entlang. Lachfältchen und Sorgenfalten, dachte Harriet. So viel in einem einzigen Leben.

»Ist das wahr, Mutter?« Joanna beugte sich über den Tisch und nahm die Hände ihrer Mutter. Harriet konnte sich nicht rühren. Sie musste die Bestätigung haben. Natürlich war ihr nicht klar gewesen, dass Mutter hätte sterben können. Damals hatte sie nicht erkannt, dass er sie hätte umbringen können.

»Warum hat er das getan, Mutter?«, verlangte Harriet zu wissen. »Wieso, wenn er dich doch so sehr liebte?«

Harriet wünschte, sie hätte Mitleid mit ihrer Mutter haben können, aber stattdessen verharrte ihr Herz gefangen und eiskalt in ihrem Inneren.

»Ich habe alles aufgeschrieben«, flüsterte Audrey. »Über die Zeit damals. Nur ein einziges Mal. In mein Tagebuch.«

Beide starrten sie an. Einen Moment lang war Harriet klar, dass Joanna genauso verwirrt war wie sie. Dann begriff sie langsam. Natürlich.

»Du hast über das Kind geschrieben, das du weggegeben hast«, sagte sie. »Hast du über Henry geschrieben?«

»Ich musste es doch jemandem sagen.« Audreys Schultern sackten nach vorn. Sie wirkte so zerbrechlich, so erschöpft. Es muss schwer gewesen sein, stets den Schein zu wahren, dachte Harriet. »Ich weiß, es war nur ein Tagebuch, aber es hat mir geholfen, und ich habe mir keine Sekunde vorgestellt, dass ...«

»Vater es lesen würde.« Joanna sprach es an ihrer Stelle aus.

War er ein misstrauischer Mensch gewesen? Harriet hatte diese Seite an ihm nie gesehen, aber sie konnte sich vorstellen, dass er es in einer Schublade gefunden hatte und sich fragte, was seine Frau wohl geschrieben hatte, während er es mit einem zärtlichen Lächeln aufschlug ...

»Ich musste Henry fortgeben.« Audrey rechtfertigte sich noch immer. »Ihr wisst ja nicht, ihr könnt euch nicht vorstellen, wie es damals war. Ich war erst siebzehn.«

»Wer war der Vater?« Harriet sah den warnenden Blick, den Joanna ihr zuwarf, aber es war ihr egal. Es war Zeit für die Wahrheit. Die ganze Wahrheit.

»Ein Freund meines Bruders«, sagte Audrey. »An einem Sommertag waren wir alle losgezogen, um uns ein wenig zu amüsieren. Es war heiß und sonnig. Wir waren am See. Dann haben wir die anderen verloren. Wir sind schwimmen gegangen. Ich habe ihn immer gern gemocht. Nun ja, und dann ist alles aus dem Ruder gelaufen ...«

»Hat er dich dazu gebracht, das Kind wegzugeben?« Joanna klang mitfühlend, das tat sie immer. Aber seltsamerweise verbitterte das Harriet nicht mehr. Sie beide waren einfach verschieden.

»Er hat nie von dem Baby erfahren.« Mutter ließ den Kopf hängen. »Kaum jemand hat das. Versteht ihr, wir waren beide noch so jung. Ich durfte keiner Menschenseele davon erzählen. Damals fuhr man weg, um eine Tante zu besuchen, bevor es allzu sichtbar wurde, und dann kam man zurück, und alles ging weiter wie vorher.«

Stumm saßen sie da. Harriet verdaute die Information; den Umstand, dass ihre Mutter ebenso wenig eine Wahl gehabt hatte. Andere hatten alles für sie entschieden.

»Aber ich verstehe immer noch nicht ...« Joanna sprach langsam. »Wenn das alles passiert ist, bevor du Vater auch nur begegnet bist – warum war er dann so wütend?«

Harriet verstand es. Das Verhältnis zwischen Männern und Frauen war damals ein anderes gewesen als heute. Vater hatte seine schöne junge Frau auf ein Podest gestellt, und sie hatte es zerstört. Sie hatte ihn wie einen Narren aussehen lassen.

»Weil ich es ihm nicht gesagt hatte«, gestand Audrey. »Aber wie hätte ich das tun können? Er dachte, ich wäre rein, unschuldig, unberührt.«

Und ganz allein sein Eigentum, dachte Harriet. Vielleicht hätte er sie nicht gewollt, wenn er davon gewusst hätte.

»Das ist lächerlich«, meinte Joanna. »Und vollkommen archaisch.«

Harriet musste sich zurückhalten, um ihn nicht heftig zu verteidigen. Ja, es war albern, und ja, es war archaisch. Aber Mutter hätte es ihm vor der Hochzeit erzählen sollen. Sie hätte nicht so tun sollen, als sei sie Jungfrau, auch wenn das bedeutet hätte, ihn zu verlieren. Vater musste sich hintergangen gefühlt haben. Sie hatte ihn durch ihr Schweigen belogen, und zweitens war sie nicht die Frau, für die er sie immer gehalten hatte. Sie hatte ihn hinters Licht geführt, und das hatte er ihr nie verziehen.

Sie musterte ihre Mutter, die jetzt eine alte Frau und fast über den Verlust des Mannes zerbrochen war, von dem sie sich so vollkommen abhängig gemacht hatte. Die in ihren Chiffonkleidern und Negligés herumschwebte, verzweifelt bemüht, immer noch anziehend auf das andere Geschlecht zu wirken, umworben und geliebt zu werden. Jetzt passte alles zusammen. Mutter war nicht so sehr an Vaters Tod zerbrochen, sondern an dem Sturz von ihrem Sockel. Ob er ihr je verziehen hatte? Sicher, er hatte seine Pflicht als ihr Ehemann getan, aber hatte er sie immer noch geliebt, sich ihr zugewandt? Nein. Im Grunde hatte er seine Gefühle auf Harriet übertragen.

»Arme Mutter!« Joanna war aufgestanden und wiegte ihre Mutter in den Armen. »Du Arme – all die Jahre hast du dich verstellen müssen.«

Und armer Vater, dachte Harriet. Der das Vertrauen zu der Frau, die er liebte, verloren hatte. »Hat es dir leidgetan?«, fragte sie ihre Mutter. »Hast du es bedauert, dass du deinen Sohn weggegeben hast?«

Audrey hob den Kopf. »An jedem Tag meines Lebens«, erklärte sie. »Ich hätte nie gedacht, dass er Kontakt zu mir aufnehmen würde, weil ich glaubte, das nicht verdient zu haben. Er ist ein Geschenk.«

Kein Wunder, dachte Harriet. Kein Wunder, dass sie jetzt nicht genug von ihrem Sohn bekommen kann.

Unvermittelt stieg eine Erinnerung in ihr auf. Sie wunderte sich und biss sich auf die Lippen. Aber sie musste es wissen. »War es das einzige Mal, Mutter?«, fragte sie. »Dieses Mal, als ich Vater dabei beobachtet habe – war es das einzige Mal, dass er dir wehgetan hat?«

Audrey wandte den Blick ab, schaute aus dem Fenster, zum Maulbeerbaum, und schwieg.

Da verstand Harriet. Sie griff nach der Hand ihrer Mutter. Niemand verdiente es, sein ganzes Leben lang für einen Fehler bestraft zu werden, den er mit siebzehn begangen hatte. »Es tut mir leid, Mutter«, erklärte sie.

»Wisst ihr eigentlich, wie sehr ich euch liebe?« Audrey lächelte betrübt. »Euch beide?«

»Ja, Mutter.« Joanna umarmte sie.

Harriet nickte.

»Und verzeiht ihr mir?«, fragte Audrey. »Könnt ihr mich verstehen?«

»Natürlich tun wir das«, erklärte Joanna.

Harriet wusste, dass sie nicht einmal zu überlegen brauchte.

»Harriet?«

Harriet fragte sich, ob sie ihren bedrückenden Traum je wieder haben würde. Es gab auch andere, glücklichere Erinnerungen. Vielleicht würde sie daran arbeiten müssen, aber am Ende würde sie es schaffen. »Da ist nichts zu verzeihen«, sagte sie.

45. Kapitel

Nicholas beschloss, Celie zu besuchen, bevor er zurück nach Cornwall fuhr. Sie wohnte in Muswell Hill, und Tom und sie pendelten zur Arbeit in die Stadt zu der Innenausstattungsfirma, in der Tom CAD-Techniker und sie Sekretärin war. Er fragte sich, ob seine Tochter nach der Geburt ihres Kindes aufhören würde zu arbeiten. Wie mütterlich würde sie sein? Rachel war nicht besonders mütterlich gewesen. Es strapazierte seine Fantasie ziemlich, über solche Fragen auch nur nachzudenken. Er stellte sich Celie immer noch als Single in der Großstadt vor. Damit, dass sie einen Mann finden und sich so rasch in die Mutterschaft stürzen würde, hatte er nicht gerechnet.

Da Samstag war, würde Celie nicht arbeiten. Er rief sie vom Flughafen aus an und verabredete sich mit ihr zum Mittagessen in einem griechischen Restaurant im Zentrum von Muswell Hill. Sie schien sich zu freuen, von ihm zu hören.

»Soll ich Tom mitbringen oder lieber allein kommen?«, fragte sie ihn am Telefon. »Beides wäre cool.«

»Nur du«, sagte er und hörte im Kopf den Song *Only You.*

Das Restaurant war einfach ausgestattet und hatte keine Terrasse, aber Celie meinte, dafür sei das Essen zum Sterben gut. Zur Begrüßung schlang sie ihm die Arme um den Hals.

»Daddy. Tut mir leid, dass ich zu spät dran bin.«

»Hi, Liebling.« Zögernd machte er sich aus ihrer Umarmung frei. Sie duftete nach Orangenblüten. »Wie geht's dir?«

»Gut.«

Und sie sah auch danach aus. Sie trug Jeans und ein langes T-Shirt mit einem Gänseblümchen-Muster. Das dunkelbraune Haar hatte sie sich mit einem roten Band zu einem Pferdeschwanz zurückgebunden. Sie wirkte zu jung, um zu heiraten und Mutter zu werden.

Jetzt standen sie eine Armeslänge auseinander, und sie musterte ihn kritisch. »Wo hast du gesteckt? Ich habe versucht, dich zu Hause anzurufen.«

»In Prag.« Jetzt bekam er ein schlechtes Gewissen, weil er sein Handy ausgeschaltet hatte. Er hatte sich nicht von Giuseppe oder Rachel stören lassen wollen und ganz vergessen, dass Celie sich Sorgen machen könnte.

»Arbeit?« Sie setzte sich auf den Stuhl ihm gegenüber.

»So was Ähnliches.« Nein, er hatte nicht gearbeitet. Allerdings hatte er eine Entscheidung über seine Arbeit, sein Leben getroffen.

»Was meinst du?« Celie verstand sich gut darauf, einen ins Kreuzverhör zu nehmen – das muss sie von ihrer Mutter haben, dachte er.

»Ich musste ein paar Sachen überprüfen.« Aber auch Nicholas hatte Übung darin, sich vage auszudrücken. »Und Prag ist zu interessant, um sich hetzen zu lassen.« Die Architektur, die Geschichte und die Karlsbrücke ...

Im Bruchteil einer Sekunde beschloss er, ihr nichts von Joanna Shepherd zu erzählen – noch nicht jedenfalls. Und auch nicht davon, was oder wen er auf der Brücke gesehen hatte. Sie würde ihn für verrückt halten. Und vielleicht stimmte das ja sogar ...

Auf dem Rückflug von Prag hatte er über Joanna nachgedacht, und über die Frau, die er auf der Brücke beim Malen gesehen hatte. Natürlich musste es eine einfache Erklärung geben – es gab sie immer. Der Verstand konnte einem Streiche spielen, wenn man müde oder ausgebrannt war. War er das? Eigentlich war er nicht der Meinung gewesen. Aber andererseits war er in letzter Zeit viel herumgezogen. Er hatte sich … nun, nicht gut gefühlt. Und deswegen hatte er beschlossen, sein Leben zu ändern.

Nicholas ließ Celie plaudern. Begeistert erzählte sie von Tom. Nicholas hörte zu und lächelte. Er spürte, wie er sich langsam entspannte. Seine Schultern lockerten sich, und sein Schutzwall löste sich auf. Warum zum Teufel fiel es ihm so schwer, sich zu öffnen?

Im Flugzeug hatte er an Joanna geschrieben. Am Ende des Briefs hatte er aus einem Impuls heraus gefragt: »Sollen wir uns irgendwann einmal treffen? Was meinen Sie? Wir beide haben doch viel gemeinsam, oder? Es wäre nett, ein Gesicht und eine Stimme mit Ihrem Namen zu verbinden.«

Doch als er den Brief noch einmal las, fürchtete er, dass sie einander bei dem Treffen vielleicht nichts zu sagen hätten. Also hatte er die letzte Seite mit der Frage danach zusammengeknüllt. Besser, alles so zu belassen, wie es war.

Sie überflogen die Speisekarte und bestellten. Celie sah rosig und glücklich aus, und er freute sich darüber.

Während sie auf ihr Essen warteten, reckte sie den Arm über den Tisch und berührte seine Hand. »Es tut mir leid«, erklärte sie. »Mit dieser blöden Idee von einer Doppelhochzeit habe ich mich wohl von Mum überfahren lassen.«

»Hast du Zweifel?«

Die Kellnerin brachte sein Bier und Celies Mineralwasser.

»Nicht, was meine eigene Hochzeit angeht.« Kurz legte sie die Hand auf den Bauch, als wolle sie ihr ungeborenes Kind vor diesem Gedanken beschützen. »Aber daran, bei dieser Doppelhochzeit mitzumachen. Ich meine, irgendwie verwässert das alles, findest du nicht?«

»Hm.« Sie hat verdammt Recht, dachte er. Als Rachel den Vorschlag machte, hat sie nicht in erster Linie an ihre Tochter gedacht.

»Ich will dich nicht betrüben«, sagte sie. »Natürlich nicht.«

»Willst du es etwa meinetwegen nicht?« Nicholas war sich nicht sicher, wie ehrlich er seiner Tochter gegenüber sein sollte. Ihr die Pläne zu verderben war das Letzte, was er wollte, aber er wusste nicht, ob er in der Lage wäre, dazustehen und zuzuschauen, wie ein anderer Mann seine Exfrau heiratete. Er fühlte sich zwar nicht mehr an Rachel gebunden, denn er hatte jedes noch so kleine Band, das zwischen ihnen bestanden hatte, durchtrennt. Trotzdem kam es ihm irgendwie falsch vor, bei ihrer Hochzeit dabei zu sein.

Celie kicherte. »Im Moment überlegen wir, ob wir nicht einfach durchbrennen und es auf unsere eigene Art machen sollen«, meinte sie. »Was für einen Sinn hat es, nach Italien zu fliegen, um zu heiraten? Was ist verkehrt an einem hiesigen Standesamt? Viele Menschen machen das so.«

Nicholas zog ein Muster in das Kondenswasser an seinem Glas. Er mochte es, wenn Bier sehr kalt war. »Deine Mutter würde dir wahrscheinlich erklären, was daran falsch ist«, merkte er an. Sollte Celie wagen, ihr davon zu erzählen.

Celie nickte düster. »Hat sie schon. Sie sagt, das wäre keine Feier, sondern so, als hätte man etwas zu verbergen. Und dass uns das immer leidtun würde und all unsere Erinnerungen davon getrübt würden.«

Nicholas seufzte. Typisch Rachel! Sie hatte sich schon immer auf betörende Worte verstanden. Und warum mit einem Schraubenschlüssel arbeiten, wenn man auch einen Bulldozer einsetzen konnte? »Schätzchen.« Er drückte ihre Hand. »Du und Tom, ihr solltet tun, was ihr wollt. Gebt nichts auf die Vorstellungen deiner Mutter. Oder auf meine. Ich möchte nur, dass ihr glücklich seid.«

Celie lächelte dankbar.

Warum üben Eltern nur immer so viel Druck auf ihre Kinder aus?, fragte Nicholas sich. Warum haben sie das Bedürfnis, dass diese ihre eigenen Träume erfüllen? Er hoffte, dass er bei Celie nicht so gewesen war, aber er wusste, dass sie es trotz seines liberalen Erziehungsstils nie leicht gehabt hatte. Mit Rachel als Mutter war das praktisch garantiert.

Der Kellner brachte das Essen, das wirklich gut aussah. Der grüne Salat war knackig, und die schwarzen Oliven glänzten. Celies Haloumi-Käse war leicht gegrillt und das Hummus dick. Als Beilage wurden Kichererbsen, gebratene rote Paprika und Pitta-Brot gereicht.

»Dann heiraten wir hier.« Celie klang entschlossen. »Aber eine Feier will ich schon. Wir geben eine Riesenparty.«

»Okay.« Nicholas widmete sich seinem köstlichen Essen. »Sag mir Bescheid, wann, und ich komme.«

»Du kommst?« Celie schaute scharf auf. »Du wirst hier sein, um mich zum Altar zu führen?«

»Natürlich. Das würde ich mir um nichts in der Welt entgehen lassen.« Aber eigentlich war sie schon fort. Und er hatte sie auf diesem Weg nicht geführt, sondern zugesehen, wie sie die Flügel ausbreitete. Trotzdem freute es ihn, dass es seiner Tochter so viel bedeutete, am Arm ihres Vaters zum Altar zu gehen. Nach der Enthüllung in Italien war er sich nicht so sicher gewesen.

»Gut.« Celie schnitt ein Stück Haloumi ab und gabelte etwas Salat auf. »Wohin fährst du denn? Woher kommst du dieses Mal angereist?«

Die Millionen-Dollar-Frage. Aber warum sollte er keine längere Reise unternehmen, neue Horizonte erkunden? Er war sein eigener Herr, irgendwie jedenfalls. »Ich möchte einige Zeit auf Fuerteventura verbringen«, erklärte er. Das war der einzige Ort, der alle Kriterien erfüllte. »Du könntest mich besuchen.« Schließlich hatte Celie als Kind die Insel geliebt.

Sie zog eine Augenbraue hoch. »Urlaub?«

»So etwas in der Art.« Er zuckte die Achseln. Nun ja, er hatte hart gearbeitet und konnte sich das leisten. »Aber natürlich werde ich fotografieren.«

Celie beobachtete ihn immer noch. »Aber auf Fuerteventura gibt es nicht viel zu tun, oder, Dad? Abgesehen vom Fotografieren. Wird dir da nicht langweilig?«

Nicholas dachte an die einsamen Strände an der Westküste, die er entdecken wollte, und daran, wie er früher mit seinem Vater gefischt hatte. Er dachte ans Surfen und Fotografieren. Sonne und Beschaulichkeit, Ruhe und Erholung und daran, wie lange es dauern würde, zu entscheiden, was er mit dem Rest seines Lebens anfangen würde. »Nein, Celie«, sagte er. »Ich glaube nicht, dass ich mich langweilen werde.«

46. Kapitel

Von der großen Scheune aus konnte Harriet gerade noch erkennen, dass ihre Mutter und Henry durch den Obstgarten spazierten. In den letzten Wochen hatte sie beobachtet, wie die beiden einander näherkamen. Arm in Arm, die Köpfe zusammengesteckt, spazierten sie umher.

Sie gleichen sich wie ein Ei dem anderen, dachte Harriet. Mutter und Henry haben beide einen vergleichbaren Körperbau, diese hervorstehenden Knochen, und offenbar auch die gleiche geistige Wellenlänge.

Sie begann die aufgestapelten Stühle und Tische auszuräumen, die sie für die Frühjahrseröffnung des Café Mulberry – Mutter bestand darauf, es so zu nennen – brauchte.

Harriet fing mit den Tischen an. Es sah ihr gar nicht ähnlich, über geistige Wellenlängen nachzudenken. Sie konzentrierte sich auf Greifbareres. Die Tische mussten ordentlich abgeschrubbt werden. Sie standen seit Mitte Oktober letzten Jahres in der Scheune.

»Jetzt ist eure Zeit gekommen«, erklärte sie den Möbeln. Und ihre eigene. Sie musste wieder Scones und Obstkuchen, Brötchen und Quiches backen. Noch einmal warf sie einen Blick zu den Spaziergängern im Obstgarten. Mutter hatte sich verändert. Ihre Kleidung war noch immer nicht als normal zu bezeichnen, aber sie war glücklicher. Audrey hatte sogar wieder zu backen begonnen. Vielleicht wird sie mich dieses Jahr unterstützen, dachte Harriet, und ich muss mich nicht allein abrackern.

Mit dem Fingernagel kratzte sie auf einem besonders hartnäckigen Flecken herum. Henry schien Mutter beinahe ihr altes Wesen wiedergeschenkt zu haben. Ein Teil ihres Lebens war zu ihr zurückgekehrt; ein Kind, das sie aus den Augen verloren und wahrscheinlich für immer verloren geglaubt hatte, war als erwachsener Mann aus dem Nichts aufgetaucht. Es war wirklich nicht verwunderlich, dass Mutter ein neuer Mensch geworden war. Harriet unterbrach sich einen Moment und rieb sich das schmerzende Kreuz. Die größte Veränderung war, dass Mutter nicht mehr versuchte, Handwerker ins Haus zu locken, und nicht länger verloren und einsam umherschwebte. Sie schien die Realität besser im Griff zu haben. Harriet wurde klar, dass ihre Mutter durch Henry einen gewissen Frieden gefunden hatte.

Sie musste die kunststoffbeschichteten Tischdecken und die kleinen Glasvasen ausgraben. Die Leute mochten Blumen auf den Tischen. Morgen würden die Osterferien beginnen – Ostern fiel dieses Jahr spät, und die Wettervorhersage meldete ein warmes, sonniges Wochenende. Schon heute Nachmittag wärmte die Sonne Harriet.

Gestern hatte Owen ein paar Terrakotta-Töpfe gebracht, die Harriet vor die große Scheune gestellt hatte, nachdem sie sie mit Blauranken, Eisenkraut, duftendem Lavendel und roten und weißen Geranien bepflanzt hatte.

»Das Karussell dreht sich, und der Spaß beginnt von neuem«, hatte sie zu Owen bemerkt.

»Schätze, ja.« Er musterte sie, als wolle er noch mehr sagen.

Sie wartete, aber er grinste nur und ging davon. Was war ihm bloß durch den Kopf gegangen?

Mutter und Henry befanden sich jetzt auf dem Hof. Sie plauderten und lachten und schienen unzertrennlich zu sein. Die beiden besaßen auch den gleichen Sinn für Humor. Wie lange wird es wohl dauern, bis er hier einziehen will? Harriet schüttelte den Kopf und wälzte finstere Gedanken. Dieser neue Bruder war ein ganz netter Bursche. Aber … Einziehen würde er hier nur über ihre Leiche. Seit Vaters Tod war das hier ein Frauenhaushalt gewesen, und sie wollte, dass das auch so blieb.

»Kann ich irgendwie helfen?«

Harriet wurde klar, dass ihre Mutter ins Haus gegangen war und Henry im Eingang der großen Scheune stand. Das war einmal etwas Neues.

»Oh, hm. Vielleicht könntest du mir mit diesen Tischen helfen?«, schlug sie vor. Owen hatte sie gestern auch ermahnt, sie solle nicht zu stolz sein, um Hilfe anzunehmen. »Du kannst nicht alles allein machen«, hatte er gemeint. »Du bist schließlich nicht Superwoman.«

»Wie viele brauchst du?«, erkundigte sich Henry.

»Normalerweise habe ich ein halbes Dutzend drinnen und vier draußen. Kommt natürlich auf das Wetter an.« Da in der Touristeninformation von Pridehaven für die Wanderungen über den Down geworben wurde, konnten sie zu Spitzenzeiten sogar alle besetzt sein. Vielleicht würde sie sogar eine Aushilfe anstellen müssen – Maisie aus dem Dorf hatte schon früher für sie gekellnert und abgewaschen; Harriet wusste, dass sie einspringen würde, wenn es nötig war.

Seite an Seite arbeiteten sie, räumten und putzten systematisch und entfernten den Schmutz, der sich über die Wintermonate angesammelt hatte, fegten Staub und Spinnweben und Dreck weg. Obwohl die Stimmung kameradschaftlich war, fragte sich Harriet misstrauisch, ob das Ganze nur eine List war. Sie fürchtete, dass Henry sich jeden Moment nach dem freien Zimmer in Mulberry Cottage erkundigen könnte.

»Ich habe mich noch gar nicht richtig bei dir entschuldigt«, erklärte er endlich, als sie sich gesetzt hatten, um eine Verschnaufpause zu machen. »Schließlich war es meine Schuld, dass du geglaubt hast, von einem verrückten Stalker verfolgt zu werden.«

»Das ist schon in Ordnung.«

Die Tage mit dem Stalker schienen schon lange zurückzuliegen. Seit Scott hatte sich Harriet nicht ein einziges Mal bei Dynamic Dating eingeloggt. Nicht, dass sie bedauert hätte, Scott begegnet zu sein; nein, sie bereute gar nichts. Scott hatte ihr Leben verändert. Sie hatte gesehen, was möglich war, und hatte sich mit ihrem Schicksal versöhnt. Außerdem stand der Sommer vor der Tür, und aus irgendeinem Grund fühlte sie sich nicht mehr so einsam wie zuvor.

»Ich mache uns Tee.« Sie stand auf.

»Wunderbar.« Er lächelte. »Aber vorher ...«

Sie setzte sich wieder. Okay, okay. Kam jetzt die Rede darauf, dass er einziehen wollte? So früh schon?

»Audrey hat mir erzählt, dass ihr es hier auf Mulberry Farm nicht so leicht hattet.« Er legte die Hände mit den Fingerspitzen zusammen, sodass sie eine Pyramide bildeten, als sei das ein Problem, das man mithilfe der richtigen mathematischen Gleichung lösen könne.

Nicht leicht? Harriet versuchte, keinen Groll zu empfinden. Er war ja so eine Art Familienmitglied. Wenigstens hatte er nicht angefangen, sie »Mutter« zu nennen. »Das könnte man so ausdrücken«, meinte sie vorsichtig.

Er sah sie eindringlich an. »Ich könnte helfen«, erklärte er.

»Wirklich?« Aber dazu würde es eine Menge mehr brauchen, als nur ein paar Stühle und Tische zu tragen.

»Nun, erst einmal habe ich ziemlich viel Geld, mit dem ich nichts anzufangen weiß«, sagte er.

Harriet blinzelte.

»Ich würde gern ... ähm ... in Mulberry Farm investieren … « Er wirkte verlegen. »Den Hof ein wenig modernisieren, euer Leben angenehmer machen.«

»Ach ja?« Sofort war Harriet misstrauisch. Versuchte er sie irgendwie um ihr Erbe zu bringen? »Und warum willst du das tun?«

Er zuckte die Achseln. »Ich schätze, ich wünsche mir einen guten Lebensstandard für unsere Mutter«, sagte er. »Nicht, dass ich andeuten wollte, dass du etwas nicht richtig machst …«

»Ich weiß.« Owen hatte recht, jetzt war nicht die richtige Zeit, um stolz zu sein.

»Und für dich auch«, setzte er hinzu.

»Mich?«

»Ich würde gern etwas tun, um dir zu helfen.«

Harriet starrte ihn aufgebracht an. Sah sie so aus, als bräuchte sie seine Hilfe? »Warum?«, verlangte sie scharf zu wissen.

»Du bist meine Schwester.«

»Hm.«

In der Küche kochte Joanna Spagetti Bolognese. Die Luft war von dem durchdringenden Duft nach Tomaten erfüllt, in den sich die Aromen von Basilikum und Oregano mischten.

»Du machst das Abendessen?« Harriet starrte sie an. Was war bloß los? Warum waren heute alle so hilfsbereit?

»Man könnte denken, ich könnte nicht kochen«, murrte Joanna. »Oder dass ich nicht im Haushalt helfe.«

Nun ja, Joanna war in letzter Zeit schon ein wenig abgelenkt gewesen. Harriet warf einen prüfenden Blick ins Wohnzimmer, um sich zu vergewissern, dass Mutter nicht in Hörweite war. Alles klar.

»Henry will in Mulberry Farm investieren«, erklärte sie Joanna.

»Wie viel?« Ihre Schwester rührte weiter in dem brutzelnden Pfanneninhalt.

»Hat er nicht gesagt«, gestand Harriet. Obwohl es sicher eine stattliche Summe sein würde. Sie füllte den Wasserkocher und schaltete ihn ein. »Tee?«

»Mutter glaubt, dass er reich ist«, erklärte Joanna und schlürfte ein wenig Bolognese-Sauce vom Holzlöffel. »Autsch.« Sie fächerte sich Luft in den Mund. »Er hat alles Mögliche veröffentlicht; in der akademischen Welt ist er ziemlich berühmt.«

»Wirklich?« Harriet schaute durch das Fenster. Draußen kämpfte Henry damit, einen Klapptisch zu öffnen.

»Anscheinend hat er außerdem noch geerbt. Ziemlich viel. Daher ist er auch früher in den Ruhestand gegangen.«

»Hm.« Glück für den guten alten Henry. »Bestimmt will er hier einziehen«, versetzte sie düster.

»Mutter möchte das.«

Harriet fuhr zu ihr herum. »Was? Soll das heißen, dass ihr schon darüber gesprochen habt?« Ohne mich, meinte sie. Die Person, die ... Wie auch immer, sie hätte dabei sein müssen, das war alles.

Joanna wedelte mit dem Löffel in ihre Richtung. »Und weißt du auch, was das bedeutet, Het?«

»Keine Privatsphäre mehr?« Sie gab heißes Wasser in die Teekanne, um sie vorzuwärmen. Holte Tassen und Untertassen aus dem Schrank und stellte sie auf ein Tablett.

Joanna schnalzte mit der Zunge; eine äußerst irritierende Angewohnheit. »Es heißt, liebes Schwesterlein, dass du frei bist.«

»Frei?« Hatte sie den Verstand verloren?

Joanna ließ den Holzlöffel fallen. Fasziniert sah Harriet zu, wie er langsam in der Bolognese versank. »Nie mehr für das Café am heißen Backofen rackern ...« Sie fasste Harriet an den Händen. »Kein Gemüseanbau mehr. Du brauchst nicht mehr zu Hause zu bleiben, um auf Mutter aufzupassen.«

»Aber ...«

»Keine Schweinemast mehr, kein Eiersammeln im Hühnerhaus oder Pflaumenpflücken im Obstgarten.«

»Aber ...« Sie hatte Joanna noch nie so fröhlich erlebt. Jedenfalls lange nicht.

»Kein Ernten und Einkochen.« Ihre Schwester hüpfte lachend durch die Küche und zog Harriet mit. Offensichtlich war sie vollkommen übergeschnappt. »Kein Marmeladekochen mehr«, intonierte sie. »Du musst kein Gemüse mehr zum Markt karren und auch keine Erdbeeren pflücken. Du bist frei!«

»Aber ...« Das war zu viel, um es so schnell zu begreifen. Trotzdem lachte Harriet. Sie konnte nicht dagegen an. Joanna brachte es fertig, dass sie sich wieder wie ein Kind fühlte.

»Du könntest überall hingehen.« Joanna hörte auf zu tanzen und drückte Harriets Hände fester. Ihre Augen strahlten. »Mutter hat mir gesagt, dass er uns beide unterstützen will.«

»Und ...«

»Und du könntest wegziehen. Reisen. Oder vielleicht studieren. Du könntest alles tun, was dir gefällt.«

Alles, was mir gefällt? Benommen sah Harriet zu, wie Joanna ihre Aufmerksamkeit wieder den Spagetti Bolognese zuwandte. Wie betäubt kochte sie Tee, stellte für Joanna und Mutter zwei Tassen beiseite, goss die Milch in ein Kännchen und trug das Tee-Tablett nach draußen, zur großen Scheune.

Alles, was mir gefällt? Himmel, ich bin neununddreißig! Was in aller Welt werde ich tun?

47. Kapitel

An Harriets Geburtstag gelang Joanna der entscheidende Durchbruch. Sie befand sich im Archiv in Dorset. In letzter Zeit hatte sie hier viel Zeit verbracht; es war einfach zu schwer, all die dicken Bände nach Hause zu schleppen. Sie hatte das Gefühl, für jede magere Zeile, die eine Information lieferte, fünf Wälzer durchackern zu müssen. Einige waren ohnehin Präsenzbände. Sie verstand jetzt, warum Ahnenforscher so sehr in ihren Dokumenten versanken. Diese Liebesgeschichte fesselte Joanna restlos.

Die Notizen, die sie seit ihrer Rückkehr aus London gesammelt hatte, waren immer noch ziemlich spärlich, obwohl sie einige Lücken in ihrem Wissen über das Leben von Emily Selleck, wenig bekannte Künstlerin von Anfang des 20. Jahrhunderts, hatte schließen können. Sie wusste, dass Emilys Vater seine Tochter zum Malen ermuntert hatte. Wahrscheinlich war Emily von Clara Montalba beeinflusst worden, die ab 1866 in der Royal Academy ausgestellt hatte und für ihren raffinierten Farbeinsatz mit zarten Nuancen sowie den sorgfältigen Aufbau ihrer Bilder berühmt war. Joanna entdeckte die Ähnlichkeit im Stil der beiden Malerinnen. Das galt auch für die Themen, denn auch Clara Montalba hatte Szenen des Canal Grande in Venedig und die London Bridge gemalt.

Joanna wusste, dass Emily nicht besonders produktiv gewesen war und keine professionelle Anerkennung gesucht hatte, diese jedoch sehr spät in ihrem Leben noch erfahren hatte. Dank ihres väterlichen Erbes war sie finanziell so gut gestellt gewesen, dass sie mit der Malerei kein Einkommen erzielen musste.

Joanna hatte ihre Arbeit am Londoner Brückenspaziergang mit einem Gefühl von Frustration beendet – sie hatte etwas übersehen. Je mehr sie las, umso überzeugter war sie, dass Owen mit seiner Theorie über Mulberry Farm richtig lag. Und umso stärker wurde die Überzeugung, dass ihre Brückenspaziergänge und ihre Suche nach Emilys und Rufus' Geschichte untrennbar miteinander verbunden waren. Sie wusste nur nicht, wie.

Sie blätterte durch ihr Notizbuch und rekapitulierte noch einmal: Mit neunzehn war Emmie zu Verwandten nach Dorset gereist, anscheinend zu Onkel und Tante, um die kranke Tante zu pflegen. Das Dorf wurde nicht erwähnt. Sie war mindestens einen ganzen Sommer geblieben. Vermutlich war sie damals ihrem Rufus begegnet. Dem Nachbarn – wie in der Geschichte von Pyramus und Thisbe? Joanna malte mit schwarzer Tinte ein Herz an den Rand. *Liebe meines Herzens.*

In der Bibliothek herrschte Schweigen, das nur vom Rascheln einer umgeblätterten Seite unterbrochen wurde, dem leisen Surren einer Computerbelüftung und gelegentlich einem unterdrückten Husten. Joanna konnte sich vorstellen, wie es damals gewesen war.

Ein junges – vielleicht hübsches – Mädchen, gelangweilt und weit weg von zu Hause. Ein attraktiver Mann, ungefähr zehn Jahre älter als sie – vielleicht ebenfalls gelangweilt? –, mit einer kränkelnden Frau. Möglicherweise hatte alles mit einer zufälligen Begegnung begonnen, einem beiläufigen Gespräch. Mit der Erkenntnis, dass sie Gemeinsamkeiten hatten. Ein Scherz zwischen den beiden? Ein Funke körperlicher Anziehung?

Joanna lehnte sich auf dem Stuhl zurück. Dann, eines

Tages ... vielleicht ein Spaziergang. Denkbar, dass es zu regnen begonnen hatte und sie in einen nahe gelegenen Heuschober gelaufen waren, um Schutz zu suchen. Und dann ... Irgendwann waren sie wohl Liebende geworden.

Sie schaute auf die Uhr. Jetzt hätte sie alles für einen Kaffee gegeben, denn sie wusste, dass sie den Adrenalinstoß dringend brauchte. Aber sie wollte noch zwei weitere Bücher durchsehen, bevor sie nach Mulberry Farm zurückfuhr.

Nach einiger Zeit wurde Emmie wohl nach Hause zurückgerufen. Ihr Vater wollte Europa bereisen, und sie sollte ihn begleiten. Das war eine großartige Gelegenheit, viel Zeit mit ihm zu verbringen, zu malen und einige der spektakulärsten Sehenswürdigkeiten Europas zu besichtigen. Sie würde Rufus schreiben – jeden Tag.

Aber Liebe konnte nicht nur von Briefen existieren. Entscheidungen mussten getroffen werden, etwas musste sich ändern. Joanna zog die Briefe aus der Tasche. Sie waren so oft gelesen worden, dass die Ränder brüchig waren und die Seiten dünn und abgegriffen. Vielleicht hatte Rufus sie ebenso oft gelesen wie ich, bevor er sie in der großen Truhe auf dem Dachboden versteckt hat, dachte sie. Warum hat er sie behalten? Konnte er es nicht ertragen, diesen letzten Teil von ihr gehen zu lassen?

Ich frage mich, wie du dich entscheiden wirst, hatte Emmie geschrieben. Hatte er ihr gesagt, er werde sich von seiner Frau trennen, dass er sich danach sehne, mit Emmie zusammen zu sein, und bereit sei, ihretwegen seine Familie zu verlassen? Dachte er während ihrer Trennung darüber nach, während Emmie mit ihrem Vater im Ausland weilte? Für die beiden gab es nur alles oder nichts. Emmie konnte nicht nach Dorset zurückkehren; sie musste bei ihrem Vater bleiben. Es würde keine geheimen Treffen, keine zufälligen Begegnungen oder verstohlene Spaziergänge Hand in Hand auf dem Down geben. Ihnen blieb nichts anderes übrig, als zusammen durchzubrennen, ohne den Skandal zu fürchten – oder einander aufzugeben.

Nachdenklich faltete Joanna den Brief mit dieser Frage wieder zusammen. Emmies Worte verströmten so große Trauer, dass Joanna vermutete: Emmie hatte geahnt, was geschehen würde. Sie kannte ihren Rufus und wusste, was für ein Mensch er war. Nie würde er ihretwegen seine kranke Frau verlassen; dazu waren sein Verantwortungsgefühl und sein Pflichtbewusstsein zu groß. Sie wusste, dass er sie aufgeben würde. Er musste es tun.

Und das hatte er wohl auch. Dies war der letzte Brief, den Rufus von Emmie erhalten und in der Truhe versteckt hatte. Als sie von der Reise nach Prag zurückgekehrt war, hatte er ihr vermutlich mitgeteilt, dass es keine gemeinsame Zukunft für sie gebe und sie sich trennen müssten. Und sie musste sich damit abfinden. Was blieb ihr auch anderes übrig? Sie hatte immer gewusst, dass er verheiratet war und Familie hatte. Sie wusste, wo seine Pflichten und seine Verantwortung lagen. Im Herzen hatte sie immer gewusst, welches Risiko sie einging. Arme Emmie!

Sorgfältig steckte Joanna die Briefe wieder ein. Was hatten die Liebenden danach getan? Emmie war alt geworden, 86 Jahre. Sie war 1895 geboren und 1981 gestorben. 1981 ... Das lag noch nicht so lange zurück. Ihre Gemälde stammten nur aus der Zeit zwischen 1910 und 1914. Was hatte das zu bedeuten? Hatte Emily mit dem Malen aufgehört, nachdem Rufus sie verlassen hatte? Oder waren ihre Bilder nach 1914 nicht mehr ausgestellt worden?

Liebste, nein, ich scheide nicht/aus Überdruss an dir ...

Die Briefe lieferten keine Hinweise darauf – Joanna hatte sie unendlich oft gelesen und analysiert. Sie verrieten ihr jede Menge über Emmies Gemütsverfassung und ihre Liebe zu Rufus, aber sie sagten nichts über die Zeit nach der Trennung aus. Vermutlich war sie für beide die Hölle auf Erden.

In Joannas Tasche steckte noch ein Brief – der neueste von Nicholas Tresillion mit einem Poststempel aus London, wo er seine Tochter besuchte. Gott, der Mann kam ganz schön herum. Er bestätigte, dass er nach Prag gefahren war. Und, noch wichtiger ... Sie griff nach dem Brief und entfaltete ihn.

»Ich habe Ihren heiligen Johannes Nepomuk gesehen – ein ziemliches Original, nicht wahr?«, hatte Nicholas geschrieben. »Aber bei dieser Gelegenheit ist er weder geschwommen noch ertrunken. Bedaure, Sie enttäuschen zu müssen. Trotzdem ist etwas Merkwürdiges passiert. Ich habe jemanden gesehen – eine junge Frau, die auf der Brücke saß und malte. Und sie war das Ebenbild von jemandem, den ich gut kannte. Mehr noch, und ich weiß, dass sich das jetzt vollkommen verrückt anhört ... Ich glaube, dass sie es war. Einen Moment lang war ich zutiefst davon überzeugt. Wissen Sie, was ich meine?«

Ja, Joanna wusste es. Ein Moment. Sie wusste es genau. Aber das wirklich Unheimliche an diesem Brief war, dass Nicholas' Mädchen in Prag gemalt hatte. War das bloß ein Zufall? Oder ...?

Sie konnte nicht denken; nicht einmal hier, im Archiv, an einem Ort, der zum Denken geschaffen war. Dieses Puzzle hatte so viele Teile, und sie schwebten alle in der Luft. Jedes Mal, wenn sie eines ergriff und auf die Erde hinabzog, entwischte ein anderes und flog wieder davon. Sie kam einfach nicht darauf, worin diese Verbindung zu Nicholas Tresillion bestand, konnte keinen Sinn in das bringen, was er gesehen hatte; ebenso wenig, wie sie begriff, was sie gesehen hatte. Sie wusste nur, dass es zu einem vertrauten Muster zu gehören schien. So, als geschähe es unabhängig von Nicholas und ihr. Als verliefen diese merkwürdigen Ereignisse parallel und als würden Nicholas und sie nur flüchtige Blicke darauf erhaschen. Aber warum?

Es ergab keinen Sinn.

Joanna wandte sich dem vorletzten Buch zu und blätterte durch den Index. Nichts Neues. Sie schaute auf die Uhr. Um rechtzeitig zu Harriets Geburtstagsessen zurück zu sein, müsste sie sich bald in Bewegung setzen. Dies sollte wirklich ihr letzter Besuch in der Bibliothek oder im Historischen Zentrum sein. Joanna war sich ziemlich sicher, dass sie alles über Emmie Selleck herausgefunden hatte, was sie konnte. Ihr Text für den Londoner Brückenspaziergang lag für Toby bereit. Allmählich wurde es Zeit, sich neuen Dingen zuzuwenden. Zuerst war Paris an der Reihe. Danach musste sie über dieses Reisebuch nachdenken, das sie schreiben sollte. Noch wusste sie nicht, wohin sie fahren würde, aber das würde ihr schon noch einfallen. Es war ein Projekt, eine aufregende Aussicht …

Sie nahm das letzte Buch zur Hand. Und was Rufus anging … Nach dem Ende seiner Affäre mit Emily hatte er sich wahrscheinlich seiner Frau und seiner Familie gewidmet, nachdem er den Maulbeerbaum gepflanzt und seinen Hof zur Erinnerung an seine Liebe zu Emily umbenannt hatte. Eine besondere Liebe. Die Liebe eines Lebens. Aber auch eine Liebe, die nicht hatte sollen sein … Aus dieser Zeit seines Lebens gab es auf Mulberry Farm keine Fotos, obwohl seine Frau und seine Kinder häufig abgelichtet waren.

Blinzelnd betrachtete Joanna den Index. Was war denn das? Gott, ein ganzes Kapitel über Emily Selleck, Künstlerin aus der Zeit vor dem Ersten Weltkrieg! Sie konnte es kaum glauben. Gierig blätterte sie die Seiten durch. Als sie das entsprechende Kapitel fand, erstarrte sie. Ein Foto! Von Emily. Das erste, das sie gefunden hatte.

Mit der Fingerspitze zog sie die Züge der Malerin nach. Eine lange, zarte Nase, blondes, hochgestecktes Haar, ernst dreinblickende Augen. Mein Gott …

Joanna hatte sie gesehen. Oder zumindest eine Vision von ihr gehabt. Mehrmals. Einmal war Emmie über ein Feld gerannt – auf jemanden zu, wie Joanna sich nun erinnerte, begierig gerannt, mit ausgestreckten Armen, um ihn zu begrüßen … Und einmal hatte sie sich lachend an den Stamm eines Maulbeerbaums gelehnt. Und einmal auf einem Raddampfer, der die Themse hinaufgefahren war. Sie hatte zur London Bridge aufgesehen und geweint. Geweint, als breche ihr das Herz.

Was hatte es zu bedeuten, dass es nach dieser Zeit keine Fotos mehr von William gab?

Natürlich. Vielleicht … Joanna sah wieder auf die Uhr. Sie musste ins Historische Zentrum von Dorset und sich dort den Mikrofilm ansehen. Aber sie hatte keine Zeit dazu. Verdammt. Sie würde morgen noch einmal nach Dorset fahren. Etwas anderes blieb ihr nicht übrig.

Sie hatte keine Ahnung, was hier los war. Aber sie wusste, dass sie nicht ruhen konnte, bis sie es herausgefunden hatte.

48. Kapitel

Sie hatten ihren Geburtstag nicht vergessen. Ganz früh am Morgen waren Joanna und Mutter in ihr Zimmer gekommen und hatten sich wie in Harriets Kindheit auf ihre Bettkante gesetzt. Joanna hatte Tee und Toast gemacht und ihr beides auf einem Tablett serviert, auf dem auch eine Glasvase mit Glockenblumen stand.

Joanna hatte ihr ein Seidenkleid in einem dunklen Violett geschenkt – Harriet dachte an das Gedicht *Wenn ich alt bin, werd ich Lila tragen* –, und von Mutter hatte sie einen schwarzen Pashmina-Schal aus Kaschmir bekommen. Harriet drückte ihn an die Wange. »Wie weich er ist«, sagte sie. Sie stieg aus dem Bett, hielt das Kleid vor ihren Körper und spürte, wie der zarte Stoff über ihre nackten Beine strich. Es war herrlich, und sie fühlte sich damit gar nicht alt.

»Du kannst heute Abend beides anziehen.« Audrey klatschte in die Hände. »Henry führt uns alle zum Essen aus.«

»Wunderbar«, meinte Harriet, obwohl es sie ein wenig traurig stimmte, dass alle davon ausgingen, dass sie nichts anderes vorhatte. Hatte sie ja auch nicht …

Joanna grinste. »Und, wie fühlt man sich mit vierzig?«

»Ziemlich genauso wie mit neununddreißig«, gab Harriet zurück und warf ein Kissen nach ihr. So ganz stimmte das nicht. Es fühlte sich beängstigend an. Wenn sie jetzt nichts aus ihrem Leben machte, würde sie es wohl nie schaffen.

Seltsam, dachte Harriet, als sie am Abend das violette Seidenkleid überstreifte, dass Owen heute nicht vorbeigeschaut hat. Sie schaute sich im Spiegel an. Wer war diese Frau? Wusste sie es immer noch nicht? In diesem Kleid wirkte sie irgendwie kultiviert, etwas, worum sie Joanna immer beneidet hatte. Brauchte man nur ein neues Kleid, um solch einen Eindruck zu erwecken?

Zugegeben, gestand sie sich ein, Owen hat mir noch nie zum Geburtstag gratuliert. Aber da er an den meisten Tagen hereinschaute, fand Harriet es schade, dass er heute eine Ausnahme gemacht hatte. Irgendwie warf das einen Schatten auf den Tag.

Doch als sie nach unten kam, saß Owen mit Joanna in der Küche. Er sah, nun ja, anders als sonst aus.

»Wow!«, meinte Joanna zufrieden. »Du siehst großartig aus, Het. Dreh dich mal.«

Harriet lachte verlegen, hustete dann und lachte wieder. Herrgott! Offenbar hatte sie doch kein bisschen Haltung oder Raffinesse hinzugewonnen.

Owen starrte sie nur an. »Du bist wunderschön«, murmelte er.

Also, wirklich ... »Du bist auch ziemlich schick.« Sie musterte ihn von Kopf bis Fuß. Er trug einen blauen Anzug, der das Blau seiner Augen betonte, und ein taubengraues Hemd. Tatsächlich wirkte er so verändert, dass sie den Blick nicht von ihm losreißen konnte.

»Das ist für dich.« Er reichte ihr ein in Silberpapier gewickeltes Päckchen.

Als Harriet es entgegennahm, rannte Joanna aus der Küche. »Muss nur schnell ...« Der Rest ihres Satzes war unverständliches Gemurmel.

»Danke.« Harriet schaute nach unten. Owen hatte ihren Geburtstag nicht vergessen.

Sie wickelte das Päckchen aus und öffnete eine violette Schachtel. Aus irgendeinem Grund fiel ihr das Atmen schwer. In einem Nest aus weißem Stoff lag da ein goldenes Medaillon mit Kette, und in die Vorderseite mit den geschliffenen Rändern war etwas eingraviert. Das war doch nicht …?

Sie nahm das Schmuckstück heraus. Es schmiegte sich angenehm in ihre Hand. »Es ist wunderschön.« Mehr als schön. Das war zu viel, viel zu viel.

»Es sind keine Bilder darin«, erklärte er. »Noch nicht. Darüber musst du entscheiden.«

Mit einem Klicken öffnete sie das Medaillon. Darin war Platz für zwei Bilder, eines auf jeder Seite. Sie schloss es wieder und zog die Gravur mit der Fingerspitze nach. Natürlich. Sie lachte. »Ein Maulbeerbaum.«

Er nickte. »Gefällt es dir?«

Ob es ihr gefiel? Sie schloss die Finger darum und reckte sich, um Owen auf die Wange zu küssen. Er roch auch anders; nach einem frischen Männerparfüm, zitronig und würzig.

Sie nahm seine Hand, legte die Kette hinein und drehte sich um, damit er sie ihr um den Hals legen konnte.

Später, viel später stiegen alle in ein Taxi, setzten Henry an seinem Haus im Dorf ab und fuhren zurück nach Mulberry Farm. Harriet hatte sich viel besser amüsiert, als sie erwartet hatte. Sie hatte mehr Wein als üblich getrunken und festgestellt, dass sie lebhaft plauderte, ihrer Mutter voll aufrichtiger Zuneigung den Arm drückte, zusammen mit Joanna kicherte und über Henrys Scherze lachte …

Sie wäre nach dem Restaurant allerdings lieber im Mondschein zu Fuß zurückgegangen, und sie fragte sich, ob Owen genauso empfand. Sie beobachtete, wie er sich von Mutter und

Joanna verabschiedete. Vielleicht hätte sie den Vorschlag machen sollen?

»Ich bringe dich noch nach draußen«, sagte sie, als er auf sie zutrat.

Er nickte.

Aber Harriet wollte noch nicht, dass der Abend endete, und sie spürte, dass es Owen nicht anders erging. Und richtig, er nahm ihren Arm, und dann schlenderten sie schweigend zum Maulbeerbaum und zum Teich hinunter.

Auf dem Hof war es fast vollkommen still. Es war beinahe Vollmond, aber nicht ganz, fiel Harriet auf, nicht ganz. Als sie auseinandertraten, berührte sie das Medaillon, das sie um den Hals trug. »Das ist etwas so Besonderes, Owen«, erklärte sie. Sie wollte ihm noch einmal danken, aber im Moment fehlten ihr die Worte.

Er lächelte. »Das Medaillon?«, fragte er. »Oder dieser Abend?«

»Beides.« Harriet fröstelte und zog den Pashmina-Schal enger um die Schultern.

»Ein Liebespfand, das weißt du ja wohl«, sagte er.

Liebe? Harriet wusste nicht, was sie sagen sollte. Liebe? »Das Medaillon oder dieser Abend?«, fragte sie.

Jetzt schaute er ernst drein. »Beides.«

Harriet sah zum Teich hinunter. Das Mondlicht fiel auf die glänzenden gelben Blüten des Hahnenfußes und spiegelte sich in der Wasseroberfläche. Ab und zu schoss ein goldener Pfeil durch das Wasser; auch die Fische schliefen nicht. Über Owen und Harriet hingen die dicht belaubten Äste des Maulbeerbaums und schienen auf etwas zu warten. Liebe ...?

»Owen, ich ...«

»Ich würde die Farm aufgeben«, sagte er. »Wenn du irgendwo anders ganz von vorn anfangen möchtest.«

»Du würdest deinen Hof aufgeben?« Harriet schlang die Arme um die Brust. Aber er gehörte doch hierher, oder?

»Es ist nur ein Ort«, meinte er. »Nicht so wichtig, alles in allem.«

Harriet schüttelte den Kopf. Es war wichtig. Die Farm gehörte zu ihm, machte ihn zu dem Menschen, der er war. Sie hatte so lange gegen ihr Leben auf Mulberry Farm aufbegehrt, dass es zur Gewohnheit geworden war. Aber jetzt hatte sie die Wahl. Sie konnte fortgehen, wenn sie wollte, aber sie stellte fest ...

»Nein«, sagte sie.

»Nein?«

»Nein.« Sie wollte nichts von alldem verlieren. Was verwirrend war, äußerst verwirrend. Aber die Wahrheit war, dass auch Harriet an diesen Ort gehörte; und sie vermutete, dass ihr Vater das immer gewusst hatte. So war es immer gewesen und würde es bleiben. Ja, in der Vergangenheit hatte man ihr keine andere Wahl gelassen. Aber nun, da sie sich entscheiden konnte, wäre sie nirgendwo lieber gewesen. So einfach war das. Dieser Ort war ihr so vertraut wie die eigene Haut. Er war ein Teil von ihr.

»Wenn du mich nicht willst«, sagte er, »gehe ich sowieso fort. Dann mag ich nicht länger hierbleiben.«

»Oh.« Harriet versuchte sich Warren Down ohne Owen vorzustellen. Aber es gelang ihr nicht. Und als er da so vor ihr stand, bemerkte sie auch etwas, was ihr noch nie zuvor aufgefallen war. Oder vielleicht war es das, und sie hatte nicht darauf geachtet.

Er war ein großer Mann, natürlich, eins achtundachtzig, und vierschrötig. Er ragte über ihr auf, und im Haus hatte er immer zu mächtig für ihre Küche gewirkt. Sie hatte ihn für unbeholfen gehalten, typisch Bauer eben. Aber sie hatte sich geirrt. Er war ebenso wenig ein typischer Bauer, wie ihr Vater einer gewesen war. Sie dachte an das, was er ihr über den Maulbeerbaum und Shakespeare erzählt hatte. Draußen, wenn er auf den Feldern arbeitete, sich um Schweine und Schafe kümmerte oder Holz hackte, war er gar nicht ungelenk. Er ist in diesem Land verwurzelt, wurde ihr klar, ist Teil dieser Landschaft, seiner Landschaft.

Mein Gott, das war eine Offenbarung! Sie hatte ihn bis jetzt nicht richtig wahrgenommen. Stabil, ja, das war er. Ihr Blick glitt über Owens kräftigen Hals und die breiten Schultern, seine gebräunte, wettergegerbte Haut. Sie nahm jeden Zentimeter von ihm wahr. Er war so beständig, so real. Und …

Sie berührte seinen Arm. Das Fleisch war fest, die Muskeln straff. Ein Körper, auf den man sich verlassen konnte. Harriet trat näher an Owen heran. Unter dem nach Zitrone und Gewürzen duftenden Eau de Cologne glaubte sie den Duft der Erde wahrzunehmen, üppig, grün und süß. Sie atmete tief ein. Das war ein Mann, an den man sich anlehnen konnte, und er würde nicht nachgeben, keinen Zentimeter. Sie legte die Hände auf seine Brust und drückte leicht dagegen.

»Was?« Er beobachtete sie lächelnd.

»Du bist unerschütterlich.«

»Glaub das bloß nicht!« Er umfasste ihre Hände. »Du bewegst mich, immer schon.«

»Aber Liebe …«, sagte sie. Sie legte den Kopf an seine Schulter. Gut fühlte sich das an, als müsse es so sein …

Harriet dachte an die anderen Männer – an Terry und die Katastrophen, die später gekommen waren, als sie jung war. Sie dachte an die langen Jahre, in denen sie immer älter und immer giftiger geworden war. Sie dachte an ihre Begegnungen durch Dynamic Dating, an Scott. Und die ganze Zeit über war

Owen da gewesen. Solide, verlässlich, vertrauenswürdig. Ein Fels in der Brandung. Aber sie hatte es nicht begriffen.

»Liebe«, erklärte er entschlossen. Mit den Fingern schob er ihr Kinn zurück, sodass sie ihn direkt ansah.

»Wie lange schon?«, flüsterte sie. Ihre Lippen waren sich sehr nahe. Gleich würde er sie vielleicht küssen. Ihr wurde klar, dass das ihr Leben verändern würde.

»Immer schon«, sagte er.

Das war eine lange, lange Zeit. »Ich hatte ja keine Ahnung«, meinte sie.

Am nächsten Morgen war Joanna schon um neun auf dem Weg zum Historischen Zentrum in Dorset.

Als sie ging, hatte Harriet noch im Bett gelegen – was noch nie vorgekommen war – und Mutter war dabei gewesen, ein Picknick für sich und Henry vorzubereiten.

Joanna fragte sich, was am Vorabend zwischen Harriet und Owen geschehen war. Sie hatte die beiden im Mondschein unter dem Maulbeerbaum gesehen. Er hatte den Arm um sie geschlungen, als wolle er sie nie wieder loslassen, und Harriets Kopf hatte an seiner Schulter gelegen, als gefalle ihr das sehr gut ... Das kam ein wenig überraschend. Aber was immer da passiert war, es war höchste Zeit gewesen. Und sie freute sich darüber.

In mehr als einer Hinsicht war es ein schöner Abend gewesen. Ob Harriet es nun akzeptiert hatte oder nicht, ihr neuer Bruder hatte ihnen beiden eine Last von den Schultern genommen. Jetzt sorgte sich zur Abwechslung einmal jemand anderes um Mutter.

Auf dem Weg nach Dorchester herrschte dichter Verkehr. Joanna hatte so sehr darauf gebrannt, dorthin zu fahren, dass sie sich die falsche Zeit ausgesucht hatte – Berufsverkehr. Aber sie hatte das Gefühl, dass sie nicht trödeln dürfe, da ihr sonst die Zeit davonliefe.

Endlich fuhr sie auf den Parkplatz. Wahrscheinlich würde sie die Erste im Zentrum sein. Sie hatte so eine Ahnung – nun ja, es war mehr als eine Ahnung. Immer wieder sah sie Emilys Gesicht, diese Tränen, vor sich. Und sie erinnerte sich daran, dass Vater einmal auf einen dunklen Punkt in der Vergangenheit angespielt hatte. Sie vermutete, dass er von seinen Vorfahren gesprochen hatte.

Joanna bat den wissenschaftlichen Mitarbeiter im Zentrum um die Mikrofiches mit den archivierten Ausgaben der Lokalzeitungen und reichte ihm den Ausweis, den sie bei ihrem ersten Besuch bekommen hatte.

Also los. Wann mochte das gewesen sein? Emilys letztes Gemälde datierte von 1913 – ein Jahr, bevor der Erste Weltkrieg ausgebrochen war. Ob Rufus in den Krieg gezogen war? Konnte das erklären, warum es nach den frühesten Fotos, auf denen die Kinder klein waren, keine Aufnahmen mehr von ihm mit Frau und Kindern gab?

Vielleicht, aber ganz sicher war Joanna nicht. Sie schob den ersten Mikrofilm in das Lesegerät. Sie hatte eine andere Theorie. Zunächst hatte sie wegen Emmies trostlosen letzten Briefs, in dem sie von der Entscheidung sprach, die Rufus treffen würde, angenommen, dass er die Beziehung beendet hatte … Aber mal angenommen, er hatte diese Entscheidung bedauert, bitter bereut? Wenn er sich ein Leben ohne Emily nicht hatte vorstellen können? Joanna starrte blicklos auf den Schirm. Angenommen, Emmie war diejenige gewesen, die den Schlussstrich gezogen hatte, weil sie es nicht über sich brachte, ihren Geliebten zu zwingen, für sie seine Frau und seine Familie aufzugeben?

Mein Lieb, nein, ich scheide nicht
Aus Überdruss an dir,
Noch hoffend, dass die Welt für mich
Bessere Liebe birgt …

Drei Stunden später fand sie, wonach sie gesucht hatte. »Skandal und Rätsel um Landbesitzer William Shepherd«, las sie. Rufus. Sie überflog die Spalte. Anscheinend war ihr Ahnherr nicht nur Landbesitzer gewesen, nicht nur einfach eine Art Geschäftsmann aus der Gegend, wie sie gedacht hatte. Schriftsteller war er gewesen. Dem Artikel zufolge hatte William regelmäßig Artikel für *Country Life* und andere Zeitschriften verfasst. Sie hielt inne, um die Information sacken zu lassen. Hatte sie ihr Talent als Autorin von diesem Mann geerbt? Es gab einem jedenfalls zu denken … Kein Wunder, dass er und seine Verbindung zu Emmie sie so angezogen hatten. Emmie war sozusagen die Illustratorin der Geschichte gewesen, während Joannas Urgroßvater William, alias Rufus, den Text dazu geschrieben hatte.

Und ja, es war genau so gewesen, wie sie es vermutet, wie sie es gesehen hatte. Rufus hatte sich ins Wasser gestürzt – wie Johannes Nepomuk.

Ein Schauer lief ihr über den Rücken. Wie war es nur möglich, dass sie das gesehen hatte?

Joanna brachte die Microfiches wieder zu dem wissenschaftlichen Mitarbeiter zurück. Sie beschloss, Emmies Grab zu besuchen. Aus irgendeinem Grund war sie auf diesen Weg geführt worden. Das Schicksal, eine spirituelle Fügung, eine Kraft, die sie nicht verstand, irgendetwas drängte sie nun, den Ort aufzusuchen, wo Emmie gelebt hatte, und Blumen auf ihr Grab zu legen. Das war das Mindeste, was Joanna tun könnte.

49. Kapitel

Joanna genoss die Fahrt. Sie hatte das Verdeck des Mazda heruntergeklappt und ihren iPod auf Zufallswiedergabe gestellt. Die Sonne wärmte ihr Haar wie eine warme Hand, und der Fahrtwind im Gesicht erinnerte sie an die Ausflüge auf Jez' Sozius. Sie schaute in den Spiegel, blinkte und wechselte auf die Überholspur. Der Unterschied war, dass heute sie bestimmte, wo es langging.

»*Born to be wild …*«, sang sie und ignorierte das Grinsen des Lastwagenfahrers mit den tätowierten Armen, den sie überholte. Nun ja, vielleicht nicht wild, aber frei.

Sie war frei zu tun, was sie wollte – innerhalb eines vernünftigen Rahmens natürlich. Dank Henry brauchte sie kein schlechtes Gewissen zu haben, weil sie Mutter und Harriet in Dorset zurückließ. Alles fügte sich gut. Sie konnte wohl ziemlich sicher davon ausgehen, dass Henry sich bald auf Mulberry Farm niederlassen und Harriet nach nebenan ziehen würde.

Joanna beschleunigte. Sie hatte das vertraute Devon mit den anheimelnden reetgedeckten Dächern hinter sich gelassen. Dieses Land war ungezähmter, trostlos, verlassen. Hier stemmten sich die niedrigen Bäume im nebligen Moor schräg gegen den Wind. Sogar das Wetter änderte sich. Im Westen ballten sich Wolken zusammen und hingen über den Hügeln.

Joanna dachte an Harriet. Im Lauf der letzten Wochen war so viel aus der Vergangenheit ans Licht gekommen, so viel gelöst worden. Wahrscheinlich würde sie immer wieder mit ihrer Schwester aneinandergeraten. Keine von ihnen hatte eine neue Persönlichkeit transplantiert bekommen. Aber hinter ihren Reibereien würden immer Verständnis, Kameradschaft und Liebe stehen. Inzwischen hatte Joanna sogar verstanden, warum ihr Vater Harriet vorgezogen hatte. Offenbar hatte sie, Joanna, ihn an seine Frau erinnert, während Harriet … Harriet war ernst und wäre ihm bis ans Ende der Welt gefolgt, ohne Fragen zu stellen. Harriet hatte ihm mit Haut und Haar gehört. Sie hätte ihn nie im Stich gelassen. Hatte es nie getan.

Joanna beobachtete, wie das Sonnenlicht den Hochnebel durchbrach, sich über die Hügelkuppen ausbreitete und das Grau in Silber verwandelte. Es war beinahe überirdisch. Sie begriff, warum Künstler hierherkamen, um zu malen. Hatte sich Emmie ebenfalls davon inspirieren lassen? Das Licht war einzigartig.

Wieder sang sie laut mit. Was würde sie an ihrem Ziel vorfinden? Nur einen Grabstein – oder noch etwas anderes?

Der Song endete mit einem wehmütigen Ton. Aber Joanna fühlte sich hoffnungsvoll. Sie hatte das Gefühl, sich auf einer Pilgerfahrt zu befinden. In einer Tasche, die neben ihr auf dem Beifahrersitz stand, hatte sie Emmies Briefe. Sie hatte nicht darüber nachgedacht, sondern sie einfach mitgenommen, so als wolle sie sie Emmie zurückgeben. Emmie hatte so viel in ihr Leben gebracht, nicht nur eine neue Sichtweise. Alles in allem konnte man wahrscheinlich die Magie überall finden. Ein Ort oder eine Person konnten die Flamme entfachen. Aber vielleicht trug man die Saat der Magie auch in sich, bis der richtige Moment gekommen war, sie anzuzünden.

Joanna fuhr vorbei an rauen Granit- und Bruchsteinmauern. Frühlingsblumen leuchteten auf – weiße Gänseblümchen, violette Sand-Grasnelken, rote Lichtnelken und Butterblumen. Auch offene Felder sah sie, Mais und Raps, hohes Gras und auf einem Hügel in der Ferne ein Windrad. Vielleicht würde sie niemals mehr über Emmie herausfinden, und ihre Reise würde hier enden. Aber angesichts der Frühlingsluft, die ihr ins Gesicht wehte, und der Landschaft, die überall um sie herum blühte und zum Leben erwachte, fühlte es sich in mancherlei Hinsicht eher wie ein Anfang an. Der Anfang ihres neuen Lebens.

Vor Joanna lagen nun mehrere Baustellen, und da die Fahrspuren schmaler wurden, reduzierte sie die Geschwindigkeit. Sie hatte beschlossen, die malerische Küstenstraße zu nehmen.

Joanna wusste nun, was aus Rufus geworden war. Und sie wusste, dass das tatsächlich geschehen war, was sie in London gesehen hatte – Emmie, die sich das Herz aus dem Leib schluchzte, während sie auf einem Raddampfer die Themse hinauffuhr. Wahrscheinlich war die Reise nach London für Emmie eine Art Pilgerfahrt gewesen.

Eigentlich ist mir alles vor Augen geführt worden, dachte Joanna. In Venedig, Lissabon, Prag und London. Wieso konnte ich das alles sehen? Und warum? Brauche ich dieses Wissen? Kann ich es nutzen?

Der iPod spielte wieder die Beatles, *Yesterday.* Ungeduldig schnalzte Joanna mit der Zunge und drehte weiter. Das Gestern war vorbei, sie wollte über die Zukunft nachdenken, nicht über die Vergangenheit. Sie würde über Tobys Buchidee nachdenken. Es würde Spaß machen, den Winter in der Sonne zu verbringen und darüber zu schreiben. »Zugvögel« nannte man die Leute, die die kalte Jahreszeit in wärmeren Gefilden verbrachten. An einem entlegenen, ganz anderen Ort vielleicht. Der Gedanke schlich sich in Joannas Kopf, und wie auf ein Zeichen hin drang *Somewhere only we know* von Keane aus den Lautsprechern.

Ein paar Stunden später – Joanna hatte eine Mittagspause eingelegt – war sie da. Das Dorf war leicht zu finden, und sie entdeckte gleich die hübsche, verwitterte Steinkirche mit den vier spitzen Türmchen und daneben den Gemeindesaal. Sie parkte den Mazda halb auf dem Gehweg. Ein kleines Portal mit Hortensienbüschen und eine schmale Bank bewachten den Eingang der Kirche. Eine Notiz an der alten Holztür forderte die Besucher auf, sie zu schließen, damit sich die Schwalben nicht in die Kirche verirrten. Oben in den Balken über dem Portal meinte Joanna, ihre Nester zu erkennen.

Joanna betrat den Friedhof durch das schwarz gestrichene Holztor. Der Wind seufzte in den Bäumen, und sie war sich eines Gefühls von Trostlosigkeit bewusst, das sie erschauern ließ, als sie den Pfad entlangging, den die Gräber säumten. Im hohen Gras und im Unterholz wuchsen Wildblumen. Wo sollte sie zu suchen anfangen? Einige Namen auf den Grabsteinen waren kaum noch leserlich.

Sie brauchte zehn Minuten, um Emilys Grabstein zu finden. Halb versteckt stand er in einer Ecke hinter der Kirche. Sie duckte sich unter den Baum, der danebenstand, und fuhr mit den Fingern über die Inschrift auf dem Stein:

Emily Selleck
1893–1981
Gute, innig geliebte Seele,
mögest du in Frieden ruhen.

Joanna fragte sich, wer Emily geliebt hatte. Sie hatte nicht geheiratet, denn sie war unter ihrem Mädchennamen beigesetzt. Aber bestimmt hatte sie in diesem Dorf, wo sie den größten Teil ihres Lebens verbracht hatte, eine Familie und Freunde.

Sie räusperte sich. »Ich möchte, dass du es erfährst«, erklärte sie. »Er hat deine Briefe behalten.« Sie zog sie hervor und legte sie behutsam auf den Grabstein. »Und er hat einen Baum für dich gepflanzt, einen Maulbeerbaum. Du weißt, was das bedeutet ...« Sie würde es wissen, oder? Da, wo sie jetzt war, blieb ihr sicher nichts verborgen. »Außerdem hat er seine Farm umbenannt. Deinetwegen. Er hat dich geliebt.« Ihr brach die Stimme. »Sehr geliebt, Emmie.«

War sie verrückt, dass sie mit einem Grabstein redete? Vielleicht, aber es war niemand da, der sie hörte. Der Friedhof war verlassen. Gott sei Dank. Joanna trat einen Schritt zurück. Das war es dann, dachte sie ...

Aber sie empfand eine Art Ernüchterung, als entgehe ihr wieder einmal etwas. Als müsse da noch mehr sein.

In Godrevy hatte sich nichts verändert. Nicholas spazierte von Zimmer zu Zimmer, räumte ein paar Kleidungsstücke weg, die er bei seinem eiligen Aufbruch aufs Bett geworfen hatte, wusch eine einsame Kaffeetasse ab und nahm für später etwas Fleisch aus dem Tiefkühlschrank.

Giuseppe war seinen Plänen gegenüber erstaunlich aufgeschlossen gewesen. »*No problemo*, Nico«, hatte er gemeint. »Du hast dir eine Pause verdient.« Er sprach es nicht aus, aber es hing in der Luft: *nach allem, was du durchgemacht hast.*

»Danke.« *Und wenn ich mich entscheide, nicht zurückzukommen?* Nicholas hätte es beinahe laut gesagt. Aber er tat es nicht – warum Giuseppe unnötig beunruhigen? Warum nicht einen Tag nach dem anderen leben?

Im Garten hielt er sich an sein übliches Ritual: Er ging bis zum Ende und schaute über die Dünen hinaus. Dann sah er nach den Blumen und Büschen und stellte einen einfachen Strauß zusammen: ein paar Gräser und weißes Leimkraut, wilder gelber Klee und Glockenblumen – hübsch. Er hatte das Grab seiner Tante in letzter Zeit vernachlässigt.

Er ging durch das Häuschen zurück und verließ es auf der Vorderseite. Ob die Tante mit seinen neuen Plänen einverstanden wäre? Doch, er glaubte schon. Er überquerte die Straße, um zur Kirche zu gelangen. Davor war ein Wagen geparkt, und zwar schlecht. Ungewöhnlich. Nicholas runzelte die Stirn. Es bedeutete ihm viel, dem Grab seiner Tante so nahe zu sein; das würde ihm fehlen, wenn er fort war. Aber alles änderte sich, nichts blieb immer gleich.

Seine Tante Emily hatte ein trauriges Leben geführt. Sie hatte nie geheiratet. Einmal hatte sie ihm erzählt, dass da ein Mann gewesen sei. »Die Liebe meines Herzens«, hatte sie ihn genannt, aber er war verheiratet gewesen, nicht frei für sie. »Er hat sich umgebracht«, hatte sie ihm einmal erklärt, als Nicholas nach ihm gefragt hatte. Ganz sachlich hatte sie das gesagt, ganz nüchtern, als sei es ihr im Lauf der Jahre gelungen, den Schmerz zu betäuben. »Er ist in die Themse gesprungen. Von der Waterloo Bridge. Gerade einen Monat, nachdem ich die Brücke gemalt hatte.«

Nicholas kannte dieses Gemälde gut. Es war ihr letztes gewesen. Sogar heute war er sich nicht sicher, ob ihre Kreativität so früh ausgebrannt war oder ob sie nach dem Tod dieses Mannes nie wieder einen Pinsel in die Hand nehmen wollte. Wie auch immer, es war eine verdammte Vergeudung von Talent gewesen. Eine Liebesaffäre? Nein, das musste eine ganz besondere Beziehung gewesen sein. Das Bild hing an der weißen Wand in seinem Schlafzimmer in Godrevy. Eine deutliche Erinnerung an das, was passieren kann, wenn man sich verliebt, dachte er …

Als er durch das Kirchentor trat, sah er eine Frau, die den Friedhof verließ und über den Weg auf ihn zukam. Sie war groß, schlank, gut gekleidet und nicht von hier. Er warf ihr einen Blick zu, nahm sie jedoch nur halb wahr, denn in Gedanken war er noch bei seiner Tante. Als die Fremde vorbeiging, flatterte neben seinem Fuß ein Stück Papier zu Boden. Er runzelte die Stirn, trat darauf und bückte sich automatisch, um es aufzuheben.

Am Grab legte er den Strauß nieder. Doch neben dem Stein entdeckte er eine weitere Gabe, einen kleinen, belaubten Zweig. Aber … Er nahm ihn auf, berührte die glänzenden Blätter und erinnerte sich an Lissabon. Natürlich, ein Maulbeerzweig. Irgendetwas hing beinahe greifbar in der Luft. Neben Emilys Grab lag noch ein Stück Papier, das er ebenfalls aufhob. Es war ein Brief.

Über die Schulter schaute Nicholas in Richtung Straße. Die Frau wollte gerade die Tür öffnen, würde gleich fahren. Sie wirkte tief in Gedanken versunken. Sie sah aus wie … Verdammt.

»Hey!«, rief er.

Fragend sah sie auf.

»Hey!« Sie musste ihn ja für verrückt halten, aber das war ihm gleich. Verdammt, verdammt. Nicholas rannte zu ihr, bevor sie in den Wagen steigen und davonfahren konnte. Noch ein Stück Papier wehte vor seine Füße, aber dieses Mal ignorierte er es.

Sie fuhr nicht weg, sondern schien zu warten. »Ja?«

Ihre Augen hatten die Farbe von Kastanien im Herbst, und ihr Lächeln war das schönste, was er je gesehen hatte.

»Ja? Kann ich Ihnen helfen?«, fragte sie.

Danksagung

Ich danke meiner Familie für ihre Liebe und für die Unterstützung: Luke, Alexa, Ana und Grey, die mir alle während des Schreibens auf die eine oder andere Weise zur Seite gestanden haben.

Mein besonderer Dank gilt Grey, der mich kontinuierlich ermutigte und dem ich u. a. Nicholas, El Cotillo, das Surf-Motiv und zahllose andere Dinge im Roman verdanke und der immer ein offenes Ohr für mich hatte.

Alan danke ich besonders für seine kritische Lektüre; auch Sarah, Caroline und June haben mir mit Enthusiasmus und konstruktiven Vorschlägen zum Manuskript geholfen.

Jenny und Wendy danke ich für die Hilfe bei der Recherche, John aus Abbotsbury für ein Abbild seiner selbst und den Mitarbeitern von Bastei Lübbe für das Übersetzen, Edieren und Publizieren des Romans.

Teresa Chris, meiner Agentin, danke ich für ihren klaren Blick, die untrügliche Gabe der Intuition sowie für ihre unerschütterliche Zuversicht.

Ich danke auch allen, die ich möglicherweise vergessen habe.

Dieses Projekt war eine Freude!